LES JARDINS DE MARDPUR

Née en 1958, Yojana Sharma a passé son enfance entre Londres et New Delhi. Pendant quinze ans, elle a été correspondante à l'étranger pour de nombreux journaux dont le *Daily Telegraph*, le *Sydney Morning Herald*... *Les Jardins de Mardpur* est son premier roman.

YOJANA SHARMA

Les Jardins de Mardpur

ROMAN TRADUIT DE L'ANGLAIS PAR FRANÇOISE DU SORBIER

ALBIN MICHEL

Titre original :
THE BUFFALO THIEF

PREMIÈRE PARTIE

1

La grand-mère de Deepa s'appelait Amma. Elle voyait beaucoup plus loin que le bout de son nez, et même plus loin que l'horizon le plus lointain. Pourtant, la grand-mère de Deepa était aveugle et sortait rarement de la maison avec véranda que son gendre lui avait bâtie avant de disparaître le jour même où elle avait prévu sa mort.

Avant qu'Amma ne devînt aveugle, bien longtemps auparavant (elle était encore jeune à l'époque), sa vie était régie par les cartes astrologiques qui déterminaient l'avenir des familles royales.

De son vivant, le grand-père de Deepa était astrologue *rajguru*[1], ou sage – auprès des souverains du Nord. Il aurait pu descendre plus au sud, car sa réputation avait peu à peu gagné ces régions par le jeu du bouche-à-oreille. Mais c'était une entreprise laborieuse que de traverser le pays d'est en ouest, surtout en été, à cause de la sécheresse et de la poussière, et pendant la mousson, à cause des orages et des inondations. C'était une époque fertile dans l'histoire des familles royales du Nord, où princes et princesses naissaient presque chaque mois, et il n'avait pas besoin d'aller

---

1. Les mots en langue originale sont explicités dans le lexique en fin de volume.

chercher plus loin des récompenses supplémentaires. Ses services lui avaient permis d'amasser un trésor qui durerait plusieurs générations.

Cette existence aventureuse fut brutalement interrompue. Lorsque la santé du grand-père de Deepa se mit à chanceler, il se trouvait à la cour du lointain royaume de Koch Bihar. Il était beaucoup plus âgé que sa femme qui, bien sûr, était encore une gamine au moment de leur mariage. Ce n'était pas la vieillesse qui l'avait affaibli, mais la chaleur, le voyage et le *loo*, ce vent qui soufflait traîtreusement dans la plaine du Nord.

On lui avait pourtant déconseillé de se mettre en route tant que soufflait le *loo*. Mais Grand-père avait été avisé d'une naissance royale, à l'ouest, dans un royaume du Rajputana. Le message lui était parvenu après avoir traversé le grand désert de Thar, la plaine du Gange et sa touffeur, et les collines luxuriantes qui la séparaient de Koch Bihar. Il ne pouvait pas l'ignorer. Sa vie et son destin étaient liés à la vie et au destin des princes. C'était la volonté de Dieu qu'il puisse offrir ses services lors d'une naissance princière.

« Et ce fut la volonté de Dieu qu'il n'arrive pas à temps », dit la grand-mère de Deepa.

Ceci marqua le terme d'une association qui allait bien au-delà du mariage. Ensemble, les grands-parents de Deepa avaient mis au monde ces enfants royaux et établi leurs cartes astrologiques – cartes qui seraient consultées par tous dans les maisons royales, notamment par divers astrologues : ceux d'autres familles royales recherchant une alliance, ou ceux des royaumes rivaux désireux de connaître la date la plus propice pour réussir une attaque. Création et destruction dépendaient de ces cartes : naissances, mariages et guerres, tout cela était décidé en fonction de la venue au monde des princes. Il n'y avait aucune place pour l'inexactitude ou l'erreur – sinon, Grand-père serait peut-être mort depuis longtemps s'il avait commis des erreurs.

C'est ce que disait Amma.

« Non que les maharadjas fussent aussi cruels », disait Amma. Mais il n'y avait qu'une façon de punir celui qui, au mépris du destin, avait mal dressé un horoscope : c'était de prendre le contrôle de son destin à lui, qui avait commis l'erreur.

« Ces rois étaient très puissants, tu sais, dit Amma.

— Que veux-tu dire ? demanda Deepa, qui écoutait, les yeux écarquillés, installée confortablement sur le modeste *charpoy* d'Amma.

— Qu'ils lui réservaient un sort pire que la mort, dit gravement Amma.

— Qu'est-ce qui pourrait être pire ?

— Ce qui est bien pire, c'est lorsque quelqu'un d'autre que Dieu décide quand et comment tu dois mourir.

— C'est un pouvoir presque aussi grand que celui de Dieu », commenta Deepa.

Amma hocha gravement la tête.

Malgré la richesse acquise dans les cours des royaumes du Nord, il y avait chez Amma peu de signes visibles de grande fortune. Ni grande demeure, ni domaines. Elle menait une vie simple. La maison sans prétention de Jagdishpuri Extension [1] était celle du père de Deepa, et non celle de son grand-père. Professeur à l'institut universitaire municipal de garçons, il s'était vu attribuer une parcelle de terre pour une petite maison dans ce nouveau quartier, où il avait construit un bungalow conçu pour abriter une famille modeste comme la sienne.

---

1. Quartier neuf, construit en périphérie de la ville d'origine. (*N.d.T.*)

Parfois, un rubis, un collier d'or et de saphirs venus des coffrets débordants des maharanis montraient qu'Amma était une veuve bien pourvue. Mais elle n'aimait guère l'ostentation et, comme elle vivait dans un certain confort à Jagdishpuri Extension, le trésor resta à peu près intact.

Peu après avoir assuré le mariage de sa fille Vimala – la mère de Deepa – avec une dot de bijoux précieux, Amma vint habiter la maison de Jagdishpuri Extension pour l'aider à s'occuper de ses deux petites-filles, Deepa et Kamini, encore un bébé.

Dans la maison, ou plus exactement dans la cour où elle aimait rester assise, elle introduisit l'odeur épicée des condiments que dégageait son assortiment de jarres en terre cuite, dans lesquelles elle déposait des couches de mangues et de citrons verts dans de l'huile de moutarde douce. Et, parmi les histoires plus ou moins folkloriques de Mardpur, on racontait qu'elle avait également apporté avec elle un coffret plein de trésors : des bijoux sans prix ayant appartenu aux maharanis, des ornements d'or et d'argent donnés en dot aux princesses royales et transmis de génération en génération, réalisés par des artisans exceptionnels, doués non seulement d'un œil d'artiste mais aussi d'une grande patience. Certes, au moment du mariage de sa fille, la mère de Deepa, quelques bijoux fabuleux firent leur apparition. Mais par la suite, il n'y eut plus signe de ce fameux trésor et l'on en vint même à douter de son existence.

Deepa ne savait rien de la cassette qui était censée le contenir. Elle ne l'avait jamais vue. Mais elle se rendait bien compte que par rapport à d'autres femmes qui avaient eu le malheur de perdre l'homme de la maison, Amma ne manquait de rien. Sauf de l'usage de ses yeux, et même cela était amplement compensé par son don de prescience.

Malgré la soudaineté de la mort de Grand-père, Amma n'avait pas été surprise de se retrouver brutalement veuve. Elle avait eu un pressentiment, faible à l'époque, pas vraiment explicite. Dans sa jeunesse, elle n'accordait pas beaucoup d'attention à ces intuitions, même si elle en parlait à Grand-père, qui écoutait toujours très attentivement, mais cherchait leur confirmation dans ses cartes astrologiques avant de hocher la tête pour corroborer ce qu'elle avait vu, tandis que ses lunettes, jaunies et rayées, glissaient le long de l'arête de son nez élégant.

On parlait beaucoup des pouvoirs extraordinaires d'Amma, mais on les comprenait mal. Ce fut seulement après la mort de Grand-père qu'Amma elle-même prit la mesure de son don, comme si elle s'était efforcée de subordonner ses talents à ceux de son mari du vivant de celui-ci. Il recueillait ses suggestions concernant le destin des princes et les affinait grâce à la précision de la science astrologique jusqu'à en faire des prédictions parfaites. Après sa mort, Amma ne parla à personne de ces intuitions prémonitoires, cependant même qu'elles s'affermissaient, devenaient plus détaillées, plus vivantes. A mesure que se refermaient sur elle les ténèbres d'une vue défaillante, sa vision gagnait en puissance.

Deepa était habituée aux intuitions d'Amma. Elle en faisait souvent l'expérience et n'avait aucune raison de les remettre en question. Ce n'était pas elles qui rendaient Amma intéressante à ses yeux, mais plutôt l'histoire du mystérieux trésor.

Deepa demandait souvent : « Amma, c'est vrai que ton trésor est enterré dans la cour devant la maison ?

— Oui, j'ai un trésor dans cette cour-là. C'est Jhotta, la bufflonne.

— Jhotta, un trésor ? rétorquait Deepa en riant.

— Est-ce qu'elle ne nous donne pas un lait qui nous maintient en bonne santé ? C'est un trésor.

— Non Amma, pour moi, un trésor, c'est de l'or, des rubis et des bijoux.

— Tu es mon trésor, toi, un trésor plus précieux que l'or et les rubis. » Et Amma lui pinçait la joue.

« Je veux savoir !

— Que feras-tu d'un trésor ? disait Amma, un sourire aux lèvres.

— Rien. Mais je voudrais savoir s'il existe, disait Deepa, très sérieuse.

— Oui, il existe », la rassurait Amma.

Mais cela ne suffisait pas à Deepa. Elle savait qu'Amma voyait ce que les autres ne voyaient pas et elle aurait bien voulu, une fois seulement, contempler ce qui était caché aux regards.

Et puis, grâce à ce trésor, elle était elle-même devenue un centre d'intérêt à l'école.

« Est-ce que ton Amma a des diamants et des rubis cachés dans ses dents ? »

« As-tu vu le trésor ? Est-ce qu'il est caché sous la maison ? »

Deepa ne savait guère comment éluder ces questions. Impossible de dire qu'il n'y avait pas de trésor puisqu'elle-même croyait à son existence, un trésor caché, silencieux, qui se révélerait le moment venu. Mais aussi, à quoi bon s'y attarder, car ni elle ni Amma ne semblaient avoir besoin d'un trésor. Elles étaient heureuses ainsi.

2

La tragédie se produisit l'année où Deepa eut six ans, par une journée calme et sans vent, où le soleil en tapant sur les plaines faisait onduler le sol chauffé à blanc et aveuglant.

Ce jour-là, la mère de Deepa avait pris l'autocar du petit matin pour se rendre au tribunal régional de Murgaon, à contrecœur car sa petite Kamini, la sœur cadette de Deepa, avait de la fièvre. Le père de Deepa, Dasji, devait emmener l'enfant malade à la consultation médicale près de l'hôpital Aurobindo.

La mère de Deepa était avocate. Elle allait souvent à Murgaon où se trouvait le tribunal régional. Parfois, la petite Kamini et une *ayah* l'accompagnaient à Murgaon dans l'autocar pour que Ma puisse surveiller l'enfant, qui ne semblait aller bien qu'en sa présence. Amma s'occupait de Deepa pour que Ma puisse se consacrer à la petite Kamini. Le lien entre Deepa et Amma se forgea très tôt.

« Ma pauvre Kamini ! se lamentait Ma au moment de partir pour Murgaon.

— C'est parce que tu n'as pas bu de lait ni mangé d'amandes pendant ta grossesse, comme moi je l'ai fait avant ta naissance, grondait affectueusement Amma.

— Ne t'inquiète pas, maman, rétorquait Ma en souriant. Quand mon bébé grandira, elle aura toutes ses défenses immunitaires et ne sera plus jamais malade. »

Elle avait raison. En grandissant, la petite Kamini devint une enfant bien portante, extravertie et pleine d'énergie. Deepa, qui avait été un bébé robuste, était la plus silencieuse. Son père, Dasji, l'appelait affectueusement *chuhia*, la souris, parce qu'elle était timide et attendait toujours que les autres fassent le premier pas vers elle. Deepa s'en souvenait. Elle se souvenait aussi que son père lui donnait un petit nom intime, rien que pour elle, rien que pour lui, et que ce petit nom était mort avec lui.

Et elle se rappelait que sa mère trouvait son silence un peu troublant.

« Deepa te ressemble, Ma, disait-elle à Amma en parlant de la façon dont Deepa se renfermait en silence dans ses pensées.

— C'est à toi qu'elle ressemble, Vimala. Silencieuse et sérieuse, répondait Amma d'un air entendu.

— Sérieuse ? Ma foi oui. C'est la petite Kamini qui déborde de vie et d'énergie, tu ne trouves pas ? »

Amma hochait la tête, mais il y avait de la tristesse dans ses yeux tandis qu'ellc tenait sur ses genoux la petite qui se tortillait comme un ver.

Cet après-midi-là, dans la lumière vibrante qui faisait fondre le goudron sur la route venant de Ghatpur, la ville connue pour ses filatures, un camion Tata chargé de canne à sucre entra en collision avec la *tonga* qui ramenait de la consultation le père de Deepa et sa fille cadette. Les hennissements stridents du cheval blessé firent sortir dans la rue la moitié des habitants de Mardpur.

Le camion était couché sur le côté, et sa cargaison

de canne à sucre, répandue sur la route, fut bientôt déblayée par les gamins de Mardpur, qui s'empressèrent de détaler avec des bottes de canne plein les bras. Puis, la curiosité reprenant le dessus, ils revinrent sur les lieux, rameutés par les hennissements fous du cheval. Ils firent cercle autour du lieu de l'accident, arrachant voracement avec leurs dents l'écorce ligneuse de la canne, dont le jus sucré dégoulinait sur leur menton sale à mesure qu'ils mordaient, mâchonnaient et recrachaient le résidu sec.

Il fallut un certain temps pour trouver assez d'ouvriers et de coolies. Suant et soufflant, ils tirèrent sur les cordes les plus grosses qu'avait fournies la quincaillerie de Jindal, et finirent par redresser le camion et découvrir le corps du père de Deepa qui tenait dans ses bras son enfant écrasée.

Le Dr. Sharma qui, quelques heures plus tôt seulement, avait diagnostiqué le caractère bénin de la fièvre de Kamini, constata leur décès à tous deux.

Il enveloppa soigneusement le père de Deepa et sa petite fille dans un drap à carreaux multicolore que lui tendit son fils cadet, Govind. Ce fut lui qui fit enlever les corps de la route. Puis il grimpa dans sa vieille Ambassador cabossée, son fils choqué et muet d'horreur assis à côté de lui, et il gagna Jagdishpuri Extension pour prévenir Amma.

Toute la matinée, Amma s'était enfermée pour prier. Même Deepa avait comme un pressentiment ce jour-là, bien qu'elle fût trop jeune encore pour comprendre ce que savait sa grand-mère.

« He-ey Mahade-e-va, Mahe-e-sh-wara », psalmodiait à mi-voix Amma lorsque la voiture du Dr. Sharma

s'arrêta devant la maison, effrayant Jhotta, la bufflonne de la cour, affable et bonne fille.

Deepa regarda le garçon nerveux entrer et attendre patiemment à côté de son père qu'Amma ait fini sa prière. Alors celle-ci leva vers le docteur des yeux qui n'y voyaient déjà plus guère, prête à entendre la nouvelle qu'il apportait. Seuls quelques mots furent prononcés en présence de Deepa, mais jamais celle-ci ne devait oublier le moment où elle apprit la mort de son père.

Ce fut la première fois qu'elle vit Govind, accablé, sidéré, qui la regardait avec sur le cœur un poids trop lourd pour un garçon de neuf ans.

« Je les ai vus », souffla-t-il à Deepa après que son père fut entré dans la maison pour parler avec Amma, les laissant, Deepa et lui, face à face dans la cour.

Deepa le regarda, étonnée.

« Avec le sang et tout le reste ? Comment as-tu pu ?

— Non, non, dit précipitamment Govind, ils étaient recouverts. Complètement recouverts. Avec un drap de couleur. Un drap de toutes les couleurs. C'était mon drap, le drap de mon lit. Je le rapportais de chez la *dhobin*, elle venait de le repasser, et papa me l'a pris pour les envelopper dedans. »

Sous le choc, Govind parlait sans pouvoir s'arrêter.

« Le bruit que faisait le cheval ! Il hennissait, il hurlait, hiii ! hiii ! hiii !... » Govind imitait des cris haut perchés, inhumains, les yeux fermés, les mains sur les oreilles. « On aurait dit qu'il était chevauché par un *bhooth*. (Claquant des dents, il regardait autour de lui comme s'il s'attendait à voir le *bhooth* devant ses yeux, dans la maison d'Amma.) Il poussait de ces hurlements, le cheval ! On devait l'entendre jusqu'à Jagdishpuri Extension.

— Sans doute », fit Deepa, qui l'écoutait avec une

horreur mêlée de fascination, et songeait que c'était à ce moment-là qu'Amma avait commencé à psalmodier ses prières, alors que le docteur n'était arrivé que plusieurs heures plus tard pour annoncer la nouvelle.

Deepa voulait qu'il lui raconte tout, ce garçon qui avait vu ce qu'Amma aussi avait vu de si loin.

« Le cheval, il est mort, lui aussi ?

— Oh oui. Mort. Parti. Il se tait à présent. *Chup*. Plus de hennissements-hurlements.

— Et le *tonga-wala* ?

— Mort aussi. Tous morts.

— Elle a pleuré ? » insista Deepa, malgré le chagrin sur le visage de Govind. Elle savait que personne d'autre ne le lui dirait, ni maintenant ni jamais. Pas avec la sincérité du cœur.

Govind transpirait. Mais il fallait qu'il parle. Il ne pouvait garder cela pour lui, cela lui pesait sur le cœur, sur l'estomac, l'oppressait et le rendait malade.

« Le bébé. Ma petite sœur, est-ce qu'elle a pleuré ?

— Non, non, dit-il en détournant les yeux. Elle n'a pas pleuré. Elle est devenue *chup-chaap*. Tout tranquillement. Tranquille. *Chup*. » Il posa un doigt sur les lèvres de Deepa, comme pour l'apaiser, elle.

Deepa avait perdu le sens du temps. Sa conversation avec Govind pouvait avoir duré quelques minutes aussi bien qu'une heure. Tout ce qu'elle se rappela par la suite, ce fut les rides profondes qui barraient le visage du Dr. Sharma lorsqu'il sortit de la pièce. Après cela, plus de Govind.

Ce fut la seule fois où Deepa eut des détails sur la tragédie. Plus tard seulement, beaucoup plus tard, au temple, elle entendit par hasard quelqu'un dire que les corps avaient été incinérés ensemble, toujours enveloppés dans le drap multicolore de Govind.

Elle eut cependant l'occasion fortuite de voir le lieu

de l'accident. Quelques jours plus tard, en allant à la gare routière – elle ne se souvenait pas exactement où elles allaient ni pourquoi – Deepa et Amma durent faire un détour dans l'autocar. Un camion en panne bloquait la route de Murgaon à Mardpur, aussi l'autocar dut-il emprunter la route de Ghatpur pour arriver à la gare. Deepa regarda par la fenêtre de l'autobus et vit au bord de la route l'épave du camion, les planches fracassées de la *tonga*, qui n'avaient pas encore été réduites en petit bois, et le siège en skaï rouge de la carriole, à présent blanc de poussière.

Même vue à travers la vitre crasseuse, la scène était baignée de cette lumière limpide qui précède la mousson. En éliminant la poussière de l'air, l'humidité montante faisait ressortir plus vivement couleurs et contours. Deepa nota chaque détail.

Au milieu de la route, un cercle d'écorce de canne à sucre et de fibres sèches marquait le point précis où le camion s'était retourné sur son père et la petite Kamini lorsqu'ils étaient tombés de la *tonga*. Les gens de Mardpur préféraient éviter de marcher à l'intérieur de cette frontière de canne à sucre, cette frontière entre la vie et la mort.

Sous ses yeux, les couleurs parurent s'intensifier et les contrastes aussi, et elle distingua de petites taches de sang, brunes sur le sol blanc de chaleur. Ce fut alors que la mousson tant attendue éclata sans autre préambule qu'un roulement de tonnerre interminable, et d'énormes gouttes de pluie s'écrasèrent contre la vitre.

Deepa se tordit le cou pour essayer de voir entre les gouttes qui adhéraient à la vitre, puis elle la frotta frénétiquement avec sa main pour tenter de mieux distinguer l'extérieur. Après quoi, elle poussa des deux mains la fenêtre coulissante, se pencha hors du bus et regarda la pluie faire pénétrer de force dans le sol poussiéreux les taches de sang, jusqu'à ce qu'elles se mêlent à la terre, que les fibres s'enfoncent dans le sol amolli, jusqu'à ce que les débris soient enterrés dans la boue et qu'une fois de plus la frontière entre la vie et la mort soit abolie. Il ne restait plus que la vie.

Après cela, Deepa éprouva une étrange sensation de vide dans le cœur ; elle se rappela le cercle de fibres qui marquait l'endroit où l'âme de son père avait quitté son corps, et elle se rappela le visage horrifié de Govind. Ces pensées ne provoquèrent pas chez elle de tristesse, mais une sorte de rêverie où surgissaient des images non de la personne vivante, mais de sa mort. Ce fut à cause de son apparent manque de chagrin, et de toute autre réaction d'ailleurs, que certains la jugèrent un peu étrange, indifférente à ce qui se passait autour d'elle.

Quant à Amma, plutôt que de s'abandonner au chagrin dévastateur de la tragédie, elle continua à vaquer à ses affaires, consolant de son mieux sa fille veuve tandis que sa vue baissait sans cesse, engendrant les ténèbres où elle interdisait à son cœur de sombrer.

3

Si Deepa repoussa le souvenir de la tragédie à la périphérie de sa mémoire, d'autres se la rappelèrent en détail pendant des années, car elle avait marqué l'âme de Mardpur. Certes, les morts étaient courantes, y compris celles des jeunes enfants. Mais pas en pleine rue. Pour cette raison, l'accident devint la tragédie de tous : rien à voir avec un décès survenu à l'abri des murs de la maison où seuls la famille et les familiers pleuraient le mort.

Ce qui frappait les gens, c'était qu'à la différence du cycle habituel de la maladie et de la mort – que l'on considérait pour une large part comme l'effet de « la volonté de Dieu » –, un conducteur de camion, au volant d'une machine fabriquée par la main de l'homme, avait percuté une *tonga*. Assurément, cette catastrophe avait été provoquée par l'homme et non par Dieu.

Ils cherchèrent à imputer la responsabilité au chauffeur. Mais l'homme était introuvable, et on ne pouvait l'identifier. Au moment de l'impact, il n'avait même pas attendu de voir quel avait été le sort du conducteur de la *tonga* et de ses passagers. Il avait jailli de la cabine du camion, les mains crispées sur son paquet de cigarettes et sa gamelle, et détalé aussi vite que le lui permettaient ses jambes robustes en sens inverse de celui de son véhicule, ce qui, il en était certain, le mènerait tout droit en dehors de Mardpur.

Beaucoup de gens l'avaient vu courir ce jour-là, une main crispée sur sa gamelle, l'autre sur son turban dont un pan détaché flottait derrière lui comme une oriflamme blanche : dans sa course éperdue, sa longue crinière s'était défaite et flottait sur ses épaules, désordonnée, lui donnant l'aspect d'un dément. Beaucoup le virent, mais qui devait l'arrêter ? Lorsque l'énormité de l'accident devint manifeste, l'homme était déjà à mi-chemin de Ghatpur, où il pouvait se fondre facilement dans la masse des migrants venus en nombre à la ville pour travailler dans les usines.

Pendant des mois, des rumeurs circulèrent et on déclara l'avoir vu dans presque toutes les villes du voisinage mais, comme disait Amma, pourquoi serait-il resté dans la région ? Il était probablement retourné au Pendjab pour faire pénitence au Temple d'Or[1].

Et Deepa disait : « Connaissant ma grand-mère, je pense qu'elle avait raison. »

Désormais, l'arrivée de la mousson revêtit pour Deepa une importance spéciale. Elle balayait beaucoup plus que la chaleur de l'été.

Comme sa mère, occupée par son travail, voyageait de plus en plus loin dans les tribunaux régionaux, Deepa restait assise sur le *charpoy* avec Amma, dans la partie couverte de la cour, à écouter la pluie.

« Parle-moi du trésor, Amma ! » suppliait Deepa.

Amma riait et commençait : « Un jour où j'étais

---

1. Lieu saint situé à Amritsar, capitale religieuse des Sikhs. Construit au XVIe siècle, détruit au XVIIIe, il fut reconstruit en 1802 et recouvert de plaques d'or. (*N.d.T.*)

assise sur mon *charpoy* comme nous le sommes aujourd'hui...

— Mais je n'étais pas là...

— Non, Deepa, tu n'étais pas là. Ça se passait longtemps avant ta naissance. Peut-être même avant celle de ta mère. Mais j'étais seule quand arriva Biju.

— Biju ?

— Une simple servante à la cour du maharadja de Mehru. Mais elle était loyale et fiable, et elle aimait sa maharani de tout son cœur. "Amma, ça a fini par arriver ! La maharani attend un enfant. Elle attend enfin un enfant !" Elle a dit cela mot pour mot. "Quand doit-il naître ?" ai-je demandé. J'étais sûre qu'elle avait compté et recompté, et je savais que je pouvais lui faire confiance lorsqu'elle me dit le mois prévu. Lorsque je suis allée voir dans mon pot en terre, j'y ai trouvé une petite chaîne d'argent.

— D'argent ? souffla Deepa.

— Oui, dit Amma, marquant une pause pour se remémorer la scène, c'était bel et bien de l'argent. Ce soir-là, nous avons préparé nos bagages pour nous rendre à Mehru.

— Sur-le-champ ?

— Un prince à naître n'attend pas. Et cela représentait plusieurs mois de voyage. On avait besoin de mes services pour aider à l'accouchement, et de ceux de ton grand-père pour que le prince puisse bénéficier de sa sagesse d'astrologue. Nous étions un couple exceptionnel, Deepa. La sage-femme, la *dai* des maharanis, et l'astrologue. Je pouvais lui dire le moment exact de la naissance. C'était là aussi le secret de la précision de ses prédictions ; c'est pour cela qu'il était un grand *rajguru* ! Il n'était pas obligé de se fier aux renseignements d'un courtisan ou d'une servante, qui ne comprenaient pas toujours l'importance de l'exactitude. Les dates devaient toujours être exactes.

— Comment pouvais-tu l'être à ce point ? s'étonna Deepa.

— Les messagers arrivaient parfois quelques mois auparavant, et à mesure qu'approchait le moment d'une naissance royale, moi aussi je sentais que nous devions être sur place ; je ne connaissais pas de répit tant que nous n'étions pas en route. Pour cela, on nous récompensait. Et nous, à notre tour, nous récompensions nos informateurs. Si je n'avais dû compter que sur mon intuition, je n'aurais su que très subitement et peut-être avec un délai trop court.

— Etes-vous jamais arrivés trop tard ? demanda Deepa, prise par l'histoire.

— Parfois, nous sommes arrivés tard. Au royaume de Gandhinagar, entre autres. Mais nous ne sommes jamais arrivés trop tard. J'ai dit à ton grand-père : “Il faut nous hâter d'aller au royaume de Gandhinagar”, alors que nous étions encore à la cour de Mehru. Depuis un mois, nous nous reposions au palais après la naissance du prince. A en croire nos renseignements, nous n'avions aucune raison de partir pour le Gandhinagar avant au moins deux mois. Grand-père voulait rester pour étudier ses cartes et en dresser quelques-unes à nouveau ; parfois, ces cartes s'effacent, même celles des princes. Certains astrologues utilisent des encres de mauvaise qualité. Lui, il utilisait seulement des couleurs *pukka*. Et puis, il y avait certaines inexactitudes à rectifier. Les événements peuvent montrer que la position des planètes n'était pas aussi juste qu'elle aurait pu l'être. Mais le temps manquait pour cela. J'ai compris que le prince du Gandhinagar avait hâte de venir au monde et que nous devions être là-bas à temps, sinon il mourrait à coup sûr ainsi que sa mère.

« Nous sommes arrivés juste à temps. Bien que nous n'ayons pas pu sauver la pauvre maharani – c'était la volonté de Dieu et nous avons été impuissants devant elle –, le petit prince est venu au monde en toussant, tout malingre. Mais c'était le premier héritier mâle qui ait survécu, et il était né sous d'heureux auspices. Il vivrait longtemps, c'est ce qu'a dit ton grand-père au maharadja.

— Mais c'est triste, la mort de la maharani », s'exclama Deepa.

— Elle n'a pas pu être sauvée, dit Amma en secouant la tête. Mais sans nous, le petit prince n'aurait pas pu l'être non plus. Le maharadja nous a généreusement récompensés, avec de l'or. Et nous nous sommes sentis très humbles d'avoir pu donner la vie ainsi !

— Il vous a donné de l'or ! » fit Deepa, suffoquée.

Amma sourit :

« Et nous, nous avons donné la vie. »

4

La maman de Deepa travaillait dans des villes de plus en plus éloignées de chez elle. Et à mesure que Deepa grandissait, Amma et elle la voyaient de moins en moins. Un jour, Deepa s'avisa qu'elle n'avait pas vu sa mère depuis plus d'un mois. Au début, Amma s'était fait du souci pour sa fille veuve, puis elle avait compris que Ma ne pouvait s'empêcher de penser à Dasji et à la petite Kamini tous les jours qu'elle passait à Mardpur, aussi encouragea-t-elle Vimala à aller où on avait besoin d'elle, en lui laissant Deepa. Et de fait, chaque fois que Ma étreignait sa fille – elle éprouvait beaucoup d'affection pour sa fille aînée –, ses yeux s'embuaient car elle revoyait le visage de Kamini.

Lorsqu'enfin Deepa prit son courage à deux mains pour poser la question, Amma lui répondit très simplement que Ma s'était installée à Vakilpur, une ville au sud de Mardpur. Pour y arriver, il fallait changer deux fois d'autocar. Peut-être était-ce la raison pour laquelle Ma ne pouvait pas les voir plus souvent, dit Amma. Puis elle serra Deepa contre elle et l'embrassa : « Ta maman t'aime, Deepa, mais moi, j'ai besoin de toi ici. Tu sais, ma vue n'est pas bonne. Et toi aussi, tu as besoin d'être ici.

— Pour trouver le trésor ? demanda Deepa, pleine d'espoir.

— Pour trouver le trésor », répondit gravement Amma.

Une photographie de la mère de Deepa et de son père était posée sur le coffre d'Amma, près de son coin à *puja*. Un cliché jaunissant qu'elle n'avait jamais encadré, où figurait Ma, fraîche et resplendissante, couverte des pieds à la tête de lourds bijoux comme seules en portent les princesses. Amma aussi était sur la photo, parée de très beaux bijoux. Or Deepa n'avait jamais vu ces bijoux. Ils devaient bien être quelque part.

Deepa aborda la question de biais et demanda : « Amma, quand je me marierai, est-ce que j'aurai beaucoup de bijoux d'or comme Ma ?

— Bien sûr.

— D'où il viendra, tout cet or ?

— Je l'ai mis en sûreté pour toi. Tu le trouveras quand tu en auras besoin, Deepa.

— Quand ?

— Pas tout de suite. J'aurai peut-être déjà quitté cette terre.

— Alors, je n'en veux pas », s'écria Deepa, jetant ses bras autour du cou de sa grand-mère.

Amma lui caressa le coude. « Tu comprends, tu n'en as pas besoin pour l'instant. Mais le jour venu, tu le trouveras. »

Deepa était intriguée. Et elle se demandait souvent où il était caché.

« Où est-il ? Dans les coffres ? »

Amma ne voulait toujours rien dire, et Deepa fut

bien obligée de se contenter de l'idée qu'au moins, Amma n'avait pas nié l'existence du trésor.

« Amma n'a jamais dit qu'il n'était pas là, dit-elle un jour à sa meilleure amie, Bharathi.

— Les gens disent qu'il y a des anges et des démons, Deepa, même quand ils savent qu'ils ne sont pas là, dit Bharathi.

— Les anges et les démons, on ne peut pas les voir. Mais moi, je peux voir le trésor. Il est là, sur la photo de ma maman.

— Si ma grand-mère perdait quelque chose de très précieux, elle ne mc le dirait pas. Elle pleurerait en cachette, dit Bharathi, réfléchissant. Peut-être qu'Amma n'a pas envie de te dire qu'il n'y a plus de trésor. Peut-être que c'est ta maman qui a tout.

— Dans ce cas, elle me l'aurait dit », s'obstina Deepa.

Mais elle se souvint alors qu'Amma ne lui avait pas donné de détails sur la mort de son père, et qu'elle ne lui avait pas dit que sa mère s'était remariée. Elle était pourtant persuadée que le trésor existait et qu'un jour Amma le sortirait pour elle. Parfois, mais plus rarement, Deepa se demandait ce qui arriverait si Amma mourait sans rien lui dire, laissant le trésor à jamais caché.

Ce fut tout à fait par hasard que Deepa apprit le remariage de sa mère. A l'époque, il était impensable qu'une veuve se remarie. Personne n'avait songé à en avertir Deepa. Peut-être n'avait-on pas osé ; ou ne savait-on pas en quels termes annoncer la chose à une enfant. Pas même Amma qui, lorsque Deepa demanda après sa mère, dit encore que Ma ne pouvait pas supporter de venir à Mardpur parce que cela lui rappelait trop Dasji et la petite Kamini.

Ce fut au milieu des arbres du temple de Vishnou Narayan que Deepa surprit une conversation entre Sudha-la-Pensionnée et Madhu. C'étaient les tantes de Bharathi, les épouses de Laxman et Vaman, les marchands de saris, deux frères qui appartenaient à l'une des plus anciennes familles de négociants de saris de Mardpur.

« Elle a toujours l'air si triste, cette pauvre Deepa. Elle ne voit plus sa mère, maintenant qu'elle s'est installée à Vakilpur, celle-là. Non seulement elle a perdu son *baap*, mais elle est orpheline à présent », dit Sudha-la-Pensionnée, une femme grassouillette, la plus âgée des deux, et qui avait repéré Deepa dans le jardin du temple. Les deux belles-sœurs avaient les mains pleines de fleurs et de fruits, qu'elles venaient offrir aux dieux.

« Vakilpur ? Il n'y a pas de tribunal régional là-bas », dit Madhu, la plus jeune et la plus mince, dont les bras cliquetaient de bracelets. Sa voix exprimait la surprise.

Elles passèrent derrière un arbre et Deepa n'entendit pas la réponse. Quand elles reparurent quelques secondes plus tard, Sudha parlait d'un ton indigné.

« Quel besoin avait-elle de se remarier ? La famille a de l'argent. Amma a de l'or. La veuve de Dasji peut bénéficier de sa pension de réversion de professeur au collège municipal.

— Peut-être que l'amour fleurit au tribunal », dit Madhu, amateur d'histoires romanesques dans les hebdomadaires. Elle savait ce que Deepa ignorait, à savoir que la mère de celle-ci s'était remariée très récemment à un juge, essayant de tourner la page sur sa tragédie familiale.

« *Dhut !* la réprimanda Sudha-la-Pensionnée. Qu'est-ce que tu racontes ? Qu'est-ce que c'est, l'amour ? Tu regardes trop de films. Ça ne vaut rien. »

Un peu plus tard, lorsque Sudha et Madhu regagnèrent le jardin après avoir déposé leurs offrandes dans le sanctuaire du temple, Deepa entendit Sudha-la-Pensionnée parler de sa mère en la désignant comme « cette femme sans vergogne ». Sudha ne faisait aucun effort pour baisser la voix. Deepa entendait fort bien la conversation des deux femmes qui circulaient entre les arbres, se penchaient pour appliquer des *tilaks* de poudre vermillon au front des divinités de pierre, puis reculaient pour répandre du riz.

« Mais son mari est mort si tragiquement, dit Madhu, toujours en parlant de la mère de Deepa, avec plus de gentillesse toutefois que Sudha n'en avait manifesté. Et qui va prendre soin d'elle ?

— Elle n'aurait jamais dû poser les yeux sur un autre homme, fit Sudha en reniflant. Qui aurait pu imaginer une chose pareille ? Quand je pense que cette Vimala, si réservée, avec une fille si réservée aussi, a cherché un autre mari ! C'est vraiment inconvenant. »

Madhu aborda la question avec plus de logique.

« Peut-être que cet homme la voit régulièrement et qu'il a eu pitié d'elle. Et pour elle, ma foi, ça vaut mieux que d'être seule.

— *Dhut !* s'exclama Sudha en regardant Madhu d'un air écœuré. Où vas-tu chercher des idées pareilles ? Un homme, avoir pitié d'une veuve !

— J'essaie de comprendre », fit Madhu, restant sur ses positions.

Deepa elle-même ne se doutait pas que Madhu avait presque deviné juste.

« Ce n'est pas bon pour cette “Deepa-sans-mère” d'être seule, poursuivit Sudha, comme si quelqu'un était en faute et qu'il fallait remédier sur-le-champ à la situation.

— Mais elle a son Amma ! » dit Madhu, qui ne se souvenait pas d'avoir vu Deepa avec un air chagrin. De son point de vue, c'était une enfant réservée, certes, mais pas malheureuse.

« Tu ne sais donc pas ce qu'on dit d'Amma ? insista Sudha, adoptant à nouveau son air condescendant pour parler à Madhu, épouse du frère cadet. Il paraît qu'il y a des *bhooths* dans sa maison. Ce n'est pas bon pour une petite fille.

— Des *bhooths* ! s'écria Madhu, si excitée que ses bracelets cliquetèrent. Moi, je n'en ai jamais vu un seul !

— Toi, peut-être pas, dit Sudha, l'air toujours condescendant, mais il y a beaucoup de gens qui en ont vu. »

Avec Deepa pour toute compagnie et une vue de plus en plus défaillante, Amma inspirait du respect, voire de la crainte. Les bruits sur ses pouvoirs spéciaux continuaient à circuler, mais comme on la voyait rarement sur le Vieux Marché ou dans le bazar de Kumar, le temps passant, ils avaient fini par être déformés. On racontait à présent qu'Amma imaginait des esprits, et que peut-être même elle les appelait pour qu'ils ondulent et palpitent autour d'elle, provoquant ainsi comme une brise bienvenue dans la chaleur lourde des journées d'été. Certains se demandaient si la maison de Jagdishpuri Extension n'abritait pas les fantômes de la petite Kamini, du père de Deepa et du cheval aux hennissements affolés. Cela pouvait expliquer pourquoi Deepa était si réservée, et pourquoi sa mère n'aimait pas venir à Mardpur.

Quand les autres filles taquinaient Deepa, c'était souvent parce qu'elle avait tendance à rester à l'écart, attendant qu'on l'invite à se joindre aux jeux et ne prenant jamais elle-même aucune initiative. Mais elles la taquinaient aussi à propos d'Amma. Parfois, quand Deepa et Bharathi ne voulaient pas les laisser jouer à la marelle avec elles ou partager leurs graines de tamarin, elles sautaient en criant : *« Bhootni Maai ! Bhootni Maai ! »* puis s'enfuyaient avec des hurlements de terreur feinte.

Bharathi était la seule à connaître assez bien Deepa pour savoir qu'il n'y avait pas de fantômes, même si, lorsqu'elle se rendait dans la maison de Jagdishpuri, elle sentait une aura autour d'Amma. C'était plus inexplicable qu'effrayant, tout comme l'odeur des mangues confites dans l'huile de moutarde douce, qui semblait si puissante lorsque Amma était là, beaucoup plus puissante que l'arôme émanant de quelques pots de condiments en cours de macération.

5

Le jour où Sudha-la-Pensionnée avait parlé du remariage de Ma, elle avait aussi réprimandé Madhu alors qu'elles terminaient leurs dévotions au temple.

« Ne me dis pas que tu as encore oublié la noix de coco ? Tu sais que la noix de coco est essentielle. A quoi penses-tu ? Tu es toujours dans les nuages.

— Ce n'est pas grave. Moi qui ai deux fils, je ne vois pas l'utilité d'invoquer un symbole de fertilité », rétorqua Madhu. La réflexion était méchante, et d'une brutalité inhabituelle pour une femme d'ordinaire plutôt discrète.

Deepa ne vit pas la réaction de Sudha, mais elle devait être meurtrie. Comme elle n'avait pas eu d'enfant, elle avait adopté Meera et Mamta, les deux sœurs jumelles de Bharathi, filles aînées de Raman.

Plus tard, Deepa les entendit de nouveau discuter.

« Ce n'est pas toi et frère Laxman qui devez chercher de bons partis pour Meera-Mamta ? disait Madhu.

— Si, et c'est ce que je lui dis moi aussi. Je lui demande : “Pourquoi donnons-nous à ces filles une bonne éducation, et des cours de musique ? Pour qu'elles égaient nos vieux jours ?” Je le dis et je le répète à mon mari. Mais lui, il prend ça à la légère et me répond : “J’aime bien la musique, même pour les vieux.”

— Les hommes attendent toujours que ce soient nous, les femmes, qui nous occupions de tout. Sans nous, ils ne font rien. Il faut que ces filles se marient avant que leur voix perde sa pureté. Qui épousera une fille dont la voix n’est plus pure ? fit Madhu.

— Oui, il est temps. Pourquoi ne parles-tu pas aussi à frère Vaman, ton mari ? La dot doit venir de la cagnotte de la famille.

— Mon mari n’a pas dit que la dot devait venir de la cagnotte de la famille, dit Madhu, légèrement soupçonneuse.

— Quand notre beau-père est mort, tu n’étais pas mariée depuis longtemps. Ce qui a été décidé alors, c’est que les magasins de saris aillent à nos maris, mais que les dots des filles viennent de la cagnotte familiale. Car où veux-tu que Raman trouve l’argent ? C’est un bon à rien, un paresseux, qui n’a qu’une mention passable à sa licence. Pourquoi t’inquiètes-tu, toi qui as des fils ? (Cette réflexion fut faite sur un ton passablement acide.) Tes garçons apporteront des dots à la maison, tu n’auras rien à débourser.

— Ma foi, Raman devrait peut-être prendre le temps de chercher de bons partis, suggéra Madhu avec circonspection, car elle ne savait pas comment Sudha réagirait à sa remarque.

— Raman ! dit sa belle-sœur avec mépris. Crois-tu qu’on puisse compter sur lui pour trouver de bons maris à d’aussi jolies filles, qui ont grandi chez moi et sont maintenant tout à fait accomplies ?

— Il peut se renseigner », suggéra doucement Madhu.

Sudha-la-Pensionnée repoussa cette idée d’un geste irrité.

« On ne peut pas compter sur Raman pour faire le nécessaire afin de marier avantageusement ses propres filles. Trop imprévisible, cet homme-là. Il n'agit pas toujours avec la tête claire. D'ailleurs, Dieu sait les idées qui la traversent, cette tête. Tu ne te souviens pas de la façon dont il s'est marié, lui ? (Sudha décida de le rappeler à Madhu, même si celle-ci s'en souvenait.) Nous ne trouvions pas que Kumud serait le meilleur choix pour lui. Regarde-la. Tellement maigre et si mal dégrossie.

— Elle n'est pas laide, et elle a la peau claire, intervint Madhu qui, en son for intérieur, trouvait que c'était Kumud la plus jolie des trois belles-sœurs.

— Avec un brevet pour tout diplôme ? poursuivit Sudha d'un ton brusque. Dans cette famille, la première famille de négociants en saris de Mardpur, un simple brevet a trouvé à se caser ! Et tu sais pourquoi ? A cause de Raman ! “Nous hésitons à la choisir, cette Kumud”, avait dit Baoji. Alors tu sais ce que Raman a fait ? Au milieu de la nuit, il a quitté Mardpur pour aller voir à quoi elle ressemblait, cette fameuse Kumud.

— Comment pouvait-il voir son visage en pleine nuit ? demanda Madhu, qui trouvait l'histoire très romanesque.

— Il a pris le bus et est resté caché dans des buissons jusqu'au matin, à l'heure où il pouvait y voir. Alors il est revenu et il a dit à Beau-Père : “C'est elle que je veux.” Tu imagines ? C'est une telle honte pour toute la famille que la plus jeune des épouses n'ait qu'un brevet...

— Raman n'avait pas de diplômes extraordinaires, à l'époque. Il n'avait même pas encore obtenu sa licence », lui rappela Madhu qui admirait en secret le courage de Raman, même si l'incident révélait son caractère têtu.

— Raison de plus pour qu'il écoute ses aînés dans la famille, ceux qui étaient plus instruits que lui. Tu sais qu'il s'était enfermé dans sa chambre en disant : "Tant que mon mariage avec cette fille n'est pas décidé, je ne sortirai pas." Nous avons tout fait pour qu'il change d'avis. Mais une fois qu'il s'est mis une lubie en tête, ce n'est pas la peine. Nous avons même craint qu'il ne l'enlève au milieu de la nuit, tellement il était buté et réfractaire aux conseils. Alors nous nous sommes dit : "Mieux vaut un mariage convenable, qui ménage l'honneur de la famille", et nous avons consenti à ce qu'il prenne l'épouse de son choix plutôt que de nous exposer à d'autres avanies. Voilà pourquoi Raman se retrouve avec un simple brevet sur les bras.

— Enfin, c'est une bonne ménagère, et c'est tout ce qu'il faut à Raman », conclut Madhu avec pragmatisme. Mais pour Sudha, l'important dans cette histoire ce n'était pas que Kamud fût ou non une bonne épouse pour Raman, mais que Raman ait manifesté là une obstination capricieuse sans le moindre fondement logique. L'ayant vu se comporter ainsi une fois, elle ne voulait à aucun prix que son tempérament affecte de quelque façon que ce fût le mariage des jumelles qu'elle avait élevées et qui étaient sa fierté. Elle ne voulait ni cavalcades nocturnes ni menaces, réelles ou imaginaires, d'enlèvements en pleine nuit.

Sudha et Madhu n'étaient pas les seules à parler du mariage des sœurs de Bharathi. Rampal, qui venait traire Jhotta, dit un matin à propos du père de Bharathi : « Ce Raman sahib, il se promène à longueur de journée dans le bazar ; il est toujours là à tirer des plans sur la comète, mais il n'est pas du tout dans le réel. Le réel, c'est qu'il a deux filles à marier bientôt. Quelle dot va-t-il donner ? Pour le commerce des saris, il n'a jamais été bon à quoi que ce soit. Maintenant, il va le regretter.

— A quoi rêve-t-il ? demanda Amma, qui, appuyée au mur, écoutait le jet de lait de Jhotta se briser sur les parois du seau.

— Il n'en sait rien lui-même. Il rêve pour échapper au réel. Ma foi, si vous aviez deux filles à marier, peut-être voudriez-vous être ailleurs, vous aussi ?

— Est-ce que je n'ai pas élevé une fille ? dit-elle avec un mouvement de tête altier. Est-ce que j'ai cherché à échapper au réel ? Jamais ! J'ai assumé mes responsabilités. Quoi qu'il en soit, c'est l'aîné des frères, Laxman, qui s'occupera de marier Meera et Mamta. Un double mariage, peut-être avec deux frères. Il n'y aura besoin que d'une cérémonie. Cela fait beaucoup d'économies. Alors qu'a-t-il comme souci, Raman ? Aucun. »

Le lait des mamelles gonflées de la bufflonne coulait avec douceur et tintait contre les parois du seau tandis que Rampal tirait en cadence sur les pis. Il se pencha en arrière, toujours accroupi, lorsque, par un réflexe de détente, l'animal libéra soudain un flot régulier de lait.

« Il devrait mettre par écrit ce qui lui passe par la tête, dit Rampal. Si ces histoires sont tellement intéressantes qu'on s'y trouve mieux que dans notre monde, alors elles vaudront peut-être à ce Raman sahib de devenir un jour un grand écrivain !

— Ha ! persifla Amma. Nous deviendrions tous de grands écrivains si nous pouvions écrire ce qui nous passe par la tête.

— Et vous, vous seriez la meilleure de tous, Ammaji ! dit Rampal, qui éprouvait pour elle une admiration et un respect profonds.

— Oh, non, sourit Amma. Je ne suis pas sur cette terre pour écrire. (Sa voix s'assourdit de telle sorte qu'avec le bruit de la traite on l'entendait à peine.) Je suis ici pour voir ce que les autres ne peuvent pas voir !

— Et pour aider à mettre les enfants au monde, Amma. Une mission aussi importante, qui peut s'en acquitter ? »

Pensive, Amma hocha la tête lentement, comme si elle essayait de séparer dans son esprit le passé du futur.

« Tu as raison, Rampal, à chacun une mission importante. Peut-être ne devrions-nous pas nous moquer de Raman. Peut-être y a-t-il chez cet homme quelque chose que nous ne voyons pas encore.

— Chacun a ses qualités cachées », acquiesça Rampal.

6

Raman était d'humeur pensive. Il s'était en effet promené dans la ville, plongé dans ses réflexions, comme l'avait dit Rampal.

L'épouse de Raman, Kumud, le pressait sans cesse de songer à l'avenir de leurs filles aînées, Meera et Mamta. Elle avait déjà quatorze ans quand elle s'était mariée, lui rappela-t-elle, et les jumelles étaient nées l'année suivante. S'était-il avisé que l'été prochain elles allaient obtenir leur diplôme de fin d'études ? Et qu'avait-il fait en vue de les marier ? Rien. Un gros zéro.

« Les filles ne se marient plus de si bonne heure, de nos jours », avait-il répondu d'un ton conciliant.

Il avait remis à plus tard le soin de trouver de bons partis à ses filles non parce qu'il souhaitait se dérober à son devoir de père, mais parce que, très honnêtement, il ne pensait jamais à ces choses-là. Il n'était pas dans ses habitudes de se faire du souci. A quoi bon s'inquiéter tant qu'on n'était pas au pied du mur ? Tel était son principe. L'ennui, c'était que Kumud lui avait clairement fait comprendre que maintenant, il lui fallait régler cette question.

« Qu'est-ce que tu racontes ? Elles ont déjà plus de quatorze ans. Chercher un bon parti prend du temps. Il ne s'agit pas seulement d'aller le nez au vent dans le bazar de Kumar pour aviser le premier qui passe, et le ramener à la maison pour le mariage, dit Kumud, exaspérée par l'absence évidente d'intérêt de la part de Raman.

— Il y a de nouvelles lois contre le mariage des enfants, dit-il vaguement.

— Quel mariage d'enfants ? Tu as vu tes filles ces temps derniers ? Ce ne sont plus des bébés ! »

De fait, Raman ne voyait guère Meera et Mamta ; elles vivaient chez son frère aîné, ce qui lui permettait de chasser de son esprit beaucoup plus facilement toute préoccupation concernant leur avenir.

Laxman dirigeait le Sari Mahal, une grande boutique éclairée par des néons, où s'entassaient de hautes piles de saris de toutes les couleurs et de tous les modèles. Elle était située à l'autre bout de Mardpur, sur le côté est du bazar de Kumar. Raman n'y passait jamais et n'y était pas allé depuis que la roue de sa bicyclette avait été tordue à la suite d'une collision avec un bouvillon qui l'avait chargé en venant de Dieu sait où dans les venelles étroites du Vieux Marché. Heureusement, il n'avait pas été blessé. Mais il ne s'était même pas soucié d'acheter une autre bicyclette. Il ne savait pas si c'était par simple paresse qu'il n'était pas allé à Jetco, où l'on vendait quatre marques sérieuses, dont l'une au moins pouvait résister au choc d'un bouvillon, ou si c'était parce que le magasin se trouvait juste à côté du Sari Mahal, ce qui l'aurait obligé à rendre visite à son frère.

Raman se faisait du souci à l'idée d'avoir à trouver deux maris. Comme si le mariage d'une seule fille ne posait déjà pas assez de problèmes ! Il s'était toujours dit que son frère aîné Laxman se chargerait de cette tâche. Il s'était imaginé – si tant est qu'il ait accordé une pensée à cette éventualité – qu'un jour Laxman l'informerait qu'il avait trouvé pour Meera et Mamta des partis convenables, dans une famille convenable, qu'il avait négocié une dot et que le prêtre, le swami Satyanarayan, avait comparé les horoscopes et les avait trouvés compatibles ; et lui demanderait si lui, Raman, consentait à ce mariage. Bien entendu, Raman accepterait gracieusement et apparaîtrait le jour venu coiffé d'un turban de soie jaune pour accomplir les rites qui incombent au père le jour du mariage de ses filles. Il ne s'était pas attendu à devoir se charger de chercher des maris et par-dessus le marché de négocier la dot.

A présent, il se rendait compte qu'il aurait l'air d'un grossier personnage et d'un parfait je-m'en-foutiste s'il osait dire que cette affaire ne regardait que Laxman. Après tout, il s'agissait de ses filles à lui, même si Laxman les avait élevées comme les siennes. Et comme Kumud commençait à se faire du souci, il pouvait difficilement l'ignorer et plus difficilement encore traîner les pieds.

Comme pour tout ce qui touchait à l'argent, Raman avait cru jusqu'alors que la dot serait une affaire de famille à laquelle les trois frères participeraient. Quant aux négociations, ses frères, qui étaient dans les affaires, en avaient l'habitude ; ils ne pouvaient guère s'attendre à ce qu'il fasse mieux qu'eux dans ce domaine.

Sudha n'était pas de cet avis. Elle estimait que Laxman et elle s'étaient acquittés de leur devoir en donnant à Meera et à Mamta des facilités qu'elles n'auraient jamais eues avec leurs vrais parents, à savoir une éducation raffinée et des talents d'agrément. Une fois qu'elles furent plus instruites et mieux élevées que leurs parents, cap qu'elles passèrent même avant d'être adolescentes, il parut tout naturel qu'elles restent chez leurs oncle et tante pour terminer leurs études. En matière d'études aussi, Sudha s'estimait supérieure. Et certainement, elle en savait plus que Raman, avec sa licence mention passable et Kumud, avec son seul brevet.

Sudha enseignait la musique au collège municipal. Elle aurait pu enseigner à l'école de la Mission, mais, comme elle aimait à le dire : « Au collège municipal, on grimpe plus vite les échelons et puis la pension est bonne aussi. »

Raman qui, de sa vie, n'avait jamais pensé à l'utilité d'une pension, trouvait qu'elle faisait l'importante. « Pourquoi a-t-elle besoin d'une pension ? se plaignit-il un jour à Kumud. Alors que le commerce des saris marche si bien ?

— Oui, mais si frère Laxman meurt, qu'est-ce qui se passera ? » répliqua Kumud. Occupée à récurer les casseroles du dîner, elle ne leva même pas les yeux.

Raman fut choqué.

« Vaman est le cadet, il doit veiller sur elle. C'est son devoir.

— Et si Frère Vaman meurt ? »

L'idée coupa le souffle à Raman. Cela voudrait dire, naturellement, qu'il serait, lui, Raman, responsable des deux veuves et de leurs enfants.

« *Chup !* tais-toi. Qu'est-ce qui te prend d'avoir l'idée morbide de supprimer mes frères ? Arrête de dire des choses pareilles, sinon tu vas attirer sur eux le mauvais œil. »

Après cela, Kumud ne défendit plus jamais Sudha et son droit de gagner de l'argent. D'ailleurs, elle n'avait aucune raison de défendre sa belle-sœur, qui était suffisante et autoritaire, et ne perdait jamais une occasion de faire sentir aux épouses plus jeunes sa supériorité.

La charge de la dot ne devait pas être assumée par

eux seuls, dit très clairement Sudha à Laxman, car sinon ils n'auraient pas assez pour vivre lorsqu'ils seraient vieux, puisqu'ils n'avaient pas de fils.

« Mais nous avons le Sari Mahal », fit Laxman, conciliant, et d'autres biens en plus – mais de cela, il ne souffla mot.

« Et tu vas vendre des saris jusqu'à quatre-vingts ans ? railla Sudha.

— Oh, jusqu'à soixante-dix ans au moins.

— Et après ?

— Après, quoi ? Quelqu'un d'autre prendra la relève.

— Qui ? »

Cela, c'était une chose à laquelle Laxman n'avait pas envie de réfléchir pour l'instant.

« Un neveu, sans doute.

— Comme Shanker, par exemple, le fils de Raman ? »

Ce qu'elle voulait dire, c'était que si au bout de compte le Sari Mahal revenait au fils de Raman parce qu'eux n'avaient pas de fils, on ne pouvait pas s'attendre à ce qu'ils donnent aussi une dot aux filles de Raman. La famille de ce dernier serait très bien pourvue avec la boutique.

Oui, Sudha-la-Pensionnée avait appris à Meera et à Mamta à chanter comme elles ne l'auraient jamais appris chez Raman ; ce qui ne voulait pas dire qu'elle ne leur avait appris que cela. Dans une réunion, elles pouvaient parler de toutes sortes de choses, notamment de ce qu'il faudrait faire pour que le pays progresse. Du coup, Raman se sentait mal à l'aise en leur compagnie. Quels garçons voudraient de filles comme elles, se demandait-il. Il n'en connaissait aucun, il en était absolument sûr. Quant à en connaître deux... Il avait beau lire le journal, il préférait garder ses opinions pour lui. Il trouvait tout à fait déplacée la façon qu'avait Sudha de parler d'articles lus dans le journal. Les habitudes de lecture de Sudha-la-Pensionnée n'impressionnaient pas Kumud non plus. Qu'avait-elle besoin de regarder dans le journal alors qu'elle pouvait voir le prix du *ghi* au marché ? Et tant que l'eau ne venait pas à sa porte, à quoi lui servait-il de savoir que le reste de l'Inde était inondé ?

« Il est toujours bon d'être informé de ce que font nos *netas* pour le pays », dit Sudha-la-Pensionnée en reniflant avec dédain. Elle aimait à rappeler que son propre père s'était battu pour la liberté.

« Ils ne doivent pas faire grand-chose, car ma vie n'a pas beaucoup changé, répliqua Kumud du tac au tac. Quant à ce qu'on nous raconte dans les journaux, c'est pour ceux qui ne savent pas se servir de leurs yeux pour voir ce qui se passe.

— N'empêche, il faut bien comprendre comment fonctionne le corps social, répondit Sudha, tentant de dérouter Kumud avec des concepts savants.

— Je le comprends fort bien, grommela Kumud. Le prix du *ghi* n'arrête pas d'augmenter. Le jour où il baissera, je lirai le journal pour savoir pourquoi. »

7

Raman n'avait aucune raison de s'en laisser imposer par la familiarité de Sudha avec les journaux. Il savait très bien lui-même ce qu'il y avait dedans car il travaillait pour l'Agence de Presse Indienne[1], la PTI. Le peu d'argent qu'il y gagnait constituait une rentrée régulière qui lui suffisait à nourrir sa famille. Il n'avait pas besoin de plus. Kumud n'était pas de ces femmes qui prennent envie de tout ce qu'elles voient, et elle ne pesait guère sur le budget familial. Il ne comprenait pas pourquoi d'autres se tuaient au travail et se faisaient en plus du souci à propos de l'argent. Cela, c'était avant de commencer à comprendre qu'il allait devoir trouver non pas une dot, mais deux.

Raman était au bureau avant huit heures chaque matin pour vérifier les dépêches acheminées par le service de l'agence de presse. Il découpait les articles, les archivait et donnait les coups de téléphone au correspondant de l'agence, « Marche du Sel » Gulbachan ; après quoi, il rentrait chez lui pour déjeuner et faire la sieste. Il n'avait pas à revenir avant cinq ou six heures du soir, et là, c'était pour une heure ou deux seulement, afin de vérifier les dépêches.

---

1. *Press Trust of India, PTI.* (*N.d.T.*)

« CATASTROPHE FERROVIAIRE A BADALPUR, A SORTIR IMMEDIATEMENT », lut Raman à haute voix sur la dépêche ce jour-là.

Gulbachan baissa lentement le *Statesman*. Il était rare qu'il se presse, quel que soit l'événement.

« Penses-tu que cela s'inscrira dans les annales de l'histoire ?

— Non, admit Raman, mais l'article sera lu par les bureaucrates de Delhi. »

Il n'y avait que deux critères pour juger les nouvelles : resteraient-elles dans l'histoire de la nation ou seraient-elles une bonne pâture pour les bureaucrates de Delhi, qui étaient les premiers lecteurs de journaux ? Et comme le premier cas ne se présentait pratiquement jamais dans le secteur de Gulbachan, le second revêtait la plus haute importance. Cela suffisait à galvaniser Gulbachan, à le mettre en branle. Il bâilla tout en se grattant les flancs, ôta ses pieds de dessus son bureau et les glissa dans ses chaussures de cuir.

« Carnet ? dit Gulbachan, qui ne se souvenait pas où il l'avait mis. Ni quand il l'avait utilisé pour la dernière fois, d'ailleurs.

— Sous la table, suggéra Raman.

— Hein ? » fit Gulbachan, dont la tête apparut sous son bureau, où il ne trouva rien.

Raman récupéra le carnet sous le pied de la table, qu'il servait à caler, et tapa dessus pour en ôter la poussière. Il avait une marque carrée en creux au milieu, nettement dessinée, le signe distinctif de tous les carnets de Gulbachan.

« Stylo ? » dit Gulbachan.

Raman porta d'abord la main à son oreille.

« Sur votre oreille. »

Gulbachan le fit passer dans la poche supérieure de sa saharienne. Il était fin prêt.

Dans sa jeunesse, alors que les Britanniques dirigeaient encore le pays, Gulbachan avait essayé d'entrer dans l'administration, mais avait échoué. Jamais il ne s'était complètement remis de cette déception. La PTI n'était qu'une piètre solution de remplacement, en matière de service public. Ce travail avait ses bons moments – mais ils étaient maintenant loin derrière lui. Le plus grand titre de gloire de Gulbachan était d'avoir interviewé le Mahatma Gandhi lors de la Marche du Sel[1]. Cela avait été le clou de toute sa carrière, sans pour autant suffire à le faire nommer à Delhi ni à Calcutta, ni même à Lucknow. Sans l'agréable petit bungalow de fonction qui lui était fourni à Mardpur et le titre de correspondant en chef, jamais Gulbachan n'aurait accepté d'être nommé là.

Un correspondant en chef a toujours un assistant, sinon toute une armée de correspondants adjoints, mais cela n'était pas utile dans une ville aussi endormie et insignifiante que Mardpur.

Lorsque Gulbachan s'était mis en quête d'un assistant, un préposé subalterne et unique, il avait évité les jeunes diplômés susceptibles de lui en remontrer. Il ne voulait personne qui ait des ambitions ou des aspirations ou des prétentions d'écrivain. Aussi Raman convenait-il parfaitement pour cela. Gulbachan, qui connaissait tout le monde à Mardpur, était assez lié à la famille de Raman pour savoir que celui-ci ne s'intéressait pas du tout au commerce de saris. En effet,

1. Episode typique de la lutte par la non-violence. En 1930, escorté de ses fidèles et de journalistes, Gandhi entreprit une marche de vingt-six jours (12 mars-6 avril), sans révéler ses intentions. Arrivé à la mer, il ramassa du sable et de l'eau salée, déclenchant par ce geste symbolique le boycott du sel vendu par monopole d'Etat. (*N.d.T.*)

Raman avait déjà fait la preuve de son absence d'ambition.

Bien qu'il se fût assuré que Raman ne représentait aucune menace, il se mit en devoir de lui faire comprendre qu'écrire pour l'Agence de Presse Indienne était beaucoup plus complexe qu'il n'y paraissait au premier abord, car Gulbachan était fort bien placé pour savoir que l'art du reporter s'apprend facilement en observant. Il ne fallait pas que Raman s'imagine que parce qu'il le voyait travailler, il pouvait aspirer à marcher sur ses brisées.

« Le secret d'un bon reporter, c'est sa faculté d'analyse et de pensée », disait-il en se frappant la tempe. Il ne suffit pas d'observer pour apprendre ce métier. Un journaliste n'est pas un artisan mais un artiste. »

C'est ainsi que Gulbachan persuada très tôt Raman qu'il ne fallait jamais sous-estimer le journaliste qui ne paraissait pas faire grand-chose. Un sérieux travail s'effectuait dans ce laboratoire qu'était l'esprit du journaliste. A tout moment, des pensées s'y élaboraient, des paragraphes s'y rédigeaient. A ceci près que jamais Raman n'aurait supposé une chose pareille, lui qui essayait précisément de donner à Kumud la même impression.

« Lorsque je serai à la retraite, dit un jour Gulbachan, j'écrirai un livre. Le travail que je fais ici n'est qu'un prélude, en attendant le moment où j'écrirai mon œuvre maîtresse. Je serai écrivain.

— Pourquoi ? demanda Raman, occupé à marquer des coupures de journaux poussiéreuses avec un timbre à date en caoutchouc fendu.

— Pourquoi ? Pourquoi ? Il n'y a pas d'entreprise plus belle que d'écrire un livre. Cela force un homme à sortir tout ce qu'il a dans le ventre. Enfin, s'il a quelque chose dans le ventre au départ.

— Ah bon », dit Raman, nullement impressionné. Cela ne lui paraissait pas une raison suffisante. Pourquoi un homme aurait-il besoin de faire sortir ce qu'il avait dans le ventre ? Ce qui était dedans devait y rester.

« Et puis, annonça Gulbachan avec emphase, les écrivains peuvent devenir très très riches en très peu de temps. »

L'argument parut plus intéressant à Raman. A ceci près que si les écrivains devenaient très très riches en peu de temps, alors pourquoi Gulbachan attendait-il d'être à la retraite ? C'était absurde.

« Avec tout le travail que ça représente, d'écrire un livre, ça rapporte combien ? demanda Raman d'un ton dubitatif.

— Comment ça, "tout le travail" ? Cela demande juste un peu de temps. C'est à la portée de n'importe qui, même de toi, fit Gulbachan avec un petit rire ironique. Si tu étais doué pour ça. Quant à l'argent, on peut se faire des milliers de roupies. »

Raman avait oublié depuis longtemps les détails de cette conversation. Ce qu'il avait retenu, en revanche, c'était qu'écrire était à la portée de n'importe qui.

8

L'air était chaud et stagnant, mais pas encore assez oppressant pour réduire les cigales au silence. Leurs crissements aigus distrayaient Raman, qui eut envie d'échapper à leur bourdonnement incessant ainsi qu'à la chaleur qui semblait monter du sol au-dessous des arbres et refermer sur le bungalow du jardin aux lychees son étreinte étouffante.

« Je vais au temple, dit-il à Kumud.

— Les *aartis* ne commencent que dans quelques heures », répliqua-t-elle. Non qu'elle cherchât à contrôler les faits et gestes de son mari, mais elle estimait qu'il devait toujours agir avec de bonnes raisons.

« Je vais consulter Satyanarayan.

— A quel sujet ? »

Raman réfléchit quelques instants, car il ne savait pas lui-même pourquoi.

« Au sujet de ma paix intérieure. »

Sa propre réponse lui plut. Elle était tout à fait vraisemblable et mettait Kumud dans le rôle de l'épouse importune.

« Lorsque tu auras trouvé ta paix intérieure, dit Kumud sans aucune trace d'ironie, tu serais gentil d'aller me chercher des bananes au Vieux Marché. Je vais faire de la salade *raita*.

— On n'accède pas à la paix intérieure en un jour, lui dit Raman.

— Alors, ce n'est pas demain la veille que tu mangeras de la *raita*. »

Raman se considérait comme le plus pieux des trois frères. Laxman et Vaman évitaient les rites au point d'être complètement impies. Seule Sudha-la-Pensionnée se souciait des rituels et des rites et allait souvent au temple pour offrir des fleurs aux divinités. Parfois elle s'y rendait avec la timide Madhu, timide en présence de Sudha, en fait. Cette désaffection était pour Sudha une raison supplémentaire de critiquer ses belles-sœurs.

« Elles n'ont donc pas dans leur si grande maison une pièce à *puja* où se recueillir ? Ou est-ce qu'elles ne trouvent pas le temps de balayer cette pièce et de la tenir propre ? Mon petit coin à *puja* me suffit – je n'ai pas besoin d'aller au temple pour montrer aux autres que je sais prier ! »

A vrai dire, ce n'était pas la piété qui poussait Raman à aller au temple. Souvent, c'était le désir de trouver de la compagnie. Le swami[1] Satyanarayan, prêtre, philosophe, astrologue familier de l'Ayurvéda[2], avait une opinion sur tous les sujets sous le soleil et la donnait sans qu'on la sollicite. Lorsque Raman se sentait déconcerté parce que les autres cherchaient à lui compliquer la vie, il consultait Satyanarayan pour voir si le sage pouvait l'éclairer sur les processus mentaux complexes de son entourage. Il ne comprenait pas toujours où voulait en venir Satyanarayan – les idées du brahmane se nourris-

1. Swami : « maître », titre que l'on donne à un guide spirituel. (*N.d.T.*)

2. Littéralement : « le savoir sur la longévité ». Médecine très ancienne qui part du principe que l'homme est un être spirituel en même temps qu'un corps animé. (*N.d.T.*)

saient souvent d'une grande érudition, mais elles remplissaient un vide. Et, en ce moment précis, Raman en éprouvait un grand : il ne savait pas quoi penser du mariage de ses filles. Tout le monde disait qu'il devrait s'en préoccuper, or il n'avait pas la moindre idée de la façon dont il devait s'y prendre.

Le temple de Vishnou Narayan se trouvait juste au-delà de Kumar Junction [1]. Du jardin aux lychees, c'était une agréable promenade en descente, même par cette chaleur qui faisait coller la saharienne de Raman à son torse. Les arbres qui bordaient le chemin en terre battue donnaient un peu d'ombre et une brise tiède se mit à souffler d'on ne savait où, ce qui atténua très légèrement l'ardeur du soleil dans le dos de Raman. N'importe qui d'autre se serait plaint à cor et à cri de marcher dans une fournaise, mais Raman appréciait cette promenade solitaire. Il avait l'impression de se trouver sur la route la plus déserte de toute la plaine du Gange, alors que toutes les autres grouillaient d'hommes, de femmes, d'enfants, de buffles et de bœufs, de bicyclettes et de charrettes, d'autobus et de camions. En l'absence de ce bruit et de ce désordre, Raman sentait l'odeur de la poussière chaude qui virevoltait, légère, autour de ses orteils et se déposait sur ses sandales. La poussière était presque blanche maintenant, cuite et décolorée par le soleil. Il s'émerveillait qu'elle puisse si vite se transformer en boue épaisse, chaude, brun foncé, à l'arrivée des pluies.

Avec sa haute *gopura*, le petit temple passé à la chaux dont la blancheur éclatante se détachait sur le bleu profond du ciel d'été n'était guère qu'un sanctuaire situé dans un petit jardin clos donnant sur Kumar Junction, ce

1. Junction : carrefour, embranchement. (*N.d.T.*)

triangle de routes autour duquel s'était développé le centre d'activité commerciale de Mardpur. Dans le jardin du temple, des arbres poussaient de façon anarchique. Bien qu'aucun *mali* ne veillât à son entretien, c'était un lieu assez agréable. Les habitants de Mardpur venaient s'y promener et bavarder avant et après avoir fait le tour du sanctuaire. En fait, le jardin était un lieu de culte tout autant que le temple lui-même. Chaque arbre était entouré d'une plate-forme sur laquelle était posée une petite statue de pierre. Les jours de fête, fruits et fleurs s'entassaient si haut que les dieux eux-mêmes, le cou chargé de guirlandes, pouvaient à peine voir par-dessus celles-ci et les fidèles avaient le plus grand mal à trouver une place pour s'asseoir et échanger les derniers potins de Mardpur.

Que ce soit jour de fête ou non, Satyanarayan s'installait sous le plus grand arbre – un banian aux racines massives et aux branches largement déployées –, comme si lui aussi s'attendait à être vénéré.

Le brahmane occupait sa place habituelle, assis en tailleur sur une natte de roseau, et préparait des guirlandes de fleurs de jasmin quand arriva Raman, s'efforçant de prendre la mine d'un homme qui savait ce qu'il voulait. Le brahmane poussa vers lui un tas de fleurs, enfila soigneusement une aiguille à bout de bras et la tendit à son visiteur, lui signifiant ainsi que lui aussi devait enfiler des fleurs. Raman se mit en devoir de faire passer l'aiguille à travers les bourgeons charnus, et trouva que c'était une occupation étrangement apaisante.

« Tu penses sans doute que j'ai une excellente vue pour enfiler une aiguille aussi vite à mon âge ? »

Raman convint que c'était exactement ce qu'il se

disait, bien qu'en réalité il ne se fût pas dit grand-chose.

« La vue n'a rien à voir avec l'âge, commença Satyanarayan. Elle est fonction de la clarté de l'esprit. Pour en avoir une bonne, il faut savoir ce que l'on veut voir. Et pour atteindre à la clarté, ton esprit doit être libre de toutes les pensées mauvaises sans rapport avec ton propos. La sagesse intérieure est le fruit d'années d'observation, d'étude et de prière », dit-il. Après quoi il ajouta : « Oui, c'est cela », comme s'il était heureux d'avoir trouvé la phrase juste.

Raman fut impressionné, comme il l'était toujours par Satyanarayan, car la plupart de ses remarques, qui lui donnaient toujours l'impression de faire mouche, étaient tournées avec une éloquence dont lui-même ou son entourage eussent été bien incapables.

« Pensez-vous que vous pourriez écrire vos idées ? » demanda Raman, enfilant sur l'aiguille les fleurs de jasmin. Il dit ceci pour flatter Satyanarayan ; et aussi, de façon plus pragmatique, pour éviter au swami de devoir répéter ses homélies de nombreuses fois par jour à tous les visiteurs du temple.

Satyanarayan fut un peu surpris de l'intérêt que manifestait Raman pour le fonctionnement de son esprit ; et flatté aussi, comme l'avait escompté ce dernier.

« Je ne possède ni crayon ni stylo.

— Vous pourriez dicter, suggéra Raman, ingénieux.

— Et qui écrirait ? » demanda Satyanarayan en fixant sur lui un regard pénétrant.

Raman continua à enfiler ses fleurs avec une concentration profonde, trop conscient des yeux qui le vrillaient.

« Tu écrirais sous ma dictée ? » lui demanda soudain Satyanarayan. Non qu'il l'en crût capable, mais il voulait savoir ce que Raman avait derrière la tête en faisant une telle suggestion.

« Je n'en suis pas digne, répondit modestement Raman, content que Satyanarayan ait pensé à lui. Et je n'ai pas une instruction suffisante.

— Pas suffisante ? » Dans la voix de Satyanarayan perçait le désir d'humilier son interlocuteur, mais Raman ne le remarqua pas.

« Je n'ai qu'une licence mention passable, dit-il simplement.

— En effet, ce n'est pas suffisant », acquiesça le brahmane. Il rejetait la suggestion tout en faisant sentir à Raman qu'elle était tout bonnement ridicule. Ce n'était pas seulement le manque d'éducation de Raman qui le chagrinait, mais l'idée que si les classes commerçantes – et elles étaient fort nombreuses – se mettaient à écrire massivement, alors à quoi serviraient les brahmanes, dont l'utilité, en naissant dans cette caste, était de montrer aux castes inférieures à quel savoir elles pourraient aspirer dans une vie ultérieure. Il fallait à tout prix décourager un *bania* d'entreprendre un travail intellectuel. L'éducation, certes, était nécessaire à de nombreuses tâches matérielles du monde moderne. Mais il était hors de question de jamais porter atteinte au prestigieux niveau de savoir fixé par les brahmanes.

Il s'abstint de faire part à Raman de ses réflexions et se borna à dire : « Tu vois, c'est ce qui me gêne. La sagesse ne se limite pas aux paroles et à l'écrit. La sagesse est dans l'esprit. Elle ne devient sagesse que lorsqu'elle passe de mon esprit au tien et sert à une fin utile. Sinon, elle reste simplement au stade de la pensée secrète. »

Raman souleva sa guirlande de jasmin, que Satyanarayan regarda avec approbation.

« Tu as une main sûre, ce qui est très utile. Mais pour écrire, c'est un esprit sûr qu'il faut. Si mes pensées doivent être consignées par écrit, j'ai besoin que ce soit par quelqu'un qui ait... euh...

— Du prestige ? »

Satyanarayan fut surpris de constater que Raman avait une connaissance du langage qui lui permettait de trouver le mot juste facilement. Malgré cela, il ne pouvait envisager de confier à un homme tel que lui une tâche aussi importante. Ce serait mettre un doigt dans l'engrenage – un engrenage susceptible d'ébranler la base même de la société, qui pour l'instant avait un équilibre très satisfaisant, avec les prêtres-érudits à son sommet.

« Le prestige, reprit Satyanarayan, savourant le mot – c'en était un qu'il aimait beaucoup – le prestige ne vient ni des diplômes universitaires ni des richesses. Le prestige s'acquiert par une vie de travail. Personne n'inspire le respect s'il ne l'a mérité.

— Certains n'ont pas assez d'une vie pour le mériter, dit Raman, sans lever les yeux de ses fleurs.

— En effet, dit Satyanarayan, qui, en regardant la tête penchée de Raman, se dit que son interlocuteur était précisément l'un de ceux-là. C'est le cas de certains.

— Et certains autres, poursuivit Raman, que le thème inspirait, sont nés avec du prestige, comme les princes.

— Ne confonds pas le prestige et les titres, dit Satyanarayan, reprenant l'avantage dans le développement de la théorie. On acquiert du prestige en se distinguant des autres. Un prince n'a de prestige que lorsqu'il se distingue des autres. »

Raman trouva l'idée intéressante. Il s'arrêta un moment d'enfiler ses fleurs. « Cela veut-il dire qu'il y a des brahmanes qui ont plus de prestige que d'autres ? » Issu de la classe commerçante, Raman était très conscient du prestige dont jouissaient les brahmanes.

« Bien sûr », dit Satyanarayan en se redressant, l'air content de lui. Raman cligna des paupières et le regarda d'un œil neuf. En effet, son interlocuteur sortait du rang. Il était fier que ce brahmane-là habite Mardpur et parle avec lui. Il était presque disposé à pardonner à Satyanarayan son manque de confiance dans ses talents d'écriture. Fatalement, à un grand homme tous les autres paraissent petits.

Raman quitta le temple après avoir fait ses dévotions, et traversa comme il put le bazar de Kumar pour rendre visite à son frère Laxman au Sari Mahal. Chemin faisant, il croisa Rampal dont les *baltis* de lait s'entrechoquaient sur sa bicyclette.

« Ohé, Raman sahib ! dit Rampal, content de le voir. J'aurais besoin de vos bons services. »

Rampal sortit non sans mal un morceau de papier de la poche de sa *kurta*. Il y avait trop de choses dans ses poches : un grand mouchoir tissé à la maison pour essuyer ses mains pleines de lait, une corde pour attacher les pattes arrière de la vache ou de la bufflonne traite, et plusieurs écrous pour fixer ses *baltis* au cas où il leur prendrait la fantaisie de perdre leur poignée au moment où naissait un veau et où il y avait un supplément de lait susceptible de monopoliser tous les *baltis*.

« Vous pouvez lire ça, Raman sahib ? Ma vue n'est plus très bonne, dit Rampal en tendant le bout de papier à Raman, qui lut : *"Comme nous avons vendu la terre sur laquelle nous élevons nos buffles, nous avons aussi vendu les buffles ; alors, nous n'avons plus besoin de tes services pour traire les bêtes."* »

Rampal parut attristé. Il fit claquer sa langue. « Il y a trop de gens qui vendent leur terre et se débarrassent de leurs buffles, dit Rampal. Bientôt, il ne restera plus de pâturages à Mardpur et la qualité du lait s'en ressentira. Que dois-je répondre, Raman sahib ? »

Raman réfléchit un moment.

« Tu peux dire : "Ai reçu votre lettre et en ai enregistré la teneur avec intérêt. Désormais, je n'assurerai plus la traite. Je vous serais reconnaissant de recommander mes services au nouveau propriétaire." »

Rampal fut impressionné par une telle éloquence.

« Vous êtes un écrivain remarquable, Raman sahib. »

Raman aida Rampal à écrire le message au verso du bout de papier avant de poursuivre son chemin.

Raman avait beau ne pas aller voir souvent son frère, ses visites mettaient toujours Laxman mal à l'aise, comme si le cadet venait revendiquer ses droits sur le magasin de saris. Laxman n'aimait pas que son frère vienne à la boutique. Il craignait que Raman ne s'avise de la prospérité de l'affaire et de la valeur du stock.

Laxman s'agita, traita Raman comme un personnage très important, lui offrit du thé et des gâteaux, demandant des nouvelles de Kumud et des enfants, ce qui était justement ce que souhaitait Raman. Ils commencèrent à faire le tour de la question, discutèrent de la santé de Kumud et des deux cadets, puis de Bharathi et de Shanker, et en arrivèrent enfin à Meera et à Mamta.

« Elles sont en train de devenir de très jolies jeunes filles, dit Laxman. Nous n'aurons pas besoin de donner une dot très importante. Et puis, il nous est facile de fournir aux parents des garçons autant de saris qu'ils en veulent. A prix de gros. »

Il se mit à rire de sa propre plaisanterie, puis s'arrêta brusquement, inquiet à l'idée que Raman comprenne que la boutique était très prospère et ne demande des parts dans l'affaire puisqu'elle marchait si bien.

« Naturellement, c'est moi qui me chargerai des négociations pour la dot. Ne te fais pas de souci pour ça, mon cher frère », se hâta-t-il d'ajouter. Il ne voulait pas que Raman s'imagine qu'il était incapable de négocier. Ce dernier fut soulagé.

Impulsivement, Laxman tira d'une pile sur une étagère un beau sari en mousseline de soie et le tendit à son frère. C'était un imprimé exubérant, un tourbillon de motifs cachemire et de lotus charnus aux couleurs vives parmi lesquelles dominaient le bleu cobalt et le magenta, qui se faisaient ressortir mutuellement. C'était, Raman dut le reconnaître, un sari qui sortait de l'ordinaire, un dont Kumud pourrait être fière.

« Pour Kumud, dit Laxman avec générosité. La mousseline lui va tellement bien. Elle est si menue, si gracieuse. »

Raman fut surpris. Jamais il ne pensait à sa femme comme à quelqu'un dont l'apparence ou l'allure pût attirer l'attention. Après tout, elle l'avait épousé, lui, un fils cadet, nanti d'une licence mention passable, trop peu instruit pour transcrire sur papier les paroles de sagesse de Satyanarayan. C'était vrai qu'en un sens il l'avait choisie, mais lui-même ne savait plus ce qui lui avait passé par la tête tant d'années auparavant. Il mettait cela sur le compte de la jeunesse. Les jeunes gens avaient parfois la tête chaude. Il sourit doucement en buvant son thé arrosé de lait, au souvenir de la nuit qu'il avait passée caché dans les buissons en attendant l'aube pour apercevoir Kumud.

« As-tu songé à une famille qui conviendrait, frère Laxman ? Ne crois pas que je veuille te pousser. Je ne suis pas pressé. Les filles se marient trop tôt de nos jours. Mais Kumud s'inquiète. Meera et Mamta finissent leurs études l'an prochain, donc rien ne presse. Je cherche seulement à tranquilliser leur mère.

— Je n'ai pas encore une famille précise en tête. J'en parlerai à Vaman. Il voyage beaucoup plus que moi et peut-être connaît-il des familles convenables, avec deux fils. »

Raman fut soulagé. Il avait réussi à aborder le sujet. Il pouvait retourner auprès de sa femme et lui dire qu'il avait fait ce qu'elle lui avait demandé et ne se dérobait pas à ses devoirs de père. Laxman lui aussi fut soulagé que ce fût là, semblait-il, le motif principal de la visite de Raman.

Laxman avait toujours trouvé que Raman manquait de talent et d'astuce. Il ne semblait pas posséder les compétences de gestion ni le flair commercial nécessaires pour s'occuper de l'affaire familiale fondée par leur père, qui avait appelé le magasin le Palais du Sari. Puis, juste avant le départ des Anglais, il en avait ouvert un autre, le Sari Mahal, juste à côté de Kumar Junction. Il en aurait bien ouvert un troisième, car il avait toujours dit qu'il y en aurait un pour chacun de ses fils, mais il ne parvint jamais à trouver un nom convenable pour la troisième boutique, et mourut sans avoir d'inspiration. Naturellement, il manquait d'enthousiasme pour ouvrir cette troisième boutique, s'étant aperçu de l'absence d'intérêt de Raman pour le commerce des saris.

Laxman et Vaman, les deux aînés, héritèrent d'un magasin chacun. Mais que faire pour Raman ? Plutôt que de diviser les magasins ou de le forcer à entrer dans l'affaire par devoir envers leur défunt père, la solution la plus simple sembla de lui attribuer le jardin aux lychees.

Bien qu'il eût été ravagé par la sécheresse une année, le jardin aux lychees, situé sur la colline, produisait encore des kilos de fruits charnus et juteux qui avaient une valeur marchande non négligeable. Et sur le terrain se trouvait une maison que Laxman et Vaman trouvaient trop petite pour des commerçants comme eux, et trop éloignée du bazar, bien qu'elle n'en fût qu'à une dizaine de minutes de marche par le chemin en terre battue. L'ennui, c'était qu'en venant de Kumar Junction, il fallait toujours monter, et qu'on ne pouvait y accéder qu'en poussant sa bicyclette.

« C'est tellement loin », dit Sudha-la-Pensionnée lorsqu'elle vint inspecter de près la propriété, peu de temps après la mort de son beau-père. Elle préférait la vieille maison spacieuse dans le prestigieux quartier des Marchands. C'était le lieu de résidence de toutes les vieilles fortunes de Mardpur, bien que Sudha déclarât que ce n'était pas pour cette raison qu'elle l'avait préférée au jardin aux lychees. Elle soutenait que c'était à cause de sa situation, au centre et non loin du collège municipal, ce qui lui permettait de recevoir ses élèves pour des cours particuliers. Comment pourrait-elle leur demander de grimper la côte menant au jardin aux lychees ?

« C'est un beau jardin », avait commenté Madhu, qui avait elle aussi décidé d'examiner le terrain et la maison pour s'assurer que ce n'était pas un choix préférable à la maison en ville que son beau-père avait possédée et qui, après la mort de ce dernier, était allée à Vaman. Mais elle avait remarqué que le jardin lui-même commençait à paraître à l'abandon.

Il était donc échu en partage à Raman, dont la femme, Kumud, savait que quelqu'un qui n'a qu'un brevet ne peut pas trop attendre de l'existence. Pour elle, c'était déjà bien de ne pas être obligée de vivre en ayant sur le dos une belle-mère acariâtre et toute une hiérarchie d'épouses au sein desquelles une femme nantie d'un simple brevet ne pouvait occuper une place de choix. Elle fut contente qu'entre tous les biens de son père, Raman hérite du petit bungalow situé au milieu du jardin aux lychees.

Elle avait d'autres raisons de se réjouir de la façon dont s'était effectué le partage des biens de son beau-père. Laxman et Vaman lui envoyaient de temps à autre des saris pour rester dans ses bonnes grâces. Il est vrai que, parfois, c'était de la marchandise avec des défauts de fabrication, mais si minimes qu'ils se remarquaient à peine. De toute façon, sur les six mètres de tissu, une toute petite proportion seulement était visible. Laxman et Vaman savaient que leur générosité était un bon investissement. Car si Raman n'avait pas beaucoup de caractère, une épouse pouvait parfois être dangereuse en cherchant à avoir du pouvoir, brevet ou pas. Comment savoir quelles ambitions elle nourrissait dans son sein à propos du magasin de saris ? Quelle femme pouvait résister à l'envie de posséder des métrages entiers de la plus belle soie de Kanjivaram, de la *tie-and-die* du Rajasthan, du crêpe georgette du Japon, de la mousseline française, sans parler de blouses de toutes les couleurs et toutes les nuances imaginables ? Les frères aînés n'avaient pas besoin de s'inquiéter. Kumud n'avait aucune envie de troquer le jardin aux lychees contre une participation dans l'affaire des saris, et elle n'avait aucun motif pour cela non plus.

Aussi le marché semblait-il équitable à Laxman et à

Vaman : ils avaient les magasins de saris, qui n'intéressaient pas Raman, moyennant quoi ils le logeaient dans le jardin aux lychees et il empochait tous les profits venant de la vente des fruits, dont il distribuait quelques sacs chaque été à la famille, notamment à ses frères, par courtoisie.

Jamais la maison ni le jardin ne firent officiellement l'objet d'un acte de propriété en faveur de Raman. Ils étaient au nom de Laxman, qui soutenait que si les choses étaient ainsi, c'était parce qu'il n'avait jamais eu le temps de s'en occuper. Que si Raman voulait absolument le titre de propriété, il signerait de bon cœur. Mais Raman ne souleva jamais le problème. C'était un arrangement qui sauvegardait l'harmonie familiale, et cela dura jusqu'à ce que la valeur du terrain monte de façon astronomique, beaucoup plus tard.

Mais en attendant, il n'était pas désagréable à habiter, ce bungalow badigeonné de chaux ocre, avec ses vérandas tout autour, et sa plate-forme de ciment surélevée qui permettait d'éviter les inondations pendant la mousson. Avec ses quelques centaines de lychees, auxquels s'ajoutait une rangée de citronniers odorants, le jardin était entretenu par le jardinier, Raju-*mali*. Raju passait l'essentiel de ses journées à fumer des bidis, accroupi sur la plate-forme, derrière le bungalow. Sinon, il dormait. Parfois, il partageait son temps entre ces deux activités. Raman avait depuis belle lurette renoncé à lui demander de tailler les arbres ou d'arracher les mauvaises herbes. Après tout, les lychees juteux et sucrés arrivaient régulièrement chaque été à maturité, même si on ne faisait rien dans le jardin. Il y avait même quelques avantages à ce que Raju fume des bidis : cela éloignait les moustiques. Les moustiques étaient un gros inconvénient, l'une des raisons pour lesquelles personne d'autre dans la famille ne convoitait le bungalow, malgré l'agrément notoire du jardin qui l'entourait.

Au fond, la côte et les moustiques n'étaient pas si déplaisants, pensait Kumud, puisqu'ils tenaient la famille à distance. Certes, il fallait des moustiquaires et il était nécessaire de vaporiser du produit presque tous les deux jours, mais ce n'était pas un si grand fléau. Cela arrangeait Raman et Kumud d'entretenir le mythe des moustiques au cas où la famille s'aviserait de la vie idyllique qu'ils menaient. Bharathi et Shanker, leurs cadets, jouaient aussi le jeu.

« Vous savez, disait Shanker à ses aînées, Meera et Mamta, quand il allait voir l'oncle Laxman, j'ai attrapé un moustique tellement gros que je n'aurais pas pu le mettre dans ma bouche. » Et il écartait largement les mains.

« Tu l'as attrapé comment ? demandaient-elles, curieuses.

— Avec un filet. Si vous venez dans le jardin aux lychees, vous pourrez les chasser avec nous.

— Je ne trouve pas que ce soit une bonne idée, disait aussitôt Sudha-la-Pensionnée. Meera et Mamta n'ont pas envie de se faire piquer par les moustiques. Cela risquerait de laisser des cicatrices et de faire augmenter le montant de la dot.

— Vous savez, j'ai eu une piqûre tellement énorme que ma main ne la couvrait pas », dit Shanker en leur montrant une grosse cicatrice qu'il s'était faite en tombant sur un vieux lit en fer ; elle s'était infectée et avait laissé une grosse marque sur sa jambe. Il eut plaisir à voir l'air horrifié de Sudha.

Elle mit en garde Meera et Mamta : « Restez à l'écart de ces très très gros moustiques. » Et il était rare que les jumelles rendent visite à leurs parents dans le jardin aux lychees.

9

Le mariage de Meera et Mamta ayant été abordé, Laxman s'attendait à ce que Raman trouve une excuse pour prendre congé. Mais Raman avait un autre souci en tête et il le mit sur le tapis d'une façon telle que, selon lui, un marchand le comprendrait.

« As-tu songé à démarrer une autre affaire ? »

Laxman faillit en lâcher sa tasse de thé. Il garda une mine neutre, mais sentit les muscles de son ventre se contracter. C'est donc ça, se dit-il. Mon frère cadet est venu faire valoir ses droits à l'affaire familiale. Le mariage de Meera et de Mamta n'était qu'un prétexte.

« Quel genre d'affaire ? Le commerce des saris marche bien », bredouilla-t-il en faisant un gros effort pour ne rien laisser paraître de son trouble. Puis, pour éviter que Raman ne croie qu'il tirait des bénéfices du commerce des saris, il ajouta précipitamment : « Mais nous ne faisons pas d'affaires mirifiques, car la concurrence de Ghatpur est rude. Six nouveaux commerces de saris se sont ouverts l'an dernier ! Heureusement que les gens de Mardpur n'aiment pas aller à Ghatpur. Les autobus sont nombreux, mais bondés. Nous faisons des prix avantageux, alors, pourquoi changer de fournisseur ?

— Ce à quoi je pensais, c'était plutôt à quelque

chose qui a trait aux livres, laissa tomber Raman d'un ton dégagé.

— Une librairie ? demanda Laxman, incrédule. Raman n'était pas très porté sur la lecture.

— Non, plutôt une affaire concernant l'écriture des livres.

— Une maison d'édition ?

— Oui, dit Raman, bien que ce ne fût pas du tout là ce qu'il avait en tête. Cela ne demanderait pas une grosse mise de fonds », ajouta-t-il, sachant que c'était toujours le souci premier des hommes d'affaires face à une entreprise nouvelle.

Le cœur de Laxman se serra. Voilà donc là le fin mot de l'histoire : Raman voulait de l'argent.

« Et quel genre de livres seraient... euh... publiés ? » Laxman, qui ne s'intéressait pas du tout à la littérature, ne voyait même pas qui, dans son entourage immédiat, serait susceptible d'acheter des livres. Même si Sudha-la-Pensionnée tenait à se faire passer pour une femme très cultivée, elle ne pouvait prétendre être une lectrice avide. Il est vrai qu'au collège municipal elle côtoyait des collègues qui se piquaient d'art ou de littérature, surtout des poètes et des auteurs de chansons populaires. Ils se retrouvaient régulièrement pour des séances de lectures publiques de poèmes, qui, aux yeux de Laxman, n'étaient que des prétextes permettant à des gens qui s'intitulaient poètes de déclamer quelques vers sur les fleurs ou l'amour, et aux autres de crier « *Wah, wah !* » quelle que soit la qualité des vers en question. Laxman avait toujours considéré les ambitions « littéraires » de ces gens-là comme de simples passe-temps. Il n'avait pas la moindre idée de ce qu'ils faisaient de leurs œuvres une fois qu'ils avaient fini de leur faire prendre l'air en public à des réunions prévues surtout pour caresser leur amour-propre.

« Eh bien, reprit Raman du même ton dégagé, il faudra d'abord que je m'entraîne. Et je le ferai en écrivant mon livre. »

Laxman commença à se demander si en fin de compte cela avait été une si bonne idée d'exiler Raman dans le jardin aux lychees, où il avait la tranquillité et le loisir nécessaires pour écrire à l'abri des regards vigilants et des interruptions du reste de la famille. Tout haut, il dit d'un ton un peu affolé : « Oui, c'est une bonne idée. Une très bonne idée. »

Raman exultait. Son frère n'avait pas fait la moindre réflexion selon laquelle, avec une simple licence mention passable, il était incapable d'écrire un livre. Pas une seconde, Laxman n'avait douté de ses capacités. Ni essayé de le dissuader. En fait, il avait même dit que c'était une bonne idée. Peu après, voyant que Laxman paraissait soudain excessivement préoccupé et ne parvenait pas à participer avec un minimum d'entrain à une conversation sur un sujet qui l'intéressait, lui, Raman, il quitta le Palais du Sari le cœur léger. Laxman, au contraire, se sentait accablé par ce qu'il avait entendu, et plus encore par ce qu'il soupçonnait, à savoir que Raman commençait à nourrir un semblant d'ambition. Pis encore, ambition que Laxman comprenait à peine.

Ce soir-là, au lieu d'évoquer sa conversation avec Raman concernant les jumelles, Laxman posa une question détournée à Sudha-la-Pensionnée : « Au collège municipal, y a-t-il des gens qui écrivent des livres ?

— Nous avons de très bons auteurs, répondit Sudha d'un ton enthousiaste. Ustaad Malik, et...

— C'est un poète, non ? Je parle de romans.

— Des romans ? Pourquoi écrire un roman ? » fit Sudha. Ce qui correspondait très exactement au sentiment de son mari. Après quelques instants de réflexion, elle ajouta : « Il y en a bien un.

— Ah oui ? Qui donc ?

— Un certain Pundit Sitaram. Il écrit parfois des histoires pour le *Ghatpur Weekly*. Je n'ai rien lu de lui. Mais il dit à présent qu'il veut écrire un roman, un jour.

— Et pourquoi veut-il l'écrire, ce roman ? s'enquit Laxman.

— Ma foi, il n'a aucun autre talent », dit Sudha d'un air dédaigneux, car elle avait encore dans l'oreille la voix discordante du Pundit Sitaram qui chantait tout en activant vigoureusement la soufflerie de l'harmonium.

Laxman hocha la tête, le regard lointain. Voilà une analyse qui pouvait tout aussi bien s'appliquer à Raman, se dit-il.

10

Dans l'impitoyable fournaise de l'après-midi, Kumud avait emmené Shanker chez le docteur afin qu'il leur dise pourquoi l'une de ses prémolaires, tombée plus d'un an auparavant, n'avait toujours pas repoussé. Malgré les protestations de Shanker, qui ne voulait pas sortir par une chaleur pareille, Kumud n'avait rien voulu savoir.

« Tu as raison : par une chaleur pareille, qui aura envie d'aller chez le docteur ? Autrement dit, nous n'attendrons pas pendant des heures. Il y a la climatisation dans son cabinet ; chez lui, il fait moins chaud. »

Raman trouvait lui aussi qu'affronter la chaleur de l'après-midi pour une raison aussi dérisoire était extrêmement aventureux.

« Quelle importance cela a-t-il qu'il lui manque une dent ? » demanda-t-il.

Kumud le fusilla du regard, aussi n'insista-t-il pas pour obtenir une réponse. En revanche elle lui demanda de surveiller les devoirs de Bharathi pendant son absence, ce à quoi Raman ne voyait aucune objection car du coup il pouvait rester chez lui sans avoir à faire semblant de s'activer. Plus tôt dans la journée, avant qu'il ne fasse trop chaud pour rester assis dehors, il s'était installé sous la véranda pour contempler le jardin. C'est alors que Kumud, affairée comme toujours, avait surgi près de lui : « Si tu n'es pas occupé et que tu as envie d'admirer le jardin, pourquoi ne cherches-tu pas Raju-*mali* pour lui demander de désherber les plates-bandes et de faire un peu du travail qu'il est censé faire ici ? »

Ce n'était pas du tout l'idée qu'avait Raman d'un après-midi tranquille. Il n'aimait pas réprimander les domestiques. Il était content que Kumud s'acquitte de ses tâches avec discrétion, efficacité et patience, et que les services d'une bonne ne soient pas nécessaires pour le train-train quotidien. Non qu'il souhaitât voir Kumud faire les gros travaux, mais vraiment, les domestiques, paresseux, incompétents et insolents, représentaient un gros souci. Il n'avait pas envie de dire à Raju ce qu'il fallait faire pour la simple raison qu'il n'entendait rien au jardinage.

Si on gardait Raju comme jardinier, c'était à cause de son père, Prithvi, qui avait servi chez celui de Raman. Prithvi adorait les fleurs et, du temps de ses soins jaloux, le jardin était une orgie de couleurs et de parfums, ce qui en faisait un endroit délicieux où prendre le thé sous la véranda. Prithvi avait cultivé chaque plante, chaque coin de verdure jusqu'à ce qu'ils fussent luxuriants et prospères, même si la mousson tardait à arriver, et il avait transformé le jardin aux lychees en une symphonie pastorale sur la colline. A la mort de Prithvi, Raju resta. Mais il n'avait ni les mains vertes de son père ni un maître qui sût l'apprécier.

« Pourquoi ne pas planter des fleurs de toutes les couleurs ? » demanda Raman sans conviction. Il pourrait au moins dire à Kumud qu'il avait agi selon ses désirs.

« A quelles fleurs pense le sahib ? demanda Raju, l'air curieusement attentif pour un homme si porté à la somnolence.

— Oh, des jaunes et des rouges et des orange, dit Raman, se souvenant de la débauche de couleurs du temps de son père.

— Pour les jaunes, je peux mettre des soucis, mais pour les rouges – lesquelles voulez-vous, sahib ?

— Des phlox ? » dit Raman avec hésitation, cherchant désespérément des noms de fleurs. Il ne lui venait en tête spontanément que les roses et les soucis.

« Ce n'est pas la saison », dit Raju.

Raman ne réussit pas à trouver des noms de fleurs à l'improviste.

« Les soucis, je peux les faire pousser, dit Raju, conciliant. Mais il faudra attendre qu'il pleuve, parce que le sol est trop dur. »

Raman regarda la terre cuite par le soleil et dure comme du fer, que les brins d'herbe jaunis ne parvenaient pas à cacher. Sans eau, rien ne pouvait pousser par une chaleur pareille. Il ne répondit pas et laissa Raju disparaître, sachant que le *mali* ne tarderait pas à dormir comme un loir sous un arbre, et que le jardin resterait dans l'état où il était depuis leur installation.

Lorsqu'il rentra dans la maison par la véranda, il appela sa fille.

« Bharathi, cesse de te tourner les pouces. Sors tes livres et tes cahiers *phut-a-phut*. Vite ! » Il claqua des doigts pour qu'elle se dépêche.

« Mes livres sont là, papa, dit-elle joyeusement. J'ai presque fini. »

Raman fut un peu déçu d'être privé d'une occasion d'affirmer son autorité. Il avait souvent l'impression de ne pas être assez ferme avec ses enfants, et se rendait bien compte que c'était Kumud qui faisait régner la discipline dans la maison. Il regarda par-dessus l'épaule de Bharathi pour s'assurer que son travail était soigné : il savait qu'ils attachaient une grande importance à cela au couvent. Mais il ne trouva rien à reprocher à Bharathi sur ce point.

« Tu en as, des devoirs, aujourd'hui ! fit-il, s'efforçant de trouver quelque chose d'intéressant à dire à sa fille à propos de son travail.

— Moins que d'habitude, répondit Bharathi de bonne grâce.

— Tiens ? Pourquoi cela ?

— Parce que Mrs. D'Souza était absente aujourd'hui. Sa mère est morte.

— Oh, grand Dieu, dit Raman, faisant claquer sa langue.

— Mrs. D'Souza est notre professeur de lettres, ajouta Bharathi.

— Ah bon, très bien.

— Elle nous fait écrire des rédactions. Et des longues.

— Pourquoi ? »

Raman se souvenait de ses propres tentatives peu concluantes pour écrire des dissertations anglaises. A cause d'elles, il avait failli rater sa licence.

Bharathi haussa les épaules.

« Je n'en sais rien. Peut-être que c'est un exercice pour écrire des livres en anglais. Mrs. D'Souza dit que ce sont les Anglais qui ont inventé le roman. Sans le roman anglais, nous en serions encore à n'écrire que de la poésie.

— Qui ça, nous ?

— Nous autres Indiens. »

Est-ce que par hasard le professeur d'anglais critiquait leur pays ? se demanda Raman. Il avait peut-être eu tort d'envoyer sa fille au couvent ; pourtant, c'était la meilleure école de la ville. Certainement bien meilleure que l'école secondaire publique qu'il avait fréquentée. Non que son père ait été pauvre, mais il préparait déjà ses fils, Laxman et Vaman, à reprendre ses affaires, et les avait envoyés à l'école privée dirigée par l'Arya Samaj. Il avait toujours dit qu'il y ferait passer Raman, mais ne l'y inscrivit jamais, conscient que les performances scolaires médiocres de son cadet ne rendraient pas la chose facile.

Lorsque Laxman adopta Meera et Mamta, il les envoya toutes les deux au couvent, sachant que sur le marché du mariage il y avait une grosse demande pour les jeunes filles élevées au couvent. Raman décida d'y envoyer également Bharathi, malgré les objections de Kumud, qui trouvait la scolarité trop coûteuse.

« Nous ne sommes pas à la tête d'un commerce de saris, comme Laxman et Vaman ; alors comment se fait-il que tu décides de dépenser de l'argent pour que ta fille fréquente l'école la plus chère de Mardpur ? » demanda-t-elle.

Raman ne pouvait laisser dire qu'il était incapable d'envoyer une fille au couvent alors que Laxman y faisait élever ses deux aînées, et Kumud finit par l'admettre. Elle connaissait le handicap que représentait un simple brevet. D'ailleurs, avec ça, le meilleur mari qu'on pouvait espérer, c'en était un qui avait une licence mention passable, même si ladite licence avait été un argument de poids pour obtenir sa main, et elle espérait mieux pour ses filles.

Finalement, Bharathi n'eut aucun mal à se faire inscrire. Laxman alla voir la mère supérieure et arrangea l'affaire, ce qui impressionna durablement Raman. Dans son souvenir, cela ressortait comme le geste le plus généreux que son frère avait jamais eu pour lui et les siens. D'autant que Laxman était à cet égard exactement sur le même plan que tous les autres parents. Ni la mère supérieure ni les autres religieuses ne portaient de saris. Raman ne put jamais découvrir comment Laxman avait fait pour avoir gain de cause.

Au début, Raman se méfia un peu des amies de Bharathi. Il y avait Chitra, dont le père était percepteur du secteur ; Mallika, fille de médecin, et Deepa, dont la mère était juge de secteur et remariée. Jamais Raman n'avait entendu parler d'une chose pareille : une femme, juge de secteur et mariée deux fois ! Quant à lui, ses condisciples à l'école secondaire publique étaient tous fils de petits commerçants, et il avait été parfaitement à l'aise au milieu d'eux.

Raman se rappelait la méfiance avec laquelle ses condisciples considéraient Gulab Singh, fils du percepteur du secteur, qui s'était fait expulser de l'école de la Mission St. Paul pour avoir échoué deux fois consécutives à ses examens. Tous les lycéens craignaient que Gulab Singh n'ait été envoyé dans leur école pour espionner les affaires des *banias* et rapporter à son père s'ils avaient payé leurs impôts. Ils avaient eu tort de le soupçonner, mais ne s'en aperçurent que plus tard, lorsque Gulab Singh ouvrit à Mardpur le premier magasin d'équipement électrique d'importation sous le nom imposant de Jetco. C'était une grande bâtisse à un étage située juste à côté du Sari Mahal, et bourrée de ventilateurs sur pied, de réfrigérateurs, de machines à écrire et d'appareils photo d'importation. Tout le monde savait que la seule façon dont Gulab Singh pouvait se procurer ces marchandises, c'était par le truchement de la confrérie des contrebandiers. Et selon toute vraisemblance, il ne déclarait rien aux impôts. C'était l'un des commerces les plus prospères de Mardpur, surtout pendant la saison des mariages, où les habitants des villages des alentours venaient pour compléter la dot de leurs filles. On ne connaissait de clientèle aussi étendue à aucun autre magasin. Gulab Singh n'avait même pas sa licence, bien que pendant ses années à St. Paul, avant d'en être expulsé, il ait acquis une bonne maîtrise de l'anglais. Et c'était tant mieux pour lui, car il était capable de traduire les notices de beaucoup d'appareils d'importation. Il appelait cela le *« service après-vente »*. Cela apparaissait en petites lettres sous l'enseigne Jetco : le meilleur pour l'équipement électrique, le meilleur pour le service après-vente. C'était un slogan connu de tous, qui avait été mis en musique et diffusé comme refrain publicitaire par la station de radio commerciale, si bien que personne ne pouvait penser à Jetco sans fredonner *« le meilleur pour l'équipement électrique... »*

Visiblement, Bharathi n'avait pas besoin que Raman surveille ses devoirs, aussi s'installa-t-il près de la fenêtre avec du papier et un stylo, bien décidé à prouver que Satyanarayan était dans l'erreur.

« Tu écris un livre, papa ? » demanda Bharathi.

Cela fit plaisir à Raman. Au moins, ses propres enfants ne le considéraient pas comme un inculte.

« Tu as deviné juste, dit-il.

— C'est la grand-mère de Deepa qui l'a dit », répondit Bharathi.

Raman eut l'air perplexe.

« Amma de Jagdishpuri, papa, expliqua Bharathi. Tu sais, celle qui voit des *bhooths* ? Elle voit tout. Dans ta tête. Deepa ne peut rien lui cacher. Elle trouve tout. C'est pourquoi je ne peux pas lui confier de secret, parce qu'Amma le verrait.

— Elle peut voir dans la tête des gens ?

— Tout, assura Bharathi.

— Comme le monde dans la bouche de Krishna[1] ? »

1. Enfant, pour convaincre sa mère, Yashoda, de sa divinité, Krishna a ouvert la bouche, à l'intérieur de laquelle se trouvait tout l'Univers. (*N.d.T.*)

Bharathi réfléchit. Elle ne voulait pas paraître insolente avec son père. Alors, elle se mit à rire.

« Non, papa. Pas comme ça. Elle ne voit pas ce qui existe déjà, mais ce qui ne s'est pas encore produit. C'est elle qui a dit que si tu écrivais tout ce que tu as dans la tête, tu serais un grand écrivain. Deepa me l'a répété. Elle le lui a entendu dire. Cela se réalisera peut-être. »

Raman avait entendu les histoires qu'on racontait sur Amma. Il se souvenait de la crainte qu'elle lui inspirait quand il était enfant. Il y avait longtemps de cela, mais même adulte il était sur ses gardes toutes les fois qu'il entendait parler d'elle. Si jamais le fantôme de Dasji, le père de Deepa, était revenu, c'était dans sa maison qu'il s'était installé, et Raman avait de bonnes raisons de craindre ce fantôme.

Après que Raman eut fini ses études à l'école secondaire publique où il ne s'était pas particulièrement distingué, son père, que l'on appelait respectueusement Baoji, décida de le marier et de le faire participer directement au commerce des saris. Mais il s'aperçut bien vite que s'il confiait son affaire à Raman, il ne tarderait pas à ne plus en rester grand-chose. Au début, il le laissa jouir de son oisiveté et lui donna peu de responsabilités. Mais avec le temps, Baoji se dit qu'il fallait que son fils cadet puisse exercer un autre métier, et il décida de lui faire poursuivre ses études.

Ce fut à l'Institut municipal que Raman eut Dasji comme professeur.

Raman n'était pas particulièrement brillant non plus comme étudiant. La semaine où, six ans auparavant, Dasji était monté dans la *tonga* fatale, Raman avait séché les cours malgré la perspective imminente des examens de fin de cycle. Raman était furieux parce que Dasji ne lui avait donné que 10 sur 20 à sa dissertation anglaise. Il avait couvert les feuilles de ratures rouges et jeté le cahier à la tête de Raman devant tout le monde en disant : « Si vous croyez décrocher un diplôme avec un travail pareil, vous vous faites des illusions ! Vous aurez de la chance si vous obtenez une mention passable. » Dasji n'avait pas songé qu'il s'adressait à un étudiant beaucoup plus âgé que les autres. Raman, qui était déjà le père de jumelles, estimait mériter plus de respect que ses condisciples, qui n'étaient que des adolescents. Cette humiliation l'emplit de colère et de rancœur.

Le jour de l'accident de Dasji, Raman avait passé plus d'une heure à imaginer comment il pourrait justifier son absence depuis une semaine aux cours de révisions pour la licence. Et ce n'était pas le pire. Il ne voyait pas non plus comment expliquer qu'au milieu de la nuit il était allé jeter son cahier dans un fossé aux abords de Mardpur, sur la route de Vakilpur. C'était un geste irrationnel, impulsif. Il avait été lui-même surpris par la détermination qui l'avait poussé à défier ainsi l'autorité.

Le lendemain, il essaya de trouver plusieurs explications à son acte, mais en fin de compte il résolut de dire à Dasji : « Au milieu de la nuit, je suis allé jeter mon cahier dans un fossé sur la route de Vakilpur. Si vous voulez, vous pouvez le récupérer. Je n'en ai plus l'usage. » Qu'avait-il à perdre ? De toute façon, il échouerait à son examen.

En l'occurrence, il ne devait jamais revoir Dasji. Il obtint péniblement une mention passable parce que son père était connu à Mardpur. Les épouses des membres du jury d'examen de l'institut achetaient leurs saris au Sari Mahal avec des remises conséquentes. Et Raman lui-même avait joué habilement sa carte à l'oral en se montrant « profondément affecté » par la mort de « son professeur bien-aimé ». Il déclara avoir eu le plus grand mal à se concentrer à l'écrit parce qu'il n'arrêtait pas de penser à Dasji et à ce pauvre bébé ; après tout, n'était-il pas père lui aussi ?

Raman vit que Bharathi avait fini son travail et l'observait.

« Tu as terminé ? Alors tu peux m'aider à écrire », suggéra-t-il. Il n'avait pas la moindre idée de la façon dont on commençait à écrire un livre.

Les yeux de Bharathi s'illuminèrent. Elle prit sa chaise et alla s'asseoir à côté de lui. Raman posa son paquet de feuilles de papier devant elle.

« Ecris, dit-il.

— Quoi donc ? Quand on fait une rédaction, Mrs. D'Souza nous donne un sujet, expliqua Bharathi.

— Inutile. Comment commence-t-on une rédaction ? demanda Raman, faisant comme s'il s'agissait d'un test.

— Pour une rédaction, on dit “Jadis”, ou “Il était une fois”, dit Bharathi.

— Très bien, très bien. “Il était une fois.” Ecris. »

En s'appliquant, Bharathi écrivit : « Il était une fois », et admira son écriture soignée. Raman l'admira aussi.

Elle regarda son père, attendant la suite.

« Qu'est-ce qui doit venir après ? fit Raman, comme pour contrôler ses connaissances.

— Il faut introduire un nom. Celui d'un prince ou d'une princesse, par exemple.

— “Il était une fois un prince”, dicta Raman, et Bharathi écrivit soigneusement la phrase.

— Ensuite ? »

Ils étaient l'un et l'autre à court d'idées.

« Comment cela se passe dans le roman anglais ? demanda Raman, qui n'en avait jamais lu un seul.

— Le prince doit avoir des aventures. Tuer un dragon, peut-être.

— Un dragon ? Qu'est-ce que c'est que ce dragon ?

— Une sorte de bête volante.

— Comme Garuda [1] ?

— Non, papa. Ça ressemble plus à un démon.

— Qu'est-ce qui se passe après qu'il a tué le dragon ? s'enquit Raman.

— Il rentre chez lui et épouse une princesse. »

Ceci ne parut pas correct à Raman. Après tout, Ram [2] commençait par épouser Sita et devait voler à son secours après qu'elle eut été enlevée par le roi-démon Ravana. Mais c'étaient les Anglais qui avaient inventé le roman, alors qui était-il, lui, pour critiquer ?

« D'où vient le dragon ?

— Du ciel, répondit Bharathi.

— De Lanka ? »

Bharathi secoua la tête :

« Je crois que c'est du royaume voisin de l'Angleterre. »

Là, Raman connaissait la réponse. Après tout, il avait étudié jusqu'à la licence.

« C'est l'Allemagne », fit-il, triomphant.

A nouveau, ils ne surent plus quoi dire. Raman ne savait rien sur les dragons et pas grand-chose sur l'Al-

---

1. Aigle blanc à tête humaine qui est la monture de Vishnou.

2. Septième avatar de Vishnou. Après avoir épousé Sita, il va vivre dans un ermitage où ils sont attaqués par des brigands démons dont Ravana, géant à dix têtes et vingt bras, est le chef. Celui-ci s'empare de Sita et l'enlève pour l'enfermer dans son palais de Lanka (Ceylan). Au terme d'aventures héroïques, Rama abat Ravana et est réuni à Sita. (*N.d.T.*)

lemagne. Dans le silence qui suivit, ils entendirent rentrer Kumud et Shanker.

« Shanker saura peut-être quelque chose sur l'Allemagne », dit Bharathi.

« Que sais-tu sur l'Allemagne ? Dis-le-nous », enjoignit Bharathi à son frère quand il entra, lui laissant à peine le temps d'enlever ses chaussures.

— J'ai faim, protesta Shanker.

— Je prépare à manger », promit Kumud. Et elle disparut dans la cuisine.

« L'Allemagne, rappela Bharathi à son frère.

— Quoi, l'Allemagne ? » demanda Shanker, dont la voix prit une inflexion geignarde. C'était une affectation habituelle chez lui qui, depuis l'enfance, avait toujours attiré l'attention en se plaignant bruyamment.

« J'aide papa à écrire, dit fièrement Bharathi. Il a besoin de renseignements sur l'Allemagne.

— C'est là-bas qu'on fabrique les radios Grundig », dit Shanker, dont l'intérêt s'éveilla. Il savait beaucoup d'autres choses de cette nature. Raman comprit que sa femme et son fils avaient regardé la vitrine de Jetco. Kumud y allait souvent pour regarder les derniers appareils électriques, bien qu'elle n'eût jamais demandé à Raman de lui en acheter un.

« Elles viennent toutes en contrebande, continua Shanker, baissant la voix.

— Chut, dit Raman. Il ne faut pas dire ça.

— Tout le monde le sait ! protesta Shanker.

— Quoi donc ? demanda Bharathi.

— Ils prennent des bateaux pour aller dans le port chercher la marchandise de contrebande, et puis ils la ramènent dans des grottes et la cachent. »

Cette histoire impressionna Raman, mais pas Bharathi.

« Quel est le port voisin de Mardpur ? demanda-t-elle.

— C'est un port secret, souterrain, avec plein de *goondas* qui montent la garde. Ils entortillent des chiffons autour de très très gros bâtons pour s'éclairer sous terre. Et ils attendent que les contrebandiers arrivent sans faire de bruit sur l'eau. »

Bharathi et Raman écoutèrent Shanker raconter une longue histoire de *goondas* jusqu'au dîner.

Ce soir-là, Raman mangea ses *chapatis* en silence. Il pensait à l'histoire de Shanker. Il allait écrire un livre sur un contrebandier.

11

Deepa tirait sur la corde de Jhotta.

« Allons, Jhotta, tu vas cuire par cette chaleur, et après ça tu ne donneras pas du bon lait. Viens dans la cour, il y fait plus frais. Pousse cette bête, Bharathi. »

Bharathi poussa la croupe de la bufflonne, qui obtempéra et traversa pesamment la maison pour aller dans la cour, semant sur son passage des brins d'herbe qui s'étaient pris dans ses sabots.

Au petit matin et en début de soirée, lorsque Rampal venait la traire, Jhotta ruminait placidement, attachée à un poteau dans la cour devant la maison : un petit coin de terre battue entouré d'un grand mur. Autrefois, l'herbe y poussait peut-être, mais Jhotta y avait élu domicile, en avait fait son lieu de prédilection, autrement dit y avait mis sa marque en la piétinant jusqu'à ce que la surface soit dure et lisse.

Cette cour-là était au soleil plusieurs heures le matin. Quand l'été devenait chaud, le soleil montait très vite et dardait ses rayons impitoyables avant la fin de la matinée ; aussi conduisait-on Jhotta dans l'arrière-cour, relativement plus fraîche. Chaque matin avant de partir à l'école, Deepa lui faisait traverser la maison. Jhotta savait très bien où elle allait. Elle enfouissait son museau humide dans la portière, qu'elle relevait d'un coup de tête pour passer sans la déchirer, puis elle gagnait à pas lourds sa place habituelle dans la cour fraîche. Elle y restait une heure ou deux, regardait nonchalamment Amma vaquer à ses occupations matinales et Deepa se préparer pour l'école ; après quoi, Pappu, le petit bouvier, venait la chercher pour l'emmener paître le reste de la journée, où elle se promenait en liberté et se vautrait dans les meilleurs fossés et les flaques de boue les plus moelleuses de Mardpur et des environs.

La ville de Mardpur ne prenait guère d'extension. Ceci ne devait venir que plus tard. A l'ouest, au-delà du bazar de Kumar, l'hôpital Aurobindo et la gare des autobus formaient les limites de l'agglomération. A l'est, au-delà du Vieux Marché se déployaient divers lotissements couverts de bungalows nouvellement sortis de terre. Mais le plus éloigné n'était pas à plus d'une demi-heure de marche du Vieux Marché. Plus loin s'étendaient des pâturages vides. A l'ouest jusqu'à Ghatpur et Murgaon ; au sud, jusqu'à Vakilpur, c'était un paradis à buffles.

Bharathi se cacha derrière la croupe de Jhotta, qui avançait nonchalamment dans la cour. Bharathi avait un petit peu peur d'Amma, bien que ce ne fût pas la première fois qu'elle venait jouer chez Deepa en fin de semaine. Avec toutes ces histoires de fantômes, Bharathi s'attendait toujours à ce qu'Amma ait changé depuis sa dernière visite et soit devenue moins humaine, plus fantomatique. Mais la vieille femme qui se reposait sur le *charpoy* ressemblait à n'importe quelle autre grand-mère, à ceci près qu'elle avait l'air vraiment très sereine.

« Tu as une amie, Deepa ? » demanda Amma en entendant le bruit d'une autre paire de pieds accompagner le pas familier de Jhotta et de Deepa.

« C'est Bharathi », annonça Deepa à sa grand-mère ; et elle souffla à Bharathi : « Approche-toi d'elle pour qu'elle puisse te toucher. »

Paralysée par la timidité, Bharathi ne s'avança que lorsque Deepa lui eut donné des coups de coude.

« Viens ici, ma petite fille, dit Amma avec douceur, faisant un signe en direction de Bharathi. Ma vue n'est plus ce qu'elle était. Mais j'ai toujours un odorat et un toucher intacts et je vois ce que les autres ne peuvent pas voir. »

Bharathi quitta l'abri du vaste flanc de Jhotta et, toujours très mal à l'aise, s'approcha d'Amma. Où regarderait-elle en lui parlant ? C'était le premier face-à-face qu'elle redoutait le plus car elle ne savait pas comment affronter ce regard vide. Pourtant, chaque fois, elle était étonnée de constater que le visage d'Amma était tout sauf vide. C'était un visage animé et vigoureux qui voyait peu mais comprenait tant de choses. Bharathi scruta les traits bienveillants et ridés d'Amma et respira son odeur familière d'épices. Elle se détendit un peu en constatant qu'après tout, extérieurement, Amma n'avait rien de bizarre, malgré ce que tout le monde disait.

Aux yeux de Bharathi, Amma respirait la sagesse de quelqu'un qui avait voyagé très loin, et la sérénité accueillante d'une femme qui, après de longues années, est rentrée chez elle et goûte le repos. Tranquillement assise sur son *charpoy*, elle dégageait une énergie dont les autres vieilles personnes semblaient dépourvues. A la différence de la plupart des autres grands-mères, elle n'était ni acariâtre ni tyrannique, et en dépit de sa cécité elle n'avait pas perdu sa faculté de percevoir les détails.

En effleurant le dos de la main de Bharathi, Amma sentit la douceur d'une peau d'enfant. Peut-être parce qu'elle avait été si souvent au loin lorsque sa propre fille était petite, elle aimait la compagnie des enfants, et faisait tout pour qu'ils se sentent à l'aise en sa présence.

« Bharathi ? Tu dois être la cadette de Raman. Je sens sur ta peau la sève des lychees. Mais toute cette poussière ? La terre doit être très sèche dans le jardin aux lychees. Jadis, il était tellement fleuri. Tiens, je ne sens pas de fleurs sur toi. Il n'en pousse pas là-bas en ce moment ?

— Non, Amma, dit Bharathi, concentrant son attention sur les lèvres d'Amma. Tout est sec. Cela fait des années que Raju-*mali* n'a pas planté de fleurs.

— Il y en aura bientôt. Les fleurs de ton mariage viendront toutes du jardin aux lychees. Mais il faut d'abord que tes sœurs se marient. Dis-moi, est-ce que leur mariage est arrangé ?

— Pas encore, Amma.

— Ce n'est pas facile. Mais quand ton tour viendra, tout sera beaucoup plus simple. A ce moment-là, il y aura de l'argent. » Elle tendit une main et tapota la joue de Bharathi, qui resta immobile et se laissa faire. Les doigts d'Amma n'étaient ni secs ni osseux, mais charnus, contre toute attente. De nouveau, Bharathi sentit une bouffée d'épices.

Après l'installation d'Amma à Jagdishpuri Extension, la maison s'était imprégnée de l'odeur d'huile de moutarde douce. Plus même, d'une odeur suave et épicée de fruits marinant dans l'huile de moutarde, une odeur chaude, familière et ancienne comme Amma. C'était un parfum mystérieux et excitant de fruit défendu. Les confits de mangues et de citrons étaient des mets pour les adultes, pas pour les enfants. Quand elle était petite, Deepa en était réduite à imaginer le goût qu'ils pouvaient avoir, étalés sur des *parathas* salées. On dit que le goût des confits de fruits à l'huile de moutarde est un goût acquis. Mais quand on donna à Deepa sa première *paratha* salée avec une fine tranche de mangue confite d'où sortait un filet d'huile de moutarde dorée et épicée, elle trouva cela exquis, comme si, après s'être imprégnée de cette odeur pendant des années, elle avait acquis le goût correspondant.

D'autres odeurs flottaient autour d'Amma – l'odeur terreuse et sèche des pots d'argile non vernissée, grands et petits, où étaient conservés les confits, et qui s'entassaient en rangs superposés. Certains étaient vides, et l'odeur de l'argile se mâtinait juste un peu d'huile de moutarde. Pour d'autres, pleins à ras bord de confit de citrons piquants ou de mangues, l'odeur du contenu couvrait complètement celle du récipient. Rampal, qui revenait chaque matin de traire Jhotta et sentait lui-même les confits, dit une fois que l'« inspiration » d'Amma venait de leur odeur. Que l'arôme montait par ses narines jusqu'à son cerveau.

Bharathi attira l'attention de Deepa sur cette théorie.

« Comment est-ce possible, que l'odeur des confits aille du nez de ton Amma jusqu'à son cerveau ? Est-ce que c'est comme pour le soda après qu'on l'a bu, quand les bulles remontent ?

— Cela n'a rien à voir, répondit Deepa en riant.

— Qu'est-ce que tu en sais ?

— Je sais en faire autant, lança Deepa pour la taquiner.

— Tu imagines aussi des *bhooths* ? » fit Bharathi, l'air tout excitée. Puis elle regarda le visage souriant de Deepa et reprit : « Tu mens. Tu veux me faire peur pour pouvoir découvrir mes secrets.

— Je les connais, tes secrets. Tu me dis tout.

— Pas absolument tout ! »

Deepa était un peu vexée.

« Tu m'as dit que tu étais ma meilleure amie et il y a des secrets que tu me caches ! »

Deepa croisa les bras et tourna le dos à Bharathi jusqu'à ce que celle-ci, à force de cajoleries et de serments d'amitié éternelle, vienne à bout de sa réticence. Alors, ensemble, elles coururent jusqu'aux tamariniers pour voir si elles trouvaient des fruits tombés afin de les ouvrir et d'en mâcher la pulpe douce-amère.

« Que voyez-vous d'autre, Amma ? » demanda Bharathi, qui s'assit sur le bord du *charpoy*, attendant qu'Amma la régale de ses histoires. Parfois, avec un peu de chance, si Amma était d'humeur, elle leur racontait quelques-unes des aventures qu'elle avait vécues à la cour des rois. Toutefois, ce jour-là, elle avait l'esprit tourné non pas vers son propre passé mais vers l'avenir de Bharathi.

Elle se mit à rire et prit la main de cette dernière.

« Tu veux en savoir plus ?

— Oui !

— Tu épouseras un très bon parti ; ce sera un mariage que personne ne peut imaginer aujourd'hui. »

Deepa et Bharathi échangèrent un regard, ravies de cette prédiction.

« Il sera gentil ? demanda Bharathi.

— Beau et gentil, annonça Amma.

— Combien d'enfants aura-t-elle, Amma ? » s'enquit Deepa.

Avec un petit rire, Bharathi retira sa main de celle d'Amma et la vision de Bharathi en femme pâlit et s'estompa.

« Cela ne suffit pas que ton mari soit beau et gentil ?

— C'est plus qu'assez », murmura Bharathi.

Raman aimait être seul chez lui, sans personne pour lui reprocher son oisiveté. On avait beau faire, les autres s'attendaient toujours à ce que l'on en fasse plus, semblait-il. Or Bharathi était chez Deepa et Kumud avait emmené Shanker avec elle au Vieux Marché pour acheter des légumes, aussi Raman pensa-t-il que c'était l'occasion rêvée pour écrire. Il avait rayé le « *Il était une fois un prince* » proprement calligraphié par Bharathi et écrit à la place : « *Chapitre Un* ». Puis il regarda le jardin aux lychees, en songeant à tous ces fruits en train de grossir sur les branches. Lorsqu'il reposa son regard sur sa feuille, il avait écrit deux mots d'une écriture sinueuse : *Jagat Singh.* Ce nom avait surgi dans son esprit tandis qu'il était assis près de la fenêtre. Il contempla les deux mots avec satisfaction, les dit tout haut, les fit rouler sur sa langue. Jagat Singh est un nom parfait pour un contrebandier, se dit-il. Quel nom conviendrait pour un acolyte ? Raman en envisagea plusieurs, puis arrêta son choix sur Kanshi. Il l'écrivit soigneusement, content de sa trouvaille. Suçotant le bouchon de son stylo, il réfléchit aux aventures dans lesquelles se lanceraient Jagat Singh et Kanshi. Mais ce serait pour plus tard. Au moins, il avait à présent ses deux personnages principaux. Raman rangea son papier et son stylo, trouvant qu'il avait suffisamment travaillé pour la journée.

« Comment va ton père, Bharathi ? demanda Amma.

— Il écrit un livre ! répondit Bharathi, cachant mal son excitation.

— Tiens ! C'est original. Y a-t-il d'autres écrivains dans ta famille ?

— C'est lui qui a eu cette idée, dit fièrement Bharathi.

— Tu sais ce qu'il va y avoir dans ce livre ?

— Il s'agit d'un prince. Et d'un dragon », fit Bharathi avec empressement.

Amma secoua la tête. Elle commençait à avoir une impression très forte de ce livre.

« Ce n'est pas le livre que j'ai en tête.

— Il n'y en a pas d'autre, insista Bharathi.

— C'est un livre qui parle de contrebandiers », dit Amma en se concentrant, car les détails n'étaient pas toujours faciles à voir.

Bharathi ne dit rien. Elle avait trop de respect pour Amma pour la contredire. Celle-ci sentit son trouble et lui prit la main.

« Quoi qu'il en soit, ce sera un bon livre. Il rapportera beaucoup d'argent, si bien que tu pourras te marier avantageusement, encore plus que tes sœurs. Jagat Singh est un excellent nom pour un contrebandier, dit Amma. Et il y a un *goonda* dans ce livre.

— Que peut savoir papa des contrebandiers et des *goondas* ? demanda Bharathi, fascinée.

— Shanker a dit que Jetco était bourré de marchandises de contrebande, fit remarquer Deepa.

— *Chup*, Deepa, dit Bharathi, un doigt sur les lèvres. Qu'est-ce qu'il en sait, Shanker ? Il invente, voilà tout.

— Ecrire, c'est une affaire d'imagination, dit Amma. Ce livre, je le vois d'ici.

— Comment fais-tu, Amma ? demanda Bharathi, curieuse. C'est comme le monde qu'on voit dans la bouche de Krishna ?

— Parfois je vois une image, dit Amma en riant.

— Comme un film ?

— Pas vraiment. Comme un rêve.

— Tu vois en moi ? demanda Bharathi, qui se

redressa et bomba le torse comme pour encourager Amma à regarder dans son cœur.

— Ça arrive. Par exemple, je sais que tu feras un beau mariage et que tu resteras à Mardpur. »

Bharathi écarquilla les yeux.

« Alors, je ne pourrai jamais avoir de secrets !

— Mais si, dit Amma. Parce que moi, je ne dirai rien à personne. Tu sais, j'ai beaucoup de secrets, moi, et je ne les révèle à personne.

— Comme l'endroit où est caché le trésor, par exemple, dit Bharathi, s'enhardissant.

— Ah ! Le trésor ! dit Amma pour la taquiner. Tu vois bien qu'on peut compter sur moi pour garder un secret. Ça, c'est mon grand secret. Je ne le révèle à personne.

— Même pas à Deepa ? fit Bharathi en échangeant un regard avec son amie.

— Même pas. »

« Ton Amma n'est pas si bizarre qu'on le dit, confia Bharathi à Deepa un peu plus tard.

— On dit qu'elle est bizarre ?

— On dit qu'il y a des *bhooths*, etc., tout autour d'elle.

— Je n'ai jamais vu un *bhooth* ici, répliqua Deepa en riant. Il n'y a qu'Usha pour parler de *bhooths*.

— Papa aussi croit qu'il y a des *bhooths* ici. Sinon, comment Amma saurait-elle ce qu'il écrit dans son livre ?

— Ton père croit que ce sont les *bhooths* qui ont raconté à Amma ce qu'il y avait dedans ? » gloussa Deepa. Et Bharathi se mit à rire aussi.

« Alors, qui raconte à Amma ce qu'il y a dans le livre ? insista Bharathi.

— Elle le voit toute seule. Peut-être qu'elle le sent par ton intermédiaire.

— Hein ? Comment est-ce possible ?

— Tu as pu constater tout ce qu'elle savait sur le jardin aux lychees rien qu'en sentant l'odeur de poussière sur tes cheveux.

— Oui mais un livre, c'est autre chose. Il n'est pas encore écrit, il est seulement dans la tête de Papa. »

Deepa secoua la tête, aussi incapable que Bharathi de trouver une explication.

« Je ne sais pas comment ni pourquoi, mais ce que voit Amma se réalisera. »

12

C'était peut-être à cause d'Usha, la servante, que des bruits couraient à propos des fantômes d'Amma. Usha croyait aussi fort à ses *bhooths* qu'Amma croyait à Ganesh et Deepa au trésor. Si les fantômes d'Usha ne s'étaient jamais montrés, ce n'était pas parce qu'ils n'existaient pas, mais parce que, disait-elle, ils attendaient le moment propice. Cela ne voulait pas dire qu'ils n'étaient pas là.

Usha parlait des fantômes comme s'ils l'entouraient en permanence. A l'écouter, on aurait cru que la maison de Jagdishpuri Extension en était pleine. Si les gens étaient circonspects, cela n'avait rien de surprenant.

Usha avait une quinzaine d'années et, à la différence des autres filles, elle ne portait pas une longue tresse unique et épaisse dans le dos, mais deux nattes raides soigneusement attachées au bout par des rubans rouge foncé, ce qui la faisait paraître beaucoup plus jeune que son âge. Elle était mince, mais son visage ne portait pas les stigmates des privations. Comme d'autres dont les parents n'avaient pas de métier, elle acceptait la pauvreté comme son lot et s'estimait heureuse tant qu'elle était nourrie.

Pendant la journée, elle vaquait aux travaux ménagers, qu'elle ne considérait pas comme trop ardus ou déplaisants. Amma n'était pas comme d'autres maîtresses âgées qui passaient leur temps à critiquer et à faire des reproches. Et elle n'était pas maniaque à propos des petites taches restant sur les ustensiles après qu'ils avaient été lavés, bien que, si elle l'avait voulu, elle eût pu passer ses doigts sensibles sur la vaisselle et sentir la moindre trace.

Usha arrivait chaque jour juste avant midi, le pas léger, avec des légumes frais du Vieux Marché. Elle nettoyait le peu de vaisselle du petit déjeuner, préparait les légumes et le *dal*, pétrissait la farine de ses mains souples capables d'une force et d'une habileté étonnantes, et étendait les *chapatis* avant de les jeter sur le gril avec panache. Deepa la regardait souvent apprêter prestement la nourriture, attiser le brasero ou tisonner les braises. En règle générale, Usha faisait semblant de ne pas remarquer Deepa, car la relation était plus facile ainsi. Mais parfois, quand elle avait fini son travail, elle lui racontait des histoires. Ces moments-là, Deepa les attendait avec impatience. Elle rôdait autour de Usha dans l'espoir de la voir s'essuyer les mains sur sa *kameez* et commencer.

Les histoires tournaient toujours autour d'une femme nommée Baoli – une folle. Usha imitait la folle : elle se tirait les cheveux jusqu'à en être hirsute, se tenait la tête dans les mains et tapait des pieds, assise sur le sol en gémissant. Il y avait aussi d'autres personnages, des fantômes fous, ou *baoli bhooths*, et une bufflonne, Jhotta.

Un après-midi, son travail terminé et tandis qu'Amma faisait sa sieste, elle raconta à Deepa cette histoire : « Le *baoli bhooth* demande à Baoli : “C'est toi qui es *baoli* ou c'est moi ? ” Baoli lui répond : “Je suis plus *baoli* que toi.” Alors le *baoli bhooth* se met à crier : “Ouh ! C’est pas possible ! Je suis ton *bhooth*, alors on est pareils !” Là-dessus, Baoli lui répond : “Mais tu n’existes que parce que je suis *baoli*. Donc c’est moi la plus *baoli*, parce qu’il n’y a qu’une *baoli* pour voir un *baoli bhooth* !” » Et Usha terminait toujours son histoire en se tirant les cheveux, en tapant des pieds et en chantant une sorte de refrain :

« Baoli Maai, Baoli Maai,
Kahan se hai ?
Koi jan na paai. »

(« La folle, la folle, d’où viens-tu ? Ça, personne ne l’a jamais su. »)

Un jour, Usha en dit un peu plus long à Deepa sur Baoli et Jhotta, la bufflonne, dont un parent avait fait cadeau à Baoli.

« Baoli dit : “Qu’est-ce que je vais faire de Jhotta ?” Jhotta se retourne et dit : “Tu vas me garder quelques années et me traire.” Alors Baoli a gardé Jhotta quelques années, puis un jour elle a décidé de la traire. Mais comme Jhotta était *baoli*, le lait s’est mis à couler, à couler sans que Baoli puisse l’arrêter. Il a débordé des seaux et des bassines, et inondé le sol. Et il a coulé encore et encore, tant et si bien que Baoli est devenue complètement *baoli*, parce qu’elle n’arrivait pas à l’arrêter.

“Baoli Maai, Baoli Maai,
Kahan se hai ?
Koi jan na paai.”

— Et après, qu'est-ce qui s'est passé ? » demanda Deepa lorsque Usha eut cessé de marteler le sol.

Usha parut surprise, comme si l'histoire était finie. Elle réfléchit un moment, puis dit : « Alors Jhotta a eu pitié de Baoli, et elle a arrêté de faire du lait. Mais comme c'était une bufflonne *baoli*, son lait s'est tout bonnement tari. Baoli a eu beau essayer de la traire, rien ne venait. Elle a donné à Jhotta ce qu'il y avait de meilleur dans la cuisine, en se privant elle-même, mais il n'y avait toujours pas de lait. Et ça a rendu Baoli folle.

"Baoli Maai, Baoli Maai,
Kahan se hai ?
Koi jan na paai." »

Les histoires d'Usha rompaient la routine journalière : le barattage matinal du babeurre, le broyage de la farine entre deux pierres plates, la lessive et la cuisine. Les histoires faisaient en quelque sorte partie de la routine.

Ce n'étaient pas seulement des histoires de fantômes. Le trésor imprégnait tout d'une sorte de mystique et Usha l'introduisait dans ses histoires macabres. L'une d'elles, qu'elle raconta plusieurs fois, était la suivante : « A une époque, Baoli avait un trésor : de l'or et des rubis, des colliers et des bracelets. Elle a vendu deux petits bracelets et s'est acheté une Jhotta. Cette Jhotta, qui était trop gourmande, lui a dit : "Donne-moi ton trésor, Baoli, et je te donnerai un meilleur lait." Mais Baoli a dit : "Non." Alors, voilà que Jhotta a refusé de lui donner du lait et avalé son trésor, si bien qu'il est resté dans son estomac. Baoli s'est retrouvée sans lait, ni trésor. Impossible d'ouvrir le ventre de Jhotta pour récupérer son trésor, parce que cela l'aurait tuée, et elle n'aurait plus eu de lait du tout. Alors Baoli est devenue *baoli* en essayant d'imaginer comment faire pour que Jhotta lui redonne du lait et comment récupérer son trésor.

> *"Baoli Maai, Baoli Maai,*
> *Kahan se hai ?*
> *Koi jan na paai."*

— Notre Jhotta n'est pas comme ça, déclara Deepa avec conviction. Elle est gentille et affectueuse.

— C'est parce qu'elle sait que vous n'avez pas de trésor », dit Usha. Mais Deepa savait qu'Usha croyait elle aussi qu'Amma avait un trésor caché. Comme les fantômes d'Usha, le trésor était là, mais il ne deviendrait visible qu'à la personne qui le découvrirait le moment venu.

13

A mesure que la chaleur s'intensifiait et l'humidité aussi, les frères de Raman avaient moins envie de rester enfermés toute la journée dans leurs boutiques avec pour seul soulagement – bien mince au demeurant – un ventilateur au plafond qui brassait l'air chaud.

Laxman et Vaman se mirent sérieusement en quête d'un bon parti et se rendirent à Murgaon pour voir une famille qui possédait des terres et dont on disait que l'aîné des frères avait des fils jumeaux d'un peu plus de vingt ans. Ils avaient pris contact par le truchement de Satyanarayan, qui connaissait le prêtre du village proche de Murgaon.

« C'est une bonne famille que mon ami le swami Nityanand recommande, dit Satyanarayan.

— Cela fait longtemps que ce Nityanand connaît la famille en question ? s'enquit Raman.

— Je n'ai pas vu mon ami le swami depuis un certain temps, dit Satyanarayan d'un ton dégagé, mais il les a tous vus naître. »

Comme les frères tenaient Satyanarayan en très haute estime, ils décidèrent que l'affaire méritait d'être creusée.

Laxman alla voir Nityanand, un vieillard confus dont la mémoire n'était plus très fiable.

« Des fils ? Deux ? » bêla-t-il d'une voix défaillante et fluette, oubliant du même coup la question. Satyanarayan avait dit que Nityanand avait été son gourou et le gourou de son père avant lui, ce qui indiquait un âge très avancé. Laxman avait le plus grand mal à imaginer comment Nityanand avait pu donner quelque information que ce fût à Satyanarayan, car il parlait très indistinctement. Il fallut user d'un peu de persuasion pour lui rafraîchir la mémoire, moyennant quoi Laxman réussit à lui soutirer quelques renseignements, bien que Nityanand se contredît sans cesse, répétant : « Des garçons ? Des filles ? Non, des garçons. »

Il fit signe à son *chela*, son disciple, d'approcher. C'était un jeune garçon d'une dizaine d'années, au visage totalement impassible et à la voix dénuée d'expression. Il cessa d'éventer Nityanand avec un morceau de carton, qu'il posa soigneusement pour parler, comme s'il n'avait pas assez d'énergie pour mener de front les deux activités.

« Des garçons, deux ? caqueta Nityanand.

— Deux garçons ? traduisit le *chela*. Des jumeaux ?

— Des jumeaux. » Le vieillard opina avec tant de force que Laxman craignit qu'il ne mette en péril sa fragile carcasse.

« Ce sont les jumeaux Aggawal, dit le *chela*. Ils sont venus pour la cérémonie du *mundan* le mois dernier.

— Non, non non, non. Pas des bébés. De grands garçons », dit Nityanand en lui donnant une tape sèche sur les tibias en guise de réprimande. Le *chela* ne broncha même pas, mais proposa le nom de plusieurs autres familles où étaient nés des jumeaux dans la région. Qu'est-ce qu'il y en avait, se dit Laxman, stupéfait d'entendre le *chela* débiter une série de noms. Les jumeaux étaient une rareté à Mardpur. A Murgaon aussi, semblait-il, jusqu'à une date récente, après laquelle il semblait y avoir eu une augmentation soudaine de la fertilité. Ce devait être dû à l'eau, conclut Laxman, réfléchissant au problème.

« C'est en vue d'un mariage, expliqua patiemment Laxman au *chela* après qu'il eut encore mentionné le nom d'une autre famille où étaient nés des jumeaux, mais seulement quelques années auparavant.

« Des garçons, répéta Nityanand.

— Il y a une bonne famille à Murgaon qui a des fils jumeaux, traduisit le *chela*.

— Comment s'appelle-t-elle ? » demanda Laxman, satisfait des progrès accomplis. Maintenant, il transpirait à grosses gouttes. Il sortit un grand mouchoir et s'essuya le front.

Mais Nityanand ne se souvenait pas. Il parut troublé de ne rien se rappeler, comme s'il ne comprenait pas ce qui était arrivé à sa mémoire.

« Comment s'appelle cette famille ? insista Laxman, s'épongeant la tête. Vous en avez parlé au swami Satyanarayan, Swamiji.

— Satyanarayan, répéta Nityanand, opinant d'un air satisfait. (Le nom parut lui donner beaucoup de plaisir.)

— Qu'avez-vous dit au swami Satyanarayan, Swamiji ? » demanda Laxman, en parlant très fort au cas où le vieux brahmane serait sourd de surcroît.

Il y eut encore des conciliabules et le *chela* annonça : « Il ne se souvient pas.

— Par écrit, bredouilla Nityanan.

— Attendez, dit le *chela*. C'est consigné quelque part par écrit.

— Ecrit. Lettre. Bon. Garçon. Deux. »

Même Laxman était capable de comprendre ça. Il s'essuya rapidement le front en prévision de la suite.

« Où range-t-il ses lettres ? » demanda-t-il au *chela*,

car Nityanand, apparemment épuisé par la phrase qu'il venait de dire, regardait droit devant lui, l'œil vide.

Le *chela* répéta la question à Nityanand, mais sans obtenir de réponse cohérente. Ils essayèrent de nouveau, mais en vain.

Laxman posa la question au garçon, cette fois : « Tu sais où il range ses lettres ?

— Sous sa natte.

— Sous sa natte ?

— Celle sur laquelle il est assis. »

Car, Nityanand était assis sur une natte. Que faire ? Ils ne pouvaient pas soulever le vieillard. Il n'était sans doute pas bien lourd, mais un tel geste serait par trop irrévérencieux. D'ailleurs, pourquoi le déranger ?

« Nous allons devoir attendre, dit le *chela*.

— Soit », dit Laxman, sans savoir ce qu'ils attendaient au juste. Détendu, il regarda autour de lui en s'épongeant le front de son mouchoir. Le temple, avec son aspect un peu décrépit, était situé à un carrefour en dehors du village, donc dans un endroit calme et tranquille – les villageois devaient faire un effort particulier pour s'y rendre. A une époque, il y avait eu une pompe à eau à proximité, et des files ininterrompues de femmes chargées de brocs qu'elles venaient remplir avant de passer quelque temps à bavarder et d'aller prier au temple. Mais le puits s'était asséché. La poulie était rouillée et la poignée avait disparu. Il n'y avait plus de raison de venir jusque-là.

Laxman s'assit et regarda Nityanand qui méditait – peut-être s'était-il endormi. Le *chela* se mit à rouler entre ses paumes des mèches de lampe en coton, levant de temps à autre les yeux sur Laxman, comme pour s'assurer qu'il était encore là. Ce dernier sentit ses paupières s'alourdir sous l'effet de la chaleur débilitante et sa tête dodeliner. Ce fut le moment que choisit le *chela* pour poser ses mèches de lampe, se pencher vers Nityanand et lui chuchoter quelques mots à l'oreille. Les paupières du vieillard frémirent, s'ouvrirent, et il hocha la tête avec véhémence.

Le *chela* l'aida à se relever et le conduisit très lentement vers les latrines, se retournant pour regarder Laxman puis la natte d'un air entendu.

Laxman s'épongea le front, replia lentement son mouchoir et le rangea dans sa poche. Après quoi il souleva prestement le bord de la natte. Dessous se trouvaient de nombreux rouleaux de billets de banque. Il lâcha aussitôt le coin de la natte avec l'impression d'être un voleur. Elle retomba avec un bruit mat, soulevant un nuage de poussière qui vola dans la figure de Laxman. Celui-ci toussa et sortit son mouchoir humide pour se moucher. Puis, plus lentement, il souleva un autre coin. Il découvrit deux lettres ornées des chevrons gris et bleus des aérogrammes nationaux. Laxman jeta un regard alentour, incapable de réprimer la vague impression de culpabilité qu'il éprouvait à empiéter sur le territoire de quelqu'un d'autre. Il se demanda s'il devait attendre le retour du *chela.* Mais cela risquait de prendre un certain temps. Il fit le tour de la natte avec précaution afin de lire l'adresse sur les enveloppes en se tordant le cou. Oui, l'une était envoyée par Satyanarayan. Il la ramassa et déplia la feuille.

Merci de m'avoir signalé la famille de Murgaon. Je crois pouvoir trouver ici une alliance satisfaisante avec une famille qui est dans le commerce des saris. Des jumelles. Très belles, bien que leur père ne soit pas aussi pieux que nous pourrions le souhaiter...

Laxman se demanda si Satyanarayan faisait allusion à lui ou à Raman. De fait, il ne se considérait pas comme très dévôt, mais cela ne donnait pas à Satyanarayan le droit de le critiquer derrière son dos dans une lettre à un autre brahmane. Laxman se sentit vexé. Satyanarayan avait compromis son entreprise avant même son arrivée. Il s'efforça de faire taire sa rancœur et poursuivit sa lecture.

Vers la fin, la lettre faisait très clairement allusion à la famille de Murgaon et donnait l'adresse de la maison de famille. Le dernier paragraphe était rédigé en ces termes :

Peu importe que vous ne les ayez pas vus depuis des années. Une bonne famille reste une bonne famille. Si vous m'y autorisez, je donnerai des renseignements sur les deux frères à la famille des jumelles afin qu'ils puissent s'attacher à réaliser une union heureuse.

Laxman remit la lettre en place et laissa retomber le bord de la natte avec un bruit sec et un autre nuage de poussière, plus petit celui-là. Sa tâche accomplie, il avait hâte de partir. Il se sentait obligé d'attendre le retour de Nityanand, par souci de courtoisie et parce qu'il se devait de protéger la natte du *pundit* contre d'éventuels maraudeurs peu scrupuleux.

Il se passa au moins une demi-heure avant que Nityanand ne revienne, au bras de son *chela*. Alors, Laxman prit congé à la hâte et repartit sur la route poussiéreuse qui menait au village, en quête d'un moyen de transport pour rentrer chez lui.

Il écrivit au chef de famille et reçut une réponse très affable, mais qui ne révélait pas grand-chose de la famille elle-même.

« La seule chose à faire, dit Vaman en examinant la missive, c'est d'aller voir. »

Ce qu'ils firent, armés d'un balluchon de saris pour faciliter les négociations. Non parce qu'ils croyaient que lesdites négociations seraient ardues, mais parce que mieux valait mettre quelques avantages de son côté quand on ne négociait pas sur son terrain, dit Laxman. Il croyait beaucoup à la vertu des saris pour aplanir la voie.

Cela se passa mal dès le début. La maison ne se trouvait pas là où la famille l'avait indiqué. Une autre famille habitait la grande bâtisse de pierre avec une cour, et on dirigea les frères vers la ferme voisine. La maison avait l'allure d'écuries, sans plus, bien qu'elle fût construite en brique. Du moins trouvèrent-ils l'homme qu'ils cherchaient, et son frère cadet. Tous deux semblaient les attendre.

« Nous sommes allés à la grande maison, dit Vaman d'un ton appuyé.

— Nous l'avons louée », dit l'aîné des deux hommes avec brusquerie, comme pour le mettre au défi de poser d'autres questions. Il avait une mine revêche, un visage étroit et portait un *dhoti* jauni. Le plus jeune était le père des jumeaux, mais c'est l'oncle qui mena la conversation. Vaman devint méfiant. Il ne connaissait personne qui louait sa maison de famille pour vivre dans une écurie. Aucune trace de femmes. Il n'y avait que le vieil homme et son frère. Les écuries semblaient curieusement inhabitées.

Pour Laxman et Vaman, experts en prix et en modèles de saris, l'enjeu n'était pas simplement de rencontrer d'autres membres de la famille. Les frères étaient plus habiles à jauger les femmes que les autres hommes. Ils regardaient les bijoux, le lustre des cheveux et surtout les saris, et en tiraient des conclusions sur l'aisance de la famille et son style de vie. Mais cette fois, privés de ces indices déterminants, ils se trouvèrent d'emblée dans une position défensive.

La famille des garçons prit l'initiative dès le départ et bombarda de questions les frères qui avaient à peine le temps de répondre avant qu'on leur en lance une autre.

« Qu'est-ce que le père des filles a comme diplômes ? demanda le plus âgé, assis un pied posé sur l'autre genou. Il arrachait la corne de son talon tout en mâchonnant très vite une chique de bétel.

— J'ai un doctorat de troisième cycle, dit Laxman. Et mon frère aussi, dit-il en désignant Vaman.

— Vous êtes les oncles, si je ne m'abuse ? Ma question porte sur le père. » Le vieil homme s'interrompit pour cracher un jus rouge contre le mur.

« Il a sa licence », dit Laxman, qui tiqua lorsque le jus de bétel s'écrasa contre le mur. C'était toujours Raman qui était source d'humiliation pour la famille.

« Avec mention bien ?

— Pas exactement.

— Assez bien ? »

Laxman décida d'avouer la vérité : « Passable. Mais notre père était déjà très malade. Ce n'étaient pas de bonnes conditions pour étudier.

— Et leur mère a seulement un brevet ? dit le plus âgé.

— Les filles vont terminer leurs études secondaires bientôt, dit Vaman afin d'orienter la conversation vers des sujets moins désagréables.

— Il faudra que la dot soit bonne, dit le plus âgé d'un ton bourru.

— On peut y mettre le jardin aux lychees », dit Vaman dans un moment d'imprudence. Il lui arrivait d'être très impulsif. Laxman regarda son frère en haussant des sourcils réprobateurs. Mettre le jardin dans la dot, cela risquait d'être problématique. Il leur faudrait reloger Raman, sa femme, Bharathi et Shanker, et où les caseraient-ils ? Raman pourrait demander à avoir des parts dans l'affaire de saris. Et Kumud ne serait pas contente du tout. La division de l'héritage après la mort de leur père, qui s'était passée très à l'amiable, pourrait être dangereusement remise en question.

« Quelle superficie ? » demanda le vieil homme sans manifester d'intérêt particulier. La question obligea Laxman à avaliser la proposition de son frère.

« Quatre hectares, dit-il, les sourcils toujours froncés.

— Cinq, rectifia aussitôt Vaman. (Ne se chargeaient-ils pas aussi de l'entretien du chemin ?)

— Il faudra que la dot soit bonne, répéta l'aîné des deux autres. Un demi-*lakh*, plus des marchandises de Jetco et cinq cents saris. »

Le visage de Vaman s'allongea. Laxman s'efforça de ne pas montrer qu'il venait de recevoir un choc très déplaisant.

« Le père n'a qu'une licence mention passable et il n'est pas dans le commerce. Ce n'est qu'un employé de bureau, laissa tomber le vieil homme péremptoirement après avoir consulté une feuille de papier : la lettre dans laquelle Laxman avait donné les renseignements sur la famille.

« Il est propriétaire terrien, protesta Vaman, bien que ce ne fût pas rigoureusement exact : le jardin n'était pas au nom de Raman.

— Soit, alors seulement trois cents saris », dit le plus vieux. Et il cracha un autre jet de bétel dans le coin. Laxman suivit de l'œil le jet qui allait s'écraser contre le mur. En regardant la grosse tache rouge, il se sentit assailli par le découragement.

« Nous aimerions voir les jumeaux », dit Vaman d'un ton décidé, voyant que son frère était sur le point de sombrer dans une stupeur morose. Il s'efforça de remettre les négociations dans la bonne voie. « Après quoi, nous pourrons discuter de la dot.

— Envoyez-nous d'abord les horoscopes des filles », dit l'homme. Il cracha presque les mots. En fait, un petit filet de jus de bétel coulait du coin de sa bouche.

« Mais nous sommes sur place, dit Vaman, impatienté. Nous aimerions voir les garçons pendant que nous sommes ici. Le trajet que nous avons fait n'est pas rien, par cette chaleur. »

Les deux interlocuteurs sentirent la tension chez Vaman. Ils se concertèrent quelques secondes à voix basse. Puis l'aîné dit d'un ton sans réplique : « Ils ne sont pas au village. »

Vaman était furieux. Pourquoi avoir proposé une rencontre ce jour précis, alors que les garçons n'étaient même pas là ? Mais il ravala sa colère ; après tout, ils n'étaient que les oncles des filles, et ne se trouvaient pas en position d'avoir des exigences. Laxman, que la chaleur faisait transpirer, crut qu'il allait s'évanouir. Il perdait pied. Il aurait aimé boire un verre d'eau, mais on ne lui en proposa pas. Il fallut que Vaman prenne la direction des opérations. Il voulut savoir quelles étaient au juste les qualifications des garçons.

« Ils poursuivent leurs études, dit le plus vieux sans plus de commentaire.

— Et quels sont leurs projets après qu'ils auront fini ?

— Ils entreront dans le commerce ou l'administration », lui fut-il répondu évasivement.

Tout l'entretien fut de cet ordre. Vaman essaya de poser des questions que l'aîné des deux frères éluda habilement. En partant, Laxman et Vaman ne savaient pratiquement rien sur les jumeaux, hormis qu'ils étaient pieux et allaient souvent au temple.

« Tiens donc ! Tellement pieux que Nityanand ne se souvient même pas d'eux, dit Vaman tandis qu'ils regagnaient Mardpur au petit trot dans une *tonga* bringuebalante.

— Il doit y avoir beaucoup de temples dans les alentours, dit Laxman.

— Mais celui-là, c'est le plus proche, celui où réside Nityanand. C'est comme notre temple de Vishnou Narayan : nous y allons parce que c'est le plus proche », dit Vaman.

« Un demi-*lakh* ! C'est ça, le tarif, de nos jours ? » dit Vaman alors qu'ils approchaient des faubourgs de Mardpur. Pendant la dernière demi-heure, les deux frères avaient gardé le silence, réfléchissant à la somme astronomique.

« Deux filles », dit Laxman. Mais lui aussi, il était découragé.

« Je ne crois pas que Meera et Mamta seraient heureuses là-bas, reprit Vaman avec conviction.

— Le sol n'était même pas balayé ! » renchérit Laxman avec dégoût. Puis il ajouta : « Il ne faut pas que nous soyons trop difficiles. Après tout, nos nièces ne sont pas des princesses.

— Mais ces garçons ne sont pas des princes non plus !

— Nous n'avons même pas réussi à les voir ! dit Laxman, dont la voix devenait aiguë sous le coup de l'indignation. Nous sommes venus de loin, et pour quoi ? Même les saris, nous les avons rapportés. »

Le balluchon, soigneusement enveloppé dans plusieurs épaisseurs de papier journal, était posé à leurs pieds, couvert d'une légère couche de poussière soulevée par la *tonga*.

« Pourquoi donner des saris à des gens comme eux ? Ce serait du gâchis. Mais heureusement que nous sommes allés sur place. Ainsi, nous avons vraiment vu à quelle sorte de gens nous avions affaire. Au moins, nous sommes fixés, avant que les négociations ne soient trop avancées.

— N'empêche », dit Laxman. Il était d'accord avec son frère, mais n'arrivait pas à se défendre contre un sentiment d'inquiétude à l'idée que marier les filles ne serait pas une tâche simple. « Nous ne devons pas être trop orgueilleux ni trop hautains. Nous avons deux filles à marier et nous devons y parvenir.

— Tout le monde finit par se marier, dit Vaman. Tôt ou tard.

— Il ne faut pas que cela tarde trop. Elles ne rajeunissent pas.

— Comment pourrait-il être "trop tard" ? Nous ne faisons que commencer. C'est le lot de chaque père, de se faire du souci à propos du mariage de sa fille. La seule différence pour nous, c'est que nous en avons deux. Donc, double souci. Mais nous sommes aussi deux à nous faire du souci.

— Trois, rectifia Laxman. Raman aussi.

— Raman ? Pourquoi veux-tu que Raman se fasse du souci ?

— Compte tenu du montant de la dot demandée, il faudra que Raman participe aussi. »

Surpris, Vaman réfléchit mais ne se laissa pas distraire, à ce stade.

« Tu sais ce que je pense, mon frère ? reprit-il.

— Quoi donc ?

— Je me demande s'il y a vraiment des jumeaux à

Murgaon. Il n'y a peut-être qu'un garçon. Peut-être est-ce pour cette raison qu'ils ne veulent pas que nous les voyions.

— Tu crois que l'un d'eux est mort ? dit Laxman, les yeux écarquillés. Mais pourquoi prétendre qu'ils sont deux ? Peut-être qu'il n'y a jamais eu deux fils. Ils essaient juste d'obtenir deux fois la dot. Tu as entendu ce qu'il a dit ? Un demi-*lakh* ! » Vaman eut un rire sans joie en évoquant la chose.

« Ce n'est pas possible, fit Laxman avec conviction. On s'en apercevrait facilement le jour du mariage en ne voyant arriver qu'un garçon.

— Ils se serviront du même pour épouser les deux ! dit Vaman, le grand spécialiste des complots. Qui le saura ?

— Tout cela, c'est de l'invention pure », dit Laxman. Tout de même, l'histoire de Vaman était troublante et lui avait coupé toute envie de conclure ce mariage. Et cela augmentait son impression de découragement. Il regarda hors de la *tonga* et reconnut les premiers bâtiments de Mardpur.

Raconter l'histoire à Raman était une tâche malaisée, mais inévitable.

« Comment cela s'est-il passé à Murgaon ? » s'enquit Raman le lendemain. Il s'était arrêté au Palais du Sari en se rendant à la PTI. S'il ne voulait pas trop s'impliquer, il ne voulait pas non plus avoir l'air de se désintéresser de l'affaire.

« Pas si bien que ça, dit Vaman, pragmatique mais peu désireux d'entrer dans les détails, ce qui eût été par trop humiliant. Ils demandent une dot trop élevée.

— Combien ?

— Un demi-*lakh*.

— Un demi-*lakh* ! Vous n'avez pas marchandé avec ces voleurs ?

— Ils n'étaient pas d'humeur à rabattre leurs prétentions.

— Eh bien, c'est réglé, dit Raman. On ne discute plus. Je ne donne pas mes filles à des voleurs. Quel genre de maison avaient-ils ? Une *haveli* ?

— Même pas, fit tristement Vaman.

— Le père et l'oncle, ils sont instruits ?

— Ils n'ont donné aucune précision.

— Je ne veux pas perdre mon temps avec ces gens-là, déclara Raman.

— Il n'y a pas tant de familles que cela qui ont des jumeaux, Raman.

— Pourquoi faut-il absolument des jumeaux ? Deux frères qui se suivent feraient bien l'affaire.

— Nous continuerons à chercher, promit Vaman. Nous ferons de notre mieux. » Mais lui aussi avait la mine préoccupée. Aucun des frères n'avait envie d'une quête interminable qui les épuiserait tous avant même que commencent les préparatifs de mariage.

Raman annonça la nouvelle à Kumud.

« La famille de Murgaon ne nous intéresse pas, dit-il. Le montant de la dot est trop élevé. Quels voleurs !

— Combien demandent-ils ?

— Un demi-*lakh*.

— Un demi-*lakh* ! *Baapré !* » s'exclama Kumud, sidérée. Elle se renversa sur son siège et s'éventa avec les feuilles tressées dont elle se servait pour ranimer les charbons de son brasero.

« Deux filles », dit Raman en manière d'explication. Il leva deux doigts et les agita.

« Quand même ! Qu'est-ce qu'ils en savent, du montant des dots ? Ils habitent un village. Et Meera et Mamta ne sont ni laides ni noires de peau. Elles n'ont pas la moindre cicatrice sur le visage. Et elles terminent leurs études ! Ces gens-là inventent des sommes et croient que nous serons assez bêtes pour accepter de les payer. Tu as raison, ce sont des voleurs !

— Peut-être qu'ils ne sont pas intéressés, voilà tout », dit Raman, pour essayer de l'apaiser. Mais il n'était pas fâché qu'elle partage son point de vue. « Et ils fixent une somme en étant sûrs que nous la refuserons *phut-a-phut*, sans y aller par quatre chemins.

— Et même si une famille convenable nous demande la moitié de cette somme, où prendrons-nous tout cet argent ? Les bijoux que m'ont donnés mes *maa-baap* n'ont pas une valeur équivalente, dit Kumud. Et ta famille n'en demandait pas tant.

— Non, dit Raman, nous avons été très corrects.

— Que faire ? poursuivit Kumud en se tordant les mains. Il nous reste encore à payer les études de Bharathi et de Shanker. C'est toi qui as voulu les mettre à l'école de la Mission et au couvent. Les écoles les plus chères de Mardpur !

— Ho ho ! dit Raman, exaspéré de voir Kumud détourner une conversation sur une demande de dot exorbitante et en profiter pour se plaindre des finances de la famille en général. Nous parlions dot. Ce n'est pas le même budget que les frais de scolarité. »

Il s'efforçait de lui faire croire qu'il y avait une façon complexe de gérer les finances familiales, dont seuls les hommes de la famille étaient au courant. Il avait eu l'habitude d'écouter les comptables lorsqu'ils venaient entretenir son père des comptes de l'affaire, et ils avaient souvent tendance à répartir les choses dans différents « budgets ».

Ceci ne fit pas taire Kumud.

« L'argent, c'est l'argent. Où veux-tu que nous le trouvions ? Si vite, en plus ? »

Raman ne voulait pas répondre à cette question. Croire que la responsabilité de fournir la dot incombait à ses frères avait été une solution de facilité. Il ne s'était pas rendu compte jusqu'alors de la somme d'argent nécessaire pour marier ses filles. Il ne pouvait pas être redevable à ses frères de sommes pareilles. A présent, il avait une raison supplémentaire de mener à bien son projet d'écrire un livre. Comment, sinon, trouver l'argent nécessaire à une double dot ?

14

Jhotta elle-même commença à s'alanguir sous l'effet de la chaleur. Elle eut la fièvre. Le matin, elle semblait aller bien, à ceci près que l'expression de ses yeux attira l'attention de Rampal, lorsqu'il vint la traire.

« Cette bufflonne doit couver quelque chose, dit-il. Elle n'a pas l'air dans son assiette. »

L'après-midi, lorsque même le souffle chaud de la brise de midi eut cédé la place à un calme oppressant, Jhotta se montra apathique, trop fatiguée pour chasser les mouches de son dos avec sa queue. Normalement, le matin, elle manifestait de l'intérêt pour ce qui l'entourait, même si Deepa soupçonnait parfois qu'il se limitait à la personne qui lui apportait sa nourriture et l'endroit où on la déposerait. Le reste du temps, Jhotta ruminait avec une satisfaction indolente, sans se soucier de l'agitation du monde alentour.

Cet après-midi, elle était trop lasse pour s'ennuyer. Vautrée dans la cour, le menton sur le sol, les yeux inexpressifs et les flancs brûlants et palpitants, elle haletait.

« Ne te laisse pas abattre, Jhotta », chuchota Deepa. Mais elle ne vit aucune réaction dans les yeux tristes. Aucun mouvement de tête, ni impatient, ni somnolent.

Lorsqu'arriva Pappu, le bouvier, pour l'emmener au

pâturage, Jhotta refusa de bouger, malgré les efforts de Pappu, qui tirait, et de Deepa, qui poussait par-derrière. Le bouvier administra un coup de bâton à Jhotta et cria : « Hô, hô. » Mais ce fut à peine si cette attaque fit broncher Jhotta. Elle détourna la tête et la reposa sur le sol.

« S'il te plaît, Jhotta, bouge-toi ! » conjura Deepa.

En fin de compte, Pappu tourna le dos, dégoûté.

« Vends-la à la tannerie, et que les *chamars* s'occupent d'elle. »

Devant la mine choquée de Deepa, Pappu se radoucit : « Peut-être que c'est un de ses mauvais jours. Laissons-la tranquille. Ses amis buffles vont lui manquer. Eux, ils seront contents de paître.

— Ça va te manquer de ne pas te rouler dans la boue ? chuchota Deepa dans l'oreille de Jhotta.

— Il n'y a pas de boue, rectifia Pappu. Tout est sec. Pour se vautrer, il faudra qu'elle attende les pluies. Mais je vais les emmener à la rivière. Ça, ils aiment bien. »

Pappu renouait son turban poussiéreux autour de sa tête et s'apprêtait à partir lorsqu'Amma arriva, s'appuyant sur sa canne.

« Laisse cette Jhotta ici, elle va avoir la fièvre des buffles. Je le sens à l'odeur de sa transpiration. Nous ne boirons pas le lait d'aujourd'hui », dit Amma.

Avant la fin de l'après-midi, la prophétie d'Amma se vérifia. Elle mit sur le front de Jhotta de la cendre fine de bouse de vache et frotta avec ses doigts osseux, sous l'œil de Deepa qui attendait impatiemment un signe d'amélioration dans les yeux de l'animal. Jhotta laissa Amma lui masser la tête, mais elle continua à panteler et à haleter.

« Que faire ? » demanda Deepa à Amma.

Amma entendit l'inquiétude dans la voix de Deepa et s'efforça de la consoler.

« Ce n'est pas grave, tu verras. Elle ne va pas tarder à aller mieux.

— Mais je n'aime pas la voir souffrir, déclara Deepa.

— Tu as raison. Pourquoi devrait-elle souffrir ? » dit Amma, qui n'aimait pas voir sa petite-fille se faire un tel souci. « Il doit y avoir des remèdes pour la fièvre des buffles, poursuivit Amma. Rampal doit savoir quoi faire, lui qui trait tellement de buffles. Il doit connaître leurs problèmes et leurs maladies. Il faut que Rampal vienne.

— Où le trouver ? » demanda Deepa. Rampal allait de maison en maison le matin, mais l'après-midi personne ne savait où le trouver.

« Hari saura où il est », dit Amma. Hari, le frère d'Usha, accompagnait parfois Rampal pour la traite. Amma claqua des mains comme si elle appelait quelqu'un au loin, alors que c'était seulement à Deepa qu'elle donnait un ordre. « Cours au Vieux Marché. Hari y sera. Il te dira quoi faire pour Jhotta, sinon il nous trouvera Rampal. (Amma passa un bras autour des épaules de sa petite-fille.) Ce n'est qu'une bufflonne, dit-elle pour la consoler.

— Ma bufflonne est précieuse à mes yeux », répondit Deepa. Et elle ajouta après coup : « Plus que le trésor lui-même. »

Amma serra plus étroitement l'épaule de Deepa. Elle savait que Jhotta aurait disparu bien longtemps avant que Deepa ne trouve son trésor. D'ici là, Jhotta était effectivement plus précieuse.

Hari, le frère d'Usha, avait un passé mouvementé. Il avait été engagé comme domestique par le père Paul, prêtre à l'école de la mission St. Paul. Le père Paul avait insisté pour que Hari étudie chaque matin, aussi Hari assistait-il à la classe à la Mission, assis au fond. Les autres enfants, qui étaient fils d'hommes d'affaires, de marchands et de professeurs, l'ignoraient. Non seulement il était « le petit pauvre », mais il se distinguait aussi parce qu'il apprenait vite, même si le professeur, sachant qu'il était domestique, faisait de son mieux pour l'ignorcr aussi. Les après-midi, Hari faisait des courses pour le père Paul, entre autres il allait chercher du bois de chauffage. A la différence de tous les autres habitants de Mardpur, qui entassaient les tricots et supportaient les vents froids soufflant de l'Himalaya l'hiver, le père Paul avait une petite cheminée chez lui et il aimait le confort d'un bon feu.

Qui sait quel eût été l'avenir de Hari. Beaucoup de gens pensaient que le but du père Paul était de le convertir et de faire de lui un prêtre, car il ne pouvait rester domestique toute sa vie, en tout cas, pas après avoir reçu une éducation à l'école de la Mission. Mais les spéculations cessèrent d'un coup, car le père Paul mourut brutalement, empoisonné, et fut retrouvé près de son feu flambant, assis dans son fauteuil capitonné qu'il avait fait venir de Goa par camion. Hari fut arrêté quelques jours, soupçonné du meurtre. Mais on ne put rien prouver et il fut relâché. Il retourna dans la rue, où il louait ses services pour toutes sortes de petits travaux car, les soupçons continuant à peser sur lui, personne ne voulait le prendre à plein temps dans une maison, et on ne lui confiait que des tâches à l'extérieur. Pendant les mois d'hiver, lorsque Rampal souffrait d'arthrite, il emmenait Hari qui l'aidait à traire.

Deepa enfila ses *chappals* et se hâta vers le Vieux Marché où la mère d'Usha vendait des légumes. Elle fit une partie du chemin en courant et il ne lui fallut pas plus d'un quart d'heure pour y arriver. Toute au souci que lui donnait la maladie de Jhotta, Deepa remarqua à peine la chaleur et le manque d'air, d'autant qu'en traversant le Vieux Marché elle s'en tint aux secteurs ombragés. Il régnait une certaine humidité autour des légumes que les marchands aspergeaient d'eau pour qu'ils gardent leur fraîcheur. Deepa passa devant les étals où les vendeurs s'éventaient, mais ils avaient trop chaud pour crier leurs marchandises.

A mesure que les rues se rétrécissaient, l'encombrement se faisait plus grand et les portants chargés de vêtements envahissaient l'espace. Des sonnettes de vélos retentissaient sans arrêt et, de plus, on entendait crier partout « *Rasta do !* », car personne ne réagissait plus aux coups de sonnette. A l'occasion, une vache ou un bœuf se frayait un chemin en se dandinant, ajoutant au chaos. Deepa chercha les raccourcis, les venelles les plus étroites, mais à plusieurs reprises elle dut se plaquer au mur pour laisser passer une vache dont les cornes s'agitaient de-ci de-là, tandis que l'animal se dirigeait d'un pas décidé vers ce qu'il voulait manger.

Un peu plus loin, les rues devenant trop étroites pour que deux rickshaws puissent s'y croiser, elles étaient moins encombrées ; les gens étaient forcés de descendre de leur bicyclette. Les plus petites ruelles convergeaient vers une place ouverte sur laquelle se tenait le marché aux légumes, où l'odeur fraîche des feuilles et celle de la terre humide et propre, collée aux racines, se mêlaient aux relents des produits pourris abandonnés à la fin du marché de la veille. Malgré son exiguïté, le Vieux Marché était un lieu de prédilection pour les vaches vagabondes, qui y trouvaient toujours des détritus.

Alors que Deepa descendait à la hâte l'une des venelles, un groupe de gamins dépenaillés lui emboîta le pas.

« Allez-vous-en ! Filez ! Retournez chez votre mère ! leur cria-t-elle, mais ils ne la lâchèrent pas.

— Pour cinq *paise*, je te trouve ce que tu cherches, promit un petit garçon.

— Eh bien d'accord, répliqua Deepa. Je cherche Usha et Hari.

— Hé, Usha ! s'égosillèrent-ils, mettant leurs mains en porte-voix. Ohé, Hari ! Ohé, oh, Usha ! Hari, ohé !

— *Dhut !* » gronda-t-elle. Mais ils restèrent sur ses talons jusqu'au marché aux légumes avec ses vendeurs itinérants qui n'avaient qu'un panier et restaient parfois tard dans la soirée, tant qu'ils n'avaient pas vendu tout son contenu.

Les marchands étaient surtout des vieilles femmes, avec leurs lourdes balances et d'énormes poids de cinq kilos de forme octogonale qu'elles paraissaient à peine capables de soulever. Tôt le matin, elles s'activaient, criaient leurs légumes et marchandaient. Mais la chaleur lourde de l'après-midi avait terrassé la plupart d'entre elles, qui somnolaient.

Deepa aperçut Hari qui flânait, mains dans les poches, en train d'envoyer d'un coup de pied une grosse côte triangulaire de melon d'eau dans le caniveau. Elle se sentit heureuse et soulagée de l'avoir trouvé aussi facilement. Elle courut vers lui et le prit au dépourvu en se campant devant lui.

« Sais-tu où est Rampal ? Amma a besoin de lui d'urgence. Notre Jhotta est malade.

— Rampal ? dit Hari en plissant son front de douze

ans. Je ne sais pas. Il habite près de Vakilpur dans un village. Quand il a fini de traire, il y retourne. »

Le cœur de Deepa se serra. « Jhotta va mourir, dit-elle avec désespoir.

— Qu'est-ce qu'elle a ?

— Une fièvre. Une fièvre qui la fait transpirer et haleter.

— Il faut lui mettre de l'eau froide sur la tête. Avec un linge. Comme ça. (Il mit sa main à plat sur son front.)

— C'est ce que je vais faire », lança Deepa. Elle hésita un moment. Après ce long trajet, elle allait devoir s'en retourner en pleine chaleur avec pour tout bénéfice le conseil de mettre de l'eau froide sur la tête de la bufflonne. C'est alors qu'elle vit Bharathi avec sa mère. Kumud choisissait parfois ce moment de la journée pour acheter ses légumes parce que, disait-elle, il y avait moins de monde au marché et elle n'aimait pas la bousculade du matin, qui la mettait de mauvaise humeur pour la journée. Mais c'était aussi parce qu'elle savait bien que les vendeurs avaient moins d'énergie pour marchander lorsqu'il faisait chaud, et elle avait toujours en partant la satisfaction d'avoir payé ses légumes beaucoup moins cher que les autres.

« Bharathi ! » cria Deepa en courant vers son amie. Les yeux de Bharathi s'illuminèrent en la voyant. Mais Deepa n'avait pas le sourire et elle lui glissa en hâte : « Notre Jhotta a la fièvre. Que faire ? Impossible de trouver Rampal.

— Demande à Satyanarayan, suggéra Kumud. Il connaît beaucoup de plantes. Il aura une *dava* pour guérir cette fièvre de bufflonne. Bharathi, tu peux accompagner Deepa. Je n'ai pas fini d'acheter mes légumes. »

Bharathi fut soulagée. Elle n'aimait guère traîner sur le marché quand il faisait chaud.

Bharathi et Deepa eurent vite fait de traverser le marché aux légumes, se tenant par la main, en direction du bazar aux épices qui offrait l'orgie de couleurs de ses étals où se juxtaposaient des tas lisses de safran rouge, jaune et brun. Elles poursuivirent leur chemin vers les ruelles périphériques du Vieux Marché, avec ses magasins de produits secs où s'entassaient des sacs de riz et de lentilles, de haricots, de sucre et de thé. Des clients rapaces plongeaient la main dans les grains et en évaluaient la qualité dans le peu de temps qu'il fallait à une poignée de riz pour leur glisser entre les doigts. Ils prenaient une petite pincée de thé et la portaient à leur nez pour en respirer l'arôme. Alors, et alors seulement, ils commençaient à chicaner âprement sur le prix.

Les deux filles laissèrent derrière elles les bruits et les odeurs du bazar pour se diriger vers le triangle poussiéreux du carrefour de Kumar où la circulation s'était virtuellement interrompue pour la sieste de l'après-midi. Au temple, Satyanarayan somnolait lui aussi, la tête légèrement penchée, appuyé au figuier banian. Cela mis à part, il était assis dans une posture du lotus parfaite. Deepa et Bharathi ne voulurent pas le réveiller, et elles jouèrent un moment dans le jardin du temple, à distance respectueuse en attendant de le voir bouger.

« Il faut m'amener la bête, dit Satyanarayan que la perspective de soigner une bufflonne n'intéressait pas particulièrement. J'ai un remède.

— Un remède efficace ? demanda Deepa.

— Jhotta n'est pas une bufflonne ?

— Si, admit Deepa.

— Et elle n'a pas la fièvre ?

— Si.

— Alors, ma *dava* sera efficace parce que c'est une *dava* spéciale pour guérir les buffles. Il faut me l'amener, c'est tout.

— Comment faire ? dit Bharathi en se tournant vers Deepa. Tu as dit qu'elle refusait de bouger.

— Il faut que tu m'aides, répondit celle-ci avec détermination.

— Tu veux faire faire à cette Jhotta-qui-a-la-fièvre le chemin jusqu'ici, lui faire traverser le marché et tout ? Et si elle refuse de venir ? On ne peut pas la porter », dit Bharathi, sceptique.

Satyanarayan ne se montra guère coopératif.

« Si la bête ne vient pas ici, tout près de Dieu, alors elle mérite d'avoir la fièvre.

— Nous l'amènerons », affirma Deepa, craignant qu'il ne change d'avis et refuse de soigner un animal aussi récalcitrant.

Bharathi et Deepa regagnèrent lentement Jagdishpuri Extension sous un soleil dont l'incandescence commençait à faiblir. Se souvenant de ce qu'avait dit Hari, Deepa prit un grand linge et un seau. Jhotta parut s'intéresser un peu au seau et Deepa la fit boire. Puis elle plongea le linge dans le seau et le posa sans l'essorer sur le front de Jhotta, ce que la malade eut l'air d'apprécier. Deepa courut chercher un autre linge dans la maison et, aidée de Bharathi, la doucha tout entière.

Pendant toute l'opération, Deepa parla à Jhotta d'une voix apaisante : « Il faut que tu viennes avec nous voir Satyanarayan. Il a toutes sortes de plantes. De bonnes *davas*, qui te feront aller mieux. »

Au bout d'un moment, à force de cajoleries, Deepa réussit à convaincre Jhotta de se lever.

« Tu vois ! » dit-elle avec un signe triomphal à Bharathi. Jhotta fit quelques pas, tandis que Deepa lui donnait de petites tapes d'encouragement.

« Brave Jhotta. Marche encore un peu. »

Bharathi l'aida en poussant par-derrière.

« On emmène Jhotta voir Satyanarayan, cria Deepa à Amma.

— C'est loin, et je crois que sa fièvre va passer », répondit Amma. Elle écouta les bruits du linge que l'on tordait sur la tête du buffle et les paroles rassurantes que Deepa chuchotait dans les oreilles mobiles de Jhotta.

« Satyanarayan veut bien donner un remède à Jhotta, annonça Deepa.

— Ma foi, ça ne peut pas faire de mal, dit Amma. Emmène-la, si elle veut bien marcher. »

Il leur fallut beaucoup de temps pour retourner au temple avec la bufflonne. Jhotta s'arrêtait sans cesse et manifesta de la répugnance à traverser la foule du Vieux Marché. Les gens avaient commencé à circuler de nouveau après leur sieste, et Deepa, Bharathi et Jhotta furent poussées et bousculées. Mais elles n'étaient pas pressées.

« Si Jhotta ne veut pas avancer, nous n'aurons qu'à nous asseoir et attendre qu'elle soit prête », prévint Deepa. Comme elle l'avait deviné, lorsque Jhotta voyait les deux amies s'asseoir, elle manifestait le désir de continuer. Fidèle à elle-même, pensa Deepa, qui dit à Bharathi : « Peut-être qu'elle n'est pas si malade, après tout. »

Bharathi regarda attentivement la bufflonne.

« Peut-être qu'elle va aimer la prière du soir !

— Allez, Jhotta, il faut que tu accomplisses le rituel », gloussa Deepa.

Jhotta dut sentir que les filles étaient moins soucieuses. Elle continua à trotter, leur soufflant sur les cheveux chemin faisant.

15

La traversée du Vieux Marché, où le parfum frais et piquant de citrons et d'oranges, de radis et de pieds de moutarde se mêlait à l'arôme du riz basmati et du thé, fut lente. Néanmoins, Deepa, Bharathi et Jhotta arrivèrent au temple de Vishnou Narayan bien avant l'heure de l'*aarti*.

« La voilà, notre Jhotta, annonça Deepa à Satyanarayan.

— La Jhotta qui a la fièvre, rappela Bharathi, voyant Satyanarayan jeter à l'animal un regard dégoûté.

— Cette bufflonne n'a pas le droit d'entrer dans le sanctuaire, déclara-t-il. Seule la vache est sacrée. Ainsi que le singe. Et parfois l'éléphant. Mais pas le buffle.

— Nous n'avons pas l'intention de laisser Jhotta entrer dans le temple, intervint ausitôt Deepa. Mais elle est malade, et seule votre *dava* peut la guérir. »

L'enfant sérieuse à la voix douce retint l'attention de Satyanarayan, qui la reconnut : c'était la fille de Dasji, mort si tragiquement. Et, plus important encore, c'était la petite-fille d'un grand sage, un brahmane astrologue avec lequel Satyanarayan lui-même ne pouvait rivaliser. Ces considérations le poussèrent à avoir pitié de cette enfant qui mettait en lui toute sa confiance.

Il se tourna vers la bête fiévreuse et lui examina les yeux, mais l'animal refusa de le regarder. Ensuite, il entreprit d'élaborer un remède. Il alluma de l'encens et prépara des offrandes, sans cesser de murmurer des incantations en sanscrit. Il offrit aux dieux des bananes, des oranges et de la noix de coco, puis passa des plantes à la flamme d'une lampe à huile et les présenta à Jhotta, qui détourna la tête. « Stupide animal ! N'es-tu même pas capable de reconnaître la main secourable ? dit Satyanarayan, irrité de ce rejet. Qu'étais-tu dans ta vie antérieure ? Un âne ? Je ne soigne pas les ânes.

— Peut-être qu'elle a peur, risqua Deepa.

— De quoi ? Ane, regarde-moi. Est-ce que je tiens un bâton ? Est-ce que je manie un fouet ? De quoi peux-tu avoir peur ? Ne vois-tu pas la différence entre celui qui nuit et celui qui aide ? Observe et apprends, car si tu reconnais cette différence, tu sauras reconnaître aussi celle entre les dieux et les démons. » Après ce sermon, Satyanarayan brandit encore les plantes. Et Jhotta se déroba encore.

« Il faut manger la *dava*, fit Deepa d'une voix douce et persuasive. Permettez-moi d'essayer », proposa-t-elle. Et elle tendit les plantes brûlées à Jhotta, qui les renifla.

« Il y a un progrès », souffla Deepa à Bharathi. Celle-ci opina.

Satyanarayan, qui était assis, ouvrit sa *Gita* et commença à lire à voix haute, se balançant d'avant en arrière. Les filles écoutaient attentivement tout en surveillant Jhotta pour voir si elle montrait des signes d'amélioration. La psalmodie de Satyanarayan semblait ne pas déplaire à la bufflonne qui laissa les deux filles la caresser pour l'encourager. L'incantation était apaisante pour elles aussi, après tous leurs trajets à partir de Jagdishpuri Extension aux heures chaudes de l'après-midi. Deepa reprit espoir en voyant Jhotta flairer les plantes. Elle pouvait se décider d'un instant à l'autre.

Le déroulement du traitement fut interrompu par une exclamation.

« Ça alors ! Qu'est-ce que c'est que ces simagrées ?

— Papa ! » s'écria Bharathi.

Raman était bien là, mais celui qui avait parlé, c'était Vaman, qui l'accompagnait. Or Vaman n'était pas très porté sur la religion et ses rituels.

Satyanarayan s'étrangla au milieu d'un verset. « Simagrées ? Simagrées ? Pourquoi pas des singeries pendant que tu y es ? Tu interromps un rituel de guérison très important, qui vient tout droit des Védas. Tu n'as donc aucun respect pour nos traditions et saintes écritures ?

— Ah ! parce que les Védas contiennent toutes sortes de rituels pour les buffles ? Je ne les connais pas, moi, ces prières pour les buffles, ironisa Vaman. Il n'y a plus rien de sacré, de nos jours. La pauvre bête ! Même elle, il faut qu'elle aille au temple se faire purifier et recevoir des onctions, sinon son lait ne sera pas buvable !

— Tais-toi, dit sévèrement Satyanarayan. Le traitement de cet animal est en cours.

— Jhotta a la fièvre, expliqua Bharathi à son père et à son oncle.

— Ah ah ! s'exclama Vaman. C'est un exorcisme ? Pourquoi la tradition veut-elle toujours qu'on retourne à l'obscurantisme au lieu d'aller de l'avant et de rechercher les lumières de la science, hein, Swami ? Ce ne sont pas là vos propres paroles ?

— L'Ayurvéda est une science très ancienne, grommela Satyanarayan. Il n'y a aucune raison de ne pas faire profiter les animaux vivants de connaissances séculaires. Ces plantes ont été récoltées dans l'Himalaya par un très grand sage qui connaît l'Ayurvéda comme personne de nos jours.

— Je n'en doute pas, dit Vaman. Mais cette pauvre bête souffre. Regardez ses yeux. Ça se voit, qu'elle est malade. Ce dont elle a besoin, c'est d'un vétérinaire, tout simplement. »

Satyanarayan renifla avec dédain.

« Un vétérinaire ? Quel vétérinaire ? Où peut-on trouver un vétérinaire à Mardpur ? Il n'y a déjà pas assez de médecins pour soigner une population grandissante, alors nous allons nous soucier de vétérinaires ? »

Il avait flambé d'autres plantes et Jhotta, qui les avait d'abord goûtées dans la main familière de Deepa et trouvées tout à fait mangeables, les dévorait à présent avec plaisir.

Pendant cet échange, Raman paraissait au supplice. Il trouvait le ton de Vaman trop insolent. Pourquoi son frère se permettait-il d'écraser le saint homme de son mépris ? Vaman n'était pas érudit au point de pouvoir juger la science des autres, et moins encore de la tourner en dérision.

Satyanarayan prit le parti d'ignorer les deux hommes et s'absorba dans son rituel. Il s'adressa à Deepa d'une voix sévère, comme pour réaffirmer son autorité.

« Ma fille ! Comment cette bête est-elle tombée malade ?

— Ce matin, elle semblait aller très bien, mais vers dix heures...

— Je n'ai pas demandé quand, j'ai demandé comment. Comment, comment, comment ?

— Je ne sais pas comment les buffles attrapent la fièvre », répliqua Deepa, perplexe.

Satyanarayan fixa sur elle un regard pénétrant. Il était curieux de voir quelle instruction recevaient les descendants du grand sage astrologue.

« En quelle classe es-tu ?

— En quatrième.

— A quelle école ?

— Au couvent.

— Ah ah, et on ne t'apprend rien sur les fièvres des buffles ?

— Non », répliqua Deepa, qui se demandait pourquoi l'oncle Vaman riait autant. Ses éclats de rire dérangeaient aussi Satyanarayan, qui abattit à plusieurs reprises sur sa plate-forme le mortier de cuivre avec lequel il avait mêlé et pilé ses plantes médicinales.

« Quelle histoire ! Nous envoyons nos filles à l'école au couvent pour qu'elles sachent tout sur les fièvres des buffles ! s'esclaffa Vaman en se tenant les côtes. Rends-toi compte, Raman, les futurs maris de Meera et de Mamta, quels qu'ils soient, se réjouiront d'apprendre qu'elles n'ignorent rien des fièvres des buffles. Pour des connaissances aussi précieuses, ils réduiront bien le montant de la dot demandée, non ? »

Raman fit mine de se moucher pour ne pas avoir à répondre. Entre-temps, Satyanarayan décida de reprendre la situation en main.

« Arrêtez ! aboya-t-il. Est-ce que vous vous conduiriez de la sorte chez le médecin ? Ou aux urgences de l'hôpital ? »

Les deux hommes se le tinrent pour dit. Jhotta s'était mise à mâchonner allègrement toutes les plantes qu'on lui tendait et semblait moins apathique.

« En tout cas, cette bête mange avec plaisir, alors ça ne lui a peut-être pas fait de mal », dit Vaman d'un ton conciliant. Satyanarayan, furieux qu'il ait encore pris la parole, le foudroya du regard, puis se replongea dans la *Gita*, récitant les versets à mi-voix sur un ton monotone que Vaman lui-même trouva apaisant.

Juste avant l'heure de l'*aarti*, alors que le crépuscule rougeoyait, Satyanarayan déclara que Jhotta était guérie et commença à se préparer pour la prière du soir. Si Deepa était ravie que la bufflonne soit tirée d'affaire, elle s'inquiétait à l'idée de la ramener à la maison à la nuit tombée.

« Ne t'en fais pas, dit Bharathi après avoir consulté son père. Papa t'aidera à ramener Jhotta après la fin du rituel. »

Il fut convenu que le père de Bharathi ferait le chemin avec Deepa et Jhotta jusqu'à Jagdishpuri Extension pendant que Vaman raccompagnerait Bharathi chez elle. Satyanarayan alluma les lampes pour l'*aarti* et Deepa regarda les flammes jaunes qui brûlaient toutes droites sans vaciller tandis que le soleil disparaissait, laissant derrière lui calme et silence. La voix des hommes et des enfants chantant la prière du soir à l'unisson annonçait l'arrivée de la nuit veloutée.

Apaisés par le rituel du soir, Deepa et Raman se mirent en route vers la maison d'Amma. Sans l'implacable soleil, le trajet paraissait moins pénible, et Jhotta coopérait de bonne grâce. Une seule fois, en passant près d'une petite zone herbue, elle fit mine de s'arrêter pour brouter, mais Raman ne la laissa pas faire.

« Allez hue ! cria-t-il. On rentre ! Ce n'est pas l'heure de manger. » Et il frappa la croupe de Jhotta du plat de la main pour la faire avancer. Ce ne fut qu'au Vieux Marché qu'il lui permit de flairer des côtes de melon au rebut et des bananes noires et blettes. Il avait senti que Deepa, qui commençait à être fatiguée, avait besoin de ralentir l'allure. Mais il ne laissa pas Jhotta divaguer à sa guise.

« Allez, la bufflonne, si tu ne te dépêches pas, Deepa aura l'estomac dans les talons à l'heure du dîner. A quelle heure dînez-vous ? demanda-t-il à Deepa.

— A sept heures. Mais je n'ai pas faim. Il faut que je rentre pour aider Amma parce qu'Usha repart chez elle au coucher du soleil. Amma y voit mal.

— Il y a des gens qui racontent qu'elle a le don de double vue », dit Raman, que l'obscurité environnante mettait plus à l'aise pour aborder certains sujets. Il était un peu réticent à l'idée d'entrer chez Amma, comme si le fantôme de Dasji y rôdait pour l'accuser : « Tu ne mérites même pas la mention passable pour ta licence, tu n'es pas au niveau. »

« Elle peut te parler de l'histoire que tu es en train d'écrire », dit simplement Deepa.

Dès qu'il fut question de son livre, Raman dressa l'oreille.

« Elle connaît déjà toute l'histoire ?

— Elle n'en voit qu'un peu à chaque fois.

— Quelques chapitres ?

— Peut-être quelques pages seulement. »

Raman décida de ne pas donner suite à cette conversation pour le moment, bien que sa curiosité fût piquée lorsqu'il apprit qu'Amma était apparemment capable de voir son livre. Il était déjà assez surprenant qu'elle soit au courant de son entreprise. Cependant, il savait que chez les enfants on constatait parfois des bouffées d'imagination délirantes. Le plus probable, se dit-il, c'était qu'Amma avait une sorte de potion – à base de plantes, commes celles qu'utilisait Satyanarayan – pour lui inspirer des histoires. A force d'écouter Satyanarayan, il était persuadé qu'il existait des plantes pour tout : des plantes pour la mémoire, des plantes pour l'imagination, des plantes pour améliorer la vue. Il pourrait être instructif de savoir ce que mangeait Amma. A plusieurs reprises lorsqu'il s'était assis pour essayer d'écrire, il s'était rendu compte que les phrases ne venaient pas si facilement. Sans doute était-ce la chaleur, avait-il pensé en manière d'excuse. Mais il sentait à présent qu'il avait besoin de quelque chose pour venir à bout de sa léthargie et de son inertie. L'idéal, ce serait une plante qui lui donnerait de l'inspiration. N'empêche qu'en pensant à l'infusion d'Amma, il comprenait mal pourquoi, lorsqu'elle faisait allusion devant Deepa et Bharathi à l'histoire qu'elle imaginait sous l'influence de ses plantes, elle en parlait comme du récit de Raman.

Lorsque Jhotta vit qu'ils approchaient de Jagdishpuri Extension, elle se mit à trotter allègrement. Deepa et Raman couraient presque derrière elle.

« Ho ! cria Raman. Pas si vite !

— Je crois qu'elle a faim, lança Deepa. Elle n'a rien mangé de la journée, à part la *dava* de swami Satyanarayan. »

Et de fait, Jhotta entra dans la cour de devant, fonça vers sa mangeoire et se mit à mastiquer avec appétit. Pendant ce temps-là, Raman l'attacha à son poteau.

« Amma ! » cria Deepa en mélangeant le fourrage de Jhotta pour qu'elle trouve facilement sa friandise préférée, les pointes de canne à sucre, lorsqu'elle fourrerait son nez dans la mangeoire. « Je suis revenue avec Jhotta ! Oh, et puis aussi avec le père de Bharathi.

— Je sais, répondit Amma de la cour. Venez par ici. Le repas est prêt. »

Deepa échangea un regard entendu avec Raman.

16

« Sois le bienvenu. Entre, dit Amma.

— Il faut que je retourne à la maison, dit Raman, qui ne voulait pas avoir l'air de s'imposer. Elle va m'attendre. » Il n'aimait pas prononcer le nom de sa femme devant une étrangère.

« Tu vas dîner avec nous. Si, j'insiste. Ce n'est pas souvent que j'ai de la visite.

— J'ai déjà mangé, dit-il en frottant son ventre vide.

— Juste un peu de *raita.* » Amma leva une main aux doigts rassemblés, qu'elle agita vers sa bouche. Viens, tout est prêt. Et elle tourna les talons pour entrer dans la maison.

Raman protesta sans conviction : « Je ne resterai pas très longtemps. » Il la suivit dans la cour, éclairée par des lampes tempête installées aux quatre coins afin que les insectes tournoyant alentour ne dérangent pas le repas. La lumière blanche projetait des ombres étranges dans la cour, donnant à la scène une atmosphère un peu irréelle.

« Viens, viens », fit Amma, l'invitant à approcher. Comme elle sentait son hésitation, elle dit en riant : « Il n'y a pas de fantômes ici ! »

Raman rit nerveusement.

« Evidemment. Je ne crois pas aux fantômes. Je vais

souvent au temple. » Il n'en regarda pas moins autour de lui pour voir s'il y avait des formes inhabituelles ou des apparitions, et sursauta lorsqu'un grand papillon de nuit blanc vint se heurter à son visage.

« Deepa, apporte les *thalis* », dit Amma, agitant la main pour se débarrasser du papillon qui s'était éloigné de Raman et voletait autour de sa tête à elle. Il se prit dans ses cheveux gris.

« Ne bouge pas, Amma », lança Deepa. Elle se pencha sur les cheveux de sa grand-mère pour dégager le papillon, qu'elle tint une seconde par les ailes avant de le relâcher. Il vola vers une lampe tempête.

Deepa disposa les plats sur deux *charpoys* face à face. D'ordinaire, Amma prenait celui qui avait le tissage le plus serré ; mais Deepa posa le *thali* de Raman sur celui-là, car il était l'invité d'honneur, et elle aida Amma à s'installer sur celui dont les sangles étaient moins tendues. Amma s'assit avec une jambe repliée sous elle et l'autre pendante, appuyée sur sa canne, et se rafraîchit avec un éventail de roseaux. Elle avait une allure majestueuse. Raman s'assit face à elle, raide et cérémonieux, encore à l'affût des fantômes, bien que la conversation d'Amma l'empêchât de trop y penser. De temps à autre, il jetait un regard derrière lui, mais se sentait étrangement rassuré par la présence d'Amma. Elle dégageait une impression de grande sagesse, une chaleur presque maternelle, même. Pendant qu'ils parlaient de la canicule et de la maladie de Jhotta, Deepa se précipita à la cuisine où, en partant, Usha avait laissé les légumes sur les braises encore rougeoyantes. Deepa remit du bois dans le brasero et souleva le couvercle d'une casserole. En inspirant le parfum de pommes de terre et d'épices, elle se rendit compte qu'elle était affamée. Avec précaution, elle servit les légumes et le riz, et disposa les *chapatis* sur chaque *thali*.

Lorsque Raman sentit l'arôme de noisette du ragoût de lentilles que l'on réchauffait, tandis que les graines de cumin sautées dans le *ghi* grésillaient, et que se dégageait l'odeur épicée du chili, il sentit son ventre gargouiller. Jamais les fantômes n'apparaîtraient dans une atmosphère si chaleureuse et si délicieusement domestique, se dit-il, reprenant courage. Amma regarda vers lui en entendant ses borborygmes, et eut un léger sourire. Raman savait que les aveugles avaient souvent des sens aiguisés ; avait-elle entendu ses bruits intérieurs ? Peut-être les avait-elle perçus avant qu'il n'arrive à Jagdishpuri Extension, se dit-il, et cette plaisante idée le fit sourire intérieurement. Il la raconterait à Kumud si elle se demandait où il était passé à l'heure du repas.

Deepa apporta une serviette et un gobelet d'eau.

« Commence », dit Amma en entendant l'eau couler sur les mains de Raman. Celui-ci ne se fit pas prier davantage : à peine s'était-il séché les mains qu'il attaqua l'exquis repas posé devant lui avec une concentration telle qu'elle excluait toute idée de fantômes.

Deepa s'installa sur une petite planche et se mit à dévorer, surveillant les adultes du coin de l'œil au cas où ils auraient besoin d'être resservis de quoi que ce soit.

« Nous sommes rentrés tard, dit Raman. Cette bufflonne ne se pressait pas.

— C'est vrai, dit Amma. Il vous a fallu du temps pour traverser le Vieux Marché. »

Les yeux de Raman s'écarquillèrent. Les pouvoirs de la vieille femme étaient vraiment uniques.

« Je sens l'odeur des bananes mûres et celle des melons d'eau, expliqua Amma. Cela doit venir du Vieux Marché.

— Je ne l'y ai pas laissée traîner trop longtemps, dit Raman pour s'excuser. Il était déjà tard lorsque nous nous sommes mis en route.

— Vous êtes restés pour l'*aarti* », dit Amma. Ce n'était pas une question, mais une constatation. Elle sentait l'odeur de l'encens, celle de la suie des lampes à huile de Satyanarayan, mêlée à l'arôme subtil du riz basmati sec, des noix de coco et des fleurs de jasmin. Sentant aussi l'odeur plus amère des plantes de Satyanarayan derrière tous les parfums de l'*aarti*, elle savait que le rituel de guérison s'était terminé bien avant la prière du soir.

« Il faut toujours accepter les dons de Dieu », dit Raman, sachant que c'était le genre de phrase que les vieilles personnes aimaient entendre.

Pendant quelques minutes, ils mangèrent en silence. Deepa se précipita pour resservir Raman.

« Tu as de la chance d'avoir une petite-fille comme elle, complimenta Raman.

— Tu es un homme très moderne, Raman, répondit Amma. D'habitude, les grands-mères ne reçoivent des éloges que sur leurs fils et leurs petits-fils. On considère les filles et les petites-filles comme un fardeau.

— Eh bien, j'ai la chance d'avoir trois filles, dit Raman avec un rire forcé.

— Tu as aussi un fils, dit Amma. Je n'en ai pas eu, pourtant je m'estime heureuse. Même mon gendre, Dieu le bénisse, n'a pas survécu sur cette terre. Mais l'avenir appartiendra à nos filles, et c'est pourquoi nous devons leur donner une éducation ! »

Cette logique douteuse laissa Raman rêveur, mais il ne voulait pas sembler rétrograde.

« Oh, je suis tout à fait d'accord, répondit-il d'un ton enthousiaste. Mes trois filles vont à l'école au couvent. C'est primordial si l'on veut leur assurer un bon mariage.

— Les mariages sont faits au ciel, dit Amma. Ce qui doit arriver arrivera, mais l'éducation des filles est essentielle car elle leur permet de comprendre le monde. Tout se développe si vite autour de nous.

— Ah oui, Ammaji, mais les traditions aussi sont importantes », dit Raman, essayant de remettre la conversation sur des rails qui lui étaient familiers. Il voulait bien approuver ce que disait Amma, par politesse, mais il ne fallait pas qu'elle aille trop loin.

« Bien sûr. Mais les traditions ne s'en iront pas, elles sont là. Ce à quoi nous devons préparer nos enfants, c'est à l'avenir », dit Amma.

Raman avait scrupule à contredire Amma pour ne pas paraître lui manquer de respect. Il hocha la tête, oubliant qu'elle n'y voyait pas, et se concentra sur ce qu'il avait dans son assiette.

« Alors ! » dit Amma quand il eut terminé. Elle avait un petit appétit et Deepa ne lui avait pas servi un repas copieux. « Cela fait longtemps que je ne t'avais vu, Ramanji, et pas seulement parce que ma vue baisse, dit-elle en souriant. Comment va le commerce des saris ?

— Comme ci, comme ça, dit Raman, la bouche encore pleine. Elle est délicieuse, cette *raita*, Ammaji. » Tenant le bol près de son menton, il faisait glisser la salade dans sa bouche par cuillerées entières. Deepa se releva d'un bond pour remplir son bol, qu'il lui tendit avec empressement. Il ne mit sa main dessus que lorsqu'il fut plein à ras bord, pour faire signe que cela suffisait.

« C'est le lait de notre Jhotta, expliqua Amma. Mais ce yaourt est fait d'hier, avant qu'elle ne soit malade. Je pensais le garder pour faire du *karhi*, mais quand j'ai su que tu venais, j'ai décidé que nous aurions de la salade *raita*. C'est Usha qui l'a préparée pendant que vous étiez dehors avec Jhotta.

— Excellente idée ! » dit Raman en balançant sa tête pour appuyer ses paroles. Amma ne souriait pas, mais il trouva sa remarque très drôle : ainsi, elle l'avait attendu dès le milieu de la journée ! Il se sentit flatté.

« Cette Jhotta est vraiment une bête précieuse. J'espère qu'elle ira mieux bientôt, pour que tu puisses refaire une *raita* comme celle-ci. Ma femme achète son lait caillé chez cette canaille de Kalonji, et il n'est pas si bon. Ce bonhomme l'allonge avec de l'eau et croit qu'on ne s'en aperçoit pas. Je dis à ma femme : "Ne te laisse pas rouler comme ça." Mais comme nous nous sommes toujours servis chez Kalonji, elle se demande où trouver un autre fournisseur par les temps qui courent. Ils sont tous voleurs.

— Eh bien, Raman, si tu aimes à ce point la *raita*, tu peux toujours venir en chercher chez moi, dit Amma en riant. Rampal vient traire Jhotta tous les jours et tu ne trouveras pas de yaourt plus frais que le sien.

— Tu es trop gentille, Ammaji. Je ne me le permettrais pas.

— Je t'en prie, voyons. Nous avons trop de lait pour nous deux, Deepa et moi, et nous le donnons à notre bonne, pour sa famille et autres. Chez nous, on est toujours en train de faire des *rasgollas* et des sucreries tant cette bufflonne nous donne de lait. Fais-moi le plaisir de venir chercher de la *raita* quand tu voudras, c'est bon pour l'inspiration. »

Ce dernier argument ne tomba pas dans l'oreille d'un sourd. C'était donc cela, le secret : la potion magique qui permettait à Amma de raconter l'histoire de Raman comme si c'était la sienne. Raman sentit monter dans sa poitrine une bouffée d'excitation, mais n'en laissa rien paraître.

« Tu es trop généreuse, Ammaji !

— Pas du tout. Et maintenant, dis-moi, où en êtes-vous du mariage de tes deux aînées ? Tu cherches, non ? »

Amma s'installa plus confortablement, détendue et contente d'avoir quelqu'un à qui parler.

« Tu songes à une famille en particulier, Ammaji ? » demanda Raman, de nouveau cérémonieux. Les gens âgés aimaient qu'on les consulte sur ces questions-là. Après tout, ils n'avaient pas grand-chose d'autre à faire.

« Ma foi, je ne connais pas ces gens personnellement, mais peut-être devrais-tu te déplacer pour aller voir à Ghatpur. Il y a là-bas une famille du nom de Ramanujan. Ces gens sont aussi dans le commerce des saris. Ils ont deux jumeaux. Bonne famille.

— Merci de l'intérêt que tu nous témoignes », dit Raman. Il se dit que ses frères connaissaient sûrement toutes les familles de négociants en saris dans une ville aussi proche que Ghatpur, surtout s'il y avait des jumeaux. Amma devait se tromper, pensa-t-il. Après tout, elle reste assise sur son *charpoy* tous les jours que Dieu fait, et il doit y avoir des siècles qu'elle n'est pas sortie de la ville, même pour aller à Ghatpur.

« Je n'ai pas souvent l'occasion de sortir, ne fût-ce que pour aller à Ghatpur, dit Amma comme si elle lisait en lui à livre ouvert, mais les nouvelles vont plus vite que les pieds. Et j'ai entendu parler de cette famille de Ghatpur par différentes sources.

— Je vais me renseigner, promit Raman.

— Ces négociations peuvent prendre quelque temps. Surtout pour deux filles.

— Même pour une seule, Ammaji, renchérit

Raman. Il devient extrêmement compliqué de se mettre d'accord sur une dot.

— De mon temps, la dot ne comptait pas autant, dit Amma. Mais à présent, tout le monde devient extrêmement gourmand. On ne regarde plus la fille, mais seulement la dot. On ne se soucie pas de la valeur de l'éducation, de nos jours. »

Sa main chercha les cheveux de Deepa, qu'elle caressa affectueusement.

« C'est bien là le problème, Ammaji, dit Raman avec sérieux. La famille des garçons veut non seulement une éducation au couvent mais une dot par-dessus le marché. C'est de la cupidité pure et simple. Tu as sans doute raison : je devrais peut-être m'occuper sans plus tarder de Meera et de Mamta avant que ces histoires de dot ne prennent des proportions impossibles ! Et après cela, il me faudra encore songer au mariage de Bharathi. » Là-dessus, il mangea sa seconde ration de *raita* en silence et l'air soucieux. Lorsqu'il eut terminé, il se redressa, se caressa le ventre et rota avec satisfaction. Deepa se précipita pour prendre son *thali*, qu'il avait bien nettoyé.

« Apporte-nous des *rasgollas*, Deepa, dit Amma.

— Non, merci. Je n'ai plus faim, dit Raman en se frottant l'estomac. C'était trop bon.

— Juste un tout petit peu. Tu me diras comment tu les trouves. Je t'assure que tu vas les trouver délicieuses, les *rasgollas* faites avec le lait de Jhotta. »

Raman se laissa convaincre, et Deepa lui apporta le bol rempli de *rasgollas* moelleuses et crémeuses, arrosées de sirop. C'était Usha qui les avait confectionnées sous les directives expertes d'Amma.

« Avec des jumelles, ce n'est pas aussi facile, dit celle-ci, reprenant le fil de la conversation concernant les filles de son hôte. Les avoir est un double bonheur, mais cela veut aussi dire qu'il faut trouver une double dot.

— Mais aussi, nous faisons une double recherche, plaisanta Raman. Frère Laxman et frère Vaman s'y sont mis tous les deux.

— Et alors ? Cela a donné des résultats ?

— Du côté des garçons, ils sont incroyablement gourmands, dit Raman, la bouche pleine de *rasgolla*. La semaine dernière, frère Vaman a discuté avec une famille qui demande une dot d'un demi-*lakh*. Et encore, avant même d'avoir vu les filles. Tu imagines !

— C'est beaucoup, acquiesça Amma. Qui pourra payer cette somme ? Moi, j'ai eu de la chance. J'avais quantité de bijoux. Ma fille n'a manqué de rien quand elle s'est mariée. Mais que peut faire le négociant moyen qui vit de son dur labeur ?

— Exactement ! dit Raman, ravi d'entendre parler de son dur labeur. Nous n'avons pas les moyens de payer des sommes pareilles.

— Et comment va ton livre, Raman ? » demanda Amma.

La conversation prenait un tour inattendu et Raman, qui avait toujours la bouche pleine, ne put qu'écarquiller les yeux.

« Mon livre ? fit-il en avalant sa bouchée, tout excité.

— Ton livre d'aventures. Celui où il y a Jagat Singh et Kanshi, le *goonda*. »

Raman avala, et ses yeux se firent encore plus ronds. Que Bharathi et Deepa disent qu'Amma voyait son livre, c'était une chose, mais l'entendre citer ces noms, c'en était une autre. Il ne les avait montrés à personne. Puis, en son for intérieur, il se reprocha sévèrement de se laisser impressionner par de tels enfantillages. Jagat Singh et Kanshi étaient des noms courants, il s'en persuada dans la foulée et, en effet, c'étaient des noms parfaitement appropriés pour un contrebandier et son homme de main. Avec un minimum d'inspiration, n'importe qui aurait pu les trouver.

« Oh, ça ! fit-il avec un petit rire embarrassé. Je suis un peu bloqué, confessa-t-il. Avec tout ce que j'ai à faire.

— Tu devrais peut-être envoyer ces personnages dans des îles, suggéra Amma. Il y en a beaucoup dans l'océan Indien.

— L'océan Indien ? Je ne connais aucune île là-bas. Je suis rarement sorti de Mardpur », confessa Raman, tout en se disant que c'était une excellente idée. Il ne savait pas ce que prenait Amma pour stimuler son inspiration, mais il fallait qu'il se le procure. Elle reprenait si adroitement l'histoire là où il l'avait laissée. Et de plus, il avait comme une impression de *déjà-vu* [1] – avait-il déjà réfléchi en ce sens ou était-ce un effet de son imagination ?

« Les îles Adaman, par exemple », poursuivit Amma.

Raman ne pouvait croire qu'Amma fût jamais allée aussi loin. Lui-même avait seulement vaguement entendu parler des îles Adaman et, à cause de dépêches de la PTI, se souvenait qu'il y avait une prison là-bas.

« Oui, oui. Tu as raison. Je songeais à une île. Mais tu as raison, ce sont les îles Adaman. Je te suis reconnaissant, Ammaji.

— De rien, vraiment, dit Amma. Maintenant, je ne peux plus lire, mais cela ne veut pas dire que je suis incapable de m'intéresser à des livres. » Et elle se mit à rire.

Raman se pencha en avant avec empressement.

« Dis-m'en davantage sur ces îles.

---

1. En français dans le texte.

— Je peux les décrire. Mais je ne veux pas te retenir trop longtemps. Peut-être es-tu attendu chez toi ?

— Non, non, dit Raman précipitamment. Il avait très envie de rester pour l'écouter. Ma femme se dira seulement que je suis avec mes frères. Je t'en prie, Ammaji, continue. Je suis tout ouïe. »

Il s'installa plus confortablement sur le *charpoy*. Ayant vaincu sa peur des fantômes, il n'avait aucune raison de ne pas se sentir détendu.

« Soit », dit obligeamment Amma. Et elle passa presque deux heures à décrire un archipel lointain de l'océan Indien, très exactement l'endroit où aimerait se cacher un contrebandier. Accroupie sur sa planche, les coudes sur les genoux et le menton dans la main, Deepa écoutait, fascinée.

17

Dans l'ombre de la fin d'après-midi, Deepa était assise en tailleur sur le *charpoy* d'Amma, toujours vêtue de son uniforme d'écolière, mais elle avait jeté en arrivant son cartable sur les dalles de pierre polie de la cour. Elle écossait des petits pois pendant que sa grand-mère coupait et émincait des légumes.

Amma s'acquittait habilement de cette tâche dont elle préférait se charger elle-même plutôt que d'attendre Usha, parce que cela l'occupait. En fait, Deepa soupçonnait Amma de ne pas demander à Usha de venir de bonne heure le matin, comme la plupart des autres domestiques, pour s'obliger ainsi à accomplir elle-même les tâches ménagères matinales. Même les après-midi, quand elle se réveillait de sa sieste, elle avait beaucoup de mal à ne rien faire en attendant le coucher du soleil. Pourquoi Dieu lui avait-il donné des mains et des doigts, sinon pour s'en servir ? disait-elle. Si Dieu avait voulu qu'elle ne fasse rien au déclin de sa vie, il l'aurait privée de ses mains et non de ses yeux.

La chaleur était moins intense que dans l'après-midi, mais l'humidité augmentait. Amma elle-même, dont la peau était aussi sèche que ridée, s'essuya le front à plusieurs reprises avec le bord de son sari de coton.

Pourtant, même par cette chaleur lourde, elle préférait s'installer dans la cour lumineuse plutôt que dans la pénombre de la pièce où un ventilateur tournait en ronronnant au plafond. On eût dit qu'à cause de l'obscurité de son monde intérieur, elle avait envie d'être dehors, dans l'air chauffé par le soleil, afin de se sentir entourée de lumière.

Dans le coin de la cour, Jhotta agitait ses oreilles pour se rafraîchir. Deepa, le visage rouge et luisant, se leva pour verser un seau d'eau sur la tête de la bufflonne qui, de contentement, fit claquer ses sabots dans la flaque fraîchement formée sous elle.

Deepa se protégea les yeux pour regarder le ciel sans nuages.

« La mousson ne va pas tarder », dit-elle d'un ton où l'espoir se mêlait à l'impatience.

Amma secoua la tête.

« Quand la mousson est proche, elle fait sortir les odeurs de la terre, même si celle-ci est cuite au point d'être dure comme fer. Tout sent plus fort. Quand l'odeur d'argile de mes pots et de mes confits devient plus puissante, c'est que la mousson arrive. »

Deepa renifla. L'odeur d'argile rouge et d'épices n'était pas plus forte que d'habitude.

« L'odeur des confits est toujours la même, dit-elle.

— Pour toi et pour moi qui y sommes habituées, elle est aussi familière que la nôtre, reprit Amma. Elle nous appartient. Elle ne dérange que les autres. Qui la remarquent lorsque vient la pluie. Mais quand les confits seront à maturité, alors tu verras... (Les yeux d'Amma brillaient, mais elle regardait dans le vide un point à distance moyenne.) Même toi, tu t'en apercevras.

— Quand seront-ils à point, Amma ? demanda Deepa. Certains sont là depuis si longtemps déjà.

— Ils seront faits à leur heure, Deepa. Personne ne peut hâter le processus ni le ralentir.

— Même pas toi, Amma ? insista Deepa en toute innocence, tant elle avait foi dans les pouvoirs d'Amma.

— Même pas moi, Deepa. Le destin est plus puissant que moi. Nous ne pouvons rien faire d'autre qu'attendre, comme nous attendons la pluie de la mousson. Cela viendra en son temps.

— Quand cette chaleur cessera-t-elle ? soupira Deepa, versant un autre seau d'eau sur le large dos de Jhotta.

— Bientôt, bientôt, dit Amma d'un ton apaisant.

— Que va-t-il arriver à Jagat Singh ? s'enquit Deepa en s'éventant avec son cahier d'écolière après être retournée s'asseoir sur le *charpoy*.

— Ça, je ne sais pas, dit Amma. Ce que je vois, c'est le cadre et quelques autres détails.

— Raconte-moi d'autres aventures, fit Deepa de son ton le plus câlin.

— Ça, tu le demanderas à Raman. C'est lui qui écrit.

— Mais c'est toi qui lui racontes ! »

Amma secoua la tête.

« Je l'aide seulement à comprendre ce qui est déjà dans sa tête. Ce qui n'est pas dans sa tête, je ne le vois pas.

— Comment se fait-il que lui-même ne sache pas ce qui se trouve dans sa tête ? »

Amma garda quelques instants le silence pour réfléchir.

« Certains ne font qu'écouter les mots, sans ressentir ce qu'ils recouvrent. Peut-être que je comprends ces choses qui, dans sa tête, n'ont pas encore trouvé les mots qui les recouvrent. »

C'était une idée très complexe pour Deepa ; elle y réfléchit un moment en écossant ses pois.

« Même si tu ne me l'avais pas dit, je saurais que tu écosses des petits pois, dit Amma, alors que je ne le vois pas. J'entends le bruit de la cosse qui s'ouvre, je sens son odeur, je sens si elle est fraîche ou non. Je sens si elle vient du Vieux Marché, parce qu'il y a d'autres odeurs qui se mélangent avec elle : choux-fleurs, *brinjals*, pommes de terre ; moins fortes, mais présentes quand même. Lorsque la cosse est ouverte, je sais quels pois sont gros et charnus et quels autres sont petits et pas complètement formés. Je sais aussi combien il y en a. Et je sens l'odeur, et le goût du plat de métal dans lequel ils tombent.

— Même moi, je sens l'odeur des cosses, déclara Deepa. Mais l'odeur des palmiers sur les îles nommées les Andaman, alors, celle-là, je ne la sens pas !

— C'est un don que j'ai. Oui, un don. Même ton grand-père le reconnaissait. Ce n'est pas si différent de ce que je décris. Je sens l'odeur du vent de mer, sa caresse sur ma peau ; je sens les palmiers qui se balancent et les vagues sur le sable. Je peux dire à Raman ce que j'éprouve.

— Mais comment as-tu connaissance de tout cela ?

— C'est qu'il ne s'agit pas de mots, mais de sensations. Raman n'a pas besoin de me dire quoi que ce soit, je n'ai qu'à sentir ce qui est dans son esprit. Je crois que c'est comme ça que ça se passe. »

Ce soir-là, tandis que le soleil baissait rapidement à l'horizon, comme s'il était las de darder ses rayons sur la plaine du Gange, Raman arriva à l'improviste chez Amma, suivi de Shanker.

« Ammaji ! » cria-t-il devant la maison, ne voulant

pas entrer dans l'enceinte privée de la cour sans y avoir été invité.

« C'est Raman, dit Amma en se levant de son *charpoy*. Sois le bienvenu, *Ram, Ram*, dit-elle en manière d'accueil. Tu as fait tout ce chemin par une chaleur pareille ?

— *Ram, Ram*, répondit-il. Je suis juste venu te rapporter ton *balti*. Je t'en prie, reste assise. »

Shanker leva le récipient à bout de bras comme si c'était une lanterne, afin que tout le monde le voie bien.

« Oh, mais ce n'est pas la peine. J'en ai d'autres. Tu n'avais pas besoin de faire un aussi long trajet, dit Amma, visiblement contente de cette visite-surprise.

— Cela ne nous a pas dérangés, dit Raman. C'est agréable de prendre le frais le soir. Nous revenons du temple après l'*aarti*. Nous aimons respirer les bonnes odeurs en chemin. »

En fait, ils avaient respiré l'odeur des légumes pourris – sur le Vieux Marché, les détritus du soir n'avaient pas encore été enlevés à la fin de la journée –, de la bouse de vache fraîche qui séchait sur les toits, et l'odeur âcre des réchauds au kérosène sur lesquels les femmes préparaient le repas du soir. Tout ceci, Amma le devina en un instant. Car pour l'air frais et les odeurs de fleurs, rien ne pouvait égaler le jardin aux lychees, avec son jasmin en fleur qui embaumait l'air à cette heure de la soirée. Et les lychees qui grossissaient dégageaient leur odeur fruitée particulière. Bientôt, les premiers allaient mûrir, juste au moment où éclaterait la mousson.

Ce n'étaient pas les odeurs qui avaient fait sortir Raman du jardin aux lychees. Il y avait une autre raison à sa visite, et Amma la connaissait aussi. Elle commençait à percevoir beaucoup de choses de Raman, comme s'il existait entre eux un invisible lien, un fil diaphane par lequel passaient des messages.

« Mais il fait tellement chaud pour un pareil trajet ! dit-elle. Vous boirez bien un peu d'eau fraîche. »

Usha était partie de bonne heure, après avoir terminé son travail de l'après-midi. Ce fut Deepa qui courut remplir deux verres à la cruche à bec en argile rouge, et elle renversa de l'eau sur ses pieds nus. Elle resta quelques instants dans la flaque, savourant la sensation de fraîcheur. Puis elle repartit à la course, emportant les deux verres.

Raman rejeta la tête en arrière, leva le verre au-dessus de son visage et versa l'eau fraîche dans son gosier desséché. Shanker s'assit sur le bord du *charpoy* d'Amma et avala son eau à petites gorgées tout en observant Amma par-dessus le bord de son verre, non pas avec crainte, mais avec un intérêt morbide. Peut-être allait-elle faire apparaître un *bhooth.* Alors il pourrait dire à Ravindran, son meilleur ami, qu'il avait été invité dans la maison d'Amma et avait parlé avec un vrai fantôme !

« Alors, comment va Jhotta aujourd'hui ? demanda Raman à Deepa en lui tendant son verre vide.

— Très bien, répondit-elle, désignant en même temps de la main Jhotta qui piétinait tranquillement dans son coin de cour, les yeux mi-clos, et ruminait sans hâte en déplaçant sa large mâchoire inférieure de droite et de gauche. Elle se porte bien. Elle n'a eu qu'une petite fièvre de buffle, annonça Deepa.

— Le swami Satyanarayan connaît parfaitement les Ayurvedas. Il n'y a que dans les livres anciens que l'on trouve de pareils remèdes, dit Raman. Evidemment, il faut y croire. Rien à voir avec la médecine occidentale, qui guérit un organe à la fois. Là, c'est tout l'ensemble que forment corps, esprit et âme, qui est concerné. La foi compte beaucoup. »

Deepa approuva sans réserve.

« Jhotta avait la foi », dit-elle.

Raman jeta un regard approbateur vers la bufflonne.

« C'est une bête peu banale que tu as.

— Je t'en prie, prends de notre *raita* pour ta femme, l'interrompit Amma.

— Oh, non, certainement pas. Je ne veux pas vous priver.

— Si, j'insiste. Il nous en reste vraiment beaucoup. Aujourd'hui mardi, c'est mon jour de jeûne. Comment veux-tu qu'une vieille femme et sa petite-fille consomment tout le lait que cette bufflonne produit en une telle abondance ?

— C'est vraiment une bête extraordinaire, dit Raman avec sincérité.

— Alors fais-moi plaisir et partage avec moi ce que donne cette bête. Je sais que tu as une faiblesse pour la *raita*. Deepa ! Remplis le *balti*.

— Dans ce cas-là, il faudra que je revienne en pleine canicule pour te rapporter ton *balti*, dit Raman, protestant ainsi pour la forme.

— Mais oui, tu reviendras ! dit Amma. Le soleil ne sera pas toujours aussi chaud. La mousson ne va pas tarder. »

Raman leva les yeux. Le jour déclinait, mais il n'y avait presque pas d'orange dans le ciel sans nuages, hormis une très fine bande à l'horizon.

« Elle ne s'annonce pas encore, pourtant », soupira-t-il. Il savait que c'était tout au plus une affaire de semaines. Ensuite, lorsque les pluies seraient terminées, la saison des mariages battrait son plein. D'ici là, il faudrait qu'il trouve à marier ses filles. Un sentiment d'urgence lui pinça le cœur. A présent, il avait une raison d'écrire son histoire de contrebandier : non pour s'exercer, ni pour impressionner Satyanarayan qui, de toute façon, ne se laissait pas facilement impressionner, mais pour payer la double dot de ses filles.

La *raita* donnait de l'inspiration et il avait eu la chance d'en trouver une source excellente. A coup sûr, c'était un signe des dieux, non ? Ils s'attendaient à ce qu'il écrive son livre, aussi lui offraient-ils la potion qui lui permettrait de le faire. Raman regarda la blancheur immaculée du yaourt dans le seau que lui tendait Deepa, et il eut hâte de rentrer afin que le charme puisse opérer sur lui.

« Eh bien, nous devons retourner chez nous. Je ne veux pas vous empêcher de passer une soirée tranquille, Ammaji, dit Raman en posant ses mains sur ses genoux comme pour prendre appui dessus.

— Mais il n'en est pas question ! Tiens-moi compagnie encore quelques instants. Parle-moi de ton livre. »

Deepa apporta de petites assiettes en inox pour servir une collation.

Raman comprit qu'il serait impoli de refuser cette hospitalité.

« Ce livre, j'en ai déjà écrit la moitié.

— La moitié ? Tu veux dire la moitié d'une page ?

— Non, la moitié du livre.

— Tu es très diligent, dit Amma, mais sans doute parles-tu d'un chapitre ?

— Deux, dit Raman avec assurance.

— Alors, il y a encore beaucoup, beaucoup de pages à venir ?

— Les deux premiers chapitres ont été faciles à écrire, mais à présent je suis à court d'idées, finit par avouer Raman, l'air malheureux.

— Elles viendront, elles viendront. Elles sont dans ta tête. Les actions sont là, ce sont juste les mots qui ne sont pas encore prêts, dit Amma. Mange, maintenant », dit-elle avec un geste en direction des *samosas* que Deepa avait servis sur les assiettes.

Shanker mangea distraitement. Il commençait à s'ennuyer. Il n'y avait pas de *bhooth* en vue. Tout semblait parfaitement normal, à ceci près qu'Amma prétendait tout savoir avant même que les choses se produisent. Une curieuse affectation, se dit Shanker.

Raman mordit dans un *samosa*, sans cesser de réfléchir à son livre.

« Ce que je pense, c'est que Jagat Singh – le contrebandier – devrait avoir une petite maison sur la plage où il fait ses plans. » Il s'interrompit, car il s'était surpris lui-même : l'histoire avançait, malgré tout. Pendant toute la matinée, il était resté assis en vain, incapable de sortir le moindre mot et de l'écrire sur la feuille. Il regarda son *samosa* avec étonnement : il avait l'air d'un *samosa* ordinaire.

« La plage de Kovalam ? suggéra Amma.

— Kovalam ? Je n'y suis jamais allé, dit Raman, extrêmement intéressé. Rien qu'au nom, cela semble un endroit adéquat. »

Amma en brossa un tableau superbe. Raman sentait presque les feuilles de palmier lui effleurer la tête, la brise marine chargée d'embruns souffler et le sable s'enfoncer sous ses *chappals*.

« *Wah*, dit-il. C'est ton lieu préféré, cette plage de Kovalam ? Toi qui as tant voyagé en Inde !

— Oh, moi je n'y suis jamais allée, dit tranquillement Amma. Je n'ai voyagé que dans les royaumes du Nord et ne suis jamais descendue au sud. »

Pendant une heure, Amma parla, tandis que Raman approuvait et intervenait de temps à autre. Il ne parvenait pas à se décider à partir. Mais la nuit était tombée, Deepa avait déjà allumé les lampes tempête et il savait que Kumud l'attendrait pour leur repas du soir. Shanker marchait dans la cour, impatient, prêt à partir maintenant qu'il avait compris qu'il n'y avait pas de *bhooths* à Jagdishpuri Extension. Raman prit congé et partit, le *balti* à la main, aiguillonné par le désir ardent d'écrire à nouveau.

« Amma a tellement voyagé ! dit-il avec exubérance à Shanker tandis qu'ils retournaient en direction du Vieux Marché. Elle décrit si bien !

— Elle a dit qu'elle n'était jamais allée à Kovalam, lui rappela Shanker.

— Elle a dû oublier ! Comment peut-on décrire un lieu aussi bien sans y être allé au moins une fois ?

— Tu peux inventer », dit Shanker. Il ne trouvait rien d'extraordinaire à Amma ; pourtant, il l'avait observée de près, attendant de voir des signes étranges. C'était facile d'observer une aveugle de près, car elle ne pouvait pas vous voir la fixer. Il avait remarqué qu'aucune transpiration ne faisait luire son front, mais cela ne signifiait pas qu'elle était un *bhooth*. Peut-être n'était-elle pas sensible à la chaleur. Shanker était déçu : Amma n'avait rien d'extraordinaire du tout. Quelle barbe ! Il avait tenu à venir avec son père – ce qui avait plutôt surpris Raman – pour la simple raison qu'il croyait avoir des choses à raconter à son ami Ravindran le lendemain à l'école.

Après le départ de Raman et de Shanker, pendant que Deepa débarrassait, Amma continua à penser un moment à l'histoire du contrebandier. Il y avait beaucoup de choses qu'elle n'avait pas eu le temps de dire à Raman. Pendant qu'il était assis là, elle avait l'impression qu'émanaient de lui des scènes pêle-mêle, comme un film passant en accéléré. A présent, dans la paix de la cour vide, elle voyait clairement chacune de ces scènes. Elle ne connaissait pas les lieux de l'action. Il y avait des grottes où se cachaient les contrebandiers, et les îles Andaman, qu'elle avait décrites sans y être allée ; la demeure du riche marchand, avec ses meubles luxueux, ses rideaux garnis de glands et ses escaliers majestueux.

Lorsque Deepa revint s'asseoir à côté d'elle, Amma lui raconta ce qu'elle voyait. Deepa fut ravie. Cette histoire la fascinait et elle la nota par écrit, emplissant page après page son cahier d'écolière, pressant Amma chaque fois que celle-ci s'interrompait pour réfléchir aux images qu'elle avait en tête.

« Parle-moi de la petite maison sur la plage, où ils préparent le pillage de la demeure du marchand, Amma », pria-t-elle.

Amma croisa ses mains sur ses genoux et commença à décrire la maison, la plage, une image qui se dissipa graduellement à mesure que Raman s'éloignait de Jagdishpuri Extension. Amma se rendit compte qu'elle commençait à devoir faire un effort pour voir ce qu'elle voulait voir et qu'elle ne pouvait plus contrôler la force de la vision. En fin de compte, elle comprit qu'elle devrait s'arrêter.

Deepa avait tout écrit avec soin et application, consignant exactement ce qu'avait raconté Amma. Ce fut seulement lorsqu'elle cessa de parler, et que la dernière image se fut dissipée dans une brume incohérente et floue, qu'Amma remarqua le crissement du stylo de Deepa.

« Qu'est-ce que tu écris, Deepa ?

— Tes histoires.

— Ce ne sont pas mes histoires. Je ne les connaîtrais pas si Raman n'était pas venu ici. Ce sont les siennes. Moi, je ne fais que les raconter.

— C'est la façon dont tu racontes qui me plaît.

— Tu songes à écrire une histoire de contrebandier, toi aussi ? dit Amma en riant.

— Je ne peux pas, rétorqua Deepa avec sérieux. Il n'y a qu'un seul livre de contrebandier : celui du père de Bharathi.

— Ce que tu as écrit, c'est ce que je t'ai raconté avec mes propres paroles. Ce ne sont pas celles de Raman », fit remarquer Amma.

Il n'y avait pas le moindre doute dans l'esprit de Deepa.

« Tu sais, Amma, jamais je n'aurais pu concevoir moi-même une telle aventure, donc il ne peut pas s'agir de mon livre. Et toi, tu dis que ces histoires ne sont pas dans ta tête, et que ce n'est donc pas ton livre non plus.

— Est-ce que Raman pourrait écrire son livre sans notre aide ? demanda Amma.

— Je ne sais pas. Peut-être que quelqu'un d'autre l'aiderait ?

— Qui peut l'aider ?

— Si c'est dans sa tête, Amma, n'importe qui pourrait l'aider à condition de savoir comment s'y prendre. »

Amma sourit intérieurement en constatant le discernement dont faisait preuve sa petite-fille.

18

Raman se redressa sur sa chaise, satisfait. Lorsqu'il était allé rendre le *balti* à Amma, son expédition avait été couronnée de succès. Exactement comme il l'avait espéré, Amma lui avait proposé de remporter de la *raita*. Et par-dessus le marché, elle lui avait fait tant de suggestions concernant l'histoire du contrebandier qu'elle aurait pu elle-même en être l'auteur ! Et tout cela, à cause de cette bufflonne magique, de cette Jhotta qu'elle avait dans sa cour !

Mentalement, il goûta à nouveau la saveur de la *raita* à la banane, la faisant rouler dans sa bouche et laissant le nectar frais et doux-amer glisser délicieusement le long de sa gorge. Il s'était surpris lui-même en voyant le nombre de mots qui pouvaient couler chaque jour de sa plume. Il n'y avait aucun doute : c'était grâce à la *raita* de Jhotta. D'ailleurs, l'histoire n'avait-elle pas commencé à prendre forme seulement après qu'il eut goûté la première fois la *raita* de Jhotta ?

Raman passa les quelques jours suivants à écrire lorsqu'il rentrait après avoir terminé sa matinée de travail à l'agence de presse. Il remontait d'un pas vif la côte menant au jardin aux lychees, sans presque remarquer la chaleur moite, et passait l'après-midi à son bureau donnant sur le jardin. Il en connaissait à présent presque tous les détails, à force de regarder les arbres tout en cherchant un mot ou une phrase. A mesure que les jours passaient, les arbres devenaient lourds de fruits et les branches chargées plongeaient de plus en plus vers la terre dure.

Raman était heureux d'avoir un but, et à présent Kumud prenait son écriture plus au sérieux, ce qui lui faisait plaisir. Au début, elle avait cru qu'il écrivait des lettres – des propositions d'alliance à des familles convenables – et elle n'était pas intervenue. Mais lorsqu'elle avait vu qu'il continuait à écrire, elle n'avait plus trop su quoi en penser. Néanmoins, par respect pour ce déploiement d'activité studieuse, elle l'avait laissé écrire en paix.

« Veux-tu manger avant ta séance d'écriture ou après ? demanda-t-elle.

— Sûrement pas après, car j'en ai pour un bout de temps, dit-il d'un air important. Je vais m'interrompre maintenant. Très peu de temps seulement. Et puis je me remettrai vite à mon bureau. »

Raman regarda sa femme disposer les *thalis*. Comme elle était accommodante ! Il avait beaucoup de chance, se dit-il. N'importe quelle autre épouse lui aurait reproché de négliger ses obligations familiales.

« As-tu surveillé les devoirs de Shanker ? demanda Kumud lorsqu'elle le vit s'interrompre pour la regarder.

— J'étais en train d'écrire, dit fièrement Raman.

— Ce garçon est tellement paresseux qu'il ne travaillera pas tout seul, dit Kumud avec insistance.

— Je sais, je sais. Je m'occuperai de lui quand j'aurai fini. Qu'il sache que je l'ai à l'œil.

— Shanker ! cria Kumud, si tu ne finis pas tes devoirs, gare à toi, parce que ton père t'a à l'œil. »

Shanker apparut, l'air fuyant.

« Il s'occupera de toi quand il aura fini », avertit

Kumud en lui tendant son cartable. Shanker jeta un coup d'œil à son père, qui regardait fixement le jardin.

« Mais il est tellement occupé à écrire, Ma. Il en a bien jusqu'à la semaine prochaine. »

Kumud décida de prendre les choses en main : « Si tu ne fais pas tes devoirs maintenant, je ne te donnerai rien à manger et tu iras te coucher le ventre vide.

— Mais mon ventre gargouillera ! protesta Shanker.

— Qu'il gargouille ou qu'il grouille, qu'est-ce que tu veux que ça me fasse ? dit Kumud. Tu dois finir ton travail à la maison, un point c'est tout. Ne m'énerve pas, sinon je t'expédie à la cuisine faire les *chapatis* pour nous tous, parce que moi, je trouve pénible de rester assise, penchée sur le fourneau par une chaleur pareille ! »

De mauvaise grâce, Shanker prit son cartable et fouilla dedans, tout en grognant : « Mais je vais me brûler les mains !

— Tant pis ! Tu as regardé les miennes ? A force de faire des *chapatis* pour vous tous même par cette température, tu ne crois pas qu'elles me brûlent ? Tu vas comprendre ce que je subis pour vous tous ! »

Shanker se dit que mieux valait faire ses devoirs, et il se mit au travail. Sa mère était vraiment autoritaire quand elle s'y mettait ; plus encore que son père. Surtout l'été, quand la chaleur la rendait irritable.

La curiosité de Kumud s'éveilla lorsqu'elle vit que Raman ne s'arrêtait pas d'écrire. Il n'était pas facile de voir ce qu'il y avait sur les pages. Avant les repas et avant d'aller se coucher, il rangeait soigneusement ses papiers dans une chemise et les emportait avec lui. Elle n'osait pas lui demander ce qu'il voulait en faire. Poser une question pareille eût été une impertinence. Kumud trouvait toujours une façon détournée de découvrir ce qu'elle avait besoin de savoir.

Ce fut Bharathi qui fournit spontanément une explication pendant qu'elle aidait sa mère à la cuisine.

« Papa écrit un livre, dit-elle fièrement.

— Pour quoi faire ?

— Pour que les gens le lisent.

— Qui le lira ? » demanda Kumud, sincèrement perplexe. Même Sudha-la-Pensionnée n'était pas une grande dévoreuse de livres, bien qu'elle fût intarissable sur ses lectures de journaux.

« Il y a beaucoup de gens qui lisent des livres », répondit Bharathi vaguement, car elle ne savait pas trop elle-même qui pouvaient être les gens en question.

— Pourquoi ton père consacrerait-il autant de temps à écrire un livre ? » grommela Kumud, sans s'adresser précisément à sa fille. Elle abattit ses paumes sur sa pâte à *chapatis* et la pétrit avec une grande vigueur, les sourcils froncés. Jusqu'à présent, son mari avait toujours été tellement prévisible. Un livre ouvert, pour ainsi dire. Il était facile à vivre précisément parce qu'il n'était pas compliqué. Mais cette entreprise d'écriture n'était pas si aisée à comprendre. Kumud n'aimait pas ce qui sortait de l'ordinaire.

« Cela prend longtemps d'écrire des livres, expliqua Bharathi.

— Combien de temps ?

— Celui-là sera peut-être terminé à la fin de la mousson.

— Mais elle n'est pas encore commencée ! Et moi, je suis anéantie avec la chaleur qu'il fait dans cette cuisine. Même le soir, il fait trop chaud ! »

Bharathi trempa un doigt dans le yaourt et changea de sujet.

« D'où vient ce yaourt, maman ? Ce qu'il est bon !

— Sûrement pas de chez Kalonji, dit Kumud en continuant de faire claquer sa pâte. Je lui ai dit que si je le reprenais à me rouler, j'irais me fournir ailleurs. Non, ton père a rapporté ce yaourt hier soir ; c'est celui de la bufflonne d'Amma.

— Ça fait une trotte ! dit Bharathi. Dommage, j'aurais bien aimé en manger davantage.

— C'est vrai que le yaourt de Kalonji n'est pas bon et qu'Amma habite trop loin, dit Kumud, l'air soucieux. Mais où vais-je trouver du bon yaourt ? Ton père en réclame tous les jours en ce moment. Il dit que sans, il ne peut pas écrire.

— Si cela ne l'ennuie pas d'aller jusqu'à Jagdishpuri Extension..., commença Bharathi.

— Amma est généreuse, dit Kumud en enfonçant son pouce dans la pâte qu'elle vit avec satisfaction reprendre sa forme. Mais il vaut mieux qu'il n'y aille pas trop souvent.

— Pourquoi ?

— Elle est bizarre, cette vieille femme. Sœur Madhu et sœur Sudha m'ont raconté l'une et l'autre certaines histoires. »

Bharathi sc fit la réflexion que si sa mère croyait ce que disait tante Sudha, ce serait bien la première fois.

« Vraiment, maman ! Il n'y a pas de *bhooths* chez elle. Shanker lui-même a été déçu. Il a dit qu'il n'avait pas vu un seul *bhooth* quand il est allé la voir avec Papa. Il n'arrivera rien à Papa.

— Quand ton père va là-bas, il revient avec de drôles d'idées sur les livres », dit Kumud d'un ton méfiant. Fine mouche, elle avait établi le rapport.

« C'est lui qui a eu l'idée d'écrire un livre, dit Bharathi, défendant son père.

— Depuis que je suis mariée avec lui, et ça fait des

années, je ne l'ai jamais vu avoir une idée pareille. Et maintenant, elle lui vient brusquement, comme ça.

— Peut-être qu'il a besoin d'argent pour la dot. »

Kumud s'arrêta de pétrir sa pâte et regarda Bharathi d'un air soupçonneux. Avait-elle surpris ses conversations avec Raman sur les questions d'argent ? Ils veillaient à n'en discuter que lorsque les enfants étaient à l'école ou au lit.

« A quoi sert d'écrire quand on n'a pas d'argent pour la dot, grommela Kumud, qui se remit à pétrir sa pâte.

— Les écrivains sont très riches, lança Bharathi au hasard.

— Cite-moi un seul écrivain riche, rétorqua Kumud – qui eût été bien en peine de le faire – en manière de défi.

— Oh, maman, ceux-là ne sont pas à Mardpur. Ils habitent à Delhi ou à Calcutta. Rabindranath Tagore était un écrivain très riche et respecté. C'est même lui qui a écrit *Jana gana mana*, notre hymne national. »

Kumud ne voulait pas montrer son ignorance devant sa fille. Mais tout en posant une boule de pâte parfaite sur une assiette, elle se demanda s'il était vrai qu'on pouvait gagner beaucoup d'argent rien qu'en écrivant un livre. Assez pour payer une dot ? Dans ce cas, peut-être devrait-elle se montrer plus tolérante. Maintenant qu'elle avait canalisé son irritation et l'avait transformée en énergie pour pétrir sa pâte, elle se sentait plus à l'aise et prête à laisser de côté le problème posé par le livre de Raman. « Qu'il écrive donc, se dit-elle avec pragmatisme en mettant un linge mouillé sur la boule de pâte pour qu'elle lève. Il n'y a pas de mal à ça. »

Malgré tout, les jours où la chaleur et l'humidité devenaient intenables, elle avait du mal à se défaire de ses soupçons, fondés ou non, concernant le nouveau projet de Raman.

19

Raman était si persuadé des vertus de la *raita* de Jhotta qu'il décida de tester sur un sage éminent comme Satyanarayan sa théorie du lait source d'inspiration.

Lorsqu'il retourna au temple de Vishnou Narayan, il lui dit ceci : « Punditji, j'ai lu quelque part dans les textes ayurvédiques appartenant à mon grand-père que la *raita* est excellente pour les écrivains et qu'elle leur donne de l'inspiration.

— Ah oui ? Je n'en ai jamais entendu parler, fit Satyanarayan d'un ton sans réplique. Selon quel principe agit-elle ? »

Cette question prit Raman au dépourvu. Il n'avait pas envisagé le mécanisme de la chose. Pour une fois, les airs supérieurs de Satyanarayan l'agacèrent. Comment savait-il que cela n'était pas vrai ? Le brahmane ne pouvait pas connaître l'intégralité des tomes des Ayurvédas. Ou peut-être, pensa Raman, commençant à douter de lui, comme souvent lorsqu'il se trouvait face à Satyanarayan, était-il malgré tout possible que si.

« Il existe un lien entre l'estomac et le cerveau, dit-il d'un ton dégagé.

— Ah oui ? » répondit Satyanarayan, attendant

d'autres éclaircissements à propos de cette théorie. Voyant Raman hésiter, incapable de la développer davantage, le sage prit un ton sérieux et professoral.

« J'espère que tu as renoncé à ton idée stupide d'écrire un livre, dit-il. Il faut laisser ces choses-là aux érudits et aux sages. Ce n'est pas l'affaire des imbéciles. Il faut que tu comprennes qu'une fois les mots mis sur le papier, on ne peut plus les enlever, donc ils doivent être le fruit de la réflexion. Ce qui explique pourquoi cette tâche est beaucoup trop ardue pour qu'on laisse des gens sans éducation s'en acquitter. »

Raman fut vexé. Malgré tout, il tenta d'insister.

« Les livres écrits par des érudits et des sages ne constituent qu'une sorte de livres, Punditji. En Angleterre, on publie cent livres par semaine. Est-ce qu'ils sont tous écrits par des érudits et des sages ? Bien sûr que non, ce n'est pas possible. »

Raman était très fier de cette information toute fraîche en provenance d'Angleterre, qui était tombée par dépêche à la PTI cette semaine-là. La *raita* marchait très bien, se dit-il non sans suffisance, elle l'aidait même à trouver des arguments solides pour contrer Satyanarayan.

Mais celui-ci, aucunement ébranlé, dit d'un ton hautain : « Evidemment, ils ne peuvent pas être tous écrits par des érudits et des sages. Peux-tu me donner le titre d'un seul livre écrit par un sage anglais qui soit aussi ancien que notre *Mahabharata* ? Il n'existe aucun livre anglais écrit par des sages. Ceux que l'on publie ne traitent que de sexe et de pornographie. »

Raman fut très gêné. Il regarda furtivement autour de lui pour s'assurer que personne n'avait entendu, sinon les gens auraient cru qu'ils parlaient de sexe et de pornographie. Au temple, de surcroît ! Malgré sa gêne, il dut reconnaître que l'argument de Satyanarayan avait du poids.

« Il ne s'agit pas seulement de... euh... (Il ne parvenait pas à prononcer le mot "sexe" avec la même aisance que Satyanarayan.) Il y a aussi d'autres livres. Des livres d'aventures, par exemple. »

Satyanarayan se redressa et fixa sur Raman un regard réprobateur.

« D'aventures ? Qu'est-ce que cela veut dire, "d'aventures" ? Des Britanniques qui ont fait le tour du monde en bateau, à la recherche de l'Inde, et qui sont rentrés chez eux pour raconter leur histoire. Pleine de distorsions et de contrevérités. Ce sont ces prétendues aventures que nous avons à réécrire depuis notre indépendance. »

D'ordinaire, Raman était d'accord avec ce genre d'opinion nationaliste qu'embrassait Satyanarayan. Mais cette fois, il eut le sentiment que le swami déformait les faits pour les besoins de sa démonstration. Et qu'il refusait d'entendre un point de vue autre que le sien.

Satyanarayan parut sentir qu'il perdait la sympathie de Raman. Il retourna à la discussion originelle.

« Ecoute mon conseil : si tu veux absorber quelque chose qui stimule la pensée, abandonne ces idées stupides sur la *raita* et mange des amandes.

— Des amandes ?

— Vingt par jour. Trempées et émondées. C'est écrit dans les *shastras*. C'est excellent pour le cerveau et la mémoire. Regarde-moi. Cela fait plus de vingt ans que j'observe ce régime et j'ai l'esprit toujours clair. »

Raman n'en doutait pas, mais cela aidait-il à écrire ? Satyanarayan n'écrivait que des horoscopes. Sinon, il parlait. De toute évidence, les amandes aidaient à s'exprimer avec plus d'éloquence. Tout fort, il répondit :

« Ma mémoire est bonne, Punditji, c'est écrire dont j'ai besoin.

— Une bonne mémoire, dis-tu ? Peux-tu me citer des passages de la *Gita* ?

— Non, admit Raman.

— Peux-tu me citer des passages du *Ramayana* ?

— Non.

— Alors où est-elle, cette bonne mémoire ? Avec des amandes, vingt par jour, je peux réciter toute la *Gita*, tout le *Ramayana*, et je connais aussi par cœur beaucoup de couplets des Védas.

— Evidemment, vous récitez tous les jours des mantras », dit Raman. A quoi lui aurait servi de savoir la *Gita* et le *Ramayana* par cœur ? Pour Satyanarayan, ces textes faisaient partie intégrante de son existence de brahmane.

« Tu vois ! Tu dis que tu n'as pas besoin de connaître la *Gita* ou le *Ramayana*, mais as-tu seulement obtenu ta licence ?

— Oui, murmura Raman, sentant qu'ils s'aventuraient en terrain miné.

— Seulement, tu n'as eu qu'une mention passable, dit Satyanarayan, fier de lui river son clou. Tu vois ce que je dis : ce sont les amandes qui améliorent la mémoire. La mienne est parfaite. De premier ordre. Je me souviens du moindre détail. Tu croyais que j'avais oublié ce qu'il en était de ton diplôme ? Pas du tout, je me souviens de tout. Va, et mange donc des amandes ; après, tu pourras me faire des discours sur les vertus de la *raita*. »

Après cela, Raman n'eut pas envie de rester pour l'*aarti* et il regagna Kumar Junction, puis le jardin aux lychees.

Sudha-la-Pensionnée et Madhu arrivèrent au temple une demi-heure après le départ de Raman, les mains chargées d'offrandes.

Deux jours avant exactement, Sudha était venue seule et avait trouvé Kumud en train de se reposer dans le jardin du temple, après ses courses de l'après-midi au Vieux Marché, attendant que le soleil soit un peu moins chaud pour regagner le jardin aux lychees. Le sujet favori de Sudha, ces temps-ci, c'était le nombre de lettres qu'elle et Laxman avaient écrites à des familles de bons partis. Kumud ne pouvait croire qu'ils avaient expédié autant de lettres que le prétendait Sudha, sans résultat jusqu'ici.

« Tu sais qu'il n'y a pas tant de familles que cela qui ont deux fils à marier. Cette histoire de planning familial a vraiment restreint nos choix ! » se lamenta Sudha.

Cette semaine-là, elle avait reçu la visite embarrassante d'une visiteuse du planning familial, une jeune femme très à la page, fraîchement émoulue de l'université de Delhi. Elle avait tenté avec les mots les plus simples de convaincre Sudha des bienfaits de la stérilisation. Sudha-la-Pensionnée l'avait mise à la porte, sauvegardant sa dignité de justesse, car elle n'avait pas voulu avouer à une étrangère qu'elle n'avait pu avoir d'enfants.

Kumud avait reçu la visite de la même envoyée du planning et l'avait écoutée avec grand intérêt. Mais elle aussi lui avait rabaissé son caquet : si elle était venue dix ou douze ans plus tôt au lieu de maintenant, le planning familial aurait pu lui servir. Seulement voilà, il était trop tard à présent, lui dit Kumud. Ses enfants étaient déjà grands et il n'y avait pas moyen de les faire retourner là d'où ils venaient. Les prédictions les plus sombres de la fille étaient tout à fait justes en l'occurrence : comment allaient-ils trouver toutes les dots nécessaires tout en pourvoyant à l'éducation de leur fils ?

Kumud se dit que Sudha parlait de cet épisode pour justifier le fait de ne pas avoir dépassé le stade des lettres après tout ce temps.

Sudha, elle, considérait que ces lettres étaient d'une importance primordiale. La première impression était déterminante, exception faite de la famille de Murgaon, qui avait semblé si satisfaisante par écrit. Elle tint absolument à lire à Kumud quelques paragraphes, les mieux tournés et les plus subtilement appropriés, pour bien lui faire sentir la valeur d'une bonne éducation lorsqu'il s'agissait de choisir un parti à ses enfants. Bien entendu, Sudha revendiquait une partie du mérite de ces lettres.

« Rien ne vaut une éducation musicale quand on veut écrire de belles lettres, dit Sudha-la-Pensionnée. Regarde ce paragraphe. Tu sens le mouvement, l'élégance ? Il chante. Et celui-ci, écrit le matin, est-ce qu'il ne coule pas comme une mélodie matinale, fraîche et alerte ? Et là, nous devenons agressifs parce que le ton de leur lettre nous a déplu, et que nous n'avons rien à perdre car les garçons ne conviennent pas. Tu entends le staccato de nos phrases ? On a un rythme à quatre temps : "Nous avons bien – eu votre lettre." Tu les entends presque, ces quatre temps : *dha dhin dhin dha...* »

Mais Kumud n'avait que faire de ces comparaisons. Plus tard, elle dit à Raman : « Que veux-tu que ça me fasse, qu'elle écrive des lettres ou qu'elle chante ou qu'elle mélange les deux ? Pourvu qu'elle retienne l'intérêt d'une bonne famille pour mes filles, c'est tout ce qui compte. »

Deux jours plus tard, lorsque Sudha-la-Pensionnée arriva au temple en compagnie de Madhu, elle fit tout pour convaincre celle-ci de l'énergie qu'elle consacrait à la mise sur pied d'un double mariage.

« Nous avons écrit quantité de lettres et nous avons reçu des réponses en quantité, disait Sudha.

— *Wah !* Il doit y avoir trop de propositions. Comment allons-nous choisir ? dit Madhu, sincèrement impressionnée.

— Parmi elles, il n'y a pas de famille qui convienne, fit Sudha en reniflant avec dédain. Certaines n'appartiennent même pas à notre caste, elles aspirent à accéder à la classe commerçante. Elles veulent que leurs fils soient formés au commerce des saris. Tout le monde sait que c'est un commerce rentable et que nous sommes bien placés dans cette industrie. Nous cherchons un parti avantageux. Après tout, nous faisons partie des notables de Mardpur.

— Avec tant de lettres, il n'y a pas un seul garçon qui convienne ? s'étonna Madhu.

— Si, mais un seul ne suffit pas. Tu n'imagines pas comme il est difficile d'en trouver deux. Nous avons même reçu une proposition d'un très riche industriel de Ghatpur qui possède des usines de textile, mais il n'a qu'un fils. Nous répondons non, parce que les filles sont jumelles. Figure-toi que ces gens-là – tu ne vas pas le croire – suggèrent que leur fils épouse les deux, tellement ils sont désireux de conclure cette alliance !

— Ce n'est pas une mauvaise idée, dit Madhu avec circonspection. Cela ne fera qu'une seule dot. »

Il ne lui vint pas à l'idée de conseiller d'accepter ce garçon pour l'une des jumelles, si le parti était si avantageux, et de chercher une autre famille pour l'autre.

« *Dhut !* s'écria Sudha, réprobatrice. A quoi penses-tu ? Un mari, ça ne se partage pas. Mieux vaut deux maris et deux dots à payer. Nous avons une réputation à garder dans la famille. Donc, nous paierons, quel que soit le prix, dit Sudha de mauvaise grâce.

— Quel que soit le prix ? dit Madhu, sceptique.

— Si c'est une famille convenable, nous devons tous contribuer. Y compris frère Raman, dit fermement Sudha. Il n'y a pas de raison que nous ne réussissions pas le meilleur mariage possible.

— Mais il faut d'abord trouver une bonne famille, soupira Madhu. Et cela prend si longtemps. La mousson va bientôt arriver, et avec elle la saison des mariages. »

Sudha fut incapable de tenir sa langue, bien que Laxman lui ait fait jurer de garder le secret tant que l'affaire ne serait pas plus avancée. Elle ne voulait pas que Madhu s'imagine qu'ils ne se rendaient pas compte de l'urgence qu'il y avait à conclure le mariage, ni qu'elle ait l'impression que personne ne voulait s'intéresser aux filles. Les jumelles étaient deux jeunes filles accomplies, tout bien considéré. Sudha y avait veillé. Qui ne voudrait de filles comme elles ? Mais par ailleurs, Laxman craignait que cette famille – les Ramanujan de Ghatpur – ne soit un choix très onéreux, et il ne tenait pas à ce que Vaman mette son veto à ce stade précoce des pourparlers.

« Il y a une ouverture, révéla-t-elle. Nous attendons une réponse positive d'un jour à l'autre. »

Madhu parut vivement intéressée : elle s'était bien doutée que Sudha lui cachait quelque chose.

« Alors, tout est arrangé ! s'écria-t-elle.

— Pas encore, rétorqua précipitamment Sudha-la-Pensionnée, regrettant déjà d'en avoir tant dit. L'autre famille n'a même pas encore vu les filles. Prions pour que l'issue de cette affaire soit positive !

— Moi, je vais prier pour que le montant de la dot ne soit pas trop élevé, dit Madhu avec empressement.

— Oh, oh ! Comment peux-tu faire une prière pareille, s'indigna Sudha. La dot ne regarde pas Dieu. Ce qui le regarde, c'est que le résultat des pourparlers soit positif et le mariage heureux. »

Madhu suivit lentement Sudha-la-Pensionnée, ses fleurs à la main, et décida qu'elle prierait pour que les pourparlers aboutissent ET pour que le montant de la dot ne soit pas trop élevé.

20

C'était un jour important pour Raman. Il s'était dépêché de rentrer de l'agence et était allé chercher son pantalon à la blanchisserie où il l'avait laissé à repasser. Pour une fois, il ne s'installa pas tout de suite à son bureau pour écrire, comme il le faisait toujours ces temps-ci. Il se plongea dans les préparatifs de la réunion qui devait avoir lieu chez Laxman ce soir-là.

Kumud, si calme d'habitude, était très énervée. Elle refit pour la quatrième fois les nattes de Bharathi afin que les tresses soient parfaitement régulières.

Raman mit sa chemise neuve, avec des manches longues et des poignets, que Baranasi Ram, le tailleur, lui avait livrée ce matin, après avoir été prévenu la veille seulement qu'il devait finir la commande de toute urgence, faute de quoi la famille ne lui donnerait plus de travail. Ce n'était pas une vaine menace. Baranasi Ram savait parfaitement qu'il n'avait aucun intérêt à mécontenter les membres de la famille des négociants en saris. Lorsqu'un client demandait au Palais du Sari ou au Sari Mahal quel était le meilleur endroit pour se faire faire des corsages, on lui recommandait toujours de s'adresser à Baranasi Ram. Grâce à quoi il était devenu prospère.

Un bouton des poignets se détacha et roula, disparaissant aux yeux de Raman, qui hurla : « Ce tailleur est un escroc ! Même pas capable de coudre correctement un bouton ! Nous ne retournerons plus chez lui.

— C'est le meilleur tailleur de Mardpur, dit Kumud. Il est capable de copier tout ce que portent les vedettes de cinéma.

— Qu'est-ce que tu veux que ça me fasse, ce que portent les vedettes, si je ne peux même pas avoir un bouton convenablement cousu à mes poignets », grommela Raman. Il se baissa pour chercher ledit bouton, qui était sous le fauteuil, et l'aperçut dans la poussière, hors d'atteinte.

« Shanker ! Va me chercher le bouton sous le fauteuil.

— Mais Papa... ! »

Shanker était tiré à quatre épingles ; ses cheveux, encore mouillés, étaient plaqués en arrière. Sa mère avait consacré du temps et des efforts pour arriver à ce résultat.

« Trouve-moi ce bouton, crétin ! Je ne vais pas rester planté là toute la journée.

— Shanker, qu'est-ce que tu fabriques ? Tu vas salir ton pantalon blanc tout propre », glapit Kumud en voyant son fils s'aplatir docilement par terre. Elle le força à se relever en le tirant par sa chemise.

« Tout le monde s'en prend à moi, se plaignit Shanker, ne sachant trop que faire.

— Tu vas me le chercher, ce bouton, oui ou non ? ordonna Raman.

— J'en ai un de rechange dans ma boîte à couture, dit Kumud. Laisse celui-ci tranquille.

— Il en faut un qui soit exactement pareil, insista Raman.

— Bien sûr qu'il le sera. Ça fait quinze ans que Baranasi Ram utilise les mêmes boutons. Peut-être qu'il les a achetés en gros à l'époque. Dans ma boîte, j'ai des boutons de ta vieille chemise.

— Je te l'avais bien dit, que ce tailleur utilisait de la camelote, grogna Raman.

— Aujourd'hui, on ne trouve plus que de la camelote. Je te recouds ce bouton et après tu pourras aller t'expliquer avec Baranasi Ram.

— Pourquoi irais-je m'expliquer avec lui ? Je lui dirai seulement de changer ces saletés de boutons et d'en mettre de meilleure qualité, sinon nous nous adresscrons ailleurs. Où il est, ce bouton ?

— J'irai le chercher dans une minute.

— *Phut-a-phut*, sinon nous allons être en retard.

— Je finis d'abord de coiffer Bharathi.

— Ce n'est pas Bharathi qui se marie, s'impatienta Raman.

— Va me chercher ma boîte à couture, dit Kumud à Shanker.

— Tout le monde s'en prend à moi, se plaignit Shanker.

— C'est parce que tu es le plus jeune et que tu n'as rien à faire, dit Bharathi.

— Même Bharathi s'en prend à moi.

— Tu as entendu ce que t'a dit ta mère ? Va chercher la boîte à couture, gronda Raman. Et arrête tes jérémiades.

— Où elle est ? demanda Shanker, boudeur.

— Est-ce qu'il faut vraiment que je fasse tout dans cette maison ? Va la chercher dans la chambre, dit Kumud, exaspérée. Un vrai bébé, ce garçon ! Il faut tout lui faire. »

Ayant terminé les nattes de Bharathi, elle partit chercher la boîte à couture. Raman regarda fixement sa fille. C'était la première fois qu'il la voyait vêtue d'un *salwar-kameez* au lieu d'une robe d'écolière. Elle était ajustée et soulignait les courbes discrètes de son corps mince. Bharathi était fière de ses manches bouffantes dernier cri. Baranasi Ram avait dit qu'elle était la première à Mardpur à qui il avait fait une pareille tunique.

« Tu aimes ma tenue, papa ? demanda Bharathi avec fierté. Il y a la même dans le film *Gauri*.

— Je ne l'ai pas vu », dit Raman, l'esprit toujours ailleurs.

Kumud revint à la course. Elle posa la boîte à ouvrage en équilibre sur le bras du fauteuil. En fait, c'était une vieille boîte à biscuits dont le couvercle s'ornait de l'image d'un bébé grassouillet. Elle fouilla dedans, en quête d'un bouton à assortir à l'autre poignet de Raman, et une fois qu'elle eut trouvé ce qu'elle cherchait, elle enfila son aiguille et cousit le bouton, demandant à Raman de ne pas bouger pendant l'opération.

« Je ne veux pas me piquer le doigt et faire des taches de sang sur ta chemise neuve. »

Raman se tint immobile et Kumud se détendit un peu.

« Bharathi est jolie avec ce *salwar-kameez*, non ? dit-elle à son mari.

— Trop jolie. Maintenant, il va falloir qu'on se tracasse pour lui trouver une dot, dit Raman, feignant l'accablement.

— Je vais demander à Banarasi Ram de ne plus faire à Bharathi que des *salwar-kameez* dorénavant. Plus de robes.

— A ce tailleur ? Jamais ! Il ne sait même pas coudre un bouton !

— Il n'y a pas de boutons sur les *salwar-kameez*, Papa, dit Bharathi, ravie d'être le centre de l'attention.

— Mes boutons à moi sont bien cousus ! dit Shanker en tirant sur sa chemise.

— Arrête ! Arrête de tirer sur tes boutons ! Tu veux que je passe ma journée à te les recoudre ? Tu crois que je n'ai que ça à faire ? » Kumud cassa le fil avec ses dents et Raman examina le bouton attentivement pour s'assurer qu'il était exactement assorti à l'autre avant de boutonner son poignet.

Enfin, tout le monde fut prêt. Kumud prit un grand sac à provisions où elle avait mis des *rasgollas* et ses *chappals* élégantes, qu'elle enfilerait lorsqu'ils seraient arrivés à Kumar Junction et auraient pris un cyclo-pousse. Ce n'était pas la peine d'abîmer ses plus jolies chaussures en marchant sur la route poussiéreuse. Raman lui aussi avait mis ses vieilles sandales. Il noua les lacets de ses chaussures de cuir marron fraîchement cirées qu'il se pendit sur l'épaule, soigneusement recouvertes au préalable d'un chiffon pour éviter les taches de cirage sur sa chemise neuve. Après quoi, il poussa le verrou grinçant et rouillé, et mit un gros cadenas à la porte, puis tourna la clé qui grippait dans la serrure. Il ne savait trop où la mettre, car elle était couverte de plaques de rouille. Il ne voulait pas arriver avec des poches déformées. Voyant son embarras, Kumud lui proposa de ranger la clé dans son sac, bien que la doublure fût en soie.

Chez Laxman, il régnait une atmosphère de fête. Laxman portait une chemise neuve en popeline très fine. Sudha-la-Pensionnée avait fait le ménage, rangé et pendu aux fenêtres de nouveaux rideaux de soie faits avec un sari qui était arrivé abîmé par la pluie. La partie tachée avait été soigneusement coupée. C'étaient des rideaux qui attiraient l'œil : turquoise et bordés d'une bande dorée. Kumud les trouva très chic et du plus bel effet. Mais lorsque Sudha lui demanda ce qu'elle en pensait, elle affirma que les rideaux étaient des accessoires prétentieux et inutiles. Qu'est-ce qu'elle reprochait aux stores de bambou, qui empêchaient le soleil de passer et gardaient la fraîcheur dans les pièces ?

« En bambou ? dit Sudha avec un sourire supérieur. Mais ma chère, avec ces stores-là, tu passes tes journées à épousseter et à nettoyer ! Des rideaux, tu les laves une fois et c'est propre. »

Raman prit la défense de sa femme.

« Les stores en bambou sont de bons rideaux traditionnels, qu'est-ce que tu as contre eux ? Ils conservent une température agréable dans les pièces. Je n'habiterai que dans une maison où il y a des stores en bambou. Je ne peux pas dormir avec des rideaux qui voltigent.

— Tradition, tradition, tu n'as que ce mot à la bouche, dit Sudha en le menaçant du doigt. Alors, parce que les gens vivaient traditionnellement dans des cabanes en terre battue, tu voudrais qu'on en fasse autant ? » Triomphante, elle partit d'un pas majestueux vers la cuisine.

Raman courut derrière elle pour la contredire : « Excuse-moi, sœur Sudha, cela fait des siècles que nous savons construire des maisons en pierre. Regarde le Vieux Fort à Delhi, et même le Taj Mahal, et... »

Laxman l'appela : « Raman, nous avons à discuter avant qu'ils arrivent !

— Où sont les filles ? demanda Raman en revenant sur ses pas.

— Meera et Mamta se préparent. Il y en a pour un certain temps », dit Laxman, faisant un clin d'œil à Bharathi et à Shanker avec une mimique de père indulgent. « Bharathi, tu es si jolie avec ton *salwar-kameez* que bientôt nous serons obligés de te donner nos plus beaux saris ! Mais pas encore, sinon tout le monde voudra t'épouser à la place de Meera et Mamta. »

Bharathi eut un rire timide.

Vaman arriva avec sa femme parée d'or et leurs fils, Shammu et Guru, qui coururent dans le jardin pour jouer avec Shanker. Kumud fut un peu décontenancée en voyant apparaître Madhu toute couverte de bijoux d'or, depuis ses bracelets cliquetants jusqu'à l'anneau de son gros orteil. Un harnachement par trop voyant, qui détournerait l'attention de ses filles, se dit Kumud.

Vaman se frotta les mains.

« C'est vraiment un excellent mariage, chers frères, dit-il. Cette famille possède trois magasins de saris à Ghatpur et les deux garçons n'ont pas d'autres frères et sœurs. Cela ne pouvait pas mieux tomber. C'est un très bon conseil que tu nous as donné, frère Raman. N'est-ce pas, Laxman ? »

Laxman fut obligé de reconnaître que c'était le cas. Mais il se demandait comment Raman avait eu vent de l'existence des Ramanujan alors que ni Vaman ni lui, qui étaient dans le commerce des saris, n'avaient entendu parler d'eux.

Laxman apporta des papiers.

« Voici les horoscopes des garçons, dit-il. Je ne les ai reçus qu'hier et n'ai pas eu le temps de les montrer à Satyanarayan. (Il en déroula un.) Mais ce que je vois est bon. Il y a d'excellents aspects pour l'argent et les enfants, notamment. »

Les frères et leurs femmes firent cercle, examinant chaque pouce des cartes astrologiques.

Lorsque la famille arriva, tout le monde était surexcité. Kumud et Madhu, aidées par Bharathi, s'affairèrent auprès des invités, offrant à boire et à manger.

« Quelle jolie fille ! dit la mère en pinçant la joue de Bharathi.

— C'est la cadette, expliqua Laxman. Les deux aînées sont encore plus jolies.

— En quelle classe es-tu ? demanda la mère.

— En quatrième, dit timidement Bharathi.

— Tu vas aller jusqu'en terminale ?

— Evidemment, évidemment, intervint Raman, qui se hâta d'ajouter : Mais prenez un siège, je vous en prie. »

Les deux jeunes gens – l'aîné et le cadet – étaient grands, minces et vêtus de sahariennes et de pantalons blancs. Bharathi leur jeta un coup d'œil furtif tandis qu'elle leur présentait un plateau de boissons.

« Ce qu'ils sont beaux, dit-elle à Shanker et à ses cousins qu'elle était allée rejoindre à la course dans le jardin.

— Oui, oui, dit Shanker, beaux et gourmands. (Là-dessus, il raconta à Shammu et à Guru que la famille avait demandé une dot d'un demi-*lakh* en roupies, et s'amusa de leur expression horrifiée.) Vous n'êtes pas contents de ne pas avoir de sœurs ? reprit-il en se tournant vers eux malicieusement. Quel fardeau pour nous autres garçons ! Je serai obligé de travailler jusqu'à la fin de mes jours juste pour permettre de payer la dot de Bharathi !

— C'est vrai que les sœurs sont un fardeau, acquiesça Guru.

— *Chup !* fit Bharathi. Vous n'avez pas de sœurs, mais si vous avez des filles ?

— Les filles sont un fardeau, psalmodia Shammu.

— Peuh ! rétorqua Bharathi, nullement impressionnée. Vous, les garçons, vous êtes si paresseux que vous avez besoin des femmes pour vous faire travailler. Si nous n'étions pas là pour vous nourrir, vous ne mangeriez rien de la journée.

— Ce n'est pas ça qui me gêne, dit Guru. J'aurais

plus de temps pour jouer aux billes. » Il plongea une main dans sa poche et en retira une poignée. Les deux autres se pressèrent autour de lui, admiratifs.

Bharathi rentra dans la maison pour assister à la rencontre entre ses sœurs et les deux frères.

Lorsque Meera et Mamta entrèrent, encadrées par Kumud et Sudha-la-Pensionnée, tout le monde leva les yeux.

« *Wah !* s'exclama le père des garçons en regardant les saris, les yeux écarquillés. De la soie de Bénarès, superbe, superbe ! Il faudra me dire quel est votre fournisseur », dit-il en se tournant vers Laxman. « Regardez ça, reprit-il en s'adressant à ses deux fils qui, en proie à une crise de timidité soudaine, regardaient partout, sauf en direction des filles. Apprenez à reconnaître la plus belle soie de Bénarès. J'en ai de belles, de Kanjivaram, mais elles n'ont rien à voir avec celle-ci. Non, non, la qualité n'est pas la même. Avez-vous essayé de faire passer la soie de Bénarès à travers une bague ? Vous devriez essayer un jour : elle est tellement fine ! Et quels coloris, quelles teintures ! Magnifiques ! »

La mère regardait d'un œil admiratif les bijoux d'or que portaient les jeunes filles.

« *Wah !* De l'or fin. De Bombay ?

— Oui, sourit Madhu, dont la collection de bijoux avait fourni de quoi parer les jumelles. Les bijoux de Bombay sont les plus beaux. Ils travaillent bien, les orfèvres, là-bas.

— En ce moment, l'or de Bombay est très à la mode, intervint Sudha-la-Pensionnée, qui n'en possédait pas elle-même. Mais les pièces anciennes ont été faites par de véritables artisans, et elles ont demandé un mois de travail chacune.

— Ce que vous dites est vrai. Je ne possède pas

beaucoup d'or moi-même, mais ces bijoux sont bien travaillés, dit la mère.

— Oh, mais l'or de Bombay est plus finement ouvragé. Regardez cela, dit Madhu en désignant ses bracelets. Où pouvait-on en trouver d'aussi finement ciselés avant ?

— Et vous, que préférez-vous, l'or de Bombay où les bijoux anciens ? demanda la mère en se tournant vers Kumud.

— Nous les femmes, nous ne conservons que ce que nos mères nous ont donné, répondit celle-ci d'un air modeste. Alors, nous chérissons ces bijoux, d'où qu'ils viennent. »

Les hommes parlaient saris pendant que les femmes continuaient à discuter du prix de l'or au *tael*. Les garçons regardaient fixement les bordures des saris de Meera et de Mamta, pendant que celles-ci gloussaient et échangeaient des chuchotements en se cachant la bouche des mains.

Au bout d'un moment, lorsque Sudha-la-Pensionnée commença à se lasser de la conversation sur l'or de Bombay, elle annonça : « Et maintenant, les filles vont chanter. »

Tout le monde applaudit. Sudha tira un harmonium, actionna les soufflets, puis fit signe aux filles, qui attaquèrent un chant dévotionnel. Meera avait levé les yeux au ciel, le front plissé, l'air pénétré ; Mamta avait les yeux baissés, les sourcils levés, l'air sincère.

« *Wah, wah !* s'écria le père, tandis que Laxman applaudissait avec enthousiasme.

— C'est un chant traditionnel que je leur ai appris, dit Sudha-la-Pensionnée. Il fait partie du répertoire de Meerabai [1].

---

1. Meerabai : célèbre interprète de chants dévotionnels du XIXe siècle. (*N.d.T.*)

— C’est tellement plus joli que toutes ces chansons de films, vous n’êtes pas de mon avis ? dit le père en se tournant vers Raman, qui le trouva du coup très sympathique.

— Si, si, vous avez raison. Ces chansons font partie de notre culture, et si elles ont survécu jusqu’ici, c’est parce qu’elles sont tellement pures.

— C’est vrai, dit le père en réfléchissant quelques instants. C’est la pureté qui en fait le charme.

— Bien entendu, tout dépend aussi du talent des chanteurs, dit Sudha avec à-propos.

— Bien entendu, bien entendu », s’écrièrent le père et la mère à l’unisson.

Vaman lui aussi manifesta un grand enthousiame.

« Qu’est-ce qui vous ferait plaisir ? demanda-t-il. Elles vous interpréteront tout ce que vous voudrez. »

La mère parut impressionnée, mais Sudha fronça les sourcils. Elle n’avait appris aux filles que deux morceaux.

« Oh, moi je n’ai pas d’idée, dit le père en riant, je ne suis pas un expert en matière de musique. Mais peut-être que les garçons en ont une. Il y a une chanson qui vous ferait plaisir, les garçons ? »

Les garçons toussotèrent et regardèrent le sol. Meera et Mamta les regardèrent, dans l’expectative : voilà qui risquait de révéler leurs goûts.

« Nous n’avons pas d’idée pour l’instant, finit par dire l’aîné.

— Pas d’idée ! Allons, il doit bien y avoir des chansons que vous aimez, dit Laxman, qui était à présent de très bonne humeur.

— Les filles ont un bon répertoire de chansons de Meerabai, dit Sudha, s’efforçant habilement de manœuvrer vers un terrain sûr.

— Alors, nous aimerions entendre un autre *bhajan* », dit le père.

Sudha mit l'harmonium en marche avant que quiconque puisse changer d'avis, et Meera et Mamta suivirent.

« *Wah, wah !* Bravo ! applaudit le père lorsqu'elles eurent terminé. Elles ont beaucoup de chance d'avoir à la maison une professionnelle pour leur apprendre la musique. »

Sudha-la-Pensionnée accepta le compliment avec un hochement de tête modeste.

« Oh, mais le talent est là aussi ! dit Raman.

— Le talent est là, sans aucun doute, renchérit le père, en dodelinant de la tête. Qu'en pensez-vous, les garçons ? Vous n'avez rien dit de toute la soirée. Nos hôtes vont croire que vous ne savez pas parler ! Allez, récitez-nous quelques poèmes. (Il se tourna vers Laxman.) Je suis amateur de Ghalib[1]. Cela vous plairait d'entendre des poèmes de Ghalib ? »

— Oh, oui, Ghalib, quel lyrisme ! Je vous en prie, dites-nous du Ghalib », pria Laxman.

Les garçons commencèrent à dire les poèmes, s'interrompant de temps à autre pour que les hommes puissent crier « *Wah, wah ! !* », et « *Shabash !* », ou d'autres exclamations approbatrices et élogieuses. Ils avaient des voix bien timbrées, chaudes et profondes, et une façon expressive de dire les poèmes. Bharathi en fut transportée : de si beaux garçons, si cultivés ! Ils séduisirent tout le monde. Lorsqu'ils eurent terminé, Laxman, Vaman et Raman applaudirent à tout rompre. Bharathi applaudit elle aussi avec vigueur et enthousiasme. Shanker lui-même dut reconnaître qu'ils

---

1. Ghalib : Mirzha Ghalib (1796-1869), grand poète moghol, qui écrivait en persan et en urdu. (*N.d.T.*)

avaient fort bien dit leurs poèmes, bien qu'il trouvât ceux-ci trop sentimentaux à son goût.

« Avec Ghalib, tu ne pouvais guère t'attendre à autre chose. C'est le plus grand auteur de poèmes d'amour. »

Après la séance de récitation, on fit à nouveau circuler nourriture et boisson, pendant que les deux familles, détendues, bavardaient. Puis Sudha emmena Meera et Mamta, et Laxman, Vaman, Raman ainsi que le père des garçons se retirèrent dans une autre pièce pour discuter du montant de la dot.

DEUXIÈME PARTIE

21

La mousson arriva enfin. Une pluie torrentielle tomba sans discontinuer pendant plus d'une semaine. Le jardin était empli du parfum des lychees trempés et mûrissants, gonflés et juteux. Certains tombaient sur le sol et, cinglés par la pluie lourde, laissaient suinter un jus clair, sucré et parfumé. Au milieu sautaient les grenouilles, brusquement surgies de nulle part, et dont la gorge transparente battait. A la différence de l'été, où régnaient le silence et l'immobilité, l'atmosphère bruissait de mouvements : pendant la journée, le coassement et le ronflement des grenouilles faisaient doucement vibrer l'air qui, la nuit, était ébranlé par les roulements lointains du tonnerre. Le doux clapotis des gouttes qui tombaient des feuilles vernissées des citronniers se mêlait aux plouf des grenouilles sautant dans les flaques de boue. De temps à autre, on entendait un lychee mûr s'écraser avec un bruit mou dans la boue grasse.

Tout à la ronde semblait respirer de nouveau. Avec l'arrivée des pluies, les citronniers dégageaient une forte odeur d'agrumes, propre et fraîche, qui montait au fond du nez et dégageait les fosses nasales encrassées par la poussière de semaines entières.

Le chemin de terre menant au jardin était transformé

en océan de boue, et le Vieux Marché inondé. Cela fournit à Raman l'excuse idéale dont il avait besoin pour ne pas sortir.

Gulbachan ne s'étonna pas outre mesure de ne pas le voir venir au bureau après les premières chutes de pluie sur la plaine du Gange. Lui-même avait quelques difficultés à se déplacer jusqu'à l'agence, malgré la proximité de sa maison. Le câble de la PTI resta étrangement silencieux pendant quelques jours, tandis que les régions les plus peuplées du pays étaient cachées derrière un voile d'eau tombée du ciel. Puis il reprit vie brusquement, pour annoncer inondations, glissements de terrain, récoltes gâtées et d'autres graves calamités que l'on se rappellerait jusqu'aux pluies de l'année suivante.

Bharathi et Shanker aussi restèrent à la maison. Shanker était prêt à aller à l'école, impatient, même, non pas pour se métamorphoser en acharné du travail, mais bien plutôt pour essayer la boue. Il souhaitait secrètement tenter de faire le trajet jusqu'à l'école en prenant son ardoise comme toboggan pour descendre la pente boueuse de la colline. Kumud le surprit en train d'exposer son désir à Bharathi et, soucieuse que ses enfants aillent à l'école avec des uniformes propres ou pas du tout, elle leur interdit formellement de mettre le nez dehors sans sa permission. Elle resta insensible aux prières de Shanker qui insistait pour faire une sortie expérimentale afin de tester l'épaisseur de la boue et ses qualités de glisse.

Shanker resta donc à la maison, à chasser les geckos qui étaient apparus en grand nombre sous la véranda : ou bien ils restaient là, immobiles, à cligner des yeux, ou ils se précipitaient sur les plus gros moustiques pour les attraper. L'objectif de Shanker, c'était de leur taper à coups de règle sur la queue pour voir s'il leur en pousserait une nouvelle sous ses yeux. Il voulait ne faire tomber que le bout, afin de pouvoir créer une armée de geckos à deux queues, ou même produire un gecko à trois queues. Le bruit sec de sa règle résonnait sur le mur, laissant bon nombre de marques et d'entailles. Lorsque Raman découvrit enfin d'où venaient les rognures de plâtre sur le sol de la véranda, il empoigna l'oreille de son fils et le ramena manu militari à l'intérieur de la maison. De toute façon, Shanker nota sans trop de regrets que les geckos semblaient être devenus prudents pendant la journée et avaient commencé à ne guère sortir que le soir, lorsque lui-même rentrait, chassé par les moustiques.

C'était Kumud qui s'aventurait dehors afin de ramener du marché provisions journalières et légumes frais. Pour cette expédition, elle passait un vieux sari en coton remonté jusqu'au genou, dont elle ne se souciait pas de salir ou d'éclabousser les bords. Elle enlevait ses anneaux de pied et de cheville plaqués argent, et prenait d'une main ses vieux *chappals* en caoutchouc et de l'autre le grand parapluie noir de Raman. Tant qu'elle restait sur le talus herbeux, juste avant le fossé, d'un côté ou de l'autre du chemin, elle réussissait à ne s'enfoncer dans la boue que jusqu'aux chevilles. Elle avait aussi la ressource de grimper sur les racines des arbres qui formaient un pont au-dessus de la boue.

Elle avait beau cheminer à une allure d'escargot et non sans peine, elle était d'excellente humeur, car elle préférait de beaucoup la pluie à la chaleur implacable de l'été.

Pendant une averse particulièrement violente, alors qu'elle revenait du Vieux Marché où elle était allée pour regarnir son placard à provisions, elle se réfugia dans le temple en attendant que le déluge se calme, et y trouva Sudha-la-Pensionnée qui, même par ce temps, ne voulait pas manquer les rituels.

« Sœur Kumud, quelle joie de te voir si pieuse et de te trouver au temple malgré la pluie et toute cette boue ! *Arré baapré*, il doit être joli, le chemin de terre ! Comment es-tu descendue ?

— Je suis juste entrée me mettre à l'abri. Je faisais mon marché, répondit Kumud.

— Ton marché ? Parce que frère Raman ne fait pas le marché après son travail ? »

Kumud ignora la question, qui était une pierre dans le jardin de Raman, dont la paresse fournissait à Sudha l'un de ses sujets de conversation favoris.

« Les enfants aussi restent à la maison, répliqua-t-elle aussitôt.

— Oh, oh ! Ce doit être difficile pour toi, dit Sudha avec un clappement de langue censé exprimer sa sympathie. Tu n'aurais pas dû sortir par un temps pareil, tu es chargée comme un baudet. » Elle regarda d'un œil réprobateur le sari taché de boue de Kumud.

« Je n'ai pas le choix. Il faut bien acheter les légumes, et mon mari réclame aussi de la *raita*, alors il faut que je trouve du lait. »

Quel égoïste de vouloir de la *raita* en cette saison, pensa Sudha. Tout fort, elle dit : « Je ne savais pas qu'il aimait la *raita* à ce point-là. Par ce temps, le lait ne vaut pas grand-chose. Les bufflonnes mangent trop d'herbe très verte, et ça leur gâte le lait. »

Kumud connaissait l'effet de l'herbe de mousson sur le lait et se demandait où elle allait bien pouvoir trouver du yaourt. Elle n'avait pas du tout envie de s'adresser à Kalonji. Ses pensées durent se lire sur sa figure car Sudha parut avoir pitié d'elle.

« Où iras-tu chercher du yaourt par ce temps-là ? Tiens, je vais t'en trouver. Hari ! »

Hari, qui s'abritait sous un arbre, arriva en courant.

« Ce yaourt que tu ramènes de chez Amma où travaille ta sœur, tu vas en donner à sœur Kumud. »

Hari repartit à la course chercher le *balti* de yaourt qu'il avait proposé quelques minutes plus tôt à Sudha en échange de quelques pièces. Amma lui en avait fait cadeau pour avoir aidé Usha à acheter ses légumes. Il avait porté sur la tête le panier plein de ravitaillement pour Amma et aidé Usha à traverser l'eau qui inondait le Vieux Marché avant de l'accompagner à Jagdishpuri Extension. Toute seule, Usha n'aurait jamais entrepris pareille expédition. Alors, comment la vieille aveugle aurait-elle fait sans elle ? Amma lui était assurément très reconnaissante.

En revenant, il s'était abrité au temple et avait proposé son yaourt à Sudha-la-Pensionnée. Mais Sudha, qui n'en avait pas besoin ce jour-là, avait décliné son offre.

« Par ce temps-là, il tourne vite, avertit Sudha. C'est pour ça que je n'en achète pas. » Elle tendit à Kumud le *balti* comme si c'était elle qui lui en faisait cadeau, pendant que Kumud sortait son porte-monnaie et payait Hari. Il retourna la pièce dans sa main, l'air content.

« Raman adore la *raita*, dit Kumud, ravie de ce coup de chance.

— Tu lui diras que c'est un cadeau de ma part, sœur Kumud, dit Sudha-la-Pensionnée d'un air satisfait. (Elle se retourna vers Hari.) Tu n'as rien à faire, mon garçon ?

— Non, memsahib.

— Alors, j'ai besoin de ton aide pour porter mes légumes. (Sudha-la-Pensionnée se tourna vers Kumud avec un regard condescendant.) Vraiment, ma chère, tu as tort de te donner autant de mal. Tu devrais demander aux autres de faire le travail à ta place.

— Je m'en souviendrai la prochaine fois », répondit Kumud. Là-dessus, elle remonta son sari, prête à prendre le chemin du retour, et regarda Sudha partir avec Hari, qui lui tenait le parapluie très haut au-dessus de la tête pendant qu'elle agrippait son sari des deux mains et contournait les flaques les plus profondes.

A peine arrivée à Kumar Junction, Kumud vit Gulbachan passer sur son scooter, qui pétaradait de façon bizarre, comme si la pluie s'était insinuée dans sa mécanique interne. Il s'arrêta en voyant Kumud.

« Eh bien, quel courage ! Vous vous êtes risquée dehors par cette pluie, avec toute cette boue !

— C'est très malcommode, admit Kumud, mais comment faire ? Il faut bien acheter à manger. »

Gulbachan ne demanda pas pourquoi Raman n'était pas venu travailler. Il ne voulait pas que Kumud croie qu'il se plaignait. Il aimait se donner l'air d'un patron aimable, surtout auprès de la femme de son employé. Gulbachan était un parfait gentleman.

« Je vous proposerais bien de vous raccompagner en scooter, parce que je sais que vous habitez tout en haut de cette côte, mais écoutez le bruit qu'il fait. Je crois que mon moteur ne tiendra pas jusqu'à votre jardin.

— Ce n'est pas grave », dit Kumud, qui ne s'attendait pas à une offre pareille. Elle avait refusé les services d'un pousse-pousse pour la ramener chez elle et s'était résignée à marcher.

« Ah, mais la marche, c'est excellent, dit Gulbachan avec bonne humeur. Est-ce que je vous ai raconté l'histoire de la Marche du Sel que j'ai faite avec Gandhi ? »

Il l'avait racontée. Et plus d'une fois. Kumud savait

que cela avait été une rude épreuve et qu'en comparaison elle ne pouvait pas se plaindre de son court trajet pour regagner le jardin aux lychees.

« Ça, c'était une sacrée marche ! dit Gulbachan, l'œil perdu dans le vague, se remémorant son passé glorieux.

— Vous devriez écrire un livre », lança Kumud, qui se trouvait assez à l'aise sur ce sujet depuis qu'un écrivain était apparu dans sa maison.

Sa remarque fit plaisir à Gulbachan.

« C'est une bonne idée. J'ai bien l'intention de m'y mettre un de ces jours.

— Combien de temps vous faudrait-il pour l'écrire, ce livre ? s'enquit Kumud.

— Oh, pas longtemps, dit Gulbachan, emporté par l'enthousiasme du rêveur. *Phut-a-phut*. Avec quelqu'un qui tape vite à la machine. Comme votre mari. Il tape *phut-a-phut*.

— Une semaine ? Un mois ? insista Kumud.

— Ma foi... (Gulbachan s'efforça de prendre un air modeste.) Ce serait l'affaire de quelques semaines, je suppose. Vous savez, si je ne l'ai pas écrit plus tôt, c'est parce que je n'ai pas eu le temps, voilà tout. Il y a eu l'Indépendance ; et puis Nehru ; et puis le Tibet ; et puis l'affaire du glacier du Siachin [1] ; puis la guerre indo-pakistanaise. On n'a pas le temps de s'ennuyer avec tout ça.

— Combien ça peut rapporter, d'écrire un livre ? demanda Kumud, bien décidée à glaner un maximum d'informations tant qu'elle en avait l'occasion.

— Combien d'argent ? Euh, eh bien, des milliers de roupies. Des *lakhs*, même, dit Gulbachan sur sa lancée. Oui, un ou deux *lakhs*.

---

1. Lieu stratégique au-dessus du Cachemire où se sont affrontées l'armée indienne et l'armée pakistanaise. (*N.d.T.*)

— Même si le livre n'est pas aussi bon que ceux de Tagore ? »

Kumud était fière de pouvoir citer à Gulbachan le nom d'un véritable écrivain, d'autant qu'elle n'avait que son brevet d'études !

« Tagore ? Ah, Tagore ! Il n'y a que les Bengalis qui le lisent. Un livre qui a une grande diffusion peut rapporter gros : des *lakhs*. »

Kumud s'estima satisfaite.

« Il faut que je rentre faire la cuisine, sinon que mangeront les enfants ? » dit-elle gaiement. Et elle repartit, laissant Gulbachan perplexe et surpris par le tour qu'avaient pris ses questions.

« J'espère que Raman ne s'est pas imprégné de mes histoires sur la Marche du Sel au point de vouloir écrire un livre dessus », marmonna-t-il en essayant de faire redémarrer son scooter. L'engin crachota puis s'arrêta, et Gulbachan dut recommencer. « En tout cas, cela prouve que même le plus humble des hommes a toujours un rêve en tête. »

22

Les mots ruisselaient de la plume de Raman, comme la pluie du ciel de mousson.

« Tu en as écrit, des pages », dit Bharathi, jetant un regard admiratif aux cahiers posés sur le bureau de Raman. Il la laissa feuilleter les pages manuscrites.

« Mon livre s'est allongé comme le sari de Draupadi[1], dit Raman non sans satisfaction. Comme la queue de Hanuman avant qu'on y mette le feu, comme... comme... » Raman cherchait d'autres comparaisons dans la mythologie.

« Comme la tête de Ravana[2] qui repousse quand on la coupe ? lança Shanker, qui pensait aux geckos qu'il n'avait pas le droit d'attaquer.

— Ah oui », dit Raman avec enthousiasme, avant de s'aviser que cette comparaison n'était pas très juste.

Plus tard, Raman s'installa sous la véranda avec deux grands bols, l'un rempli de lychees et l'autre destiné à recevoir les pépins et la peau ; il regardait la

---

1. Personnage du *Mahabharata*. Son mari ayant joué – et perdu – aux échecs sa fortune et sa femme, Draupadi, cette dernière est emmenée à la cour du roi Doushan qui, voulant la dénuder, tire sur son sari. Draupadi implore Krishna et le sari s'allonge à l'infini. (*N.d.T.*)

2. Géant démoniaque, jaloux de Shiva. Cf. note 2, p. 80. (*N.d.T.*)

pluie qui s'était calmée, mais ne semblait pas vouloir s'arrêter. Il avait écrit à un bon rythme et juste au moment où il commençait à se sentir essoufflé, Kumud était rentrée de son expédition au marché avec un *balti* de *raita*. Celle de la bufflonne d'Amma, avait-elle dit. De toute évidence, c'était le lait de Jhotta – n'écrivait-il pas à cette cadence depuis qu'il consommait cette *raita*-là ? Quelle épouse ! Sortir par une pluie pareille juste pour lui rapporter sa *raita* prouvait la profondeur de son affection. Elle avait compris la puissance de ce nectar. Pas plus tard que l'avant-veille, avant qu'elle lui en fournisse, il était resté assis devant son bureau, pénétré de l'urgence de la tâche à accomplir, mais aucun mot n'était venu.

Raman était arrivé à la fin de son cahier. Il avait même écrit au dos de la couverture, et à l'intérieur. Sans *raita*, se dit-il, ma tête est comme une plaine déserte, comme le jardin aux lychees avant la pluie. Comme il était redevenu vert et luxuriant – on ne voyait plus un pouce de terre sous l'herbe drue.

A peine Raman avait-il terminé cette ration de *raita* qu'il se demanda comment s'en procurer une autre. Il lui fallait trouver une ruse pour se rendre à Jagdishpuri Extension. Il ne pouvait pas imposer ce trajet à Kumud par un temps pareil. Et puis, il avait autre chose à faire : il voulait rendre visite à Vaman, car il était curieux de savoir s'il avait des nouvelles des Ramanujan. Ils devaient s'être manifestés, maintenant. Et deux boutiques plus loin que le Palais du Sari se trouvait le Dépôt de livres Ahuja. Avec de la *raita*, il avait maintenant besoin d'autres cahiers.

Il retroussa son pantalon, chercha son parapluie et se mit en route pour Kumar Junction.

« Tiens, quelle bonne surprise ! s'écria Vaman en repliant son journal quand Raman entra.

— Tu es occupé ? demanda Raman.

— Comment ça, occupé ? Qui veut acheter des saris par ce temps-là ? Je n'ai vu qu'un client de toute la journée. Et il n'a rien acheté. Il n'était même pas de Mardpur. Il ne savait pas quoi faire et cherchait juste à bavarder et à se faire offrir du thé.

— Pourquoi n'est-il pas allé dans une *chai-khana*, s'il voulait seulement boire du thé ? Il y a des gens qui ont un de ces culots ! Est-ce qu'ils s'imaginent que nous autres commerçants laborieux, nous n'avons que ça à faire, offrir le thé aux passants ? » dit Raman, indigné.

Vaman ne paraissait pas troublé outre mesure par cette audace.

« Oui mais, dans une *chai-khana*, est-ce que tu entendrais des nouvelles de la même qualité ? C'est du bidon, ce qu'on y raconte. Les gens ne savent rien. Ici, quand on pose une question, je suis à même de donner tout de suite une réponse. Après tout, je lis le journal, hein.

— C'est le bouquet ! explosa Raman. Ils n'ont qu'à le lire eux-mêmes.

— Il m'a dit que quelqu'un cherchait à acheter le terrain du temple.

— Le terrain du temple ?

— Oui, le temple possède un *mela maidaan*, où il n'y a rien, sauf quelques arbres. »

Raman comprit que Vaman ne parlait pas du jardin du temple, mais du terrain qui se trouvait derrière le temple de Vishnou Narayan, que l'on désignait parfois comme le *mela maidaan,* ou champ de foire. *Mela maidaan* était un terme plutôt ronflant pour un petit terrain en friche dont personne ne pouvait trouver l'usage et qui, Satyanarayan le soutenait mordicus, ne pouvait servir de pâturage. Raman se souvenait vaguement que, quand il était enfant, un petit cirque ambulant y avait campé. Il n'y avait que quatre manèges et un nombre égal de baraques. Il gardait aussi le souvenir flou d'un forain qui faisait un numéro de singes savants et d'un charmeur de serpents avec ses paniers et ses flûtes *bansuri*. En procession, leurs tambourins à la main, les saltimbanques avaient suivi le chemin de terre de Vakilpur qui passait devant le jardin aux lychees, et descendu la colline vers Kumar Junction. Une fois arrivés, ils s'étaient dirigés vers le temple, suivis d'une horde grossissante d'enfants, et ils s'étaient arrêtés sur le champ de foire pour leur représentation impromptue. Mais personne ne les avait imités depuis la construction de la route *pukka* menant à Vakilpur, et il ne semblait ni dans la nature ni dans les habitudes des saltimbanques de se déplacer en autocar.

« Alors comme ça, quelqu'un veut acheter le *mela maidaan* ? Jamais Satyanarayan ne laissera faire une chose pareille ! dit Raman avec conviction.

— Et s'il y trouve quelque bénéfice ?

— Le brahmane ne possède rien, alors quel bénéfice peut-il retirer ?

— C'est lui qui mène la négociation. »

Raman ne pouvait croire son frère. Pourquoi Satyanarayan vendrait-il une partie du terrain du temple et réduirait-il la surface de son domaine ? Cela ne lui ressemblait pas du tout.

« Notre swami sait qui a le pouvoir et l'argent, dit Vaman. S'il autorise quelqu'un à acheter le *mela maidaan,* peut-être est-ce pour obtenir un service en retour.

— De quel genre de service a-t-il besoin ? C'est un homme simple.

— C'est ce qu'il aime faire croire aux gens, ricana Vaman. Mais cet homme-là est un malin.

— Bien sûr qu'il est instruit et malin, mais il a des besoins très simples, tenta d'expliquer Raman.

— Lorsqu'un homme est aussi instruit et aussi malin, il est impossible que ses besoins soient si simples que ça. Je parie qu'ils sont très complexes », dit Vaman en gloussant comme s'il venait de penser à quelque chose d'amusant qu'il gardait pour lui.

Raman, qui ne voyait pas où il voulait en venir, n'insista pas. Il savait qu'il ne fallait pas attendre de bienveillance vis-à-vis de Satyanarayan de la part de son frère. Vaman s'était toujours méfié du brahmane, et ce pour des raisons que Raman ne comprenait pas.

Vaman versa à Raman du thé de son thermos, et s'excusa de ne pas avoir de lait.

« Rampal n'est pas venu aujourd'hui. D'habitude, il livre plus tôt. Heureusement que je n'ai eu qu'un seul client, sinon je n'aurais pas pu offrir le thé. »

Raman regarda le breuvage sombre avec un léger dégoût.

« Du thé sans lait..., commença-t-il d'un ton incertain.

— Je sais, je sais, dit Vaman en buvant à petites gorgées avec une grimace. Le thé sans lait, c'est comme un livre sans écriture. »

L'attention de Raman s'éveilla ; cette réflexion lui rappelait l'autre but de sa visite.

« J'ai déjà besoin d'un autre cahier. J'écris trop vite, dit-il en se frottant les mains avec satisfaction.

— Ton livre avance, alors ?

— Bien sûr, dit Raman, vexé.

— Il y a des gens qui parlent toujours des livres qu'ils vont écrire : mais qu'est-ce qu'ils font, à part en avoir plein la bouche ? Rien du tout. Prends Gulbachan. Il raconte maintenant qu'il va écrire sur la Marche du Sel, trente ans après l'événement !

— Ah oui ? dit Raman, intéressé.

— Je t'assure. Il circule sur son scooter et dit à tout le monde : “Je suis en train d'écrire un livre sur la Marche du Sel.”

— Elle figure déjà dans les manuels scolaires, dit Raman, qui avait vu cela dans les livres de classe de Shanker.

— Exactement, dit Vaman. Mais ce Gulbachan raconte ça à tout le monde parce qu'il est persuadé qu'à Mardpur quelqu'un d'autre essaie de lui couper l'herbe sous le pied en écrivant son histoire plus vite que lui. Il espère que comme ça tout le monde saura que c'est lui qui l'écrit, et non pas l'autre. »

Raman suivit le raisonnement de son frère avec quelque difficulté.

« Qui ferait cela ?

— Gulbachan n'en dit rien. Mais il m'en a parlé à plusieurs reprises, alors il croit peut-être que c'est toi et il espère que je te dirai d'arrêter.

— Qu'est-ce que tu lui as dit ? » s'enquit Raman, que l'idée amusait fort. Lui, capable d'écrire aussi le livre de Gulbachan sur la Marche du Sel ! Ainsi, tout le monde le croyait capable d'écrire. Enfin, tout le monde sauf Satyanarayan, ce qui le fit renifler avec irritation.

« Je l'ai assuré que tu étais incapable d'écrire un livre, dit allègrement Vaman.

— Oh, fit Raman, brusquement dégrisé.

— Je lui ai dit : “N'as-tu pas engagé Raman parce qu'il n'avait qu'une licence mention passable et aucune ambition de devenir journaliste ? Est-ce qu'un type pareil peut être écrivain ?”

— Et pourquoi pas ?

— Bien sûr, pourquoi pas. Nous en sommes tous conscients. Tout le monde peut écrire. Mais Gulbachan ne le sait pas.

— Bien, bien », dit Raman. Finalement, son frère n'était pas contre lui.

« Ni Satyanarayan, poursuivit Vaman.

— Qu'est-ce qu'il dit ?

— Comme d'habitude. Il dit qu'il ne faut pas te laisser écrire. »

Au moins, à présent, Raman savait que Satyanarayan faisait des réflexions dans son dos.

« Et à lui, qu'as-tu dit ?

— La même chose. Qu'il ne serait jamais écrit, ce livre.

— A ceci près que je suis en train de le faire, dit Raman.

— Certes, certes », dit Vaman d'un ton qui indiquait qu'il n'y croyait pas vraiment. Puis son expression se fit malicieuse.

« Ce serait trop drôle de finir ce livre juste pour prouver que Satyanarayan est dans l'erreur. Lui qui est toujours tellement sûr d'avoir raison à cent pour cent ! En tout cas, moi je serais ravi de voir ça.

— Ce n'est pas mon intention de contrarier swami Satyanarayan, fit Raman, déconcerté.

— Si le livre n'a d'autre but que de le contrarier, je n'ai rien contre ! dit Vaman, commençant à feuilleter un registre qu'il avait sorti. J'ai déjà dit à frère Laxman que nous devrions te soutenir dans cette entreprise.

— C'est gentil, dit Raman, qui éprouva pour son frère une bouffée de reconnaissance. Et qu'en a-t-il dit ?

— Oh, Laxman ne comprend pas pourquoi tu écris ce livre. Je lui ai dit que c'était dans le seul but de contrarier Satyanarayan.

— Tu lui as dit ça ? fit Raman, stupéfait, trouvant que la plaisanterie était allée trop loin. Et s'il va le répéter à Satyanarayan ? Il est en bons termes avec lui.

— Et alors ? J'aimerais voir la tête que fera ce brahmane en entendant ça.

— Mais Satyanarayan le croira et pensera que je fais exprès de le contrarier.

— Et alors ? dit Vaman, qui s'amusait comme un fou.

— Mais enfin...

— Pour quelle autre raison écris-tu ce livre ? »

Raman ne répondit pas. Il ne voulait pas évoquer le problème de la dot. Mais la question de Vaman lui rappela le motif de sa visite.

« Les Ramanujan se sont-ils manifestés ? » demanda-t-il aussitôt. Après tout, la rencontre des deux familles s'était bien passée. C'est ce qu'avaient pensé Laxman et Vaman – et après l'humiliation subie à Murgaon, ils n'étaient pas tentés de se laisser aller à un optimisme excessif. Il restait aux Ramanujan à donner leur accord sur le montant de la dot.

« Nous n'avons rien reçu pour l'instant, répondit Vaman, qui ne semblait pas particulièrement inquiet.

— Nos filles ne leur ont peut-être pas plu.

— Il est encore tôt. S'ils écrivent trop vite, ils auront l'air trop impatients. Ce qui, pour eux, est un handicap dans les négociations.

— Et si nous prenions contact avec une autre famille pendant qu'ils essaient d'améliorer leur position ? s'enquit Raman.

— Je suis certain qu'ils l'apprendraient », dit Vaman posément. Mais il reconnut que cette famille était la plus intéressante qu'ils aient vue et qu'ils devaient éviter de laisser passer leur chance. Laxman lui-même avait légèrement relâché ses efforts pour continuer à trouver d'autres bons partis ailleurs, car il anticipait une réponse positive des Ramanujan.

Vaman finit son thé et se mit à faire quelques comptes.

« J'ai besoin d'un nouveau registre », dit-il.

Raman avait laissé refroidir son thé.

« Je vais chez Ahuja chercher un cahier, je te le prendrai en même temps, dit-il.

— Bois ton thé. Je vais y aller. Il est très facile de se tromper de registre. Et je prendrai ton cahier par la même occasion, proposa Vaman.

— Non, non, je t'en prie, protesta mollement Raman.

— Cela ne me dérange pas du tout. Je n'ai pas bougé d'ici de toute la journée, et n'ai vu qu'un seul client. Garde-moi la boutique, et comme ça je pourrai sortir un moment.

— Prends-moi deux cahiers », dit Raman en voyant Vaman descendre de l'estrade, enfiler ses sandales de cuir et saisir son parapluie.

Après le départ de son frère, Raman se mit à lire le journal. Il y avait des inondations dans tout le pays. Des glissements de terrain dans les régions montagneuses. Des maisons emportées par la crue du Gange. Le désordre régnait partout, sauf à Mardpur. Compte tenu de ces événements, il était surprenant que le journal fasse allusion à ce petit trou perdu dans la plaine du Gange que Raman appelait sa ville. Il y avait un entrefilet sur la vente de terrains situés derrière la gare routière à un industriel *marwari* qui possédait plusieurs usines textiles à Ghatpur. L'article laissait entendre que le prix du terrain à Mardpur commençait à monter « de façon spectaculaire ». Cela ne voulait pas dire grand-chose pour Raman, qui n'avait besoin ni d'acheter du terrain ni d'en vendre. Mais cela lui rappela les propos de Vaman concernant Satyanarayan et ses négociations dans la vente du *mela maidaan.* Peut-être que l'on construirait un *dharamsala*, ou une école. S'il était vrai que Satyanarayan avait vendu ce terrain, Raman était convaincu que c'était pour en faire bon usage.

Raman fut dérangé par un bruit métallique au-dehors, et une voix éraillée qui criait : « *Doodh-wala hey !* »

Raman leva les yeux et vit apparaître Rampal, un *balti* à la main.

« *Ram, Ram,* Raman sahib, dit Rampal, l'air surpris. Alors comme ça, vous avez fini par reprendre l'affaire de vos frères ? » Il posa soigneusement le *balti* sur l'estrade recouverte d'un drap et resserra son turban.

« C'est une affaire de famille, après tout », lui rappela Raman. Il n'aimait pas qu'on parle de l'affaire comme si ses frères en étaient les seuls propriétaires et lui un étranger quelconque.

« Tu veux acheter un sari ? » demanda Raman, très professionnel, essayant de donner l'impression qu'il en vendait tous les jours. Il regarda les piles de tissus derrière lui et se demanda où il chercherait si Rampal demandait un modèle de sari particulier. Mais Rampal joignit les mains en un geste d'humilité.

« Moi ? Je suis pauvre, je ne peux pas m'offrir des saris comme ceux-ci. Ma femme ne porte que des *dhotis* de coton. Quand elle en a besoin d'un, elle l'achète aux colporteurs de Ghatpur qui se fournissent directement à l'usine et vendent au prix de gros. Ce sont des articles avec des défauts, mais ça ne se voit pas. Nous n'avons pas les moyens d'acheter autre chose. Je suis venu seulement pour livrer du lait pour le thé de Vaman sahib, dit-il en montrant le *balti.* Dans son bureau, il y a parfois beaucoup de clients, et ils boivent beaucoup de thé.

— Oui, répondit sèchement Raman. Presque autant qu'au *chai-khana.*

— Au *chai-khana* ? Ça, je n'en sais rien. Le *chai-khana* a ses propres vaches, de l'autre côté de la gare routière. Je ne suis pas leur fournisseur.

— La situation ne va pas durer », dit Raman. Et il mit Rampal au courant de la vente projetée. Il était fier d'avoir des nouvelles inédites à partager.

Rampal fit claquer sa langue.

« Bientôt, on ne pourra plus emmener le bétail paître nulle part. Mais quand la qualité du lait aura baissé, alors là, on s'en avisera et on dira que c'est de la faute des laitiers. On nous accusera de le trafiquer. Mais ce n'est pas la faute de ceux qui vendent ; si le lait n'est pas bon, ça sera parce que les vaches et les bufflonnes n'ont plus de bonne herbe à manger.

— Même le *mela-maidaan* doit être vendu », dit Raman.

Mais Rampal, qui entendait beaucoup de choses en circulant de maison en maison, était déjà au courant.

« Le swami Satyanarayan veut y faire construire une annexe du temple.

— Une annexe du temple ? » s'étonna Raman.

Certes, c'était une noble utilisation du *mela-maidaan*, mais y avait-il vraiment lieu d'agrandir le temple ? Lorsque Raman y allait, il n'y rencontrait presque jamais personne et pouvait discuter des heures avec Satyanarayan sans être dérangé.

« Il y a trop de gens qui viennent de Ghatpur. Ils demandent ce que font ces *murtis* sous les arbres, et pourquoi ils n'ont pas leur propre temple, expliqua Rampal.

— Alors, on construira un temple pour mettre tous les *murtis* à l'intérieur ? Mais Satyanarayan, où se mettra-t-il ? demanda Raman, qui n'y vit pas malice.

— Peut-être que l'on construira aussi un temple pour le swami Satyanarayan ! » dit Rampal en souriant. Il s'apprêtait à partir mais, se rappelant quelque chose, se tourna à nouveau vers Raman.

« Est-ce que par hasard vous aimeriez avoir du lait de la Jhotta d'Amma ? Je sais que vous en êtes amateur. Amma me l'a déjà dit. J'arrive de Jagdishpuri Extension, et c'est pour cela que je suis en retard. Le Vieux Marché est complètement inondé. *Baapré*. C'est tout juste si mes *baltis* ne trempent pas déjà dans l'eau. Heureusement qu'il pleut moins fort qu'avant, sinon je ne pourrai pas aller à Jagdishpuri Extension demain. »

Raman cacha sa satisfaction.

« Tu n'as pas besoin de ce lait pour ta famille ? demanda-t-il.

— J'ai du lait d'autres bufflonnes, je ne tiens pas à boire celui de Jhotta exclusivement ! Prenez-le, je vous en prie. Il est sur ma bicyclette dehors, je vous l'apporte. »

Rampal sortit et détacha un *balti* un peu plus grand et rempli à moitié.

« Ça m'arrange de vendre un peu plus, dit-il en tendant le récipient à Raman. Beaucoup de marchands achètent moins parce qu'ils ont trop peu de clients avec cette pluie. Je me retrouve avec un surplus de lait.

— Ce lait, c'est celui de la Jhotta d'Amma ? demanda Raman en regardant à l'intérieur du *balti*.

— Oui, oui, affirma Rampal. Une bonne bête. Son lait est meilleur que celui des autres alors qu'elle mange la même chose. Et elle en donne des quantités telles qu'Amma n'en a même pas l'usage. C'est une sorte de miracle, que même le swami Satyanarayan ne peut pas faire !

— Oh, je suis persuadé que le lait de Jhotta a des qualités extraordinaires », dit Raman avec enthousiasme en prenant le *balti*. Ce qui était extraordinaire, c'était que le lait miraculeux de Jhotta lui ait été apporté de si loin à domicile !

Raman paya le lait. Rampal fit un salut et, après avoir rangé l'argent dans la ceinture de son *dhoti*, il poursuivit sa tournée, laissant Raman secrètement excité : plus besoin d'aller patauger dans l'eau du Vieux Marché maintenant ! Il n'avait qu'une envie : rentrer chez lui au plus vite et se remettre au travail. L'inspiration viendrait facilement maintenant qu'il avait le lait miraculeux. Il n'aurait aucun mal à écrire ! Mais pour cela, il lui fallait un cahier, et il était bien obligé d'attendre le retour de son frère.

Vaman ne tarda pas à revenir, le sourire aux lèvres.

« Heureusement que tu n'es pas allé à la librairie aujourd'hui, frère Raman. Ce Satyanarayan y était, à vitupérer contre toi !

— Pourquoi ? s'inquiéta Raman.

— Il veut que tu arrêtes d'écrire ton livre, dit Vaman, qui paraissait s'en amuser.

— Qu'est-ce que ça peut lui faire ? s'écria Raman avec véhémence. Son travail à lui, c'est de célébrer les *pujas*, et non de surveiller ce que je fais. »

Vaman tendit à Raman deux cahiers.

« Il dit qu'on ne peut pas être sûr que tu ne profanes pas la culture hindoue, etc. Il dit qu'il fera tout ce qui est en son pouvoir pour t'arrêter. Son cinéma nous a beaucoup amusés. C'était grandiose. Il se donnait des allures de grand personnage : le protecteur de la culture, le sauveur de nos traditions. »

Derrière les railleries de son frère, Raman perçut un message sérieux. Il se renfrogna.

« Que peut-il faire pour m'empêcher d'écrire ?

— Il s'y connaît en singeries de toutes sortes,

comme les rituels pour Jhotta et l'exorcisme des buffles ! »

Ceci n'amusa pas Raman.

« Il faudra que je me cache, dit-il.

— En tout cas, cache tes cahiers, conseilla Vaman. Ceux qui sont déjà écrits.

— Où puis-je les mettre en sûreté ? » demanda Raman, un peu alarmé, serrant les cahiers vierges contre sa poitrine d'un geste protecteur.

23

Lorsque les pluies eurent commencé, Deepa resta cloîtrée comme Amma. Même Jhotta, cantonnée dans la partie couverte de la cour, en fut réduite à rêver aux flaques de boue et à leur multiplication. Usha faisait la navette entre Jagdishpuri Extension et le Vieux Marché, dont elle revenait chargée de provisions. Rampal et elle apportaient les nouvelles du monde extérieur. Mais le monde intérieur que partageaient Amma et Deepa était si riche que lesdites nouvelles n'avaient pas besoin d'être très copieuses pour les satisfaire.

Avec l'aide de Hari, Usha traversait le Vieux Marché inondé. Les marchands de légumes s'obstinaient à disposer leurs marchandises sur des plates-formes devant les bâtisses humides et branlantes qui bordaient les rues et ils faisaient tout pour se convaincre que chaque jour était un jour de marché comme un autre. Au plus fort de l'inondation, l'eau boueuse arrivait à deux ou trois centimètres des plates-formes. Il y avait tant de marchands dans les rues inondées que les piétons en étaient réduits à avancer avec une lenteur circonspecte. Par temps sec, ils prenaient toute la place dans les rues, et les passants étaient contraints de raser les plates-formes en évitant les vieilles femmes qui faisaient la causette et les bébés aux reins ceints d'un petit linge noir et aux yeux passés au khôl.

Usha et Hari ne possédaient pas de parapluie. Ils se protégeaient la tête avec un morceau de carton qui finissait par se désintégrer sous la pluie. Hari portait les provisions pendant que Usha avançait avec précaution, tâtant de ses pieds nus les ornières et les nids-de-poule. Elle se déplaçait comme une patineuse, fendant l'eau où elle enfonçait jusqu'aux genoux pour éviter de trébucher sur un objet inattendu submergé dans les profondeurs. La carcasse d'un rat crevé flottant sur le courant la fit sursauter lorsqu'elle lui frôla la jambe. Hari l'aida à garder l'équilibre. Elle prit le temps de tordre sa tunique trempée avant de continuer son chemin. Elle ne craignait pas d'être mouillée – par un temps pareil elle s'y attendait –, mais elle ne voulait pas que le poids de ses vêtements la gêne. Il importait d'avoir un bon équilibre pour traverser le Vieux Marché.

A Jagdishpuri Extension, Usha faisait sécher ses vêtements qui s'imprégnaient de l'odeur du feu de bois pendant qu'elle s'escrimait à allumer le brasero. Après le passage de Rampal – qui venait quel que soit le temps, comme il le faisait depuis tant d'années –, Amma donnait à Hari un *balti* de lait frais tiré de Jhotta. Parfois aussi, pour sa peine, elle lui donnait de la farine qu'elle avait faite elle-même en se servant de ses meules. Et il prenait souvent son petit déjeuner chez elle, avant d'aller là où ses services étaient requis pour la journée. Lorsqu'arrivaient les pluies, il y avait beaucoup de travail. Comme les gens ne pouvaient pas circuler, ils avaient besoin d'aide pour se ravitailler ou se débarrasser de l'eau qui avait envahi leur maison ou leur boutique.

Hari avait trouvé un bon filon en accompagnant les

gens au marché : il les aidait à faire leurs courses, leur tenait leur parapluie, leur portait leurs sacs – plus chargés qu'à l'ordinaire car ils ne voulaient pas avoir à revenir au marché de sitôt. Entre-temps, Hari courait de boutique en boutique à Kumar Bazaar, en quête de cartons. A condition de les garder relativement secs, il en avait trouvé l'usage : il jetait un carton aplati près des cyclo-pousses qui s'arrêtaient afin que les dames puissent descendre sans salir leur sari dans la boue. Il y avait de bons pourboires à se faire de cette façon ; mais la rentabilité de l'opération était moins grande qu'il n'y paraissait, car les cartons mis à plat ne duraient pas longtemps sous cette pluie et Hari perdait beaucoup de temps à en chercher des secs pour les remplacer.

Comme à son habitude, Amma était installée sur son *charpoy*, qui avait été poussé au fond de la cour, dans la petite partie couverte, là où une balançoire pendait jadis à un gros crochet. C'était Dasji, le père de Deepa, qui l'avait installée. Deepa ne savait pas où était passée la balançoire : elle avait tout bonnement disparu un jour. Elle se souvenait de l'époque où, toute petite encore – elle n'avait pas plus de deux ou trois ans –, elle était assise sous l'auvent, avec l'impression de se trouver derrière une chute d'eau.

Jhotta mâchonnait de l'herbe en regardant la pluie d'un œil vague, comme si elle seule pouvait voir quelque chose au-delà de cette muraille d'eau. Parfois, sans hâte, elle frappait le sol de ses sabots, signalant ainsi qu'elle était impatiente – aussi impatiente qu'un buffle pouvait s'autoriser à l'être – d'avoir un autre aperçu de l'existence. Jhotta adorait ce temps-là ; mais Pappu n'était pas venu depuis des jours. Il ne voulait pas risquer de voir un buffle lui échapper car il lui était impossible de lui courir après. Aussi ne venait-il pas chez ses clients.

Assise près d'Amma sur le *charpoy*, Deepa caressait le poil duveteux sur le front de Jhotta, qui agitait la tête à côté d'elle : la partie couverte n'était pas bien grande et les deux femmes et la bufflonne y étaient plutôt à l'étroit. De son ton le plus enjôleur, Deepa implora : « Parle-moi encore du contrebandier. »

Complaisante, Amma essaya de faire ce que lui demandait sa petite-fille. Elle prit un *balti* vide entre ses mains et le caressa légèrement, comme pour détacher l'histoire du métal.

« Il faut décrire une marche », dit-elle finalement. Elle s'était concentrée de son mieux, essayant de distinguer les détails de la vision floue qui s'était formée avant de se désintégrer comme de l'huile sur l'eau, puis s'était reformée à nouveau, translucide et ondoyante. Elle avait du mal à fixer son attention dessus.

« Une marche ?

— *Morcha.* Une manifestation. Ils marchent pieds nus pour protester, et Jagat Singh, le contrebandier, est à leur tête. Ils agitent les bras. »

Deepa écouta, fascinée, et nota dans son cahier les paroles d'Amma. Elle en était déjà arrivée à l'intérieur de la couverture à la fin du cahier. Elle écrivait aussi petit que possible, pour que tout tienne. Mais il n'y avait pas grand-chose à noter cette fois-ci.

Amma secoua la tête.

« Je ne vois pas très clairement, dit-elle.

— Tu es fatiguée, Amma ? »

Amma secoua de nouveau la tête et sourit.

« Si tu me réclames des histoires de la cour des rois,

je t'en raconterai, mais pour ce qui est de Jagat Singh, je n'y vois pas très clair. »

Deepa aimait autant cela, car elle n'avait plus de place dans son cahier. Elle attendait que la pluie faiblisse et que l'eau du Vieux Marché s'écoule pour pouvoir se risquer à sortir en acheter un autre.

« Tu devrais te reposer, Amma, dit-elle. Je te dérange trop. » Et, sautant du *charpoy*, elle courut à la cuisine, faisant gicler de ses pieds nus l'eau qui couvrait les dalles lisses de la cour. Dans la cuisine, Usha, dont les cheveux ruisselaient encore, essayait non sans mal d'allumer le brasero avec le bois légèrement humide que Hari et elle avaient rapporté le jour même. Elle mettait des morceaux de papier dans le poêle et agitait son éventail de roseaux sans réussir à produire autre chose que de la fumée. Elle se pencha et souffla sur le brasero. Le papier trembla et crépita, mais ne flamba pas assez longtemps pour que le bois prenne. Usha ôta le tas de papier brûlé et noirci, et recommença, tordant des feuilles de vieux journaux pour en faire de longues mèches.

« Raconte-moi une histoire de Baoli », demanda Deepa.

Et Usha, qui devait attendre que son bois sèche, s'assit sur ses talons et commença.

« Un jour, la Jhotta de Baoli était sous la pluie et refusait de donner du lait. "Donne-moi du lait, espèce de folle", dit Baoli. Je n'ai pas envie de rester assise ici à me tremper. Mais la bufflonne *baoli* ne voulait rien savoir. Alors Baoli a décidé que la bufflonne resterait sous la pluie trois jours et trois nuits, et elle l'a laissée dans une grosse flaque. Au bout de trois jours, elle revient et lui dit : "Bon, alors maintenant, tu me le donnes, ton lait ?" Mais la bufflonne lui répond : "J'ai donné du lait pendant que j'étais là, debout dans cette flaque, mais la pluie l'a emporté." Du coup, Baoli est devenue folle d'avoir perdu tant de lait.

"Baoli Maai, Baoli Maai,
Kahan se hai ?
Koi jan na paai." »

Usha frotta une nouvelle allumette et tira la morale de l'histoire.

« Tu sais, ce n'est pas parce que tu ne vois pas quelque chose que ce quelque chose n'est pas là. Il peut apparaître quand tu ne regardes pas.

— Comme le trésor d'Amma ?

— Tiens, je n'y pensais pas », dit Usha, qui frotta en vain d'autres allumettes.

Ce dont Deepa ne crut pas un mot.

La pluie faiblit. Rapidement, le niveau de l'eau sur le Vieux Marché diminua. C'était le moment qu'attendait Deepa. Le premier jour où elle retourna à l'école, elle prit à la hâte le chemin de Kumar Bazaar, sitôt sortie, pour se rendre au Dépôt de livres Ahuja.

Mr. Ahuja était un homme ridé et affable qui approchait de la soixantaine. Il portait un pantalon très large et une chemise blanche. Jadis, il avait été fonctionnaire à Lucknow. C'était exactement ce qu'aurait voulu devenir Gulbachan avant d'échouer à son concours. Mr. Ahuja avait pris une retraite anticipée après la mort de son frère, qui tenait le magasin, afin de venir en aide à sa belle-sœur et à ses quatre enfants. Il restait ouvert longtemps, même le dimanche, et n'avait jamais eu de commis.

Mais il y avait une autre différence entre Gulbachan et Mr. Ahuja. Ce dernier, patriote, était un fervent partisan du parti du Congrès et de ses chefs politiques. Des photographies de Nehru, Shastri et Indira Gandhi étaient affichées au mur de son magasin, et souvent ornées de guirlandes d'œillets frais cueillis. Gulbachan, lui, estimait qu'aucun chef n'arrivait à la cheville de Gandhi.

Deepa aimait bien Mr. Ahuja ; il parlait aux enfants comme à des adultes et n'autorisait aucun autre adulte à les traiter avec condescendance en sa présence.

« Deux cahiers ? Eh bien, tu as beaucoup de devoirs à faire à la maison en ce moment », dit Mr. Ahuja avec son aisance d'homme instruit. Deepa rit timidement.

« Ce n'est pas pour faire mes devoirs, dit-elle.

— Et pour quoi faire, alors, si je peux te poser la question ?

— Pour écrire des histoires.

— Ecrire des histoires ! J'espère que j'y suis, dans ton histoire. » Ses yeux se mirent à pétiller et il s'accouda sur le comptoir. « Tout le monde commence par écrire l'histoire de sa vie. Et je suis dans la tienne, en train de vendre des cahiers.

— Non », fit Deepa en riant. Elle appréciait la façon dont Mr. Ahuja donnait de l'importance à son histoire. « C'est l'histoire d'une marche.

— D'une marche ?

— *Morcha.*

— Oh, oh ! C'est un récit historique, alors ? Il y a eu beaucoup de manifestations quand les Anglais étaient dans ce pays. On a été obligés de les mettre à la porte, tu sais. *Satyagraha*, tu en as entendu parler ? demanda Mr. Ahuja, tout prêt à donner à Deepa une leçon d'histoire.

— Ce n'est pas une marche comme celle-là, dit-elle.

— Ah bon ? Alors, c'en est une qui ressemble aux manifestations syndicales ? Comme celles qu'il y a à

Ghatpur en ce moment. On s'agite beaucoup à Ghatpur ces temps-ci. »

Deepa se contenta de sourire et attendit qu'il descende les cahiers, qu'il fit claquer l'un contre l'autre pour les débarrasser de leur couche de poussière.

« Boue et poussière, poussière et boue. Ça, c'est l'Inde, dit-il avec bonne humeur. Pourquoi nous plaindrions-nous ? »

Il prit un chiffon pour essuyer la poussière du comptoir de verre et le secoua sur le sol.

Une pluie de gouttes éclaboussa l'intérieur de la boutique, faisant sursauter Deepa, qui s'écarta en riant. Gulbachan entra, derrière un grand parapluie qu'il secouait. Mr. Ahuja leva une main pour se protéger des gouttes ; elles tombèrent avec un petit bruit mou sur le comptoir qu'il venait de nettoyer.

« Mon Dieu, quel temps ! dit-il.

— Il tombe des cordes ! renchérit Gulbachan. Je vous ai raconté la fois où j'ai fait la Marche du Sel ? Il pleuvait comme aujourd'hui. Et maintenant, cette histoire, je vais l'écrire. » Il fit claquer ses doigts en direction de Mr. Ahuja. « Montrez-moi donc vos meilleurs cahiers, s'il vous plaît, Mr. A. ! » Il prit les deux cahiers que le libraire avait préparés pour Deepa et les jeta aussitôt sur le comptoir d'un air dégoûté. « Non, non. Ceux-là ne conviennent pas du tout. Je veux du papier lisse. Liiiisse ! »

Les exigences de Gulbachan étant visiblement plus urgentes que celles de Deepa, celle-ci s'écarta pendant que Mr. Ahuja cherchait sous son comptoir des articles plus récents et que Gulbachan pianotait impatiemment dessus.

« Le temps presse. Je veux commencer avant que quelqu'un d'autre s'avise d'écrire un livre sur cette marche.

— Oh oh ! dit Mr. Ahuja. Il y a quelqu'un qui veut vous couper la marche sous le pied ! » Son ventre et ses épaules furent secoués d'un rire silencieux, mais les autres ne saisirent pas son trait d'humour. « Même moi, j'ai entendu dire que quelqu'un écrit quelque chose sur une marche.

— Vous voyez ! fit Gulbachan triomphalement, mes sources sont toujours bonnes.

— Et qui plus est, je me suis laissé dire que la personne qui traite ce sujet est un écrivain de grand talent », poursuivit Mr. Ahuja en adressant un large sourire à Deepa.

Gulbachan parut hésiter. Il n'aurait pas décrit Raman comme un écrivain de grand talent. Il commençait à se demander s'il n'avait pas très sérieusement sous-estimé son assistant.

Mr. Ahuja lui tendit trois autres sortes de cahier.

« Ça ne me convient pas, Mr. A., dit Gulbachan qui, après avoir tâté successivement le papier des trois, les repoussa.

— Je regrette, dit Mr. Ahuja, sincèrement désolé, mais ça, c'est l'Inde, vous ne pouvez pas vous plaindre.

— Alors, je vais les prendre, dit Gulbachan, se ravisant aussitôt. Si je veux m'y mettre, je ne vais pas attendre de trouver le cahier idéal. »

Il fouilla ses poches pour chercher de la monnaie.

« Le papier, c'est toujours du papier, acquiesça Mr. Ahuja en emballant ses achats. Si l'on attend que ce pays soit aussi développé que l'Occident avant d'acheter, on n'écrira rien du tout. »

Vaman arriva quelques secondes après le départ de Gulbachan.

« Vous voulez des cahiers, vous aussi ? demanda Mr. Ahuja, se retournant pour voir qui était entré.

— Comment avez-vous deviné ?

— Pour écrire un livre ?

— Vous avez un don de double vue, Mr. Ahuja. Vous avez consulté votre astrologue ? C'est vrai que mon frère Raman écrit un livre.

— Sur une marche ?

— Je ne connais pas les détails. Mais si vous voulez qu'il mette une marche dans son livre, je suis certain qu'il s'en fera un plaisir.

— Oh, ce n'est pas moi qui y tiens. Je me disais juste que c'est un sujet qui plaît au public de nos jours, fit remarquer Mr. Ahuja.

— C'est ce que les gens ont envie de lire ?

— Dans les journaux, j'aime bien qu'on parle des manifestations, admit Mr. Ahuja. Il y en a beaucoup contre le gouvernement. Les prix n'arrêtent pas d'augmenter. Mais les gens oublient que ce sont nos gouvernants qui ont conquis notre indépendance, et qu'il ne faut pas trop se plaindre.

— Les champions de l'Indépendance sont morts aujourd'hui, non ? dit Vaman en feuilletant les cahiers que Mr. Ahuja venait de lui tendre.

— C'est toujours leur esprit qui anime le parti du Congrès, déclara Mr. Ahuja avec patriotisme.

— J'ai voté pour le parti Swatantra, avoua Vaman. Parce que j'aime bien le drapeau.

— C'est le parti des *banias*, fit Mr. Ahuja, tandis que le parti du Congrès est celui des fonctionnaires.

— Ah oui ? dit Vaman, sincèrement étonné. Il y a tant de fonctionnaires que ça, pour que le Congrès ait une majorité si importante ? Alors ce n'est pas étonnant que les gens se rebellent, parce que nous autres, *banias*, nous payons pour tous ces fonctionnaires en surnombre qui ne sont là que pour nous empêcher de faire du commerce. Vous devriez comprendre cela, Mr. Ahuja, maintenant que vous êtes l'un des nôtres !

— Oh, mais je vote toujours pour le Congrès, protesta Mr. Ahuja.

— Alors, au fond, vous êtes toujours fonctionnaire ! » La remarque parut faire plaisir à Mr. Ahuja.

« Oh, et puis il me faut un registre, Mr. Ahuja », ajouta Vaman.

A nouveau, Mr. Ahuja grimpa sur son escabeau pour fouiller dans son stock, et il fut interrompu derechef pendant l'opération. Il regarda autour de lui, distrait par le brouhaha. Quelqu'un se battait avec un grand parapluie noir, qui s'était apparemment coincé dans l'embrasure de la porte, et criait au parapluie de se fermer comme s'il espérait le voir obéir à ses injonctions.

« Cela fait longtemps que je n'ai pas eu autant de clients ! » s'exclama Mr. Ahuja, ravi, attendant de connaître l'identité du dernier arrivant.

C'était la voix de Satyanarayan qu'on entendait, claire, forte et impérieuse, pendant ses démêlés avec le parapluie, qu'il réussit finalement à déloger et à replier prestement d'un seul geste. Il tourna vivement le dos à Mr. Ahuja pour sortir le parapluie de façon à ce qu'il ne se coince pas une seconde fois, puis l'ouvrit et le referma rapidement pour en faire tomber les gouttes de pluie. Tandis qu'il était ainsi penché dehors, on ne voyait de l'intérieur du magasin que ses jambes fluettes, ses grands pieds chaussés de sandales noires et son *dhoti.* Puis il entra, frappant le sol de son parapluie pour donner plus de poids à ses paroles : « Je vous interdis de vendre à cet homme le moindre cahier pour écrire une histoire, Mr. Ahuja ! cria-t-il.

— Oh oh ! dit Mr. Ahuja, faisant un clin d'œil à Deepa. Une *morcha.* Très ennuyeux.

— Swami Satyanarayan ! s'écria Vaman, incapable

de résister à l'envie d'asticoter le brahmane. Vous n'avez sûrement pas besoin de plumes et de cahiers pour écrire ? Je croyais que vous saviez tout par cœur ? »

Satyanarayan se dirigea d'un pas furieux vers Mr. Ahuja, toujours perché sur la première marche de l'escabeau.

« Seuls les lettrés ont le droit d'écrire, lança-t-il.

— Ah, mais c'est peut-être un peu excessif, rectifia Mr. Ahuja. En fait, c'est Deepa qui est venue acheter des cahiers pour écrire des histoires, n'est-ce pas Deepa ? »

Ils se tournèrent tous vers elle, étonnés. Deepa hocha timidement la tête.

« C'est l'histoire d'une marche, non ? » poursuivit Mr. Ahuja.

Deepa hocha de nouveau la tête.

« Et Gulbachan, de l'agence de presse, sort d'ici. Lui aussi, il écrit un livre sur une marche, dit Mr. Ahuja. Tout Mardpur écrit des livres sur des marches. C'est tout ce qu'il y a de plus banal. Vous voyez une objection à cela, Swamiji ? Après tout, le papier n'est plus rationné. »

Tous les yeux se tournèrent vers Satyanarayan. Qu'allait-il trouver à répondre à la voix de la raison ? Satyanarayan bafouilla. Il jeta un coup d'œil à Deepa, comme tout le monde l'avait fait lorsque Mr. Ahuja avait attiré l'attention sur elle. Mais alors que les autres voyaient sa jeunesse, c'était tout autre chose que Satyanarayan percevait en elle. Pour lui, elle était la petite-fille du grand sage brahmane, le pundit Mishra. Et sa naissance lui donnait le droit d'entreprendre d'écrire ou de se tourner vers toute autre tâche de lettré. Qu'elle entreprenne cela si tôt n'en était que mieux, et il n'y voyait aucune objection. Mais ce que voulait faire Deepa n'avait aucun rapport avec ce qu'il considérait comme des prétentions chez Raman : n'ayant pas réussi dans le commerce, ce *bania* cherchait à s'élever par la culture. Ce faisant, c'était la culture elle-même qu'il allait avilir !

Satyanarayan était trop furieux contre ceux qui s'étaient ligués contre lui pour exprimer clairement son opinion dans le magasin poussiéreux de Mr. Ahuja. Ils n'avaient toujours pas évolué, ces pauvres idiots ! Ils n'avaient ni le pouvoir de voir, ni les connaissances supérieures qu'il possédait lui, et qui lui permettaient d'aller au-delà des apparences immédiates pour avoir une vision globale !

Le brahmane retrouva son calme presque aussi vite qu'il l'avait perdu. Pauvres imbéciles ! C'était leur karma. Ils étaient nés comme cela précisément afin ne pas pouvoir y voir clair. Et lui, Satyanarayan, était né brahmane précisément afin d'y voir clair. C'était la nature de son karma. Pourquoi blâmer ces pauvres mortels de ce que leurs vies antérieures avaient d'inabouti ? Il pivota vivement et sortit, se battant avec son parapluie pour s'abriter de la pluie qui tombait à seaux.

« Il essaie toujours de semer la zizanie, ce Satyanarayan », lança Vaman, triomphalement, incapable de résister au plaisir d'avoir le mot de la fin.

Mr. Ahuja leva une main modératrice.

« Ce n'est pas parce que le swami a voulu nous faire *marcher* que nous devons dire du mal de lui ! (Il se retourna vers Deepa.) Tu as raison de prendre une marche comme sujet, cela se prête très bien à la discussion. Cela inspire tout le monde, à ce qu'on dirait ! » Il lui tendit les deux cahiers.

« Et votre frère aussi, Mr. Vaman, il envisage d'écrire sur une *morcha* ? Dites-lui donc qu'il a notre permission à tous. Satyanarayan peut difficilement y trouver à redire puisque tout Mardpur en fait autant ! »

24

En voyant Raman affronter la pluie dense, la boue et les flaques stagnantes que l'eau laissa en se retirant du Vieux Marché, n'importe qui aurait été surpris.

Mais pas Amma. Elle percevait l'acharnement qui ferait sortir Raman du jardin aux lychees et l'amènerait à Jagdishpuri Extension. Ce qu'elle ne pouvait pas savoir, c'est qu'en réalité Raman était attiré par le lait de Jhotta. Bien qu'elle pût lire dans les pensées de Raman et prédire bon nombre de ses actions, certains mécanismes de son esprit restaient pour elle un mystère. Elle ne percevait pas ses motivations et ne s'attendait pas à le voir arriver, furtif et nerveux, ses cahiers serrés contre sa poitrine.

« *Ram, Ram !* dit-elle, tu en fais, un sacrifice, pour venir voir une vieille femme par un temps pareil ! »

La pluie avait cessé depuis peu et Usha avait tiré le *charpoy* d'Amma à sa place habituelle dans la cour. C'était là qu'elle était assise, comme le capitaine d'un navire, les pieds bien à l'écart des dalles mouillées. Elle respirait avec bonheur l'odeur humide de bois gonflé montant du châssis de son *charpoy,* qui ne craquait plus quand elle s'y asseyait, et sentait avec plaisir dans ses cheveux le vent frais de la mousson qui lui apportait aussi toutes sortes d'odeurs de la vie alentour.

Avec les pluies, tout commençait à pousser, à traverser l'épaisseur de la terre riche et humide, et c'était une orgie de bourgeons et de fleurs qui reléguait au second plan les odeurs familières de confits d'Amma et l'enveloppait à présent d'un parfum de végétation fraîche.

« Ce n'est pas un sacrifice, Ammaji. En fait, je suis venu pour un motif égoïste. Avec un petit peu de yaourt, je repartirai content, et je n'aurai pas à te déranger de plusieurs jours », dit Raman.

Il se sentait à présent assez à l'aise dans la maison pour dire en toute franchise pourquoi il était venu. Enfin, en toute franchise... sauf en ce qui concernait le véritable motif de sa visite ce jour-là.

« Mais venir par un temps pareil ! Maintenant, je sais à quel point tu es friand de *raita*. Tu sais, cette pluie ne va pas durer longtemps. D'ici un jour ou deux, elle s'arrêtera, et nous pourrons remettre notre linge à sécher dehors. Même la poudre de piments que j'ai moulue hier est grumeleuse aujourd'hui. Tout est humide.

— J'espère que cela ne gâtera pas le lait de ta bufflonne, dit Raman, un peu inquiet.

— Bien sûr que non. Jhotta est une très bonne machine à faire du lait. Pour nous, c'est une vraie bénédiction.

— C'est vrai. Nous devrions nous estimer heureux, nous autres. Il y a des inondations dans tout le pays. Ici, seul le Vieux Marché est touché. Et encore, il n'y a que quarante centimètres d'eau. Tu te rends compte, le Gange a rompu ses berges au Bihar et la situation est critique. (Il citait une dépêche tombée le matin à la PTI.) A certains endroits, il y a presque un mètre d'eau.

— C'est une catastrophe, acquiesça Amma. Ouh, ouh, Deepa ! Tu prépares du thé pour notre visiteur ? »

Elle entendait Usha qui avait profité de l'accalmie

pour ramasser les bouses de Jhotta, en avait fait des galettes qu'elle mettait à sécher sur le toit. Les claquements secs de ses paumes résonnaient dans la cour.

Lorsque Deepa eut apporté le thé, Raman posa son sac de toile sur le *charpoy* afin de prendre le verre fumant. Jusque-là, il avait tenu son sac serré sur sa poitrine pour le protéger de la pluie comme de la vision pénétrante d'Amma tant que le moment n'était pas venu d'en révéler le contenu.

Amma sentit fléchir les sangles du *charpoy*. Elle renifla l'air.

« Qu'est-ce que tu as apporté, Ramanji ? Je ne sens que la poussière, le papier et l'encre, en partie encore fraîche. »

Raman parut un peu mal à l'aise, comme s'il hésitait à révéler ses intentions. Mais il se demandait en vérité comment faire comprendre à Amma l'inquiétude qu'il éprouvait pour ses cahiers.

« Ammaji, ce sont mes cahiers que j'ai là. Les quatre.

— Mais pourquoi les transportes-tu par cette pluie, Ramanji ? Ils vont s'abîmer, l'encre va couler. Ils te sont donc si précieux, que tu les emmènes avec toi dans lc bazar à présent ?

— Ce n'est pas cela, dit Raman. J'ai peur de les perdre, ou que quelqu'un me les prenne... » Sa voix s'éteignit.

« Qui donc les prendrait ? Il s'agit seulement d'un livre que tu écris. Tu ne prends rien à personne. »

Raman soupira. Il jugea prudent de ne pas citer de noms et se borna à dire : « Peut-être vaudrait-il mieux que je laisse mes cahiers ici pour qu'ils soient en sécurité.

— Bien sûr, bien sûr. C'est une très bonne idée de les laisser ici. Ils ne risquent rien. Qui aurait l'idée de venir chercher des cahiers chez une vieille femme ? Chez quelqu'un qui ne voit plus clair et qui ne peut pas lire ! Ici, on ne cherche qu'un trésor et des *bhooths*, mais pas de cahiers ! »

Le rire faisait trembler la voix d'Amma, et Raman lui-même se permit un sourire.

« Deepa va les mettre avec ses livres d'école, n'est-ce pas, Deepa ? »

Deepa prit les cahiers et les rangea dans le coffre rouge où elle mettait ses manuels.

Après quoi, Amma lui dit de remplir le *balti* de Raman avec le pot où l'on gardait le yaourt.

« Mange de la *raita*. C'est bon pour les nerfs. »

C'était un conseil que Raman ne trouvait pas difficile à suivre. Une fois détendue, Amma sentit la présence de Jagat Singh le contrebandier beaucoup plus intensément que ces temps derniers. Les images qu'elle s'était efforcée de retenir dans son esprit se reformèrent, nettes et détaillées, comme si les personnages se tenaient devant elle, en pleine lumière. Elle avait l'impression que ses yeux s'étaient ouverts et que la vision lui était rendue, tant les scènes étaient claires. Pendant qu'ils buvaient leur thé, elle raconta à Raman ce qu'elle voyait. Et Raman remercia Dieu d'avoir créé une potion aussi merveilleuse que la *raita* faite avec le lait de Jhotta.

Cette nuit-là, Deepa ne ferma pas l'œil. Elle resta quelque temps dans son lit à écouter la pluie battre sur les dalles lisses de la cour. Puis elle se leva sans bruit, prit la lanterne qui donnait une sourde lumière jaune et la tourna au maximum lorsqu'elle arriva dans la pièce où se trouvait le coffre. Levant la lanterne bien haut d'une main, elle ouvrit de l'autre le couvercle rouge en l'appuyant soigneusement contre le mur pour éviter qu'il ne se rabatte soudain avec un claquement. Elle sortit les quatre cahiers de Raman et s'assit par terre pour les examiner.

L'écriture était presque enfantine, avec des lettres rondes bien formées. Les pages se déchiffraient facilement, bien que Raman eût raturé de nombreuses phrases. Mais plus Deepa lisait et plus elle se sentait perplexe. De nombreuses parties de l'histoire manquaient, des parties qu'Amma avait déjà racontées à Deepa lorsqu'elle était assise sur son *charpoy* à préparer les légumes ou à regarder la pluie ; des parties que Deepa elle-même avait imaginées. Elle se rappelait comme Amma s'était animée en racontant l'histoire, et s'entendait à nouveau poser des questions discrètes pour relancer sa grand-mère, à propos du décor ou de détails qui n'étaient pas clairs et qui remplissaient les intervalles entre les épisodes d'action.

Deepa resta quelques instants immobile, à rassembler les fragments de l'histoire. On eût dit un puzzle : il y avait les morceaux de Raman et ceux d'Amma. Assise avec pour seule compagnie la lueur chaude de la lanterne, ellc s'attela à une tâche que ni Raman ni Amma ne pouvaient accomplir : elle imagina l'ensemble plutôt que les épisodes.

Lorsque Deepa se réveilla le lendemain, il était tard. Amma l'avait laissée dormir, vaquant tranquillement à ses occupations toute seule : elle avait préparé le babeurre, moulu son blé et écrasé ses épices au mortier. Elle avait même réussi à trier les pois cassés, les laissant couler entre ses doigts, à l'affût de formes irrégulières et dures qu'elle jetait. Elle écoutait d'une oreille satisfaite les petits graviers tomber sur le sol : au moins, ils ne finiraient pas dans son estomac.

La première chose que remarqua Deepa fut l'arrêt de la pluie. Il faisait beau et chaud, mais une chaleur fraîche et vaporeuse, de celles qui ne surviennent qu'entre deux pluies, et non la chaleur poussiéreuse et oppressante qui précède la mousson. Les odeurs de terre se mêlaient au parfum de l'herbe fraîche et de la bouse qui commençait juste à sécher. Et, dominant ces senteurs, puissante et entêtante, flottait l'odeur de l'argile rouge et des confits qui emplissait la cour.

Après un petit déjeuner rapide, Deepa sortit à nouveau les cahiers de Raman et vint s'asseoir sur le *charpoy* d'Amma.

« Il y a beaucoup de scènes omises dans le livre de Raman, dit-elle à sa grand-mère.

— Peut-être n'a-t-il pas eu le temps de les écrire, dit Amma. Ou alors elles sont dans d'autres cahiers.

— Non, il y a des morceaux qui manquent dans l'histoire. »

Amma ne s'expliquait pas non plus ces trous.

« Le livre que je vois, celui qui sera publié, n'a pas de morceaux qui manquent par-ci, par-là. »

Deepa alla chercher son cahier à elle, où elle avait noté certaines des descriptions d'Amma. Puis elle prit l'un des cahiers neufs qu'elle avait achetés chez Ahuja et se mit à écrire, à partir des deux cahiers ouverts devant elle. Elle tricota les deux fils ensemble – le récit de Raman et les descriptions des lieux que sa grand-mère avait visualisés, et qu'elle-même avait transcrites. Mais autre chose se produisit. Soudain, Amma se mit à voir Jagat Singh très distinctement, comme si la seule présence de Raman avait réveillé le contrebandier, laissant un peu de lui après son départ. L'histoire qu'Amma raconta à partir de cette vision fut aussi consignée dans le cahier de Deepa.

Le récit qui émergea au bout de quelques jours était assez différent de l'esquisse contenue dans les quatre cahiers qui avaient trouvé asile à Jagdishpuri Extension. La nouvelle version tournait toujours autour du personnage de Jagat Singh le contrebandier, mais elle était plus vivante et plus riche en suspense : dans une atmosphère évocatrice, Deepa avait rassemblé les fragments de Raman et ceux d'Amma sans que les raccords soient visibles, si bien qu'à la fin il était impossible de dire qui était vraiment l'auteur du récit.

25

De la pluie, encore de la pluie. Assise sur le *charpoy* d'Amma, Deepa la regardait tomber, en pensant à l'histoire de Jagat Singh. Maintenant, c'était un véritable récit, et pas seulement une série de scènes et de descriptions. Elle n'en revenait pas de voir tout ce qui lui avait échappé alors même qu'Amma le lui racontait. L'histoire n'avait pris tout son sens que lorsqu'elle avait vu les cahiers de Raman.

Un gros coup de tonnerre, et les cieux ouvrirent leurs vannes.

« *Baapré !* Seul un roi aurait pu commander avec une telle force, pour que les cieux obéissent ! dit Amma.

— Comment les rois échappaient-ils à la pluie, Amma ? demanda Deepa, espérant entendre une histoire de plus.

— Dans certains endroits, les pluies ne durent pas. Comme au Gokul », répondit Amma. Elle coiffait les longs cheveux de Deepa, sentant sous ses doigts leur texture soyeuse tandis qu'elle rassemblait les mèches.

« Au Gokul ? demanda Deepa, qui n'avait jamais entendu parler de cet endroit.

— C'est une principauté protégée par des collines. On l'appelle le Royaume Sombre, car c'est un pays de forêts, où les arbres poussent si près les uns des autres que la lumière ne peut y pénétrer. Et puis les sujets ont la peau sombre.

— Comment y es-tu allée, Amma ? »

Amma posa le peigne, divisa la chevelure de Deepa en trois parties qu'elle soupesa pour s'assurer qu'elles étaient égales, et commença à les tresser.

« C'était un voyage périlleux. Nous avions été appelés parce que les bébés de la *rajkumari* n'avaient pas vécu, et le couple princier désirait ardemment un héritier mâle. Dans ces forêts, il y a des loups, des hyènes et des tigres. On ne peut pas transporter de palanquin à travers les arbres. J'ai dû nouer mon sari entre mes jambes et avec un long bâton me frayer un chemin entre les racines et les lianes. Nous avancions très lentement et dormions dans la forêt, dans des cabanes construites pour les invités du prince. Il avait envoyé ses guides à notre rencontre, sinon nous nous serions complètement perdus, car nous n'avions rencontré personne en chemin. Les quelques sujets du royaume habitaient en général près du fleuve qui traversait la jungle.

— Pourquoi ne pas emprunter la rivière, ce devait être plus facile que la jungle, non ? » demanda Deepa, qui sentait les doigts d'Amma se mouvoir, agiles et rapides, le long de ses cheveux. Elle avait presque fini la natte.

« Oui, dit Amma, s'arrêtant pour nouer l'extrémité de la tresse avec le ruban que Deepa lui avait mis entre les doigts. Mais ce n'était pas possible. Il y avait des rapides dangereux, où le courant était impétueux. Le palais était situé près du fleuve, au fin fond de la forêt, et nous sommes arrivés dans les temps. Quelques jours plus tard, Lata est venue me réveiller en pleine nuit.

— Lata ?

— La belle-sœur de Lekha, une des servantes du palais. Je lui ai fait cadeau d'un bracelet d'argent que j'ai trouvé dans mon petit coffret de faïence. Elle a porté le bracelet à son front. J'avais gardé mon sari pour dormir, afin d'être prête en cas d'urgence, et je l'ai suivie dans les appartements de la *rajkumari*. Là, je me suis rendu compte qu'il faudrait des heures avant que la tête du bébé apparaisse. Je me suis donc installée avec la *rajkumari*, et j'ai commencé à lui masser le dos et à lui raconter les histoires des autres reines et princesses dont je m'étais occupée.

— Comme tu le fais là en ce moment ? »

Amma hocha la tête. Elle reprit le peigne et entreprit de se coiffer tout en continuant son récit.

« Brusquement, il y a eu un grand brouhaha dehors. Une servante est arrivée en courant et a annoncé : "Il faut que la *rajkumari* parte. La forêt brûle et le palais est en danger. Il faut qu'elle parte par bateau." La *rajkumari* a demandé où le feu avait été vu. J'ai reconnu le nom de l'endroit, car il y avait là une cabane de repos. C'était à une journée de marche du palais. "Nous avons le temps, ai-je dit. Faites les préparatifs de départ." D'où sont sorties toutes les servantes à peau sombre, je me le demande. Elles ont emballé toutes sortes de choses dont personne n'aurait besoin, pendant que je préparais des infusions d'herbes que j'avais apportées tout exprès d'Alankar à Alpabad, et à présent au Gokul, dans l'espoir d'accélérer le travail de la *rajkumari*. Mais l'enfant était obstiné – comme il devait l'être toute sa vie d'ailleurs, ce qui en fit un chef énergique, assez en tout cas pour savoir éviter à son pays toute infortune.

« Quand le matin est arrivé, sa tête n'était toujours pas en vue. Les servantes avaient débarrassé la chambre, et il ne restait plus que la *rajkumari* qui criait de douleur et moi. Une servante est arrivée en courant pour dire : “Au feu, au feu ! Partons ! Les flammes touchent presque le palais.” Alors, j’ai dit : “Encore quelques minutes !” La servante était terrifiée. “Non, impossible, c’est trop dangereux.” J’ai promis : “Nous arrivons.” Là-dessus, la *rajkumari* a poussé un grand cri.

— Le bébé arrivait ? » demanda Deepa. Maintenant qu’elle était prête, elle s’était retournée vers Amma et la regardait se coiffer à longs coups de peigne réguliers.

« Il prenait son temps, dit Amma en hochant la tête. “Le palais brûle, a crié la servante. Venez, je vous en conjure, il n’y a que moi qui reste et je vais brûler avec ma *rajkumari*.” Grand-père est arrivé en courant – il ne restait plus personne pour lui interdire l’accès de la chambre –, et c’est alors que j’ai vu la tête. Un prince était né.

— Mais il fallait que vous quittiez le palais ! » s’écria Deepa, tout excitée, tandis qu’Amma roulait sans hâte ses tresses pour en faire un chignon et le fixer de ses mains habiles.

« J’ai entortillé le bébé dans des linges et je suis partie au plus vite avec lui pendant que Grand-père transportait la *rajkumari* sur son dos. Nous avons suivi la servante qui a trouvé le chemin le plus rapide pour sortir du palais et descendre jusqu’au fleuve. Nous avancions en trébuchant sur les paquets et les malles pleins d’objets précieux du palais que les gens avaient abandonnés en se sauvant. Là, un bateau nous a transportés sur l’autre rive.

— Le fleuve vous a sauvés !

— L’eau était dorée, elle brillait et tremblait en réfléchissant les flammes qui consumaient le palais. Sur l’autre rive, la cour et les sujets, serrés les uns contre les autres, pleuraient et se lamentaient à cause de la catastrophe que venait de subir leur principauté. Ce n'est que lorsqu'ils virent la *rajkumari* portant le bébé dans ses bras qu'ils s'arrêtèrent pour pousser des cris de joie – car la naissance d'un enfant peut agir ainsi sur les émotions –, malgré leur épuisement, leur tristesse et les efforts qu'ils avaient fournis toute la nuit pour verser sur le palais et sur leurs maisons l'eau puisée au fleuve. Hommes, femmes et enfants avaient travaillé en formant de longues chaînes jusqu'à ce que tout espoir soit perdu. Alors, ils avaient sauté dans tous les bateaux disponibles pour se réfugier sur l'autre rive et regarder brûler leur pays.

« Ils ont donc célébré la naissance de leur nouveau prince pendant que l'incendie faisait rage. Cela a duré toute une journée. En même temps, ils ont juré que leur principauté renaîtrait sous l'étoile du jeune prince. Ce jour-là, Grand-père a dressé son horoscope. De nos affaires, il n'avait sauvé que du parchemin et une plume en roseau. Il a trempé sa plume dans la teinture violette coulant de mon sari, qui avait été mouillé pendant que nous traversions la rivière à la lueur de l'incendie. Alors, quand les flammes ont cédé la place à des braises incandescentes dont la lueur rougissait le fleuve, la *rajkumari* a détaché les yeux du palais calciné et s'est retournée vers nous pour dire : “Il ne me reste rien, que ma reconnaissance.” Là-dessus, elle a détaché son collier et me l'a mis dans les mains. »

Il y eut un long silence, pendant que Deepa regardait tomber la pluie et qu'Amma était perdue dans ses pensées.

« C'est un miracle que jamais aucun enfant ne soit mort, observa Deepa.

— Si, c'est arrivé une fois », dit gravement Amma.

Et avant que Deepa ait pu réagir à l'annonce de cette catastrophe, elle commença son récit.

« Une fois où nous traversions le grand désert pour nous rendre au Rajputana, voilà que Grand-père a été terrassé par une fièvre. "Continue sans moi", m'a-t-il dit. Mais je savais que je ne pouvais pas faire une chose pareille : ma place était à ses côtés. Nous nous sommes arrêtés dans une *dharamsala* réputée en attendant qu'il guérisse. Lorsqu'il a été assez solide pour voyager, nous sommes repartis à dos de chameau, mais la piste avait été recouverte par un vent de sable et malgré le guide qui nous accompagnait, nous nous sommes perdus. Il a fallu que nous revenions à la *dharamsala* pour reprendre le trajet du début. Cette fois, nous étions sûrs d'être sur la bonne route menant au palais, une énorme forteresse au milieu des sables. Mais moi, j'avais le cœur lourd, car je savais déjà que nous arriverions trop tard. »

Deepa écarquilla les yeux : « Trop tard ! s'exclama-t-elle en se redressant.

— Comme nous approchions des portes du palais dans le désert, une femme est venue à ma rencontre en courant, terrifiée et en larmes. "C'est trop tard, Ammaji, trop tard !" Le petit prince était mort.

— Oh non ! » s'écria Deepa, comme si elle refusait de croire une chose pareille.

Mais Amma poursuivit son récit.

« "Je suis Chandra, dit la femme, la sœur de Lekha, et je suis au service de la *rani*", mais ses larmes l'ont empêchée de poursuivre. Je lui ai caressé les cheveux et j'ai attendu qu'elle se calme. "Cela fait trois heures de cela", a repris Chandra.

— C'est la tempête qui vous avait retardés ! » protesta Deepa. Puis elle s'arrêta. « Ou le sable. Non, c'est la maladie de Grand-père.

— Alors, Chandra a dit : “Ils ont pris le corps du nouveau-né pour l’enterrer en secret. Et il faut que je coure chez la sage-femme d’ici pour trouver un remplaçant. (Elle se remit à pleurer.) Sans un fils, la *rani* sera répudiée, assurément, et le *raja* se remariera. Elle a déjà mis deux filles au monde, alors le troisième enfant doit être un garçon. Seulement le garçon n’a pas vécu.”

— Il fallait donc que la *rani* meure aussi ? demanda Deepa.

— Je lui ai dit : “Va chercher un garçon, Chandra, je t’attends.” Et je lui ai donné mon bracelet de cheville, qu’elle a porté à son front et baisé avant de le glisser dans son corsage. Après quoi, elle a serré son grand *chunni* autour d’elle et est partie en courant vers la ville que nous venions de dépasser. Grand-père a dit : “Nous ferions mieux de rentrer chez nous. Qu’avons-nous à faire ici ? Pour une fois, nous sommes arrivés trop tard.”

« Mais je savais que c’était le destin qui en avait décidé ainsi, et qu’un petit garçon inconnu aurait un avenir nouveau à cause de tout cela. “Attends, lui ai-je dit. Nous ne pouvons pas abandonner la *rani* maintenant, après tout le chemin que nous avons fait.” Nous sommes donc restés et nous avons attendu que Chandra réapparaisse enfin avec un petit nouveau-né enveloppé dans son *chunni* de façon à ce qu’on ne le voie pas. Nous nous sommes approchés du château et, en nous voyant arriver, tous les gardes se sont écartés en disant tout bas : “Le bébé va naître !” Nous sommes montés dans les appartements de la *rani* et, juste une heure après notre arrivée, on a annoncé qu’un garçon était né. Tout le monde se réjouit. Seules Chandra et la *rani* voyaient que quelque chose n’était pas normal, car Grand-père, au lieu d’être plongé dans ses calculs et de manier ses plumes en roseau, ne faisait rien. Il a dit : “Il n’y a pas d’horoscope pour ce bébé.” “Le *raja* va se douter de quelque chose, a dit la *rani.* Faites un horoscope, n’importe lequel.” “Il me faut l’heure exacte de la naissance”, a objecté Grand-père. “Faites comme s’il était né à l’heure de votre arrivée”, dit la *rani*.

« Alors, à contrecœur, Grand-père a dressé l’horoscope pour l’heure de notre arrivée. Et c’est celui qui fut donné à l’enfant. Il n’y a vraiment aucun moyen de savoir quel était son destin véritable. Tout ce que nous savions, c’est qu’il était né humble et destiné à devenir prince. Et dans sa grande reconnaissance, la *rani* nous a fait un cadeau somptueux : un bijou comme je n’en avais jamais vu, semé de diamants et d’émeraudes.

— C’est le trésor ! Mais que l’histoire est triste ! » s’exclama Deepa.

Amma hocha la tête. « Ce même jour, Grand-père est tombé malade à nouveau. Une fièvre si violente que nous n’avons pas pu discuter des points délicats de l’horoscope avec le *raja* et les astrologues de la cour. J’ai fait dire au *raja* que nous devions partir, que les remèdes dont avait besoin mon mari ne poussaient pas dans les sables, mais dans les forêts luxuriantes. Et il nous a autorisés à repartir.

— C’est ainsi que tu as eu le trésor ?

— Tout juste », dit Amma.

26

Gulbachan se montrait un peu distant avec Raman. Il sentait qu'il avait un rival – et de surcroît, un rival qui se plaçait sur son terrain. Il s'imaginait que Raman, cloîtré chez lui pendant que la pluie inondait les rues, abattait un travail considérable et alignait les pages comme il avait toujours rêvé de le faire s'il avait eu la carrière d'écrivain qu'il aurait souhaitée.

Si Raman perçut la morosité de Gulbachan, il n'en laissa rien paraître. Il vaqua à ses affaires avec une énergie redoublée lorsque prit fin la chaleur torride précédant la mousson. Gulbachan supportait mal de le voir s'activer ainsi alors que lui-même n'avait pas grand-chose à faire et que ses propres ambitions s'effondraient, usurpées par son assistant. Il finit par demander d'un ton sec : « Tu continues à écrire ? »

Aucune dépêche n'était tombée à la PTI depuis plus d'une heure. Gulbachan avait lu et relu plusieurs fois le *Statesman.* Le téléphone ne fonctionnait plus – sans doute à cause de la pluie incessante de la semaine précédente.

« Oui, dit Raman, se demandant pourquoi Gulbachan s'intéressait brusquement à cela.

— Pas d'angoisse de la page blanche ?

— Non.

— Pas de crampe de l'écrivain ?

— Non.

— Pas de migraine ?

— Non. »

Là, Raman sentit l'inquiétude le gagner. Etaient-ce là tous les maux dont un écrivain était censé souffrir ? Peut-être n'écrivait-il pas assez. Il décida de redoubler d'efforts à son retour.

« Alors, d'où tires-tu ton inspiration ? s'enquit Gulbachan.

— De la *raita*.

— Hein ?

— La meilleure, c'est la *raita* à la banane.

— Je ne te parle pas du déjeuner, maugréa Gulbachan, qui craignait que Raman ne dévie vers un autre sujet.

— Je vous assure que c'est la *raita* qui me donne de l'inspiration : un yaourt spécial fait avec le lait de la Jhotta d'Amma, qui habite à Jagdishpuri Extension. Quand j'écris, je prends de la *raita*.

— Et quand il n'y en a plus ?

— Ah, sans *raita*, l'écrivain est raitatiné ! dit Raman, tout content de son astuce.

— Et alors ?

— Alors, je retourne chez Amma en chercher.

— Et à part toi, qui en prend, de cette potion magique ?

— Seulement Amma et sa petite-fille.

— Et elles aussi, elles écrivent après en avoir mangé ? » demanda Gulbachan, sceptique.

Raman réfléchit. Peut-être que la *raita* n'avait pas d'effet sur les enfants. Quant à Amma, elle était aveugle et, même si elle l'avait voulu, elle n'aurait pas pu écrire.

A ce moment-là, le téléphone retentit pour la première fois depuis deux jours. Il sonna un seul coup. Gulbachan mit sa main dix centimètres au-dessus du combiné, attendant une autre sonnerie. N'entendant rien venir, il le souleva et le porta avec précaution à son oreille.

« Pas de tonalité, dit-il en le replaçant sur la fourche.

— Ils font peut-être des essais », avança Raman.

Ils attendirent sans quitter le téléphone des yeux. Au bout de dix minutes, rien ne venant, Gulbachan se détendit à nouveau. Il posa ses pieds sur son bureau et se cala contre le dossier de son fauteuil pivotant, les mains croisées derrière la tête.

« Comment puis-je me procurer cette potion magique ? demanda-t-il d'un ton nonchalant mais décidé. Depuis des années, je rêve de devenir écrivain. »

Cette remarque laissa Raman perplexe. Gulbachan était-il en train de lui demander de partager son précieux yaourt ? Lui, Raman, avait fait des sacrifices considérables en faisant un si long trajet pour se procurer ce nectar, et maintenant Gulbachan, qui avait les pieds sur la table et se tournait les pouces presque toute la journée, s'attendait tout simplement à ce qu'il lui en fournisse.

Raman essaya de masquer sa contrariété. Après tout, Gulbachan était son patron. Et pour lui rendre justice, il ne s'attendait pas à ce qu'il travaille trop dur lui non plus. Il le laissait rentrer chez lui l'après-midi et ne lui reprochait jamais de ne pas revenir. Raman se radoucit un peu en se faisant cette dernière réflexion.

« Je ne sais pas si cette Jhotta donne assez de lait pour pouvoir donner de la *raita* à autant de monde », dit-il prudemment. Il savait que ce n'était pas vrai. Le lait de Jhotta était distribué à Usha et Hari, ainsi qu'à Rampal. Souvent, Rampal vendait du lait de Jhotta.

« Pourquoi n'achètes-tu pas cette bufflonne à Amma ? » dit soudain Gulbachan.

Bouche bée, Raman regarda son patron. L'idée ne lui avait jamais traversé l'esprit. Pourquoi pas, en effet ? Puis les objections affluèrent.

« Avec quel argent ? Je n'ai pas d'argent. Je ne peux pas en demander à Laxman et à Vaman. Où mettrais-je cette bête ? Et puis elle n'est pas à vendre. Que ferait Amma sans sa Jhotta ? Je ne pense pas qu'elle voudra la vendre. »

Gulbachan répondit froidement : « Je ne peux pas l'acheter moi-même, cette bête miraculeuse. Où la mettrais-je ? Je vis dans un logement de fonction, où les animaux sont interdits. Et je n'ai pas de jardin. Mais toi, tu as tout un verger de lychees où une bufflonne miraculeuse trouverait son bonheur. C'est l'endroit idéal pour elle, avec tous ces arbres qui font de l'ombre. Quant à l'herbe, ce n'est pas ce qui manque.

— Mais je n'ai pas de quoi acheter une bufflonne, miraculeuse ou non, protesta Raman. Je ne suis qu'un petit salarié à temps partiel. » Et, pour éviter que Gulbachan croie qu'il se plaignait, il se hâta d'ajouter : « Je suis très content comme ça, c'est sûr, mais cela ne me laisse pas de quoi faire des économies et acheter une bufflonne.

— Tu n'as pas d'économies ?

— J'ai trois filles, dit Raman, dont la voix prit un ton plaintif. Meera et Mamta atteignent déjà l'âge de faire un bon mariage. Deux à la fois, vous imaginez ! Quelle charge ! Quand j'y pense, je n'en dors déjà plus.

— Peut-être peux-tu emprunter cette bête miraculeuse quelque temps ? Jusqu'à ce que notre... je veux dire ton livre soit fini ? »

La perplexité se peignit sur le visage de Raman.

C'était vrai que s'il devait écrire à un rythme constant, il ne pouvait courir à Jagdishpuri Extension avec son *balti* par un temps pareil. S'il avait une source constante de yaourt à portée de main, cela lui faciliterait beaucoup la vie. Il devait reconnaître que l'avoir devant chez lui dans le jardin aux lychees serait extrêmement commode.

« Dis donc, Raman, j'ai une idée, fit posément Gulbachan. Je t'aiderai de mon mieux dans ton entreprise, et tant pis si tu écris le livre que j'ai toujours espéré écrire. »

Raman se dit que c'était magnanime de la part de Gulbachan, mais se sentit un peu déconcerté : son patron avait-il aussi envie d'écrire sur le contrebandier Jagat Singh ?

Il regarda Gulbachan avec attention, et celui-ci fit une proposition assez téméraire : « Je t'aiderai même à te faire publier à Delhi. J'ai beaucoup d'amis écrivains à la PTI. Très bien placés. Ils connaissent tous les éditeurs. Mais en retour, je te demande une chose, une chose seulement.

— Quoi donc ?

— De t'arranger pour emprunter cette bufflonne miraculeuse, et nous nous partagerons son lait. C'est tout. C'est vraiment facile. Comment pourrais-tu refuser ? »

Raman dut reconnaître que l'offre était tentante.

« Ce n'est pas une mauvaise idée », dit-il lentement, mais avant qu'il ait eu le temps d'y réfléchir sérieusement, le téléphone carillonna soudain, les faisant tous deux sursauter.

La voix de Gulbachan retentit, dominant la sonnerie : « Réfléchis, Raman. Il n'y a rien de plus simple », et il arracha le combiné de sa fourche.

27

Les premiers déluges de la mousson passés, Kumud ramassa les lychees bien pleins tombés sous les arbres, jeta ceux dont la peau s'était fendue et servit les autres pour le petit déjeuner. Elle observait les nuages d'un œil inquiet : si seulement il s'arrêtait de pleuvoir un jour ou deux pour qu'on puisse cueillir les fruits avant qu'ils ne pourrissent sur les arbres. La pluie torrentielle s'était calmée, mais chaque matin il y avait des averses et les ondées du soir étaient trop imprévisibles pour qu'on organise une récolte.

Dans le jardin aux lychees, les moustiques croissaient et se multipliaient. Chaque jour, Raman vaporisait du produit dans la maison et Kumud passait soigneusement en revue les moustiquaires à la recherche d'éventuelles déchirures. Malgré cela, le matin, tout le monde se grattait. La nuit, Raman ne dormait pas et se grattait. Les deux cahiers que Vaman était allé lui acheter chez Ahuja étaient pratiquement vierges, et cela augmentait encore son inconfort. Comment écrire lorsque les moustiques vous tournaient autour en susurrant ? Mais par ailleurs, pouvait-il décevoir Gulbachan alors qu'il s'attendait à ce qu'il lui rende un service ? Or Raman n'avait pas l'habitude que les autres attendent quoi que ce soit de lui.

Quand les démangeaisons se firent plus fortes et les

insomnies plus longues, les doutes de Raman augmentèrent. Jhotta se plairait-elle dans le jardin aux lychees ? Et s'il y avait chez Amma quelque chose de spécial qui permettait à Jhotta de donner un lait magique ? Et si, en l'amenant dans le jardin aux lychees, on mettait fin à cette magie ?

Kumud aussi souffrait des piqûres de moustiques. Assise dans la cuisine où elle préparait le repas, elle avait les doigts attirés par son genou où une cloque particulièrement irritée la grattait.

« Pffou ! Les moustiques sont très très gros cette année !

— Pas plus que d'habitude, Ma, dit Bharathi.

— Mon professeur dit que ce sont seulement les femelles qui piquent et qui nous ennuient, intervint Shanker. On devrait les marier et les expédier ailleurs avant qu'elles fassent plus de dégâts chez nous ! »

Bharathi voulut lui lancer une calotte, mais Kumud, pensive, ne réagit pas. Où en étaient les projets du mariage de Meera et de Mamta ? Les Ramanujan étaient venus, tout s'était bien déroulé, mais depuis leur visite, plus rien. Le temps passait et chaque jour les filles avançaient en âge. Il fallait que frère Laxman écrive aux Ramanujan et insiste pour obtenir une réponse. Sudha-la-Pensionnée avait beau s'y entendre en tonalités et en mesures, elle paraissait incapable d'introduire dans ses lettres aux Ramanujan ce qu'il fallait pour accélérer le mouvement. Et ils restaient à se tourner les pouces, à attendre en silence que retentisse la musique nuptiale. Il fallait agir pour faire avancer les choses.

Cette nuit-là, les démangeaisons se firent plus pénibles que jamais. Au matin, Kumud était fatiguée et Raman irritable.

« Tu n'es pas de très bonne humeur en ce moment, lui fit-elle remarquer.

— C'est la pluie, répondit Raman, évasif.

— Pourtant il pleut moins depuis quelques jours.

— C'est à cause des moustiques.

— Mais nous pulvérisons du produit tous les jours ! (Les yeux de Kumud se rétrécirent.) Peut-être que le droguiste, ce Kavasi, nous escroque. Le produit n'agit plus comme avant.

— Il vient de chez Jindal, dit Raman. Les moustiques se reproduisent toujours en foule après les pluies.

— Tu te tracasses pour Meera et Mamta, dit timidement Kumud, persuadée d'avoir deviné. Voilà un bon moment que nous attendons des nouvelles. Il faut que tu demandes à frère Laxman ce qui se passe.

— Eh là ! » s'écria Raman, exaspéré. Il avait l'impression d'être harcelé. « Frère Laxman me le dira, s'il y a du nouveau. Comment veux-tu que j'aille le voir avec une gadoue pareille ?

— Ils ne peuvent pas nous laisser attendre cent sept ans, protesta Kumud.

— Les gens qui sont dans les affaires pensent aux affaircs.

— Tiens donc ! dit Kumud, dont les yeux étincelèrent. Ils ne se marient pas, ces gens-là ? Ton père avait trop à faire pour vous marier, Laxman, Vaman et toi ?

— Attendons encore quelques jours, et je poserai la question, soupira Raman. Peut-être qu'il y a des inondations à Ghatpur.

— Et alors ? Tous les ans, il y a des inondations.

— De toute façon, ce n'est pas cette histoire de mariage qui me chagrine », dit Raman d'un ton péremptoire, comme pour clore la discussion. Il y eut un bref silence pendant lequel Kumud digéra l'information, passant en revue dans son esprit les différentes possibilités.

« Est-ce que ce ne serait pas parce que tu n'as plus de *raita* ? » risqua-t-elle.

Voyant que Raman ne répondait pas, Kumud comprit qu'elle était tombée pile.

« Je vais t'en trouver, de la *raita*, dit-elle résolument, même si je dois l'acheter à ce voleur de Kalonji. »

Au moins, quand il aurait l'estomac plein de *raita*, Raman pourrait mieux se concentrer sur le mariage de leurs filles.

« Je ne veux pas que tu demandes à cet escroc, fit Raman d'un ton malheureux. Je vais faire en sorte de m'approvisionner en *raita*. »

Quelques secondes plus tard, l'attention de Raman et de Kumud fut attirée par une dispute entre Bharathi et Shanker sous la véranda. Les deux enfants hurlaient et Bharathi avait empoigné Shanker par les cheveux.

« Elle me tue, Ma ! Elle me tabasse ! Elle va m'arracher la tête et demain j'ai un contrôle de sciences nat ! hurla Shanker.

— Vous avez fini de brailler, oui ! » s'écria Kumud, se précipitant sous la véranda. Il lui fallut élever la voix pour se faire entendre à cause du vacarme, et elle leur distribua des tapes légères pour essayer de les séparer.

« Shanker n'arrête pas de me prendre mes affaires », hurla Bharathi, et ils s'empoignèrent avec un tel regain d'énergie que Kumud recula, impuissante. Elle courut auprès de son mari, toujours assis dans sa pièce, sourd au vacarme : il pensait à la *raita* tout en grattant ses piqûres de moustique.

« Sépare-les, je t'en prie, supplia-t-elle. Tu es leur père. Toi, ils t'écouteront. Ils se battent comme des chiffonniers. Ils vont se faire du mal. *Hai Ram* ! Il vont s'entretuer, alors que nos filles ne sont pas encore mariées ! »

Raman se leva à contrecœur. Il ne voyait pas le rapport entre les deux protagonistes de la bagarre et le mariage de leurs filles aînées. Kumud s'assit dans le fauteuil de son mari, s'éventant avec le pan de son sari pour se rafraîchir et se calmer. Elle entendait Raman crier sous la véranda et menacer Shanker et Bharathi des pires châtiments s'ils ne s'arrêtaient pas.

« Je suis là à essayer d'arranger le mariage de Meera et de Mamta, et vous, qu'est-ce que vous faites ? Vous ne trouvez rien de mieux que de vous disputer sous la véranda. Comment voulez-vous que vos sœurs se marient si vous vous conduisez comme ça, hein ? Vous voulez me le dire ? »

Raman reparut, traînant Shanker par l'oreille.

« Et maintenant, tu vas t'asseoir bien sagement et faire tes devoirs là où je peux te surveiller.

— Je les ai finis, mes devoirs, pleurnicha Shanker.

— Alors, lis. Mais que je ne t'entende pas ! cria Raman. Je veux avoir la paix dans cette maison pour pouvoir organiser un mariage. »

Shanker alla chercher un journal de bandes dessinées dans son cartable. Il jeta un coup d'œil circonspect vers son père, puis s'assit pour lire. Kumud avait emmené Bharathi à la cuisine et le silence régnait. Raman regarda son fils feuilleter les pages de son illustré. Puis il se leva et alla se poster près de l'enfant.

« Qu'est-ce que tu lis ?

— Une histoire sur les cow-boys en Amérique, répondit Shanker d'un ton boudeur.

— Et ils ont des vaches, là-bas ?

— Oui.

— Qu'est-ce qu'ils ont d'autre ? » A l'entendre, on

aurait dit que Raman faisait réviser un examen à Shanker.

« Des chevaux, des buffles.

— Tiens donc, des buffles ? » dit Raman, soudain intéressé. Il regarda l'illustré ouvert. Il y avait une illustration représentant un cow-boy à cheval, qui venait d'attraper un gros veau au lasso. L'animal essayait de toutes ses forces de s'échapper, les pattes arc-boutées. Sur l'autre page, une illustration représentait un lasso, et on expliquait comment faire le nœud coulant.

« Qu'est-ce que c'est que ça ? demanda Raman en mettant le doigt dessus.

— Un lasso.

— Tu as appris à en faire un comme ça à l'école ? »

Shanker ne répondit pas.

« Montre-moi comment on fait, ordonna Raman.

— Il me faut une corde.

— Demande à ta mère. »

Shanker se leva lentement et se dirigea vers la cuisine d'où il revint avec une pelote de ficelle.

« Ce n'est pas une corde, dit Raman, mais peu importe. C'est juste pour voir. Maintenant, montre-moi comment tu fais ce lassi.

— Lasso, rectifia Shanker. L-A-S-S-O. »

Avec concentration, Shanker coupa une longueur de ficelle et la noua en suivant les instructions. Lorsqu'il eut fini, il leva les yeux vers Raman.

« Montre-moi comment on le lance », dit Raman.

Shanker enroula le lasso, le prit dans une main et le lança vers le fauteuil où son père était assis auparavant. La ficelle s'enroula autour d'un bras.

« Très bien », complimenta Raman, qui s'approcha du fauteuil et examina le lasso, tirant sur la ficelle. Le fauteuil se déplaça de quelques dizaines de centimètres sur le sol, avec un raclement aigu. Raman coupa une seconde longueur de ficelle. Shanker emprisonna l'autre bras du fauteuil.

« Parfait, parfait », dit Raman. Sa bonne humeur était revenue d'un coup. Il ébouriffa les cheveux de son fils, qui leva vers lui des yeux surpris, car il ne s'attendait pas à voir son père content. D'habitude, il le grondait quand il le voyait lire des illustrés. A vrai dire, c'était souvent parce que Shanker les lisait avant d'avoir fait son travail.

Raman envoya son fils chercher du bois à la cuisine. Il revint avec trois morceaux et Raman en choisit un long avec un bout pointu et l'autre plat. Ils sortirent dans le jardin et Raman enfonça le bout de bois dans le sol mou sous un arbre dont les feuilles gouttaient encore après l'averse du matin. Il demanda à Shanker de sauter sur le bout de bois pour l'enfoncer davantage, puis lui ordonna de l'arracher. Shanker s'agenouilla, tachant de boue les genoux de son pantalon, et tira des deux mains sur le piquet, qui bougea à peine. Raman se frotta les mains pour les débarrasser de la poussière.

« Tout ce qu'il nous faut maintenant, c'est une corde », dit-il avec satisfaction.

28

La quincaillerie de Jindal était l'un des plus anciens magasins de Mardpur, une caverne sombre malgré toutes les sortes d'ampoules qui se vendaient à l'intérieur. Enveloppé d'un vieux tablier de cuir craquelé et noirci par l'âge, Jindal affirmait qu'à l'époque de son grand-père, les soldats britanniques venaient faire ferrer leurs chevaux chez eux. Il n'y avait aucun moyen de vérifier une allégation aussi extraordinaire, mais comme le grand-père stockait tout ce dont quiconque était susceptible d'avoir un jour besoin à Mardpur, on n'avait aucune raison non plus de ne pas le croire.

Mohan Ram Jindal était naturellement serviable et toujours prêt à partager le savoir qu'il tirait de son expérience pratique considérable. Une fois, après avoir vu la publicité concernant le service après-vente sous l'enseigne de Jetco, il affirma, en manière de plaisanterie, pouvoir faire mieux en offrant un « service avant-vente » : autrement dit, jamais il ne vendait un article sans expliquer au préalable comment s'en servir.

« Je cherche une corde, dit Raman en jetant autour de lui un regard plutôt furtif, car ses yeux n'étaient pas encore habitués à la pénombre du magasin.

— Quel genre de corde ? » demanda Jindal, qui se croisa les mains et prit sa mine la plus serviable.

La question laissa Raman perplexe.

« Longue. Enfin, peut-être pas tant que ça », précisa-t-il, se disant que Jindal stockait peut-être de très longues cordes.

Jindal agita la main en direction de divers rouleaux de corde rangés derrière lui.

« Quatre brins ? Six brins ? Fibre de coco ? Jute ? Nylon ? Le nylon est très cher. Six roupies le mètre. C'est pour quoi faire ?

— Je cherche une corde à *lassi*, dit Raman.

— Une petite suffira, dit Jindal en désignant un des plus petits dévidoirs. On peut enrouler celle-ci plusieurs fois autour d'un manche. » Jindal fit avec ses deux mains le geste de tirer, comme s'il brassait du yaourt.

« Non, ce n'est pas à ce genre de *lassi* que je pensais, dit Raman en louchant vers les autres rouleaux pour trouver une corde mieux adaptée.

— Je ne connais qu'une sorte de *lassi* », déclara Jindal. Il rectifia : « En fait, il y en a deux : salé ou sucré. Mais je n'aime que le salé. Maintenant, on fait même un *lassi* spécial aux fruits. Parfumé à la mangue ou à la banane. As-tu goûté ? »

Non, Raman n'avait pas goûté, encore que l'idée du *lassi* à la banane ait éveillé son intérêt.

« Ça ressemble à la *raita* à la banane ?

— La *raita*, ça se mange. Le *lassi*, ça se boit, dit Jindal.

— On ne boit pas la banane.

— Peut-être que c'est de la banane écrasée qu'on met dedans. De la banane très mûre que les gens ne veulent pas manger. »

Encore une façon de convaincre les gens d'acheter des produits de mauvaise qualité, se dit Raman. La moralité du pays allait vraiment à vau-l'eau. Il s'en tiendrait à la *raita*.

« Qui boit du *lassi* à la banane ? demanda-t-il à Jindal.

— Peut-être seulement les enfants.

— Sûrement », acquiesça Raman. Il avertirait les siens de ne pas en boire, se dit-il. Il montra du doigt l'un des rouleaux derrière Jindal.

« Celle-ci ira très bien. Elle est grosse comme ça. (Raman écarta son pouce et son index de deux centimètres et demi.) Elle est solide ?

— Solide comment ? »

Raman réfléchit quelques instants.

« Assez solide pour tenir un cheval ? » suggéra obligeamment Jindal.

Raman pensait que ce serait la solidité voulue.

« Longue comment ? » demanda Jindal.

Raman essaya d'imaginer la longueur. Deux fois sa taille devrait suffire.

Jindal évalua Raman du regard.

« Un mètre soixante-huit, non ?

— Un mètre soixante-dix », rectifia Raman.

Jindal mesura Raman des pieds à la tête avec la corde.

« Un mètre soixante-huit deux fois, ça fait environ trois mètres trente. »

Raman fit un rapide calcul.

« Mais avec ça, je mesure un mètre soixante-cinq seulement ! protesta Raman.

— C'était histoire d'arrondir le compte, expliqua Jindal. Tu en veux plus ?

— Je mesure un mètre soixante-dix !

— Bon, bon. Alors je t'en mets trois mètres cinquante. Ça fait un compte rond. »

Jindal mesura la corde avec un mètre de bois et montra la longueur à Raman.

« Ça va comme ça ? Il vaut toujours micux en prendre un peu plus. »

Raman calcula : ça lui faisait un mètre soixante-quinze. Il était content. Il hocha la tête et Jindal scia avec un couteau le métrage de corde au rouleau.

« Tu vois qu’elle est solide, dit-il en s’acharnant avec son couteau. Une souris mettrait un an à la ronger. Et un buffle plus encore.

— Pourquoi ? s’enquit Raman.

— Le buffle n’a pas d’énergie. C’est paresseux, comme animal. Ça s’arrête et ça reprend. Ça rumine peut-être entre-temps. Aucune concentration. Mais la souris, une fois qu’elle a commencé, elle va jusqu’au bout.

— En tout cas, je n’ai pas l’intention d’attacher une souris ! plaisanta Raman.

— C’est une bonne corde pour une lutte de traction, commenta Jindal. Il paraît que tu as eu une grosse dispute avec le swami Satyanarayan.

— Avec le swami ? répéta Raman, se demandant ce que l’on avait raconté derrière son dos, ou plutôt si ce n’était pas Satyanarayan lui-même qui avait fait courir ce bruit. Non, non, nous sommes en très bons termes », dit-il précipitamment. Il paya Jindal et chargea la corde sur son épaule. Elle pesait beaucoup plus qu’il ne l’aurait cru, et était très lourde en fait. Il marcha un peu, en quête d’un rickshaw.

Ce fut alors qu’il tomba sur Vaman. Le Palais du Sari se trouvait seulement quelques boutiques plus loin.

« Des nouvelles des Ramanujan ? se hâta de demander Raman avant que son frère puisse lui poser des questions à propos de la corde.

— Aucune. Peut-être sont-ils seulement lents à répondre au courrier.

— Mais avec les pluies, ils vont avoir plus de temps. Peut-être devrions-nous écrire pour demander ce qu'ils ont décidé. »

Raman trouvait que son frère aurait dû prendre les choses plus à cœur.

« Je suis sûr que Laxman fait le nécessaire, répondit Vaman, évasif. Peut-être a-t-il déjà écrit et ont-ils entamé les négociations sur le montant de la dot.

— Tu crois qu'ils demanderont une très grosse dot ? demanda Raman d'une voix lugubre.

— Evidemment. La famille des garçons peut demander ce qu'elle veut », dit Vaman, puis il changea de conversation. C'était inutile de se lamenter à propos du montant de la dot demandée par les Ramanujan, alors que ce mariage était ce que Laxman et lui pouvaient souhaiter de mieux. Il tâta la corde de Raman comme il l'eût fait de la soie d'un sari.

« Bonne qualité. C'est du solide. Combien le mètre ? »

Raman le lui dit.

« Et que veux-tu en faire ? »

Raman eut l'air embarrassé. Il n'avait aucune envie de révéler ses intentions.

« C'est pour attacher quelque chose dans le jardin aux lychees.

— Pas Satyanarayan, j'espère », dit Vaman, qui partit d'un rire bruyant.

Mais Raman était déconcerté. Ses démêlés avec Satyanarayan avaient-ils donc pris de telles proportions ? En tout cas, dans l'esprit de Jindal, oui, et maintenant dans celui de Vaman aussi, apparemment.

29

Sans se servir de ses mains, Amma sentait le grain de la pierre. C'était avec son esprit qu'elle le sentait. Elle décrivit à Deepa l'odeur de moisi qui régnait dans les froides grottes de pierre et celle, claire et fraîche, de l'eau ruisselant le long des parois glissantes et luisantes, l'âcre puanteur des crottes de chauves-souris dans les coins les plus sombres et les piquants effluves des torches de chiffons brûlant dans les cavernes souterraines.

Amma enchantait Deepa avec ses descriptions de palais, de forteresses et de souterrains. Elle avait tant à dire et percevait de façon si vive ces décors imaginaires que la proximité des cahiers de Raman, rangés dans le coffre de la pièce voisine, semblait avoir éveillé des souvenirs profondément enfouis. A ceci près qu'il ne s'agissait pas de souvenirs : elle se projetait dans l'avenir et non dans le passé.

« Tu sais, Amma, lança Deepa, assise avec son cahier sur ses genoux, le père de Bharathi a décrit ici la façon dont Jagat Singh emmène ses hommes dans une grotte où ils ont caché des marchandises. » Et elle fit à Amma la lecture du passage.

« Il doit frissonner là-dedans, parce qu'il fait très

froid et que l'eau ruisselle des murs, plic, plic, plic, dit Amma.

— Mais c'est l'été ! objecta Deepa.

— Peut-être, mais il ne fait pas chaud. »

Deepa nota tout ceci.

« L'eau est très calme, poursuivit Amma. Elle est claire et reflète leurs torches, qui brûlent avec une lumière jaune.

— Tu as déjà vu une grotte comme celle-ci, Amma, sous les palais des rois ? »

Amma secoua la tête.

« Non, je n'ai pas vu de grottes comme celle-ci dans les royaumes du Nord.

— Alors, comment peux-tu voir aussi clairement à quoi elle ressemble ? demanda Deepa, fascinée.

— Même moi, je n'en sais rien, Deepa. Même moi, je suis parfois surprise et me demande d'où vient tout cela. Je suis tranquillement assise et je me dis que Raman va bientôt arriver pour chercher du yaourt et puis voilà, une image surgit dans ma tête, celle d'une grotte ou d'une grande demeure.

— Peut-être que les *rajkumaris* te racontaient des histoires quand tu étais à la cour des rois et que c'est elles qui te reviennent ? » suggéra Deepa.

Amma secoua de nouveau la tête.

« Les princes passaient leurs journées à cheval, à chasser. Ils ramenaient les chevreuils qu'ils avaient tirés. Ou même les tigres ! Quant aux *rajkumaris,* elles restaient tout simplement au palais, à espérer et à rêver. Elles n'avaient pas une vie aventureuse.

— A quoi rêvaient-elles ?

— Au prince qu'elles épouseraient.

— Et leurs rêves se réalisaient ?

— Oh oui. Elles étaient princesses, après tout. Elles

épousaient toutes des princes. Mais pas toujours celui qu'elles voulaient.

— Qu'est-ce qui se passait quand elles devaient épouser celui dont elles ne voulaient pas ? s'enquit Deepa.

— Elles étaient obligées d'accepter.

— Elles étaient tristes ?

— Comment une princesse peut-elle être triste ?

— Ce n'est pas possible, en effet. Mais les princes, épousaient-ils aussi les *rajkumaris* qu'ils voulaient ?

— Oh oui, répondit Amma en riant. Ils pouvaient avoir qui ils voulaient.

— J'aimerais bien être une de ces *rajkumaris,* fit Deepa, rêveuse.

— Même si tu ne pouvais pas avoir le prince que tu veux ? dit Amma en riant.

— Même alors, oui. »

Dans les cahiers de Raman, il y avait beaucoup de passages qui étonnaient Deepa. Des bagarres, des coups de poignard et des meurtres qui révélaient une facette sanguinaire inattendue chez lui. Amma elle-même fit des commentaires sur les nombreuses scènes de bagarre, et Deepa, amusée, se demanda si Raman n'était pas l'original du personnage du *goonda* et n'avait pas mené une vie secrète et aventureuse à l'insu de tout le monde à Mardpur.

Cela divertit beaucoup Amma.

« Où Raman aurait-il eu des aventures pareilles ? Il passe son temps assis dans son jardin aux lychees. S'il lui arrivait autant d'aventures, il n'aurait pas le temps de les écrire ! »

Deepa savait par Bharathi que c'était vrai. Elle s'imaginait Raman assis dans son jardin. Aux yeux de Deepa, le jardin aux lychees ressemblait à une forêt superbe. Elle pensa rêveusement : « Si j'habitais dans un jardin comme celui-là, je me cacherais derrière un arbre et j'observerais ces princes.

— Alors, Bharathi ne va pas tarder à en attraper un, dit Amma pour la taquiner, parce qu'elle joue tous les jours dans le jardin aux lychees ! »

Puis elle eut un sourire sagace : « J'aime bien ton histoire, celle où tu observes les princes. Peut-être se réalisera-t-elle.

— Ce n'est pas une histoire. Rien à voir avec celle de Jagat Singh, ou celles que Usha raconte sur Baoli et le *bhooth.* C'est un rêve, répondit très sérieusement Deepa.

— Parfois, il n'y a pas de différence », fit Amma.

Deepa sortit pour voir s'il fallait remplir la mangeoire de Jhotta. La bufflonne, qui flairait avec satisfaction ses bouts de canne à sucre, ne lui prêta aucune attention.

« Imagine ! Si tu n'avais pas eu ta fièvre de bufflonne, nous n'aurions jamais rien su des aventures de Jagat Singh, parce que le père de Bharathi n'aurait jamais fait tout ce chemin et n'aurait pas parlé à Amma, souffla Deepa en mettant son nez sur le front duveteux de Jhotta. Mais je suis contente que tu sois guérie. Ne retombe pas malade. »

Deepa posa la joue sur le cou de Jhotta et sentit sous la peau les muscles de l'animal bouger doucement, régulièrement. C'était apaisant.

Jhotta lui souffla dessus et Deepa se mit à rire, parce que l'haleine tiède la chatouillait. Elle repoussa une mèche de cheveux qui lui tombait sur le visage.

« Tu as raison, qu'est-ce qu'une Jhotta pourrait savoir d'un prince ? Si tu en voyais un, tu ne saurais même pas que c'en est un ! Et pourquoi un prince viendrait-il à Mardpur ? Il n'y a rien ici. Certainement pas de *rajkumari* ! » Elle se frotta de nouveau la joue contre le cou de Jhotta, dont elle sentit bouger la tête sans hâte : la bufflonne agita les oreilles pour chasser les mouches, puis elle les immobilisa comme pour écouter les murmures affectueux de Deepa.

C'est alors que Deepa entendit le choc. Jhotta aussi, car elle sursauta et releva brusquement la tête. Ce fut si soudain que Deepa se demanda un instant si elle l'avait réellement perçu. Mais elle entendit Amma pousser un cri de douleur, et Usha, des exclamations inquiètes. Elle courut dans la maison, puis sortit dans la cour. Amma était étendue par terre, à moitié couchée sous le *charpoy*, et elle se tenait la taille, pliée par la douleur. Un bol de petits pois qu'elle était en train d'écosser avait roulé sur le sol, et leur vert sombre se détachait sur le gris clair des dalles. Quelques-uns continuaient à rouler du bol retourné. Lorsque Deepa s'agenouilla près de sa grand-mère et lui prit doucement la main, les pois s'écrasèrent sous ses genoux, révélant leur pulpe vert vif.

« *Aré baapré baap. Hé Ram méré*, gémissait Amma, se parlant à elle-même. Oh, mon Dieu ! »

Usha était déjà à son côté et essayait de lui glisser une serviette roulée sous la tête pour qu'elle soit mieux. Deepa regarda autour d'elle pour voir comment on pouvait installer Amma pour la soulager. Mais Amma agita faiblement la main pour faire signe qu'elle ne voulait pas qu'on la touche ni qu'on la déplace. Elle respirait profondément, se concentrant sur sa propre douleur, sourde au monde extérieur afin de mieux combattre cette violence faite à ses sens.

« Où as-tu mal, Amma ? » demanda Deepa.

Amma vitupérait contre elle-même : « Oh, quelle idiote ! Oh, je suis vraiment aveugle !

— C'est ta jambe qui te fait mal ? »

Usha tâta du doigt la jambe d'Amma.

« *Hai Ram !* Ne touche pas ! »

Usha retira sa main comme si elle l'avait mise sur une casserole brûlante.

« Ça te fait mal ? répéta Deepa.

— *Hai Ram !* gémit Amma comme si elle ne les entendait pas.

— Je vais chercher de l'eau », dit Usha, se précipitant vers la jarre de la cuisine. Deepa regarda autour d'elle et vit sur le sol des plaques encore mouillées laissées par l'averse du matin. C'était sur l'une de celles-ci qu'avait glissé Amma. Lorsque Usha revint avec le verre d'eau, Deepa prit Amma par les épaules pour la redresser et Usha porta le verre d'eau jusqu'à ses lèvres, toutes blanches car elle était en état de choc.

« Il faut appeler un médecin », déclara Deepa à Usha pendant qu'elles regardaient Amma avaler une ou deux gorgées avant de repousser le verre. Une ou deux gouttes d'eau tremblaient encore sur sa lèvre inférieure et Deepa les essuya avec le bord du sari de coton d'Amma.

En entendant Deepa parler de médecin, Usha parut effarée. Mais de toute évidence, les deux filles ne pouvaient pas faire grand-chose toutes seules pour soulager la douleur d'Amma.

« Ce n'est rien, tout va bien », dit Amma en réponse à Deepa, et elle essaya de se mettre en position assise. Mais l'effort et la douleur la firent retomber en arrière.

« *Hai Ram !* dit-elle dans un souffle.

— Ne bouge pas, Amma, nous allons te trouver un médecin », fit Deepa.

Elle regarda Usha. Elle n'en connaissait aucun, car elle avait une santé excellente, et pour les petites maladies Amma l'emmenait voir Satyanarayan, qui lui donnait des remèdes ayurvédiques.

« Où allons-nous en trouver un ? » chuchota-t-elle à la servante.

Ce fut Amma qui répondit : « La consultation du docteur Sharma est à côté de l'hôpital Aurobindo. »

Deepa frissonna malgré elle en pensant au Dr. Sharma. On avait rarement prononcé son nom depuis le jour où il était arrivé pour annoncer à Amma la mort de Dasji et de Kamini.

Ce fut Usha qui réagit.

« L'hôpital Aurobindo ? C'est loin. Il doit bien y avoir un médecin plus près ?

— Non, non, dit Amma. Le docteur Sharma est très gentil. Il viendra. »

Deepa comprit qu'il faudrait qu'elles aillent chercher le Dr. Sharma, quand bien même il serait sur la lune. Elle se leva et regarda Usha droit dans les yeux. C'était la première fois qu'elle lui donnait un ordre.

« Va chercher le docteur Sharma. Et dépêche-toi. »

A son grand soulagement, Usha obéit sans un mot. Elle prit ses *chappals* et quitta la maison presque à la course.

Dès que Usha fut partie, Deepa se sentit seule. Elle murmura à Amma des paroles apaisantes en caressant ses cheveux gris. D'habitude, ils étaient noués en chignon serré mais à présent ils flottaient sur ses épaules. Deepa dénoua le pan du sari d'Amma et le drapa à nouveau sur son épaule comme si elle la préparait pour la visite d'un personnage important et non celle d'un simple médecin.

« Le docteur Sharma va venir, Amma. Il sera bientôt là », répéta-t-elle à l'oreille de sa grand-mère à plusieurs reprises.

Et sa voix parut apaiser Amma. Elle était calme et ne laissait échapper un gémissement que lorsqu'elle sentait un élancement de douleur dans sa hanche luxée.

Il fallut presque deux heures avant que le Dr. Sharma arrive sur son scooter, avec Usha accrochée derrière lui. Par chance, il n'avait pas trop de monde à la consultation et il avait reçu tous ses patients avant de prendre le chemin de Jagdishpuri Extension.

Amma ne dit rien quand il l'examina, agenouillé au milieu des petits pois qu'Usha n'avait pas eu le temps de ramasser avant de courir le chercher. Lorsqu'il se releva, Deepa remarqua qu'un pois écrasé avait taché son pantalon kaki. Elle faillit se précipiter pour ôter d'une chiquenaude la bouillie verte et s'excuser du désagrément, mais le Dr. Sharma n'avait rien remarqué et Deepa s'abstint, essayant de se concentrer pour écouter ce qu'il disait.

« Il faut qu'elle vienne passer une radio à l'hôpital. » Le Dr. Sharma regarda tour à tour Deepa et Usha. Deepa avait l'air calme, et Usha, nerveuse.

« Vous savez ce que c'est, une radio ? »

Elles hochèrent la tête et le Dr. Sharma regarda autour de lui comme s'il s'attendait à voir un adulte sortir de la maison et prendre la situation en main.

« Je ne peux pas transporter votre Amma sur mon scooter, dit-il, alors je vais revenir avec mon ambulance. C'est une voiture spéciale : on bascule la banquette arrière, qui se déplie comme un lit. Ton Amma y sera confortablement installée pendant son trajet jusqu'à l'hôpital. »

Le Dr. Sharma regarda de nouveau les deux filles, qui le fixaient d'un œil morne et perplexe. Elles paraissaient plutôt perdues toutes les deux, ce qui le tracassa un peu.

« Comment allez-vous faire ? Vous n'êtes que des enfants. »

Il savait qu'Usha rentrerait chez elle le soir, laissant Deepa toute seule.

« Tu peux venir chez moi ce soir. C'est à côté de l'hôpital. Apporte tes draps. J'ai donné à ta *nani* un remède pour l'empêcher de souffrir. Et je reviens bientôt pour l'emmener à l'hôpital. »

Il avait décidé de laisser la blessée sur le sol, car avec la seule aide des filles, il aurait été trop compliqué de la déplacer.

Lorsque le Dr. Sharma fut parti sur son scooter, Deepa fit un petit paquet de ses draps et alla s'asseoir auprès d'Amma, qui paraissait dormir, la bouche entrouverte, les lèvres toujours blanches. Deepa fut soulagée. Elle ne pouvait supporter l'idée qu'Amma pût souffrir.

Usha alluma le brasero dans la cour, pour pouvoir surveiller Amma en même temps, et insista pour préparer de la nourriture.

« Amma aura besoin de manger, à l'hôpital », dit-elle.

Deepa la regarda avec de grands yeux.

« Mais elle n'y va que pour une radio, et après elle revient.

— Tu n'as pas entendu le docteur te dire de préparer tes draps parce que tu passeras la nuit chez lui ? » dit Usha. Elle avait retrouvé son sang-froid, maintenant qu'elle vaquait à ses tâches familières. « Cela veut dire qu'Amma ne rentrera pas ce soir. »

Deepa savait qu'Usha avait raison. Elle pressa sur sa poitrine ses draps roulés en boule.

« Combien de temps cela prendra-t-il, une radio ? Amma sera à la maison demain. »

Usha n'essaya pas de lui donner le change. Elle se

concentra sur la pâte qu'elle pétrissait et se borna à dire : « Prépare-toi, au cas où ce serait plus long. »

Deepa se leva, trouva une robe propre et l'enveloppa dans ses draps. Lorsque le repas fut prêt, elle mangea un peu et Usha mit le reste dans une gamelle pour Amma.

Pendant tout ce temps, celle-ci resta tranquillement étendue. Parfois elle laissait tomber un « *Hai Ram* », comme si elle émergeait d'un rêve. Mais on ne l'entendait presque pas ; de temps à autre, un soupir rappelait aux filles qu'il y avait encore de la souffrance quelque part.

Le jour commençait à décliner quand le Dr. Sharma revint après avoir reçu les patients venus à sa consultation. Usha était encore là, à attendre avec Deepa. Elle avait catégoriquement refusé de rentrer, malgré les instances de Deepa.

« Je pourrai toujours rentrer une fois que le docteur sera venu, ce n'est pas un monde. »

Et de fait, Deepa n'était pas fâchée d'avoir la compagnie d'Usha.

« Raconte-moi une histoire de Baoli », demanda-t-elle.

Mais ce soir, Usha n'était guère d'humeur à penser à Baoli. Elle secoua la tête.

« Il y a des fois où je ne me souviens plus de ce que pense Baoli. »

Cela rappela à Deepa les moments où Amma avait du mal à entrer en contact avec Raman pour voir où en était Jagat Singh. Ce ne fut que plus tard, lorsqu'elles attendaient toujours le Dr. Sharma, que Usha commença à raconter son histoire pour passer le temps, après qu'elle eut terminé son travail.

« Il était une fois une Baoli et sa Jhotta. Un jour, Baoli était allée au puits chercher de l'eau dans sa *hundia* pour Jhotta, pour que son lait soit bon. Mais son pied a glissé sur la colline et elle s'est cassé le dos...

— Amma ne s'est pas cassé le sien, intervint aussitôt Deepa.

— Elle, non, mais Baoli, si. Alors Jhotta a attendu, attendu que Baoli lui rapporte son eau, et Baoli se faisait du souci, beaucoup de souci, en se demandant comment Jhotta pourrait faire pour avoir du lait sans boire de l'eau. Comme elle voyait son *bhooth,* elle l'a appelé et lui a dit : "Apporte cette cruche à ma Jhotta." Le *bhooth* a porté la cruche à Jhotta, qui a donné du bon lait. Mais tout ce lait s'est perdu parce que personne ne l'a porté à Baoli...

— Et pourquoi le *bhooth* ne l'a-t-il pas porté à Baoli de la part de Jhotta ? demanda Deepa.

— Jhotta ne savait pas parler au *bhooth*. En plus, c'était le *bhooth* de Baoli, c'était elle qui était sortie de son corps et avait porté l'eau à Jhotta après avoir rendu l'âme sur la colline.

"Baoli Maai, Baoli Maai,
Kahan se hai ?
Koi jan na paai." »

Deepa réfléchit quelques instants à cette histoire.

« C'est triste que Baoli soit morte, mais heureusement que son *bhooth* a pu porter l'eau à Jhotta.

— Oui, dit Usha. La vie continue, même après la mort. »

Deepa hocha lentement la tête, se demandant si Usha avait inventé cette histoire exprès pour elle, à cause de sa portée. Elle jeta un coup d'œil à Amma, mais Amma respirait. Amma n'est pas en danger, se dit-elle. Sinon le docteur ne serait pas parti.

Dans la voiture, Deepa s'installa devant à côté du Dr. Sharma pour aller à l'hôpital Aurobindo. Usha était coincée entre elle et la portière, et Amma reposait derrière, très calme, comme si elle dormait. Le Dr. Sharma jeta un regard sur la petite silhouette solitaire à côté de lui, ses draps serrés sur sa poitrine, avec la gamelle d'Amma.

« Tout se passera bien pour ta *nani* », dit-il d'une voix rassurante. La voiture traversa lentement le Vieux Marché et s'arrêta pour laisser descendre Usha.

« Inutile d'aller à Jagdishpuri Extension demain, lui dit le docteur. Deepa et sa *nani* n'y seront pas, alors tu n'auras rien à y faire. Mais peut-être Amma aura-t-elle besoin de toi à l'hôpital. »

Usha hocha la tête et regarda la voiture s'éloigner. Le docteur passa devant le temple et continua vers Kumar Bazaar. L'hôpital Aurobindo était situé derrière les grandes boutiques modernes du bazar, non loin de l'école de la Mission St. Paul.

« Quand ta *nani* rentrera de l'hôpital, elle aura besoin de quelqu'un pour s'occuper d'elle. Il faudra que tu préviennes ta maman et que tu lui demandes de venir. »

Deepa se figea sur son siège : pour la première fois, elle éprouva de la peur.

« Ma mère ? Elle n'a pas besoin de venir ici !

— Je connais ta mère, dit le docteur d'une voix douce. Elle t'aime beaucoup et elle aime beaucoup ta *nani*. Elle voudra être là. »

Ce qui ne rassura pas Deepa.

« Amma ne va pas mourir, dites ?

— Bien sûr que non ! C'est à cela que tu penses ?

Ta grand-mère est solide comme une bufflonne, elle n'est pas près de mourir. »

Deepa se redressa sur les sièges moelleux de la voiture, raide comme un piquet. Elle venait seulement de se souvenir de Jhotta. Même lorsqu'Usha lui avait raconté l'histoire de Baoli, elle n'avait pas pensé à ce que deviendrait la bufflonne. Elle fut un instant distraite du souci qu'elle se faisait pour Amma. Pourvu que rien de fâcheux n'arrive à Jhotta ! Même Usha ne serait pas là demain ! Jhotta se sentirait seule, mais il ne pouvait rien se passer pendant cette nuit-là. Rampal viendrait la traire le matin. Après cela, Pappu l'emmènerait paître. Elle espérait que Jhotta ne souffrirait pas trop de la chaleur le matin, car le seul ennui, c'était qu'il n'y avait pas d'ombre dans la cour du devant. Or il n'y aurait personne pour emmener Jhotta à l'ombre. C'était toujours Deepa qui s'était chargée de la changer de place.

30

Shanker se sentait pris au piège. Tout l'après-midi, depuis son retour de l'école, Raman l'avait gardé à l'œil. Shanker se demandait bien pourquoi son père avait décidé de surveiller de si près chacune de ses activités et entrepris de lui donner des ordres à tout bout de champ. Généralement, Raman le laissait vaquer à sa guise, et c'était Kumud qui se chargeait de lui faire observer la discipline. Shanker savait comment s'y prendre avec sa mère et l'amadouer pour obtenir d'elle ce qu'il voulait. Mais voilà que son père révélait une facette étonnamment autoritaire dont Shanker ne soupçonnait pas l'existence.

« Tu as fini tes devoirs, mon garçon ? » demanda Raman.

Shanker répondit de façon évasive : « Je les ferai plus tard. » Il n'aimait pas qu'on soit sur son dos et c'était de sa part une réponse classique. D'habitude, Raman n'était pas sévère avec lui. Mais cette fois-ci, il abattit la main sur l'accoudoir de son fauteuil en criant : « C'est maintenant que tu vas les faire, au lieu de les remettre à plus tard comme toujours. Tu n'as aucune discipline, tu es un paresseux, un rigolo, oui ! »

En entendant son mari crier, Kumud accourut.

Shanker sentit ses yeux le piquer et son nez le

démanger : il avait envie de pleurer. Rien ne justifiait pareille attaque. On le persécutait, alors qu'il n'avait encore que huit ans.

« Sors tes livres, ordonna Raman. Finis tes devoirs *phut-a-phut.*

— Mais je les fais toujours plus tard dans la soirée, quand la chaleur est tombée, objecta Shanker.

— Il les fait toujours plus tard dans la soirée, quand la chaleur est tombée, protesta Kumud pour venir en aide à son fils.

— Ça suffit. C'est moi qui commande ici. C'est moi qui dis ce qu'il faut faire maintenant. Alors, exécution ! »

Shanker renifla, mais alla chercher son cartable en traînant les pieds.

Même Kumud avait remarqué, plus tôt dans la journée, que Raman cherchait à le prendre en faute. Au déjeuner, Raman surveilla son fils avec un œil acéré et sauta sur l'occasion de le gronder parce qu'il ne mangeait pas assez. L'accusation semblait injuste : pour une fois, Shanker était rentré plutôt affamé à la maison. Son casse-croûte de onze heures s'était renversé dans la cour pendant la récréation, alors qu'il était pris entre deux feux pendant une bagarre entre Govinder et cette brute d'Arun. De retour à la maison, Shanker avait mangé trois *chapatis* au lieu de deux, ce qui n'empêcha pas Raman de s'en prendre à lui.

« Pourquoi ne manges-tu rien ? Tu picores comme un oiseau. Drôle de façon de manger. Comment veux-tu arriver à grandir ? Tu es un vrai gringalet. (Il entoura le haut du bras maigrelet de Shanker et serra les doigts :) Il n'y a que la peau et les os là-dedans. Mange ton riz au lait.

— Je déteste le riz au lait », protesta Shanker. Personne ne l'avait jamais forcé à manger du riz au lait, surtout quand il y avait de la peau dessus.

« Fais ce que je te dis, tonna Raman. Mon fils va être malingre en grandissant. Les gens me demanderont quel genre de père je suis, qui ne donne pas assez à manger à son fils unique. »

Raman força Shanker à manger le riz au lait, peau comprise. Kumud voyait clairement l'injustice de la chose : Raman ne dit rien à Bharathi qui, pourtant, ne mangeait pas non plus son riz au lait. Elle détestait le riz au lait quand il y avait de la peau dessus.

« Bharathi ne mange pas son riz au lait », pleurnicha Shanker, outré des injustices perpétrées dans la famille où il avait eu l'infortune de naître. Bharathi eut l'air un peu honteuse. Mais Raman ne s'intéressait pas à Bharathi pour l'instant. Shanker avait une importance capitale dans le projet qu'il avait ourdi et Raman se concentrait exclusivement sur lui.

« Les sucreries font grossir les filles, lança Raman. Comment lui trouverons-nous un parti convenable si elle est grosse ? Qui dit double menton dit double dot. Je t'interdis de manger ton riz au lait, Bharathi. D'ailleurs, c'est toi qui vas le manger, Shanker. » Celui-ci eut beau protester à gorge déployée, son père cria plus fort que lui. « Exécution. Je compte jusqu'à dix. Un... deux... »

Terrifié, Shanker engloutit la seconde portion de riz au lait, peau comprise. Il était encore humilié lorsque Raman l'entreprit sur ses devoirs. Mais il n'en fut pas quitte pour autant. Lorsqu'il eut terminé, Raman lui donna l'ordre d'aller faire une sieste.

« Je ne fais jamais la sieste l'après-midi.

— Il ne fait jamais la sieste l'après-midi », renchérit Kumud. Après tout, c'était elle qui s'occupait des enfants au quotidien et qui connaissait chacune de leurs habitudes. D'ordinaire, sauf exception, Raman ne leur prêtait qu'une attention distraite, sauf lorsqu'il supervisait leurs devoirs, installé dans son fauteuil qui donnait sur la véranda.

« Qu'est-ce que j'entends ? Le soir il est toujours fatigué et il bâille.

— Sois raisonnable, je t'en prie, plaida Kumud. Il vaut mieux qu'il se couche tôt le soir pour être frais et dispos le matin pour l'école. Etre tôt couché et tôt levé est un gage de...

— Silence. Demain, c'est samedi. Il n'y a pas d'école.

— C'est le jour du sport, annonça triomphalement Shanker.

— Ah, parce que tu participes, mon garçon ? Tu cours ou quoi ? » Shanker avait toujours été nul en sport.

« Course à trois pieds et course en sac, annonça fièrement Shanker.

— Je t'en donnerai, moi, de la course en sac ! hurla Raman. Il n'y aura pas de sport demain si tu ne fais pas de sieste aujourd'hui. »

Le visage de Shanker se chiffonna. Il s'était fait un plaisir de cette journée. Déjà, il s'était mis d'accord pour échanger sa gamelle bosselée contre dix cartes représentant des stars du cricket que son copain Ravinder avait promis de lui apporter le lendemain.

« Va t'étendre un petit moment », lui enjoignit Kumud à voix basse, essayant de lui faire comprendre que mieux valait se concilier les bonnes grâces de son père que de l'agacer encore davantage. Elle voyait que Raman n'était pas disposé à céder.

« Obéis à ton père. »

Elle aida Shanker à s'installer sur le canapé et le couvrit d'un drap qu'il rejeta aussitôt, le regardant glisser sur le sol. Raman le fixa, vigilant comme un oiseau de proie.

« Je t'ai à l'œil, mon garçon, dit-il d'un ton menaçant. Tu as toujours les yeux ouverts. » Shanker ferma les paupières et les plissa. Quand il les rouvrit au bout de quelques secondes, Raman avait toujours l'œil rivé sur lui. Shanker se retourna face au canapé, louchant à force de regarder de trop près le tissu à petits carreaux. Il entendait Bharathi chanter dans une autre pièce et versa quelques larmes amères sur son triste sort d'enfant persécuté dans sa propre maison. S'ils ne prenaient pas garde et continuaient à le traiter ainsi, il se jetterait sous un train et ils n'auraient plus que leurs yeux pour pleurer. Mais pour cela, il attendrait peut-être d'avoir échangé sa gamelle bosselée contre dix cartes représentant les stars du cricket. Peut-être arriverait-il à en obtenir douze de Ravinder. Après tout, la bosse n'était pas bien grosse. D'accord, le couvercle ne fermait plus hermétiquement, mais Ravinder la voulait seulement pour y mettre sa collection de mille-pattes. Et n'était-elle pas de la couleur préférée de celui-ci, bleu métallisé ? De fait, c'était une très belle gamelle. Il faudrait que Ma lui rachète exactement la même. En plus gros. Bientôt, la respiration de Shanker devint régulière. Raman se leva sans bruit et recouvrit les épaules saillantes de son fils avec le drap, puis il reprit place dans son fauteuil, ressassant le plan pour lequel il lui fallait la coopération de Shanker. Non, pas sa coopération : son obéissance absolue. Il ne permettrait pas à son contestataire de fils de faire échouer son plan, d'où la nécessité de faire preuve de poigne avant de le mettre à exécution.

Lorsque Shanker se réveilla, il comprit que son calvaire n'était pas fini. Raman insista pour qu'il boive un verre de lait chaud. Shanker avait horreur du lait chaud. Il y avait toujours de la peau dessus.

« Qu'est-ce que tu as contre le lait chaud ? tempêta Raman. C'est bon pour la santé. » Il porta le verre aux lèvres de son fils.

« Trop chaud, objecta Shanker.

— Tu dis n'importe quoi. Je ne pourrais pas le tenir s'il était trop chaud. Est-ce que je me brûle ? Souffle dessus.

— Mais du coup, il y aura encore plus de peau.

— Tu vas tout de suite arrêter de faire l'idiot ! »

Shanker avala une autre gorgée.

« Trop chaud.

— Bois ! »

Encore une gorgée.

« Trop chaud.

— Bois, je te dis ! »

Père et fils continuèrent ainsi jusqu'à ce que le lait fût bu. La tension se dissipa lorsque Raman partit à l'agence de presse pour finir son travail de l'après-midi ; il ne rentra qu'à l'heure du dîner.

A l'heure du repas, tout le monde se tenait sur ses gardes, surtout Shanker. Il observa son père avec circonspection, mais Raman semblait perdu dans ses pensées et mangeait avec lenteur, sans rien dire. Malgré cela, sa présence pesante dominait le repas, et sa femme et ses enfants évitèrent de manifester trop d'entrain de peur d'attirer son attention. Kumud mit de petites portions sur le *thali* de Shanker, au cas où il n'aurait pas faim et où Raman se mettrait en tête de le forcer comme il l'avait fait au déjeuner. Elle n'avait aucune envie de voir la scène se renouveler.

Après le dîner, Raman laissa tomber d'un ton sans réplique : « Bon, mon garçon, tu mets tes sandales. »

Tout le monde sursauta parce que c'étaient les premiers mots que Raman prononçait depuis le début du repas, hormis quelques grognements pendant que Kumud le servait. L'ordre avait quelque chose d'inquiétant, non seulement parce que les sorties après le repas du soir étaient très inhabituelles, mais aussi parce que Raman avait clairement signifié que seuls Shanker et lui étaient concernés.

« Non, mais tu n'as pas l'intention de sortir à cette heure-là ? dit Kumud, alarmée. Le sol est boueux, vous risquez de glisser ou même de tomber dans le fossé. Et on dirait qu'il va encore pleuvoir.

— Le ciel était dégagé quand je suis allé au bureau, dit Raman. Et il n'y a pas eu de pluie depuis ce matin de bonne heure.

— Shanker va être fatigué !

— Il a fait la sieste. Tu es fatigué, mon garçon ? Réponds ! »

Shanker n'osa pas dire oui.

« Sois raisonnable, laisse-le ici », dit Kumud.

Raman braqua sur Shanker un œil étincelant.

« Tu veux rester à la maison ou venir ? Choisis. »

Shanker savait que tant que son père était de cette humeur, il n'avait pas vraiment le choix.

« Alors ? J'attends une réponse. Tu viens ?

— Oui, répondit Shanker d'une voix à peine audible.

— Alors, c'est réglé. Mets tes sandales. »

Raman avait pris sa corde, celle qu'il avait achetée chez Jindal, et l'avait jetée sur son épaule. Avec toutes ces protestations, personne n'avait songé à lui demander où il allait avec Shanker. En les regardant se diriger vers la barrière, Kumud se demanda vaguement pourquoi Raman prenait une corde, mais pensa que ce n'était pas le moment de poser la question.

31

Le père et le fils se dirigèrent vers Kumar Junction. La brume de la journée avait disparu et la nuit était claire, avec des étoiles scintillant dans le ciel sombre. Une grosse lune baignait de sa lumière argentée le sol humide qui semblait répandre une clarté blanche. Sous les pas, la boue était meuble, mais pas assez pour que les pieds s'y enfoncent. Shanker avançait avec précaution et en silence. Sans l'inquiétude que lui inspiraient les intentions de son père, il aurait davantage apprécié la promenade. Au fond, il était plutôt excité de pouvoir circuler à une heure aussi tardive.

Au début, il crut qu'ils allaient peut-être seulement rendre visite à l'oncle Vaman. Mais au lieu de tourner en direction du Palais du Sari, Raman prit la direction du Vieux Marché d'un pas décidé. Shanker éprouva de l'appréhension lorsque les rues devinrent étroites et que l'odeur des légumes pourris qu'on avait refoulés dans le caniveau vint lui chatouiller les narines.

« C'est le Vieux Marché ! Il est fermé », dit-il, s'adressant plus à lui-même qu'à son père. Raman, le visage crispé, tout entier absorbé par son projet, l'ignora.

Shanker traîna les pieds lorsqu'ils laissèrent le Vieux Marché derrière eux. Ils n'avaient pas de parents dans ce quartier, et il n'y avait ni boutiques ni bazar, au cas où son père aurait voulu acheter quelque chose à cette heure tardive. N'y tenant plus, Shanker demanda : « Qu'est-ce qu'on fait ici ? »

Alors seulement, Raman révéla son projet : « On va chez Amma.

— Oh ! » dit Shanker, soulagé. C'était tout ? Pourquoi tout ces secrets ? C'était certainement une heure bizarre pour une visite. Mais les adultes faisaient les choses à des heures bizarres. Et peut-être qu'Amma, étant aveugle, ne pouvait faire la différence entre la nuit et le jour.

Lorsqu'ils arrivèrent chez elle, la maison était plongée dans l'obscurité. Il n'y avait même pas la lueur de la veilleuse qu'on mettait d'habitude devant la maison à cette heure-là. Aucun bruit ne venait de l'intérieur, bien qu'il fût encore tôt pour qu'Amma soit couchée. Jhotta, le dos luisant sous la lune, mâchonnait son herbe d'un air pensif. Si elle avait été un peu étonnée que personne ne soit venu l'emmener dans la cour, cela ne lui avait pas pour autant gâché son repas du soir. Elle avait passé un après-midi agréable à se vautrer dans les flaques de boue des alentours de Mardpur, aussi n'était-elle pas fâchée de rester debout un peu plus longtemps, dans la fraîcheur du clair de lune.

Raman resta quelques minutes l'oreille aux aguets.

« Est-ce que j'appelle Amma ? demanda Shanker.

— Chut ! » dit Raman. Il se dirigea d'un pas vif vers la bufflonne éclairée par la lune, tourna autour d'elle avec circonspection, projetant dans la cour son ombre allongée. Jhotta agita les oreilles pour éloigner les mouches et continua son repas, mastiquant sans hâte à un rythme régulier. Elle se montra coopérative quand Raman détacha sa corde et noua un bout de son lasso autour de son cou. Elle n'avait aucune raison de craindre cet homme, qu'elle avait déjà vu. L'opération fut plus facile que ne l'avait cru Raman. Comme il n'y connaissait pas grand-chose en matière de buffles, il s'était imaginé qu'il allait devoir lui courir après puis l'attraper à la manière du cow-boy sur le magazine de Shanker. Ou du moins, il aurait demandé à Shanker de s'en charger, car le jeune garçon était plus habile que lui à cet égard. Tout ceci s'avéra inutile : Jhotta suivit Raman sans se faire prier quand elle le vit remplir un sac avec le foin de sa mangeoire.

« Quelle brave bête, murmura-t-il. Elle est vraiment de bonne composition. »

Ils se mirent en route. Jhotta allait à bonne petite allure. Peut-être s'imaginait-elle qu'elle se dirigeait vers une nouvelle flaque de boue, se dit Shanker, qui trottait à côté d'elle, dans son ombre rebondie. Il ne comprenait toujours pas pourquoi son père avait fait tous ces mystères, mais comme la maison était manifestement vide, il supposa qu'Amma était partie et avait demandé à son père de s'occuper de la bufflonne.

« Je peux monter sur son dos ? » demanda Shanker.

Détendu à présent, Raman aida son fils à grimper. La bufflonne trottait d'un bon pas, décidé même, s'éloignant de Jagdishpuri Extension. Shanker lui tapota le cou et se cramponna à la corde qui entourait le cou de l'animal ; il enfonça ses talons dans les flancs de Jhotta en faisant claquer sa langue, comme s'il était sur un cheval, et tendit un bras, faisant mine de brandir une épée. « Je suis un *rajkumar* et je pars à la bataille », se dit-il, et il porta à un ennemi invisible un coup d'épée tel qu'il eût terrassé n'importe qui. Il embrocha et pourfendit, para des coups et ferrailla contre une armée entière d'ennemis, qu'il finit de terrasser lorsqu'ils arrivèrent au Vieux Marché. Fort heureusement, car Shanker s'aperçut qu'il lui fallait ses deux mains pour se tenir s'il ne voulait pas passer par-dessus la tête de Jhotta, qui baissait le cou pour enfouir son mufle dans les légumes pourris. Elle ne s'intéressait pas du tout au sac de foin que lui tendait Raman pour essayer de la faire avancer. Raman n'était pas pressé et ne tenait pas à attirer l'attention en se bagarrant avec une bufflonne récalcitrante, même si les quelques personnes qui restaient sur le Vieux Marché à cette heure-là étaient des marchands s'apprêtant à rentrer chez eux. Sans la foule habituelle et familière, les vieilles maisons serrées les unes contre les autres autour de la place se remarquaient beaucoup plus. Les bâtiments bruissaient de conversations, les radios marchaient à fond ; des enfants criaient, des chiens aboyaient à l'intérieur. Mais personne ne sortit voir qui accompagnait à cette heure-là un jeune garçon et un buffle.

Perché sur le dos de Jhotta, Shanker contemplait la scène. Il s'amusait comme un fou. Vivement qu'il raconte ça à Ravinder. Il en serait vert ! Jamais Ravinder n'avait traversé Mardpur à dos de buffle en pleine nuit, il en était sûr.

Cette bufflonne était tellement bien dressée que Raman se prit d'affection pour elle. C'est vraiment un animal miraculeux, se dit-il. Et maintenant qu'il l'avait à sa disposition, il se mit à rêver d'un avenir idéal. Avec autant de *raita* qu'il en désirait, son livre serait bientôt terminé et il pourrait marier ses filles sans difficulté. En approchant de Kumar Junction, Raman avait le pas élastique. A cette heure-là, Mardpur était calme : ce n'était pas une ville où il y avait beaucoup d'animation après un copieux repas du soir. Puis, soudain, en arrivant en vue de Kumar Junction, Raman se figea. Une silhouette indistincte, vêtue d'un *dhoti*, se dressait au milieu de la route, leur barrant le passage.

32

Menaçant, Satyanarayan surgit au clair de lune, les jambes légèrement écartées, appuyé sur son parapluie noir.

« Il est bien tard pour promener un buffle », lança-t-il lorsque Raman fit arrêter Jhotta devant lui et donna à la bufflonne quelques petites tapes d'un air de propriétaire.

« Elle a encore la fièvre ? s'enquit Satyanarayan.

— Non, non, répondit Raman avec affabilité, en s'efforçant de prendre un air très naturel, comme s'il n'y avait rien de plus normal que de promener un buffle pendant la nuit. Cette bête va très bien, elle donne du bon lait tous les jours.

— La *dava* que je lui ai donnée va lui assurer une bonne santé pendant longtemps. Est-ce qu'un docteur à l'occidentale peut te donner la même garantie ? Où est-il marqué sur leurs *davas* et leurs pilules que la guérison est garantie ? Tu l'as vu, toi ?

— Non, admit Raman.

— Mais je ne me souviens pas d'avoir prescrit des promenades nocturnes pour cette bête », poursuivit Satyanarayan, perplexe. Il fit le tour de la bufflonne comme s'il cherchait à trouver des indices expliquant cette étrange conduite, s'arrêta devant elle et lui examina d'abord l'œil gauche, puis le droit. Jhotta agita les oreilles comme si elle voulait se débarrasser d'une mouche particulièrement agaçante. Elle avait envie d'avancer ; cette expédition nocturne était jusqu'à présent très agréable, mais en la regardant de si près dans les yeux, Satyanarayan lui gâchait la vue.

« Cette bufflonne se porte très bien, décréta le brahmane.

— Je pense qu'un peu d'exercice est bon pour la santé. C'est... euh – Raman chercha ses mots –, bon pour la circulation de l'oxygène. Cela améliore la qualité du lait.

— Si cela te chante, tu peux faire des promenades la nuit avec elle, mais cela n'entraînera aucune différence dans le lait », déclara Satyanarayan, l'expert.

Raman s'inclina devant sa compétence supérieure.

« J'aurais dû vous consulter avant, admit-il. Cela m'aurait permis d'éviter de me fatiguer. Mais je suis un homme simple, qui ne connaît pas les *shastras*.

— L'Ayurvéda est une très ancienne science hindoue, pontifia Satyanarayan en frappant le sol de son parapluie pour ponctuer ses dires. Elle n'a pas sa pareille dans le monde entier. Ceux qui ne l'acceptent pas ne font que semer la discorde et cherchent à détruire notre pays.

— Pourquoi veulent-ils détruire notre pays ? demanda Raman, sincèrement troublé à l'idée de motivations aussi noires.

— La force destructrice vient de l'intérieur. Il ne s'agit pas d'*explosion* mais d'*implosion* : elle détruit d'abord la personne, puis tout ce qui est à l'extérieur. »

Raman écoutait avec intérêt. Pendant la semaine, il avait lu plusieurs dépêches de la PTI concernant l'essai nucléaire du pays. Elles discutaient les mérites de la technique de l'implosion par rapport à celle de l'explosion ; il comprenait donc ce dont parlait Satyanarayan. En fait, pendant toute cette semaine, on n'avait parlé que de cela. Raman trouvait intéressant de voir que Satyanarayan s'était emparé de ce sujet scientifique contemporain.

« Il est aussi question de la théorie de l'implosion dans les *shastras* ? » fit Raman d'un air innocent.

Satyanarayan sembla lui-même sur le point d'imploser, nota Shanker avec satisfaction. Il observa attentivement le brahmane – ce serait intéressant si cela se produisait, Shanker ne voulait pas manquer un événement pareil. Mais des années de yoga et de méditation avaient induit chez Satyanarayan un niveau de maîtrise qui paraissait presque surhumain. Il se redressa de toute sa hauteur, environ dix centimètres au-dessous de Raman.

« Je sais que ton instruction est limitée, Ramanji, mais qu'est-ce qu'on t'a appris à l'école ? Tu n'as pas étudié la science ?

— Je sais, je sais, dit Raman, devinant ce qu'allait dire Satyanarayan. Sans les mathématiques, inventées en Inde, la science n'existerait pas. Mais n'est-ce pas un Anglais, Mr. Rutherford... »

Satyanarayan explosa malgré lui.

« Il n'y a pas de Rutherford qui tienne ! Voilà un parfait exemple des lavages de cerveau dont les Britanniques sont capables ! (Satyanarayan agita violemment l'index.) N'oublie pas nos origines, Ramanji. Nous avons derrière nous des siècles de culture et de savoir. Il n'existe pas de principe scientifique au monde qui ne soit basé sur la philosophie hindoue. Nous connaissons l'implosion depuis toujours parce qu'il est écrit dans les *shastras* : "Toute action a sa réaction égale et opposée" ! »

Raman plissa le front. Ce principe-là, il en avait déjà entendu parler, bien qu'il n'eût jamais lu les *shastras*. Shanker lui aussi le connaissait.

« C'est Einstein ! » s'écria-t-il, tout excité, se balançant sur Jhotta et paraissant à deux doigts de tomber tant il était impatient de montrer ses connaissances. « Un Allemand, ce type ! Et l'Allemagne, c'est tout à côté de l'Angleterre. »

Satyanarayan leva les yeux vers Shanker comme s'il ne l'avait pas remarqué jusque-là. Il ne le reprit pas, mais se borna à déclarer : « Tu es dehors bien tard, mon garçon. Il est aussi écrit ceci dans les *shastras* : "Etre tôt couché, tôt levé, est gage de richesse, de santé et..."

— Nous nous dépêchions de rentrer chez nous », lança Raman. Il voulait bien parler d'implosions, parce que cela monopolisait l'attention de Satyanarayan et la détournait de leurs faits et gestes à ces heures indues. Il ne tenait pas à ce que le brahmane aborde à nouveau le sujet des promenades nocturnes des buffles.

« C'est vrai qu'il est très tard, dit Satyanarayan, essayant de déchiffrer l'heure à son poignet et se tournant de tous côtés dans l'espoir de mieux voir le cadran au clair de lune. Mais il ne put trouver assez de lumière pour discerner les aiguilles et, pendant qu'il s'y employait, Raman décida que le moment était venu de filer.

« Viens, dit Raman, et il avança d'un pas décidé.

— Eh bien, partez, ce n'est pas moi qui vous retiens », dit Satyanarayan en s'écartant et leur faisant signe de s'éloigner. Raman, Shanker et la bufflonne filèrent vers le chemin de terre menant au jardin aux lychees. Shanker se retourna et regarda Satyanarayan qui s'efforçait à nouveau de lire l'heure. Il finit par y renoncer et brandit son parapluie droit devant lui comme pour se rappeler dans quelle direction il avait l'intention d'aller, puis il prit sans hâte la direction du temple. Shanker regarda le swami s'éloigner et ne vit bientôt plus que son parapluie qui oscillait de part et d'autre comme un pendule, la pointe surgissant tantôt à droite, tantôt à gauche du brahmane.

Le lendemain matin de bonne heure, Raman fut réveillé par des beuglements terrifiants dans le jardin et par Kumud, qui arriva en courant dans sa chambre.

« Viens tout de suite, il y a une très grosse bufflonne installée dans le jardin. Elle s'est introduite chez nous et est en train de manger tous nos lychees. Depuis le temps que je te répète qu'il faut appeler Mistry pour arranger cette clôture ! Mais tu n'as rien écouté et maintenant il est trop tard. *Hai Ram méré !* Cette bête ne s'arrêtera que quand elle aura tout mangé. Et écoute-la ! Elle a l'air absolument furieuse. Je n'ose pas l'approcher, même avec un bâton. Nous ne sommes pas à l'abri du danger, dans notre propre maison ! »

Kumud ouvrit les fenêtres et agita les bras à l'intention de Jhotta.

« Allez ouste, la bête !

— Laisse-la, dit Raman en bâillant et se grattant les flancs sous son maillot de corps. Elle n'est pas dangereuse. Regarde, elle est attachée au sol avec une corde bien solide. »

Maintenant que le danger immédiat était passé, Kumud mit les poings sur ses hanches.

« Et qui a amené cet animal ici ? C'est ce que je me demande ! »

Raman évita de croiser son regard. Il se gratta à nouveau les flancs, un peu penaud à présent.

« Vaman nous demande de nous occuper d'elle. Seulement quelques jours, mentit-il.

— Je vois. Et sommes-nous les gardiens des buffles de frère Vaman ? Est-ce que sa maison n'est pas deux fois plus grande que ce bungalow ? Est-ce que je n'ai pas déjà assez à faire ? »

Raman la laissa épancher sa colère. Il savait qu'elle finirait par se calmer.

« Oui, c'est une grande maison qu'il a, dit-il d'un ton conciliant, mais notre jardin aux lychees est plus grand.

— Et puis je n'ai rien à donner à manger à cette bufflonne. Elle va brouter tout notre jardin. Tu y as pensé, toi, à ce qu'allait manger cette bête ? Du gâteau de riz ? » poursuivit-elle.

Raman eut un rire forcé.

« Du riz au lait ! Ha, ha. En voilà une bien bonne ! Toutes ces parts de gâteau de riz que ton fils refuse de manger, tu pourras les donner à cette bufflonne. Shanker ! Je ne te forcerai plus à manger du riz au lait à présent. Pour ça, maintenant, il y a la bufflonne ! »

Shanker apparut, le cheveu en bataille et l'air ahuri.

« Les buffles ne mangent pas de riz au lait, papa.

— Non ? fit Raman plaisamment. De quoi sont-ils friands ? Qu'est-ce qu'ils aiment, alors ?

— L'herbe. »

Raman jeta un regard triomphal à Kumud. « Eh bien, tout est réglé. Il y a trop d'herbe dans ce jardin. C'est un vrai paradis pour les buffles ici.

— Alors, si elle est tellement heureuse, pourquoi fait-elle un boucan pareil ? insista Kumud, bien que sa colère se fût évanouie.

— Elle beugle parce qu'elle a besoin d'être traite.

— Mais je ne sais pas traire les bufflonnes ! s'écria Kumud, inquiète à présent.

— Il faut que nous trouvions quelqu'un.

— Je vais chercher Rampal.

— Non ! s'exclama Raman, persuadé que Rampal reconnaîtrait Jhotta. Je peux trouver quelqu'un qui la traira pour beaucoup moins cher. Je vais envoyer chercher Hari. C'est Rampal qui lui a appris à traire.

— Oh oh, dit Kumud, les mains toujours sur les hanches. Quand il pleut toute la journée, moi je suis bonne pour aller faire les courses dans la gadoue ; personne n'a appelé Hari pour qu'il vienne m'aider. Mais à présent que nous avons la charge de la bufflonne de ton frère, on fait chercher Hari d'urgence. Elle est même mieux traitée que moi, cette bufflonne !

— Cette bufflonne est là pour toi exclusivement, dit Raman d'un ton apaisant. Comme ça, tu n'auras plus besoin de te déplacer dans la gadoue pour aller me chercher du yaourt. »

Kumud se radoucit un peu. Elle ne voyait pas d'objection à la présence de la bufflonne en soi, mais ce matin-là elle avait eu un choc en la voyant dans le jardin sans être prévenue. Comment aurait-elle pu savoir que Raman pensait à elle et regrettait qu'elle fût obligée de piétiner dans toute cette boue pour aller lui chercher sa *raita* ? Elle avait cru qu'il ne le remarquait même pas. Enfin si, il avait remarqué la *raita*, mais elle n'aurait pas cru qu'il ait remarqué l'attention dont elle avait fait preuve.

Elle alla à la cuisine pour finir de préparer le petit déjeuner. C'était un petit déjeuner spécial – des *parathas* fourrées pour donner à Shanker l'énergie dont il avait besoin pour sa journée de sport. En passant son pantalon et sa saharienne, Raman regarda les enfants jouer avec la bufflonne.

« On dirait la Jhotta d'Amma, disait Bharathi.

— Tu trouves qu'elle a le même air idiot ? Tous les

buffles ont le même, *yaar*, dit Shanker, ne résistant pas à la tentation de la taquiner.

— La Jhotta d'Amma a l'air très doux, comme celle-ci », dit Bharathi en mettant sa main au-dessus du museau de Jhotta pour que l'animal souffle dessus. Jhotta parut apprécier l'attention, mais ce qui lui plaisait surtout c'étaient les bosquets ombragés et les odeurs d'herbe du jardin aux lychees.

C'était bien un paradis pour les buffles et Jhotta était aussi enchantée qu'un buffle pouvait s'autoriser à l'être entre deux repas. Elle n'avait aucune raison de regretter Jagdishpuri Extension. Pas encore, en tout cas.

« Peut-être sont-elles sœurs, sœurs jumelles, comme Meera et Mamta, suggéra sournoisement Shanker, ravi d'être dans le secret.

— Je ne crois pas, gloussa Bharathi, sinon, Papa et l'oncle Vaman vont sûrement se mettre en quatre pour les marier ! »

Shanker poussa du pied de l'herbe vers Jhotta. Tiens, tiens ! Peut-être Jhotta devait-elle faire partie de la dot de Meera et de Mamta – il ne voyait pas à quoi d'autre pouvait servir une bufflonne. En tout cas, même s'il voulait solliciter l'opinion de Bharathi concernant la présence de l'animal, il ne pouvait lui en dire trop long.

« En aucun cas il ne faut révéler d'où vient la bufflonne, avait dit Raman la veille d'un ton menaçant en attachant Jhotta sous un arbre. Si tu le dis à qui que ce soit, je t'attache avec cette corde et tu pourras toujours rester là comme un buffle à manger de l'herbe. »

Il n'en fallait pas plus pour museler Shanker. Il n'avait aucune envie de passer la nuit dans le jardin avec les moustiques.

33

Gulbachan n'avait jamais mangé chez Raman – l'occasion ne s'était pas présentée –, et lui-même n'avait jamais invité Raman chez lui. N'ayant pas d'épouse pour faire la cuisine et accueillir des invités, Gulbachan déjeunait souvent dans les diverses échoppes à thé autour de la gare des autobus ou achetait quelque chose aux stands avoisinants, car il y passait chaque jour juste avant midi sur son scooter pétaradant. Aussi, quand Raman l'invita dans le jardin aux lychees pour constater par lui-même comment était installée la bufflonne, Gulbachan accepta gracieusement, et demanda si l'état de la route en terre battue lui permettrait de se servir de son engin.

« Mon scooter ne marche pas très bien. Tu as entendu le bruit qu'il fait, ce pout-pout-pout-pout ? Je suis sûr qu'il n'arrivera pas à grimper la côte.

— La boue est encore molle et les cyclo-pousses refusent de monter. Quels parcsseux, vous vous rendez compte ? C'est un monde, tout de même ! Juste pour une petite pente, ils font toute une histoire, dit Raman. Mais il vaut peut-être mieux venir à pied. J'insiste toujours pour que mes enfants marchent, ça leur fait prendre l'air. Et ma femme aussi. »

Gulbachan n'avait pas l'habitude de marcher, mais

compte tenu des circonstances, il n'y voyait pas d'objection. L'invitation était tellement inhabituelle. Et il se dit que cela lui ferait du bien de s'oxygéner un peu.

Pendant ce temps, Raman passa le marché au peigne fin à la recherche de Hari. Lorsqu'il le trouva, occupé à ne pas faire grand-chose, il lui dit de monter au jardin aux lychees pour traire la bufflonne et prévenir sa femme qu'il rentrerait déjeuner avec son patron.

« Mais ne va pas raconter à tout le monde que j'ai une nouvelle bufflonne, l'avertit Raman, sinon je te coupe la langue. »

Hari trouva la menace un peu sévère, mais elle ne l'effraya pas, lui qui avait déjà été accusé d'avoir assassiné un prêtre chrétien. Il n'était pas non plus du genre à se demander pourquoi Raman le menaçait ainsi : les patrons étaient des gens bizarres et mystérieux. Ils se méfiaient tant de leurs domestiques et de leurs garçons de courses que souvent ils proféraient les pires menaces et promettaient des châtiments affreux si l'on divulguait quoi que ce soit de leurs desseins. Hari avait l'habitude de ces façons de parler chez ceux qui l'employaient et il affirmait avec fierté qu'on pouvait lui faire une confiance absolue.

Kumud avait passé toute la matinée à préparer des douceurs. Hari avait trait la bufflonne et avec ce lait Kumud avait entrepris de préparer toutes sortes de desserts. Elle trouva même le temps de rendre la maison attrayante et de soigner son apparence. Raman faillit tomber à la renverse en voyant sa femme. Au lieu de son habituel sari, elle portait un *salwar-kaamez* dont les broderies faisaient beaucoup d'effet. Elle s'était maquillée avec soin, s'était verni les ongles des mains et des pieds et portait une grosse *bindi* avec un rouge à lèvres assorti. Elle était extrêmement séduisante.

« Je vous en prie, entrez dans notre humble maison, Mr. Gulbachan, dit-elle pour l'accueillir. Je viens de presser des citrons. Il fait très chaud dehors, vous ne trouvez pas ? Et vous devez être fatigué après avoir grimpé notre petite côte. Les pousse-pousse sont tellement paresseux de nos jours. Une petite côte comme celle-là, ils refusent de la monter. Ils ne veulent pas aller plus loin que Kumar Junction.

— Oh, ce n'était rien du tout. Elle n'est vraiment pas raide. J'aime bien prendre l'air de temps en temps », dit Gulbachan, s'épongeant le front avec un grand mouchoir. Il prit un verre de jus de citron sur le plateau que tendait Kumud. Raman la regarda d'un air admiratif. Utiliser un plateau, quel raffinement !

« Vous vous êtes donné bien du mal. De l'eau aurait fait l'affaire, dit Gulbachan.

— Je ne me suis donné aucun mal : les citrons poussent dans le jardin.

— Quel endroit merveilleux. Ils sont magnifiques, ces lychees. Et ces citronniers ! Quelle chance vous avez. Et quel bungalow confortable. Mon bungalow de fonction n'est pas aussi agréable, même s'il me convient très bien. Je ne suis pas difficile. »

Raman appréciait l'hospitalité de sa femme. Il lui fournissait rarement l'occasion de recevoir. Et quand ils allaient chez ses frères, Sudha-la-Pensionnée et Madhu reléguaient Kumud à l'arrière-plan tant elles tenaient à attirer l'attention, Madhu avec son or et Sudha avec sa musique et autres signes extérieurs de culture. Si seulement elles avaient pu voir Kumud telle qu'elle était en réalité. C'était elle qui avait le visage le plus aimable et le plus beau. Elle avait l'air jeune malgré son âge, malgré ses quatre enfants, et se mouvait avec grâce, à la différence de cette grosse Sudha qui se dandinait comme un canard ou de ce sac d'os de Madhu. Raman était fier de sa femme.

« Il est bon, votre jus de citron ? Pas trop acide ? demanda-t-il à Gulbachan. Aujourd'hui, on y met moins de sucre, c'est la nouvelle mode. Moi, je n'y tiens pas, j'aime bien la tradition et les habitudes de l'ancien temps. Mais je ne force pas les autres à faire comme moi. Rajoutez du sucre si vous voulez.

— Il est parfait, dit Gulbachan. Un jus de citron pressé par les mains de votre femme ne peut être que parfait. Comment pourrais-je le trouver trop acide ? »

Mais sur un signe de Raman, Kumud avait tout de même apporté le sucrier et Gulbachan se servit une cuillerée qu'il mélangea vigoureusement à son jus de citron. Raman en fit autant.

« Un vrai délice », s'exclama Gulbachan. Il vida son verre d'une traite et s'essuya délicatement la bouche avec un grand mouchoir tissé main qu'il replia soigneusement avant de le remettre dans sa poche.

« Pourquoi les gens achètent-ils ces boissons gazeuses importées d'Occident, je me le demande », fit Raman, pour alimenter la conversation. Il continua à boire son verre à petites gorgées délicates. « Moi, je trouve qu'on ne devrait boire que du jus de citron, du *lassi* et du nectar de rose.

— Ah oui, le *lassi*, opina Gulbachan. J'adore le *lassi* sucré. Mais j'aime bien le nectar de rose aussi.

— Oui, le nectar de rose est une bonne boisson indienne. On ne devrait vendre que ces trois choses-là : jus de citron, *lassi* et nectar de rose, dit Raman.

— Les yogis font une boisson très agréable avec des amandes, dit Gulbachan. C'est bon pour le cerveau. Pour la mémoire, d'après eux. »

Raman accepta de la mettre sur sa liste de boissons autorisées, mais cela lui rappela Satyanarayan.

« Et le lait de coco. Dans le Sud, il est excellent. »

Raman allait modifier la liste qu'il avait en tête, lorsque Kumud lui sauva la mise.

« Voilà notre fille Bharathi qui arrive, coupa-t-elle, juste au bon moment. Viens là, Bharathi, dis *Namaskar* à Mr. Gulbachan. Il a accompagné Gandhi lors de la Marche du Sel. Il te racontera toute l'histoire. »

Un large sourire s'épanouit sur le visage de Gulbachan.

« En effet, j'ai participé à la Marche du Sel. Comment le savez-vous ? Cela fait si longtemps ! »

A présent, Kumud servait le thé.

« Du sucre ? » Elle tenait un petit plateau sur lequel étaient posés un pot à lait et un sucrier en argent. Raman n'avait encore jamais vu cette argenterie dans la maison, mais il devait reconnaître qu'elle était très élégante. Sa femme avait du style, assurément.

« Du sucre ? Oui, merci. Je disais donc, la Marche du Sel. Ah, mais c'était il y a très longtemps, jeune fille, vous n'étiez même pas née...

— Des *samosas* ? » proposa Kumud.

Elle circula, légère, offrant divers amuse-gueule et traitant Gulbachan comme un roi. Il apprécia ses attentions. Depuis la mort de sa femme, il y avait longtemps, il se débrouillait tout seul. Il n'avait pas de famille à proximité et il faut bien dire qu'il avait beau savoir tenir sa maison, il y manquait une touche féminine.

Finalement, pendant qu'il racontait la Marche du Sel, ils s'assirent pour manger. Bharathi apporta les *chapatis* tout chauds un par un et insista pour que Gulbachan en prenne encore un alors qu'il avait vraiment l'estomac plein.

« Non, sincèrement, dit-il en tendant la main au-dessus de son *thali*. Tout est absolument délicieux, mais j'ai déjà trop mangé et je rentre chez moi à pied ce soir. Si je mange encore davantage, je m'enfoncerai dans la boue et il faudra que Raman vienne à la rescousse !

— Et alors ? plaisanta Raman, qui était à présent d'excellente humeur. J'ai de la force.

— Tu veux me ramener chez moi sur ton dos ?

— Ma foi, maintenant que j'ai une bufflonne, vous pouvez rentrer sur le sien.

— C'est une bête extraordinaire, dit Gulbachan.

— Une bête miraculeuse », renchérit Raman. C'était tout à fait grisant de plaisanter de façon aussi détendue avec son patron.

Après le repas, tandis que Gulbachan se lavait les mains, Raman chuchota à Kumud : « Je n'ai jamais vu ces deux pots en argent.

— Ils viennent de chez frère Vaman. »

Normalement, Raman aurait critiqué son frère de dépenser de l'argent à des frivolités pareilles, mais là, son premier souci était de savoir si Kumud avait aussi parlé de la bufflonne. Il commença à regretter d'avoir dit à sa femme que l'animal appartenait à son frère.

« Je leur ai dit que la bufflonne était très bien chez nous », dit Kumud avant que Raman lui ait posé la question.

Raman se figea.

« Qu'est-ce qu'il a répondu ?

— Oh, frère Vaman n'était pas là. Il n'y avait que sœur Madhu. Elle a dit que frère Vaman ne la prévenait jamais de quoi que ce soit. Il ne lui dit rien du tout. Elle n'est jamais au courant de rien. “Garde-la, cette bufflonne, m'a-t-elle dit. C'est bien le dernier de mes soucis. D'ailleurs, je ne lui parlerai pas de l'argenterie que je t'ai prêtée pour recevoir le patron de ton mari. Les femmes aussi savent garder les secrets." »

Gulbachan revint sur ces entrefaites, et Kumud courut à la cuisine pour en rapporter divers desserts et un grand saladier plein de lychees dodus. Gulbachan était vraiment d'excellente humeur à présent. Il racontait à tous – Raman, Bharathi et Shanker, qui était rentré de l'école – l'époque où, envoyé dans l'Himalaya, il avait logé chez l'habitant avec les troupes. De ces régions lointaines, il envoyait des dépêches concernant la guerre avec la Chine.

« Il faisait un froid terrible, et je n'avais que mon gilet ! Je n'avais pas eu le temps de faire mes bagages.

— Il y avait de la neige ? demanda Shanker.

— Oui, de gros tas.

— Vous avez vu des *Chini* ? demanda Bharathi.

— Oh oui, ils étaient tous là. C'est un grand pays. Avec un milliard d'hommes. C'est plus qu'un *crore.* Il est plus peuplé que l'Inde.

— Nous aussi, nous sommes plus d'un *crore.*

— Ils sont cent *crores*, dit Gulbachan.

— Cent *crores* !

— Comment écriviez-vous ? dit Raman, intrigué par les détails techniques.

— J'avais les doigts gelés. Même pas de gants. Mais les yaks nous donnaient du lait et du beurre. Alors, nous buvions du thé pour nous réchauffer. Vous imaginez ! Au bout du bout du monde, nous buvions du thé. Mais ce n'était rien comparé à la Marche du Sel. Là, nous avons vraiment eu la vie dure. » Et Gulbachan se mit à raconter son histoire favorite.

Finalement, après avoir mangé et raconté des histoires pendant des heures, Gulbachan prit congé, repu et content.

« Il va te donner une promotion, une augmentation ? demanda Kumud lorsqu'il fut parti.

— Il avait l'air content, tu sais, Papa, dit Bharathi.

— Oh là là, il a fallu que j'écoute son histoire barbante de la Marche du Sel. Ça n'en finissait pas. En plus, je la connais déjà, on l'étudie à l'école, maugréa Shanker. Si je me suis retenu de bâiller, c'est bien parce que je me disais que ça te ferait perdre ta promotion !

— Tu as bien fait », dit Raman, inquiet de voir que sa famille s'attendait maintenant à ce qu'il ait une promotion. Mieux valait ne pas essayer de leur expliquer qu'il n'avait invité Gulbachan que pour qu'il voie Jhotta. « Mais il va vouloir autre chose.

— Que peut-il vouloir de plus ! s'exclama Bharathi. Jamais je n'ai vu un homme manger autant !

— Il voudra de la *raita* tous les jours, dit Raman, non sans une certaine nervosité, se demandant comment Kumud allait prendre la chose.

— Oh, mais heureusement, nous avons notre bufflonne, dit Kumud avec un large sourire. C'est une bénédiction que frère Vaman ait décidé de nous la prêter juste maintenant ! Dis à ton frère que ça ne nous ennuie pas de nous occuper d'elle, je le fais vraiment très volontiers. » Et elle alla troquer sa tenue de charme contre une autre, plus commode.

34

Le soleil filtrait à travers les lattes des volets de bois. Deepa se réveilla et resta immobile, à regarder les particules de poussière danser et tourbillonner dans la lumière blanche. Elle fut soudain inondée de soleil lorsque les volets s'ouvrirent et quelqu'un les attacha de chaque côté de la fenêtre pour qu'ils ne battent pas contre les murs.

Deepa se dressa sur son séant et cligna des yeux. La femme du Dr. Sharma avait mis une natte dans le salon à son intention. Bien qu'elle fût venue avec ses draps, celui du dessous n'était pas l'un des siens, mais un drap à carreaux multicolore. Le sol de marbre était propre mais rayé, et avait perdu son brillant. Et la lumière du matin révélait que les murs n'avaient pas été repeints depuis quelque temps. Pourtant, ce n'était pas un intérieur négligé ; il avait l'agréable gaieté d'un lieu vivant.

Il y avait peu de meubles dans le salon : une grande table, un buffet, un canapé en rotin et des fauteuils sur lesquels s'entassaient des coussins garnis de morceaux de mica. Il y avait une table basse au plateau en formica et aux pieds fuselés, sur laquelle étaient étalés des magazines poussiéreux : *Femina*, une série de *New Scientist* vieille de quelques années – un abonnement, de toute évidence –, et des numéros de l'*Illustrated Weekly*. Une grappe de raisins, dont les grains brunissaient déjà près des tiges, débordait de la coupe de fruits. Sur la table, un vase contenait des roses de différentes couleurs, qui commençaient à perdre leurs pétales sur le napperon en coton au crochet.

Deepa plia soigneusement ses draps et roula la natte, qu'elle rangea près du mur. Puis elle se dirigea vers le rebord de la fenêtre, où elle s'assit en attendant que quelqu'un vienne. Au loin, elle entendait des voix qui s'interpellaient, bavardaient et se répondaient, mais sans se rapprocher. La fenêtre donnait sur un petit jardin plein de mauvaises herbes, et elle vit les buissons de roses, qui poussaient de façon anarchique mais en quantité et portaient de belles fleurs volumineuses. Des nuages de papillons jaune pâle voletaient sans but au milieu des roses. Il n'y avait personne dans le jardin, et aucun signe de celui ou de celle qui avait ouvert les volets. Les murs badigeonnés d'ocre n'étaient pas en très bon état – noircis par les moisissures de la mousson et lézardés çà et là. Mais les plus grosses fissures étaient couvertes par des bougainvillées violettes qui grimpaient aux murs de la maison et rampaient sur le toit plat jusqu'à la véranda de derrière.

« Tu as bien dormi ? »

Deepa fit volte-face. Un adolescent grand et mince, vêtu d'une chemise et d'un pantalon blancs – d'un blanc si éblouissant que Deepa songea à la publicité sur un paquet de lessive – se tenait à la porte. Les mains dans les poches, il s'appuyait au chambranle comme s'il était là depuis un moment, pas du tout embarrassé d'être surpris en train de regarder Deepa, à qui son visage parut familier : mince, avec des pommettes hautes et une expression sensible et mélancolique.

« Je t'ai déjà vue, dit-il. Tu te souviens ? »

Deepa ne répondit pas.

« Chaque fois en cas de malheur », poursuivit-il, sortant de la zone inondée par la lumière crue du soleil. Ses vêtements ne semblèrent plus aussi éblouissants.

Deepa trouva qu'il exagérait. Amma était tombée, c'était tout. On l'avait emmenée à l'hôpital, mais elle sortirait bientôt. Pourquoi ce garçon essayait-il de faire paraître la chose si mélodramatique ? Il eut un sourire ambigu.

« Mais cette fois, ce n'est pas aussi grave que la première. »

Deepa le regarda avec curiosité. Brusquement, elle se souvint que c'était lui qui était venu avec le Dr. Sharma annoncer à Amma la mort de son père Dasji et de sa sœur Kamini. C'était presque un homme à présent. Sans fausse honte, elle scruta son visage, cherchant à y retrouver des traits enregistrés dans son souvenir. Tant de fois elle s'était rappelé le jour de la mort de son père. Tant de fois le visage du garçon, son air troublé, tendu, lui était revenu en mémoire. Lorsqu'elle pensait à son père, elle pensait aussi à lui. Aujourd'hui, assise dans l'embrasure de la fenêtre, elle lui trouvait un air beaucoup plus confiant et détendu que lors de leur précédente rencontre. Curieusement, ce visage-ci paraissait plus jeune que celui qu'elle se rappelait si distinctement, bouleversé par la mort de son père. Govind la laissa le fixer, comme s'il comprenait qu'elle était en train d'évoquer le passé. Elle finit par baisser les yeux.

« Tu n'as pas du tout changé, dit Govind. Je n'ai pas oublié. Tu es restée complètement passive. (Il montra du doigt les draps pliés qu'elle avait posés contre le mur.) On les avait enveloppés dans un drap comme celui-là.

— Je me souviens », dit-elle. C'étaient les premiers mots qu'elle prononçait.

« Tu te souviens ? Mais comment est-ce possible puisque tu n'étais pas là à ce moment-là ? C'est moi qui ai vu cela. Je les ai vus enveloppés dans le drap.

— Je me souviens que tu me l'as raconté », répliqua Deepa, un peu déconcertée par le ton qu'il avait pris. Mais elle se sentait en connivence avec ce garçon. Comme s'ils reprenaient la conversation là où ils l'avaient interrompue toutes ces années auparavant. Ces questions en suspens entre eux, il fallait qu'ils les abordent et s'en débarrassent pour pouvoir parler d'autre chose.

Govind s'approcha de la fenêtre et s'assit à côté d'elle sur le rebord, le dos rond, les mains toujours dans les poches. Ses pensées retournaient vers le jour où il était allé pour la première fois chez Amma.

« Lorsque Papa a dit que tu viendrais chez nous, j'ai été curieux de savoir quel genre de personne tu étais devenue. Comment se fait-il que tu n'aies pas changé ? Ton père est mort, ta sœur est morte, et pourtant tu parais être exactement la même. Alors que moi, j'ai beaucoup changé depuis. Je ne suis plus le même. »

Deepa se demanda ce qu'elle était censée devenir. Elle se souvenait de ses propres sentiments d'impuissance à l'époque. Elle s'était dit : « A quoi bon désirer quoi que ce soit si Dieu a le pouvoir de vous enlever ceux que vous aimez ? Je ne demanderai rien à Dieu, s'était-elle juré après cela. Il a pris mon père sans que je lui demande rien. Jamais il ne m'écoutera. »

Govind semblait attendre une réponse.

« En quoi devrais-je changer ? demanda Deepa.

— Je m'attendais à ce que tu sois plus révoltée que tu ne l'es.

— Révoltée ? Contre quoi ?

— Contre quoi ? Mais contre le coup que le sort t'a porté.

— Je vais bien. J'ai Amma. Il y a des gens plus malheureux que moi.

— C'est exactement le genre de remarque que ferait ma *nani*, dit Govind d'un ton agacé. Quel malheur plus grand que de perdre son père ? »

Deepa se dit que Govind prenait tout très à cœur. Ce garçon mélancolique semblait porter tout le poids de son deuil à elle, de sa tristesse, alors que, logiquement, c'était elle qui aurait dû souffrir !

« Je me réjouis que tu ailles bien, dit Govind avec sa curieuse manière de parler, adulte et guindée. Je me suis souvent demandé ce que j'éprouverais si je perdais mon père comme ça. Je me suis demandé ce que tu deviendrais. Maintenant, je sais. »

Ils restèrent quelques instants sans rien dire.

« Tu as faim ? » demanda soudain Govind, se levant. A l'entendre, on eût dit que le chapitre était clos. Et peut-être l'était-il.

Deepa secoua la tête.

« Nous allons prendre le petit déjeuner, de toute façon. Tiens, voilà ma sœur qui vient te chercher. »

Mallika venait d'entrer. Elle avait un an de moins que Govind et Deepa la connaissait de vue : à l'école, elle était bonne en éducation physique. Elle avait l'air gentil et mûr. « Ne l'embête pas », dit-elle à son frère. Puis elle prit la main de Deepa : « Tu es triste ? »

Deepa secoua la tête.

« Tant mieux. Papa dit qu'il ne faut pas t'inquiéter pour ton Amma. Bon, nous allons prendre le petit déjeuner. Mais veux-tu d'abord faire ta toilette ? »

Deepa la suivit à la salle de bains en pierre polie. Il y avait un gros robinet, deux seaux et un lavabo fendu. Jamais Deepa n'avait vu un si gros robinet. Elle s'y prit à deux mains pour essayer de l'ouvrir, mais il ne bougea pas d'un millimètre. De guerre lasse, elle se disait qu'elle allait se laver dans le lavabo lorsque Govind, de l'autre côté de la porte, demanda : « Tu as un problème avec le robinet ? Il reste parfois bloqué. »

Elle ouvrit le verrou et s'effaça pour laisser entrer Govind. Elle remarqua que lui aussi avait besoin de ses deux mains pour ouvrir le robinet. « Nous sommes obligés de le fermer, sinon il goutte toute la journée », expliqua-t-il.

Deepa hocha la tête.

Il semblait vouloir ajouter quelque chose, mais ne pas trouver les mots pour le dire. Deepa attendit. Puis Govind sortit et Deepa reverrouilla la porte derrière lui.

Elle se regarda dans la glace.

Pourquoi n'as-tu pas changé ? Quel genre d'enfant était-elle avant la mort de son père ? se demanda-t-elle. Quel genre d'enfant était-elle à présent ? Le fait est que du vivant de son père, lorsqu'elle voulait qu'on s'occupe d'elle, elle n'avait que l'embarras du choix. Mais après la mort de Dasji, n'était-elle pas restée à Mardpur, l'endroit qu'elle connaissait le mieux ? Si je devais partir d'ici, se dit-elle, alors je changerais. Même Amma mourrait un jour. Seul Mardpur resterait.

« Tu as fini, Deepa ? demanda Mallika.

— Presque. » Et Deepa s'aspergea d'eau le visage. Elle se lava rapidement le corps et passa une robe propre, qui s'avéra trop courte et trop serrée. Il n'y avait pas de peigne, et elle se lissa juste les cheveux avec un peu d'eau. Lorsqu'elle eut fini, elle ouvrit le verrou et risqua un coup d'œil au-dehors. Pas de Govind en vue. Elle en fut soulagée, car elle s'attendait à moitié à le trouver là en train de l'attendre. Elle sortit, sa serviette mouillée sur le bras.

La famille du docteur prenait le petit déjeuner dans la salle de séjour, à la grande table. On ne s'asseyait pas en tailleur sur des *charpoys* comme chez Amma, ni sur des planches de bois posées par terre comme chez Bharathi. Et on n'utilisait pas de *thalis* de métal, mais des assiettes en porcelaine. On mangeait des toasts à l'anglaise, tartinés de pâte de petits pois *massala*. Mallika était assise entre Deepa et Govind. Il y avait un autre garçon, d'un an plus jeune que Mallika et presque du même âge que Deepa, et une fille plus petite, qui pouvait avoir huit ans. Ils s'appelaient par leur nom, plutôt que d'utiliser les termes *didi* et *bhai*. Ils parlaient et plaisantaient, même avec leur mère, d'une façon telle que par comparaison Deepa semblait timide et incapable de s'exprimer.

Mrs. Sharma était une femme rondelette et réjouie, qui se laissait de bonne grâce tyranniser par ses enfants. Elle prenait le petit déjeuner avec eux, mais ne semblait pas capable de faire régner la discipline, ni même d'essayer.

« Eh bien, le docteur est encore en retard, dit-elle à la cantonade. Nous allons devoir commencer sans lui. »

Chaque fois que la bonne apportait des toasts, les enfants se servaient dans l'assiette sans aucun égard les uns pour les autres. C'étaient moins de mauvaises manières qu'un jeu auquel ils se livraient depuis leur petite enfance. Ils étaient passés maîtres en l'art de faire des provisions de toasts juste au moment où ils en avaient besoin. Mallika, qui avait entrepris de s'occuper de Deepa, en rafla un certain nombre pour elle. Cela parut prendre Nalini au dépourvu, et comme elle était moins rapide que sa sœur aînée, elle se trouva désavantagée.

« Tu es orpheline ? » s'enquit-elle en dévisageant Deepa. Shyam gloussa et regarda lui aussi Deepa fixement.

« Non, répondit cette dernière.

— Alors, où sont tes parents ? Papa a dit qu'il fallait que tu viennes chez nous parce que tu n'avais personne pour prendre soin de toi.

— Maman habite à Vakilpur. »

Mrs. Sharma parut intéressée.

« Comment s'appelle-t-elle, ta maman ? »

Deepa indiqua à Mrs. Sharma le nom de famille de sa mère et celui de son grand-père. C'était une sorte de formalité. Mrs. Sharma qui, elle en était sûre, savait déjà tout cela, eut une moue approbatrice.

« C'est une bonne famille de brahmanes. Une très vieille famille, dit-elle.

— Pour toi, c'est tout ce qui compte, Ma ! » plaisanta Govind, de toute évidence habitué à ce genre de commentaire. Il semblait plus détendu que lorsque Deepa l'avait vu plus tôt.

Mrs. Sharma réagit avec bonne humeur : « Il n'y a pas de mal à cela, dit-elle.

— Et si j'épousais un *bania* ? » piailla Nalini, qui voulait participer au badinage général.

— Et alors ? dit Mrs. Sharma.

— Il faudrait qu'il soit riche, déclara Mallika en se beurrant un toast.

— Grosse bête, dit Shyam, il faudrait d'abord que tu le fasses tomber amoureux de toi. »

Mallika taquina sa sœur : « Qui tomberait amoureux de toi, avec ta figure barbouillée de miel ?

— Ce n'est pas vrai que j'ai du miel !

— Si, si ! crièrent ensemble Shyam et Mallika.

— Taisez-vous donc ! » répliqua mollement Mrs. Sharma.

Seul Govind observa un silence digne. Il ne se joignit pas aux taquineries des autres contre sa petite sœur.

« De toute façon, déclara Nalini, bien décidée à avoir le dernier mot, un ver de terre peut bien tomber amoureux d'une étoile. Sa mère a fait un mariage d'amour ! » fit-elle en désignant Deepa.

« Nalini ! » s'écria Mrs. Sharma, très gênée. Et elle se hâta de changer de sujet de conversation.

Deepa comprit qu'ils en savaient plus sur elle qu'ils ne voulaient bien le dire. Mais aussi, Mardpur était une petite ville et la salle d'attente d'un médecin un endroit idéal pour entendre les commérages.

35

Après le petit déjeuner, Deepa se joignit à Nalini, Shyam et Mallika pour une partie de *carrom*. Govind resta là, à leur tourner autour.

« Tu l'aimes autant que ton papa ? demanda Nalini à Deepa.

— Qui ça ?

— L'autre. Celui avec lequel ta mère s'est remariée.

— Nalini ! s'écria Mallika, sans toutefois arrêter sa sœur.

— Je ne l'ai jamais vu », répondit Deepa qui n'avait aucune raison de se sentir gênée par ce genre de question. Voyant que Deepa ne se formalisait pas, Mallika laissa sa sœur continuer. Laquelle ne s'en priva pas.

« Jamais ?

— Jamais. »

Tous parurent trouver cela étrange.

« Et si ton Amma meurt et que tu es obligée de retourner vivre avec ta mère ? demanda Mallika.

— Eh bien, j'irai, répliqua sobrement Deepa, visant la reine rouge avec soin.

— Si tu te maries avant que ton Amma meure, tu ne seras pas obligée d'aller vivre chez cet homme, dit Mallika.

— Cela ne dépend pas de moi », répondit en riant

Deepa qui, d'un mouvement sec, abattit sa canne et s'empara triomphalement de la reine rouge.

« Tu ne peux pas rester là à attendre passivement que les choses t'arrivent », dit Govind.

Mais Mallika vint au secours de Deepa :

« Pourquoi se faire du souci avant que les choses se produisent ? dit-elle. N'empêche, je n'aimerais pas aller vivre chez des étrangers.

— Maman n'est pas une étrangère, répliqua Deepa, que l'idée fit sourire.

— Mais tu ne l'as pas vue depuis si longtemps ! dit Mallika.

— Peut-être, mais c'est toujours ma maman.

— Et si elle a changé ?

— Maman, c'est maman », lança Deepa, et les enfants du docteur parurent se contenter de sa réplique.

Lorsqu'ils eurent recommencé une partie, où Govind avait remplacé Shyam qui ne voulait plus jouer, Nalini revint à la charge : « Et tes frères et sœurs ?

— Maman a deux filles, mais je ne les ai jamais vues, répondit Deepa.

— Deux sœurs, que tu n'as jamais vues, avec qui tu n'as jamais joué ? » s'écria Nalini.

Deepa haussa les épaules. « Ce n'est pas parce que tu ne vois pas souvent les membres de ta famille que tu ne te sens pas tout de suite à l'aise avec eux.

— Comme nous avec nos cousins de Kanpur, Nalini, dit Mallika. Nous passons des années sans les voir, mais quand nous les retrouvons pour des mariages, nous nous sentons très proches. »

Pendant qu'ils jouaient, le Dr. Sharma arriva. Nalini sauta de sa chaise, abandonnant le jeu, et les autres en firent autant.

Nalini se jeta sur son père.

« Ouh ! Tu es trop lourde pour que je te porte, Nalini ! s'exclama le Dr. Sharma. Tu n'es plus un bébé.

— Oh, le bébé, le bébé ! » se moqua Shyam.

Mrs. Sharma s'affaira autour de son mari, le débarrassa de sa serviette, prit le thé des mains de la bonne pour le lui tendre elle-même – il était servi dans une tasse avec soucoupe. Le Dr. Sharma s'assit dans l'un des fauteuils en rotin, après avoir tapoté les coussins. Le soleil entrait à l'oblique et non plus droit dans la pièce comme lorsque Deepa s'était réveillée, et les morceaux de mica brillaient et renvoyaient la lumière. Le Dr. Sharma buvait son thé à petites gorgées et grignotait des biscuits, qu'il offrit à Nalini. Sa fille cadette partageait son fauteuil, bien décidée à rester aussi près de son père que possible. Mrs. Sharma et Mallika étaient assises sur le canapé en rotin, de part et d'autre de Deepa, tandis que Govind appuyait une jambe sur l'accoudoir du canapé, tout son poids reposant sur l'autre. Shyam occupait l'autre fauteuil, mais il s'ennuyait et préféra aller jouer dans le jardin. L'atmosphère était celle qui précède une réunion. Lorsque le Dr. Sharma eut vidé sa tasse et l'eut reposée sur sa soucoupe, il regarda Deepa et dit : « Alors, qu'allons-nous faire de toi ? »

Il allait remettre tasse et soucoupe sur la table basse, mais Mrs. Sharma devança son geste.

Deepa voulait demander comment allait Amma et ce qui avait été décidé à son sujet, mais elle eut peur d'avoir l'air impertinente en questionnant le docteur devant toute la famille. Il paraissait songeur.

« Ta *nani* a une petite fracture. Elle va devoir rester à l'hôpital. Il faudra que ta maman vienne te chercher. Mais il faut peut-être compter quelques jours d'ici son arrivée. »

Deepa eut peur. Voilà que sa vie était organisée par des

personnes qu'elle connaissait à peine. Elle ne voulait pas qu'ils prennent des décisions aussi importantes. Tout ce qu'elle voulait, c'était qu'on la laisse aller voir Amma. Deepa eut une intuition curieuse : que si seulement elle pouvait dire cela à Govind, il la comprendrait. Malgré sa bizarrerie et sa mélancolie, quelque chose le distinguait des autres aux yeux de Deepa. Etait-ce parce qu'il s'était confié à elle ? En tout cas, elle n'avait d'autre recours que de faire passer sa prière dans son regard.

Ce ne fut pas Govind qui vint à son secours, mais Nalini.

« Oh, mais Papa, Deepa ne peut pas partir comme ça avec sa maman ! Ça fait des années qu'elle ne l'a pas vue ! Et elle sera obligée de jouer avec ses deux sœurs qu'elle ne connaît pas ! »

Le Dr. Sharma fut un peu pris de court. Il regarda Deepa, mais elle ne semblait pas choquée par la sortie de Nalini.

« C'est à Deepa de choisir ce qu'elle veut faire ; après tout, c'est sa maman. Peut-être a-t-elle envie d'aller chez elle. Qu'est-ce que vous en savez au fond ? » Il regarda Deepa comme s'il s'attendait à ce qu'elle prenne la parole, mais ce fut encore Nalini qui intervint : « Mais Deepa veut rester à Mardpur, elle nous l'a dit !

— Si elle s'en va, comment fera sa *nani* ? demanda Govind. Elle est aveugle, non ? Elle aura peut-être besoin d'aide. Qui d'autre peut l'aider, ici ? »

Deepa le regarda : on eût dit qu'il lisait dans ses pensées.

« Avez-vous consulté la *nani* de Deepa au sujet de sa petite-fille ? demanda Mrs. Sharma.

— Bon, je vous ai tous entendus, dit le Dr. Sharma. Il est clair que vous savez mieux que moi ce que veut Deepa. Je n'appellerai pas sa mère. Tu n'y vois pas d'objection, Deepa ? »

Elle répondit par un hochement de tête presque imperceptible.

« Mais tu ne peux pas rester toute seule à Jagdishpuri Extension. Même avec la petite Usha. »

Alors Deepa entendit Mrs. Sharma dire : « Elle peut rester quelques jours chez nous. Elle est dans la même école que Mallika et Nalini, elles peuvent y aller ensemble. C'est une petite brahmane bien élevée. Une vieille famille de Mardpur, comme nous.

— Oh, Ma ! gémit Shyam.

— Cela dépend d'elle, dit le Dr. Sharma. Qu'est-ce que tu as envie de faire, Deepa ? Veux-tu rester avec nous ?

— Nous t'emmènerons tous les jours à l'hôpital Aurobindo pour que tu puisses aller voir ta *nani*, dit Govind.

— Alors ? » demanda le Dr. Sharma.

Quelle alternative avait-elle ? Deepa eut une pensée fugitive pour Jhotta, qui était seule. Mais elle savait que Rampal passerait chaque matin pour la traire et elle repoussa ce souci. Rampal ferait ce qu'il y avait à faire. Elle adressa une prière silencieuse à Amma : « S'il te plaît, guéris vite ! Alors, je pourrai rentrer à la maison. » Elle se rendit compte de la liberté dont elle jouissait chez sa grand-mère. Chez le docteur, elle se sentait bridée, comme si elle était obligée d'expliquer à la famille chacune de ses pensées, de ses actions, afin qu'ils cessent de s'inquiéter pour elle.

« Que veux-tu qu'elle dise ? lança Mrs. Sharma, jaugeant correctement la situation. Elle n'a nulle part où aller sinon.

— Alors, c'est entendu, dit le Dr. Sharma. Après le petit déjeuner, tu m'accompagneras à l'hôpital et nous dirons à ta *nani* de ne pas s'inquiéter, que tu es chez nous et que tout va bien.

— Il faut te sentir à l'aise. Tu es en famille chez nous, dit Mrs. Sharma.

— Elle ne sait pas ce que c'est que d'avoir une famille », souffla Govind à sa mère. Cela eut l'air de frapper Mrs. Sharma, qui regarda Deepa avec compassion.

« Mallika va s'occuper de toi, lui dit-elle gentiment. Ce sera comme une sœur. Et Govind et Shyam sont comme tes frères. »

Shyam plissa le nez, sans doute embarrassé, pensa Deepa. Elle savait que la femme du docteur était pleine de bonnes intentions et sincère à sa façon, mais elle trouvait bizarre cette soudaine abondance de frères et de sœurs. Elle fit une autre prière silencieuse : « S'il te plaît, Amma, guéris vite. »

Le Dr. Sharma but une autre tasse de thé avant de retourner à sa consultation. Govind et Shyam allèrent s'entraîner au cricket dans le jardin.

« Veux-tu jouer au badminton ? » proposa Mallika. Elle sortit deux raquettes et elles jouèrent à l'ombre de la véranda, tandis que les papillons voletaient entre elles. Deepa en attrapa un dans sa raquette et il tomba au sol en tressautant. Mallika le ramassa et le caressa.

« Il va aller à l'hôpital des papillons, dit-elle.

— L'hôpital des papillons ?

— Nous aidons les papillons à guérir, dit Mallika. Shyam aime faire la chasse aux papillons : il les attrape avec son filet, puis il les tue et les épingle sur une planche ; mais Govind et moi, nous nous faisons un plaisir de les sauver.

— Pourquoi est-ce que Shyam les tue ? demanda Deepa.

— Il aime les belles choses. Tandis que Govind et moi, nous pensons à l'âme du papillon. » Elle emmena l'insecte à l'intérieur de la maison. « Il va se reposer après toutes ces émotions. »

Après cela, Deepa eut du mal à se concentrer sur la partie de badminton, craignant d'attraper un autre papillon avec sa raquette.

« Tu dois te faire du souci pour ta *nani*, dit Mallika en voyant Deepa rater encore un volant. Cela ne doit pas être facile de vivre toute seule avec une grand-mère aveugle. »

Deepa n'avait jamais envisagé la situation sous cet angle. Vivre avec Amma était la chose la plus naturelle du monde.

« Tu n'as pas de grand-mère ? demanda-t-elle.

— Oh, si, j'en ai une, mais c'est une vieille bique. Elle est sourde comme un pot et passe son temps à répéter que nous sommes trop gâtés. C'est Govind son chouchou. Pour elle, il ne peut pas faire de bêtise. Elle croit toujours qu'il a six ans et elle le traite comme un bébé. Il a horreur de ça !

— Mais tu dois l'aimer, ta grand-mère.

— Bien sûr, fit Mallika avec un geste fataliste, mais elle est autoritaire comme pas deux. C'est surtout à Nalini qu'elle s'en prend. Quand on va la voir, il faut se mettre sur son trente et un, et encore, elle ne nous trouve pas assez jolies, Nalini et moi. Je crois tout simplement qu'elle n'aime pas les filles. Elle n'en a que pour les garçons. Elle trouve les filles idiotes. Où iras-tu après le couvent ? » demanda Mallika à brûle-pourpoint.

Deepa ne s'était jamais posé la question.

« Moi, je vais essayer d'entrer à l'Institut Indien de Technologie pour être ingénieur, comme Govind, poursuivit Mallika sans lui laisser le temps de répondre.

— Les filles ne font pas d'études d'ingénieur, objecta Deepa, surprise.

— Bien sûr que si ! dit Mallika avec un mouvement de

tête agacé. Tu parles comme ma *nani*. Je suis plus intelligente que Govind, alors pourquoi n'y arriverais-je pas ?

— Qu'en pense ton papa ? demanda Deepa, curieuse.

— Oh, il me soutient. C'était son idée.

— Tu partirais si loin de chez toi !

— C'est loin pour Govind aussi.

— Ça ne te fait pas peur, de te trouver avec tous ces garçons ? » Deepa se dit que c'était un peu osé de sa part de poser cette question.

« Pourquoi veux-tu que j'aie peur d'eux ? répondit Mallika en riant, ce qui lui valut la sympathie de Deepa.

— Que se passera-t-il quand tu auras fini tes études ?

— Je partirai peut-être à l'étranger. »

Une perspective trop exaltante pour qu'on y songe.

« Tu ne te marieras pas ?

— Il n'y a pas d'urgence, dit Mallika, l'air nonchalant. Nani est décidée à nous marier tous après-demain. Elle passe son temps à nous chercher un parti convenable, un gentil brahmane. Mais papa dit qu'il ne faut pas que les filles se marient trop tôt.

— Pourquoi ?

— Parce que du coup, elles ont trop d'enfants, et cela contribue à la surpopulation. Avoir trop d'enfants ne vaut rien pour la santé des enfants non plus. »

Deepa, qui n'avait encore jamais pensé à ces questions-là, trouvait Mallika de plus en plus sympathique.

« Papa dit aussi que c'est à nous de choisir celui que nous épouserons.

— Un mariage d'amour ! » fit Deepa dont les yeux s'arrondirent. Des parents sanctionnant cela ? Tout bonnement incroyable !

« Pas tout à fait, mais il dit que si quelqu'un nous

plaît, finalement, notre décision nous appartient. Est-ce que ta mère est très stricte ? »

Deepa rata encore le volant et courut le ramasser avant de répondre.

« Je ne sais pas. (Jamais elle ne s'était posé cette question. Elle supposait que oui, puisque ce serait sa mère qui arrangerait son mariage.) Mais cela m'est égal. J'accepterai sa décision.

— Parfois, à consentir trop vite, on est perdant, avertit Mallika. Nous autres filles, nous sommes capables de déceler chez les garçons des choses que nos parents ne voient pas. Les mères pensent que leurs fils sont parfaits ; regarde ma *nani*. Pour elle, Govind et Shyam sont parfaits. Mais pas nous. A ceci près que nous, nous voyons bien que Govind est trop sérieux et Shyam toujours prêt à critiquer.

— Je me le rappellerai. Mais si tu refuses trop de propositions, tu deviendras difficile à marier.

— Oh là là ! C'est ce que *nani* répète sans arrêt. Mais je lui réponds qu'elle ne voudrait tout de même pas qu'on épouse le premier garçon qu'on nous présente. Il faut acquérir de l'expérience et en voir beaucoup avant de faire un choix définitif. Et comment acquérir de l'expérience si on n'en refuse pas quelques-uns d'abord ?

— Qu'en dit ta *nani* ?

— Elle fait toujours tout ce qu'elle peut pour convaincre papa de m'interdire de parler comme ça. Mais papa est fier de ses filles et il nous défend. »

Pour la première fois de sa vie, Deepa envia le père d'une autre.

« Tu as de la chance d'avoir un père comme le tien. Je n'oublierai pas ce que tu as dit.

— Et toi, montre-toi exigeante. Ne consens pas trop vite. »

36

Chaque matin, Deepa était réveillée par le claquement des volets qu'on ouvrait de l'extérieur et la lumière blanche qui emplissait le salon. Parfois, c'était Mrs. Sharma qui entrait avec un bouquet de fleurs fraîches pour la table. Ou alors Mallika, qui venait voir si Deepa n'avait besoin de rien. Mrs. Sharma avait dégagé un coin du buffet pour que Deepa puisse ranger ses cahiers à côté de la table sur laquelle elle faisait ses devoirs dans la lumière dorée qui, en fin d'après-midi, entrait à flots par la fenêtre. Bien qu'on la traitât avec une extrême gentillesse, jamais Deepa ne se sentit vraiment à l'aise dans cette maison.

Ellc rendait visite à Amma chaque soir. Parfois c'était le Dr. Sharma qui l'emmenait à l'hôpital, d'autres fois c'était Govind, qui la laissait avec Amma pendant qu'il allait faire des courses. Deepa était plus en confiance avec Govind à présent, mais elle avait l'impression qu'il la considérait comme une petite orpheline plutôt bizarre et pitoyable. Il voulait toujours savoir ce qui se passait dans sa tête, comme s'il cherchait à comprendre les raisons de sa réserve. Or, en réalité, l'univers de Deepa était beaucoup plus étroit que celui des enfants du médecin. Elle ne réfléchissait pas aux questions sociales comme eux, ni n'analysait chaque initiative du gouvernement. Les enfants du médecin étaient curieux et dynamiques. Ils étaient au courant de toutes sortes d'informations concernant le monde entier, glanées dans leurs livres et leurs journaux. Govind et Mallika lisaient le *Hindoustan Times* qui leur était apporté chaque matin à domicile. Deepa, elle, ne possédait aucun livre hormis ses manuels scolaires que, comme d'autres élèves de sa classe, elle apprenait docilement par cœur. Jamais elle ne cherchait plus loin que ses manuels. Jamais il ne lui était venu à l'idée de lire un journal ou d'écouter la radio. Amma ne le faisait jamais, et pourtant elle en savait long sur le monde en dehors de sa cour.

« Tu n'as donc pas d'ambitions ? » demanda Govind, un soir où ils revenaient de l'hôpital Aurobindo, après s'être livré – sans grand succès – à un interrogatoire serré sur ce qu'elle voudrait étudier à l'université.

« Ce qui doit arriver..., commença Deepa.

— Oh là là, tu commences à parler comme ma *nani,* l'interrompit Govind, exaspéré. C'est complètement dépassé. Maintenant, il faut savoir ce que tu veux. Mon père voulait que je devienne médecin comme lui, mais quand il a vu que j'avais des idées bien arrêtées sur mon avenir, il n'a pas insisté et m'a laissé présenter les examens d'entrée à l'IIT de Kanpur.

— L'IIT de Kanpur ?

— L'Institut Indien de Technologie. Bon sang, tu ne sais vraiment rien ! Peut-être que tu es trop isolée avec ta grand-mère aveugle. » Il n'avait pas voulu être désagréable ; ce n'était là qu'une simple observation de sa part.

« Qu'est-ce que tu fais toute la journée chez elle ? » poursuivit-il.

Deepa réfléchit : Amma s'acquittait de ses tâches

ménagères et racontait les histoires qui lui venaient à l'esprit et qu'elle voyait dans la tête des autres. Quant à elle, elle faisait ses devoirs et travaillait sur les histoires. Usha travaillait dur et racontait des histoires. Elles avaient chacune un monde imaginaire qui les nourrissait. Avaient-elles vraiment besoin d'ambitions ? Que ferait Usha avec des ambitions ? Elle n'avait vraiment aucune chance d'avoir une quelconque instruction, même si elle le souhaitait. Amma avait probablement des ambitions : que sa fille et sa petite-fille soient heureuses et entourées. Et elle, Deepa ? L'avenir n'était pas quelque chose dont elle se souciait. A quoi servirait-il qu'elle se demande ce qui se passerait quand Amma viendrait à mourir ? Peut-être retournerait-elle chez sa mère, où elle mènerait une vie différente. Quant à savoir quel genre de vie, elle ne pouvait même pas se l'imaginer, alors à quoi bon s'y attarder ? Deepa ne savait être heureuse que dans le présent car le futur était une inconnue totale. Elle ne savait pas du tout comment faire part de ses pensées à Govind.

Celui-ci s'était habitué à ce qu'elle ne réponde pas à ses questions. Mais le souci qu'il se faisait pour Deepa était tout à fait sincère. Lui qui, enfant, avait eu des cauchemars où il revoyait le cheval mort et l'homme mort avec l'enfant écrasée dans ses bras, il ne s'était jamais débarrassé du sentiment d'horreur qu'il avait éprouvé en voyant Deepa si placide le fameux jour où on lui avait appris la nouvelle. C'était Govind qui avait manifesté du chagrin à sa place : pendant des jours après l'accident, il avait à peine mangé, presque perdu le sommeil et s'était interrogé sur le sens de l'existence. C'était la première tragédie véritable dont il avait été témoin et elle l'avait profondément marqué. C'était alors qu'il avait décidé qu'il ne pourrait jamais être médecin comme son père et annoncer la nouvelle de tragédies comme celle-là aux familles des défunts.

Amma semblait très fatiguée et peu loquace pendant les visites de sa petite-fille, bien qu'elle fût contente de l'avoir près d'elle. Deepa ne s'en formalisait pas. Elle désirait seulement être à côté d'Amma, l'écouter respirer, regarder ses rides profondes et sentir sa faible odeur de confits, à peine perceptible depuis qu'elle était à l'hôpital.

« Il faudra que j'écrive à ta maman, déclara Amma. Tu ne peux pas rester indéfiniment chez le docteur. » Elle dit ces paroles d'un ton grave, mesurant toute la difficulté qu'il y avait à prendre cette initiative, tant pour elle que pour Deepa. « Nous ne pouvons être une charge pour le Dr. Sharma, qui nous connaît à peine. Il est trop gentil !

— Ne fais pas ça, Amma, je t'en prie ! s'écria Deepa, bouleversée. Ma m'emmènera sûrement d'ici, et alors, qui est-ce qui prendra soin de toi ? Ma va se faire aussi beaucoup de souci pour toi.

— Tu manques à ta maman, mais j'ai été égoïste et j'ai voulu te garder auprès de moi, soupira Amma. Je veux que ta mère soit heureuse et je sais qu'elle le serait de t'avoir près d'elle. » Elle garda la main de Deepa entre les siennes. « Il faut que nous songions aussi parfois à ta maman, tu sais. Je pense souvent à elle, même si je ne la vois pas. Et elle pense souvent à toi, même si elle ne te voit pas. »

Deepa hocha la tête, mais se sentit écartelée. Qu'est-ce qui la rendrait heureuse ? De toute évidence, elle ne pouvait être à la fois avec Amma et avec Ma. Elle jeta les bras autour du cou d'Amma.

« Permets-moi de rester encore un petit peu avec toi, Amma. Je suis sûre que ça ne contrariera pas maman, et que ça ne la rendra pas triste. »

En entendant cela, Amma caressa les cheveux de Deepa et dit : « Je souhaite le bonheur de Ma, c'est ma fille. Mais je souhaite aussi le tien, Deepa.

— Moi je suis heureuse avec toi », répondit Deepa d'une voix étouffée.

Ce soir-là, Amma ne parla plus de Ma. Elle s'efforça de rasséréner Deepa.

« Est-ce que tu prends des leçons de danse ?

— Non, Amma », fit Deepa, qui se dit que la conversation prenait un tour curieux. Jamais elle n'avait abordé ce sujet.

« Je te vois en train de danser, déclara Amma. Je suis sur ce lit, ici, et je te vois. Peut-être devrais-tu apprendre la danse. »

Deepa ne releva pas la remarque, qui lui parut très accessoire à un moment où Amma envisageait d'appeler sa mère et de bouleverser son existence. Mais le fait qu'Amma ait envisagé cette hypothèse pour elle lui faisait plaisir car cela prouvait qu'elle se sentait beaucoup mieux. Avant, la douleur la poussait à se concentrer sur ce qui se passait dans son corps et la rendait imperméable au monde extérieur. Même son odorat, d'habitude si fin, n'avait pas son acuité habituelle. Si elle recommençait à avoir des visions, c'était le signe que la guérison approchait.

De retour chez le docteur, Deepa réfléchit à ce que lui avait dit Amma à propos de la charge qu'elle représentait pour la famille.

« Combien de temps Amma va-t-elle rester à l'hôpital ? demanda-t-elle à Mrs. Sharma au dîner.

— Oh, ma pauvre petite. Ta maison doit te manquer. Je vais demander au docteur Sharma », dit-elle. Et elle redoubla d'efforts pour que Deepa se sente chez elle. « Tu peux inviter tes amies à jouer ici. Comme ça, tu te sentiras moins seule. »

Mais ce n'était pas la solitude qui dérangeait Deepa. La maison du docteur était chaleureuse et animée. Jhotta lui manquait, certes, mais elle ne pouvait pas l'avoir auprès d'elle, elle le savait, et de toute façon tout allait bien pour elle. C'est ce qu'avait dit Usha. Hari apportait chaque jour à l'hôpital le lait de Jhotta pour qu'Amma ne soit pas obligée de boire du lait de vache, auquel elle n'était pas habituée.

Usha n'allait pas à Jagdishpuri Extension. En l'absence d'Amma et de Deepa, elle n'avait pas grand-chose à y faire. Mais elle avait demandé à son frère de s'assurer que tout allait bien pour la bufflonne et d'apporter du lait à Amma. Après tout, Hari avait l'habitude des buffles et savait les traire.

Hari consulta Rampal.

« Que faire ? Je me demande où est passée Jhotta, dit Hari, et Deepa veut savoir si tout va bien pour elle.

— *Hai Ram !* s'exclama Rampal. Cette bufflonne est vraiment perdue. Emportée par un *bhooth.* Même son *avatar* ne s'est pas montré. Comment vais-je annoncer ça à Amma ? Et c'est moi qui suis chargé de la traire, cette bête ! J'ai déjà dit à Pappu qu'on cherche une Jhotta qui a disparu mystérieusement, mais Pappu lui-même n'a rien vu. Demain j'irai au temple prier pour que Jhotta revienne. Mais attends. Ne dis rien à Amma, sinon ça retardera sa guérison. Elle sera encore plus malade de savoir que Jhotta est partie.

— Mais chaque jour Amma réclame le lait de Jhotta pour se rétablir, dit Hari.

— *Hai Ram !* » s'exclama Rampal. Il souleva le couvercle de plusieurs *baltis* pour voir la quantité de lait qu'ils renfermaient, mais il n'y en avait pas en trop. Tout le lait était retenu. Jhotta était très prolifique, mais sans elle il n'avait pas d'excédent. Ce fut au tour de Rampal de dire : « Que faire ? »

Hari annonça qu'il avait du lait en excédent, celui d'une bufflonne qu'il trayait chaque jour. Peut-être pourrait-il garder un peu de ce lait pour Amma ?

D'habitude très curieux, Rampal était si préoccupé par la disparition de la bufflonne qu'il ne songea pas à poser de questions à Hari sur celle qu'il trayait. Il dit seulement : « C'est une bonne idée. Mais imagine qu'Amma le sente ? Le lait de Jhotta est très particulier et Amma – eh bien, Amma a des dons peu ordinaires aussi. Elle peut le reconnaître au goût, ou même à l'odeur. Si elle sait que ce n'est pas le lait de sa Jhotta, cela ne lui fera pas de bien, au contraire !

— On peut lui dire que Jhotta se languit sans elle et que c'est pour ça que son lait n'est pas aussi bon », suggéra Hari.

Rampal réfléchit quelques instants, mais il n'avait pas vraiment le choix.

« On n'a qu'à essayer. Cela ne peut pas faire de mal. Ce n'est pas le moment d'inquiéter Amma en lui disant que sa bufflonne n'est plus de ce monde. »

Aussi Hari informa-t-il Usha que tout allait bien pour Jhotta. Et chaque jour, en faisant sa tournée, il mit de côté un petit *balti* de lait récolté dans le jardin aux lychees.

37

Lorsque Govind accompagna Mallika, Nalini et Deepa à l'école, Bharathi le remarqua aussitôt.

« Avec qui es-tu venue à l'école ? demanda-t-elle, les yeux écarquillés.

— Avec Mallika.

— Et son frère aussi, non ? Je t'ai vue lui parler ! »

Deepa dit à Bharathi qu'elle habitait chez le Dr. Sharma et les yeux de celle-ci s'arrondirent encore.

« Tu vas épouser Govind ?

— Idiote ! Il va bientôt partir faire des études à l'IIT de Kanpur. »

Bharathi baissa la voix et chuchota : « Tu l'aimes ?

— Ne dis pas n'importe quoi ! fit Deepa, agacée.

— Tu m'avais promis de me dire tous tes secrets.

— Il n'y a pas de secret.

— Si tu ne l'aimes pas, tu es aussi aveugle que ton Amma !

— *Chup* ! Bharathi. J'ai besoin de ton aide », déclara Deepa. Elle avait des soucis autrement importants que cela. « Tu es ma meilleure amie, Bharathi. Peux-tu m'aider à m'en aller de chez le Dr. Sharma ?

— Tu n'es plus l'amie de Govind, alors ? Si j'en juge par sa façon de te regarder, je crois qu'il t'aime bien.

— Je t'en prie, arrête, Bharathi. Amma dit que j'abuse de la gentillesse du Dr. Sharma et elle veut écrire à maman pour lui demander de venir me chercher. »

Bharathi eut l'air horrifiée. Elle comprenait très bien la situation de Deepa et abandonna toute idée romanesque sur les relations entre Deepa et Govind.

« Qu'est-ce que tu peux faire ?

— Je peux aller chez toi, Bharathi. Tu es ma meilleure amie.

— Oui, dit Bharathi, sincèrement désireuse de l'aider. Je vais demander à papa et à maman, et il faut aussi qu'on demande la permission d'Amma.

— Nous irons la voir après l'école », déclara Deepa.

L'après-midi, à la sortie de l'école, Bharathi accompagna Deepa à l'hôpital et elles achetèrent des fruits en chemin. Amma, assise dans son lit, buvait un verre de lait. Usha était debout à son chevet, avec le *balti* que Hari lui avait donné.

« Qu'est-ce que je deviendrais sans le lait de ma Jhotta ? dit Amma. Il n'y en a pas de meilleur. C'est une bénédiction que ton frère puisse faire chaque jour ce long trajet jusqu'à Jagdishpuri Extension, pour chercher ce lait.

— Amma, mon amie Bharathi est là, annonça Deepa.

— Viens, Bharathi, donne-moi ta main. Il y a tant de bruit dans cet hôpital que je ne sens rien si je ne touche pas. Tes cheveux sentent bon les lychees ! Ils sont tous mûrs, vos fruits. Vous n'allez pas tarder à les ramasser.

— Ils sont encore sur les arbres, Amma. Papa attend que la pluie s'arrête pour faire la récolte.

— Il va encore pleuvoir. Il vous reste encore un peu de temps. Mais après, il faudra vous dépêcher de les récolter, sinon ils se perdront ! Prenez Deepa pour vous aider. »

Deepa sauta sur l'occasion.

« Amma, j'aimerais aller chez Bharathi. Je suis restée trop longtemps chez le docteur. »

Amma réfléchit et demanda à Bharathi : « Tu crois que tes parents seront d'accord ?

— Bien sûr, répondit Bharathi, bien qu'elle ne leur ait rien demandé. Je vais leur en parler aujourd'hui, et demain je viendrai te chercher, Deepa. Enfin, chuchota-t-elle à voix très basse, si tu peux supporter de quitter Govind.

— *Dhut !* lui enjoignit Deepa.

— Tu seras gentille et tu aideras tante Kumud à la cuisine », dit Amma à Deepa comme si tout était déjà entendu. Deepa elle-même se sentit plus légère et plus joyeuse. De retour chez le docteur, elle plia soigneusement ses uniformes d'école et rangea ses livres de classe en prévision du lendemain.

Ce soir-là, Mallika avait sa leçon de danse hebdomadaire dans le salon. Govind et Shyam poussèrent la longue table contre le mur lorsque Ustad Khan, le professeur de danse, un homme grand et maigre, arriva avec son fils Ahmed et une valise.

Ustad Khan posa avec précaution la valise à plat et en sortit le contenu : deux sacs de tissu fermés à une extrémité par un cordon. Il dénoua les lacets et les sacs s'ouvrirent, révélant le *tabla.* Ahmed, à peine âgé de dix ans, en jouait. Il regardait par-dessus son épaule droite, se mordant les lèvres dans sa concentration. Il ne voyait pas Mallika danser, mais s'adaptait à son rythme en écoutant ses pieds frapper le sol et Ustad Khan annoncer les pas de danse. Deepa regarda Mallika tournoyer et taper du pied. Bien qu'elle ne fût pas particulièrement gracieuse, elle avait un style fier, assez hautain, qui rendait sa performance saisissante.

Govind aussi regardait sa sœur et il marquait la mesure en frappant le sol avec un crayon. Lorsqu'elle eut terminé et qu'Ustad Khan eut rangé son *tabla* et pris congé, Mallika s'assit près de Deepa pour ôter les grelots de ses chevilles.

« Oh, ce n'est pas vrai ! Ils sont encore emmêlés. C'est toujours la même chose. Mais si je ne fais pas de nœud, ils tombent et me font mal aux pieds. Tu veux m'aider, Govind ? » Elle tendit un pied à son frère, qui le posa sur ses genoux et se mit en devoir de défaire le nœud.

« Tu devrais garder ces *ghungrus* pour dormir, comme ça, chaque fois que tu te retournerais dans ton sommeil, tu réveillerais toute la maisonnée », dit Govind, qui pencha la tête pour desserrer le nœud avec ses dents.

« Idiot ! » dit Mallika, lui donnant une tape amicale sur la tête. Puis elle se retourna vers Deepa et lui demanda : « Ça te plairait de danser ? »

Deepa eut l'air embarrassée.

« Allez, Deepa, tu es gracieuse. Essaie. Govind, passe-lui les *ghungrus*, dit Mallika lorsque sa cheville fut débarrassée de la rangée de grelots. Govind se dirigea vers Deepa et, avant qu'elle ait eu le temps de protester, lui tira un pied et attacha les grelots autour de sa cheville gauche, tandis que Mallika attachait l'autre rangée à sa cheville droite.

« Maintenant, répète les pas après moi », dit-elle, en les nommant au fur et à mesure. Deepa, empruntée, essaya d'imiter ses mouvements.

« Moins raide, Deepa », dit Mallika. Elle se mit en face de son amie et lui dit de répéter les pas qu'elle venait de lui montrer.

« Tu es naturellement gracieuse et expressive, Deepa. Pas vrai, Govind ?

— Oui, dit-il.

— Tu n'as pas envie d'apprendre à danser ?

— Si », souffla Deepa d'une voix à peine audible. Elle s'efforçait de se rappeler les mouvements avec plus de précision cette fois-ci. Elle les répéta une troisième fois. Mallika applaudit.

« Pourquoi ne demandes-tu pas à Amma de parler à Ustad Khan ? Il a une bicyclette. Il pourrait aller chez vous à Jagdishpuri Extension, une fois que tu seras rentrée chez toi. »

Les joues en feu, Deepa se laissa tomber à côté de Mallika et commença à ôter les grelots. Il n'était pas dans ses habitudes d'avoir des souhaits et des désirs très forts, et moins encore de les réaliser.

« Si tu n'oses pas, moi je peux poser la question à Amma, proposa Mallika.

— Non, non », protesta Deepa. Elle se sentait un peu coupable de les voir si soucieux d'elle alors qu'elle s'apprêtait à quitter leur maison.

« Si tu ne demandes rien, comment veux-tu obtenir quoi que ce soit ? dit Govind comme s'il ne croyait pas qu'elle en aurait le courage.

— Bien sûr que si, elle va demander, dit Mallika, défendant son amie. Et comme ça, nous pourrons répéter ensemble, Deepa, toi et moi, même quand tu seras rentrée chez toi. »

Plus tard dans la soirée, Deepa faisait ses devoirs toute seule à la grande table, remise à sa place normale.

Elle était un peu lasse après le repas du soir bruyant, où les enfants avaient plaisanté, crié et ri. Shyam, le distant et l'ombrageux, avait pris la mouche pour une vétille et on l'avait accusé d'être un enfant gâté. Nalini avait reçu l'ordre de se taire parce qu'elle avait parlé trop librement. Mallika s'était fait traiter de vaniteuse et de désobéissante, et on avait reproché à Govind de manquer d'humour. Deepa, qui ne tenait pas à être en butte aux critiques, se sentit néanmoins exclue parce qu'elle n'avait été l'objet d'aucune pique. Lorsque chacun disparut dans sa chambre pour faire ses devoirs et qu'elle se retrouva seule avec ses livres, elle poussa un soupir de soulagement. Tout en travaillant, elle entendait des bavardages au loin, parfois des rires, les ordres que criait Mrs. Sharma à sa bonne et le bruit des informations à la radio. Lorsque quelqu'un entra dans la pièce, Deepa broncha à peine. Puis elle entendit une voix. Celle de Govind.

« Tu fais tes maths ? demanda-t-il en regardant pardessus son épaule.

— Oui, répondit-elle, distraite par sa présence.

— Tu as besoin d'aide ? Je suis bon en maths.

— Non, ça va », répondit Deepa, mal à l'aise tandis que Govind la regardait continuer ses additions. Elle n'était pas première de sa classe, mais n'était pas non plus parmi les cancres, loin de là, et n'avait généralement aucun mal à faire son travail.

« Ma nous a dit que tu partais chez une autre amie demain.

— Oui, répondit Deepa, qui avait annoncé la nouvelle à Mrs. Sharma le jour même.

— Tu ne nous as rien dit. »

Deepa le regarda, se demandant s'il lui en voulait. Mais il n'attendait pas de réponse. Il soupira.

« Tu as tellement l'habitude d'être seule que tu ne

penses pas aux autres. En fait, je crois que tu ne penses pas beaucoup à toi non plus. » Il lui prit le visage entre ses deux mains et, de ses pouces, lui caressa les pommettes. « Il faut que tu te demandes ce que tu veux, sinon tu ne pourras pas l'obtenir. Et ce que tu obtiendras, ce ne sera peut-être pas ce que tu désires. »

Elle fut obligée de le regarder en face. Il ne paraissait pas la voir telle qu'elle était maintenant, mais contempler la petite fille de six ans dont le père et la sœur avaient péri d'une mort horrible. Il avait le même air douloureux.

« Tu es si détachée vis-à-vis de ce qui peut t'arriver que tu risques d'en souffrir, et cela, il faut l'éviter. » Il lâcha le visage de Deepa et posa doucement ses mains sur la table.

« Mais non, je ne suis pas détachée », répliqua Deepa, se disant qu'elle n'avait plus qu'une soirée à passer là et que demain elle pourrait partir. « Je sais très bien ce que je veux. »

Govind se leva. Elle le regarda sortir, ne sachant que penser de son comportement. Pourquoi tenait-il tant à analyser ses motivations, à s'inquiéter pour elle ?

Lorsqu'elle eut fini ses devoirs, le silence régnait. Les plus jeunes dormaient, mais elle entendait encore la radio en sourdine. Elle ne pouvait savoir si c'était Mrs. Sharma qui attendait que son mari rentre de l'hôpital ou Govind, qui veillait plus tard que les autres. Elle se rendit à la salle de bains avec une petite serviette et un *lotta* de cuivre que lui avait donné Mrs. Sharma après avoir remarqué que Deepa ne parvenait pas à ouvrir le gros robinet. Deepa regarda son reflet dans la glace tachée en se lavant les dents à la faible lumière de l'ampoule nue, et s'imagina voir les marques des pouces de Govind sur ses joues, juste au-dessous de ses yeux. Elle rougit en se le rappelant, avec sa chemise et son pantalon blancs et son visage sérieux. Puis, après avoir plongé le *lotta* à col étroit dans le seau, elle versa de l'eau sur son visage brûlant et s'efforça d'effacer les marques de son esprit.

38

Après une journée calme à l'agence, Raman retrouva en rentrant l'odeur intense des lychees mûrissants et gonflés à craquer de jus sucré. Des émeutes avaient éclaté dans la ville voisine de Ghatpur et Gulbachan était parti en se plaignant que c'était précisément le jour où il avait commencé à écrire son livre.

L'odeur des lychees entrait par le treillis des fenêtres, envahissait la maison, s'insinuait partout et laissait un arôme troublant. Quand Bharathi, Shanker et Raman ouvrirent leur gamelle, les premiers à l'école, le dernier au travail, il s'en échappa un parfum de lychees avant même que l'odeur familière des *parathas* fraîchement préparées par Kumud n'atteigne leurs narines.

Même les geckos étaient immobiles sur les murs, inhalant le parfum, et les grenouilles, comme enivrées, ne sautaient plus dans le jardin mais restaient immobiles, la gorge palpitant du bonheur d'avoir trouvé un aussi délicieux endroit.

« On devrait récolter les lychees, sinon ils vont se gâter, dit Kumud. Pourquoi ne pas les ramasser tous pendant qu'il ne pleut pas ?

— Ah bon ? Raju-*mali* ne s'en occupe donc pas ? dit nonchalamment Raman.

— Il y a trop d'arbres. S'il faut que la récolte soit faite vite, les bras de Raju-*mali* ne suffiront pas.

— Quand il est question de faire quoi que ce soit dans ce jardin, les bras de Raju-*mali* ne suffisent jamais, grommela Raman.

— Frère Vaman a déjà accepté de venir demain avec Guru et Shammu, et si tu peux demander à Gulbachan de te laisser un peu de temps libre... »

Raman comprit qu'elle avait tout prévu et l'informait seulement de ses projets.

« Gulbachan est parti pour Ghatpur. Il y a des émeutes là-bas, lui dit-il.

— Alors tout est pour le mieux, dit Kumud, contente de la façon dont se présentaient les choses. Regarde comme ces lychees sont gros. »

Raman regarda dans le jardin et aperçut juste la grosse tête noire de Jhotta, ses cornes aux courbes plus gracieuses que celles de son corps, en train de ruminer sous les arbres. Elle était contente et donnait du bon lait. L'enlèvement avait été une réussite sauf sur un point : il n'avait pas écrit une ligne depuis l'arrivée de la bufflonne.

« C'est une bonne chose que ton frère vienne. Il a peut-être des nouvelles des Ramanujan », poursuivit Kumud.

Raman commença à se sentir pris au piège.

« Il nous dira si une lettre...

— Je sais, dit Kumud, habituée à ses stratégies de fuite. Mais ça fait quelque temps que tu n'as pas parlé à ton frère. Il y a peut-être du nouveau. Même un *sadhu* ne reste pas si longtemps sans donner signe de vie.

— Peut-être que la poste de Ghatpur est fermée à cause des émeutes.

— Ah oui, dit Kumud, qui s'était campée, les mains

sur les hanches. Les messagers, ça existe. Pour une affaire aussi importante que le mariage de deux filles et de deux garçons, ils attendent l'ouverture de la poste ! Si frère Vaman n'a pas de nouvelles, je vais y aller, moi, à Ghatpur, chercher la réponse. On ne peut pas rester ici avec nos deux filles sur les bras, sans rien savoir pendant des jours et des jours. La saison des mariages sera bientôt passée ! »

Kumud s'échauffait. Raman savait que sa tension venait de l'incertitude où ils étaient. Lui aussi était tendu. Mais c'était parce qu'il n'arrivait pas à écrire. Lorsque Kumud repartit dans la cuisine, il sortit un nouveau cahier et l'ouvrit à la première page. Il laissa son regard se fixer dans le vide sur un point à distance réduite, à distance moyenne, à grande distance, mais rien n'y fit. Aucun mot ne lui vint à l'esprit. Cela faisait quatre jours que Jhotta était à l'attache dans le jardin aux lychees, fournissant à Raman tout le lait qu'il pouvait désirer pour sa *raita*, mais Jagat Singh et le *goonda* n'étaient pas d'humeur aventureuse. Raman était perplexe. Ce qui arrivait était exactement le contraire de ce qu'il avait escompté : plus il consommait de *raita* et moins il écrivait, semblait-il.

Et puis il avait du mal à se concentrer en restant à la maison. Cette fois-ci, c'était Bharathi, qui lui tournait autour depuis un moment, en fait depuis son retour de l'école. Lorsqu'elle vit qu'elle avait attiré l'attention de son père, elle s'assit sur le bras de son fauteuil et alla droit au but, avant que Raman puisse la renvoyer en lui disant qu'elle le dérangeait.

« La grand-mère de Deepa est hospitalisée, papa. Est-ce que Deepa peut passer quelques jours chez nous ? S'il te plaît, est-ce qu'elle peut venir ? Ma a déjà dit oui.

— Elle a dit oui ? dit Raman, mécontent qu'on ne l'ait pas consulté en premier.

— Ma a dit qu'elle pourrait nous aider à ramasser les lychees demain. Tout le monde vient nous aider, papa. On va bien s'amuser, dit Bharathi, incapable de cacher son excitation.

— Si ta mère dit...

— Oh papa, que je suis contente ! » dit Bharathi, lui jetant les bras autour du cou sans le laisser terminer sa phrase. Ce ne fut qu'après s'être dégagé de l'étreinte de sa fille qu'il put réfléchir plus clairement. Deepa reconnaîtrait sûrement Jhotta dès qu'elle poserait les yeux sur elle dans le jardin et elle se demanderait comment elle était arrivée là.

Raman n'était pas d'humeur à fournir des explications compliquées. Il essaya de faire machine arrière.

« Comment grimpera-t-elle la colline en venant de Kumar Junction avec toute cette boue ? Tu lui as dit qu'aucun pousse-pousse n'acceptait de venir ici ?

— Il ne pleut pas tant que ça, dit Bharathi, sentant son père hésiter.

— Elle ne pourra ni venir jusqu'ici ni sortir, dit-il. Ce n'est pas une bonne idée.

— Mais moi je vais bien à l'école, et Shanker aussi. Et Ma allait au marché même quand il faisait très mauvais.

— Ce n'est pas la même chose. Nous, nous avons l'habitude.

— Oh, papa ! Où veux-tu qu'elle aille sinon chez nous ? C'est ma meilleure amie. Tu ne te souviens donc pas de quand son père est mort ? Tout Mardpur avait de la peine pour elle. »

Bharathi ne se rappelait rien elle-même, car elle connaissait à peine Deepa à l'époque, mais c'était un bon argument, et elle espérait qu'il convaincrait son père.

« Je vais y réfléchir, dit Raman, évasif, comprenant qu'il lui faudrait d'abord trouver un plan pour ramener discrètement Jhotta chez elle.

— Mais je lui ai déjà dit que tu étais d'accord ! protesta Bharathi. Je lui ai dit : "Deepa, tu peux compter sur ta meilleure amie. Tu es chez moi comme chez toi, ton Amma ne se fera pas de souci, sachant que tu es chez nous." Voilà ce que je lui ai dit. »

Raman ne songeait plus du tout à écrire, il avait en tête d'autres préoccupations plus urgentes.

« Nous en discuterons plus tard », dit-il d'un air vague ; puis il se leva, enfila ses *chappals*, abandonnant son cahier vierge.

39

En descendant la colline vers Kumar Junction sous le chaud soleil clair de ces rares journées de la mousson où il ne pleuvait pas et où l'air n'était pas chargé de poussière, Raman réfléchit à ce qu'il allait faire de Jhotta. Il avait pris tant de risques pour se procurer cette bufflonne qu'il n'était pas prêt à renoncer si facilement à elle. Par ailleurs, il savait qu'il aurait des explications à donner si, à son arrivée, Deepa voyait Jhotta installée dans le jardin aux lychees.

En revenant, tandis qu'il commençait à gravir la côte avec un chargement de sacs de chez Jindal, il en était arrivé à la conclusion que Jhotta devrait retourner là d'où elle venait. De toute façon, se dit-il, quel usage en avait-il ? Gulbachan était parti à Ghatpur et n'aurait pas besoin du lait favorisant l'inspiration pendant les prochains jours au moins. En attendant, il se rendait bien compte que la *raita* faite avec le lait de Jhotta avait perdu toute efficacité, en admettant qu'elle en ait jamais eu. Ne prenait-il pas de la *raita* matin et soir depuis qu'il s'était procuré la bufflonne ? Or il n'avait rien écrit du tout. Raman avait beau adorer la *raita*, l'impression tenace que peut-être, après tout, il n'y avait pas de relation entre *raita* et écriture commençait à s'insinuer en lui.

Une fois rentré, Raman alla dans le jardin où Hari venait de finir de traire Jhotta. Un seau de lait frais était posé près d'elle. Mais il n'en crut pas ses yeux, qui s'écarquillèrent. Hari avait mis de côté un petit *balti* de lait. Raman, énervé à force d'avoir tourné et retourné ses choix dans sa tête, eut une bouffée de colère. Paf ! Il envoya une taloche à Hari.

« Petit vaurien ! Mais tu me voles ! Qu'est-ce que tu fabriques avec ce *balti* ? »

La main sur l'oreille, Hari gémit : « C'est pour Amma, sahib. A l'hôpital Aurobindo, elle en a besoin pour guérir. »

Tandis que Raman le regardait d'un œil noir, Hari poursuivit : « Sahib, Amma réclame du lait tous les jours. J'en prends juste un tout petit peu parce que cette bête en donne trop, et que pour moi ça fait trop loin d'aller à Jaghdishpuri Extension tous les jours. » Là-dessus, il s'abstint d'évoquer la disparition de Jhotta.

« Elle le sait, Amma, d'où vient ce lait ? demanda Raman, scrutant le visage de Hari.

— Non, sahib. Bien sûr, le lait de sa Jhotta est le meilleur. Celui-ci ne peut pas être aussi bon, mais qu'est-ce que j'y peux ? Jhotta a disparu ! (Hari prit une voix plaintive et aiguë.) Elle s'est fait enlever en pleine nuit par des *bhooths* ! »

Raman plissa les yeux. Qui avait bien pu les observer cette nuit-là au clair de lune ?

« Bien », dit-il en réfléchissant à toute vitesse. Visiblement, Hari ne pensait pas que cette bufflonne et Jhotta étaient un seul et même animal. « Tu vas emmener cette bête dans la cour d'Amma à Jagdishpuri Extension.

— Mais... » balbutia Hari, estomaqué.

Raman leva un doigt pour lui intimer le silence. « Si elle mange l'herbe de Jhotta chez Amma, cette bête donnera un meilleur lait pour Amma. Et au bout d'une journée, tu pourras la ramener ici. Comme ça Amma sera contente, elle aura un meilleur lait et nous aussi nous serons contents. »

Hari cligna des yeux. Il essayait de comprendre ce qui se tramait. De toute façon, il devait obtempérer. Il ne prendrait aucun risque après la taloche que Raman lui avait envoyée sans la moindre provocation. Il dénoua la corde et la tira. Jhotta ne bougea pas. Elle n'avait aucune raison de quitter son paradis.

« Tiens, dit Raman, s'attachant aux détails pratiques, remplis ce sac d'herbe et de feuilles. Il faut qu'elle ait à manger en chemin, cette bête. Si elle crève de faim, elle ne donnera pas du bon lait. »

Hari fit ce qu'on lui disait et tira sur la corde de Jhotta. Celle-ci leva les yeux avec nonchalance et continua à ruminer. Hari lui agita une poignée d'herbe devant le nez et elle suivit de bon gré, se rapprochant lentement de la grille.

Raman entra dans la maison, se frottant les mains avec satisfaction. Shanker, la tête penchée sur ses devoirs, le remarqua à peine ; quant à Bharathi et à Kumud, elles préparaient le repas du soir comme en témoignait l'odeur de friture en provenance de la cuisine. Aucun des trois ne s'était aperçu du départ de la bufflonne.

Raman suivit l'odeur de graines de cumin en train de frire dans l'huile chaude.

« Bharathi, cria-t-il, passant la tête dans la cuisine, tu peux appeler ton amie Deepa et lui dire qu'elle peut rester chez nous jusqu'à ce qu'Amma soit rétablie. »

Tout heureuse, Bharathi sauta de sa planche et jeta les bras autour du cou de son père : « Tu es le plus gentil des papas ! dit-elle.

— Ouh, fit Kumud en agitant une louche brûlante,

on ne chahute pas comme ça dans une cuisine. Vous avez failli renverser tout mon *dal* !

— Il est toujours dans la casserole, maman, dit Bharathi.

— Il s'en est fallu de peu », grommela Kumud. Mais en secret, elle n'était pas fâchée d'avoir une autre paire de bras pour la récolte des lychees.

Le lendemain, Raman se leva de bonne heure, toujours content de lui. Il s'étira et huma l'air frais du matin, sans humidité ni poussière. Ils étaient rares dans une année, ces matins-là, en tout cas dans les plaines poussiéreuses où le Gange étalait ses méandres. Il sortit dans la véranda pour savourer la fraîcheur du jardin, l'odeur suave des lychees mûrissants et le calme de l'heure ; à l'intérieur de la maison, il entendait sa famille qui commençait à s'ébrouer.

Shanker arriva en courant, l'air soucieux.

« Papa ? Où est-elle, notre bufflonne ? Quand j'ai regardé par la fenêtre, je ne l'ai plus vue.

— La bufflonne ? » Raman regarda dans le jardin, se protégeant les yeux du soleil avec une main en visière sur le front. « *Baapré baap !* On a dû oublier de l'attacher à son piquet. Ce Hari ! Comment veux-tu faire confiance à un salopiot pareil ? J'en ai par-dessus la tête de ses excuses. C'est un paresseux de naissance. Et ce Raju-*mali*, il est encore en train de dormir. Si je le trouve avec une paupière qui tombe un peu, je lui casse la tête ! »

Bharathi arriva à la course dans le jardin en entendant son frère crier. Sous les arbres odorants et chargés de fruits, pas de Jhotta.

« Je t'avais dit d'appeler Mistry pour réparer cette

clôture », dit Kumud d'un ton accusateur quand elle eut appris la nouvelle de la bouche des enfants.

« Elle s'est sauvée ! pleurnicha Shanker.

— Qu'est-ce que tu vas dire à frère Vaman ? demanda Kumud. Que sa bufflonne est partie sous ton nez ?

— Ce que je vais dire ? Frère Vaman n'est pas comme ces deux gamins qui sont assez fous pour s'arracher les cheveux à cause d'une bufflonne. Il a des choses plus importantes en tête, à commencer par le mariage de Meera et de Mamta. Alors une bufflonne, c'est le dernier de ses soucis.

— Peut-être, mais il faudra bien lui donner une explication.

— Quelle explication ? Dis à frère Vaman que la bête n'a laissé aucune explication, aucun message en partant.

— Mais qu'est-ce qu'on lui dira quand il posera la question ? Il vient aujourd'hui avec Guru et Shammu qui vont aussi ramasser les lychees.

— Bon, très bien. C'est moi qui me chargerai d'annoncer à frère Vaman la nouvelle de la disparition de la bufflonne, si bien que quand il arrivera pour ramasser les lychees, tu n'auras plus à être gênée, tout sera éclairci. Après ça, je ne veux plus entendre personne dire un seul mot sur ce sujet parce que je sais que vous essaierez tous de rejeter la faute sur moi.

— Mais quand même, il va peut-être poser des questions.

— Je lui demanderai de ne pas en poser. De ne plus parler de la bufflonne. Motus, voilà. Que personne ne dise rien.

— Moi qui voulais faire des *rasgollas* aujourd'hui, dit Kumud à regret, tout en se résignant rapidement à ne plus avoir de bufflonne à la maison.

— Tu peux encore en faire, dit Raman en montrant le seau de lait. Hari l'a traite avant qu'elle s'en aille.

— Ah, eh bien tant mieux ! » dit Kumud, qui alla prendre le seau. Le métal était froid et de la rosée s'était déposée à l'extérieur. Comme la nuit n'avait pas été très humide, il était encore tout frais.

« Je commençais à m'y attacher, à cette bufflonne. On pourra peut-être en avoir une autre ?

— Peut-être », dit Raman, d'un ton neutre.

Après avoir pris son petit déjeuner, Raman alla chercher Vaman.

« Tiens, à propos, chez moi, évite de parler de la bufflonne, dit Raman tandis qu'il cheminait avec son frère vers Kumar Junction.

— La bufflonne ?

— Une bufflonne que nous avons eue. Elle s'est sauvée et ils en sont tous malades. Il suffirait que tu prononces le mot bufflonne pour que Kumud se mette à pleurer.

— Oh, loin de moi cette idée », s'écria Vaman. De plus, il avait des sujets de conversation plus importants. Les Ramanujan avaient fini par faire une proposition de mariage, mais il prétendit n'avoir aucune information concernant les détails de la dot.

« C'est Laxman qui s'occupe de ces négociations, et le montant n'est peut-être pas encore fixé. On a tous envie de voir les choses avancer : ce sont des gens très bien, une famille très convenable. Si tu es d'accord, nous pourrons fixer la date du mariage au début de la saison d'hiver, et j'irai consulter Satyanarayan pour lui demander de trouver une date favorable.

— Mais en ce moment, il y a des *hartals* à Ghatpur. Des émeutes. La ville est en flammes ! » dit Raman, qui se sentait gagné par la panique. On allait s'engager dans des préparatifs de mariage juste au moment où il découvrait que la *raita* de Jhotta était sans effet. Comment finirait-il d'écrire son livre ? Avec quoi paierait-il la dot ?

« Et alors ? Ce n'est pas pour autant qu'on ne peut pas célébrer de mariages.

— Il n'y a qu'à attendre un peu, fit Raman. Avec tout ce qui se passe à Ghatpur, ils n'ont peut-être pas la tête à songer à un mariage.

— La semaine dernière encore, tu t'inquiétais parce que nous n'avions pas eu de réponse des Ramanujan, et maintenant tu trouves que les choses vont trop vite !

— Ce qui m'inquiète, c'est la situation à Ghatpur, mentit Raman. Ce matin à l'agence, il est tombé une terrible nouvelle.

— Je sais, moi aussi je lis le journal. A la radio, les nouvelles Akashvani [1] font état d'incendies, mais tout ça va se calmer bientôt », dit Vaman avec assurance.

Vaman et Laxman s'étaient attendus à des protestations de la part de Raman, mais ils pensaient que ce serait le montant de la dot qui les provoquerait, et c'était la raison pour laquelle ils étaient convenus de le garder secret pour l'instant. Mais Vaman ne savait pas au juste pourquoi Raman souhaitait un délai. Quant au montant de la dot, effectivement, il était élevé. Laxman lui-même était obligé de le reconnaître. « Que tout soit d'abord mené à bonne fin, conseilla Laxman nerveusement. Les dates fixées et tout. Après, on parlera de la dot à Raman. »

Ils avaient une bonne raison d'accepter le montant très élevé demandé pour la dot, qu'ils n'avaient pas cherché à faire baisser. Les frères avaient découvert

1. Littéralement : « message venu du ciel ». Cette mention précède traditionnellement les informations de la radio indienne. (*N.d.T.*)

que les Ramanujan contrôlaient l'essentiel du commerce des saris *tie-and-dye* du Rajasthan dans plusieurs secteurs des alentours de Mardpur et de Ghatpur, grâce à leurs relations avec les Marwaris de Ghatpur. Les saris *tie-and-dye* du Rajasthan étaient très à la mode dans les grandes villes. D'ici peu, les femmes de Mardpur les réclameraient à cor et à cri, ce n'était qu'une question de temps. Quand sortirait ce nouveau film où l'héroïne, Lata, portait des saris *tie-and-dye* à chaque scène, toutes les femmes, mères, épouses et filles, voudraient les mêmes. Heureusement, Mardpur recevait les films un peu plus tard que les autres villes, et Laxman et Vaman s'étaient démenés, cherchant désespérément un fournisseur. Ils mirent un certain temps avant de découvrir que la mafia des Marwaris de Ghatpur avait le monopole de ce commerce dans le secteur et qu'ils faisaient grassement payer leurs services d'intermédiaires. Faute de trouver un fournisseur indépendant, Laxman et Vaman savaient qu'ils n'auraient pas le choix et devraient payer des commissions exorbitantes.

« L'avenir est dans le *tie-and-dye*, déclara Laxman. Les soies, les mousselines, même les crêpes deviennent chers. Et comme il n'y a pas de mariage tous les jours, on n'achète pas toujours de la soie. On ne peut pas passer à côté du *tie-and-dye*.

— Mais le marché est protégé, dit Vaman. J'aurai beau aller à Jodhpur, à Jaipur même, ça ne me servira à rien. Ces Marwaris de Ghatpur paient les producteurs pour qu'ils ne vendent pas à des gens de l'extérieur. »

Une alliance avec les Ramanujan leur paraissait être le dernier espoir. Vaman dit à Laxman d'entamer les négociations, quelle que soit la dot demandée, et promit d'essayer de persuader Raman que ses filles ne pouvaient espérer meilleur parti. Ils s'arrangeraient d'une manière ou d'une autre pour trouver l'argent de la dot. La survie de leur commerce de saris en dépendait.

Lorsque Raman et Vaman arrivèrent au jardin, Deepa s'y trouvait déjà. Les fils de Vaman, Guru et Shammu, étaient là depuis le matin et se livraient à une guérilla en règle en utilisant comme munitions des lychees pourris, à la grande consternation de Kumud.

« Que va dire votre maman ? s'écria-t-elle. Regardez vos habits ! Sœur Madhu va penser que je ne sais pas m'occuper de vous !

— On dira que les lychees nous ont tachés en nous tombant dessus, fit Guru avec un large sourire.

— Elle ne vous laissera plus jamais venir ici pour récolter les lychees », dit Kumud. Les garçons partirent au galop sous les arbres, glapissant et imitant des rafales de mitraillette, ravis de manquer l'école et d'avoir une journée de vacances inattendue, qu'ils s'étaient promis de passer à faire la guerre dans la jungle.

Deepa et Bharathi étaient sagement debout sous la véranda, à l'abri des tirs de lychees pourris, lorsque Hari apparut, tirant Jhotta derrière lui, suivant à la lettre les instructions de Raman.

« Jhotta, ma toute belle ! » s'exclama Deepa, jetant les bras autour de l'animal qui trottait joyeusement, maintenant qu'elle était sur le territoire familier du jardin aux lychees. Elle se dirigea droit vers l'arbre sous lequel elle était attachée avant, attendant qu'on noue sa corde au piquet et qu'on lui donne un sac d'herbe grasse et de feuilles succulentes.

Raman intervint avant que sa fille ait pu dire quoi que ce soit sur les exploits matinaux de la bufflonne.

« Deepa, j'ai pensé que ça te ferait plaisir qu'on installe Jhotta ici. Elle peut rester dans le jardin à manger de l'herbe toute la journée. Pour un buffle, c'est la belle vie. Si j'en étais un, je serais jaloux.

— C'est la plus belle surprise qu'on m'ait jamais faite, oncle Raman ! s'écria Deepa avec sincérité. Elle m'a manqué, ma Jhotta, pendant tout ce temps.

— Eh bien, dit Bharathi, ce matin on a perdu une bufflonne et cet après-midi on a Jhotta. Papa, dit-elle, la mine inquiète, est-ce que la clôture est réparée ?

— Oh, Jhotta ne se sauvera pas, s'écria Deepa. Pas tant que je serai ici. »

Bharathi lui avait déjà raconté l'histoire de la mystérieuse bufflonne fugitive, et elle se mettait à la place de son amie : elle aussi serait bouleversée si Jhotta devait s'enfuir. Mais elle connaissait Jhotta : elle n'était pas du genre à vagabonder. Ce dont Deepa fit part à Raman.

« Quand ces animaux se mettent en tête de se sauver, on ne peut pas les arrêter, dit Raman. Jamais nous n'aurions cru qu'elle s'en irait, l'autre bufflonne.

— Peut-être qu'elle est repartie chez l'oncle Vaman, suggéra Deepa.

— Oh, non, pas du tout. Je le lui ai déjà demandé », dit Raman, en jetant un regard rapide autour de lui, mais Vaman était dans la maison, où Kumud le mitraillait de questions sur les détails de la proposition des Ramanujan.

« Mystère ! » dit Bharathi.

Kumud apparut bientôt sous la véranda. Elle lança des ordres stridents comme un général, distribua un assortiment de seaux et de *baltis*, de jattes et de sacs, répartit tout son monde par groupes de deux, affectés à telle ou telle portion du jardin : Raman avec Raju-*mali* pour surveiller ce dernier, Vaman avec Shammu,

Guru avec Shanker – encore que là, toutes les conditions fussent réunies pour qu'il y ait un minimum de travail effectué et un maximum de chahut. Mais Kumud se doutait bien que par cette chaleur il ne fallait pas que la récolte prenne une tournure de travaux forcés, sinon les garçons iraient se promener ailleurs et refuseraient de ramasser le moindre fruit. Bharathi et Deepa, naturellement, faisaient équipe. Bharathi grimpait habilement à ces arbres avec lesquels elle avait grandi et jetait des lychees dans la robe de Deepa, que celle-ci avait relevée et qu'elle tendait pour les attraper. Quant à Kumud, elle s'occupait avec Hari de la partie la plus proche de la maison.

Pendant des heures, ils travaillèrent, bavardant et riant, tandis que les lychees fraîchement cueillis s'entassaient dans la véranda et emplissaient toute la maison de leur parfum. Les garçons s'amusaient à jongler avec, les lançaient en l'air pour qu'ils retombent dans leur bouche et mettaient de côté comme munitions ceux qui étaient ouverts ou pourris, pour jouer à la guérilla. Deepa et Bharathi essayèrent de voir combien elles pouvaient en tenir d'une seule main sans en faire tomber un seul, et Kumud entra un moment dans la compétition ; même Raman et Vaman rivalisèrent pour voir qui grimpait le plus haut dans un arbre. Shanker eut une meilleure idée. Il prit l'avantage dès le départ en grimpant sur le dos de Jhotta, qu'il essaya de convaincre d'aller d'arbre en arbre. L'ennui, c'était que Jhotta mettait toujours le cap sur le terrain découvert, où l'herbe était la plus verte, n'ayant pas d'ombre. Dans tous les coins du jardin, on secouait les arbres, on leur donnait des coups de bâton, on y grimpait, on en tombait. Et il va sans dire que dans tous les coins du jardin les lychees tombaient des ramures comme les grêlons dans l'Himalaya.

Kumud s'arrêta avant les autres afin de mettre la table pour le déjeuner, car, selon elle, l'heure idéale était midi, le moment où le soleil était le plus chaud. Chacun rentra, suant et affamé, et on fit la queue devant la salle de bains pour se débarrasser de la poussière, de la terre et du jus collant des fruits avant de s'installer devant un solide repas préparé le matin même par Kumud.

Après le déjeuner, elle apporta les *rasgollas.*

« Ce qu'elles sont bonnes ! s'écria Deepa.

— Oui, elles sont faites avec le lait de la bufflonne qui est partie ce matin, dit Kumud. C'est dommage. C'était une bonne bête, qui ressemblait beaucoup à ta Jhotta ; elle avait même une cicatrice semblable sur la croupe.

— *Dhut !* » fit Raman, irrité. Heureusement, Vaman était parti se laver les mains et n'avait pas entendu.

« Pourquoi es-tu toujours en train de parler de l'autre bufflonne ? Bien sûr que Jhotta lui ressemble ; à quel animal veux-tu qu'elle ressemble ? A Hanuman ?

— Mais c'est vrai, papa. Maintenant que tu le fais remarquer, maman, Jhotta aussi a une cicatrice sur le dos, intervint Bharathi.

— Elles ont la même cicatrice, et après ? C'est parce que ces deux bufflonnes sont emmenées paître par le même berger qui leur tape le dos avec le même bâton au même endroit. La prochaine fois, vous allez me dire que leur lait a exactement le même goût.

— J'espère bien », dit Kumud.

Mais Shanker céda à la tentation d'asticoter un peu son père.

« Dis-moi ce qu'elles ont de différent, papa ?

— *Dhut !* Tu insinues que je suis aveugle, ou quoi !

dit Raman d'un ton belliqueux. Moi je te le dis, je commence à en avoir assez de cette bufflonne-là et de son avatar. Si j'entends encore un mot sur ce sujet, je renvoie cette Jhotta chez elle à Jagdishpuri Extension. Le problème sera réglé, et sans état d'âme pour moi.

— Oh, papa ! » s'écrièrent Shanker et Bharathi à l'unisson. La mine de Deepa s'allongea et Kumud dit d'un ton conciliant : « J'avais prévu de faire d'autres *rasgollas* pour demain. Ainsi que de la *raita*.

— Plus un mot », dit sévèrement Raman alors que Vaman réapparaissait avec des mains fraîchement lavées.

Ils ne prirent qu'un court repos, car Kumud avait remarqué l'apparition de nuages à l'horizon. Elle-même s'assit sur un petit tabouret à l'abri de la véranda, à trier les fruits pendant que Hari et Raju les mettaient dans les sacs de Jindal.

Les autres virevoltaient entre les arbres et bavardaient en ramassant les lychees, en mangeant quelques-uns et jetant les pourris. Ils travaillaient plus lentement maintenant que l'humidité montait et s'arrêtaient de temps à autre pour écouter les roulements lointains. Le plafond de nuages rendait l'atmosphère plus moite, mais empêchait qu'il fasse trop chaud pour pouvoir rester dehors et, tant qu'il ne pleuvait pas, ils n'avaient aucune raison d'interrompre la récolte des lychees parce que le tonnerre grondait au loin.

L'orage éclata sans prévenir – ou peut-être étaient-ils tous si joyeusement occupés à la récolte qu'ils remarquèrent à peine les premières gouttes. Une minute, les nuages d'orage semblaient très loin et celle d'après, ils étaient là, lourds de pluie, juste au-dessus du petit groupe de ramasseurs de lychees.

Les bras chargés de fruits, Kumud courut sous la véranda en riant, car la pluie, chaude et agréable, coulait dans la raie de ses cheveux, lui ruisselant sur le nez.

« Venez vous mettre à l'abri sous la véranda, cria-t-elle, relevant son sari pour qu'il ne traîne pas sur le sol. Il pleut !

— Tu crois ? » répondit Shanker en riant.

Guru, Shanker et Shammu sautaient et dansaient comme des diables, tirant la langue pour boire la pluie, les cheveux plaqués.

« Viens t'abriter, Guru, viens, Shammu. Qu'est-ce que votre maman va dire ?

— On a un parapluie ! » répondit Guru à tue-tête. C'était vrai, ils avaient bien un parapluie, mais il était ouvert et planté dans le sol et plein à ras bord de lychees.

« Ne renversez pas les lychees dans la boue ! cria Kumud. Laissez le parapluie où il est. Et courez ! *Hai Ram* ! Ces garçons, ils n'écoutent jamais rien ! »

Deepa et Bharathi exécutaient à une petite danse à elles pour célébrer la pluie. Deepa, ravie, tendait les bras et laissait la pluie chaude lui ruisseler sur le visage. Sa robe lui collait aux jambes, mais elle pirouettait sur les orteils qui s'enfonçaient délicieusement dans la boue fraîche. Le regard de Kumud s'arrêta un instant sur Deepa avec ses jambes nues et mouillées, et elle se dit que son air d'abandon joyeux faisait plaisir à voir, tout comme ses mouvements, infiniment gracieux. Sa mère n'aurait aucun mal à la marier.

Les bruyants éclats de rire des garçons portaient malgré la pluie, qui tombait maintenant comme un déluge, bloquant la vue de la véranda. Kumud chercha à les distinguer et aperçut la silhouette de Raman qui tapait sur le fond d'un seau vide, et celle de Vaman qui sortait de sous un arbre et agitait les coudes en poussant des mugissements pour rythmer les mouvements de la *bhangra* endiablée à laquelle il se livrait. Les garçons se mirent derrière eux à la queue-leu-leu, à sauter et agiter les coudes, à faire claquer leurs doigts au-dessus de leur tête et à se donner des coups de hanche dans un bruit lourd et mou de vêtements détrempés. Kumud elle-même se mit à rire en les voyant. Malgré elle, elle entra dans la danse, battant des mains pour suivre le rythme marqué par Raman, et fit claquer en cadence ses paumes mouillées.

Deepa et Bharathi se joignirent aux autres lorsqu'ils arrivèrent près d'elles. Tous étaient là à psalmodier, à chanter, à se balancer et à sauter jusqu'à ce qu'ils fussent à l'abri de la véranda. Alors, Hari et Raju, hilares, entreprirent de faire l'orchestre, et tapèrent sur les seaux et les *baltis* pendant que tous s'agitaient, les jambes dégoulinantes de pluie. Ils riaient, glissaient et se donnaient de grandes tapes dans le dos pendant que les lychees, que leurs pieds expédiaient dans toutes les directions, roulaient çà et là.

Cette nuit-là, après s'être tous lavés et avoir festoyé, et après que Vaman fut rentré chez lui avec ses fils, Deepa dormit d'un sommeil de plomb dans le lit qu'elle partageait avec Bharathi, fatiguée mais plus heureuse qu'elle ne l'avait été pendant des semaines. Les considérations sentencieuses des enfants du docteur, déterminés à sauver l'âme des papillons et, semblait-il, la sienne aussi, n'étaient vraiment pas faites pour elle. Ici, elle avait la vie qu'elle voulait, avec sa liberté et son exubérance, une vie où l'on ne se posait pas de questions sur l'avenir.

40

Pendant la récolte des lychees, les nouvelles de troubles graves dans la ville voisine firent crépiter frénétiquement le câble de l'agence PTI. Mardpur était en effervescence. Les gens stationnaient aux carrefours, captaient les informations à la radio, se demandant si la violence toucherait la somnolente Mardpur. Mais les émeutes furent réprimées aussi vite qu'elles avaient flambé.

Deux jours plus tard, Gulbachan rentra de Ghatpur d'excellente humeur. « Tout flambait, dit-il, l'œil brillant. Il n'y avait pas de pluie pour éteindre l'incendie, la nuit où il a éclaté. Et la *morcha* ! Les manifestants ont foncé, la police a chargé, c'était quelque chose ! »

On aurait dit un enfant décrivant sa première séance de cinéma. Pendant des jours, il parla des émeutes de Ghatpur sans faire une seule fois allusion à la Marche du Sel. Son public, qui devait compter tous les boutiquiers et commerçants de Mardpur, l'écoutait les yeux ronds, frissonnant à l'idée que de semblables calamités puissent toucher leur ville. Gulbachan prit ces yeux ronds de peur pour des yeux ronds d'admiration respectueuse devant ses aventures. Il se mit à amplifier et à enjoliver, tant et si bien que le bruit courut dans tout Mardpur que c'était au moins une révolution qui avait lieu dans la ville voisine. Ce ne fut qu'à la fin des émeutes qu'on se rendit compte que ce qui avait déclenché les troubles tout près – quelle qu'en fût l'origine – était en train de se calmer, sans avoir du tout affecté Mardpur. Du coup, au lieu de se voir sollicité pour donner de plus amples détails sur les émeutes, Gulbachan se heurta à un mur d'incrédulité chaque fois qu'il en parlait.

« Mais ça se tasse. Il y a des négociations en ce moment, dit Mr. Ahuja. C'était dans le journal.

— Je suis sûr qu'ils parviendront à un accord. Après tout, à quoi ça sert de se battre ? La vocation des commerçants, c'est de faire du commerce, commenta Jindal.

— Ils sont revenus à la raison, grommela Satyanarayan. Finies les bagarres, finies les fusillades. »

A mesure que s'estompait l'intérêt provoqué par les émeutes, s'estompait aussi, semblait-il, l'impression de Gulbachan que l'histoire était en marche. Ghatpur avait réveillé chez lui certaines des sensations qu'il avait éprouvées pendant la Marche du Sel, mais tout compte fait, vues à froid, ces émeutes n'étaient rien que le fruit de petites querelles sordides attisées par des marchands qu'animaient des rivalités d'intérêts. Comment pouvait-il espérer des événements d'une portée égale à la Marche du Sel, lui qui avait échoué dans ce trou perdu de la plaine du Gange, même à titre de correspondant principal ? Même lorsque des émeutes éclataient.

« Alors, il semble que les troubles ne toucheront pas Mardpur, dit Raman avec soulagement.

— Ils venaient d'un désaccord entre les syndicats et les industriels qui paient des salaires de misère. Qu'est-ce qu'il y a à Mardpur ? Ni usines ni industriels. Zéro. Alors qu'est-ce qu'il y a à craindre ? dit Gulbachan.

— C’est vrai qu’il ne se passe rien à Mardpur, admit Raman, mais tant mieux.

— Peut-être, Raman, pour une fois je commence à être d’accord. L’époque où je pouvais suivre Gandhiji dans tout le pays est révolue. Ceci sera mon dernier grand reportage. Je dois le comprendre et me retirer avec élégance.

— Mais votre livre, il faut que vous le terminiez », dit Raman en manière d’encouragement.

Gulbachan bâilla.

« Je voulais te le dire plus tôt, Raman, mais sur moi la *raita* magique n’a eu aucun effet. (Il s’adossa rêveusement à son siège.) Si j’avais écrit mon livre sur la Marche du Sel à l’époque, j’aurais pu gagner de l’argent et acquérir un statut d’historien. A quoi bon maintenant ? La retraite de la PTI est correcte, je suis un homme simple avec des besoins simples. Après tout, je n’ai pas de filles à marier. Mieux vaut prendre plaisir à ses souvenirs que de s’échiner à les écrire. »

Après quoi, il croisa les mains derrière sa tête et se renversa si complètement sur son siège que Raman crut qu’il allait tomber par terre. Il fallut qu’il tende l’oreille pour entendre ce que disait Gulbachan.

« La voie est libre, Raman. Ecris-le, le livre sur la Marche du Sel. Ça ne me dérange plus. Il n’y a pas de rivalité entre nous.

— La Marche du Sel ? fit Raman, incrédule. Je n’y connais rien en histoire. Je suis incapable d’écrire un livre aussi important. Je n’écris qu’un tout petit récit d’aventures.

— Tu veux dire un roman ? dit Gulbachan, se remettant brusquement sur son séant.

— Oui, admit humblement Raman.

— *Wah !* Quelle idée géniale ! Et depuis le début, c’est un roman d’aventures que tu écris ? »

Gulbachan se dit qu'il avait fait injure à Raman en le soupçonnant de chercher à rivaliser avec lui. Il posa les coudes sur la table et le regarda avec un regain d'intérêt.

Raman hocha la tête.

« *Wah !* Alors tu peux compter sur mon aide. Dis-moi, quand veux-tu le faire publier ? Je vais téléphoner à mon ami de Delhi ! »

A ceci près, pensa Raman, que ce n'était pas de l'aide de Gulbachan dont il avait besoin, mais d'inspiration. Et vite. Il y avait un autre problème : Gulbachan avait confirmé les doutes de Raman. Il ne pouvait plus croire aux qualités magiques du lait de Jhotta. Tout le temps où elle avait été installée dans le jardin aux lychees, il n'avait pas écrit un seul mot. Il savait qu'il portait en lui l'histoire de Jagat Singh parce qu'Amma l'y avait vue. Mais comment faire pour qu'elle sorte, cette histoire ?

Il en avait parlé à Deepa après la récolte des lychees.

« T'es-tu mis à écrire ton livre sur la *morcha*, oncle Raman ? avait demandé Deepa. Amma me raconte des choses sur la *morcha*.

— Mais elle voit plus de choses que je n'en écris.

— Elle voit ce que tu vas écrire.

— Même si je ne l'ai pas encore écrit ?

— Oui, même si tu ne l'as pas écrit, c'est là dans ta tête.

— Mais si je n'écris rien, ou si j'arrête d'écrire pendant quelque temps, comment peut-elle voir ça ?

— Peut-être que tu marques une pause. Amma n'a pas dit que ton livre était fini. Elle dit qu'il y a une *morcha* dans le livre que tu écriras.

— Ah bon, dit Raman. Et si j'arrête de l'écrire, mon livre ? Elle continuera à voir ce que je devrais écrire ?

— Oh, non. Mais si tu t'arrêtes de penser au livre

que tu es en train d'écrire, ou si tu cesses d'avoir envie de l'écrire, alors seulement elle ne verra plus rien.

— Comment le saura-t-elle, que j'arrête d'y penser ? demanda Raman, sidéré.

— Tu sais, il lui faudrait un objet qui t'appartient... comme ton *balti* ou tes cahiers. Alors, peut-être, en touchant ou en sentant ces choses qui sont à toi, elle saura ce que tu penses. »

Ce fut à ce moment-là que Raman commença à se demander si après tout, au lieu de la *raita*, ce n'étaient pas les *baltis* dans lesquels on la transportait qui avaient des propriétés : les *baltis* qui circulaient entre Amma et lui, parfois par l'intermédiaire de Rampal, récipients dont la surface extérieure retenait odeurs et traces, pensées et sentiments.

41

Le jour où Amma sortit de l'hôpital, Deepa retourna chez elle. Elle tenait la corde de Jhotta pour la guider et portait un sac de lychees que Kumud lui avait donné comme cadeau de départ.

« Ton Amma aura besoin de manger des fruits pour se rétablir. Quand tu en voudras, envoie-moi Hari et je te ferai parvenir des lychees », dit Kumud en mettant d'autorité les fruits dans les mains de Deepa et en la serrant un instant contre elle.

« J'ai l'impression d'avoir une autre fille », sourit-elle en pensant à Meera et à Mamta. Elles n'habitaient pas avec elle et elle ne les voyait pas souvent, mais sa fibre maternelle vibrait pour elles.

« Je penserai à toi, Deepa, comme je pense à elles. »

Alors Deepa se souvint de sa propre mère et se sentit rassérénée à l'idée que peut-être Ma pensait à elle comme Kumud pensait à ses jumelles et Amma pensait à Ma.

Jhotta avançait d'un pas tranquille dans le Vieux Marché avec, pendu autour du cou, le petit paquet contenant les affaires de Deepa. Hari aiguillonnait Jhotta par-derrière avec un petit bâton, mais elle n'avait guère besoin d'être encouragée. Lorsqu'elle eut reconnu le Vieux Marché, elle se mit au petit trot et ne s'arrêta pas avant Jagdishpuri Extension, balançant sa grosse tête de chaque côté. Hari et Deepa furent obligés de courir pour ne pas se laisser distancer.

« Elle sait qu'elle rentre à la maison », s'écria Deepa, ravie, bien que la course lui eût donné chaud et l'eût essoufflée.

Pendant que Hari attachait Jhotta à son piquet devant la maison, Deepa courut dans la cour se jeter dans les bras de sa grand-mère. L'odeur des confits, de l'argile rouge et du puits avec son eau venue des profondeurs de la terre la saisit après tous ces jours d'absence. Elle enfouit son visage dans l'épaule d'Amma, inspirant l'odeur familière. On eût dit que pendant les quelques heures écoulées depuis le retour d'Amma, les arômes des pots et des confits s'étaient exhalés et avaient tourbillonné autour d'elle comme pour l'étreindre en guise de bienvenue.

« Oh, mais Deepa, il n'y a pas si longtemps que tu m'as vue à l'hôpital ! Tu me serres trop fort ! »

Deepa relâcha son étreinte, mais garda le visage dans l'épaule de sa grand-mère.

« Amma, tu es différente ici.

— Je t'assure que je suis bien la même ! » fit Amma en riant.

Deepa secoua la tête. Amma avait une présence plus forte quand elle était dans sa maison et que toutes les couches de son passé renforçaient l'aura qui l'entourait.

« Tu m'as manqué », glissa Deepa.

Alors, Amma se mit à rire et serra sa petite-fille contre elle, la berçant et respirant dans ses cheveux les odeurs du jardin aux lychees.

Comme Amma ne pouvait pas encore marcher, Usha venait à présent de bonne heure le matin et restait jusqu'à la tombée de la nuit pour s'occuper d'elle et assurer toutes les tâches dont cette dernière se chargeait d'habitude. Il n'y avait que les meules de pierre qu'Usha ne parvenait pas à actionner seule. Deepa l'aidait, comme elle aidait sa grand-mère. Assises sur des tabourets bas, les mains sur la poignée de la meule du haut, elles tiraient et poussaient jusqu'à ce que la pierre grise et grenue, blanchie par la farine, se mette en branle. Alors seulement, Deepa comprit la force que sa grand-mère avait déployée.

« Amma faisait tourner ces pierres, et à nous deux nous n'y arrivons pas aussi vite !

— Elle avait recours à la magie pour les faire tourner, dit Usha avec conviction.

— A la magie ? Mais elle aussi tenait la poignée et tournait comme nous, haleta Deepa.

— Les *bhooths* l'aidaient, affirma Usha d'un air entendu.

— Alors appelons un fantôme pour qu'il nous aide aussi », lança Deepa, qui s'arrêta pour souffler.

Usha secoua la tête.

« Tout le monde ne sait pas comment s'adresser à un *bhooth*, et tous les *bhooths* ne sont pas disposés à aider. »

Deepa se mit à rire en voyant la facilité avec laquelle Usha avait évité de relever le défi. « Raconte-moi une histoire, Usha, pria-t-elle.

— A propos de Baoli ?

— Non. Cette fois, raconte-moi une histoire de fantôme. »

Usha commença donc ainsi : « Un jour où Baoli s'était réveillée de bonne heure, elle s'est aperçue que

Jhotta avait déjà été traite. “Qui est-ce qui trait ma Jhotta ?” dit-elle. Mais comme Jhotta était *baoli*, elle n’a rien voulu dire. Alors Baoli est devenue *baoli* à force de se demander qui venait traire Jhotta. Un matin, elle s’est levée avant l’aube. Alors elle entend le bruit du lait qui gicle dans le seau. Elle va dehors pour voir ce qui se passe, mais ne voit personne. Elle crie : “Qu’est-ce qui se passe ?” Et la Jhotta *baoli* répond : “Tu te lèves toujours tard, alors j’ai demandé à un *bhooth* de me traire.” Et c’est comme ça que Baoli est devenue *baoli*.

“Baoli Maai, Baoli Maai,
Kahan se hai ?
Koi jan na paai.” »

Deepa se mit à rire. A présent, elle se sentait vraiment rentrée chez elle.

42

Gulbachan avait trébuché à cause d'un chien perdu qui l'avait fait tomber, et s'était tordu la cheville. C'était sa version. D'autres disaient qu'il avait été mordu en voulant lui envoyer un coup de pied. D'autres encore disaient qu'il avait été mordu pendant qu'il essayait de lui envoyer un coup de pied et qu'alors le chien l'avait fait tomber. Quoi qu'il en fût, il entra dans le bureau de l'agence PTI en boitant, la mine chagrine, alla droit à son bureau sans faire une seule allusion aux émeutes de Ghatpur, et prit le *Statesman*.

Les choses ne s'améliorèrent pas lorsque Raman regarda la dépêche qui était tombée : « COMMENT LES MARCHANDS TIENNENT-ILS LE CHOC ? RENDEZ-VOUS AU PLUS TÔT A GHATPUR. »

Gulbachan ne réagit pas tout de suite lorsque Raman lui tendit le bout de papier.

Raman, ne se sentant pas concerné par une urgence quelconque, prit une grande paire de ciseaux et en fit claquer les lames pour les essayer. Puis, s'agenouillant sur le sol, il se mit à découper les articles du *Statesman* que Gulbachan avait cochés, pour les archiver dans les fichiers poussiéreux de classeurs métalliques, que ni lui ni Raman ne consultaient jamais.

« Eh bien, Raman, on dirait que tu vas devoir aller à Ghatpur », finit par dire Gulbachan.

Raman leva les yeux après avoir tourné avec précaution la page au milieu de laquelle se trouvait un trou carré, à la place d'un article sur « yoga et longévité » qu'il avait découpé parce que Gulbachan avait voulu le conserver.

« Il est encore tôt. Tu peux attraper le bus de dix heures. Il y a moins de monde que dans ceux qui partent au petit matin », poursuivit Gulbachan après une pause. Il s'était attendu à une réaction plus impétueuse de la part de Raman, qui pressa le gros dateur sur le tampon encreur violet et, après l'avoir levé bien haut, pan ! l'abattit sur le brahmane qui montrait comment la posture *singashana* améliorait la circulation du sang. Il examina le timbre violet avec satisfaction.

Gulbachan tendit la main et saisit la boîte faisant office de cagnotte. « Voilà pour ton voyage et tes dépenses. Ramène le plus d'informations possible. »

Raman, la mine irritée, regardait le brahmane marqué au front de la date violette. Il examina le timbre d'un air dégoûté et fit tourner le caoutchouc pour mettre le chiffre suivant en place, puis il répéta son geste. Pan ! Alors seulement il releva les yeux.

« Mais je ne sais pas faire de reportages, objecta-t-il.

— Je t'expliquerai, dit Gulbachan, ravi de jouer au mentor. Un homme capable d'écrire un livre est sûrement capable de rédiger un compte rendu. Tu m'as vu faire. Ce n'est pas sorcier.

— Mais comment s'y prend-on pour une interview ? Je n'ai aucune formation pour ça. »

Gulbachan se retint de lever les yeux au ciel : son rôle, c'était d'encourager un successeur possible et de le former, se rappela-t-il.

« Une interview ! En voilà un bien grand mot ! Interviewer, c'est juste bavarder. C'est du *baat-cheet*, des parlottes de souk. La seule différence, c'est que tu notes tout par écrit. » Et, en guise d'encouragement, il ajouta d'un ton brusque : « Tu feras de ton mieux, voilà tout. »

Raman avait clairement donné à entendre qu'il ne fallait pas trop attendre de lui. Il prit la liasse de billets, les compta soigneusement et les enfouit dans sa poche. Puis il se mit en quête du bloc-notes jauni de Gulbachan. Ce dernier lui prêta généreusement son stylo.

Raman prit un cyclo-pousse et marchanda âprement le prix du trajet jusqu'au jardin aux lychees. A sa grande surprise, il eut gain de cause. Le conducteur dut sentir que Raman n'était pas d'humeur à accepter un compromis. Mais là s'arrêta la chance de Raman. Lorsque le tonnerre commença à gronder dans le ciel couvert et que les premières gouttes de pluie tombèrent, le conducteur déclara qu'il ne pouvait pas terminer la course. Comment monterait-il la côte avec une boue pareille ? Il se mit à grommeler. Il la connaissait, cette côte. De nombreux autres conducteurs lui avaient dit qu'elle était très raide. Et une fois en haut, comment redescendrait-il ? Ses freins n'étaient pas très fiables. Et quand il pleuvait, ils étaient carrément mauvais.

« Il ne tombe que quelques gouttes », protesta Raman.

Le conducteur pédala furieusement et pendant que son cyclo-pousse descendait en roue libre, il s'essuya la nuque avec un linge posé sur son épaule. Puis, sc tordant pour voir la réaction de Raman sur son siège, il annonça : « *Huzoor*, j'ai déjà une roue à plat. Je ne pourrai même pas aller jusqu'au temple. »

Il fit décrire au cyclo-pousse une embardée audacieuse, comme pour confirmer ses dires.

Raman regarda non sans inquiétude la roue avant,

puis se pencha pour vérifier les roues latérales. Elles avaient l'air en parfait état et bien gonflées. Il voyait bien que le conducteur souhaitait se débarrasser de lui le plus vite possible. Il voulait rentrer, ce sale paresseux, se dit Raman, qui fit durer le plaisir, essayant de profiter de la course au maximum. Par ce temps, il serait difficile de persuader un autre cyclo-pousse de s'arrêter, il le savait, à plus forte raison de monter jusqu'au jardin aux lychees, puis de redescendre à la gare des autocars.

« Pourquoi n'as-tu pas vérifié tes pneus avant de partir ? demanda Raman.

— *Huzoor*, je les ai vérifiés. Mais sans pompe, qu'est-ce que je peux faire ? »

Pareille négligence ne suscita aucune indulgence chez Raman.

« Qu'est-ce qu'il lui est arrivé, à la pompe ?

— *Huzoor*, ma pompe, je l'ai vendue à mon frère conducteur.

— Pourquoi ?

— Ma fille s'est mariée le mois dernier, *huzoor*, alors j'ai vendu ma pompe pour mettre l'argent dans la dot. »

Raman ne voulut pas en entendre davantage. « Bon, bon, dit-il, coupant court à ses explications, emmène-moi jusqu'à Kumar Junction, je finirai le trajet à pied. Mais je ne te paierai que deux roupies. Je n'ai pas demandé à monter dans un véhicule qui a des roues à plat.

— Deux roupies cinquante, *huzoor*, dit le conducteur, pédalant ferme. Deux roupies, c'est pour le temple de Vishnou Narayan. Kumar Junction, c'est plus loin. »

Raman comprit qu'il n'avait pas le choix. Le cyclo-pousse le laisserait en plan au temple. Il fit signe au conducteur de continuer à pédaler. A quoi bon discuter, à présent ? Les gens cherchaient tous à gagner de l'argent. Tout le monde, semblait-il, avait des filles à marier.

A Kumar Junction, il descendit, paya deux roupies cinquante au conducteur, ouvrit son parapluie et attaqua la montée.

Contente, Kumud lui prépara sa gamelle. Bien que Raman ne lui eût rien dit, elle était persuadée que cette mission était la preuve de la promotion qu'ils attendaient tous depuis la visite de Gulbachan. Elle s'affaira autour de son mari, attentive au moindre de ses besoins.

Raman ne s'était pas attendu à trouver une telle foule à la gare des autocars de Mardpur. Sa gamelle à la main, il plongea dans la cohue pour arriver au guichet. Il essaya de se frayer un chemin dans la foule tourbillonnante, qui était plus dense qu'il ne l'aurait cru : on eût dit que toute la population de Mardpur essayait de partir en même temps. Pressé, bousculé, il commençait à se demander s'il pourrait prendre son billet lorsqu'il entendit derrière lui une voix familière.

« Sahib, vous voulez prendre un billet pour Ghatpur ? »

C'était Hari, qui avait surgi à ses côtés.

« Quoi ? » fit Raman, le souffle coupé par un coolie portant deux grosses valises en cuir sur la tête et qui venait de le bousculer. Il se hâta de vérifier que sa gamelle était bien toujours là, qu'elle n'était pas tombée par terre en répandant son contenu sous les pieds de la foule.

« Je peux prendre le billet, sahib », cria Hari.

Raman s'écarta de la cohue et le suivit. Une fois sorti de la mêlée, il put reprendre sa respiration.

« J'ai un ami qui peut avoir des billets », dit Hari en désignant du menton la foule qui se pressait devant le guichet. Normalement, il y en avait au moins quatre, mais aujourd'hui un seul était ouvert, ce qui provoquait le désordre ambiant.

« Pourquoi n'y a-t-il qu'un guichet ouvert ? grommela Raman.

— Il paraît que le préposé au guichet numéro un marie sa fille. Et que le préposé au numéro deux marie son fils, expliqua Hari.

— Pourquoi est-ce que tout le monde se marie le même jour ? C'est un comble ! Des mariages, il y en a tout le temps. Ils n'ont donc pas pu s'organiser pour qu'ils aient lieu des jours différents ?

— J'ai posé la question moi aussi, sahib. La fille du préposé numéro un épouse le fils du préposé numéro deux.

— Ça tombe vraiment mal, protesta Raman.

— Et puis, il y a le préposé numéro trois, dit Hari avec un large sourire.

— Il a trouvé quoi comme excuse ?

— C'est le père du préposé numéro un, et il faut qu'il assiste au mariage. En plus, il a aidé le préposé numéro deux à trouver son emploi, pour améliorer les perspectives de son gendre.

— Les gens ne reculent vraiment devant rien pour resquiller, gémit Raman. Enfin, ajouta-t-il, le préposé numéro quatre travaille, lui. Voilà au moins un homme honnête. »

Hari s'amusait comme un fou.

« Sahib, le préposé numéro trois paie le préposé numéro quatre un bon prix pour qu'il vienne travailler, sinon les trois autres ne pourraient pas prendre un congé le même jour.

— Oh oh ! Alors il y a du bakchich dans l'air.

— Oui, sahib ; parce que le préposé numéro quatre devait aussi être en congé aujourd'hui.

— Pourquoi ?

— Sahib, le préposé numéro quatre a perdu son père, dit Hari avec une mimique tragique et roulant la tête.

— C'est vraiment triste. On devrait le laisser à son deuil. Mais si les gens prennent sans arrêt des congés pour cause de mariage ou de décès, on ne pourra plus jamais prendre l'autocar. »

Hari hocha la tête, avec une mine fort sagace pour ses treize ans. « Ils sont obligés de payer le préposé numéro quatre pour qu'il revienne de son congé pour deuil, reprit-il.

— Ah ? Quand son père est-il mort ?

— Il y a un mois, sahib ; pendant tout le mois, il n'y a eu que trois guichets ouverts. »

Raman gémit.

« Mais j'ai un ami qui peut avoir des billets, sahib. Et je ne prends pas de commission, dit Hari avec un grand sourire. Pour un petit bakchich, sahib, j'irai le trouver.

— Ce pays est plein d'escrocs », marmonna Raman en mettant une roupie dans la paume tendue de Hari.

43

Raman s'assit sous un arbre des conseils et observa plusieurs personnes qui consultaient un diseur de bonne aventure. Juste au moment où il essayait de décider si oui ou non il se ferait lire les lignes de la main, Hari revint, portant un sac et suivi d'un homme aux cheveux blancs d'une cinquantaine d'années avec des jambes arquées et une grosse moustache.

« Sahib, le car pour Ghatpur est plein. On ne peut plus obtenir de billets », annonça catégoriquement Hari. Et comme pour se justifier, il désigna son compagnon. « Même Tonton ne peut pas en obtenir.

— Je me demande pourquoi tout le monde veut aller à Ghatpur alors qu'il y a des émeutes là-bas », grogna Raman, qui ne parut pas fâché outre mesure par la nouvelle qu'annonçait Hari.

« Il n'y a pas assez d'autocars, sahib. C'est toujours pareil », fit Hari en manière d'explication.

L'homme aux cheveux blancs reprit son sac à Hari et s'assit à côté de Raman. Celui-ci se demanda ce qu'il attendait, s'il n'y avait plus de billets pour Ghatpur. Peut-être le vieil homme resterait-il là toute la nuit et le lendemain, jusqu'à ce qu'il ait une place dans un car.

« Les émeutes sont finies à Ghatpur, mais il y a eu

beaucoup de dégâts. Même là où je travaille, à l'imprimerie Ravi, il y a eu un incendie », dit Tonton en guise d'explication pour la cohue à destination de Ghatpur.

« Tonton travaille à l'imprimerie du *Ghatpur Week*, précisa Hari. Pouf ! Elle a été complètement brûlée. »

Raman avait déjà lu cette information à l'agence de la PTI. Le journal *Ghatpur Week* avait pris le parti des industriels, ce qui avait provoqué la colère des ouvriers.

« Il n'y a pas que l'imprimerie qui a brûlé. La boutique de saris à côté aussi, dit Tonton. Tout le stock a flambé : soies, brocarts, mousselines, crêpes, il y en a pour une jolie somme.

— Les saris en nylon étaient tous collés, on aurait dit des *Chicklets*, dit gaiement Hari, comme s'il avait vu lui-même le spectacle. Un sari fondu, ça ressemble à ça. » Il fit le geste de tenir une poignée de plastique fondu.

« Ils ont brûlé uniquement à cause de l'imprimerie Ravi, dit Tonton avec une certaine sympathie. Les marchands de saris n'ont pas de problèmes avec les ouvriers à Rustomjee. C'est seulement l'imprimerie qui en a, à cause du journal. Nous sommes beaucoup trop près de l'usine Rustomjee. Il y a beaucoup d'agitateurs là-bas. Des syndicats très très importants et beaucoup d'ouvriers.

— A qui appartient la boutique de saris ? demanda Raman.

— Aux Ramanujan, dit le vieil homme.

— Ceux qui ont des fils jumeaux ? » dit Raman, qui n'en croyait pas ses oreilles.

Tonton fit un signe d'assentiment.

« Que va-t-il se passer pour la boutique ? demanda Raman après une pause de quelques secondes.

— Ils seront dédommagés, dit Tonton en haussant les épaules. Mais quand ? Allez savoir !

— Les *sari-walas* seront dédommagés ? répéta Raman. Combien obtiendront-ils ?

— Dans le bazar, on dit que ça se chiffre en *lakhs* », intervint Hari.

Tonton haussa encore les épaules.

« Ils obtiendront sûrement un dédommagement, mais quand ? Ça prend des années. Et ça ne sera pas pour le stock, mais seulement pour le bâtiment. C'est pas de chance. Des pièces anciennes de *zari* ont brûlé aussi. Des pièces de grande valeur.

— Il y a beaucoup de gens qui demandent à être dédommagés ?

— Tout le monde ! Il y en a même qui déménagent les stocks de leur boutique et allument un petit incendie pour pouvoir réclamer, dit Tonton.

— Mais le *sarkar* est au courant, parce que la nuit des émeutes, tout le monde a vu les magasins qui brûlaient et ceux qui ne brûlaient pas, fit Hari d'un air entendu.

— Nous, on a de la chance parce que nos stocks de papier ne sont pas sur place. Il n'y a eu qu'une édition du *Ghatpur Week* qui a été perdue. Et c'est surtout le toit du bâtiment qui a souffert. La presse est intacte. Tout le monde n'a pas eu autant de chance. Les marchands sont furieux. Dans le bazar de Ghatpur, l'ambiance est très tendue et le calme n'est pas revenu. Il peut y avoir encore des troubles dans le secteur. *Hartal*. Des émeutes. »

Raman essaya de ramener la conversation sur les marchands de saris.

« Alors ils sont ruinés, si tout leur stock est détruit.

— Presque. Mais la chance qu'ils ont dans leur malheur, c'est que les garçons vont se marier dans trois mois et qu'ils toucheront une très très grosse dot. Avec ça, ils pourront redémarrer.

— Dans trois mois ! répéta Raman.

— Oui. L'astrologue a déjà fixé la date. Je le sais parce que c'est nous qui imprimons les faire-part.

— Les faire-part ? demanda Raman, éberlué. Ils ont été brûlés aussi ?

— Non. On sous-traite. La date de livraison reste la même. Quand il y a un mariage aussi avantageux qui se prépare, nous ne pouvons pas mettre des bâtons dans les roues pour des problèmes de faire-part. La dot s'élève à plus d'un *lakh*, d'après ce que j'ai entendu dire. Deux jumelles pour deux jumeaux. C'est l'idéal.

— Plus d'un *lakh* ! » Raman se sentait défaillir et ne voulait pas en entendre davantage. Mais l'attention de Tonton fut détournée : le car pour Ghatpur, celui pour lequel ni lui ni Raman n'avaient pu avoir de billets, était prêt à prendre le départ, bourré à craquer.

« Vite, Hari, prends mon sac. Il faut que je monte dans ce car.

— Mais vous n'avez pas de billet ! » s'exclama Raman, qui se rendit compte que Hari et Tonton ne pouvaient plus l'entendre, car ils couraient vers l'autocar, profitant de la pagaille créée par la bousculade anarchique et les cris forcenés des marchands ambulants autour du car, pour y grimper. Des vendeurs de cacahuètes, de pois chiches grillés, de barbe à papa et de *jalebis* poisseux, le panier sur la tête, couraient à côté du car en criant. On eût dit qu'ils croyaient ne pouvoir vendre que lorsque celui-ci serait prêt à se mettre en branle, car c'était la dernière chance pour les passagers.

Agile comme un singe, Hari escalada l'échelle menant au-dessus de l'autocar avec le sac de Tonton, qu'il eut vite fait de coincer au milieu d'autres bagages pour qu'il ne bouge pas. Tonton aussi était suspendu à l'échelle à l'arrière, et l'escaladait d'un pas plus lent, encore agile pour un homme de son âge.

Raman les regarda, un peu surpris de les voir aussi déterminés. Mais il n'était pas disposé à les imiter. Faute de pouvoir monter dans l'autocar par la voie normale, il préférait s'abstenir. Il se leva et quitta la gare routière en même temps que l'autocar, qui s'ébranla dans un bruit de ferraille en crachant une fumée noire de diesel, impatient de partir. Raman ne vit pas ce qui se passa alors.

D'un seul coup, l'autocar s'arrêta en tanguant. Perché sur le toit, près du bord, Hari perdit l'équilibre et fut éjecté. Par une chance extraordinaire, il atterrit sur le panier d'un vendeur de cacahuètes, qui volèrent en tous sens comme des gouttes d'eau lorsqu'un énorme rocher tombe dans une mare en éclaboussant de toutes parts. Ce fut un beau désordre. Les vendeurs s'égaillèrent précipitamment, craignant de recevoir sur eux tous les bagages et de se faire écraser si le car versait. L'un des responsables de la gare routière vint taper sur le côté de l'autocar et cria au chauffeur d'arrêter, persuadé qu'un enfant était tombé du toit et s'était tué. La compagnie allait sûrement perdre sa licence après un accident pareil.

Le vendeur de cacahuètes, oublieux des dangers dont s'inquiétaient les autres, courait en tous sens pour sauver sa précieuse marchandise. Il s'accroupit à côté du car, puis se mit à plat ventre sous le véhicule comme une araignée, bien décidé à récupérer toutes ses graines. Il se souciait beaucoup plus de rassembler ses cacahuètes que du sort de Hari, pelotonné dans son panier comme une poule en train de couver. L'adolescent battit des bras pour sortir, car il avait bien du mal à ne pas s'enfoncer davantage dans les cacahuètes. Au milieu des cris et du branle-bas général pendant qu'il s'efforçait de s'extirper du panier, Hari entendit un éclat de rire prolongé.

Le rieur était un jeune homme élégant et bien mis, chaussé de bottines en cuir véritable. Campé dans une posture gracieuse, un pied sur une souche et le coude sur le genou, il se faisait cirer les chaussures. Bien qu'il fût en train de rire à gorge déployée, il n'en perdait pas pour autant sa dignité et avait la mine fière. Hari se surprit à penser qu'assurément, c'était un prince. Un prince à l'allure royale.

Lorsqu'il eut deviné le motif de l'hilarité du royal sahib, Hari eut un sourire mitigé, car l'incident ne lui semblait pas drôle du tout. Il aurait pu être grièvement blessé. Il lui sembla bizarre que le royal sahib voie là matière à rire.

Le premier moment d'émoi passé, lorsque tout le monde eut compris que ce n'était pas un enfant qui était tombé, mais un garçon de courses, et qu'il avait atterri sans se faire de mal, les marchands ambulants revinrent peu à peu et les passagers du car descendirent pour voir ce qui avait causé la panique. Hari finit par sortir du panier en roulant sur lui-même, indemne. Alors, tout le monde s'en prit à lui : on lui reprocha d'avoir compromis sa sécurité, celle du car et des voyageurs, et on lui conseilla de mieux se cramponner la prochaine fois. Puis les passagers remontèrent dans le car et prièrent le conducteur de se remettre en route. Tonton, qui était lui aussi descendu du toit pour s'assurer que Hari était sain et sauf, courut derrière le véhicule qui crachait et pétaradait, et sauta sur l'échelle à l'arrière. Il resta accroché, oscillant de droite et de gauche tandis que le car prenait de la vitesse, puis escalada lentement l'échelle, un barreau à la fois, son *dhoti* blanc gonflé par le vent.

Hari fut un moment distrait par le vendeur de cacahuètes qui le priait de vider ses poches au cas où des graines s'y seraient logées. Il gémissait qu'il était un pauvre homme et qu'il ne pouvait se permettre de perdre la moitié de sa marchandise, même si l'incident était tout à fait inhabituel et peu susceptible de se reproduire. Tout en vidant ses poches, Hari continuait à regarder le royal sahib, qui riait toujours sans retenue.

« C'est lui, là, Man Singh, dit-il à son compagnon, un homme plus âgé et replet. Il s'en tire sans une égratignure, hein ! Du vrai caoutchouc, ces gamins ! »

Hari, qui observait les traits lisses et l'allure élégante du nouveau venu, avait sans doute le regard insistant, car le royal sahib lui adressa la parole assez gentiment : « Ça va, maintenant, petit ? »

Hari fit un signe d'assentiment.

« Comment t'appelles-tu, petit ?

— Hari, *huzoor*.

— Tu travailles ici ?

— Non, *huzoor*, je travaille en *free-lance*.

— *Free-lance* ! Tu entends ça, Man Singh ! Il travaille en *free-lance* ! Toi parler anglais, petit ? dit-il en contrefaisant un mauvais accent anglais.

— Comme ci, comme ça », répondit Hari en anglais. Il commençait à trouver plaisant de s'être fait remarquer par un homme qui avait l'air et la façon de parler d'un Indien, mais les manières d'un étranger.

« Comme ci, comme ça ! Un garçon comme toi pourrait m'être utile. Tu connais bien Mardpur ?

— Je suis né ici, *huzoor*, fit Hari avec un large sourire.

— Parfait, parfait. Nous avons besoin d'un guide. »

44

Ce jour-là, Raman n'alla pas travailler. Il rentra chez lui pour réfléchir aux implications de ce qu'il avait appris, mais aussi pour éviter de devoir avouer à Gulbachan qu'il n'était pas allé plus loin que la gare routière de Mardpur. Le lendemain, il arriva de bonne heure à l'agence et tapa laborieusement une dépêche passable sur la vieille machine de Gulbachan : elle avait un ruban déteint et des caractères encrassés au bout du bras, qui se coinçaient en faisceaux avant même d'arriver sur le papier. Il fit plusieurs tentatives et, enfin satisfait, il posa la feuille de papier dans la corbeille du « courrier à l'arrivée » sur le bureau de son chef et se remit à découper des articles de journaux. Il était encore en train de faire claquer ses ciseaux lorsque Gulbachan entra.

« “Les esprits sont toujours échauffés à Ghatpur. L'humeur est imprévisible et la tension forte. Au cœur du bazar, des troubles peuvent éclater à tout moment.” *Wah !* Raman, s'exclama Gulbachan, tu as bien rendu la, hum... la... (Il chercha le mot.)... l'ambiance, voilà ! Et tout ça sans *raita* ! »

Dans son enthousiasme, Gulbachan entreprit de peaufiner la dépêche et de la mettre en langage journalistique, le type de langage susceptible de plaire aux bureaucrates de Delhi et de leur être familier. Peu après, le transmetteur cliqueta pour expédier le « compte rendu d'un témoin visuel à Ghatpur ».

Gulbachan et Raman sentaient l'un et l'autre que quelque chose avait changé dans leur relation. Indépendamment de son livre, Raman avait essayé d'écrire une dépêche honorable et y avait réussi. Gulbachan le regarda pensivement découper d'anciens numéros du *Statesman*. Lorsque Raman, après avoir terminé, chercha autre chose à faire, Gulbachan joignit les mains sous son menton et se pencha sur son bureau pour annoncer sa décision.

« J'ai réfléchi, Raman. Je vais bientôt prendre ma retraite – une retraite anticipée, ajouta-t-il en voyant l'air surpris de Raman. Il n'y a personne à Delhi qui ait envie de venir à Mardpur occuper ce poste. »

Ce qui n'étonna guère Raman.

« Quel besoin y a-t-il d'un correspondant à Mardpur ? » demanda-t-il, avant d'ajouter en hâte : « Il ne sera pas facile de trouver quelqu'un qui ait autant d'expérience que vous.

— Ils envisagent de ne garder ici qu'un correspondant adjoint, dit Gulbachan. Après tout, la PTI a des locaux ici. Il faut qu'ils nomment quelqu'un. Mais il n'y a pas beaucoup d'événements à signaler. Les émeutes étaient une exception. Il n'y a pas besoin d'un journaliste confirmé. »

Raman se demanda qui pourrait bien accepter d'être correspondant adjoint à Mardpur.

« J'envisage de proposer ton nom », dit Gulbachan, avec un léger sourire. Il observa la réaction de Raman non sans satisfaction. « Tu as fait du bon travail à Ghatpur. Je vais proposer ton nom en disant que tu es un écrivain connu. Ils devraient être honorés de t'avoir comme correspondant adjoint. »

Raman ne sut que dire. Il était sincèrement touché par la foi que montrait Gulbachan en ses capacités.

« Je... euh...

— Ce n'est rien, dit Gulbachan avec un geste qui coupait court à la discussion. Tu es la personne idéale pour prendre la suite.

— Je ne vous arrive pas à la cheville, dit Raman humblement. Je n'ai jamais voyagé. Tout ce que je sais de la Marche du Sel, c'est de vous que je le tiens. » Affirmation qui, elle, était entièrement véridique.

« Ah oui, la Marche du Sel..., dit Gulbachan d'un ton rêveur. C'était il y a longtemps. Bien sûr, tu ne seras jamais un correspondant prestigieux, mais tu apprendras vite. Je serai encore ici pour te guider. Et le côté avantageux de notre arrangement si tu me succèdes, c'est que je pourrai continuer à habiter le bungalow de la PTI pendant ma retraite, parce que toi, tu n'en as pas besoin. Tu as un bungalow très agréable dans le jardin aux lychees. Je l'ai vu de mes propres yeux. C'est un paradis. Le bungalow de la PTI ne présente aucun intérêt pour toi. Donc nous y trouvons chacun notre compte.

— Vous voulez rester à Mardpur quand vous prendrez votre retraite ? » fit Raman, ne sachant trop que dire. Il comprenait que c'était un souci de commodité qui avait dicté le choix de Gulbachan, et non l'amitié de ce dernier, ni son talent à lui.

« Pourquoi pas ? Le bungalow de fonction est libre, et je peux passer ici tous les jours pour lire le *Statesman*. La direction de Delhi n'y verra pas d'objection tant que figure sur leurs registres un salarié à Mardpur. »

Raman se demanda quelle impression cela lui ferait d'avoir tous les jours Gulbachan sur le dos, à surveiller ses activités. En réalité, il ne se voyait pas assumer une responsabilité pareille. L'idée de communiquer avec la rédaction de la PTI à Delhi l'emplissait d'effroi.

« C'est une offre intéressante, dit-il lentement, car il ne voulait pas paraître ingrat. Je vais y réfléchir.

— Réfléchir ? Et à quoi ? » fit Gulbachan, étonné. Il offrait à Raman la plus belle occasion de sa vie et ce zigoto-là n'était même pas sûr de vouloir la saisir ! N'importe qui d'autre lui aurait baisé les pieds. Il avait mal jugé Raman : son assistant n'avait vraiment aucune ambition. Gulbachan s'abstint de toute remarque sarcastique. Il fallait qu'il se montre gentil et amical avec Raman, et le persuade en douceur d'accepter ce poste.

« Le mariage de mes filles approche, dit Raman, gêné. Il y a beaucoup à faire. Et puis il faut que je finisse ce que je suis en train d'écrire.

— Bien sûr, bien sûr, dit Gulbachan. Après tout, ce n'est pas demain que je prends ma retraite. La semaine prochaine, je commencerai à rédiger une lettre pour Delhi. Je dirai d'abord que j'interviewe de très nombreux candidats. Ce n'est que dans un second temps que je mentionnerai ton nom. Et à partir d'aujourd'hui, je t'augmente. »

Gulbachan s'approcha de la petite caisse où il gardait l'argent économisé sur le budget. Jamais il n'avait transmis à Raman les augmentations de salaire figurant dans le budget prévisionnel qu'il envoyait chaque année à Delhi. Il sortit une poignée de billets.

« Achète-toi une bicyclette. Quand tu seras correspondant adjoint, il t'en faudra une. »

Raman prit l'argent sans le compter. Gulbachan agita l'index dans sa direction.

« Il faut que tu achètes une bicyclette. Tu ne vas pas te servir de cet argent pour le mariage de tes filles, hein ! Demain, je t'emmène chez Jetco sur mon scooter et tu t'en choisiras une. Les Atlas sont les meilleures. »

Raman rangea le bureau rapidement et partit. Gulbachan baissa son journal lorsqu'il l'entendit s'éloigner et se gratta la tête, perplexe. Vraiment un drôle de type, ce Raman. On ne pouvait jamais savoir ce qu'il pensait.

Plongé dans ses réflexions, Raman attendit un cyclo-pousse ; mais la proposition de Gulbachan n'était pas le plus urgent de ses soucis. Il fallait se rendre à l'évidence, le mariage de ses filles aurait lieu.

Laxman l'accueillit avec effusion lorsqu'il apparut au magasin une demi-heure plus tard.

« Assieds-toi, mon cher frère, dit Laxman. Meera et Mamta, apportez du thé à votre père ! »

Sudha-la-Pensionnée trottait de la cuisine au salon, très affairée, pour apporter pâtisseries et douceurs, une stratégie concertée afin de mettre Raman de bonne humeur. Mais celui-ci se sentait mal à l'aise. Laxman avait convoqué une réunion de famille, mais il ne voulait pas révéler à l'avance le sujet de leur discussion. Aussi Raman était-il sur les nerfs depuis qu'il avait quitté l'agence. Et l'attente d'un cyclo-pousse n'avait rien arrangé. Il était arrivé avec une demi-heure de retard sur l'heure prévue, persuadé qu'ils auraient commencé sans lui.

« Comment aurions-nous pu commencer sans toi ? dit Laxman en l'accueillant à la porte. Tu es l'invité d'honneur. Vaman non plus n'est pas arrivé. »

Environ une demi-heure plus tard, lorsque Laxman et Raman eurent largement épuisé lc registre des banalités et se furent repliés derrière les journaux, Vaman arriva, accompagné de Madhu, la gorge et les poignets couverts de lourds bijoux.

Cet étalage de parures lui valut un regard écœuré de la part de Sudha-la-Pensionnée. « Quelle idée d'étaler tout cela pour une simple réunion de famille ? Nous avons toutes reçu des bijoux pour notre mariage. Je pourrais porter les miens, mais ce n'est ni le lieu ni le moment », grommela-t-elle à l'adresse de Meera et de Mamta alors qu'elles préparaient le thé à la cuisine. Néanmoins, elle alla bavarder avec Madhu des prix pratiqués sur le marché et se plaignit de ce que les clients se faisaient partout estamper.

« Tout le monde ne vole pas, dit Madhu. C'est une affaire d'inflation.

— D'inflation ? Tu en apprends, de grands mots, grinça Sudha, qui n'aimait pas être contredite.

— J'écoute les nouvelles Akashvani à la radio tous les jours, expliqua Madhu sans paraître s'apercevoir du ton aigre de sa belle-sœur.

— Moi, je n'ai pas besoin de la radio. Je lis les journaux.

— Combien paies-tu le *ghi* en ce moment ? demanda Madhu.

— Quinze roupies.

— Quinze roupies ! Tu te fais estamper, ma sœur.

— Mieux vaut payer quelques roupies de plus et être sûre que le produit est pur, dit Sudha-la-Pensionnée. Ce marchand que tu m'avais recommandé parce qu'il vend le sucre si bon marché, eh bien, il mélange des pierres blanches à son sucre pour qu'il soit plus lourd. On ne peut faire confiance à personne.

— Avec moi, il ne s'amuse pas à faire ça, dit Madhu, qui se sentit visée. Tu devrais le surveiller quand il se sert du sucre dans le sac.

— Tu crois que je reste plantée là les yeux fermés ? rétorqua Sudha, agacée.

— Eh bien, nous sommes prêts maintenant », dit Laxman en agitant son journal pour appuyer ses paroles. Meera et Mamta prirent un siège en hâte, comme si un spectacle allait commencer. Elles arrangèrent soigneusement leur sari, disposant les plis du devant à leur avantage. Elles replacèrent le pan de leur sari sur leur épaule gauche jusqu'à ce qu'il tombe en drapé net, et que l'on voie bien les jolies bordures de fils d'or dessinant des motifs délicats de cachemire et de fleurs de lotus. Laxman attendit qu'elles en aient fini avec leur sari, appréciant la beauté des chatoiements avec les yeux de celui qui a choisi ces tissus parmi les plus beaux de son stock. Il se leva pour déclarer : « J'ai de bonnes nouvelles. » Il toussa, passa d'un pied sur l'autre, puis opta pour la position assise. « Je voudrais vous annoncer que la Maison du Sari de Ghatpur a entièrement brûlé lors des émeutes du mois dernier, dit-il avec un petit air satisfait.

— Et c'est une bonne nouvelle, ça ? dit Vaman, étonné, dominant le bourdonnement des voix féminines surprises. De quoi faut-il se réjouir ? Je me le demande. »

Raman, pour qui la nouvelle n'était pas une surprise complète comme pour les autres, fut lui aussi interloqué par l'optimisme de Laxman. En quoi y avait-il matière à se réjouir ? Ne devaient-ils pas tous plaindre les Ramanujan de leur malheur ?

« De quoi faut-il se réjouir ? Mais je vais vous le dire : cela signifie que ces Ramanujan de Ghatpur sont à égalité avec nous maintenant. Ils ont deux magasins de saris et nous aussi. Donc (Laxman se frotta les mains avec allégresse et son débit se précipita tant il était excité), ils sont disposés à négocier à propos de la dot de Meera et de Mamta. » Il sourit tendrement à ses deux filles adoptives, qui étaient assises, l'air réservé, tripotant leur sari, sachant que leur mariage avec les fils Ramanujan était pratiquement assuré. « Versez le thé », leur chuchota Sudha-la-Pensionnée en donnant un léger coup de coude à Meera, qui était plus près d'elle. Elles se mirent à évoluer gracieusement, avec des froufrous soyeux : Meera prit la théière et versa du thé dans la tasse de Raman, et Mamta ajouta le sucre.

« Je n'ai pas terminé, continua Laxman, voyant la mine perplexe de ses frères. Ils ont non seulement annoncé qu'ils étaient disposés à transiger sur la dot, mais ils ont aussi fait savoir que le prix de départ est la moitié de celui qu'ils avaient mentionné initialement. Je suis persuadé que nous pouvons encore faire baisser le montant de la dot. »

Il regarda autour de lui sans se rendre compte que la somme, même divisée par deux, risquait de choquer Raman, une fois qu'il en connaîtrait le montant, tout comme Sudha-la-Pensionnée qui, malgré son désir de voir le mariage se faire, n'en avait pas moins de graves réticences quant à l'argent à débourser pour cela.

« Tu sais, conclut Vaman, ça me paraît louche.

— Pourquoi ? » demanda Laxman. A son tour, il était surpris. Il n'avait imaginé qu'une réaction possible de sa famille et pensait que ses proches le féliciteraient de sa clairvoyance. « J'ai déjà lu la nouvelle dans le journal. C'est une dépêche de la PTI qui en parle. Tout ça, c'est vrai.

— Primo, s'ils ont perdu une boutique, ils vont vouloir obtenir plus d'argent pour recréer leur affaire, dit Vaman, qui ne mettait pas en doute les faits rapportés par Laxman mais seulement sa façon de les interpréter. Secundo, il faut que nous sachions quelle boutique ils ont perdue. Si c'est l'une de celles dont les garçons devaient hériter, alors le mariage n'est finalement pas si avantageux que ça.

— Bien entendu, j'ai pris tous les renseignements, mentit Laxman, visiblement déconcerté par ces considérations. Et il n'y a aucun problème de cet ordre. »

Pour Laxman, la priorité était d'agir au plus vite pour profiter des circonstances.

« Alors, ce qu'il nous reste à faire, c'est d'aller à Ghatpur une fois les émeutes terminées afin de négocier, dit Vaman pour résumer la situation.

— Quand tout sera terminé ? dit Laxman, les sourcils froncés. Non, non, il ne faut pas attendre. Nous devons agir vite, tant qu'ils ne sont pas en position de force.

— Mais c'est risqué de se déplacer en ce moment, objecta Vaman, qui savait que c'était généralement lui qui voyageait pour le compte de ses frères.

— En tout cas, dit Laxman, l'un de nous doit y aller. »

Sudha-la-Pensionnée entreprit aussitôt de masser les jambes de Laxman comme pour bien faire comprendre que ce serait trop demander à son mari. Raman jeta un coup d'œil autour de lui et se rendit compte que personne ne le regardait. Ses deux aînés se fusillaient du regard. De toute évidence, on n'envisageait pas de lui confier les négociations sur la dot, même maintenant que les frères avaient l'avantage sur l'autre famille.

« Soit, soit, grommela Vaman, cédant en fin de compte. J'irai.

— Parfait », s'exclama Laxman avec soulagement. Il fit signe à Sudha d'arrêter de lui malaxer les jambes maintenant que le danger était écarté, et se tourna vers Raman avec un geste large et gracieux de la main. « Bon, reprit-il, eh bien, tout ce qu'il nous reste à obtenir pour que ce mariage se fasse, c'est ton consentement, mon frère. C'est un bon mariage. La dot sera négociée. Comme c'est toi le père, il nous faut absolument ton consentement. »

Tous les yeux se tournèrent vers lui dans l'expectative. Le regard timide de ses filles, ému et impatient, se posa sur son visage, en quête d'assentiment.

Raman le donna. Tout le monde applaudit. Laxman lui prodigua de petites tapes dans le dos, que Raman lui rendit. En fin de compte, Laxman avait réussi un exploit admirable en donnant l'impression que les transactions pour le mariage se seraient arrêtées et qu'on n'aurait pu fixer une date s'ils n'avaient pas eu la chance de bénéficier d'une réduction pour la dot. A ceci près qu'aucun montant précis n'avait été cité, et que Raman devait donc donner son accord pour verser une somme qu'il ignorait, même si elle était deux fois moins importante qu'avant.

Vaman se leva, puis se rassit et dit tout fort ce que Raman pensait tout bas : « Peut-être que ce serait une bonne idée de discuter de la dot maintenant, mon frère. »

Très sérieux, Laxman se leva à nouveau et dit : « Je dois demander aux dames de se retirer. » Il ne voulait pas de récriminations par la suite. L'argent était une affaire d'hommes.

Sudha-la-Pensionnée, Madhu, Meera et Mamta sortirent dignement.

« Je propose..., dit Laxman, allant droit au but afin de garder la main, je propose que nous divisions la somme de la dot en trois. » A l'entendre, on aurait dit qu'il venait juste d'avoir cette idée.

C'était ce que Raman redoutait, et il réagit aussitôt par une question : « Et avec quoi est-ce que je vais payer ma part ? Mon livre n'est pas encore écrit ! » Il était sérieusement inquiet. Il y avait plus d'une semaine qu'il n'avait pas écrit un seul mot.

« Peut-être, mais on ne peut pas attendre, dit Laxman, agacé. Il faut profiter de la position précaire des

Ramanujan avant qu'ils puissent redémarrer. Tu as eu tout le temps de finir. »

Raman comprit qu'il n'avait aucune marge de manœuvre. Même si ses frères n'avaient rien dit, il se rendait parfaitement compte que la date était fixée et les invitations en cours d'impression. Somme toute, au terme de cet après-midi, Laxman avait réussi à obtenir de lui un accord qui équivalait virtuellement à un chèque en blanc pour une dot, en lui présentant l'opération comme une « bonne affaire » et lui demandant d'en payer le tiers.

45

Un jour, on vit arriver à Mardpur le potier de Jatak, un village au sud de Vakilpur. Lakhan Bhai tirait sa charrette à bras chargée de pots : des grands et des petits, des lisses et des ronds, tous sentant la terre fraîchement travaillée, et il les frappait à intervalles réguliers avec un roseau, produisant ainsi un son lancinant, creux et mystérieux, qui se répercutait.

« *Handia-wale-e !* » chantonnait-il d'une voix râpeusc, aussi sèche que ses pots.

Le père et les oncles de Lakhan Bhai avaient fait leur apprentissage de potiers à la cour de Jaipur, où les pots étaient utilisés comme supports par les artistes qui les décoraient. Son père, l'aîné des frères, revint à Jatak par le fleuve et y installa son four. Lakhan Bhai continua le métier de son père, malgré la dureté des temps, car les villageois, comme les gens des villes, utilisaient de plus en plus les récipients de cuivre repoussé que l'on trouvait sur les marchés, incassables et décorés de motifs compliqués. Certes, l'eau n'y gardait pas sa fraîcheur aussi longtemps, mais de nos jours, qui se préoccupait de ce genre de chose ? Pour comble de malheur, à Jatak, la bonne argile rouge du bord du fleuve s'était épuisée. Maintenant que sa femme n'était plus aussi vigoureuse que dans sa jeunesse, Lakhan Bhai devait payer plus cher les femmes qui rapportaient l'argile de plus bas en aval. Malgré son âge, il arpentait des kilomètres de routes poussiéreuses en poussant sa charrette à bras plus loin, toujours plus loin, en quête de clients.

Arrivé à Jagdishpuri Extension, il laissa sa charrette devant la maison, hors de portée des cornes de Jhotta, au cas où elle se mettrait en tête de la renverser et de réduire en miettes des semaines de dur labeur. Il alla rejoindre Amma dans la cour pour prendre le thé, humant en connaisseur l'odeur d'argile rouge qui emplissait la maison. Mieux que d'autres, il était capable de déceler, derrière les senteurs d'huile de moutarde chaude et piquante et de mangues en cours de fermentation, celle, beaucoup plus ancienne, des pots faits à l'époque où l'argile rouge était abondante, facile à extraire et à transporter. Il reconnaissait à l'odeur les pots plus récents, faits avec une argile un peu moins bonne, et qui étaient plus secs, plus friables et plus délicats à façonner au tour. Il se sentait en pays de connaissance chez Amma lorsqu'il buvait le thé avec elle.

« Comment vont les affaires, Lakhan Bhai ? » demanda-t-elle en buvant à la soucoupe. Les visiteurs étaient si rares qu'elle savourait le moindre moment passé avec le potier, à l'écouter parler du monde extérieur.

« Mal », répondit-il, accroupi sur le sol et buvant à petites gorgées son thé chaud. Après des années passées accroupi devant son tour de potier, il était incapable de s'asseoir sur un siège quelconque. A défaut d'être accroupi, il préférait rester debout. Mais il savait qu'Amma ne se formaliserait pas de sa posture, tant qu'elle pouvait repérer d'où venait sa voix. Elle ne voyait aucune objection à ce qu'il fût assis par terre.

« On a installé une nouvelle pompe à bras au village

de Beejli ; du coup, on m'achète des pots : des petits, des moyens et des grands, dit-il en montrant, une main au-dessus de l'autre, la façon dont les femmes et les filles entassaient les pots sur leur tête, oubliant qu'Amma ne voyait pas. Mais surtout des petits, parce qu'il y a beaucoup de petites filles à Beejli. Je ne le savais pas, alors il me reste beaucoup de grandes tailles.

— Tant mieux, dit Amma. Parce que moi, c'est de grands pots dont j'ai besoin.

— Si j'avais un fils célibataire, je l'enverrais à Beejli pour se trouver une femme. Il y a du choix là-bas, plaisanta-t-il.

— Pourquoi y a-t-il tant de filles, Lakhan Bhai ?

— Les garçons et les hommes sont tous partis. Qu'est-ce que vous voulez faire à Beejli ? Pas de route goudronnée, pas d'électricité, seulement des piments à récolter et à sécher. Et ça, c'est un travail de femmes. » Amma connaissait bien la route menant à Beejli. Elle était bordée des deux côtés de piments, rouges, verts et jaunes, séchant au soleil sur des *dhotis* de mousseline. Amma allait régulièrement y acheter les meilleurs piments pour ses confits et les obtenir à bon prix. Elle connaissait bon nombre des femmes qui faisaient la récolte des piments et attendaient qu'ils fussent secs avant de les vendre à des marchands de Vakilpur, qui les vendaient à leur tour à des marchands de Ghatpur, où les piments étaient achetés par un intermédiaire d'une grande ville, Delhi par exemple, pour être ensuite vendus ailleurs, voire même à l'étranger.

« Et puis, cette année, il n'y a rien à vendre au village de Jhula, poursuivit tristement Lakhan Bhai.

— Pourquoi cela ? » demanda Amma, surprise. Au village de Jhula s'était développée une industrie de tissage à la main assez importante grâce aux talents exceptionnels des habitants. La teinturerie, industrie annexe, nécessitait une source d'eau permanente que fournissait la rivière voisine et les femmes des villages environnants portaient cette eau sur la tête jusque dans les cours des tisserands.

« Ils sont devenus riches au village de Jhula. Le *panchayat* est puissant et les villageois ont persuadé le gouvernement de leur installer une canalisation pour les approvisionner en eau de la rivière. Ils ne se servent plus de pots.

— Il en était question depuis longtemps, de cette canalisation, mais le gouvernement ne leur avait jamais donné satisfaction, commenta Amma.

— Non. La Mérique leur envoie beaucoup beaucoup d'argent, qui vient du réservoir de la Banque mondiale. Chaque maison a son robinet dans le village. Tout neuf. Je l'ai vu avec ces yeux-là.

— Ils reçoivent tant d'argent que ça d'Amérique ?

— Oui, le réservoir mondial méricain est bien plus profond que n'importe quel réservoir de chez nous !

— Au moins, la canalisation facilitera la vie des femmes.

— Ça m'étonnerait, dit Lakhan Bhai avec assurance. Qui aura besoin de leurs services à présent ? Avant, elles gagnaient quelques *annas* pour nourrir leurs enfants. Elles étaient peut-être illettrées, mais elles savaient se servir de leur tête !

— Tu as raison, Lakhan Bhai, ça a tout changé, l'arrivée de cette conduite. Que deviendront les femmes qui puisaient l'eau ?

— Ammaji, tu devrais venir au village de Jhula pour leur apprendre à faire des confits de fruits et de légumes. Pour ça, il leur faudra des pots et cela rapportera un peu d'argent. Et puis, il y a beaucoup de manguiers aux alentours du village. Il y a une assistante sociale méricaine, et elle essaie de trouver aux femmes de quoi travailler. Mais elle s'est mis en tête de leur apprendre la couture. Qui peut s'offrir une Singer ? Les filles font des économies pour qu'il y ait une machine à coudre dans leur dot, mais elles ne se l'achètent pas elles-mêmes !

— C'est une bonne idée, Lakhan Bhai, mais je suis une vieille femme. Et les confits ont besoin de temps pour venir à maturité. Je ne vivrai pas assez longtemps.

— Ammaji, j'espère que tu vivras encore cent ans ! Tu es aussi jeune que moi !

— J'ai fait ce que j'avais à faire. J'ai bien marié ma fille. Il n'y a que pour Deepa que je me tracasse. Mais son destin ne m'appartient pas. Il y a beaucoup de choses qu'elle doit apprendre par elle-même et pour lesquelles je ne peux pas intervenir. Mais j'ai assuré son avenir et elle ne manquera de rien. J'ai reçu assez d'objets précieux dans les cours des rois pour donner une dot à ma fille ainsi qu'à ma petite-fille.

— Et vos confits, qu'est-ce qu'ils deviendront ? » demanda Lakhan Bhai en agitant la main vers les rangées de pots disposés en hauteur sur les étagères de la cuisine. Pour lui, les pots étaient autrement précieux que les babioles dont parlait Amma. Chaque pot avait été pétri avec amour par ses mains, comme par magie, chaque boule d'argile aspirant à devenir un pot.

« Ils seront pour ma petite-fille. Avec tous les confits qu'il y a ici, elle aura une raison de revenir une fois que je ne serai plus là !

— Tes confits sont les meilleurs de la région, Amma. Qui ne reviendrait pas les chercher ?

— Dis-moi donc, Lakhan Bhai, combien de grands pots as-tu avec toi ? Et il faut que tu fasses un bon prix à une vieille femme qui ne voit pas ce qu'on lui vend !

— Amma, je ne te donnerai que ce que j'ai de mieux. Pour ces vieux pots, il n'y a plus beaucoup de demande aujourd'hui. Et je ne vais pas les remporter avec moi à Jatak. Je ne veux pas être trop chargé : moi aussi, je me fais vieux. »

Lorsque Deepa rentra de l'école et jeta son cartable par terre, Amma emplissait les pots d'huile de moutarde chaude avant de les mettre en service et Usha coupait en tranches des mangues pas encore mûres pour les mettre à confire.

« Assieds-toi, Deepa, nous allons écrire. Usha ! Hou, hou, Usha ! Apporte-moi un *lota* et du savon pour que je me lave les mains, elles sont pleines d'huile. » Usha, qui était à côté d'elle, s'écria : « Je suis là, Amma » et se précipita pour aller chercher de l'eau.

« Pourquoi faut-il tant se dépêcher d'écrire, Amma ? demanda Deepa. Je n'ai pas encore fait mes devoirs.

— Il nous reste encore beaucoup de travail, Deepa. Et je n'ai pas beaucoup de temps pour le mener à bien. Mes jours sont comptés. »

Deepa se figea. C'était la première fois qu'Amma parlait en ces termes. Deepa s'efforça d'ignorer le germe de peur qui venait d'être planté en elle, mais en vain.

« Oh, non, Amma, ton accident n'était pas grave du tout, et tu es déjà presque guérie.

— Mon heure sera bientôt venue. Mais il faut que nous finissions ce que nous avons à écrire. »

Deepa ne dit rien. Elle ne savait pas trop ce qu'elle éprouvait ; elle pensait à tant de choses à la fois qu'ellc ne pouvait s'arrêter sur une pensée particulière et l'énoncer clairement. Le germe de la peur commença à pousser. Deepa alla chercher les cahiers dans le coffre rouge pendant qu'Amma se lavait les mains. Elle resta quelques minutes immobile dans la semi-obscurité, à respirer profondément et à essayer de repousser au plus profond de son esprit les paroles d'Amma. Mais la peur l'emporta sur la passivité ; elle voulait se battre, mais contre quoi ? C'était une bataille perdue d'avance, elle le savait. Alors, comme elle n'avait pas le choix, elle rassembla les cahiers dans ses bras et les apporta à sa grand-mère.

« Qu'est-ce que je deviendrai quand tu ne seras plus là ? » demanda doucement Deepa en prenant place sur le *charpoy*. Elle avait les cahiers sur les genoux, mais ne les ouvrit pas. « Cela ne sera pas comme pour ton accident, où je suis allée chez le docteur Sharma, puis chez Bharathi. Je serai obligée de quitter Mardpur et je ne pourrai plus jamais revenir ici. »

Amma tendit la main et trouva celle de Deepa. Elle la prit entre les deux siennes, que l'huile de moutarde avait adoucies et imprégnées de son odeur.

« Ta mère t'aime beaucoup, Deepa.

— J'aime cette maison, je veux y rester.

— Sans moi, qu'est-ce qu'elle signifiera pour toi, cette maison ? Tu n'auras pas envie d'y vivre seule.

— Mais j'y habite depuis si longtemps !

— C'est la maison de ton père. Tu peux la garder si tu le désires.

— Même si j'ai toujours cette maison ici, est-ce que j'y viendrai ? Ma mère n'y vient jamais. Peut-être qu'il y a trop de mauvais souvenirs pour elle ici, ajouta tristement Deepa. Mais pour moi, ils sont tous heureux. Ce sont mes seuls souvenirs. Je n'en ai pas d'autres.

— C'est seulement lorsque tu trouveras le trésor et que tu l'emporteras avec toi que ton lien avec Mardpur sera rompu », promit Amma.

Une larme déborda de l'œil de Deepa et roula sur sa joue.

« Le trésor est imaginaire, Amma. »

Elle se souvenait de toutes les fois où elle avait

fouillé la maison avec Bharathi quand elles étaient plus petites, frappant sur les murs pour essayer de découvrir un endroit creux, et où elles avaient creusé la terre à la cuiller dans la cour de devant, abandonnant toutefois avant d'être allées bien profond. Jhotta avait toujours piétiné la poussière, aussi ne restait-il pas trace de ses tentatives.

« Si, il y a un trésor ici, dit Amma d'une voix douce. Tu le trouveras quand tu seras prête.

— Non, il n'y a pas de trésor !

— Il est pour toi.

— Alors, dis-moi où il est.

— Il faut toujours se donner du mal pour trouver les choses, même si elles t'appartiennent. La vie n'est jamais aussi facile que ça.

— Et si quelqu'un le trouve avant moi ?

— Il est écrit que tu le trouveras.

— Ne pars pas, Amma ! Je ne veux pas du trésor si tu n'es pas là.

— Chut, mon enfant. Il me reste encore un peu de temps. Mais nous devons travailler vite. Tu as tes cahiers ? Et ceux de Raman ? »

Deepa lui tendit le dernier cahier de Raman. Amma le palpa, se tut pour mieux se concentrer et le rendit à sa petite-fille.

« Lis-le-moi », dit-elle.

Docile, Deepa ouvrit le cahier et essaya de lire les derniers paragraphes. Mais les larmes l'empêchaient de voir ce qui était écrit et elles se mirent à rouler l'une après l'autre sur la page devant elle, diluèrent l'encre bleue qui courait à l'horizontale et constellèrent le papier de taches humides et étoilées.

46

Amma, si forte et si vigoureuse jadis, ne s'approchait plus de ses meules. Elle était trop lasse à présent, et les pierres étaient trop lourdes. C'étaient Deepa et Usha qui les soulevaient quand il y avait besoin de farine pour les *chapatis* quotidiens.

Il y avait d'autres menus changements. Amma ne faisait plus comme avant mille et une petites remarques. Elle avait moins tendance à exprimer ce qui frappait son odorat, son toucher ou son ouïe, et semblait se refermer. Elle n'accompagnait plus de son bavardage chaque déplacement de Deepa dans la maison, et n'interprétait plus ses gestes quotidiens. Deepa trouva l'ambiance de la maison bien plus calme. Sans Usha, qui venait beaucoup plus tôt à présent, elle se serait sentie très seule. Deepa percevait l'épuisement d'Amma et s'en alarmait. Le germe de peur qu'Amma avait planté dans sa poitrine grandissait et elle ne se sentait pas aussi libre qu'avant, accablée qu'elle était à présent par les inconnues de l'avenir.

Pourtant, il y avait des moments où Amma s'animait. Chaque après-midi après sa sieste, elle retrouvait une certaine vivacité et attendait que Deepa vienne avec les cahiers de Raman, comme si elle tirait sur des réserves d'énergie pour continuer l'histoire du contrebandier.

Amma était assise en tailleur sur le *charpoy*, perdue dans ses pensées, pressant parfois ses paumes sur ses tempes pour mieux se concentrer. Puis elle parlait. De sa bouche sortaient de merveilleuses descriptions de petites baies et de grottes, d'îles et de plages : tous lieux où Amma n'était jamais allée, mais qu'elle visitait par ses visions. Et Deepa les visitait avec elle, circulait dans le même monde de rêve et l'exprimait par des mots.

Parfois, Amma prenait dans ses mains l'un des cahiers de Raman, comme si les mots qu'elle prononçait venaient de l'intérieur, alors qu'ils n'y étaient pas encore écrits. Et parfois, elle était assise avec sur les genoux un *balti* – un de ceux dans lesquels elle avait envoyé à Raman du yaourt –, et elle le frottait doucement, comme si elle essayait d'en décoller les pensées de Raman, tournant et retournant le *balti* sur ses genoux pour trouver l'endroit où les pensées viendraient avec le plus de force.

« Ce qui marche le mieux, c'est une montre ou un pendentif, laissa-t-elle tomber un jour où elle trouvait que les images qui lui venaient manquaient un peu de clarté. Quelque chose qui appartienne à Raman. Autrefois, quand je circulais entre les royaumes du Nord, c'étaient les pendentifs des maharanis, ou les bracelets que je portais, qui me rattachaient à elles. Chaque bijou qu'elles me donnaient formait un lien entre nous. Peut-être était-ce pour cela qu'elles arrivaient toujours à me trouver à temps.

— Tu dois avoir vu tant de choses, tout le temps, fit Deepa, émerveillée. Comment ne pas tout confondre !

— Ce n'est pas ça, répondit Amma en repensant au passé. Les messages importants étaient toujours les plus forts. Et il faut que je sois à l'écoute. Quelqu'un qui n'est pas à l'écoute ne peut rien entendre. Maintenant, je suis à l'écoute de messages de Raman et ce sont ceux-là que j'entendrai. Mais Raman ne m'envoie pas toujours de messages. »

Deepa se mit à rire.

« Alors, c'est une bonne chose que ses cahiers soient ici. Comme ça, nous n'avons pas besoin d'être toujours en train d'attendre ses messages. »

Du bout des doigts, Amma caressa les cahiers.

« Avant mon accident, il essayait toujours d'entrer en contact avec moi. Je sais, je sais, il adorait le yaourt de Jhotta. N'empêche, il était toujours en train de chercher à venir par ici. Maintenant, il ne regarde pas de mon côté et il faut que ce soit moi qui le trouve par un autre biais. »

Tout ceci semblait parfaitement logique à Deepa.

« Et si je demandais à Bharathi de m'apporter un objet qui appartient à son père ? » suggéra Deepa.

Amma secoua la tête.

« Laissons les choses se faire. » Et elle pressa ses tempes avec ses doigts pour essayer à nouveau.

« *Handia, handia-wale !* cria Lakhan Bhai qui, en tapant sur ses pots d'argile rouge, produisait ainsi un air mélancolique mais mélodieux.

Kumud avait les mains pleines de farine. Mais l'air des pots rouges arriva jusqu'à ses oreilles.

« Demande-lui de s'arrêter, demanda-t-elle à son mari. On a besoin de pots pour le mariage de Meera et Mamta.

— Qu'il entre par la barrière, dit Raman avec nonchalance.

— Oh, mais elle n'est pas assez large pour qu'il

puisse faire passer sa charrette. Il sera obligé de rester dehors. »

Raman alla jusqu'à la barrière devant laquelle Lakhan Bhai, appuyé sur sa charrette, s'essuyait la tête.

« Je ne suis plus tout jeune, dit-il en regardant vers Kumar Junction comme pour évaluer le chemin qu'il venait de parcourir. Ou bien cette côte est devenue plus raide.

— Peut-être que tu as trop de pots, cette fois-ci », suggéra Raman.

Lakhan Bhai regarda les pots entassés sur sa charrette et dit tristement : « Tu as raison. Chaque année, je m'en retourne chez moi plus chargé. »

Raman le regarda non sans compassion : « Personne n'achète donc rien à Mardpur ?

— Seulement Amma.

— Il n'y a pas de mariage dans sa famille, pourtant, dit Raman, un peu surpris.

— Amma fait des confits, les meilleurs de la région. Ils ont un parfum ! Une bouffée, et l'odeur te monte à la tête comme ça. (Lakhan Bhai traça du doigt une ligne du nez au sommet de la tête.) Il n'y a que dans des pots d'argile qu'on peut réussir des confits pareils.

— Amma aime beaucoup les confits, je le sais. Mais que fera-t-elle d'une quantité pareille ?

— Les confits mettent des années à se faire, dit Lakhan Bhai.

— C'est vrai, dit Raman. Mais il y a assez de confits de mangue à Jagdishpuri Extension pour nourrir tout Mardpur. »

Kumud arriva, s'essuyant les mains sur son sari.

« Tu as un bon assortiment, cette fois-ci, Lakhan Bhai. Parfois, quand tu viens de la ville, il ne te reste rien.

— Ça, c'était vrai autrefois, dit tristement Lakhan Bhai. Maintenant, il me reste trop d'articles.

— Eh bien, c'est ton jour de chance, Lakhan Bhai, parce que je marie mes filles et que pour le *mandap* il me faut des pots. »

Lakhan Bhai eut l'air content : « Il faut compter sept pots pour chaque pilier du *mandap*, et quelques-uns de rechange si on prévoit la casse.

— Tu en as assez ? demanda Kumud. Des pots qui ne sont ni fêlés ni tachés. Pour un mariage, ils doivent être impeccables.

— Si je n'ai pas le compte, je reviendrai exprès pour toi, *bahenji*, dit Lakhan Bhai avec empressement.

— Non, non. Je n'aurai pas le temps. Je vais te prendre ce que tu as là. (Kumud se mit à examiner les pots.) Il ne te reste que des pots de taille moyenne, mais ils ont tous des taches noires », dit-elle, fronçant les sourcils.

Lakhan Bhai les examina.

« Les fleurs des guirlandes de mariage cacheront tout ça, *bahenji*. De nos jours, l'argile rouge n'est plus d'aussi bonne qualité qu'avant. Je te ferai un bon prix, parce que je n'ai pas envie de les remporter au village. »

Kumud fit mine d'hésiter. Elle gratta les marques noires.

« C'est de la bonne argile rouge, pas de la poussière. Il y a des potiers qui prennent de la boue ordinaire et qui se contentent de la peindre en rouge », dit Lakhan Bhai. De son index plié, il tapa sur un pot, qui rendit un joli son. « C'est du solide, ça ne se fêle pas. »

Kumud savait qu'il disait vrai. Elle choisit ses pots.

« Aide-moi à les porter jusqu'à la maison », dit-elle, et Lakhan Bhai les déchargea.

Lorsqu'ils eurent payé le potier, lui eurent offert de

l'eau et un sac de lychees à remporter chez lui, Raman regarda l'armée de pots en terre cuite rangés sous la véranda.

« Qu'est-ce que tu vas faire avec tous ces pots après le mariage ? »

Kumud lui fit clairement comprendre qu'elle ne se souciait pas encore de ce genre de chose.

« On pourra mettre les lychees dans des pots au lieu de sacs, suggéra-t-elle.

— Il n'y a pas assez d'air qui circule, fit Raman, l'air sceptique.

— Alors, on les mettra de côté pour le mariage de Bharathi. D'ici là, plus personne ne fera plus de pots comme ceux-ci. Lakhan Bhai est déjà vieux.

— Ils ne feront que prendre la poussière, grommela Raman.

— Oh, pourquoi t'inquiéter ? C'est vraiment ton plus gros souci ? Tu n'as qu'à demander à Raju-*mali* de planter des fleurs dedans, pour voir si elles poussent !

— Je ne vois vraiment pas quoi mettre dans ces pots-là », déclara Raman avec conviction.

47

« Gulbachan m'a offert une promotion, finit par avouer Raman à Kumud juste au moment où elle allait partir au marché.

— Il t'offre un poste de correspondant adjoint ? » demanda Kumud, ravie. Raman lui-même s'étonna en voyant à quel point elle était contente.

« A présent, je vais pouvoir acheter des bijoux convenables, dit-elle. Avant, je me disais toujours : "*Hai Ram*, comment allons-nous faire ?"

— Tu en as déjà, des bijoux, dit Raman avec une parfaite mauvaise foi. Tu en as apporté une quantité quand nous nous sommes mariés. Dont ces bracelets, fit-il en montrant le métal luisant qui ornait les poignets de sa femme.

— Mes parents ont été très généreux, dit-elle, pensive. Nous devons l'être autant pour nos filles.

— Mais Laxman...

— Laxman remplit son rôle, mais une mère et un père ont le leur. Et maintenant, le mariage approche. Sudha-la-Pensionnée m'a dit la date. »

Ainsi, même les femmes le savaient ! Tout le monde était au courant, sauf lui ! Raman fit mine de ne rien ignorer depuis le début.

« J'attendais de vérifier la date avec Satyanarayan

pour t'en parler, dit-il, s'efforçant de préserver sa dignité.

— Voilà peut-être pourquoi Gulbachan te donne ta promotion maintenant », dit Kumud, qui n'était pas femme à chercher la petite bête. Elle était plus préoccupée par l'urgence des préparatifs pour le mariage. « Il sait que tu as des obligations en tant que père.

— Je dépenserai chaque *paisa* en bijoux pour nos filles ! » promit Raman, désireux de faire plaisir à Kumud. Il fut récompensé en la voyant rosir de contentement.

Elle souriait, perdue dans ses pensées, tout en mettant de l'ordre autour de Raman, rectifiant la place d'un coussin, ôtant un grain de poussière. On eût dit qu'elle ne pouvait partir avant d'avoir terminé tout ce qu'elle avait à faire. Quand elle fut prête, Raman l'accompagna à la barrière et resta là, debout sur la terre humide, à regarder la silhouette fine de Kumud se balancer avec grâce en suivant la longue route bordée d'arbres qui descendait en direction de Kumar Junction, sous le soleil clair et vif du matin qui faisait étinceler ses bracelets.

Raman se laissa complètement absorber en écrivant une scène de bagarre entre Jagat Singh et ses adversaires. Elle évolua vers le carnage. Raman constata qu'une fois les détails d'une scène de bagarre posés, il était beaucoup plus facile d'enfoncer un poignard jusqu'à la garde et de serrer plus étroitement une corde autour d'un cou. Finalement, il lui semblait qu'il n'y avait pas une si grande différence entre se battre et tuer.

Lorsque le soleil eut atteint son zénith ce jour-là, Raman avait rempli de massacres tout un cahier. Il fut lui-même surpris du volume de ce qu'il avait écrit. En revissant le capuchon de son stylo, il entendit un bruit de pas sur la véranda. Ce ne pouvait être Raju-*mali*. Jamais il ne se déplacerait à une heure aussi chaude, si tant est qu'il se déplaçât jamais.

« Qui est là ?

— Hari, sahib », répondit Hari de l'autre côté de la porte grillagée.

— Tiens, Hari, qu'est-ce que tu fais là ? Je ne t'ai pas appelé. C'est elle qui t'a appelé ? demanda-t-il, en parlant de sa femme.

— Non, sahib. C'est Amma qui m'envoie, dit Hari.

— Entre, petit. J'en ai assez de parler aux murs. »

Hari enleva soigneusement ses *chappals* sous la véranda avant d'entrer dans la maison. D'un revers de main, il essuya son front en sueur. Cela faisait une belle grimpette, cette côtc, par la chaleur lourde qui suivait la mousson, et Hari s'était arrêté à plusieurs reprises sous les manguiers au bord de la route. Mais comme il craignait par ailleurs que le contenu de son *balti* ne tourne, il n'avait pas traîné.

« Sahib, Amma t'envoie ce yaourt. Il est frais d'aujourd'hui. Elle a dit que c'était pour fêter tout ce que tu as écris. » Il leva le *balti*.

Le talent d'Amma pour percevoir les choses de loin ne surprenait plus Raman. Et il était content d'avoir le yaourt, même s'il ne croyait plus à ses pouvoirs magiques.

Finalement, le lien avait été rétabli. Pendant qu'Amma était à l'hôpital, l'histoire de Jagat Singh avait stagné. Mais c'était fini, Amma était de nouveau capable de voir ce qu'il y avait dans son esprit et, de nouveau, les idées qu'elle voulait lui voir exprimer commençaient à jaillir.

« Un détail, sahib, dit Hari en levant l'index.

— Quoi ?

— Il faudrait que je rapporte le *balti*, mais seulement si ça ne vous dérange pas, a dit Amma. »

Raman alla dans la cuisine pour verser le yoghourt dans un autre récipient et rendre le *balti*. Lorsqu'il revint dans la pièce, il remarqua le cahier sur son bureau.

« Tu retournes directement à Jagdishpuri Extension ? demanda-t-il.

— Oui, sahib, pour rendre son *balti* à Amma. Après ça, je m'occuperai de mon nouveau *malik*. »

En temps normal, Raman se serait montré curieux et aurait demandé qui était le nouveau *malik* de Hari, mais il était distrait et songeait à son lien avec Amma. Il prit le cahier.

« Ça, c'est pour Deepa. Prends-en bien soin. Qu'il ne se mouille pas. » Bien que le temps fût chaud et sec, il avait plu le matin.

« Non, sahib, promit Hari, qui fourra le cahier sous son maillot de corps.

— Alors, file », lui enjoignit Raman.

Hari lui adressa un salut preste, enfila ses *chappals* sous la véranda et redescendit la colline, balançant d'une main son *balti* vide et pressant la paume de l'autre sur son maillot pour empêcher le cahier de glisser par terre.

Après son départ, Raman se mit à réfléchir dans son fauteuil. Il commençait à comprendre. Amma avait besoin de quelque chose venant de lui. Il avait touché le *balti* que Hari remporterait à Jagdishpuri Extension et Amma sentirait quelque chose de lui lorsqu'elle le toucherait à son tour. Il avait la certitude que c'était cela.

Kumar Junction était en effervescence lorsque Hari y arriva sans se hâter. Une voiture blanche, une Ambassador, avait effrayé par ses coups de klaxon agressifs le troupeau de buffles de Pappu, qui s'en allait placidement passer la journée dans les champs et les fossés des alentours de Marpur. Les bêtes avaient pris peur et s'étaient égaillées à la course en tous sens autour du carrefour. Pis encore, cris et meuglements avaient fait sortir Satyanarayan, qui avait tenté de prendre les choses en main mais n'avait réussi qu'à aggraver la panique générale en insultant Pappu, ce qui détournait l'attention de ce dernier.

« Espèce d'âne ! Fils de hibou ! Tu n'as pas appris à les tenir, ces buffles ? Tu les laisses divaguer à proximité d'un temple sacré ! »

Vaman arriva en courant, avec un bâton pour aider à rassembler le troupeau, tandis que d'autres commerçants et vendeurs étaient sortis pour regarder la scène, voulant s'assurer qu'aucune bête n'entrait dans leur boutique pour tout saccager. Pappu, une main crispée sur son turban défait, courait en tous sens et appelait l'un après l'autre les buffles par leur nom.

Pendant ce temps-là, le royal sahib, dont le véhicule se trouvait bloqué par un buffle particulièrement indolent, s'arrêta et descendit pour regarder non sans intérêt le désordre dont il était la cause.

« On dirait que ces buffles n'ont jamais vu de voiture », dit-il à la cantonade.

Vaman, qui se trouvait près de lui, appuyé sur son bâton, le regarda avec curiosité, évaluant la qualité de la fine popeline de sa chemise, et répondit : « Ce qui est le cas.

— Qui pourrait croire que cette ville est si proche de Ghatpur, arriérée comme elle l'est !

— Il ne faut pas juger une ville sur ses buffles »,

répondit Vaman, se précipitant pour faire dévier une grosse bête qui semblait vouloir se diriger vers le temple.

Satyanarayan, qui agitait les bras dans tous les sens, espérant décourager les buffles d'aller dans la direction du temple, eut une brève expression de reconnaissance en voyant Vaman chasser l'animal.

« On a beau faire, ils veulent aller vers le temple, grogna-t-il.

— Peut-être qu'ils croient que c'est l'heure du rituel pour les buffles. Ils savent que vous pratiquez la *jhotta-puja* », dit Vaman, en donnant une tape amicale au buffle qu'il venait de détourner et se cramponna à sa corde pour que l'animal ne s'avise pas de reprendre la fuite.

Satyanarayan jeta un regard furieux à Vaman. Cette plaisanterie était de fort mauvais goût dans une situation aussi critique. Il se remit à agiter les bras.

« Ça ne sert à rien, dit Vaman. Je crois que ces buffles ne vous voient pas.

— Tu penses qu'ils sont myopes ou quoi ? demanda Satyanarayan.

— Non, mais ils ne regardent pas de votre côté. »

Satyanarayan s'arrêta de battre l'air. « Ce n'est pas mon métier de rassembler des buffles, fit-il d'un ton hargneux.

— Non, admit Vaman en tirant sur la corde de son buffle qui avait l'air de croire que c'était le moment de repartir. Mais les buffles ne font pas la distinction entre les castes. »

Sur quoi le royal sahib partit d'un bel éclat de rire. Vaman et Satyanarayan le fixèrent tous deux : Satyanarayan d'un œil méprisant, et Vaman, curieux. Satyanarayan se dit finalement qu'il n'avait rien à faire avec des gens de cet acabit et s'éloigna.

« Je crois que vous l'avez vexé, dit le royal sahib.

— Ce n'est pas difficile, répondit Vaman d'un ton enjoué. Satyanarayan est un grand homme et nous ne sommes pas dignes de lui.

— C'est facile d'être un grand homme dans un si petit endroit », laissa tomber le royal sahib en regardant avec perplexité la galopade et les cris qui retentissaient dans un coin où bon nombre de marchands couraient après un buffle égaré.

Vaman se tourna vers le royal sahib et nota de nouveau la qualité de ses vêtements, visiblement de facture citadine, voire étrangère.

« Il ne faut pas sous-estimer le swami Satyanarayan. Si Mardpur se développe, Satyanarayan deviendra du même coup plus puissant. Sa nature veut qu'il soit toujours au premier plan.

— C'est un homme à ne pas perdre de vue alors ? demanda le royal sahib.

— Un homme que l'on ne peut pas ignorer, en tout cas, renchérit Vaman.

— Auquel cas, il est le seul à Mardpur à sortir de l'ordinaire ! »

Vaman eut un sourire ironique, car il savait que cette réaction d'un étranger à sa ville natale était sans doute assez juste. Mais il n'eut pas le temps de s'attarder sur cette idée. Son attention fut attirée de nouveau par un autre buffle en train de s'échapper du troupeau que Pappu avait réussi à rassembler, et l'animal semblait vouloir se diriger vers lui. Alors le royal sahib eut une réaction qui troubla beaucoup Vaman et qui continua à le tracasser par la suite, longtemps après qu'il eut oublié l'incident du buffle sorti du troupeau. Le royal sahib se pencha et ramassa une grosse pierre. D'un mouvement rapide, gracieux comme celui d'un joueur de cricket, il la lança d'une rotation de l'épaule vers l'animal qui approchait. Heureusement, celui-ci obliqua avant que la pierre pût l'atteindre entre les deux yeux, là où le front était doux et duveteux. Vaman fut choqué. Les gamins lançaient des pierres aux chiens errants et enragés, mais jamais il n'avait entendu parler de personne qui fût susceptible d'attaquer ainsi un buffle inoffensif. Il recula instinctivement de deux pas et se tint ensuite à l'écart du royal sahib.

Pendant ce temps, Satyanarayan avait repéré Hari. Il lui cria de veiller à ce qu'aucun buffle ne se dirige vers le jardin aux lychees et Vakilpur, car alors, on ne le retrouverait plus. Hari barra prestement la route à une bufflonne de petite taille en agitant les bras devant sa tête, ce qui la fit obliquer de son pas lourd en direction de Satyanarayan. Celui-ci s'écarta vivement, mais perdit l'équilibre et faillit tomber en plein dans une bouse toute fraîche. Seul un mouvement de torsion judicieux, réflexe dû à la pratique du yoga pendant des années, lui évita d'atterrir en plein dedans. Il se redressa sur ses coudes et regarda la bouse d'un air dégoûté.

« Espèce de hibou, cria-t-il à Hari comme s'il était responsable de l'incident. Tu oses pousser un saint homme dans un tas d'immondices ? Tu n'as donc pas d'yeux pour voir ? Qu'est-ce que tu regardes comme ça ? Ça te fait plaisir de voir un prêtre par terre dans les ordures, ou quoi ? »

Hari se précipita, espérant arranger les choses en aidant Satyanarayan à se relever, mais le brahmane ne voulut rien savoir et lui fit signe de s'écarter à grands gestes furieux. Malgré tout, Hari réussit à le remettre sur pied, et reçut pour sa peine un coup de poing sur l'oreille une fois que Satyanarayan fut debout.

« Aïe, aïe, aïe ! » hurla Hari. Une main sur son oreille, il sautillait de douleur, car Satyanarayan avait la main dure.

« Ça t'apprendra, fils de hibou, à envoyer ces buffles dans ma direction. File ! »

Et Hari, qui trouvait injuste d'être tenu pour responsable de l'évasion des buffles, jugea opportun de mettre de la distance entre Satyanarayan et lui.

Furieux, le brahmane s'époussetait à petits coups secs à partir de la taille. Lorsqu'il arriva aux genoux, il s'immobilisa en avisant le cahier qui était sur le sol, là où il était tombé du maillot de Hari. Il le ramassa prestement, le débarrassa de la poussière à grandes tapes et le glissa dans la ceinture de son *dhoti*. Puis il se dirigea vers le temple en remarquant que Pappu avait l'air de bien contrôler son troupeau baladeur, grâce à la collaboration experte de Hari.

48

Lorsque Raman arriva à Kumar Junction, il ne restait plus trace de la pagaille créée par les buffles une demi-heure auparavant. Il traversa le carrefour, où rien ne circulait, hormis quelques bicyclettes qui faisaient tinter leur sonnette, un scooter et un chien errant, et il se dirigea vers la bijouterie de Sohan Lal et Fils. On passait facilement devant sans la voir. Il n'y avait pas de vitrine, et l'accès à la boutique se faisait par un escalier latéral vermoulu. L'enseigne annonçant Sohan Lal et Fils était assez grande, mais de nombreux clients, ne trouvant pas l'entrée, se disaient qu'elle était ancienne et que la bijouterie avait déménagé. Ils n'auraient jamais deviné que l'entrée n'était autre que l'escalier vermoulu.

Madan Lal et son père, Mohan Lal, ainsi que Sohan Lal, le grand-père, étaient les bijoutiers de Mardpur depuis des générations. Ceux qui voyaient Madan Lal dans la rue, avec ses lunettes rondes, son crâne chauve et son bâton, auraient pu le prendre pour le Mahatma Gandhi, à ceci près qu'il avait le dos plus courbé et des tenues moins austères. C'était un homme sans prétentions et rien dans sa mine ne laissait soupçonner qu'il s'occupait de choses plus précieuses que de fer-blanc. Mais pour Madan Lal, les pièces qu'il vendait n'avaient pas de secret : à ses yeux, il ne s'agissait pas de babioles et de simples parures, mais d'œuvres d'art. Cela le chagrinait que certains clients ne s'intéressent plus aux détails de la facture d'un bijou, mais seulement au brillant et au clinquant. C'était précisément ce que fournissaient les bijoutiers de Ghatpur, avec leurs modèles modernes et leurs présentoirs chatoyants brillamment éclairés.

Madan Lal n'ouvrait que quelques heures l'après-midi l'antique magasin au premier étage de la maison en bois toute de guingois. Parfois, les clients, pressés de faire leurs affaires le matin, allaient à son domicile, un bungalow jadis imposant mais à présent poussiéreux et mal entretenu dans le quartier des Marchands, dont les volets étaient rarement ouverts depuis la mort de sa femme, quinze ans auparavant, et le départ de son fils unique à l'étranger pour y faire ses études. Alors Madan Lal sortait, à petits pas traînants et en toussant, et les accompagnait obligeamment jusqu'à sa boutique de Kumar Bazaar, pour leur montrer quelques-unes des plus belles pièces jamais réalisées dans la plaine du Gange, des pièces que même les joailliers de Ghatpur étaient incapables de reproduire : non qu'ils eussent essayé, car ils prétendaient que les lourds bijoux vendus chez Sohan Lal et Fils n'étaient pas au goût des femmes d'aujourd'hui. C'était peut-être vrai, mais ceux qui n'avaient jamais vu les pièces les plus anciennes de chez Sohan Lal et Fils ne savaient pas ce qu'ils rataient.

Lorsque Raman arriva, peu après le déjeuner, Madan Lal somnolait derrière le comptoir. Il se réveilla en sursaut.

« Quand doit-il avoir lieu, ce mariage ? demanda-t-il, toujours poli et courtois.

— Dans quelques semaines seulement », dit Raman.

Au moins, il se trouvait face à quelqu'un qui n'avait pas été prévenu avant lui. « Un père doit faire ce qu'il faut, mais naturellement je n'ai aucune idée des bijoux qu'on donne aux mariées.

— Tout est affaire de goût, répondit avec tact Madan Lal.

— Qu'est-ce qui est le plus recherché de nos jours ?

— Le plus recherché ou le plus à la mode ? Ce n'est pas la même chose », dit Madan Lal, qui commençait déjà à sortir ses écrins. Il avait une méthode qui consistait à présenter d'abord des pièces quelconques, puis de plus remarquables au fur et à mesure, comme pour donner l'impression qu'il avait toujours mieux à montrer. Il savait qu'à ce stade on ne parlait pratiquement jamais d'argent, et que les gens voulaient voir le type de choix que l'on pouvait trouver chez Sohan Lal et Fils.

« Ma foi, les deux, dit Raman, qui ne voulait pas se compromettre.

— Ce qui est à la mode, ce sont les bijoux modernes fabriqués à Bombay. Je n'en ai pas en magasin, dit Madan Lal. Mais j'ai des pièces très anciennes qui viennent des cours royales. Beaucoup de gens les recherchent.

— Parce qu'elles prendront plus de valeur que l'or de Bombay ? » demanda Raman.

Madan Lal hocha la tête, satisfait de voir Raman comprendre aussi bien l'économie de l'objet rare.

Pendant la demi-heure qui suivit, Raman examina les bijoux que lui présentait son compagnon.

« Quand on voit autant de belles pièces, il est difficile de choisir », dit Madan Lal, les admirant lui-même bien qu'il les eût déjà vues maintes fois.

Raman acquiesça.

« Bien entendu, elles ne sont plus à la mode en ce moment, poursuivit Madan Lal, mais elles risquent de le redevenir plus tard, à l'époque où vos filles les donneront aux leurs. »

Raman hocha une tête distraite. Il ne songeait pas aux filles de ses filles pour l'instant. Il trouvait ces bijoux anciens très jolis, mais lourds et ostentatoires. Et ils n'avaient pas un éclat aussi jaune et vif que l'or actuel.

« Ça, c'est un truc des marchands de Bombay, expliqua Madan Lal. Ils savent que ce que veulent les gens, c'est du brillant, alors ils en produisent. Il n'y a ni art ni talent dans leurs bijoux. Ils ressemblent à des produits industriels. Tandis que ces bijoux anciens ont été faits à la pièce par des artisans qui avaient les outils appropriés. De nos jours, très peu de gens sont à même de les apprécier.

— C'est vrai que je n'y connais rien, dit Raman précipitamment. Mais je veux faire mon devoir de père.

— Ce sont surtout les femmes qui décident, reconnut Madan Lal. Elles économisent parfois en secret afin d'acheter ce genre de bijoux à leurs filles. »

Raman plissa le front, mais il ne pensait pas que Kumud ait mis de l'argent de côté.

« Alors, que ma femme choisisse, dit-il gaiement. Et je paierai après avoir approuvé son choix. »

Raman espérait avoir donné à Madan Lal l'impression d'être un père qui prenait son rôle au sérieux.

« C'est bien naturel, dit Madan Lal avec effusion. Nous autres hommes, nous ne pouvons pas savoir ce qui plaira aux femmes. Ce sont elles qui porteront les bijoux, alors pourquoi nous mêlerions-nous de choisir à leur place ? »

Sur ces entrefaites, on entendit du bruit dans l'escalier. Madan Lal et Raman levèrent tous deux des yeux intrigués. Raman regarda fixement l'étranger qui venait d'entrer, un homme grand, très bien habillé et aux manières onctueuses. L'œil de Raman se posa sur les chaussures de cuir bien cirées du royal sahib. Jamais on n'avait vu de cuir pareil à Mardpur.

« Entrez, entrez », dit Madan Lal, l'air ravi. Il sortit de derrière son comptoir pour accueillir l'arrivant et le conduire vers un banc capitonné.

« Asseyez-vous, je vous en prie ; on a déjà commandé du thé, vous en prendrez bien une tasse avec nous. Ramanji, que voici, est d'une famille très ancienne et très distinguée de marchands de saris de Mardpur. Des experts en soies et en *zaris* de toute sorte. Brodés au fil d'or véritable. Ils viennent souvent dans ma boutique, car ils s'y connaissent bien en bijoux. C'est mon meilleur ami. »

Raman se sentit flatté de se voir ainsi honoré, bien que les déclarations de Madan Lal fussent assez éloignées de la vérité. Il songea à se retirer, mais Madan Lal le prit de vitesse.

« Permettez à mon ami Ramanji de vous conseiller, car c'est un homme de goût. Alors, que voudriez-vous voir dans mon humble bijouterie ? » Et il se frotta les mains en regardant, plein d'espoir, le visage lisse du royal sahib.

Celui-ci avait demandé à Hari où trouver des choses anciennes : tableaux anciens, meubles anciens, bijoux anciens. Hari avait été obligé de se creuser la tête. Il ne connaissait aucun peintre. Mardpur était une ville de marchands. Certes, ils vendaient les productions des artisans des alentours, mais d'après ce que savait Hari, aucun des villages environnants ne se spécialisait dans la peinture. Quant aux vieux meubles, on en faisait en général du petit bois. Mais Sohan Lal et Fils était sans doute le genre d'endroit qui risquait d'intéresser le royal sahib.

« Montrez-moi vos pièces les plus anciennes », dit ce dernier sans aucun préambule. Madan Lal envoya Hari chercher du thé au bazar, puis regarda le royal sahib derrière ses grosses lunettes aux verres rayés.

« Quand vous dites anciennes, vous pensez à des motifs traditionnels ou à des pièces d'autrefois ?

— Des pièces d'autrefois. Je veux dire des antiquités. Des bijoux de plus de cent ans.

— De nos jours, ce genre de bijoux anciens n'intéresse guère les gens », dit Madan Lal en rangeant certaines des pièces qu'il avait montrées à Raman. Il sortit ensuite un gros trousseau de petites clés, ouvrit des cadenas, des boîtes, et poussa des verrous. Il fit courir son doigt le long d'une rangée de boîtes de velours soigneusement alignées, auxquelles il n'avait pas touché depuis des années.

« J'ai ici de très anciennes pièces fabriquées à Jodhpur, qui viennent de la cour des maharadjas », dit-il en soufflant sur le velours pour le débarrasser de la poussière lorsqu'il sortit les boîtes. « Ce sont de très belles pièces de grande valeur, faites par les meilleurs artisans *rajput.* »

Avec un grand geste du bras, Madan Lal ouvrit la première boîte. Sur un lit de satin bleu foncé se trouvait un gros collier de facture exquise, avec un pendentif en forme de paon incrusté de saphirs et d'émeraudes.

Raman retint son souffle en voyant un aussi bel objet. Il commençait à comprendre ce que les gens voulaient dire lorsqu'ils parlaient de trésor. On ne pouvait décrire autrement pareil éclat. Ces joyaux étaient sans commune mesure avec des bijoux ordinaires.

« Ce genre de pièce n'est pas si demandé aujourd'hui, parce que la demande porte sur l'or », dit Madan Lal.

Le royal sahib prit une inspiration profonde, de toute évidence enchanté par ce qu'il voyait.

« Superbe, dit-il. Superbe !

— Toutes ont le poinçon de l'artisan, fit remarquer Madan Lal. De Jodhpur. Ce sont des pièces authentiques.

— En avez-vous d'autres ? demanda le royal sahib, sans quitter des yeux le paon de saphirs et d'émeraudes.

— Oui, j'en ai qui viennent également de maisons royales », dit Madan Lal. Il ouvrit le second écrin, révélant un collier à couper le souffle et des pendants d'oreilles, sur lesquels s'enroulait en volutes un motif cachemire, formé par des incrustations de rubis et d'une pierre violette semi-précieuse. Un plus petit écrin de velours contenait un collier posé sur une doublure de satin crème, avec un pendentif en diamant rehaussé d'éclats de saphir et représentant un léopard bondissant à travers trois rangs de diamants, et dont le rictus féroce découvrait des crocs acérés en ivoire.

« Ce sont les plus belles pièces. Chacune est unique. Et fabriquée avec amour », dit Madan Lal avec plaisir. Il recula pour admirer lui-même les marchandises.

De sa vie, Raman n'avait vu de bijoux pareils. Il se dit que c'étaient les plus beaux objets qu'il eût contemplés.

« Comment sont-ils arrivés entre vos mains ? Ce ne sont pas des bijoux ordinaires, dit le royal sahib, incapable de détacher les yeux de l'étincelant spectacle.

— Ils sont exceptionnels, non ? Il y a à Mardpur une vieille femme qui est aveugle maintenant. Son mari était astrologue à la cour des maharadjas, *rajguru* célèbre dans dix Etats. C'était un éminent lettré, qui vivait chez nous à Mardpur autrefois. Ces pièces lui ont été données en récompense de ses services. Au moment de marier sa fille, cette femme est venue me voir pour vendre ces bijoux afin de rassembler la dot et de payer le mariage. Et ensuite, pour payer l'éducation de sa petite-fille après la mort de son gendre. Cela fait des années que je ne l'ai pas vue, car il n'y a pas eu de mariage ces temps-ci. Peut-être ne reviendra-t-elle me voir que pour payer la dot de sa petite-fille. Voilà comment j'ai obtenu ces pièces. »

Amma ! pensa Raman, écarquillant les yeux. Amma avait donc bien un trésor ! Voilà le fin mot de l'histoire : elle l'avait vendu à Sohan Lal et Fils.

Madan Lal sortit d'autres pièces anciennes.

« Celle-ci vient de la cour de Koch Bihar, et celle-là de Gandhinagar, comme vous pouvez le voir. Elles aussi sont faites par les meilleurs artisans.

— Quel trésor vous avez là ! » dit le royal sahib en se redressant sur son siège. Il était impressionné par la magnificence d'une scène de chasse faite avec diverses pierres précieuses montées en collier. En tête de la chasse, il y avait les chiens, suivis par les porteurs avec les fusils, puis par les éléphants avec leurs *howdahs* [1], où étaient installés des *rajkumars*, tandis que d'autres porteurs fermaient la marche. Le royal sahib admira l'art avec lequel les pierres étaient montées pour rendre le drapé des turbans. Chaque détail était reproduit en pierreries étincelantes.

« Oui, acquiesça Madan Lal. Et il circule beaucoup d'histoires sur le trésor de la vieille dame. Personne ne sait où il est caché ni quelle est son importance.

— Ce n'est donc pas tout ? l'interrompit Raman.

— Qui sait ce qu'elle a encore ? Le *rajguru* était

1. Nacelle munie de sièges et fixée sur le dos d'un éléphant. (*N.d.T.*)

vraiment un homme exceptionnel. Les rois lui ont donné beaucoup de récompenses. Il y a peut-être d'autres bijoux, mais personne ne sait où ils se trouvent.

— Elle n'est tout de même pas la seule à posséder des pièces pareilles ? laissa tomber le royal sahib, totalement fasciné.

— En dehors des familles royales ? Je pense que si. Certaines personnes recevaient quelques petits bijoux, mais pas d'aussi grande valeur. » Les bijoux en question étaient au nombre des pièces que Madan Lal avait montrées à Raman auparavant.

« Quel usage une vieille femme peut-elle avoir de bijoux pareils ? Je vais tous les lui acheter, dit le royal sahib.

— Je ne suis pas sûr qu'elle veuille les vendre, dit Madan Lal d'un ton dubitatif.

— L'argent ne sera pas un obstacle. Man Singh peut se procurer du liquide comme ça », dit le royal sahib en faisant claquer ses doigts.

Raman fut impressionné à l'idée qu'on pût trouver de l'argent « comme ça ». Mais Madan Lal ne se laissait pas influencer si facilement par la prétendue richesse d'un interlocuteur.

« Man Singh ? demanda-t-il.

— Mon conseiller financier, répondit le royal sahib avec hauteur. Il me guide pour tous mes investissements.

— Il est vrai que c'est un investissement, des bijoux pareils, dit Madan Lal. Mais je ne crois pas que c'est d'argent dont Amma a besoin. Prenez ce que j'ai en stock. Plus tard, vous pourrez peut-être agrandir votre collection. »

Mais tout cela avait ouvert l'appétit du royal sahib.

« Ceux-là, je peux les acheter quand je veux, dit-il

d'un ton sans réplique. Qui peut s'offrir des bijoux pareils à Mardpur ?

— En effet, Mardpur n'est pas une ville très riche, dit Madan Lal. Même les négociants du quartier des Marchands ne gagnent pas autant d'argent que ceux de Ghatpur. Je possède ces bijoux depuis qu'Amma me les a vendus au moment du mariage de sa fille. Personne n'a manifesté le désir de les acheter.

— Cela ne me surprend pas, dit le royal sahib. Ce sont des bijoux de rois. Ils auraient l'air déplacés sur les femmes de cette ville.

— C'est un investissement, répéta Madan Lal. Mais ici, les gens ne songent pas à cela.

— Sans doute, répondit le royal sahib d'un ton impatient. Et maintenant, dites-moi où je peux la trouver, cette vieille femme qui a le trésor ? »

49

Lorsque l'Ambassador blanche s'arrêta devant la maison de Jagdishpuri Extension, Deepa se trouvait dans la cour de devant. C'était le soir et elle regardait gicler contre les parois du seau le lait de Jhotta, que Rampal était en train de traire, appuyé à son flanc.

Deepa leva les yeux, curieuse, croyant d'abord que le visiteur était le Dr. Sharma. Qui d'autre viendrait en voiture ? Mais un inconnu descendit du véhicule : assez jeune, bien habillé et sûr de lui. Deepa lui trouva l'air fort séduisant.

« C'est ici qu'habite Amma ? » cria-t-il. Deepa l'observait, à demi cachée derrière Jhotta, ne laissant voir que son visage franc et serein. Un observateur attentif l'eût jugé agréablement proportionné, bien que peut-être pas d'une exceptionnelle finesse. Mais le royal sahib avait l'esprit ailleurs. Il ne vit qu'une enfant qui l'observait derrière une bufflonne à l'air nonchalant qu'un homme plus âgé était en train de traire dans une cour poussiéreuse mais agréable.

Deepa courut dans la maison pour avertir Amma, tandis que Rampal regardait l'étranger et souriait sous cape. Pendant si longtemps, Amma était allée auprès des princes, et voilà qu'un prince venait voir Amma.

Deepa était tout excitée.

« Tu as une visite, Amma, dit-elle d'un ton pressant.

— Qui est-ce, *beti* ?

— Je ne sais pas. Il a l'air d'un... d'un prince. Tu savais qu'il venait ? »

Pour une fois, pensa Deepa, qui sentait que cette visite était importante, les pouvoirs d'Amma lui avaient fait défaut.

Amma sourit, rajusta son *dhoti* et rabattit sur sa tête le bord de son *pallav* en rentrant dessous ses mèches grises vagabondes.

« Si c'est un prince, je serai heureuse de le recevoir. Combien de princes ai-je mis au monde ? J'en ai perdu le compte. Qu'il entre dans notre humble maison. Usha ! Mets de l'eau à chauffer pour le thé. Allez ouste, petite ! » s'écria Amma, sentant qu'Usha restait silencieuse et immobile. Soudain, la petite retrouva l'usage de ses jambes et partit en courant.

« Est-ce bien à Amma que je parle ? s'enquit le royal sahib, qui écarta la portière en tissu et entra dans la cour sans y avoir été invité.

— Oui, répondit Amma, toujours contente d'avoir des visites. Je vous en prie, asseyez-vous. Je ne peux rien vous offrir de plus confortable comme siège que mon vieux *charpoy*, mais vous me le pardonnerez, sinon, vous ne seriez pas venu !

— Oh, cela ne me gêne pas du tout », dit le royal sahib, qui se percha sur le bord du cadre de métal. Il trouvait la cécité d'Amma commode, car elle lui permettait d'examiner les lieux sans paraître impertinent.

Amma tourna le visage vers lui et se pencha légèrement en avant. Elle sentit la jeunesse de son visiteur, son empressement et sa volonté de balayer tous les obstacles devant lui. Elle perçut son odeur fraîche après ses ablutions matinales méticuleuses, celle de sa chemise de popeline très fine. Et elle saisit le mouvement de sa tête, qu'il tournait de droite et de gauche pour voir tous les détails de la maison. L'inspection à laquelle il se livrait mobilisait son attention, ce qui convenait également à son hôtesse : elle avait ainsi le loisir de se forger une image plus précise de lui, de humer les parfums qu'il dégageait, de les savourer et les analyser. Elle décela chez lui une odeur sous-jacente plus inquiétante, plus primaire, voire potentiellement violente, celle d'un homme habitué à obtenir ce qu'il voulait, même dans un monde où les privilèges des familles royales disparaissaient rapidement.

Le royal sahib continua à regarder autour de lui et ses narines frémirent lorsqu'il perçut l'arôme des pots de confits d'Amma. Il plissa le front, essayant de l'identifier. L'odeur n'était pas déplaisante.

Deepa regardait timidement, à moitié cachée derrière sa grand-mère, admirant la finesse de sa chemise blanche sans un faux pli, sa peau saine et son teint clair.

« Comment vous appelez-vous et pourquoi êtes-vous venu me voir ? demanda Amma avec bienveillance.

— Vous consentirez à me parler si je ne vous donne pas de nom ? dit le royal sahib avec bonne humeur.

— Si vous y tenez, je m'en passerai, dit Amma, que cette requête inhabituelle ne troubla pas.

— Eh bien, je suis venu vous demander une faveur.

— Dites toujours, l'encouragea Amma.

— Il y a quelques jours, je suis allé chez Sohan Lal et Fils pour acheter des bijoux anciens, et Madan Lal m'a montré quelques vieilles pièces magnifiques fabriquées à Jodhpur, qu'il tenait de vous, m'a-t-il dit. Je suis venu vous demander si vous en avez d'autres du même ordre.

— Pour quoi faire ? »

Le royal sahib hésita une fraction de seconde, ce qui n'échappa pas aux sens aiguisés d'Amma.

« Je collectionne les belles choses, dit-il avec circonspection.

— De nos jours, on trouve ces pièces moins belles que les bijoux en or que vendent les joailliers de Bombay, fit remarquer Amma non sans raison.

— C'est vrai. Mais ce genre de bijoux ne m'intéresse pas. Je recherche les pièces anciennes. En avez-vous d'autres ?

— J'en ai beaucoup, toutes plus belles les unes que les autres. Elles viennent des trésors royaux. Oui, derrière chacune il y a une histoire, celle de la naissance d'un prince ou d'une princesse. C'est le trésor des vies nouvelles. Je peux vous raconter l'histoire de la façon dont est né votre père, peut-être, ou votre oncle, ou... »

Mais le royal sahib ne semblait pas s'intéresser aux histoires du passé. Il poursuivit sur sa lancée, de manière abrupte : « J'aimerais les acheter. Bien entendu, je vous en donnerai un bon prix.

— Je garde ces bijoux pour la dot de ma petite-fille, dit Amma en secouant la tête.

— Je vous donnerai de quoi lui offrir une très belle dot.

— Qu'est-ce que l'argent ? Ça se dépense. Tandis que les bijoux, c'est autre chose. Pour une femme, les bijoux sont autrement attrayants. »

Le royal sahib manifesta quelque impatience.

« Montrez-moi les bijoux précieux que vous possédez, les bijoux des rois, pour que je voie à côté de quoi je passe.

— Vous êtes expert en matière de bijoux anciens ?

— Pas exactement...

— Parce que je n'ai pas besoin de les faire évaluer.

J'ai toute confiance en Madan Lal, et sa parole me suffit.

— Oui, mais il faut voir pour apprécier. »

Amma secoua la tête.

« Ce n'est pas possible. Ils sont cachés.

— Dans la maison ? » Le royal sahib regarda tout autour de lui comme s'il s'attendait à trouver une cachette possible. En tournant la tête, il perçut l'odeur forte et enivrante des confits. Il croisa le regard de Deepa, qui avait écouté la conversation avec stupéfaction. D'où sortait-il, cet homme qui posait à sa grand-mère des questions si indiscrètes et si personnelles ? Le regard du royal sahib ne s'attarda qu'un instant sur Deepa, l'enfant silencieuse chez qui rien de particulier ne retenait l'attention. Il continua à réfléchir et l'écarta de ses pensées comme un être insignifiant. Elle ne devait rien savoir au sujet des bijoux. Il se tourna vers Amma, attendant une réponse, mais elle ne dit rien.

« Ils sont enterrés ?

— Le secret mourra avec moi », dit Amma, inflexible. Elle s'était durcie en sentant dans sa poitrine un frémissement qui lui avait rappelé le désert et la forteresse de grès d'où venaient les bijoux. Puis elle sentit que le royal sahib refusait de renoncer. Qu'il était persuadé que ce qu'il voulait, il l'obtiendrait.

« Il n'existe pour vous qu'un seul et unique moyen de vous procurer ces bijoux.

— Quel est-il ? demanda-t-il avec un peu trop d'empressement.

— Il faudrait que vous épousiez ma petite-fille, car c'est elle qui les trouvera. »

Le royal sahib jeta un coup d'œil en direction de Deepa. Laquelle, suffoquée par ce que venait de dire Amma, baissa les yeux sitôt qu'elle se rendit compte que le royal sahib la regardait.

« Ce n'est qu'une enfant !

— Je ne vous propose pas de l'épouser, dit Amma, d'un ton où l'ironie était à peine perceptible, car en effet ce n'est qu'une enfant. Tout ce que je dis, c'est que c'est elle qui les aura. Et c'est d'elle seulement qu'on pourra les obtenir.

— Je vois, dit le royal sahib, qui ne se trouvait pas plus avancé. Je pense qu'un tel mariage est assez improbable, non ?

— Eh bien, dit Amma imperturbable, il ne vous sera jamais possible d'avoir ces bijoux.

— Il doit bien y avoir un moyen », dit le royal sahib.

Amma secoua la tête.

« Il n'est pas de moyen qui ne cède au destin. »

50

En sortant de chez Sohan Lal et Fils, Raman retrouva le grand soleil. Il cligna un moment des yeux dans la direction où l'Ambassador blanche avait disparu quelques minutes plus tôt, et prit la direction du temple de Vishnou Narayan.

Assis sous le banian, Satyanarayan avait la tête penchée sur un papier qu'il lisait avec la plus grande concentration.

« Hou, hou, Punditji ! » cria Raman, ne sachant trop s'il devait distraire le brahmane de sa lecture.

Satyanarayan sursauta et, d'un mouvement preste et subreptice, cacha ce qu'il lisait sous sa natte.

« Tu te crois dans un bazar pour m'interpeller ainsi ? grommela-t-il, bien qu'il fût soulagé que Raman ait signalé son approche.

— *Ram, Ram*, dit Raman en guise de salut, avant de s'asseoir en face du prêtre. Quoi de neuf à Mardpur, Punditji ? » Il souhaitait effacer leurs malentendus passés, et espérait aussi que Satyanarayan irait droit au but en parlant du mariage de ses filles, dont il avait lui-même fixé la date, ou qu'il discuterait avec lui des détails les plus complexes de l'horoscope des fils Ramanujan.

« On a eu un gros souci aujourd'hui à Kumar Junction à cause de buffles, répondit Satyanarayan.

— Ah bon ? » dit Raman, désormais convaincu qu'en règle générale les buffles donnaient beaucoup de tracas pour pas grand-chose. En plus, ils étaient parfois sournois. Cette Jhotta ne lui avait-elle pas fait croire que son lait avait des propriétés magiques, alors que c'était de la frime ? « Il n'y avait pas un seul buffle tout à l'heure. Qu'est-ce qui a provoqué toutes ces histoires ?

— Une Ambassador blanche qui klaxonnait. Les buffles ont pris peur et sont partis dans tous les sens, poursuivit Satyanarayan.

— Ah, ah. Je la connais, cette voiture. Elle appartient à l'autre, là, un prince à ce qu'il paraît. Qu'est-ce qu'il vient faire à Mardpur ? » Raman commençait à oublier la raison de sa visite au brahmane.

« Et pourquoi ne viendrait-il pas à Mardpur ? Il y a du terrain ici, dit Satyanarayan avec sa brusquerie habituelle.

— Partout, il y en a, du terrain, dit Raman avec un grand geste du bras. Il y en a toujours eu. Mais cela n'a jamais intéressé personne. Sauf nos buffles.

— Ça s'appelle le progrès, dit Satyanarayan avec hauteur.

— Ce n'est sûrement pas un progrès de circuler dans des véhicules à moteur en semant la panique parmi nos animaux sacrés, qui nous donnent leur lait, rétorqua Raman, content de son argument susceptible, pensait-il, de rencontrer l'approbation de Satyanarayan.

— Et pourquoi pas ? dit le brahmane, le sourcil froncé. La voiture, c'est le progrès. Certes, il faut maintenir les traditions, mais sans pour autant rester au

Moyen Age. La voiture n'est pour rien dans l'histoire, ce sont les buffles qui n'auraient pas dû se trouver là.

— Ils n'ont pas l'habitude des voitures », fit Raman, perplexe. Il essayait d'adopter les idées de Satyanarayan sur la valeur des traditions, et voilà que le brahmane brouillait les pistes. Raman se sentit frustré.

« Pourquoi nos terrains deviennent-ils intéressants tout d'un coup ? demanda-t-il, retournant à sa première idée.

— Ils sont situés près de Ghatpur, et il y a beaucoup moins d'ouvriers ici. Regarde tous les terrains que nous avons. Ils ne servent à rien. Il n'y a que les buffles qui y viennent. » Raman plissa les yeux. Il fallait bien que les buffles puissent aller paître quelque part.

« Ils ne servent à rien ? Et le *mela maidaan* ?

— Ah, ça, c'est tout à fait différent, dit Satyanarayan. C'est un terrain qui appartient au temple. On construira un nouveau temple dessus.

— Un nouveau temple ! Et celui-ci, il n'est pas bien ? Presque personne n'y vient.

— Justement. Un temple plus grand attirera plus de monde. »

Il y eut un court silence, puis Satyanarayan regarda Raman droit dans les yeux.

« Dis-moi, Ramanji, as-tu songé à vendre une partie du terrain de ton jardin aux lychees ? Tu peux en tirer un bon prix. »

Raman ne voulait pas admettre la vérité à propos du jardin aux lychees, à savoir que les actes étaient encore au nom de son frère et que le montant d'une vente irait à Laxman, qui pourrait partager la somme ou la garder, à son gré.

« C'est une propriété de famille, dit-il avec circonspection. Je ne peux pas vendre sans l'accord de mes frères.

— Alors, comment comptes-tu payer ta part de la dot ? demanda Satyanarayan en frappant le sol avec son mortier. Tu n'as que trois mois pour trouver l'argent. »

La mine de Raman trahit son embarras. Il lui fallait manœuvrer en finesse s'il voulait éviter de s'attirer les foudres de Satyanarayan, après tout ce que les autres avaient raconté sur leur brouille. Le brahmane s'était montré civil, en tout cas, et Raman ne voulait pas compromettre ce progrès.

« Mon livre, Punditji... J'espère que...

— J'en ai entendu parler, de ce livre, l'interrompit vivement Satyanarayan. Des *goondas*, des contrebandiers et tout ce qui s'ensuit. Tu t'es demandé l'effet qu'une histoire pareille aurait sur la réputation de Mardpur ? Je vais te le dire, moi. Une fois que les escrocs auront connaissance des *goondas* et des contrebandiers de ton livre, ils arriveront ici en foule, en se disant que cette ville doit être un lieu idéal pour eux, qu'on y a écrit un livre sur eux au lieu de les jeter en prison. Allons-y tous, vont-ils se dire.

— Mais c'est purement imaginaire, tout ce qu'il y a dans mon livre ! protesta Raman.

— Comment est-ce que ça peut l'être, purement imaginaire, Ramanji ? Tu es déjà allé aux îles Andaman ? Non. Alors, tu dois tenir des informations d'un *goonda*, parce que tu écris avec trop de réalisme pour qu'on puisse croire que tu n'y as jamais mis les pieds.

— J'écris avec trop de réalisme ? répéta Raman, surpris que Satyanarayan connaisse aussi bien le détail de son texte.

— C'est ce qu'on dit, Ramanji, répondit Satyanarayan, l'air fuyant.

— Que j'écris avec trop de réalisme ?

— Oui, oui, toutes ces histoires de palmiers et d'embruns et... et... quoi d'autre encore ? (Satyanarayan essaya de se rappeler ce qu'il venait de lire.) Ah oui, l'odeur sèche de la fibre de coco. C'est trop réaliste pour venir de ton imagination. »

Raman le regarda fixement. C'étaient là les mots exacts qu'il avait utilisés dans son dernier cahier. Satyanarayan était-il lui aussi capable de lire dans les pensées des autres, comme Amma ? Un seul extralucide suffisait amplement à Mardpur.

« Eh bien, tant mieux si c'est réaliste, dit-il, nerveux, car il se demandait comment Satyanarayan avait eu connaissance de tout cela.

— Tu ne vois pas ce que je veux te faire comprendre, dit le brahmane d'un ton cassant. Si ce livre est publié, tous les *goondas* et les contrebandiers du monde vont arriver chez nous. Mon seul souci, c'est de protéger notre ville. »

Penaud, Raman se dit que l'argument de Satyanarayan avait du poids. A l'en croire, lui, Raman, était responsable du maintien de la moralité à Mardpur. C'était une lourde responsabilité qui pesait sur ses épaules.

« Tout ce que je veux, c'est payer cette double dot, qui s'élève à une très très grosse somme, dit-il tristement.

— C'est justement de ça que je te parle. Regarde le jardin aux lychees. Grâce à lui, tu peux te procurer de l'argent pour payer la dot, le mariage, les bijoux du mariage et tout ce qui s'ensuit. Tu y as pensé ? Comme ça, tu n'auras plus besoin d'écrire ton livre.

— Le jardin aux lychees n'est pas à vendre.

— Je ne te parle pas de vendre, dit patiemment

Satyanarayan. Je te parle de prendre une hypothèque dessus.

— Une hypothèque ?

— Admettons que ton jardin et ton bungalow vaillent deux *lakhs* de roupies, commença-t-il.

— Au moins deux *lakhs* et demi », rectifia aussitôt Raman. Il n'avait aucune idée de la valeur du jardin aux lychees. Jamais il ne lui était venu à l'idée d'évaluer le terrain et le bungalow.

« Soit, deux *lakhs* et demi. A ceci près qu'il se trouve en haut d'une côte qu'aucun cyclo-pousse ne veut monter et qu'il n'y a pas de route goudronnée à proximité. Ça fait baisser la valeur. En tout cas, tu peux trouver à emprunter disons un *lakh* jusqu'à ce que ton fils se marie et t'apporte une dot à son tour.

— Il faudra bien attendre dix, douze ans pour ça.

— Sinon, tu peux rembourser la dette en traites.

— Je vois, dit Raman. Et pour emprunter cet argent, cela demande combien de temps ?

— Quelques jours seulement. Je connais un noble très très riche et très honorable, qui a des fonds disponibles. Je suis toujours prêt à aider les vieilles familles de Mardpur lorsqu'elles ont un petit souci financier. » Le ton de Satyanarayan était devenu presque gentil.

Raman commençait à voir en quoi l'arrivée d'une voiture blanche pouvait s'interpréter comme le progrès pour Mardpur. Jamais par le passé de tels prêts n'avaient été envisageables. On n'avait d'autre recours que d'emprunter à sa famille, et dans ce cas, on s'entendait toujours poser beaucoup trop de questions.

« Posera-t-il beaucoup de questions ? demanda Raman.

— Je répondrai de ta bonne réputation et du statut de ta famille à Mardpur. Il ne demandera rien et n'en parlera à personne.

— Il aura besoin des papiers, dit Raman en songeant au titre de propriété.

— Bien entendu, vous signerez un document légal. Mais il y a à Ghatpur des avocats qui peuvent dresser des actes notariés. Cela ne présente aucune difficulté. Il arrive souvent que les titres de propriété soient perdus. On pourra prévoir de faire un petit rectificatif dans les documents légaux. »

Raman garda le silence. Il n'était pas convaincu, loin de là, mais il souhaitait toujours retrouver les bonnes grâces de Satyanarayan. Le brahmane le laissa ruminer ses pensées et fit ses préparatifs pour l'*aarti* du soir.

Vaman arriva juste avant le début du culte. Il avait une main sur le cœur, ouvrant et fermant le poing pour montrer comme il battait vite.

« Ces voitures seront la mort de Mardpur ! s'exclama-t-il. A l'instant, une Ambassador blanche a failli m'écraser.

— Tu ne sais donc pas regarder à gauche et à droite avant de traverser le carrefour ? dit froidement Satyanarayan. Il faut un minimum de discipline.

— La dernière fois que j'ai regardé à gauche et à droite, il y avait des buffles qui arrivaient de partout. C'était très dangereux. J'ai pu esquiver en sautant de côté, parce que j'étais plus rapide qu'eux, mais avec ces voitures, esquiver ne sert à rien.

— Les voitures, c'est le progrès, entonna Satyanarayan, en allumant la première lampe. Nous ne pourrons pas aller indéfiniment à l'allure des buffles.

— Mardpur est en progrès », fit Raman comme en écho, repoussant ses doutes initiaux. Il commençait à se sentir fier des changements. Satyanarayan comprenait toujours ces processus bien mieux que les simples mortels comme lui, Raman, se dit-il. Le brahmane avait raison. Il fallait viser le progrès et faire bon accueil aux voitures et aux prêts d'argent.

« Le progrès ? Quel progrès ? demanda Vaman. La route de Vakilpur qui passe devant notre jardin aux lychees est toujours un chemin de terre.

— *Om jai Jagdish hare* », psalmodia Satyanarayan, commençant la prière du soir. Les deux frères cessèrent de parler, le visage baigné par la lumière vacillante des lampes à huile.

Après la prière, ils retournèrent au Palais du Sari.

« C'est à propos du mariage que j'étais allé te chercher, dit Vaman après s'être excusé de ne pas offrir de thé à son frère. Il n'y a pas de lait frais. Rampal n'est pas passé pendant mon absence. »

Raman se fit attentif.

« J'apprends qu'une date est déjà fixée », dit-il en s'efforçant de ne pas paraître vouloir prendre ses frères en défaut.

Vaman lui jeta un regard en biais. « C'est Satyanarayan qui t'a déjà prévenu ? » demanda-t-il. Puis, comme s'il reprenait une discussion qu'ils avaient déjà eue, il poursuivit : « Nous nous demandons s'il ne vaudrait pas mieux que les cérémonies se passent chez frère Laxman. » Vaman jeta un coup d'œil furtif à Raman pour voir sa réaction, et comme son frère ne bronchait pas, il continua : « Nous souhaitons faire bonne impression. Sinon, ils penseront que nos filles habitent dans une maison qui n'est accessible que par un chemin de terre. »

Raman ne voyait aucune objection à cela.

« Il est important de faire bonne impression, acquiesça-t-il. Le jardin aux lychees ne vaut guère que deux ou trois *lakhs*, tandis que la maison de Laxman dans le quartier des Marchands vaut le double, dit-il, inventant les chiffres. Ce sont des choses que les gens de Ghatpur remarquent, ça.

— Deux ou trois *lakhs* ? Le jardin aux lychees en vaut au moins quatre, dit Vaman. Mais le chemin de terre... Ça, ça ne vaut rien. Ils n'ont pas de routes en terre battue à Ghatpur. »

Satyanarayan ne pouvait savoir la superficie réelle du verger, se dit Raman.

« *Doodh-wala*, c'est le laitier qui passe ! cria Rampal, actionnant sa sonnette de vélo.

— C'est le laitier, dit Vaman en regardant sa montre. Hou, hou, Rampal, pourquoi es-tu si en retard aujourd'hui ? Il est déjà cinq heures passées. Je prends mon thé à quatre heures. Tu as de la chance que j'aie été absent à cette heure-là.

— La traite du soir a été retardée à Jagdishpuri Extension, dit Rampal pour s'excuser, en prenant le linge sur son épaule pour essuyer les gouttes de lait au-dessous du *balti* avant de le poser sur la plate-forme.

— Mais tous ces buffles qui ont semé la panique à Kumar Junction ont été rassemblés il y a plusieurs heures. Ne me dis pas que la bufflonne d'Amma est encore partie dans la nature ! s'exclama Vaman.

— Non, sahib. Mais c'est mon jour de paie et j'ai été obligé d'attendre parce qu'Amma avait un visiteur très important. Un vrai gentleman.

— Qui donc ? demanda Raman, sachant que Rampal ne demandait qu'à en dire plus.

— Un *rajkumar*, rien que ça. Un *rajput*, voilà tout », dit Rampal, conscient de l'effet que cela produirait sur ses auditeurs. Il fut récompensé par les mines stupéfaites de Raman et de Vaman.

« Un prince ! Mais dis-moi, ce n'est pas celui qui a causé cette pagaille à Kumar Junction et qui a ensuite prétendu n'y être pour rien ? lança Vaman. Très élégant, ce jeune homme. Même ses chaussures brillaient malgré la poussière.

— Il est allé voir des bijoux chez Madan Lal et Fils », dit Raman, convaincu qu'il ne pouvait y avoir qu'un seul prince à Mardpur à un moment donné. Mardpur n'était pas le genre d'endroit où les princes affluaient, même compte tenu du type de progrès dont parlait Satyanarayan.

« Qu'est-ce qu'il veut à Amma ? » s'enquit Vaman.

Raman garda le silence. Avant de voir les bijoux chez Sohan Lal et Fils, il faisait partie de ceux qui ne croyaient guère au trésor d'Amma. Maintenant il était aussi convaincu que le royal sahib de l'existence dudit trésor.

Rampal brûlait d'impatience de divulguer toutes les nouvelles dont il était dépositaire.

« Elle propose sa petite-fille en mariage à ce prince », dit-il.

Les yeux faillirent sortir de la tête des frères.

« Une brahmane qui épouserait un Kshatrya, même très riche ? Jamais ! dit Vaman. Mais qu'est-ce qui se passe aujourd'hui ? Le système des castes s'écroule ou quoi !

— Deepa n'est qu'une enfant, s'exclama Raman, interloqué.

— Pourtant c'est vrai. Je l'ai entendu de mes propres oreilles pendant que j'étais en train de traire Jhotta, insista Rampal, tirant sur ses lobes pour appuyer ses dires. Amma lui a dit : “Si vous voulez mon trésor, il faudra que vous épousiez ma petite-fille, parce que tout est pour elle.”

— Le trésor ! s'exclama Vaman, qui avait entendu circuler des rumeurs, sans leur ajouter vraiment foi. Alors comme ça, le trésor sert à attraper un prince pour la petite-fille ! C'est un bon usage pour un trésor. Mais pourquoi un prince en voudrait-il ? Ils en ont en veux-tu en voilà, des trésors.

— A notre époque, même les *rajkumars* n'ont plus assez de fortune personnelle, dit Rampal en secouant la tête. Ils deviennent gourmands. Quand on a de l'argent, on en veut toujours plus. Quand on n'en a pas, on se soucie de remplir son ventre et celui de ses enfants. Vous savez, il n'y a qu'à regarder ce qui se passe déjà à Mardpur, avec ces Marwaris qui achètent tous les terrains. Est-ce que c'est parce qu'ils n'en ont pas ? Ils en ont trop ! Mais ils en veulent encore plus.

— C'est vrai, ce que tu dis, opina Vaman. Satyanarayan a un temple. Il n'empêche qu'il en veut un plus grand. Même ma femme se plaint parfois que notre bungalow est trop petit », plaisanta-t-il.

Raman écoutait non sans étonnement. Etait-il le seul à considérer que sa maison convenait parfaitement à ses besoins ? Quant à Kumud, assurément, elle ne s'était jamais plainte.

51

Bharathi et Shanker faisaient tranquillement leurs devoirs lorsque Raman rentra. A sa grande surprise, Kumud n'était pas encore revenue du marché. Raman jeta un coup d'œil par-dessus l'épaule de son fils.

« Oh, oh, des mathématiques. "S'il faut quatre jours à un homme pour remplir une baignoire en utilisant trois seaux, combien de temps faudra-t-il à trois hommes pour la remplir ? (Raman prit le livre pour mieux regarder le problème.) On n'a pas besoin de remplir des baignoires. C'est une habitude anglaise. Même dans les manuels scolaires, on ne peut pas leur échapper, à ceux-là. »

Il voyait bien qu'il n'était ni aussi éloquent ni aussi persuasif que Satyanarayan, et que son ardeur à défendre la supériorité culturelle de sa nation sur l'Occident commençait à faiblir depuis que le brahmane ne pensait plus que la tradition primait toujours tout.

« Les gens se baignent dans le Gange à Bénarès, fit remarquer Shanker.

— C'est différent. Il s'agit d'un bain purificateur.

— Non, dit Shanker, tenant bon. Ils se lavent avec du savon.

— *Dhut !* fit Raman, qui détestait se voir contredire par son fils. Je te dis que c'est une purification rituelle.

— Peut-être qu'ils auraient dû mettre : "Combien faudrait-il de femmes pour remplir trois *hundias* au puits ?" intervint Bharathi.

— Nous ne sommes pas si arriérés ! dit Raman en ignorant sa remarque. Aujourd'hui, les villages sont équipés de pompes et de robinets.

— Dans le livre, ils se servent de seaux », dit Shanker en examinant l'énoncé de son problème. Mais Raman s'était approché de Bharathi, qui travaillait sur les intérêts composés.

« "Une banque prête quatre mille roupies à un taux annuel de vingt-cinq pour cent, combien..." Vingt-cinq pour cent, ça me semble élevé comme taux, dit Raman.

— Tu trouves, papa ? dit Bharathi, inquiète. J'ai bien pris l'énoncé. »

Il regarda les calculs de sa fille.

« *Baapré* ! Eh bien, ça lui en fera une somme à payer, après seulement huit ans ! »

Bharathi vérifia son calcul, craignant de s'être trompée.

« Si, c'est juste, papa. Mais avec un intérêt simple, cela ferait moins. »

Ils interrompirent tous leurs activités en entendant Kumud rentrer. Bharathi abandonna son stylo et se précipita dans la véranda à sa rencontre. Kumud entra, le sari froissé, l'air fatiguée mais contente. Elle posa son petit sac assorti à sa tenue sur le bureau de Shanker, recouvrant en partie son cahier de mathématiques. Il leva les yeux vers elle et sursauta exagérément pour mimer la surprise.

« Tu reviens du mariage de Meera et de Mamta, et nous l'avons tous raté. »

Kumud ébouriffa les cheveux de son fils.

« Vos oncles m'ont donné de si beaux saris que je suis bien obligée de les mettre de temps en temps.

C'est seulement pour aller voir des bijoux pour Meera et Mamta que je me suis bien habillée.

— Moi aussi j'ai regardé les bijoux. Je suis allé chez Sohan Lal et Fils, dit Raman, en père responsable.

— Chez Sohan Lal ? Ce vieux magasin ! Je ne vais pas chez Sohan-le-Schnock pour mes filles. Pour elles, je ne veux que ce qu'il y a de plus beau, dit fièrement Kumud. Avec Sudha et Madhu, on est allées au bazar de Ghatpur.

— Ghatpur ! » s'exclama Raman, sidéré. Jamais sa femme ne s'était montrée aussi aventureuse. Aller à Ghatpur était une véritable expédition. Il n'avait pas réussi à y aller lui-même. Et voilà que sa femme avait mis son sari de crêpe georgette et quitté la ville sans rien lui dire !

« Ghatpur ! firent Shanker et Bharathi en chœur.

— Taisez-vous, leur ordonna Raman.

— Les bijoux que j'ai vus à Ghatpur sont beaux mais chers, annonça Kumud.

— Alors pourquoi aller si loin ? Les cars sont toujours pleins, bondés.

— Il faut bien pouvoir comparer, répliqua Kumud.

— Eh bien, tu t'es rendu compte de ce que moi je sais déjà, dit Raman, soulagé et heureux de pouvoir prouver sa supériorité. On se servira chez Sohan Lal et Fils.

— Il n'y a rien qui soit à la mode chez eux, soupira Kumud.

— L'or, c'est l'or. Les bijoux anciens sont plus lourds, avec plus d'or. Ces bijoutiers de Ghatpur, ils te vendent moins d'or pour plus cher. On achètera chez Sohan Lal et Fils, et il nous fera un bon prix, parce que voilà un bout de temps qu'on le connaît. A Ghatpur, nous ne connaissons personne. Nous nous y ferons rouler, voilà tout. »

Toujours pragmatique, Kumud savait qu'il avait raison. Elle hocha la tête.

« Alors, nous irons chez Sohan Lal et Fils. » Et elle le regarda d'un air entendu. A lui de faire en sorte que les bijoux soient achetés à temps pour le mariage. Elle n'avait entrepris cette démarche que pour avoir une idée de ce qu'on trouvait dans le commerce.

« Il faut que je te dise, il y a un prince qui veut acheter tout le stock de bijoux anciens de Madan Lal », lui dit Raman plus tard.

Kumud fut surprise.

« Un prince ? A Mardpur ?

— C'est un *rajput*. D'après ce que je sais, il tient tellement à se procurer ces bijoux qu'il est même prêt à épouser Deepa pour mettre la main sur le trésor d'Amma.

— Deepa ? Epouser un prince ? s'écria Bharathi, stupéfaite. Pas Govind ?

— Oh là là ! Un vrai *rajkumar* ? s'écria Shanker. Tu devrais acheter tous ces vieux bijoux, papa, et comme ça le prince viendrait ici et épouserait Bharathi !

— *Dhut !* fit sévèrement Bharathi en secouant la tête. Qu'est-ce que je ferais d'un prince ? »

Kumud se mit à rire : « Tu trouves qu'on n'a pas assez de soucis pour la dot de Meera et de Mamta, que tu songes à trouver un prince pour Bharathi ?

— Si Deepa épouse un prince, tu ne tarderas pas à en vouloir un aussi », dit Shanker à sa sœur pour la taquiner, et il fit un saut de côté pour esquiver le coup de poing que Bharathi lui décocha. « Les filles veulent toujours ce qu'a la voisine.

— Qu'elle l'ait, son prince ! » dit Bharathi, dépitée. Et elle courut se réfugier dans le jardin.

Il n'y eut que Raman pour prendre au sérieux la suggestion de son fils. Curieusement, l'idée qu'il pourrait assurer à sa fille un mariage avec un prince en achetant les bijoux lui plaisait bien.

Ce soir-là, après que les enfants furent partis se coucher et pendant que Kumud finissait de ranger la cuisine pour le soir, Raman s'agenouilla dans sa chambre et, en poussant avec son épaule de toutes ses forces, il déplaça le lourd *palang* de bois surmonté du cadre de la moustiquaire. A force de pousser et de tirer, il réussit à le faire glisser de la dizaine de centimètres requise pour dégager le carreau descellé. Il le souleva à l'aide d'un couteau. Dessous se trouvait une brique entourée d'un morceau de corde usée. Il dut tirer sur la corde pour faire sortir la brique du trou, car elle y tenait juste. Dessous, il y en avait encore une autre, et il eut juste la place d'introduire son pouce et son index pour saisir cette brique et la dégager, révélant ainsi une cavité assez grande où se trouvait un petit coffre-fort qui ne contenait qu'une liasse de billets – les maigres économies de Raman – et la montre de son père. Il ôta l'argent et le remit à même le trou. Puis il cacha la boîte vide au fond de l'armoire. A présent, il y avait beaucoup plus de place dans la cavité.

52

Quelques jours plus tard, Raman se leva de très bon matin pour descendre à l'agence de la PTI. Il fut surpris d'y trouver déjà Gulbachan. Depuis environ une semaine, celui-ci cherchait à éviter Raman en venant très tôt et en partant sous un prétexte ou un autre juste avant son arrivée, lui laissant des petits mots sur lesquels il avait écrit une liste de choses à faire. Il lui apparaissait clairement que Raman ne donnerait pas de réponse dans l'immédiat à sa proposition de travail et, plus Gulbachan retournait ses choix dans sa tête, plus il s'inquiétait.

Lorsqu'il entendit Raman pousser la porte à cette heure matinale, il se cacha derrière le *Statesman*, tant il était nerveux à l'idée que son employé fût venu l'informer de son refus. Raman était la seule personne qui fût susceptible d'agir ainsi. Tous les autres diplômés de l'institut universitaire de la ville auraient sauté avec empressement sur l'occasion de devenir correspondant adjoint, alors que Raman ne manifestait aucun intérêt. Gulbachan ne comprenait vraiment pas pourquoi il mettait autant de temps à se décider. Il préféra éviter d'aborder le sujet en se plongeant dans le *Statesman* et parler de tout sauf de ce qui le préoccupait au premier chef.

« Qu'est-ce qu'on achète comme terrains ! Et à quel prix ! Même un bungalow comme celui de la PTI doit valoir un *lakh* aujourd'hui. Qui dispose de sommes pareilles ? commenta-t-il.

— Avec une hypothèque, on peut acheter », dit Raman, surveillant de l'œil le poste récepteur qui cliquetait en imprimant les dernières statistiques économiques.

Gulbachan plia soigneusement le journal et regarda Raman.

« Une hypothèque ? Ce n'est pas facile à obtenir, même quand on connaît le directeur général de la State Bank of India. Qui a des liquidités ? Tu as de la chance si tu arrives à en avoir une, d'hypothèque. »

Raman ne dit rien.

« Et par-dessus le marché, il faut aller à Ghatpur pour les actes notariés. C'est beaucoup de tracas. »

Gulbachan espérait que Raman dirait quelque chose à propos du poste de correspondant adjoint. Toute cette conversation sur l'immobilier le mettait mal à l'aise en lui rappelant qu'il serait dans une situation difficile s'il ne pouvait jouir du bungalow de fonction de la PTI après sa retraite. Au bout du compte, il n'aurait pas une grosse pension. Comment arriverait-il à vivre ? Il ne se faisait pas à l'idée de louer un petit appartement à un propriétaire draconien qui serait toujours sur son dos et surveillerait tous ses faits et gestes. Il était indépendant depuis trop longtemps.

Après avoir fini son travail à l'agence, Raman murmura quelques mots et Gulbachan lui fit signe de partir, soulagé d'être débarrassé de lui. Raman prit en hâte la direction du temple et arriva à l'heure dite. Satyanarayan était en conversation avec un homme que Raman n'avait jamais vu.

« Je te présente Mr. Man Singh, dit le brahmane. Il a

une grande expérience des prêts hypothécaires. Il rend même ce type de service aux familles royales du Nord ! »

Raman regarda le Marwari, mais le financier, occupé à feuilleter ses papiers, posa à peine l'œil sur lui. Sans préambule, il poussa vers Raman une liasse de documents : « Nous allons compléter ces papiers, puis vous les signerez. Le swami Satyanarayan signera en qualité de témoin. Ne vous souciez pas du reste. C'est moi qui irai à Ghatpur et m'occuperai des actes notariés. D'ici une semaine, l'argent sera entre vos mains. C'est une chance qu'il y ait une ville comme Ghatpur à proximité. »

Raman prit une inspiration profonde. Il s'était attendu à un entretien : une discussion, un échange de civilités, par exemple des banalités échangées en prenant le thé, et non à cette transaction d'affaire. Sans doute Satyanarayan avait-il déjà dit à ce Man Singh tout ce qu'il avait besoin de savoir. Raman n'avait d'autre choix que de parcourir laborieusement les documents avec cet homme qui acceptait de lui prêter l'argent.

Il hésita en arrivant à la section intitulée « Propriétaire légal du bien susmentionné ».

« Je ne sais pas trop au nom de qui est le terrain, dit-il.

— Vous voulez dire qu'après la mort de votre père, les actes de propriété n'ont jamais été officiellement transférés ? dit Man Singh sans lever les yeux de la feuille en question. Ça arrive tout le temps. »

Raman fit un signe d'assentiment. Mais il n'était pas du tout sûr que c'était le cas. Il lui semblait vaguement se souvenir qu'en fait le terrain était au nom de Laxman.

« Laissez un blanc, suggéra Satyanarayan, ce qui ne sembla pas être du goût de Man Singh.

— A qui incombera-t-il de payer ? demanda-t-il.

— A moi, quand mon livre sera fini, dit Raman avec circonspection, espérant ne pas déclencher les foudres de Satyanarayan à la seule mention de son entreprise d'écrivain.

— Ah, ah ! Ainsi, c'est à l'auteur du livre – si on appelle ça un livre – qu'incombera la responsabilité des remboursements », grinça Satyanarayan, convaincu que le livre ne verrait jamais le jour. Une fois que Raman aurait son prêt, il n'aurait aucune raison de continuer à écrire. « Soit, soit, disons que le bien appartient à l'auteur du livre ! » fit le brahmane d'une voix lourde de sarcasme. A son avis, cela revenait à laisser un blanc.

Man Singh inscrivit la formule que venait d'employer Satyanarayan et dit : « Nous y reviendrons plus tard. Il sera toujours temps de faire faire un rectificatif par le notaire. En attendant, il faut savoir que c'est le propriétaire du bien qui est responsable si les remboursements ne sont pas faits. Auquel cas il s'expose à la confiscation...

— Oui, oui, nous savons tout cela », coupa Satyanarayan, vexé qu'on lui parle avec condescendance, lui qui était habitué à ce qu'on le regarde comme étant la source de toute sagesse. Raman sentit que Satyanarayan était mortifié, et oublia le vague malaise qu'il avait éprouvé en se rendant compte qu'il ignorait le sens de « confiscation ». Cet homme-là, ce Man Singh, n'avait aucun respect pour le savoir. Il avait traité le brahmane comme un ignorant.

Finalement, Raman signa les documents sous l'œil vigilant de Satyanarayan. Là-dessus, le brahmane et Man Singh échangèrent une poignée de main, geste qui surprit Raman. Il faillit tendre la sienne, mais le financier, occupé à rassembler ses papiers, ne leva même pas l'œil vers lui.

« Tu as de la chance. En fait, celui qui t'a consenti l'hypothèque est un prince, et non une banque. Man Singh s'est chargé de tout. Il vaut beaucoup mieux traiter avec des gens honorables qu'avec des banques », dit Satyanarayan. Raman fut bien obligé de le croire sur parole.

« Oui, je traite de nombreuses affaires avec les familles royales, dit Man Singh. Je suis leur fidèle conseiller financier. » Et il eut un rire curieux, sans gaieté. Raman se demanda si ses conseils étaient bien dignes de confiance. Mais il repoussa cette pensée. Satyanarayan ne traiterait pas avec quelqu'un qui ne serait pas fiable. Le brahmane avait trop de sagacité pour se commettre ainsi.

53

Quelques jours plus tard, pendant que Kumud préparait le petit déjeuner, Raman poussa le lit et prit dans la cachette un peu de l'argent qu'il avait reçu de Man Singh. La liasse de billets remplissait la cavité presque jusqu'en haut. Il enveloppa les billets dans un morceau de mousseline et remit le paquet dans un sac en tissu qu'il cacha sous le lit en entendant Kumud l'appeler à la cuisine pour déjeuner.

Les enfants étaient déjà partis pour l'école et Kumud, de bonne humeur, fit frire les *parathas* de son mari tout en bavardant.

« Il y a un très très gros rat qui court partout. Je l'ai vu hier dans ma cuisine. Il faut le tuer.

— Mais tu as un piège à rats. Je l'ai acheté chez Jindal », dit Raman, dont l'esprit était à mille lieues de ces préoccupations triviales.

Kumud fit claquer sa pâte entre ses paumes.

« C'est un malin, ce rat. Il connaît les pièges. Peut-être qu'un autre rat l'a prévenu.

— Comment veux-tu qu'un autre rat le prévienne ? Dès qu'il y avait un rat dans le piège, je m'en débarrassais dans le jardin. Tu crois qu'il est revenu à la course prévenir l'autre ?

— Ils deviennent futés, ces très très gros rats. Sinon,

ils ne survivraient pas. Ils sont bien obligés d'être malins. Il nous faut du poison. On en vend chez Jindal.

— Je n'ai pas le temps d'y aller », dit Raman, qui mangeait lentement.

Kumud le regarda, surprise : « Il y a donc tant que ça à faire à l'agence ? » Puis, sans se poser plus de questions, elle mit une autre *paratha* à cuire sur la plaque. « Tu devrais t'acheter un vélo », dit-elle quand la galette se mit à grésiller.

Raman essaya de se concentrer sur ce qu'elle disait : « A quoi ça me servirait, un vélo ? Bientôt, tu me diras que j'ai besoin d'un scooter. »

Mais avec son esprit pratique habituel, Kumud poursuivit : « Oh oh ! un scooter, c'est pour le correspondant principal seulement. Je ne parle que d'un vélo. Il reste encore tant de choses à faire avant le jour du mariage. Je ne peux pas tous les jours courir au marché, et puis aller aussi chez Jindal. Si tu avais un vélo, tu pourrais le faire. Chez Jetco, il y a des vélos de bonne qualité, des Atlas. Tous les correspondants adjoints en ont. »

Raman hocha la tête.

« Gulbachan m'a déjà donné de l'argent sur la cagnotte de l'agence pour que je m'en achète un », dit-il.

Kumud eut l'air contente : « Alors, tu sais ce qu'il te reste à faire, dit-elle. Achète-le aujourd'hui.

— J'y vais, promit-il. Et j'en profiterai pour passer chez Jindal acheter de la mort-aux-rats. »

Après le déjeuner, il prit le sac et descendit le chemin de terre en direction de Kumar Junction, comme s'il allait au travail. Mais au lieu de tourner dans le bazar, il arrêta un cyclo-pousse et se fit emmener au Sari Mahal.

Laxman ne s'attendait pas à voir son frère. Il resta interdit, incapable de deviner la raison de cette visite. Elle devait avoir un rapport avec le mariage, mais lequel au juste ? Il ne s'attendait pas du tout à ce qui suivit.

« Frère, dit Raman d'un hésitant, je suis venu payer ma part de la dot. Ce mariage ne doit pas être retardé à cause de moi. Je sais que je n'ai jamais travaillé très dur, mais ma femme y tient, à ce mariage, et il faut qu'il se fasse. »

Et il tendit le sac. Abasourdi, Laxman se renversa sur son siège. Il s'était fait du souci à propos de la dot. Il avait même envisagé d'hypothéquer le bungalow du quartier des Marchands, mais les banques demandaient trop d'argent et les prêteurs des intérêts trop élevés. Et voilà que Raman arrivait avec tout ce liquide dans son sac. D'où le sortait-il ? Peut-être de la poche d'un parent de Kumud. Mais personne n'avait d'argent du côté de Kumud. Ses parents n'avaient pas eu de quoi lui faire poursuivre ses études au-delà du brevet. Laxman ne demanda pas à Raman d'où venait l'argent. Il ne voulait pas le savoir. Il ne voulait pas être redevable à un parent de Kumud. Il prit le sac et se sentit horriblement coupable d'avoir demandé une telle somme à son frère cadet.

« Compte, dit Raman. La somme y est. Un tiers de la dot.

— Pas la peine, pas la peine, s'écria Laxman, la bouche sèche. Du thé ? Du café ? Du Campa-cola ?

— Tu sais bien que je prends toujours du thé », répliqua Raman, se demandant pourquoi il avait toujours autant de mal à communiquer avec son frère.

Laxman se leva, claqua dans ses mains et cria au petit domestique d'aller chercher du thé pour Raman.

« Tu sais que nous faisons tout pour accélérer les préparatifs. Sudha a été très occupée et...

— Je sais, je sais », dit Raman. Il n'était pas venu accuser Laxman de ne pas faire avancer les choses ; il était venu dans le but précis de parler affaires. Et il poursuivit, allant droit au but : « Ce qui presse maintenant, c'est de choisir les bijoux du mariage. Kumud est très... »

Laxman se releva d'un bond.

« Ah non, mon frère, pas question. Je m'occupe de tout ça. Les bijoux, c'est moi qui m'en charge. Ne te tracasse pas pour ça. J'ai de bons contacts avec des bijoutiers. Je m'en charge.

— Mais j'ai déjà...

— Non. Je ne veux pas le savoir. (Laxman serra le bras de son frère.) C'est la moindre des choses que je puisse faire pour mes nièces : leur trouver de beaux bijoux. C'est mon devoir.

— Tu en fais déjà trop.

— Non, non, au contraire. C'est au frère aîné qu'il revient de s'occuper de toute la famille. » Et il se mit en devoir de choisir des saris sur les étagères, en soies superbes de Kanjivaram, de Bénarès et de Mysore, aux tons profonds, et rehaussés de bordures richement brodées.

« Qu'est-ce que tu penses de ce sari pour Meera et Mamta ? Et celui-ci ? Ils sont beaux, non ? Et celui-ci... »

Raman but son thé en silence tandis que Laxman sortait l'un après l'autre de splendides saris dont chacun était une merveille de soie chatoyante. A présent, Laxman pouvait se permettre d'être aussi généreux qu'il le voulait. Sudha-la-Pensionnée ne pourrait plus dire qu'ils en faisaient trop, plus qu'il ne leur en revenait naturellement. Raman avait réussi à fournir un tiers de la dot, comme ils l'avaient demandé, et maintenant ils se devaient de ne ménager aucun effort pour que Meera et Mamta aient un mariage aussi somptueux que possible.

54

Mohinder Patwari, notaire, était assis derrière un bureau immense et nu. Il chassait les mouches à l'aide d'un éventail rouge, et le bureau était jonché d'insectes morts.

« Que puis-je faire pour vous ? demanda-t-il d'une voix aussi onctueuse qu'hypocrite en s'appuyant sur ses coudes et en croisant les mains.

— Je souhaite mettre à jour les actes de propriété des biens de mon défunt père », dit Laxman, qui regarda d'un œil dégoûté les mouches mortes.

Laxman avait été impressionné par la diligence dont avait fait preuve Raman pour trouver sa part de la dot, ce qui représentait une somme rondelette. Raman avait prouvé qu'il pouvait être un père responsable. Il n'avait pas dilapidé la fortune familiale comme ses frères l'avaient craint, mais avait vécu modestement dans le bungalow du jardin aux lychees sans dépenser plus que ses moyens ne le lui permettaient. Laxman ne pouvait faire moins que de mettre le jardin aux lychees au nom de son frère pour que Raman et Kumud aient l'assurance d'avoir un toit pour leurs vieux jours.

Mohinder Patwari demanda à son secrétaire de lui trouver le dossier.

« Alors, que voulez-vous faire ?

— Après la mort de mon père, ses biens ont été divisés entre nous trois, expliqua Laxman. Mais les actes de propriété n'ont jamais été régularisés.

— Cela arrive souvent. Il y a une querelle de famille en ce moment ?

— Non, pas du tout. Mais je pense que mieux vaut régulariser la situation selon les vœux de mon père. »

Patwari feuilleta le dossier.

« Les biens sont tous à votre nom. Les documents sont en ordre.

— Oui, bien sûr. Mais je souhaite que le jardin aux lychees soit mis au nom de mon frère cadet.

— Parfois, mieux vaut garder les choses à son nom tant qu'il n'y a pas de controverse.

— Je vous demande de mettre cette propriété au nom de mon frère, insista Laxman.

— Il est bien entendu que vous pouvez donner ce jardin à qui vous voulez, mais je vous conseillerais de ne pas le faire.

— J'y tiens. »

Patwari haussa les épaules : « Ce que je vous en dis... Quel est le nom exact du bénéficiaire ? Voulez-vous me l'épeler ? »

Patwari écrivit quelques lignes et rendit le dossier à son secrétaire.

« Tout est en ordre. Nous ferons le changement et nous légaliserons le document. »

Ce soir-là, au terme d'une journée de travail monotone et ininterrompu qui lui avait fatigué les yeux, le dos et les poignets, le secrétaire glissa une feuille de papier dans une vieille Remington et tapa le document. Lentement, laborieusement, l'esprit émoussé par toute une vie passée au milieu de papiers et de dossiers, il fouilla dans la chemise, examinant chaque feuille à travers le verre épais de ses lunettes. Il réfléchit quelques instants, pianota sur son bureau, puis, poussé par une exaspération silencieuse, se leva pour aller consulter Mohinder Patwari.

« Le papier, celui sur lequel vous avez écrit le nom, où est-il ? »

De but en blanc, Patwari ne se souvenait pas du nom auquel le secrétaire faisait allusion. Il n'allait pas se fatiguer avec de pareils détails.

« Peu importe, dit-il enfin, ne trouvant pas ce qu'il cherchait. Vous n'avez qu'à copier ce qu'il y a sur l'autre document.

— Ah mais bien sûr », dit le secrétaire, se souvenant du document qui avait été déposé au cabinet la semaine précédente. Il regagna son bureau et retrouva le papier en question.

« Vous recopiez exactement, dit Patwari. Il faut mettre ce qui est écrit sous la rubrique “Propriétaire du bien”. »

Le secrétaire examina le document. Il s'agissait d'une hypothèque signée par Raman. Il regarda à « Propriétaire » et recopia sur le nouveau document, en belles italiques, le nom du titulaire de l'acte de propriété : *« L'Auteur du Livre »*.

Le secrétaire souffla doucement et délicatement sur le document, puis posa un buvard dessus pour le sécher avec soin. Patwari le signa sans même le regarder et y apposa le sceau notarial, comme il le faisait chaque jour sur des dizaines de documents légaux.

55

Raman bourra un sac de pommes de terre, puis en retira quelques-unes afin de pouvoir le tenir sans mal par les poignées. Il ne voulait pas le laisser tomber : malgré les bosses, il y avait moins de pommes de terre qu'il n'y paraissait, l'espace étant en grande partie occupé par ce qui restait de l'argent de l'hypothèque une fois payé le tiers de la dot.

Il descendit tant bien que mal vers Kumar Junction, mais au lieu d'obliquer comme d'habitude en direction de l'agence, il dépassa le temple de Vishnou Narayan et se rendit à la boutique de Sohan Lal et Fils, qu'il trouva fermée. Pendant quelques minutes, il resta debout dans la pénombre, puis redescendit l'escalier vermoulu. Dehors il plissa les yeux en retrouvant le soleil et appela un cyclo-pousse en direction de chez Laxman. Mais il ne s'arrêta pas au domicile de son frère et continua vers la partie la plus ancienne du quartier des Marchands, jadis l'un des plus riches de la ville. Au cours des récentes années, la richesse des vieilles familles de négociants de Mardpur avait été divisée et redivisée entre les fils et les petits-fils, si bien qu'il ne restait plus grand-chose de la splendeur passée. Arrivé au vieux bungalow de Madan Lal, Raman paya le cyclo-pousse et descendit.

Assis sous sa véranda, le bijoutier regardait son jardin à l'abandon, un peu comme Raman regardait le jardin aux lychees. Ces temps derniers, il n'avait pas eu beaucoup de visiteurs et il fut content de voir Raman.

« Bonjour, Ramanji. Il ne fallait pas te donner la peine de venir si loin.

— Mais si, mais si ! Je passais voir mon frère aîné. Ce n'est pas un grand détour.

— Tu es allé au marché ? Combien as-tu payé le kilo de pommes de terre ? » s'enquit Madan Lal avec intérêt. Il n'était pas très habile pour marchander et craignait toujours de se faire rouler.

Raman ne voulait pas parler du prix des pommes de terre, ni révéler à ce stade ce qu'il avait d'autre dans son sac. Il s'assit donc à côté de Madan Lal sans attendre d'y avoir été invité et commença, comme s'il débitait un discours :

« Comme tu le sais, Madan Lalji, mes filles se marient très bientôt. Et je suis désireux d'acheter des bijoux. J'ai consulté Satyanarayan, qui me dit qu'aujourd'hui est un jour propice pour les transactions.

— Oui, en effet. Vénus se trouve en position haute dans le ciel. Mais, Ramanji, es-tu sûr que ce soit sage de choisir un jour où Mercure est en déclin ? »

Raman ne s'était pas attendu à trouver un astrologue en Madan Lal.

« Je respecte l'opinion du swami Satyanarayan. Il n'y a pas de meilleur astrologue.

— Sauf le grand Pundit Mishra, *rajguru* dans dix Etats, dit Madan Lal d'un ton rêveur.

— Le mari d'Amma ? Mais il nous a quittés, objecta Raman, un peu agacé de voir que Madan Lal cherchait à laisser entendre qu'il y avait plus sage que Satyanarayan.

— Oh oui, oui, bien sûr », dit Madan Lal, dressant

soudain l'oreille. Il regarda Raman en attendant la suite. « Si Satyanarayan dit que le jour est propice, c'est qu'il l'est, reprit-il.

— Bien », dit Raman, satisfait de trouver Madan Lal réceptif. Il toussa et poursuivit : « Comme toi, Madan Lal, j'appartiens à une vieille famille commerçante de Mardpur. (Il s'arrêta pour s'assurer que ses paroles portaient. Madan Lal cligna des paupières et Raman continua.) Il nous faut les bijoux les plus anciens et les plus beaux.

— Je t'ai montré quelques-unes de mes plus belles pièces, Ramanji, mais tu sais qu'elles valent très cher.

— Qu'est-ce que la dépense, quand c'est d'investissement qu'il s'agit ? L'argent qui dort à la maison ne rapporte rien. Nous sommes une vieille famille, nous n'avons pas besoin d'acquérir des terrains ou des maisons. Pourquoi pas des bijoux ? Les filles aussi doivent profiter. Il n'y a pas que les garçons qui doivent hériter.

— En effet, dit Madan Lal avec circonspection. Dommage qu'il n'y ait pas plus de gens qui partagent tes idées.

— Tu sais, je me demande pourquoi ce prince-là s'intéresse tant à ces bijoux. Elles s'y connaissent en investissements, les familles princières. Avec tout l'argent qu'elles ont, elles peuvent se payer ce qu'elles veulent : maisons, terrains, etc. Mais lui, il cherchait des bijoux anciens. A mon avis, il est bien informé. »

Madan Lal fit un signe d'assentiment.

« Ça, c'est vrai. Il est prêt à les acheter à n'importe quel prix, semble-t-il. Et ce n'est pas pour un mariage. C'est un investissement. Oui, un investissement.

— Eh bien, moi, ce n'est pas juste pour un mariage que je veux acheter. Ce mariage m'en a donné l'idée, voilà tout. C'est pour l'avenir que je souhaite investir.

— Bonne idée », murmura Madan Lal d'un ton

encourageant. S'il se demandait comment Raman avait brusquement les fonds nécessaires pour acheter des bijoux aussi somptueux, il n'en laissa rien paraître.

« Des gens comme ce prince-là peuvent acheter n'importe où, dit Raman d'un ton sans réplique. Mais moi, je m'adresse à toi parce que tu appartiens à une vieille famille, tout comme moi. Et nous sommes tous les deux de la même ville. Pourquoi mettrais-je ma confiance en quelqu'un d'autre ? Cela fait une éternité que je te connais. Alors, puisque la journée est propice, concluons un marché propice. »

Ils discutèrent et marchandèrent, et Raman sut se montrer éloquent dans ses marchandages. Au bout d'une heure, il avait réussi à obtenir les meilleures pièces de la collection de bijoux royaux anciens de Madan Lal.

Au fond, Madan Lal n'était pas mécontent que les bijoux aillent à une vieille famille de Mardpur et non à un prince inconnu, même si, avec ce prince, il en eût obtenu un meilleur prix. Il s'était montré si intéressé qu'il serait certainement très déçu de les voir lui passer sous le nez. Madan Lal convint avec Raman que personne ne devait savoir à qui les bijoux avaient été vendus. Qui pouvait savoir quelles jalousies mesquines les habitants de Mardpur couvaient dans leur cœur ? Mieux valait qu'ils observent tous deux une discrétion absolue.

Madan Lal accepta de ramener les bijoux dans la soirée chez lui, où Raman passerait les chercher la prochaine fois qu'il viendrait voir son frère.

56

Deepa regarda Usha dégager le rat du piège. Usha le tenait par la queue et il se balançait énergiquement pour essayer de se libérer en poussant un couinement aigu.

« Tu vas le tuer ? » demanda Deepa en jetant à l'animal un regard horrifié. Ce n'était pas un gros rat, mais il était bien charnu et semblait vigoureux. Il ne serait pas facile à tuer.

« Il reviendra dans la cuisine, sinon, dit Usha.

— Comment vas-tu t'y prendre ? »

Usha réfléchit, regarda l'animal se débattre et le remit dans le piège, dont elle referma la porte en attendant de trouver une solution.

Deepa se pencha sur le rat, qui courait en tous sens, cherchant comment sortir de la cage.

« Il n'a même pas peur.

— Peut-être qu'il sait qu'il ne va pas mourir.

— Tu ne vas pas le tuer ? s'exclama Deepa, surprise.

— Je vais peut-être devoir chercher de la mort-aux-rats, dit Usha, songeuse.

— Tu peux en trouver chez Jindal.

— Mais est-ce qu'il la mangera ?

— Si tu la mets dans la cage, peut-être ? suggéra Deepa.

— Si c'est un rat malin, il refusera de la manger.

— Peut-être que d'ici quelques jours il aura tellement faim que...

— Ou alors, on le laisse crever de faim.

— Ça prendra trop longtemps.

— On n'est pas pressées », dit Usha. Et elle rangea le piège derrière le brasero, remettant à plus tard le soin de résoudre le problème. Elle jeta un coup d'œil dans la cour et vit entrer le royal sahib, qui s'adressa à Amma.

« C'est le prince ! souffla-t-elle à Deepa.

— Mon Dieu, répondit celle-ci à voix basse. Qu'est-ce qu'il peut bien nous vouloir encore ? Amma a dit qu'elle ne lui laisserait pas voir le trésor.

— Peut-être qu'il est venu pour t'épouser, comme ça, il l'aura, le trésor.

— Tu parles ! fit Deepa, sentant l'ironie dans le ton d'Usha.

— Usha ! Hou hou, Usha ! Et où est Deepa ? cria Amma.

— Voilà, voilà ! » fit Deepa, et elle quitta en hâte la cuisine, Usha sur les talons.

Le royal sahib ne lui adressa même pas un regard cette fois-ci.

« Je ne comprends pas, disait-il. Lorsque je suis allé chez Madan Lal, le bijoutier, il m'a montré les bijoux, les pièces anciennes des cours royales. Il me les a montrées comme si elles étaient toutes à vendre. Et maintenant, il me dit qu'elles sont toutes vendues. C'est pourquoi je reviens vous voir.

— Toutes les pièces ? dit Amma, que cette nouvelle surprenait. Qui, à Mardpur, pourrait se permettre de les acheter ? » Elle se souvenait de la façon dubitative dont Madan Lal les avait regardées lorsqu'elle les lui avait apportées, de nombreuses années auparavant.

« Ici, je ne pourrai pas vendre des bijoux pareils, lui avait-il dit. Qui les achètera ? » Mais il n'avait pas hésité à les prendre, ne fût-ce que pour pouvoir les admirer lui-même.

« Qui sait, peut-être qu'un jour un prince très riche viendra ici et en prendra envie, avait dit Amma.

— Qui pourrait venir ici ? » avait répondu Madan Lal. Mais il avait tout de même acheté les bijoux, et depuis, il était à court d'argent. C'était l'une des raisons pour lesquelles son bungalow du quartier des Marchands était si décrépit.

« Tous les bijoux ? » répéta Amma. Elle percevait la colère du royal sahib, sa déception, et sa ferme résolution d'acquérir ces bijoux coûte que coûte.

« Les plus beaux. Il ne reste que quelques petites pièces.

— Ah, mais Madan Lal n'avait pas tant de bijoux que ça, de toute façon.

— Ainsi, vous en avez beaucoup ? Beaucoup plus que je n'en ai vu chez lui ? » dit le royal sahib, sautant sur ce qu'elle venait de dire.

Amma perçut le désir de possession qui gonflait la poitrine du jeune homme.

« Bien sûr. Pendant de nombreuses années, j'ai travaillé aux côtés de mon mari dans les cours royales. On nous récompensait pour les services rendus.

— Maintenant, il ne me reste plus qu'une seule solution : que vous me montriez les bijoux en votre possession.

— Ils ne sont pas à vendre, dit Amma. Vous n'avez pas demandé à Madan Lal qui était cet acheteur ? Peut-être le nouveau propriétaire acceptera-t-il de vous les céder ?

— Le bijoutier a refusé de me donner cette information, dit le royal sahib, l'air pensif. Il a seulement dit qu'il s'agissait d'un vieil ami.

— C'est pour un mariage, peut-être ? » avança Amma. Puis, continuant ses réflexions à voix haute, elle dit : « Mais pour un mariage, on aurait acheté une ou deux parures, ou quelques-unes au plus. Madan Lal en avait beaucoup plus que cela.

— Il n'a rien dit, répondit le royal sahib, très troublé de ne pas avoir réussi à élucider le mystère. Quel que soit l'acheteur, il a dû faire une mise de fonds très importante pour acheter autant de belles pièces.

— Tout comme vous vouliez le faire vous-même, dit Amma, sarcastique.

— C'est ma foi vrai, admit le royal sahib. Mais aujourd'hui, la plupart des gens préfèrent investir dans l'immobilier. Les terrains deviennent très recherchés à Mardpur.

— Les bijoux sont un meilleur investissement, déclara catégoriquement Amma.

— C'est une affaire d'opinion.

— Pour une femme, il ne fait aucun doute que c'est le seul investissement possible. Nous ne pouvons porter des terrains autour du cou. Quant à nos frères, ils ne voudraient pas porter nos colliers ni nos boucles d'oreilles. Ces bijoux doivent rester aux mains d'une femme, dit Amma.

— Je n'en disconviens pas. C'est pourquoi je suis ici, parce que moi aussi je pense que les bijoux sont un bon investissement. »

Mais Amma savait que ce n'était pas le véritable motif : le royal sahib voulait les bijoux parce qu'une fois qu'il avait jeté son dévolu sur quelque chose, il le lui fallait.

« En effet, mais personne d'autre que vous n'est venu me les demander. Vous êtes le seul.

— Je dois m'estimer heureux qu'il n'y ait pas de concurrence sur ce point, dit le royal sahib d'une voix chargée d'ironie.

— Les pièces que possédait Madan Lal étaient sur le marché ; il pouvait les vendre à qui les demandait, précisa Amma. Les miennes ne sont à vendre à aucun prix, répéta-t-elle.

— Montrez-moi seulement à côté de quoi je passe. Après quoi je pourrai partir, insista le royal sahib, s'efforçant d'amadouer son interlocutrice.

— Vous ne passez à côté de rien du tout, dit Amma en secouant la tête. Tant que ces bijoux restent cachés, personne n'en prendra envie. Ne vous tracassez pas, car je ne vendrai à personne d'autre. Ces bijoux n'ont aucun rôle à jouer tant que la bonne heure n'aura pas sonné. »

Le royal sahib soupira et secoua la tête, excédé, puis se leva pour prendre congé.

« Ne partez pas si vite ! Vous prendrez bien du thé », dit aussitôt Amma. Elle n'avait aucune raison de manquer de courtoisie envers le royal sahib. « C'est la seconde fois que vous venez chez moi et je ne vous ai rien offert. Usha ! Hou hou, U-sha-aa ! Où est-elle passée, cette fille ? Elle se cache ! Va vite la chercher, Deepa. »

Mais Deepa ne semblait pas pressée d'obéir. Elle ne pouvait détacher les yeux du royal sahib. Sa façon de parler, ses manières et la façon gracieuse dont il était assis au bord du *charpoy* la fascinaient. Jamais elle n'avait vu un homme évoluer avec autant d'élégance. Elle se dit que jamais elle n'avait vu un être aussi beau et qu'elle n'en reverrait sans doute jamais un autre. A Mardpur, personne ne lui arrivait à la cheville. Elle voulait rester plus longtemps en sa présence. Oh, être enlevée par un prince tel que lui !

« Ne vous donnez pas cette peine, dit le royal sahib à Deepa. Il faut vraiment que je parte. » Elle décela une sollicitude et une gentillesse réelles dans sa voix. Cette voix douce, bien modulée, raffinée, et cette façon de parler si distinguée. Le Dr. Sharma lui-même ne parlait pas ainsi. Ni Govind.

« Je manque à tous mes devoirs..., insista Amma.

— Non, je vous assure, ce n'est vraiment pas la peine. Une prochaine fois, peut-être.

— Il n'y aura pas de prochaine fois, dit Amma.

— Il n'y a pas de raison pour que je ne revienne pas ? Ou bien refuseriez-vous de me laisser entrer ? dit-il, charmeur.

— Vous pourrez revenir quand vous le souhaiterez, dit Amma. Mais je ne serai plus là. »

Après le départ du royal sahib, Amma envoya Deepa à la recherche d'Usha. Deepa parcourut toute la maison en l'appelant, puis grimpa sur le toit, lieu où elle allait rarement en plein été. Là, elle trouva Usha qui se cachait derrièrc une pile de galettes de bouse, soigneusement empilées pour sécher au soleil. La petite avait prestement tiré des galettes autour d'elle, mais au milieu, Deepa repéra le bleu passé de son *salwar-kameez*.

« Tu peux descendre. Il est parti et Amma est en colère parce que tu es allée te cacher, annonça Deepa d'une voix sévère.

— Il ne me plaît pas, cet homme-là, déclara Usha en sortant la tête.

— Tu es *baoli*. Il est très beau. Je crois que c'est un prince. Tu as vu sa démarche ? Harmonieuse ! On aurait dit Rama en train de se promener dans la forêt. » Deepa mima gracieusement une démarche telle que l'eût interprétée une danseuse.

« Il ne marche pas comme ça, dit Usha, intraitable.

— Et ses cheveux ! poursuivit Deepa, qui fit mine de repousser de la main une crinière imaginaire lui retombant sur le front. Et ses doigts, si longs et si fins. »

Usha la regarda, incrédule. Que de détails elle avait laissés passer en regardant le royal sahib !

Deepa s'accroupit par terre et dit d'une voix rêveuse : « C'est un prince comme ça que je voudrais épouser.

— Un prince comme ça demandera une trop grosse dot, dit Usha.

— Il demande tout le trésor d'Amma.

— Il est drôlement gourmand. »

Deepa revint sur terre.

« Bien entendu, il faudra que j'épouse le garçon que ma mère m'aura choisi. Mais si je pouvais trouver le trésor... Après tout, c'est le trésor des rois, et je pourrais l'emmener au prince et... »

Usha sortit de derrière sa pile de galettes et regarda Deepa d'un drôle d'air.

« Le trésor, il faut que tu le gardes pour toi. Même si tu te maries, tu ne pourras pas le lui donner. Tu dois le garder pour tes filles, comme Amma l'a gardé pour ta mère et pour toi.

— A quoi me servira-t-il, alors, si je ne peux pas épouser l'homme que je veux ? demanda Deepa. De toute façon, poursuivit-elle, je ne trouverai jamais le trésor. Amma ne veut pas me dire où il est.

— Le prince reviendra le chercher quand Amma sera morte, chuchota Usha.

— Où le trouvera-t-il ?

— Il creusera par-ci, par-là, et il démolira tous les murs de la maison.

— C'est impossible, rétorqua Deepa, parce qu'Amma a toujours dit que je suis la seule à pouvoir le trouver. Et toi, Usha, tu pourras m'aider à le protéger.

— Je ne sais pas où il est, dit Usha en haussant les épaules.

— Mais tu peux demander à tous tes amis *bhooths* de veiller dessus pour moi et de ne laisser personne s'approcher de lui. Tu es très amie avec ces *bhooths*, ils t'écouteront.

— Même les *bhooths* ne savent pas où il est, ce trésor », déclara Usha avec conviction.

57

Une odeur fraîche et aigrelette de babeurre emplissait la cour pendant qu'Usha barattait la crème. Elle imprimait un mouvement régulier aux cordes qui actionnaient le manche du batteur, produisant un ronflement rythmé. Deepa était assise sur le *charpoy* d'Amma, un nouveau cahier ouvert sur les genoux. Il était vierge. Amma écossait des petits pois qui tintaient contre le bol en métal où elle les mettait. Une brise légère se lcva. Deepa la sentit lui caresser les cheveux, puis faire bruire les feuilles de basilic séchées qu'Usha avait suspendues au-dessus des embrasures des portes. L'odeur des mangues en train de confire dans l'huile venait flotter dans la cour et chassait la poussière, qui passait dans les pièces environnantes.

Amma soupira et se renversa dans son *charpoy*, comme si ce simple épluchage suffisait à la fatiguer. Deepa la regarda avec une sollicitude inquiète. Elle posa son cahier et s'allongea à côté de sa grand-mère.

« Tu ne te sens pas bien, Amma ? » demanda-t-elle en touchant le front ridé, qui était chaud. Mais c'était la chaleur normale d'Amma et non un signe de fièvre. De si près, Deepa sentait l'odeur de moutarde douce dont était imprégné le *dhoti* de sa grand-mère.

« Allons au temple, dit celle-ci. Cela fait un certain

temps que je n'y suis pas allée. Je reste toute la journée enfermée dans cette maison.

— Mais tu es fatiguée, protesta Deepa.

— Fatiguée d'être toujours assise au même endroit. Qu'est-ce que je fais sinon rester clouée sur le même *charpoy*, et à quoi je pense ? A mes voyages, à toutes les différentes régions du pays que j'ai visitées. Mais combien de temps pourrai-je rester assise à rêver du passé ? Il faut que je sorte et que je sente d'autres vents sur ma peau, que j'entende d'autres voix.

— Tu ne dois pas te fatiguer.

— Quelque chose m'appelle au temple », dit Amma en relevant la tête et en reniflant l'air.

Deepa avait beau être habituée à ce que sa grand-mère voie et sente les choses de loin, elle se demanda si on pouvait sentir l'odeur d'un appel. Elle éprouva un pincement de crainte irrationnelle et se demanda si cette envie subite de se rendre au temple n'était pas une de ces lubies de vieilles personnes dont elle avait entendu parler. Elles voulaient voir des choses familières, et s'entourer de visages familiers avant de quitter finalement cette terre. Deepa regarda sa grand-mère, prête à sortir, impatiente de retrouver les lieux familiers où elle n'était pas allée depuis son accident, et elle repoussa la petite peur à la périphérie de son cœur, en souhaitant de toutes ses forces la chasser.

« Appelle Usha, dit Amma d'un ton résolu. Dis-lui d'aller tout de suite me chercher un *dhoti* propre, un blanc, dans le coffre gris. »

Deepa s'appuya contre la porte grillagée de la cuisine et regarda la natte d'Usha se balancer en ondulant dans son dos tandis qu'elle tirait sur la corde alternativement de droite et de gauche, les pieds calés contre la jarre en terre cuite. L'odeur du babeurre montait, forte et acide, et couvrait celle, plus familière, des confits.

« Amma veut aller au temple, annonça Deepa à la natte ondulante.

— D'ici une minute, le beurre sera prêt », dit Usha sans modifier son rythme. Elle ne parut pas trouver la demande d'Amma le moins du monde surprenante. Peut-être ne l'était-elle pas, pensa Deepa. Elle essaya de se détendre et s'accroupit à côté d'Usha, les bras autour des genoux, le menton sur les bras, pour écouter le lait battre contre la paroi de la jarre.

« Raconte-moi une histoire de Baoli, fit Deepa d'un ton qui ressemblait plus à un ordre qu'à une prière.

— On n'a pas le temps, si Amma veut aller au temple, répondit Usha sans se retourner.

— Si, en attendant que ton beurre soit prêt », insista Deepa.

Usha prit quelques instants pour rassembler ses idées puis commença : « Un jour, Baoli a vu que Jhotta ne donnait pas de lait et qu'elle maigrissait à vue d'œil. Alors elle s'est dit : "Cette jhotta va mourir. Il faut que je m'en trouve une autre." Mais avant qu'elle ait eu le temps de rien faire, Jhotta est morte. Alors Baoli est devenue *baoli* de chagrin. Elle s'est mise à crier : "Espèce d'idiote, pourquoi est-ce que tu es morte avant que j'aie acheté une autre bufflonne ?" Et le *bhooth* de Jhotta lui a répondu : "C'est ton karma de me pleurer." Mais sa Jhotta lui manquait, alors elle a essayé d'en trouver une autre à acheter, seulement elle était persuadée que jamais elle ne serait aussi heureuse avec une autre qu'avec sa Jhotta. Et le chagrin l'a rendue encore plus *baoli* et finalement elle est morte.

"Baoli Maai, Baoli Maai,
Kahan se hai ?
Koi jan na paai."

— Elle est finie, ton histoire ? demanda Deepa.

— Oui.

— Mais peut-être que le *bhooth* de Baoli rencontrera celui de Jhotta et qu'ils seront heureux de nouveau ? hasarda Deepa.

— Non, répondit Usha. Ça ne peut pas se passer comme ça.

— Pourquoi ?

— Parce que Baoli est *baoli*, et qu'elle ne veut pas être heureuse. »

Deepa réfléchit encore un peu.

« C'est le destin qui a voulu que sa première Jhotta meure, mais c'était d'elle qu'il dépendait d'être heureuse. Ça, ce n'est pas Dieu qui en décide.

— Il y a des gens qui trouvent que telle ou telle personne est plus belle que telle ou telle autre. Même si ce n'est pas vrai. Par exemple, toi, tu trouves que tel prince est beau et que tu ne peux pas vivre sans lui. Eh bien, Baoli ne pouvait pas être heureuse sans sa belle Jhotta.

— Et si sa Jhotta était irremplaçable ? Si elle ne pouvait se trouver aucune autre bufflonne ? Il lui était impossible d'être heureuse dans ces conditions.

— Rien ni personne n'est irremplaçable », répondit Usha.

Si, mon Amma est irremplaçable, pensa Deepa. Et elle se demanda comment elle pourrait être heureuse si sa grand-mère s'en allait.

Quand le beurre fut prêt, Usha alla chercher le *dhoti* propre d'Amma dans le coffre gris. Deepa regarda sa grand-mère s'enrouler dans son *dhoti* et plier le tissu, le rentrer, le draper et l'arranger avec des gestes étrangement gracieux et des mains qui savaient exactement où devait tomber chaque pli. Deepa posa une grosse *bindi* rouge sur le front que lui tendait Amma, entre les yeux aveugles aux paupières frémissantes.

« Elle est bien au milieu ? demanda Deepa en tournant la tête de côté pour voir si la mouche était à distance égale des minces sourcils d'Amma.

Amma plissa le front en tous sens comme pour sentir le bord du petit rond de feutre, puis, pour faire bonne mesure, elle passa dessus le bout de son index.

« Parfait », annonça-t-elle.

Usha l'aida à mettre ses *chappals*. Elle rajusta d'abord les anneaux sur ses doigts de pied avant d'enfiler les *chappals* sur ses pieds robustes, puis sortit en courant pour chercher un cyclo-pousse et le faire venir à la porte. Pendant ce temps-là, Deepa attendait avec Amma, assise sur le *charpoy*. Elle remarqua le cahier abandonné et le ramassa.

« Nous n'avons rien écrit aujourd'hui.

— Je sens que Raman est trop occupé à d'autres choses. Voilà pourquoi nous allons au temple, dit Amma de façon sibylline.

— Le père de Bharathi sera là ?

— Oui. »

Deepa commençait à comprendre. Quelque chose bloquait les messages de Raman. Il fallait qu'Amma s'approche de lui. Mais Deepa, qui avait aidé avec tant d'enthousiasme sa grand-mère à écrire et à réécrire les aventures de Jagat Singh, traînait les pieds à présent. Pourquoi se presser ? Chaque nouveau cahier les rapprochait de la fin de l'histoire. Et Amma avait dit que lorsque le récit toucherait à sa fin, son rôle ici-bas serait terminé.

« Amma...

— Oui, *beti* ? »

Deepa réfléchit et songea : « Elle doit savoir ce que je vais dire. »

« Qu'est-ce qui se passera si nous n'avons pas fini d'écrire l'histoire avant que...

— Avant que je ne m'en aille ? »

Ainsi, elle savait.

« Oui.

— Elle sera terminée, parce que c'est pour cela que je suis dans cette vie-ci. »

Deepa la regarda. Comparée à la femme vigoureuse et active qu'était jadis Amma, elle paraissait bien vieille et bien faible. Comment se pouvait-il que son but soit de mener à bien cette tâche ?

« Comment se fait-il que tu sois ici seulement pour cela, pour finir cette histoire, et non pour rester avec moi ?

— Ta vie ne sera pas avec moi. Tandis que sans moi, cette histoire ne pourra pas s'écrire. »

Comment se peut-il qu'une histoire ait plus d'importance pour Amma que sa propre petite-fille ? se demanda Deepa.

« Le père de Bharathi n'a qu'à l'écrire lui-même ! Elle ne m'intéresse plus, cette histoire, s'écria Deepa d'une voix aiguë, car la peur lui mordait à nouveau le cœur.

— Il ne peut pas écrire sans nous, et nous ne pouvons pas écrire sans lui. »

Deepa sentit les larmes lui piquer les yeux. Elle prit le cahier et courut le ranger dans le coffre rouge.

Tandis qu'elle était penchée sur le coffre empli de cahiers et de livres d'école, dans la pénombre de la pièce aux volets fermés, ce fut à Govind qu'elle pensa soudain. Elle revit l'expression qu'il avait eue en la regardant danser. Elle entendit sa voix lui parler de la mort de Dasji. Govind comprenait ce que la mort devait représenter pour une fille comme elle. Il comprenait qu'elle couperait les amarres qui la retenaient, l'attachant à Mardpur, et qu'elle la mettrait à la merci de son karma. Puis le visage de Govind se modifia, et prit le raffinement et la beauté de celui d'un prince. Il était devenu le royal sahib. Si seulement Govind avait été prince, mon prince, se dit-elle.

Usha arriva en courant pour annoncer que le cyclo-pousse attendait à la porte. Deepa s'en voulut d'avoir eu des pensées pareilles. *Dhut*, se dit-elle, furieuse. A quoi bon désirer quoi que ce soit, puisqu'en fin de compte je n'aurai rien du tout ? Et elle essuya l'unique larme qu'elle avait laissée rouler sur sa joue.

58

Après avoir quitté la maison de Madan Lal, Raman héla un cyclo-pousse, le sac de toile serré sur la poitrine. Il demanda au conducteur de faire quelques détours dans le quartier des Marchands afin d'éviter la maison de son frère, puis de l'emmener au temple de Vishnou Narayan. Il voulait y faire un saut pour implorer la bénédiction de la divinité avant de rentrer chez lui. Il ne s'arrêterait même pas pour parler à Satyanarayan. En tout cas, pas longtemps. Juste le temps nécessaire pour ne pas avoir l'air trop pressé de partir.

Il paya le conducteur et monta à la hâte les marches du temple. La voix de Satyanarayan lui parvint, avec une autre, une voix plus âgée, familière, douce et mesurée. Il jeta un regard à la dérobée vers le banian. C'était bien Amma qui était assise en face du brahmane. Un événement rare. Il y avait quelque temps qu'on n'avait pas vu Amma en ville ou dans les alentours de Mardpur. La vie retirée qu'elle menait augmentait encore son prestige de *Bhootni Maai* redoutée, encore que Raman n'eût plus du tout peur d'elle. Il la considérait comme une femme bien réelle, chaleureuse même, sans rien chez elle qui suggérât un commerce avec les esprits. Il savait qu'elle menait une vie de recluse par nécessité plus que par goût.

« Ce que je voudrais, c'est un *puja* dont je puisse me souvenir dans ma prochaine vie, car j'en ai presque fini avec celle-ci, disait Amma.

— Ammaji, c'est aux dieux qu'il appartient de décider ce que tu apprends dans une vie et emmènes dans l'autre », répondit Satyanarayan, qui n'osait toutefois pas parler trop sévèrement à la veuve d'un brahmane respecté, d'un grand *rajguru*. « Je ne peux pas t'aider à cet égard. Nous renaissons afin d'effacer ce qui s'est produit auparavant et d'avoir une autre chance d'apprendre toutes les leçons de l'existence. Même si cela signifie que nous répéterons les mêmes erreurs. C'est ce que nous disent les textes sacrés. Quand on renaît, on recommence tout à nouveau.

— Tu as raison. A quoi nous serviraient des souvenirs dans notre vie future ? dit Amma, souriant sous cape.

— Et de plus, s'il existait un *puja* aussi mémorable, pourquoi reviendrait-on sur terre ? Chaque soir, je celèbre l'*aarti* ici pour les gens qui ne veulent pas se souvenir de leur vie précédente.

— Il me faudrait donc un *puja* dont je me souvienne pendant le reste de la journée, dit Amma, souriant toujours.

— Pour cela, j'ai besoin de camphre, dit Satyanarayan, sachant que les parfums qu'elle respirait pendant le rituel étaient importants pour Amma. Je ne m'en sers pas souvent. J'en ai à l'intérieur du temple. Je vais le chercher. »

Il se releva maladroitement, rajusta son cordon de brahmane et se dirigea vers la petite annexe derrière le temple qui lui servait à la fois d'humble demeure et de réserve pour tous les accessoires des rituels : védiques, ayurvédiques ou astrologiques. Raman s'écarta pour le laisser passer. Mais ce fut à peine si le prêtre, dans sa hâte, répondit à son geste courtois.

Tandis que s'éloignait la forte présence charismatique de Satyanarayan, Amma sentit s'éveiller Jagat Singh, personnage qui, s'il n'était pas réel, avait la ferme intention de ne pas se laisser ignorer. Cela indiquait sans aucun doute possible que Raman n'était pas loin. Avant même que Jagat Singh surgisse dans sa conscience, Amma sentit que quelqu'un se trouvait là, bien que Raman n'eût prononcé aucune parole. Elle sentit le sac de pommes de terre, où l'odeur de l'amidon se mêlait à celle de la terre fraîche, et fut un peu intriguée, car ce n'était pas tout. Il y avait aussi quelque chose de vieux, de piquant et de métallique, et pourtant plus doux que le fer ou l'acier. De l'or. Du vieil or, car il s'en dégageait une légère odeur de renfermé. Pendant qu'Amma se concentrait sur l'odeur de l'or, elle perçut le flamboiement de multiples couleurs qui semblaient envoyer tout leur éclat vers elle, avec une telle force qu'elle eut l'impression de pouvoir attraper les rayons dans ses mains. A resplendir et scintiller ainsi, ils ne pouvaient venir que des cours royales, se dit-elle.

Ces bijoux lui envoyaient des messages si forts qu'elle comprit que même tant d'années après qu'elle se fut séparée d'eux, ils conservaient quelque chose d'elle. C'étaient les bijoux qu'elle avait vendus à Madan Lal. Ainsi, le royal sahib avait dit vrai. Quelqu'un d'autre les avait achetés. Et cette autre personne se tenait tout près.

« Ramanji ! La *raita* de ma Jhotta ne te manque donc pas en ce moment ? lança-t-elle.

— Oh si, j'y pense tous les jours », répondit Raman,

qui s'était demandé s'il devait adresser la parole à Amma, mais avait préféré s'abstenir, se disant qu'il ne fallait pas la prendre par surprise en parlant brusquement. Les aveugles n'aimaient pas ça. Ils appréciaient qu'on les prévienne par un bruissement, un froissement, une toux, le crissement d'un ongle sur la peau calleuse d'un talon. Il aurait dû se douter qu'Amma était toujours avertie par l'attention exacerbée qu'elle portait à ce qui l'entourait, et même à beaucoup de choses qui ne se trouvaient pas dans son entourage immédiat, du moins pas encore.

« Alors, viens chez moi et tu en emporteras. Nous en avons trop !

— C'est promis, dit Raman, s'efforçant de ne pas laisser paraître la tiédeur de son enthousiasme pour la *raita*.

— Pourquoi pas aujourd'hui ? demanda Amma. Qu'est-ce que tu attends ? Nous en avons trop tous les jours, alors, partage avec nous. »

Raman ne put trouver d'excuse. Il ne pouvait parler des bijoux à Amma, même pendant ces instants où ils étaient censés être seuls – il avait vu Deepa s'éloigner à quelque distance entre les arbres, hors de portée de voix. Il voulait emporter les bijoux chez lui et les mettre en sûreté dans la cavité sous son *palang*. Il ne tenait pas à circuler dans Mardpur avec le précieux sac entre les mains.

« Ta femme aussi doit la regretter, la *raita*. Où peut-elle en trouver d'aussi bonne ? Au marché, ils l'allongent toujours avec de l'eau », continua Amma, gentiment persuasive.

C'était vrai, Kumud avait fait plusieurs fois allusion à la *raita*. De façon appuyée, même. Raman frissonna légèrement. Il se rendait compte qu'il échangeait des banalités avec Amma, non pas seulement parce qu'il avait cessé de croire à l'efficacité de la *raita* – en vérité, il n'y avait pas pensé de plusieurs jours –, mais parce qu'il sentait que les paroles de son interlocutrice cachaient autre chose.

« Ramanji, puis-je te demander ce qu'il y a dans ce sac ? »

La remarque tomba si brusquement qu'elle prit Raman au dépourvu. Il regarda son sac gonflé : les pommes de terre en haut et, dessous, les écrins de velours dont les coins faisaient saillie, et il comprit qu'il avait devant lui la seule personne à qui il ne pouvait cacher son secret.

« Seulement des pommes de terre, dit-il avec circonspection, ne sachant si la vision d'Amma avait déjà pénétré au fond du sac.

— Seulement des pommes de terre ? » répéta Amma. Elle hocha la tête. Voilà donc ce qui expliquait l'odeur de terre et d'amidon. Mais il y avait autre chose.

« Et sous les pommes de terre ?

— Il devrait y avoir quelque chose sous les pommes de terre ?

— Disons seulement que c'est tant mieux si c'est toi qui as ces bijoux, et non cet étranger qui se prend pour un prince et qui est arrivé à Mardpur en quête de je ne sais quoi.

— L'étranger ?

— Je ne sais pas jusqu'où il est prêt à aller pour mettre la main sur le trésor des cours royales. Il n'a pas l'habitude qu'on lui résiste. Il n'a pas l'habitude de se soucier des autres. Jusqu'où peut-il aller, cela, je l'ignore. »

Raman commença à éprouver une certaine appréhension.

« Il ne sait pas...

— Je ne dirai rien à personne. Mais que veux-tu faire de ces bijoux, Ramanji ? ajouta-t-elle en baissant la voix.

— Je ne sais pas », dit Raman, mal à l'aise. Il comprenait à peine ses propres actions. C'était une folie, une sottise, ou les deux, que d'avoir dépensé une telle somme pour acquérir ces joyaux alors que Laxman avait déjà pris sur lui d'acheter les bijoux de noces de Meera et de Mamta. Pendant un moment, il s'était persuadé que les bijoux étaient destinés à ses filles, comme l'exigeait son devoir de père. Il s'était persuadé qu'en les achetant il ne décevrait pas Kumud. Mais en réalité, s'il avait hypothéqué le jardin aux lychees afin de les acheter, c'était pour d'autres motifs.

« Je veux les garder comme... comme investissement », dit-il. Son explication lui parut boiteuse, bien que curieusement, ce fût la vérité : car il avait du mal à mentir en face d'Amma. Comprendrait-elle ce qu'il voulait dire ? Personne ne trouvait bizarre qu'il eût à payer une très forte somme pour une dot. De nombreuses familles en versaient de plus grosses encore pour la dot de leur fille sans que personne considère cela comme une folie ou une bêtise. Pourtant, sortir une grosse somme pour investir dans ces bijoux était à coup sûr l'acte d'un insensé.

« C'est un bon investissement », dit Amma en hochant la tête.

Raman pensa qu'elle allait lui demander où il avait trouvé tant d'argent pour acheter de pareils trésors, et il ne savait trop quoi répondre.

La question traversa l'esprit d'Amma en même temps que celui de Raman, mais elle s'abstint de la poser. Lui demander directement où il avait trouvé les fonds semblerait par trop impertinent. Elle changea de sujet : « Dis-moi, Ramanji, où en est Jagat Singh ?

Après la *morcha*, l'as-tu envoyé en prison ? Après tout, il a tué un homme.

— Je ne sais pas à quoi ressemble l'intérieur d'une prison », dit Raman en manière d'excuse. De fait, il avait bien prévu d'écrouer son contrebandier, seulement il n'osait pas dire à Amma qu'il n'avait plus besoin d'écrire le livre maintenant qu'il avait payé sa part de la dot. Peut-être Amma le sait-elle déjà, pensa-t-il. Mais rien chez Amma ne l'indiquait. Elle insista, entrant dans les détails des aventures de Jagat Singh, ramenant Raman à l'histoire qu'il avait espéré abandonner, le remettant malgré lui sur les rails.

« Il fait très sombre. La lumière entre par une petite fenêtre haut perchée. Imagine quelques rayons de soleil qui entrent...

— Je commence à m'imaginer le décor », dit Raman, intrigué. Il lui suffisait de parler à Amma pour que son désir de continuer l'histoire revienne. Amma avait ressuscité quelque chose en lui. Il l'écouta, impatient d'en entendre davantage. Mais à peine avait-elle commencé qu'elle s'arrêta.

« Voilà Satyanarayan », dit-elle, sentant Jagat Singh disparaître à nouveau.

Raman leva les yeux, surpris. Il ne voyait pas Satyanarayan. Ce ne fut qu'au bout d'un moment que le brahmane sortit de l'annexe et se dirigea vers eux.

« Viens chez moi et nous discuterons. Après tout, il ne faut pas parler de la prison dans la maison de Dieu », poursuivit Amma. Elle savait que maintenant que les bijoux étaient entre les mains de Raman, l'histoire de Jagat Singh serait terminée plus vite qu'elle n'aurait pu l'imaginer, plus vite qu'avec les allées et venues des *baltis* de *raita*, qui ne portaient sur eux que de faibles traces de la façon dont s'organisaient les pensées de Raman. Maintenant, elle serait capable de lire dans son esprit comme dans un livre ouvert. Par le truchement des bijoux, elle serait reliée à lui.

Pendant quelques secondes encore, elle sentit les vibrations de Jagat Singh tandis que Satyanarayan faisait les préparatifs de la *puja*, jusqu'à ce qu'il allume le cube de camphre qui emplit l'air d'un parfum si piquant, si tonique et si rafraîchissant qu'il chassa de l'esprit d'Amma toute autre pensée, ce qui était précisément le but de l'opération, la forçant à se concentrer entièrement sur le déroulement du rituel du soir.

Raman regarda la cérémonie. Usha et Deepa, qui jusque-là se promenaient dans le jardin, arrivèrent en courant lorsqu'elles virent Satyanarayan allumer ses lampes. L'odeur fraîche et aromatique du camphre qui brûlait les calma tous, comme la psalmodie monotone du brahmane, accompagnée du bruit cristallin d'une petite clochette. Ce ne fut que plus tard, lorsque Satyanarayan leur tendit des pétales de fleurs à porter à l'intérieur pour les jeter sur les dieux, que Deepa parla à Raman, tandis qu'ils s'approchaient du temple.

« Oncle Raman, tu n'as pas fini d'écrire ton livre ? »

Elle paraissait soucieuse, effrayée même.

« Avec le mariage qui approche..., commença Raman, essayant de trouver une excuse.

— Il en reste encore beaucoup à écrire ?

— Pas tant que ça. » Et en lui répondant, il prit conscience qu'en fait il ne fallait plus grand-chose pour terminer l'histoire. Il n'y avait pas de raison de ne pas se hâter de l'écrire.

Deepa et Raman versèrent une pluie de pétales sur les divinités et en reçurent aussi sur eux, car Amma, qui les suivait, avait du mal à évaluer la distance.

« Mais ce sera fait, murmura Raman. Ce sera fait. »

Malgré l'argent qu'il avait obtenu en hypothéquant le jardin aux lychees, grâce à quoi il s'était cru dégagé de l'obligation de finir son livre, Raman savait qu'il mènerait son entreprise à terme. Il jeta un regard en biais à Deepa, espérant l'avoir rassurée. Mais elle levait sur lui des yeux écarquillés, emplis d'effroi ; les pétales roses glissaient lentement de ses mains soudain molles, tombaient sur ses pieds tandis qu'elle se tenait figée, oublieuse des dieux qui veillaient sur elle.

59

Raman se demanda s'il devait agrandir la cavité sous le *palang* ou en creuser une autre ailleurs. Quelle que soit la solution qu'il adopterait pour trouver une cachette satisfaisante, il devrait de toute façon attendre que le mariage ait eu lieu. Mistry, le charpentier, faisait des réparations dans le bungalow. Que se passerait-il s'il regardait par la fenêtre de la chambre et voyait Raman gratter et creuser ? Tout le monde se douterait aussitôt qu'il essayait de cacher un objet de valeur. Et puis il y avait Kumud. Il ne se sentait pas encore capable de lui révéler la vérité sur les bijoux. Il se demanda comment Amma avait fait pour si bien cacher son trésor que personne ne pouvait deviner où il était. Il se retrouvait en possession d'un grand trésor qui avait jadis été celui de la vieille femme, mais lui, il n'avait ni son aura ni son mystère. Amma recelait en elle des trésors qui ne se limitaient pas à l'or des rois, loin de là, et il le savait.

Entre-temps, il ôta les bijoux de leurs écrins de velours. Il enveloppa soigneusement chaque pièce dans du papier de soie puis dans les coupons de soie qu'il rapportait parfois du Palais du Sari pour que Kumud s'en serve pour sa couture. La soie était fraîche au toucher et les bijoux, lourds. Cette sensation l'enchanta.

Il plaça les paquets enveloppés de soie dans le trou, des paquets aux couleurs vives et intenses : magenta, bleu cobalt, turquoise, des jaunes et des ocre, des vert émeraude profonds, qui convenaient beaucoup mieux au trésor que les boîtes de velours ternes qu'il cacha au fond de l'armoire en attendant de pouvoir les ranger dans la cavité. Il remit le carreau en place et repoussa le lit.

Cet après-midi-là, Raman s'acheta sa bicyclette neuve. Il descendit chez Jetco à l'arrière du scooter de Gulbachan, qui allait cahin-caha et protestait, crachotant et pétaradant encore plus fort que pendant les plus grosses pluies. A plusieurs reprises, Raman crut sa dernière heure arrivée lorsque le scooter trembla en laissant échapper un bruit d'explosion. Gulbachan le maîtrisa et réussit à rester sur la route, pratiquement sans dévier, malgré les pétarades et crachotements de l'engin.

« Ce n'est qu'une implosion », plaisanta-t-il après qu'un « bang » bruyant eut fait se dresser sur la tête les cheveux de Raman, le forçant à s'accrocher fermement au correspondant de la PTI pour ne pas dégringoler de peur.

« En fait, c'est moi qui devrais m'acheter une bicyclette neuve, parce que mon pouêt-pouêt n'est plus de la première jeunesse.

— Il ne marche pas si mal que ça, se hâta de dire Raman, craignant que ceci ne signifie que Gulbachan s'était ravisé à propos de la bicyclette et préférait utiliser l'argent pour s'acheter un nouveau scooter.

— Mon pouêt-pouêt, je l'ai emmené au garage de Kushwant, et Tejpal le chauffeur m'a dit que tout était normal », dit Gulbachan, faisant un écart pour éviter un buffle en traversant le carrefour à Kumar Junction. Puis il prit la direction de Jetco.

« Alors je lui ai dit : “Ecoute, il fait pouêt-pouêt-pouêt. Ce n’est pas normal.” Mais Tejpal m’a répondu : “Les moteurs font pouêt-pouêt comme les corbeaux font croa-croa. Tu ne peux les faire taire qu’une fois morts. ”

— Ça, c’est la nouvelle technologie », dit Raman, qu’un nouveau « bang » faillit faire tomber du scooter. Il en perdit le fil de ses idées, qui tournaient autour d’un des récents sermons de Satyanarayan, et ne conserva que l’image du brahmane.

« Peut-être que vous devriez montrer ce scooter à Satyanarayan pour qu’il lui fasse une *dava* ayurvédique ! » dit-il.

Gulbachan éclata de rire et Raman se sentit fier de sa plaisanterie.

« Satyanarayan ? Il croit encore à l’Ayurvéda ? demanda Gulbachan.

— Satyanarayan s’y connaît très bien en matière d’Ayurvéda, affirma Raman.

— J’ai entendu dire que ces temps-ci le swami Satyanarayan n’a plus que le progrès de Mardpur à la bouche. Il ne parle plus des *shastras*, des Védas, de la connaissance et du salut.

— Le progrès est une bonne chose, non ?

— N’est-ce pas au brahmane de s’attacher à maintenir la tradition ? S’il ne le faisait pas, alors, vous autres les *banias*, vous pourriez aussi devenir prêtres. Ce qui serait un progrès, si le swami Satyanarayna laissait faire. Est-ce qu’il prendrait ton Shanker comme *chela* ? Jamais ! Il aime bien trop le pouvoir.

— Oui, mais il possède la connaissance, dit Raman, qui trouvait que Gulbachan commençait à parler comme Vaman. Certains ont soif de puissance alors qu’ils ne possèdent même pas les lumières de la connaissance.

— Tu parles d’un progrès ! s’esclaffa Gulbachan.

Avec le peu de lumière qu'il obtient de ses lampes en argile, ce n'est pas étonnant qu'il recherche de la puissance pour mieux les faire marcher, ses lampes ! »

Raman se demandait comment continuer à défendre encore Satyanarayan, lorsqu'un « bang » bruyant chassa l'idée de son esprit. Le scooter trembla, puis s'arrêta. Malgré tous ses efforts, Gulbachan ne parvint pas à le refaire démarrer.

« Enfin, nous ne sommes pas loin de Jetco, dit-il en poussant son engin. Nous irons à pied.

— Cela ne me dérange pas, dit Raman. Je circule toujours à pied.

— Heureusement que l'homme n'a pas oublié comment marcher après avoir inventé la bicyclette, le scooter, la voiture et l'autobus, dit Gulbachan. Quand on avance sur la route du progrès, il ne faut pas oublier son point de départ. »

Raman eut l'impression que Gulbachan parlait encore de Satyanarayan.

Chez Jetco, ils examinèrent soigneusement plusieurs bicyclettes avant de choisir le modèle Atlas noir au cadre haut. Raman repartit de Jetco sur son vélo, dont il était fier malgré lui, et laissa loin derrière Gulbachan, qui essayait de convaincre son scooter crachotant et pétaradant de bien vouloir démarrer.

Raman roula sur les pierres sèches qui bosselaient la route et savoura le mouvement fluide de la bicyclette bien huilée. Les Atlas sont vraiment les meilleures, pensa-t-il. Il n'y a pas mieux. Comment avait-il pu s'en passer si longtemps ? Bien sûr, pendant les pluies de la mousson, une bicyclette ne servait pas à grand-chose, mais quel bonheur de pédaler à l'ombre des arbres et de circuler sans se soucier du plus court chemin dans la partie la plus verdoyante du quartier des Marchands !

Perché sur son vélo, Raman aperçut la silhouette familière du vieux Madan Lal qui retournait à son magasin après la sieste, un journal sous le bras.

« Hou, hou, Madan Lalji ! » s'écria gaiement Raman, actionnant sa sonnette dont le son clair lui plut. La rouille ne l'avait pas encore assourdi.

Madan Lal leva les yeux au moment où Raman s'arrêta, mettant un pied sur le sol meuble pour garder l'équilibre. Le bijoutier nota d'un coup d'œil rapide la bicyclette au guidon luisant, à la chaîne fraîchement huilée et au cadre encore protégé par son emballage de carton ondulé.

« *Ram, Ram !* dit Madan Lal en guise de salut. Tu dois avoir touché une grosse dot, avec tous les achats que tu fais ! Tu es sûr que ce ne sont pas des fils que tu maries le mois prochain, et non des filles ? plaisanta-t-il.

— Je t'en prie ! dit Raman, qui le fit taire en lui jetant d'un coup d'œil grave. Personne n'a besoin d'être au courant de mes investissements. J'y ai mis tout mon argent.

— Oh, bien sûr, s'empressa de répondre Madan Lal, qui ne voulait pas que Raman s'imagine qu'il puisse jamais trahir une confidence. C'est de ta bicyclette que je parle – et il baissa la voix pour que seul Raman puisse l'entendre –, pas des bijoux.

— C'est avec la cagnotte de la PTI qu'on m'a acheté cette bicyclette. J'en suis reconnaissant à Gulbachan. »

Madan Lal passa un doigt sur la partie découverte du guidon et constata qu'il n'y avait pas de poussière dessus. Raman n'était même pas encore rentré chez lui avec sa bicyclette neuve.

« Gulbachan doit avoir quelque chose à te demander s'il t'achète une bicyclette neuve ! »

Raman essaya d'éluder la question en riant.

« Qui sait ?

— Peut-être vais-je pouvoir éclaircir ce point », dit Madan Lal. Il prit son journal sous son bras, le déplia et désigna un petit encadré dont le titre était : « On demande quelqu'un qui sache bien écrire », et, dessous, en plus petits caractères : « et qui possède le sens de l'histoire. » En lisant l'annonce, Raman tiqua. Qui à Mardpur pourrait correspondre à une description pareille ? Personne ne serait à la hauteur, hormis Gulbachan lui-même. Malgré tout, Raman savait que tous les étudiants sortis de l'institut d'études supérieures de la ville et de celui de la Mission poseraient leur candidature, comme à n'importe quelle autre offre d'emploi parue dans le journal. Il se demanda combien de temps il faudrait à Gulbachan pour trier les candidatures, et s'il se donnerait la peine d'interviewer plusieurs candidats. Cela le surprenait de voir que son patron était si vite passé à l'action. Il rendit le journal à Madan Lal. « Alors comme ça, dit le bijoutier, résumant la situation avec une précision remarquable, on dirait que Gulbachan prend sa retraite. Peut-être qu'il t'a donné une bicyclette neuve en remerciement de tes bons et loyaux services. » Et Madan Lal ponctua sa remarque d'un petit rire, sachant aussi bien que Raman que la chose était peu probable.

Raman se permit un sourire mi-figue, mi-raisin.

« C'est une bonne place, commenta Madan Lal en secouant son journal. Et il y a aussi le bungalow de la PTI, qui va attirer de nombreux candidats. La poste en attire déjà beaucoup, alors qu'elle n'offre que des appartements, pas un bungalow.

— Où est-il question du bungalow de la PTI ? » demanda Raman.

Madan Lal relut l'annonce avec attention du haut en bas et en diagonale.

« Tu as raison. On n'en parle pas. Peut-être que le gouvernement envisage de le vendre, ce bungalow. Tout le monde vend la propriété foncière, de nos jours. Les Marwaris achètent tout.

— Le gouvernement ne connaît pas la situation de la propriété foncière à Mardpur, fit remarquer Raman.

— C'est vrai. Tu as raison », dit Madan Lal. Puis il soupira : « Il doit y avoir anguille sous roche. Un salaud de la PTI à Delhi a promis le bungalow à un parent. »

Raman garda le silence.

« Sans le bungalow de fonction, il y aura moins de candidatures à ce poste, poursuivit Madan Lal.

— Il y aura bien celle d'un jeune homme qui habite chez ses parents », avança Raman.

Madan Lal fit claquer sa langue : « On n'a pas tellement avantage à travailler avec un collègue plus jeune que soi, dit-il avec sympathie. Enfin, toujours est-il que maintenant, tu as ta bicyclette.

— L'ennui, c'est que comme on ne rajeunit pas, on risque toujours de travailler avec plus jeune que soi », dit Raman avec philosophie. Et il partit en pédalant en direction de la quincaillerie de Jindal.

60

Sudha-la-Pensionnée passa quelque temps à la quincaillerie de Jindal, à acheter une série d'articles figurant sur une liste, fort longue, qui commençait par des crochets à rideaux et se terminait par une batterie de cuisine en acier inoxydable, un assortiment de *thalis* flambant neufs et des coupes en quantité suffisante pour un banquet.

« Avec tout ce dont tu as besoin, *bahen*, tu dois avoir bientôt un mariage dans la famille, non ? demanda Jindal, toujours très poli, même lorsqu'il se montrait curieux.

— Oui, tout est réglé, dit Sudha-la-Pensionnée, non sans satisfaction. Il faut que je fasse un grand ménage, car il y aura beaucoup d'invités dans la maison. Et beaucoup de gens de Ghatpur, des industriels, des marchands. Tous des gens très très importants.

— *Wah*, Sudha *bahen* ! C'est un bon mariage que vous avez arrangé.

— Tu sais, nous appartenons à une bonne famille de Mardpur, les affaires marchent bien et nous avons une certaine influence parmi les négociants de saris de Ghatpur.

— Il y en a beaucoup là-bas.

— Nous les connaissons tous, dit-elle avec orgueil.

— Et la dot ? Excuse-moi de te poser la question. Tout le monde se plaint qu'elle augmente sans arrêt, et que la famille du garçon en veut toujours plus.

— Oh, la dot est très raisonnable. Nos filles ont une bonne éducation, au couvent, tu sais. Et le Sari Mahal est connu, même à Ghatpur, dit Sudha. Ils y tiennent mordicus, à ce mariage, et nous ont pratiquement forcé la main pour obtenir nos filles. Tant et si bien que nous n'avons pas pu refuser. J'ai dit à mon mari : "A quoi bon se presser ? Attendons qu'elles aient fini leurs études supérieures." Mais la famille des garçons, à Ghatpur, a poussé, poussé...

— Il y a eu beaucoup d'agitation à Ghatpur, fit remarquer Jindal.

— Oh, tout est terminé à présent, tout est oublié, dit Sudha-la-Pensionnée.

— Il y a même eu des magasins brûlés.

— Pour ça, le gouvernement les dédommage. Il verse des *lakhs*. Des *crores*, même. Ça permet de redémarrer avec un nouveau magasin.

— Ce n'est pas une mince affaire de redémarrer, fit remarquer Jindal. Enfin, tes filles ne seront pas loin, c'est déjà ça. Ce n'est pas loin par l'autocar. Et à présent, on élargit la route de Murgaon à Ghatpur.

— Ah oui ? » dit Sudha, surprise. Elle n'en avait pas entendu parler.

« Si, si, les terrains au-delà de la gare routière se vendent à des industriels marwaris de Ghatpur qui veulent y construire.

— Quoi donc, par exemple ?

— Des usines, des maisons, des magasins, des écoles. Ils appelleront cela Johdpuri Extension. Après ça, Mardpur et Murgaon ne formeront plus qu'une seule ville. Il leur suffira de développer aussi l'autre côté de Murgaon pour que Mardpur, Murgaon et Ghatpur ne soient plus qu'une très très grande agglomération. »

Sudha-la-Pensionnée sembla impressionnée. Mais d'un autre côté, la perspective de devenir un magasin de saris parmi d'autres dans l'agglomération Mardpur-Murgaon-Ghatpur avait beaucoup moins d'attraits que le fait d'être les seuls et uniques marchands de saris de Mardpur. Heureusement que nous concluons cette alliance, se dit Sudha, car il va bientôt y avoir beaucoup de concurrence dans le commerce des saris. Elle fit ses emplettes avec une énergie redoublée, se disant que l'avenir risquait d'être moins rose.

« *Namaste*, Ramanji, dit Jindal une demi-heure plus tard. Tout à l'heure, ta belle-sœur la pensionnée était ici et achetait beaucoup de choses pour le prochain mariage. Bonne famille, petite dot, félicitations ! Et vous préparez aussi la maison pour un très très grand mariage ? De quoi as-tu besoin ? Mon magasin est à ta disposition.

— Il me faut juste de quoi empoisonner un rat, dit Raman, se demandant si la tirade de Jindal était une manœuvre pour lui faire acheter toutes sortes d'articles dont il n'avait que faire.

— Le poison, c'est un bon début. Il faut que la maison soit nette pour les invités.

— Je n'ai qu'un seul rat, mais il me donne du souci : il est trop malin pour entrer dans un piège, dit Raman, qui ne voulait pas donner à Jindal l'impression que le bungalow du jardin aux lychees était aussi mal tenu qu'une écurie.

— Il refuse d'entrer dans un piège ? Oh, oh ! Le modèle du piège doit être défectueux, dit Jindal.

— Il vient d'ici, dit Raman, s'efforçant de ne pas prendre un ton accusateur.

— Ah bon ? Le modèle de piège doit être adapté au type de rat qu'on veut attraper. Si le modèle n'est pas bon, on n'attrape pas de rat. Alors, de quel type de rat s'agit-il, dis-moi ?

— Je ne sais pas, bougonna Raman, je ne l'ai pas vu.

— Pas vu ? Oh. Ça veut dire qu'il est très rapide, ce rat. Pour des rats comme ça, les pièges ne valent rien : ils courent si vite qu'ils n'ont même pas le temps de les voir ! Il n'y a que le poison.

— Oui, dit Raman, soulagé, car il avait craint que Jindal ne veuille lui vendre un autre piège inefficace. C'est du poison que je veux.

— Excuse-moi, mais il faut que je te demande la taille du rat.

— Il est gros, dit Raman avec conviction.

— Un très très gros rat, ou seulement moyen ?

— C'est le plus gros rat de Mardpur.

— Ah, ah. Alors c'est le poison de la Vieille Dame qu'il te faut.

— Quoi ?

— La marque "La Vieille Dame". Le produit vient du Sud. Très puissant comme poison. Fatal pour les gros rats.

— Parfait, parfait, dit Raman avec impatience, car il se moquait de savoir d'où venait le poison. Combien ?

— Il ne te faut rien d'autre ? Un très très grand *karhai* pour faire la cuisine, les desserts pour les banquets ? Je viens de les recevoir.

— Pas tant que je n'ai pas touché l'argent de mon livre », dit Raman en secouant la tête.

Jindal parut impressionné.

« Tu continues tes écritures ? Dans le bazar, on dit que tu as arrêté.

— Qui a dit ça ? s'empressa de demander Raman.

— Le swami Satyanarayan. Le swami aussi essaye de tuer de très très gros rats. Je lui ai vendu le poison de la Vieille Dame à lui aussi.

— Il y a des rats dans le temple ? demanda Raman avec une pointe de dégoût.

— Je suis sûr que ce sont des rats sacrés, bénis par le swami lui-même. Il n'y a pas à en avoir peur. Ganesh chevauchait bien un rat, c'est dans les livres sacrés.

— Oh, bien sûr, dit Raman. Mais tuer des rats à l'intérieur d'un temple ? C'est interdit.

— Oh, quand on est swami, on fait ce qu'on veut. Après avoir tué le rat, on enlève le cadavre et on purifie le tout en récitant des prières, c'est facile ! Et il n'est pas le seul à avoir du souci avec les rats. Il y en a jusqu'à Jagdishpuri Extension, de ces très très gros rats. Hier encore, cette fille de chez Amma est venue chercher du poison.

— Deepa ?

— Non. Usha. Enfin, bref, elle me dit : "Jindal, on a un très très gros rat dans la maison. Tu as du poison ? J'en veux du très puissant." Je lui dis que celui de la Vieille Dame est très efficace. Alors elle me dit : "Le poison de la Vieille Dame ? C'est exactement ce qu'il me faut." Alors je lui fais : "C'est une très vieille bête que tu essaies de tuer ?" Je plaisantais, tu comprends. Et elle me répond, toujours histoire de plaisanter : "Tu ne crois pas que je veux tuer une vieille dame, quand même ?" Alors on a ri tous les deux. »

Raman ne trouva pas la plaisanterie drôle du tout.

« Pourquoi voudrait-elle tuer Amma ? » demanda-t-il avec sévérité.

Jindal, qui ne s'était pas posé la question, haussa les épaules. « Pour le trésor ? hasarda-t-il.

— Il y a beaucoup de gens qui possèdent des bijoux, fit Raman, repoussant la suggestion.

— Ah, ça, c'est vrai, dit Jindal. Quand elle a quitté mon magasin, elle a fait la causette avec Madan Lal le bijoutier, dans la rue. Mais je ne crois pas qu'elle veuille essayer de le tuer », dit-il d'un ton convaincu.

Raman trouvait déplaisant de parler de ces gens qu'on voulait assassiner parce qu'ils avaient un trésor ou autre chose. Mais Jindal était lancé.

« Et puis il y a l'autre, un prince à ce qu'il paraît, qui est venu m'acheter du poison pour les rats lui aussi. "Je veux acheter du poison de la Vieille Dame", qu'il m'a fait. Très instruit, ce prince, il connaît le nom du poison. (Jindal baissa la voix.) Il paraît que ce prince-là, il voudrait bien mettre la main sur le trésor d'Amma.

— Il ne l'empoisonnerait quand même pas pour s'approprier le trésor ! dit Raman, très contrarié.

— Il ferait n'importe quoi pour l'avoir. Et même, s'il croyait que c'était toi qui l'avais, le trésor, il t'empoisonnerait. Il doit savoir que tu adores la *raita*. Peut-être qu'il a demandé à Usha de...

— *Ram, Ram !* » s'exclama Raman, qui paya son poison précipitamment.

« Tu as apporté un cahier ? » demanda Deepa, qui arriva en courant à la rencontre de Raman lorsqu'il descendit de son vélo. Raman lui caressa la joue de sa main fermée. Elle semblait presque redouter qu'il réponde par l'affirmative. Quel changement, pensa Raman ; auparavant, elle était si impatiente que l'histoire soit écrite.

« Pas aujourd'hui, dit-il, parce que j'ai eu trop de choses à régler avant de venir. Quand on marie deux filles à la fois, on ne sait plus où donner de la tête. »

Deepa hocha la tête et sembla presque soulagée.

« Tu me parlais de la prison », dit Raman lorsqu'il fut confortablement calé sur le *charpoy* en face d'Amma. Il se sentait bien et à l'aise, malgré les craintes que Jindal avait essayé de lui inspirer. « Tu n'y es jamais allée, bien sûr ? dit-il à voix haute.

— Bien sûr que non, gloussa Amma, qui cria à Usha d'apporter le thé. Mais on peut imaginer comment c'est. »

Elle sentait émaner de Raman le récit de Jagat Singh plus fort que jamais. Elle voyait toute l'histoire se dérouler pour ainsi dire devant elle. Le livre serait bientôt terminé.

« J'avais des difficultés avec la prison », avoua Raman. Il se trouvait curieusement attiré par l'histoire, lorsqu'il était en présence d'Amma ; il sentait qu'il avait besoin de savoir quelle serait la suite et comment elle finirait. Bien qu'il n'y eût plus d'urgence à ce qu'il continue à écrire, il ne pouvait pas y renoncer complètement.

« C'est l'éclairage que tu dois rendre avec exactitude, l'atmosphère. Voilà tout. Qu'est-ce qu'on voit en prison, hein ? Quatre murs seulement. Des murs sales. Non, c'est l'ambiance qui compte. La lumière, la chaleur. En prison, il fait chaud. Très très chaud.

— C'est vrai, dit Raman, impressionné. Je vois ça d'ici. »

Amma interrompit leur conversation pour crier à Usha : « N'oublie pas de mettre du sucre dans le thé de Raman ! »

Usha courut chercher le sucrier. Juste au moment où elle allait verser une cuillerée de sucre dans sa tasse,

Raman se souvint de ce qu'avait dit Jindal. Il couvrit sa tasse d'une main, sur laquelle tomba un peu de sucre. Usha leva les yeux, surprise.

« Pas de sucre, dit Raman.

— Mais tu ne peux pas boire le thé sans sucre ! »

Raman réfléchit à toute vitesse pour trouver une excuse plausible : « J'ai des douleurs d'estomac et le docteur m'a dit d'éviter le sucre.

— Ce n'est pas si bon sans, fit remarquer Amma.

— Je sais, mais je n'ai pas vraiment le choix », dit Raman en essayant de prendre un ton navré. Usha s'écarta, mais resta plantée là avec son sucrier, ne sachant trop que faire.

« Comme tu veux, Ramanji. Usha, mets du sucre dans mon thé. Il n'y en a pas assez. On a beau avoir de plus en plus de raffineries à Ghatpur et tout autour de Mardpur, on se demande ce qui se passe avec le sucre. Il faut en mettre de plus en plus pour avoir un thé assez sucré.

— Il paraît qu'ils font un double raffinage, Ammaji, dit Raman, qui regarda d'un œil méfiant Usha verser le sucre avec précaution dans la tasse d'Amma.

— Un double raffinage ?

— Oui, pour que les grains soient plus fins et le sucre plus blanc. C'est comme ça que les gens l'aiment aujourd'hui.

— Comme je ne vois pas s'il est blanc ou non, je me moque bien qu'il soit raffiné deux fois. Ce que je veux, moi, c'est un bon goût. »

Raman prit sa tasse, puis la reposa brusquement. « Ce lait, il est bon ?

— Qu'est-ce que tu lui trouves, au lait, Ramanji ? » Elle trouvait quant à elle qu'il sentait le frais.

« Je me dis que peut-être il n'est pas très... » Raman regarda l'intérieur de sa tasse en se disant qu'Usha avait peut-être trouvé là l'occasion de mettre du poison.

« C'est le lait du jour, celui de notre Jhotta, dit Amma. Mais s'il a l'air tourné, il n'y a qu'à te préparer une autre tasse. Viens ici, Deepa. Prépare une tasse. Usha est parfois un peu étourdie. Peut-être qu'elle a pris du vieux lait sans faire attention. »

Usha fronça les sourcils, mais, étant une servante, elle avait l'habitude d'accepter les reproches et elle baissa la tête.

Deepa sortit en courant et revint avec une nouvelle tasse, que Raman accepta sans réticence. Pendant ce temps, Usha était restée debout, sans rien dire, ce que Raman n'aurait pas remarqué en temps normal. Mais aujourd'hui, il trouvait son attitude inquiétante. Etait-elle là dans l'intention de verser du poison dans son thé par un tour de passe-passe lorsqu'il regarderait ailleurs ? Personne n'en verrait rien. Amma était aveugle et Deepa, absorbée par ses devoirs. Raman décida de ne plus toucher au thé, bien qu'il eût aimé prendre une boisson tonique et sucrée.

61

Une semaine plus tard, Amma émit le souhait de retourner au temple de Vishnou Narayan. Deepa voyait qu'elle se fatiguait facilement, mais Amma n'avait rien perdu de sa détermination.

« Non mais, vous n'allez pas m'interdire d'aller jusqu'au temple, à moi qui ai sillonné ce pays en tous sens autrefois ! Tout de même ! » rétorqua-t-elle lorsque Usha et Deepa essayèrent de la dissuader. Elles n'étaient pas de taille à lutter contre Amma quand elle s'était mis quelque chose en tête.

« Vous n'avez plus le même âge », marmonna Usha, qui se tenait d'un côté d'Amma, tandis que de l'autre Deepa la soutenait de son mieux. Il leur fallut presque la soulever pour qu'elle puisse monter dans le cyclo-pousse.

Le conducteur, celui-là même qui avait dû vendre sa pompe pour payer la dot de sa fille, fut obligé de descendre de son siège à l'avant pour les aider. Ce fut seulement lorsqu'il se fut assuré qu'Amma était bien installée entre Deepa et Usha qu'il s'ébranla, poussant son véhicule sur quelques mètres en tenant la selle et le guidon, avant de sauter dessus avec une grâce de danseur quand il eut pris un peu de vitesse.

Deepa fit un signe de la main à Jhotta lorsqu'ils

s'éloignèrent. La bufflonne ne réagit même pas, tant elle était occupée à engloutir autant de bouts tendres de canne à sucre qu'elle le pouvait avant l'arrivée de Pappu, qui devait l'emmener paître et se promener l'après-midi.

Juste avant le Vieux Marché, le cyclo-pousse se mit à tanguer. Inquiet, le conducteur descendit pour examiner ses roues. Celle de gauche était à plat. Transpirant à grosses gouttes sous sa charge, l'homme poussa le rickshaw déséquilibré en essayant de ne pas dévier. Il força tant qu'il put, mais son corps mince et souple ne suffit pas à faire contrepoids au véhicule chargé. Usha et Deepa eurent beau descendre pour l'alléger, cela ne fit guère de différence.

« Vous devriez appeler un autre rickshaw, Maji », dit le conducteur, qui s'arrêta pour reprendre son souffle et s'essuyer le visage et le cou avec son linge d'épaule. « J'ai beaucoup de crevaisons.

— Je ne suis pas pressée, dit Amma en repoussant la suggestion du geste. Un pneu crevé, ça se répare vite. »

Ils s'arrêtèrent au Vieux Marché où Munnu, le réparateur de pneus, un gamin d'à peine neuf ans, était assis au bord de la route avec ses bouts de chambres à air, ses rustines et ses colles. Il avait une petite boîte de tabac rouillée où il gardait précieusement les objets qu'il avait retirés des pneus : des clous, des bouts de verre coloré, des cailloux pointus. Il les conservait tous, car il avait entendu parler du garçon qui avait retiré un morceau de verre d'un pneu pour découvrir après coup qu'il s'agissait d'un diamant.

« Et maintenant, il est devenu *lakhpati*, lui avaient dit les autres gamins.

— Ça vaut donc tant que ça, un petit diamant ? avait demandé Munnu.

— Et encore, ça n'était qu'un petit diamant ! Il en a tiré des *lakhs* de roupies. Maintenant, il est bijoutier à Ghatpur. »

Cette légende des gamins des rues reposait en fait sur l'histoire d'un homme qui avait retiré une pierre précieuse du pneu de sa bicyclette. Mais l'homme était bijoutier et il avait vu tout de suite qu'il s'agissait d'un diamant. Malgré tout, Munni ne voulait rien laisser au hasard.

Il sortit la chambre à air du pneu à l'aide d'un tournevis rafistolé avec de la ficelle noircie par la crasse de ses mains de travailleur. Le conducteur du cyclo-pousse s'accroupit par terre et le regarda faire en se curant les dents avec un clou.

Munnu examina la chambre à air constellée de rustines, de pièces découpées dans d'autres chambres, et autres matières diverses. La crevaison venait d'une pièce de cuir qui s'était détachée, la colle étant de si mauvaise qualité qu'elle n'avait pas réussi à fixer le cuir sur le caoutchouc. Fabrication maison, avec de la farine, se dit Munnu, qui fit claquer sa langue.

« Ce qu'il faut, c'est changer la chambre à air.

— Pas encore, je ne peux pas me le permettre, dit le conducteur. Aujourd'hui, contente-toi de réparer. »

Le gamin s'exécuta, mais déclara sur le ton d'un adulte, un peu comme s'il proposait un conseil de spécialiste à quelqu'un qui sans cela ne saurait pas quoi faire : « Il y a trop de crevaisons. Cette chambre est pourrie. Il faudra que tu la changes bientôt.

— Je sais, je sais.

— Qu'est-ce qui arrive à tes pneus ? » s'enquit Amma, assise sur le petit tabouret que Munnu lui avait proposé pendant qu'il s'agenouillait dans la poussière pour examiner les roues du cyclo-pousse.

« Maji, c'est un très très vieux rickshaw, mais c'est

tout ce que j'ai. Et il faut qu'il continue à marcher parce que j'ai emprunté de l'argent dessus pour payer la dot de ma deuxième fille. Si je ne travaille pas, comment est-ce que je pourrai rembourser ? Alors, je perdrai mon rickshaw, dit prosaïquement le conducteur.

— Qui t'a consenti ce prêt ? » demanda Amma, déconcertée. Jamais jusqu'ici ce genre de chose ne s'était produit à Mardpur. Personne n'offrait des prêts pareils dans le passé, et pas avec des garanties additionnelles.

« Maji, un sahib marwari propose des prêts aux conducteurs de rickshaws. Il dit : “Posez votre pouce ici pour une empreinte et vous aurez l'argent. Vous rembourserez petit à petit. Mais ce que j'ai expliqué à mes collègues, c'est que si on ne paie pas en temps voulu, on perd son rickshaw. Je ne sais pas lire, mais mon père m'a expliqué tout ça. Il était fermier, mon père. Il possédait un petit terrain juste à l'extérieur de Murgaon. Il l'a perdu parce qu'il a accepté un prêt d'un sahib de Ghatpur et n'a pas pu rembourser. Il y a eu deux mauvaises récoltes l'une après l'autre. Vous vous souvenez de l'été où il a fait si chaud ? Une chaleur terrible ? Ça s'est passé à cette époque-là. Et l'année d'après, la mousson est venue en retard. Il n'a pas pu payer. Alors on lui a pris sa terre, et il n'a jamais pu la récupérer. C'est pour ça que je suis conducteur de rickshaw. J'ai travaillé dur pour avoir mon rickshaw à moi. Si je ne paie pas en temps voulu, je perdrai tout.

— Si tu savais tout cela, pourquoi as-tu emprunté ? demanda Amma, surprise qu'il ait pris un risque pareil.

— Maji, le mariage de ma fille ne pouvait pas attendre. C'était un bon mariage. Les horoscopes se correspondaient si bien qu'on n'aurait pu rêver mieux. Je n'ai pensé qu'à ma fille. Le prêt, je peux le rembourser en trois ans si je travaille dur. Même la côte pour aller au jardin aux lychees, je la monterai pour quelques roupies de plus. Avant, je pouvais refuser. »

La crevaison fut bientôt réparée et le conducteur aida Deepa et Usha à réinstaller Amma à l'arrière. Il lui savait gré de ne pas l'avoir abandonné quand son pneu avait crevé. Lorsqu'ils furent arrivés au temple de Vishnou Narayan, il demanda une roupie de moins que le prix prévu. « C'est pour le retard, expliqua-t-il.

— Quel retard ? demanda Amma. Je viens ici pour le *puja*.

— Alors, je vous en prie, offrez la roupie de ma part au seigneur Ganesh afin qu'il ôte de ma route tous les obstacles susceptibles de me faire crever ! »

Amma accepta et, aidée de Deepa et d'Usha, monta les marches menant au jardin du temple.

« J'espère qu'il ne perdra pas son rickshaw, fit Deepa, qui avait écouté l'histoire.

— Il ne le perdra pas, parce qu'il comprend ce que c'est qu'un prêt, dit Amma. Ce sont ceux qui n'y comprennent rien qui perdent tout. »

Il était fréquent que Satyanarayan ne fût pas au temple. Mais Amma n'était pas pressée. Elle attendit tranquillement sous le banian, assise en tailleur, fatiguée mais détendue et sereine comme une déesse. Elle sentait la brise autour d'elle, l'odeur du basilic frais et des buissons de henné, humides de la rosée d'après la mousson. Deepa, elle aussi, remarqua les buissons de henné.

« Il faut que je cueille quelques feuilles, dit-elle, et elle appela Usha pour l'aider. Ce sera bientôt le mariage des sœurs de Bharathi et il me faudra du henné pour mes mains. Amma, je te peindrai aussi les tiennes.

— Ce n'est pas nécessaire, *beti*. Je n'assisterai plus à aucun mariage. »

Deepa se figea. Que disait Amma ? Serait-elle partie avant le mariage des sœurs de Bharathi ? Ou voulait-elle seulement dire qu'elle n'avait plus autant d'énergie que jadis ? Deepa resta sur place. La peur palpitait dans sa poitrine et son désir de cueillir des feuilles de henné diminuait avec chaque battement de cœur. Elle regarda vers le buisson et vit Usha qui, au lieu de cueillir des feuilles, bavardait avec Hari. Quelques instants plus tard, ce dernier, très agité, s'approcha d'Amma.

Il se prosterna à ses pieds en gémissant.

« Battez-moi, Ammaji, s'écria-t-il. Donnez-moi une raclée, faites ce que vous voulez, parce que j'ai perdu ce qui vous appartient.

— De quoi s'agit-il ? » demanda Amma d'une voix douce. Elle n'avait pas l'impression d'avoir perdu quoi que ce fût.

« Le livre, Ammaji. Je l'ai perdu, gémit Hari.

— Quel livre ? » demanda-t-elle avec autorité. Elle ne comprenait rien à ses lamentations.

« Le cahier que Raman sahib m'a donné pour vous. Je l'ai mis là, sous mon maillot, pour qu'il ne risque rien. Mais à Kumar Junction, les buffles couraient partout. J'ai aidé Pappu à les rassembler et le cahier, il a été perdu. Vous pouvez me battre, Ammaji ! » Et Hari se mit à gémir de plus belle.

Amma ne voyait pas quel rôle avaient joué les buffles dans l'histoire, mais elle comprit que Raman avait confié à Hari un cahier qu'il devait lui remettre.

« Quand est-ce que ça s'est passé, Hari ?

— Le jour où les buffles se sont mis à courir partout à Kumar Junction !

— C'était quand ? »

Mais Hari, trop ému, ne pouvait donner plus de précisions.

« Eh bien, dit tranquillement Amma, s'adressant plus à elle-même qu'à Deepa, cela signifie qu'il y a moins de cahiers à venir que je ne l'avais cru. Encore un, peut-être deux, et ce sera tout. Voilà pourquoi je me suis sentie plutôt faible ces temps derniers. »

Hari n'entendit pas. Il était encore en train de pleurnicher aux pieds d'Amma, persuadé qu'il allait être sévèrement puni. Amma lui dit de se lever ; elle se passerait du cahier, lui dit-elle.

« Il doit bien être quelque part. Es-tu retourné à Kumar Junction voir si tu le trouvais ?

— Oui, Ammaji », répondit Hari, très penaud mais plus calme, maintenant qu'il se rendait compte qu'Amma n'allait pas se fâcher.

« S'il a perdu un cahier, il y aura un blanc dans l'histoire, alors comment allons-nous finir ? » s'exclama Deepa, sentant une bouffée de joie monter en elle. Le cahier était perdu et le récit ne serait jamais terminé. Amma serait sauvée, elle resterait sur cette terre pour toujours.

« Quand y a-t-il eu cet incident avec les buffles ? redemanda Amma. La semaine dernière ? Le mois dernier ? Réfléchis et réponds-moi.

— Il y a plus d'une semaine. Peut-être même déjà deux, dit Hari.

— Cela fait plus d'une semaine que tu as perdu ce cahier et tu ne m'en avais encore rien dit ? »

Hari baissa la tête.

« Et Raman non plus, tu ne l'as pas prévenu ?

— Non, Ammaji. J'espérais le retrouver, ce cahier. Mais je n'ai pas réussi. J'ai même grimpé toute la côte jusqu'au jardin aux lychees pour le retrouver. Mais il est perdu. Envolé. *Goom.* » Hari leva les deux mains comme pour représenter quelque chose qui était parti en fumée.

« Une semaine ou deux ? demanda Amma, songeuse. Oui, j'attendais quelque chose. C'est le jour où je t'ai envoyé porter de la *raita*, non ? Heureusement qu'il n'a pas plu depuis. Si le cahier est tombé quelque part, on peut le retrouver. Et on le retrouvera. Je le sens. Il est tout proche. Tu cries trop et tu fais trop de bruit. Quand tu te tairas, peut-être que j'arriverai à le retrouver. Je le verrai.

— Oui, c'est à Kumar Junction que je me suis aperçu que je ne l'avais plus. Tout près d'ici.

— Je crois qu'il se trouve peut-être même encore plus près. »

Hari resta debout devant elle, dessinant des ronds avec son gros orteil.

« J'ai demandé à tous les garçons du bazar, mais aucun d'eux n'a rien trouvé », dit-il avec empressement.

Amma réfléchit un moment mais aucune image claire ne lui vint à l'esprit. « On le retrouvera, dit-elle, catégorique. Pas maintenant, mais on le retrouvera. »

Hari dansait d'un pied sur l'autre, s'attendant à être renvoyé ignominieusement. Mais Amma se borna à lui demander ce qu'il faisait au temple.

« Je suis venu avec mes *malik*, Ammaji. Ils attendent le retour du swamiji. »

Hari fit un geste en direction de l'arbre le plus éloigné du jardin, oubliant qu'Amma n'y voyait pas.

« C'est le prince ! » s'exclama Deepa, qui reconnut sa silhouette caractéristique, même à cette distance. Elle avait si souvent rêvé de lui qu'elle ne pouvait oublier son allure élégante, son profil net. « Mais qui est avec lui ? demanda-t-elle.

— C'est Man Singh », répondit Hari.

Deepa s'éloigna pour mieux voir.

« Qui est ce Man Singh ? demanda Amma.

— Il travaille pour la famille du royal sahib. Conseiller finassier, qu'on l'appelle.

— Je vois, dit Amma. Je croyais que c'était seulement à mon trésor qu'il en avait, mais pour ça, il n'a pas besoin d'un Man Singh.

— Man Singh fait beaucoup de choses ; il s'occupe du développement avec swami Satyanarayan exclusivement. Ils proposent beaucoup beaucoup d'argent pour agrandir le temple. »

Hari était au moins au courant de cela.

« Hum ! » dit Amma, pensive. Dans son esprit, elle voyait déjà le nouveau temple, beaucoup plus grand et très beau, qui allait être bâti huit ans plus tard. « Ce sera un centre de pouvoir et non de culte. »

62

Tapie derrière son buisson de henné, Deepa jeta un coup d'œil au royal sahib et à son mystérieux conseiller financier. Ils parlaient à mi-voix. Toujours cachée, elle chercha à se rapprocher le plus possible : elle prit sa poignée de feuilles de henné, se faufila en direction des deux hommes et s'arrêta derrière l'arbre qui se trouvait tout à côté d'eux. Elle s'assit, le dos collé au tronc, et ferma les yeux pour mieux entendre la voix qui la charmait. Le timbre clair et vibrant du royal sahib atteignit ses oreilles et lui donna des envies d'elle ne savait trop quoi. D'une chose qu'elle savait être hors de sa portée. Ensuite s'élevèrent les accents beaucoup plus lents et mesurés de Man Singh.

« J'estime qu'il doit y avoir plusieurs centaines de lychees, disait-il. La maison est petite, mais on peut la reconstruire. Il y a du terrain. C'est pour cela que je n'ai pas hésité à consentir le prêt.

— Naturellement, il faut observer la plus grande discrétion, dit le royal sahib.

— Tout est à mon nom, dit Man Singh, de sorte que personne ne peut remonter jusqu'à vous.

— Parfait. C'est une petite ville. Il ne faut pas se faire d'ennemis. »

Mais Man Singh était beaucoup plus retors que ne

le supposait le royal sahib. Il avait tout intérêt à garder les acquisitions à son nom. La loi ne reconnaissait pas le *gentleman's agreement*. Quant à se faire des ennemis dans la petite ville, en quoi cela pourrait-il le gêner lorsqu'il serait propriétaire de secteurs entiers ? Son lien avec la famille royale lui avait été fort utile, l'aidant à s'enrichir considérablement aux dépens de ses membres. Mais cela, le royal sahib n'avait pas à le savoir. Du moins pas encore.

Il y eut une pause, pendant laquelle le royal sahib réfléchit.

« Je peux te le dire car ce n'est pas un secret : il est peut-être avantageux d'acheter des terrains ici, mais ce qui m'intéresse vraiment, ce n'est pas l'immobilier, ce sont les bijoux. »

Man Singh, lui, s'y intéressait moins. Il n'avait pas l'intention de s'enrichir par ce biais. Il reprit donc son ancien rôle de fidèle conseiller financier.

« Avec cette vieille femme, il ne sera pas commode de négocier.

— Je sais, je sais. Mais il faut faire quelque chose. En matière d'immobilier, tout se vaut. Ce qu'on ne peut acheter ici, on l'achète ailleurs. Mais en matière de bijoux, il n'y a ni équivalence ni alternative. En dehors des familles royales, qui conservera ces bijoux pendant des générations ? Cette vieille femme est la seule à posséder de telles pièces.

— En admettant que ses histoires soient vraies.

— Comment pourrait-il en être autrement ? J'ai vu les bijoux de mes propres yeux chez le bijoutier, dit le royal sahib. Qui sait entre quelles mains ils se trouvent à présent ? » Il eut une mine découragée, puis son visage s'éclaira. « Mais il reste toujours le trésor de la vieille dame.

— L'essentiel du trésor se compose de bijoux, de

l'or incrusté de pierres précieuses. Je tiens cela de Madan Lal », dit Man Singh, qui ne voyait aucune raison de ne pas passer ses caprices au royal sahib : pendant ce temps-là, son attention était mobilisée ailleurs. S'il n'avait été aussi obnubilé par ce trésor, il aurait pu suivre avec plus d'attention les transactions immobilières que Man Singh réalisait pour lui, et notamment celle qui concernait l'agrandissement du temple de Vishnou Narayan. Or, cela, Man Singh n'y tenait pas particulièrement.

« Tu as des idées en ce qui concerne cette vieille femme, Man Singh ?

— Il n'y a qu'un endroit où elle a pu les cacher : la maison. Mais comme elle ne veut pas la vendre, à quoi bon essayer de l'acheter ? Il faut attendre qu'elle meure. »

Cela, au moins, c'était une directive pratique : acquérir la maison, que les bijoux y fussent ou non.

« Cela peut prendre des années, dit le royal sahib d'un ton lugubre. En plus, on ne sait pas si elle a des parents mâles.

— Aucun, dit Man Singh. Elle n'a qu'une fille et une petite-fille. Et dans cette ville, il n'y a que sa petite-fille, qui a douze ans.

— Je l'ai vue.

— Après tout, c'est une aveugle, cette vieille femme. Elle pourrait avoir un accident. Personne ne trouverait ça suspect, dit Man Singh avec vivacité.

— Hum, fit le royal sahib en se grattant pensivement le menton. Mais en admettant que la vieille dame meure ? Qu'est-ce qui se passe ensuite ? Nous ne sommes pas plus avancés pour savoir où se trouve le trésor.

— Je ne vous le fais pas dire, s'exclama Man Singh.

Il vaut beaucoup mieux concentrer nos efforts sur l'achat d'autres terrains à Mardpur.

— Mais le temps joue en notre faveur, poursuivit le royal sahib. Et le temps, la vieille dame n'en a plus que très peu. »

Deepa ne put en entendre davantage. La poitrine gonflée de peur et de confusion, elle s'enfuit discrètement et courut rejoindre Amma qui, assise en tailleur, somnolait ou méditait. Deepa s'agenouilla en face d'elle, la respiration haletante, oppressée par la peur. Elle ne savait comment interpréter ce qu'elle venait d'entendre. Tout ce dont elle était sûre, c'est qu'elle craignait que la vie d'Amma ne fût menacée. Lorsque sa grand-mère disait qu'il ne lui restait plus longtemps à vivre, c'était tout à fait différent. Là, il s'agissait d'un danger extérieur.

Elle tremblait un peu lorsqu'elle posa la main sur le genou d'Amma. Celle-ci bougea.

« Qu'y a-t-il, *beti* ? Je ne sens pas encore la présence de Satyanarayan. » Elle perçut la peur de Deepa, mais ne dit rien, sachant que Deepa ne pourrait pas la garder longtemps pour elle.

« Amma, j'ai peur que ta vie ne soit en danger, chuchota Deepa.

— Tu te trompes, Deepa. Je m'en vais, de toute façon. Lorsqu'on m'apportera le dernier cahier, le cahier de Raman, je m'en irai, répondit calmement Amma.

— Comment partiras-tu ?

— Je peux mourir si je le veux très fort. La volonté est une force très puissante. »

Deepa regarda les mèches de cheveux blancs qui

s'étaient échappées du chignon d'Amma et les rajusta doucement derrière ses oreilles.

« Alors, personne ne peut te tuer.

— Non. Je ne risque rien.

— Mais s'ils projettent...

— Ils peuvent toujours essayer. Je serai partie avant qu'ils ne mettent leurs projets à exécution. C'est ainsi que les choses se passeront. »

Deepa ne sut si elle devait se sentir soulagée ou non. Assurément, elle admirait en Amma sa capacité à contrôler le destin, et même à en déjouer les tours, plutôt qu'à se laisser entraîner par lui, alors qu'elle, Deepa, n'avait guère d'autre choix que de rester là à attendre les événements.

« Pendant que je suis ici, poursuivit Amma, je sens très fort la présence de Jagat Singh et du *goonda*. »

Deepa regarda autour d'elle, dans l'expectative. « Le père de Bharathi n'est pas là, je ne le vois pas.

— Non, ce n'est pas ça. J'éprouve la même sensation que lorsque je tiens les cahiers qu'il a écrits. Peut-être que le cahier perdu est là.

— Celui que Hari a perdu à Kumar Junction ?

— Il n'est pas si loin que ça. Il est dans le temple. » Amma porta la main à ses tempes. « Soulève la natte, Deepa, dit-elle à mi-voix.

— La natte ?

— Devant moi. Il y a bien une natte ? »

Il n'y avait que celle de Satyanarayan, dont Deepa souleva prestement l'un des coins. Elle allait la laisser retomber lorsqu'elle aperçut le coin marron d'un objet qui se trouvait dessous. Elle souleva davantage la natte et découvrit le cahier de Raman.

« Il est là ! souffla-t-elle en le sortant. C'est le cahier disparu.

— Laisse-moi le toucher », dit Amma en tendant la

main. Deepa plaça le cahier, identique à tous ceux que Raman leur avait apportés, dans la main d'Amma.

« C'est bien le dernier cahier, Amma ? C'est le dernier ? »

Amma prit son temps pour répondre.

« Ce n'est pas le dernier. Il y en a encore à venir. »

Deepa s'efforça de réfréner les battements de son cœur.

« Qu'est-ce qu'il fait ici, chez Satyanarayan ?

— Satyanarayan connaît la valeur de l'écriture, dit Amma de façon sibylline.

— Il doit l'avoir trouvé à Kumar Junction et l'avoir apporté ici. Peut-être attendait-il seulement que tu viennes, Amma, pour te le donner.

— Peut-être, dit Amma. Enfin, on l'a trouvé, maintenant. »

Deepa regarda les mains décharnées d'Amma caresser la couverture.

Malgré sa tristesse, elle commençait à comprendre l'impact de cette histoire dans la vie d'Amma, un impact bien plus fort que tous les projets maléfiques pour se débarrasser de sa grand-mère afin de s'emparer des bijoux. C'était cela qui dicterait le temps qu'il restait à Amma sur cette terre. Elle avait accompli beaucoup de choses dans sa vie, mais il lui restait une dernière tâche. Amma avait dit qu'elle resterait ici-bas jusqu'à ce que l'histoire de Jagat Singh soit terminée. Et Deepa savait que le destin ne pouvait être modifié. De même qu'il était impossible au royal sahib de mettre la main sur le trésor, car ce n'était pas son destin de le faire, de même Amma serait libre de partir lorsque l'histoire de Jagat Singh serait terminée.

63

La bicyclette arriva à point nommé. Un mois avant le mariage, Raman prit une pile d'invitations à distribuer dans Mardpur. L'une des premières était destinée à Gulbachan, qui en fut touché. La veille seulement, Raman avait accepté le poste de correspondant adjoint, délivrant Gulbachan de ses inquiétudes et lui donnant l'assurance d'une retraite paisible dans le bungalow de la PTI. Gulbachan déclara aussitôt que Raman avait droit à un mois de congé pour le mariage de ses filles.

« Et n'oublie pas de m'apporter ton livre quand tu auras besoin de le faire publier, dit-il. Tu auras le temps de l'achever ? »

Raman hocha la tête. Il savait que l'entreprise toucherait bientôt à sa fin.

« J'ai presque terminé, dit-il, surpris de sa propre conviction.

— Beaucoup de gens ne finissent pas ce qu'ils ont commencé, commenta Gulbachan.

— C'est le dernier cahier, dit Raman. Il n'y en aura plus d'autre. »

Raman ne se trompait pas. Malgré tout ce qu'il avait à faire pour le mariage, il pouvait encore trouver le temps d'écrire, grâce au congé inattendu accordé par Gulbachan. Il était d'ailleurs le premier surpris d'avoir noirci tant de pages, alors qu'il s'était dit que le livre pouvait attendre que le mariage soit passé, car maintenant que la dot était payée et que les bijoux avaient été choisis par les soins de Laxman, il n'y avait plus d'urgence. Pourtant, curieusement, il éprouvait un désir pressant d'avancer, stimulé par la description qu'Amma avait faite de la prison. Il fallait qu'il consigne par écrit les scènes qu'elle avait racontées, mais au lieu de s'arrêter là où elle s'était interrompue, il poursuivit. Il regagna les cavernes des contrebandiers, descendit les rivières qu'avait empruntées Kanshi, le *goonda*, pour tenter d'échapper au sort de Jagat Singh, et retourna chercher asile dans les forêts. Il sentait que son récit toucherait bientôt à son terme. Jagat Singh était en prison, le *goonda* ne tarderait pas à se faire prendre, et ce serait la fin de l'aventure.

Quinze jours plus tard, Kumud se rendit chez Laxman pour remplir des rites prénuptiaux, qui consistaient à frotter les bras et le visage de ses filles avec un mélange de curcuma et de farine, et à les oindre d'huile d'amandes et de pâte de bois de santal. Sitôt rentrée, elle alla dans sa cuisine, encore imprégnée de tous ces arômes suaves qui chatouillèrent les narines de Raman, lui rappelant tout le mal qu'elle se donnait pour ses filles. Quelle bonne mère, se dit-il. Et quelle épouse dévouée et loyale aussi. Quelle activité elle avait déployée !

Pour sa part, Kumud avait été surprise de constater le changement d'attitude de Sudha à son égard ces jours derniers. Sa belle-sœur était devenue beaucoup plus serviable et coopérative. Elle avait insisté pour se charger du choix des bijoux. Jamais il n'avait été question de la dot entre les femmes, et Kumud supposait tout simplement que le problème avait été réglé par les trois frères. Quant aux bijoux, c'était une autre affaire qui, elle, était celle des femmes.

Ce matin-là, elle avait vu les bijoux que Sudha avait choisis dans la collection ordinaire de Madan Lal. Kumud avait promis de rembourser Sudha après l'arrivée de sa famille, et elle était gênée que Sudha ait décidé d'assumer une telle responsabilité. Loin de compter sur Raman, Kumud pensait demander un peu d'argent à son frère, peut-être même à ses parents, pour payer les bijoux. Il lui déplaisait d'être redevable de ce genre de chose à Sudha. Mais lorsqu'elle avait parlé de la rembourser, Sudha-la-Pensionnée avait dit : « Mais non, ma sœur, c'est nous qui offrons les bijoux. Meera et Mamta sont comme mes propres filles. »

Kumud avait regardé Sudha-la-Pensionnée envelopper les deux parures identiques, collier et boucles d'oreilles en or, dans leur écrin de velours. Puis, impulsivement, elle avait retiré la moitié de ses bracelets, deux des quatre joncs qu'elle portait à chaque poignet depuis son mariage avec Raman, et avait posé les deux paires, chaudes et luisantes, sur la soie. Et Sudha avait refermé les écrins avec un bruit sec.

Sur le chemin du retour, Kumud trouvait ses bras très légers. Elle était si habituée au poids de ses bracelets qu'à présent ses bras lui semblaient curieusement délestés. Elle fit tinter les deux bracelets restants et écouta leur bruit. Il était différent lui aussi.

« C'est plus facile de travailler avec des bras moins chargés », dit-elle avec détermination. Après quoi, elle chassa ses bracelets de son esprit.

Lorsqu'elle rentra chez elle, elle changea de sari, noua son *pallav* autour de sa taille et se mit en devoir de faire le ménage. D'ici quelques jours, sa famille arriverait et elle voulait que tout soit prêt pour la recevoir.

« Il faut que nous ayons de très très gros œillets pour les guirlandes de mariage », dit-elle, mécontente, à Raju un après-midi, tandis que Raman se reposait sous la véranda. « A quoi ça sert, d'avoir un très très grand jardin s'il ne fournit même pas les fleurs pour le mariage de mes filles ? Quand je me suis mariée, toutes les fleurs venaient de ce jardin. On n'a rien acheté au bazar. Pour le *mandap*, les guirlandes, et même pour le lit nuptial, tout a été pris dans le jardin », dit-elle.

Dans la maison, Kumud s'activait. Le canapé, déchiré depuis si longtemps, fut soudain raccommodé. Bharathi et Shanker étaient sans cesse envoyés en courses. Un après-midi où Raman paressait dans son fauteuil, Kumud l'en délogea pour le charger d'inspecter les coussins et de lui dire lesquels avaient besoin d'être raccommodés ou même regarnis. Puis elle s'installa à sa vieille Singer et confectionna des coussins neufs en une soirée.

On fit appel aux services du neveu de Raju-*mali* pour nettoyer les carreaux des fenêtres et Raman fut enchanté de voir son bungalow si clair et pimpant. Evidemment, la lumière faisait davantage ressortir l'aspect poussiéreux et négligé de l'intérieur, ce à quoi Kumud entreprit de remédier avec une énergie redoublée.

« Je veux que tout soit nickel, dit-elle à Mistry, le menuisier aux jambes torses. Tu n'as qu'à aller chercher du plâtre chez Jindal pour boucher les fissures », dit-elle en montrant du doigt les zigzags béants qui ornaient les murs depuis qu'ils s'étaient installés dans la maison. « Ah oui, et puis il faut réparer la clôture, reprit-elle. Il y a déjà eu une bufflonne qui s'est échappée de chez nous. Nous ne voulons pas que ce genre d'incident se renouvelle. »

Kumud alla consulter Raman. « Il nous faut de la peinture de chez Jindal. Je demanderai à Mistry de nous repeindre les murs quand il aura fini de boucher les fissures.

— Pourquoi repeindre les murs ? demanda Raman, qui n'avait aucune envie de quitter son fauteuil confortable.

— Ah, je vous jure ! s'exclama Kumud, exaspérée. Nos filles se marient. Nous allons recevoir ma famille. Tout doit être nickel, enfin !

— Qui est-ce qui vient ?

— Tu as oublié ? J'ai une mère, et un père aussi, et sept frères et sœurs, des nièces, des neveux et mes cousins.

— Ils vont tous venir chez nous ? s'étonna Raman.

— Ils n'ont pas été invités, peut-être ? demanda Kumud.

— Comment allons-nous nourrir tout ce monde ?

— Je me suis déjà organisée pour avoir une cuisinière pendant quelques semaines. C'est une parente de Raju-*mali*. Elle viendra de son village spécialement pour l'occasion. »

Raman se renfrogna. Jamais il n'aurait cru Kumud capable de prendre ainsi en main les opérations. Et puisqu'il restait moins d'un mois avant le mariage proprement dit, on allait sûrement déployer encore plus d'activité d'ici l'arrivée de la famille.

Il alla à la grille à la rencontre de Mittal, le facteur, qu'il venait d'entendre actionner la sonnette de sa bicyclette. Il y avait beaucoup de lettres, toutes des membres de la famille de Kumud.

« La memsahib dit que vous avez un double mariage », dit Mittal pour engager la conversation. Il voulait reprendre son souffle avant de redescendre la colline.

« Oui », répondit Raman en examinant les lettres. Sur certaines, il y avait de grosses taches brunes comme si elles étaient tombées dans une flaque d'eau. Les enveloppes elles-mêmes étaient humides.

« Mon frère a une *shamiana* pour noces. Vous pouvez la louer, proposa Mittal.

— Merci », dit Raman, dont la mine s'assombrit encore.

Mittal le remarqua. « Il ne faut pas vous inquiéter. Il y a beaucoup de parents qui n'écrivent pas, ils arrivent sans prévenir. Ça prend trop de temps, d'écrire. Si vous avez reçu trente réponses, attendez-vous à voir arriver cinquante personnes.

— Cinquante ! s'exclama Raman.

— On peut dormir sous la *shamiana*. Vous avez un très très grand jardin ici. Pas de problème. Vous pouvez même mettre deux *shamianas*. Mais malheureusement, mon frère n'en a qu'une. Pour l'autre, je peux demander à mon cousin...

— Ça ira, coupa Raman. Il n'y aura pas beaucoup de gens qui dormiront dans le jardin. Il y a trop de moustiques. Ils iront tous chez mon frère.

— Des gens, il en viendra toujours plus que vous n'en attendiez, fit Mittal avec bonne humeur. Toutes les maisons seront pleines. La vôtre, celle de votre frère, celle de votre *mama*, de votre *chacha*. Si je vous le dis, c'est que j'ai déjà marié trois filles. »

Où Mittal avait-il trouvé la dot ? se demanda Raman.

« Tu n'as pas de fils ?

— Non. Il me reste encore trois filles à marier.

— Ça fait cher pour la dot.

— La dot, sahib ? Oh, ça, c'est pour ceux qui veulent s'élever en se mariant. (Mittal montra le ciel du doigt.) Moi je suis un homme simple. Pas gourmand. Et ma femme aussi est simple. Mes gendres n'ont pas d'instruction. Mais mes filles savent lire. C'est moi qui leur ai appris. »

Quel était l'intérêt de trouver des maris sans instruction à des filles qui en avaient un peu ? se dit Raman, qui plaisanta tout haut : « C'est parfait, tes filles pourront apprendre à lire à leurs maris, ça évitera à leur belle-famille de payer les frais de scolarité.

— Même pas, fit Mittal avec un large sourire. Ils n'ont pas besoin de savoir lire. Je les ai tous fait entrer à la poste. »

Raman cacha sa réprobation. Pas étonnant que le courrier ne soit pas distribué, avec des postiers illettrés !

« Comment devinent-ils les adresses ? demanda-t-il, feignant la stupéfaction la plus totale, comme s'il y avait un truc à apprendre pour y arriver.

— Oh mais, sahib, ils ne travaillent pas à la distribution comme moi. Pour ça, il faut avoir une licence. Ils font seulement du thé. » Jindal montra du doigt une grosse tache brune sur l'une des enveloppes que Raman tenait à la main et qui avait pratiquement effacé l'adresse.

« Tu as une licence ? s'enquit Raman tout en se demandant combien de préposés au thé employait la poste.

— Une licence d'anglais, répondit fièrement Mittal. C'est mon père qui m'a fait entrer à la poste. Il était adjoint au receveur de Mardpur. Il avait un petit bungalow. Moi, bien sûr, je n'ai qu'un petit appartement.

— Je vois », dit Raman, qui se demanda ce que pourraient espérer les petits-enfants de Mittal. De receveur adjoint à facteur, puis à préposé au thé, il semblait que l'évolution vers le bas soit rapide.

« C'est vrai que mes gendres ont de la chance. Même les préposés au thé ont le statut de fonctionnaires premier échelon et ils ont un logement de fonction. Alors je suis tranquille, je sais que mes filles ont un toit, dit Mittal. Les instituteurs eux-mêmes n'ont pas de logement de fonction. Moi je n'en avais pas quand j'enseignais.

— Tu as enseigné ?

— Oui, sahib. A l'école de garçons municipale. L'anglais et le hindi. Mais je n'étais pas logé. »

Raman se dit que quelle que pût être sa relation avec ses frères, ils lui avaient assuré un confort certain en le laissant habiter le jardin aux lychees.

64

Quelques jours avant le mariage, Kumud commença à donner quelques signes de surmenage. Ce matin-là, elle rapporta du quartier des Marchands des pâtisseries qui venaient d'être faites. Un pâtissier s'était installé dans le jardinet ; il avait fabriqué une cuisinière en forme de U avec des briques et de la bouse de vache et avait posé dessus un énorme *karhai*. Là, sous l'œil vigilant de Sudha-la-Pensionnée, il confectionnait des desserts et des douceurs de première qualité. Rentrée chez elle, Kumud divisa les friandises, les répartit en petites boîtes pour les distribuer à des voisins et amis auxquels elle était persuadée que Sudha-la-Pensionnée ne penserait pas.

« Ne te tracasse pas, sœur Kumud, avait dit Sudha. Je sais que tu n'as pas de bonne. Je me charge de la distribution. Tu n'as qu'à me faire une liste.

— Tu as déjà trop de choses en train, avait répondu gentiment Kumud. Laisse-moi te décharger de cela. Bharathi peut m'aider et maintenant que nous avons une bicyclette, j'enverrai Shanker distribuer les boîtes quand il sera rentré de l'école. »

Ce soir-là, épuisée par le travail de la journée, Kumud préparait les boîtes de friandises à distribuer, pour débarrasser sa cuisine avant l'arrivée des visiteurs, car alors, d'autres qu'elle en prendraient possession. Elle se sentait harassée et irritable.

Quand Shanker entra, il renifla et sentit l'odeur des friandises toutes fraîches. « Ma ! J'ai faim. Est-ce que je peux prendre une *rasgolla* ?

— Tu as fini tes devoirs ? » demanda Kumud.

Shanker eut l'air mal à l'aise.

« Non ? Eh bien alors, pas de *rasgollas* pour toi ! Va-t'en. Tu reviendras me voir quand tu auras fini. Je me demande pourquoi on paie des sommes pareilles à l'école de la Mission. Pour que tu puisses t'engraisser à manger des *rasgollas* ? File de ma cuisine. J'ai déjà bien assez dc travail comme ça. »

En entendant Kumud élever la voix, Raman arriva pour prendre les choses en main.

« Qu'est-ce qu'il a encore fait ? dit-il, élevant lui aussi la voix afin de montrer qu'il était le chef.

— Ce qu'il a fait ? Demande plutôt ce qu'il n'a pas fait. Il ne fait pas ses devoirs et il vient dans la cuisine me réclamer à manger.

— Ma ! » protesta Shanker, espérant que sa mère se ressaisirait. Il sentait que la situation lui échappait.

« Espèce d'âne sans vergogne ! Fils de hibou ! Va faire tes devoirs ! » cria Raman, s'efforçant de prendre l'air aussi occupé et surmené que Kumud. Mais Shanker se mit à bouder, car la situation lui paraissait très injuste. Ils s'en moquaient bien, qu'il crève de faim. Il s'enfuirait en cachette et irait mourir d'inanition sous un arbre. Bien fait pour eux !

« Je vais me sauver ! cria-t-il, très apitoyé par son propre sort.

— Eh bien, va-t'en ! Va-t'en ! hurla Raman, et il leva la main pour le frapper. Vaurien, tu oses élever la voix quand tu parles à ta mère ? » Shanker sauta prestement de côté et resta planté dans un coin de la cuisine, haletant.

« Ne te fâche pas comme ça, intervint Kumud pour calmer Raman, oubliant que c'était elle qui s'était énervée la première. S'il nous quitte, qu'est-ce que nous deviendrons quand nous serons vieux ? Tu n'as qu'un fils, tu sais. »

Raman laissa retomber sa main et Shanker parut soulagé d'apprendre que sa qualité de mâle l'affranchissait de tout crime.

« C'est un bon à rien, gronda Raman. Il y en a d'autres qui veulent devenir médecins, ingénieurs, mais celui-ci, il ne sait même pas ce qu'il veut. Ne t'attends pas à ce que tes parents t'entretiennent, mon garçon ! » dit-il.

Mais Shanker, qui se rendait déjà compte qu'il s'en était tiré à bon compte, n'avait plus aussi peur. Il se dandina d'un pied sur l'autre en écoutant le sermon de son père.

« Maintenant, sortez de ma cuisine », dit Kumud en agitant la main vers eux. Voyant que la crise s'était calmée, elle voulait continuer sa distribution de douceurs. « Ce n'est pas un endroit pour se disputer, avec le lait qui bout, le feu et Dieu sait quoi encore. Sortez de ma cuisine ! » Et elle les chassa.

« Il n'a même pas appris à témoigner du respect à ses parents ! Tu vois où ça va le mener. Quel âne ! Je le chasserai de cette maison et il se débrouillera tout seul puisqu'il se croit si malin », fulmina Raman.

Shanker rougit. Il ne leur avait pas manqué de respect. Il avait seulement dit qu'il avait faim et tout le monde s'était retourné contre lui. Même sa sœur voulait sa peau.

« Eh bien, si vous voulez me renier, ne vous gênez pas. Je m'en moque. J'irai vivre chez Oncle Vaman. Il a un doctorat et une grande maison. Et je partagerai la chambre de Guru. Même que je jouerai tous les jours au *carrom* avec lui !

— Tu n'as pas honte ! tonna Raman.

— Shanker ! » s'écria tendrement Kumud, prenant la tête de son fils entre ses mains et la pressant contre sa poitrine. Shanker essaya de se dégager, mais elle voulait l'empêcher de s'énerver davantage.

« Tu le chouchoutes, ce garçon, c'est pour ça qu'il est pourri-gâté ! dit Raman. Envoie-le donc chez Vaman. Mon frère verra à qui il a affaire. On ne veut plus de lui ici. Que Vaman lui paie aussi ses études. Qu'il soit une charge pour lui comme il en est une pour nous. »

Shanker n'avait pas envisagé la question sous cet angle. Il n'avait pas pensé à l'aspect financier. Il croyait avoir marqué un point contre son père, mais maintenant il n'en était plus si sûr. L'oncle Vaman lui ferait-il bon accueil ? Ou le verrait-il comme une charge financière ? Shanker avait beau hésiter, à ce stade il était trop tard. Raman, qui s'était précipité hors de la pièce, revenait avec une petite valise. Il commença à y jeter en vrac les manuels scolaires de Shanker.

« Où sont tes vêtements ? » demanda-t-il.

Shanker était cloué sur place.

« Excuse-toi, Shanker. Après, ce sera fini, implora sa mère.

— Non, s'écria Shanker, qui estimait ne pas avoir à s'excuser.

— Tu vois ! renchérit Raman. C'est bien un fils de hibou, celui-là ! Avec le caractère qu'il a, il n'a qu'à aller voir comment ça se passe ailleurs. Apporte-moi ses vêtements ! »

Kumud n'avait pas le choix. Elle sortit, revint avec

une pile d'uniformes d'école fraîchement repassés qu'elle rangea soigneusement dans la valise. Shanker fut tellement éberlué par la perfidie de sa mère, dont il s'attendait à ce qu'elle prenne sa défense dans cette affaire, que ce fut à peine s'il l'entendit lui dire : « Allons Shanker, excuse-toi et ce sera fini.

— Non ! »

Raman ferma la valise avec un bruit sec.

« Porte-la, ta valise », ordonna-t-il. Shanker pouvait difficilement refuser.

Puis Kumud se souvint de ce qu'elle avait à faire.

« Attends, en allant chez ton frère Vaman, sois gentil de déposer quelques friandises chez Amma à Jagdishpuri Extension.

— Ce n'est pas sur mon chemin, dit Raman, distrait un instant.

— Tu prends ta bicyclette, non ? »

Kumud courut à la cuisine et revint avec une boîte de sucreries. La graisse tachait déjà le carton, qui devenait par endroits d'un gris translucide. En inspirant l'odeur suave et lourde, Raman se calma un peu.

« Attends ! J'ai quelque chose à écrire », dit-il en s'asseyant à son bureau, qui était quelques instants auparavant couvert par les manuels de Shanker. Il prit dans le bureau une feuille de papier blanc qu'il entreprit de remplir en faisant des effets de stylo. Ils se demandèrent tous ce qu'il pouvait bien écrire.

« Il est encore temps de t'excuser, dit Raman en signant la feuille avec un impressionnant paraphe.

— Pas question.

— Shanker ! s'écria sa mère.

— Eh bien, lis ça. »

Shanker regarda la feuille de papier, qui sembla le plonger dans la plus grande perplexité.

« Qu'est-ce que c'est ? demanda Kumud.

— Une déclaration officielle d'indépendance. Shanker, à dater de ce jour, tu es indépendant de nous. C'est une partition. Une scission. Voilà, dit Raman. Je vais déposer ce crétin chez son oncle. »

Kumud et Bharathi les regardèrent s'éloigner vers la barrière. Raman marchait très raide, suivi de Shanker, qui tenait sa valise d'une main et de l'autre la déclaration d'indépendance dont l'encre était encore à peine sèche.

65

Raman et Shanker descendirent péniblement la côte en silence. Raman poussait sa bicyclette. Le jour commençait à tomber et le ciel à rougeoyer. Lorsqu'ils tournèrent vers le quartier du bazar, l'odeur des poêles à kérosène que l'on allumait pour le repas du soir emplit l'air.

« Nous allons passer au temple et prier pour ce pauvre crétin qui s'apprête à se séparer de nous. »

Shanker se renfrogna encore davantage. Il croyait que son père voulait étaler son histoire devant Satyanarayan, ce brahmane suffisant qu'il admirait tant, afin de l'humilier encore davantage. Satyanarayan adorait humilier les autres et il tirait toujours son épingle du jeu à cause de son prestige. C'était intolérable. Pourquoi tout le monde supportait-il les affronts de ce prêtre ? L'oncle Vaman avait raison, il jetait de la poudre aux yeux. Ils n'avaient aucun amour-propre, ces gens qui courbaient l'échine devant Satyanarayan – et Shanker prit la ferme résolution de ne pas faire comme eux. Il avait sa fierté, lui. Et puis, se dit-il, c'était Raman qui avait pris l'initiative de la séparation et non l'inverse.

Lorsqu'ils arrivèrent au temple, ils trouvèrent Satyanarayan assis à sa place habituelle, dehors. L'*aarti* du soir était terminé depuis peu, car les lampes à *ghi* brûlaient encore sous les arbres, projetant des ombres tremblotantes et allongées sur les divinités, et des tourbillons de fumée s'élevaient encore des bâtons d'encens noirs. Assis en face de Satyanarayan sur une natte, en tailleur, se trouvait un garçon dont le visage exprimait la crainte et l'humiliation. Il était à peu près de l'âge de Shanker, mais plus petit, et avait la tête presque intégralement rasée, à l'exception d'une petite queue de rat derrière. Il était vêtu comme un *sadhu* en miniature, d'un *dhoti* safran, avec un cordon de brahmane sur l'épaule et même des marques de pâte de santal sur le front. Satyanarayan lui faisait réciter des distiques de la *Gita* et le réprimandait lorsqu'il se trompait.

« *Om bhur bhua swaha, thatsavithur veraniam...* », psalmodia Satyanarayan en sanscrit, et le jeune garçon essaya de répéter ses paroles, mais fut distrait par l'arrivée de Raman et de Shanker. Satyanarayan leva les yeux.

« *Pranam*, Ramanji. Dis *pranam*, Bhole.

— *Pranam*, dit docilement Bhole.

— Touche les pieds de Ramanji, je te prie. »

Bhole se leva maladroitement et toucha les orteils de Raman, qui recula, surpris. Puis il se reprit et posa la main sur la tête de Bhole.

« Longue vie, mon enfant, dit-il sur un ton austère, en s'efforçant de prendre une mine paternelle.

— C'est mon neveu Bholenath. Le fils de ma sœur, pour être plus précis. On me l'a envoyé pour qu'il apprenne les saintes écritures et la vie sacerdotale. Ma sœur ne sait quoi faire d'autre de lui, expliqua Satyanarayan d'un ton monocorde, comme si Raman était la centième personne à qui il expliquait la présence de Bholenath.

— Pourquoi ne m'avez-vous pas dit que vous

recueilliez ici les garçons dont les parents ne savent pas quoi faire ? demanda Raman. Moi aussi, j'en ai un. (Il poussa Shanker du coude.) Montre la feuille », siffla-t-il. Voyant que Shanker ne bougeait pas, il lui rappela sévèrement la déclaration.

Shanker posa sa valise et sortit lentement la déclaration de sa poche. Raman la déplia et la tendit à Satyanarayan en écartant de la main les volutes d'encens afin qu'elles ne gênent pas la vision du brahmane.

« Qu'est-ce que c'est ? » demanda Satyanarayan. Bhole regarda Raman et Shanker d'un œil fixe et stupide.

« Une déclaration d'indépendance, dit Raman. Une partition. A partir de maintenant, cet âne va vivre chez son oncle Vaman. Vous êtes témoin, Punditji, il ne veut plus être avec nous.

— Qu'est-ce qui ne va pas, mon garçon ? demanda Satyanarayan à Shanker. As-tu manqué à tes devoirs envers tes parents ? »

Shanker ne répondit pas. Il ne se sentait pas tenu de donner une explication quelconque à Satyanarayan.

« Eh bien, de toute évidence, il est têtu et désobéissant, conclut Satyanarayan. Voilà ce qui arrive quand on veut absolument envoyer ses enfants à l'école de la Mission. Mais pourquoi le confies-tu à ce mécréant de Vaman, chez qui il prendra des habitudes encore plus répréhensibles ? »

Raman se sentit mal à l'aise en voyant que ses initiatives ne rencontraient pas l'approbation pleine et entière de Satyanarayan, mais il essaya de masquer sa déception derrière une plaisanterie : « Je devrais le laisser ici, finalement. Et il étudierait les textes sacrés sous votre inestimable tutelle.

— C'est une bonne idée, Ramanji, dit Satyanarayan en se caressant la barbe. Mais je ne peux avoir qu'un seul *chela* à la fois. Abondance de disciples entraîne la paresse. Pourquoi ne pas envoyer ce garçon chez ton frère aîné, Laxman ? Lui, au moins, c'est un homme qui craint Dieu. Ce garçon (le brahmane agita l'index en direction de Shanker) n'a pas besoin de nourrir son insolence naturelle au contact de son oncle Vaman.

— Certes, dit Raman en réfléchissant à la remarque de Satyanarayan. Il y a du vrai dans ce que vous dites. Mais mon frère Laxman a déjà la charge de mes deux filles, Meera et Mamta. Je ne peux pas lui imposer celle de ce hibou en plus. »

Satyanarayan renifla. « Qu'est-ce que tu as là ? Cela sent les sucreries toutes fraîches.

— Oui. Je les apporte à Amma, à Jagdishpuri Extension. Le mariage de mes filles est dans quinze jours seulement. »

Satyanarayan hocha la tête.

« Sudha *bahen* a déjà distribué des bonbons à tout le monde. Alors, tout est prêt ?

— Oui, Punditji, tout est prêt. Il ne reste plus que la cérémonie du feu proprement dite et on attend votre honorable présence pour présider aux rites védiques. » En disant cela, Raman sentit une bouffée de fierté. Il était père, et ses filles allaient se marier avec une bonne dot et des bijoux qui pourraient être conservés pendant des générations. Il fit une pause pour méditer. C'était une étape importante dans la vie d'un homme que celle où il se séparait de ses filles en les mariant. Il fit cette réflexion à haute voix.

« Oui, Ramanji, c'est une étape importante dans la vie d'un homme que le jour où il se sépare de ses filles ; mais en même temps, tu te sépares de ton fils », dit Satyanarayan en fixant des yeux perçants comme deux vrilles sur Shanker qui, mal à l'aise, se dandina d'un pied sur l'autre.

« Il faut que nous partions, il se fait tard, dit Raman. Nous passerons d'abord à Jagdishpuri Extension. » A ce stade, Satyanarayan parut se désintéresser de leurs affaires et il se retourna vers son neveu. « Allons, Bhole », dit-il. Et il se remit à réciter la *Gita* : « *Om bhur bhua swaha...* »

Shanker était dépité. Dépité de devoir faire tout ce trajet au lieu d'être confié à son oncle, qui, assurément, prendrait tout ceci à la légère et ferait remarquer que son père s'était conduit de façon absurde. Dépité d'avoir été humilié devant Satyanarayan à qui on avait montré la déclaration. Et dépité que son père ait offert de le laisser à Satyanarayan à la place de ce Bhole avec son air débile, sa tête rasée, sa queue de rat et son front orné d'un U en pâte de santal. Cela ne prouvait-il pas que son père n'avait aucune affection pour lui ?

Le père et le fils étaient tellement absorbés dans leurs pensées respectives que ce fut à peine s'ils remarquèrent une Ambassador blanche qui s'arrêta devant eux. Le royal sahib en descendit et leur cria : « Je peux vous déposer quelque part ?

— Nous allons à Jagdishpuri Extension, dit Raman, gêné.

— Je sais, Satyanarayan me l'a dit. Grimpe ! » dit le royal sahib à Shanker, qui ne se le fit pas dire deux fois. Jamais il n'était encore monté dans une voiture. Seulement dans des autobus. Il monta avec sa valise et rebondit sur les sièges pour en tester les ressorts, et le résultat dut lui paraître satisfaisant, car il se pencha en arrière, puis en avant. Lorsque le royal sahib eut fermé la porte, Shanker examina les leviers de commande. La vitre teintée de la fenêtre se baissa et le visage de Shanker, avec son air ravi, apparut. La vitre se leva, se rabaissa et se releva encore.

« Nous mettrons la bicyclette dans le coffre », dit le royal sahib, voyant Raman qui restait planté sans savoir quoi en faire. Il était distrait et en même temps fasciné par la vitre automatique qui montait et descendait comme par magie. Il voulait jeter un coup d'œil à l'intérieur afin de voir ce que faisait Shanker pour déclencher cela. Il en oublia complètement qu'il était fâché contre son fils et aurait dû lui crier d'arrêter de jouer de manière aussi peu respectueuse avec le véhicule du royal sahib.

« Dans le coffre », répéta le royal sahib, avec un mouvement de tête. Raman traîna sa bicyclette à contrecœur derrière la voiture.

« Vous apportez des friandises à la vieille dame ? » demanda le royal sahib, qui enfourna dans le coffre la bicyclette, dont la roue avant dépassait.

Raman était surpris de voir que ses faits et gestes avaient fourni matière à discussion entre le brahmane et le prince. Tout Mardpur serait donc au courant de la visite de Raman à Amma pour lui apporter des friandises à l'occasion du mariage de ses filles ? Demain, il dirait à Gulbachan de préparer une dépêche pour l'agence de presse afin d'épargner à Satyanarayan la peine de répandre plus largement la nouvelle, pensa Raman.

« J'ai moi aussi un cadeau pour la vieille dame. Pouvez-vous le lui remettre ? » demanda le royal sahib. Il tenait un petit carton que Raman lui avait vu retirer du coffre en faisant de la place pour la bicyclette. Du carton, il sortit deux gâteaux et les brandit devant les yeux de Raman, si près que celui-ci dut reculer pour les voir.

« Ceux-ci sont pour la vieille dame. Mettez-les dans votre boîte », dit le royal sahib.

Tiens, se dit Raman, pourquoi sortir deux gâteaux d'un carton au lieu de donner toute la boîte ? Raman les regarda d'un œil dégoûté et plissa le nez pour les renifler. Ils n'avaient pas le parfum doux et laiteux des gâteaux frais, mais dégageaient une odeur âcre qu'il reconnut : c'était celle du poison La Vieille Dame contre les rats. Raman recula encore, comme s'il craignait d'être empoisonné rien qu'en inspirant les exhalaisons.

« Mettez-les dans votre carton, avec les autres », dit le royal sahib d'un ton impavide, comme si sa requête était la plus normale du monde.

Raman ne pouvait pas refuser. Qui sait ce que cet homme serait capable de leur faire, à Shanker et à lui, au milieu de la nuit ? Mais Raman ne voulait pas que ses friandises à lui soient contaminées. Il mit celles du royal sahib sur le papier cristal couvrant les gâteaux et confiseries de sa propre boîte, dont l'arôme puissant, frais et laiteux, montait délicieusement jusqu'à ses narines, mais lui inspirait plus de peur que de gourmandise.

Il n'y avait aucun moyen de jeter la boîte tant que le royal sahib l'observait. Il regarda son pouce et son index avec terreur : ils avaient manipulé les gâteaux et des traces de poison avaient pu se déposer dessus. La tête lui tournait : l'odeur laiteuse et fraîche, et l'autre, âcre et trompeuse, se mélangeaient dans son esprit jusqu'à la confusion la plus totale. Amma saura, pensa-t-il. Elle a un odorat exacerbé. Elle sentira venir le danger, elle qui lit si bien l'avenir. Il se convainquit qu'elle saurait éviter ces gâteaux. Il était bien obligé de compter sur les dons d'Amma, faute d'une alternative.

Machinalement, il suivit le royal sahib jusqu'à la portière de la voiture et monta. Le carton de friandises installé sur ses genoux lui donnait une impression de chaleur. Il le souleva légèrement, pour éviter de faire des taches de graisse sur son pantalon, et le tint à deux mains avec précaution. Ses coudes et ses poignets ne tardèrent pas à lui faire mal à force de se contracter pour garder le carton bien droit. Pendant tout le trajet jusqu'à Jagdishpuri Extension, Raman garda les yeux fixés droit devant lui, ne voulant regarder ni le carton ni le royal sahib, tandis qu'à l'avant, sur le siège du passager, Shanker sifflotait allègrement.

66

« Elle approche, je le sens, dit Amma d'une voix si basse que Deepa fut obligée d'approcher son oreille des lèvres de sa grand-mère. Je n'attends plus qu'un dernier cahier.

— Un seulement ? » s'écria Deepa, qui, sous le choc, s'assit sur le *charpoy*, son *balti* entre les mains. Elle regarda le yaourt blanc, si pur, à la fraîcheur aigrelette, le yaourt de Jhotta.

« Amma, que deviendra Jhotta quand tu ne seras plus là ? »

Amma rassembla ses forces avant de répondre.

« Pour une bufflonne qui donne un aussi bon lait qu'elle, les amateurs ne manqueront pas. Elle trouvera une bonne maison.

— Mais elle ne donnera pas éternellement du lait.

— C'est son destin d'en donner, et elle en donnera. » Amma s'arrêta pour prendre une grande inspiration, rassemblant ses forces pour poursuivre. « Bientôt, elle aura encore un petit, alors elle donnera encore plus de lait. Beaucoup plus qu'il ne nous en faut. Nous sommes déjà obligées d'en donner : à Raman, à la mère d'Usha. Si Jhotta a un autre petit, elle pourra nourrir une famille nombreuse. Si elle n'en a pas encore eu, c'est parce qu'elle sait que nous n'avons pas besoin de plus. Que faire de tant de lait ? »

Puis elle se laissa retomber sur son *charpoy* et Deepa s'éclipsa doucement pour qu'elle se repose.

Usha avait entendu les paroles d'Amma et lorsque Deepa la persuada de raconter une histoire de Baoli, elle avait celle-ci toute prête.

« Un jour que Baoli était dans le jardin avec Jhotta, elle dit : "Jhotta, tu manges comme quatre et tu donnes vraiment peu de lait." Alors Jhotta répondit : "Tu ne bois qu'un verre de lait le matin et un le soir. Pourquoi veux-tu que j'en donne plus ?" Mais Baoli lui répondit : "Tu es une Jhotta *baoli*. Je t'ai payée très cher parce que tu donnais du bon lait, et en quantité suffisante pour dix personnes." Pendant toute la semaine suivante, Jhotta n'a pas donné de lait du tout. "*Hai !* s'est dit Baoli, cette folle-là, qu'est-ce qu'elle a dans la cervelle à présent ?" Et Jhotta lui a répondu : "Je t'ai donné du lait en abondance jusqu'ici, eh bien, pour la peine, cette semaine, je n'en ai pas donné du tout." Baoli a été furieuse : "Ah, c'est comme ça, Jhotta ! Eh bien moi, ta maîtresse, qui t'ai donné à manger en abondance jusqu'ici, pour ta peine je réduirai ta ration !" Et elle a donné de moins en moins à manger à Jhotta. Alors Jhotta est devenue de plus en plus maigre et elle est morte. Et Baoli n'a plus eu de lait du tout.

"Baoli Maai, Baoli Maai,
Kahan se hai ?
Koi jan na paai." »

Deepa sortit dans le jardin et alla cajoler Jhotta. « Pauvre Jhotta, tu es comme moi. Tu ne sais même pas où tu vas aller. Il faut souhaiter que tu tombes sur un bon maître. Tu seras gentille avec lui et tu lui donneras beaucoup de lait, pas comme cette Jhotta *baoli* des histoires d'Usha. »

Jhotta lui souffla dans les cheveux.

« Tu te fais du souci, Jhotta ? Tu es triste ? » demanda tendrement Deepa, s'efforçant de deviner les pensées de la bufflonne en regardant ses yeux. Jhotta n'avait l'air ni triste ni soucieuse. « Tu n'auras rien à faire qu'à te laisser vivre et à donner du lait. »

Deepa flatta Jhotta de la main et lui mélangea son fourrage avec amour. Avant de la conduire dans la cour pour la nuit, elle lui laisserait manger les bouts de canne à sucre dont elle raffolait. La nuit tombait déjà et les premières étoiles apparaissaient dans le ciel bleu foncé. A ce moment précis, elle entendit le bruit de moteur de la voiture blanche du royal sahib et leva les yeux. Mais au lieu du royal sahib, ce furent Raman et Shanker qui en sortirent. Raman reprit sa bicyclette dans le coffre et l'Ambassador s'éloigna.

Deepa trouva que Raman paraissait un peu hésitant, mais elle l'envia car il était monté dans la voiture du royal sahib.

« Amma est là ? demanda Raman, assez nerveux.

— Où veux-tu qu'elle soit ? répliqua Deepa en riant.

— Ah, mais il lui arrive d'aller au temple. » Il espérait qu'elle ne serait pas là ; ainsi, il pourrait s'en aller et jeter le contenu du carton.

Deepa hocha la tête. « Elle est là. Mais elle est faible. Elle se fatigue très vite à présent. Il n'est pas sûr qu'elle puisse assister au mariage de Meera et de Mamta. »

Raman savait que Deepa avait remarqué le carton de friandises qu'il tenait à une dizaine de centimètres de lui pour éviter de tacher ses vêtements. Il ne pouvait plus le jeter.

« Je ne veux pas la déranger. J'ai quelque chose pour toi, Deepa. Tu seras contente quand tu verras ce que c'est. »

Il appuya sa bicyclette contre le mur et leva le carton en l'air. De sa main libre, il déboutonna sa chemise et sortit le cahier. « Tiens », dit-il en le tendant à Deepa avec un grand sourire, oubliant momentanément le royal sahib et ses sinistres menées. « C'est le dernier. »

Deepa prit délicatement le cahier et le regarda avec attention. Il était identique à tous les autres cahiers que Raman et elle avaient achetés au dépôt de livres Ahuja. Puis elle leva les yeux et regarda Raman d'un air très soucieux. « C'est vraiment le dernier ? demanda-t-elle.

— Absolument, affirma Raman en lui pinçant la joue. Tu devrais être toute contente d'en voir le bout !

— Il ne reste pas encore un petit morceau à écrire ? demanda Deepa, incapable de sourire.

— Même si ton Amma me dit de le faire, je n'écrirai pas davantage. Jagat Singh est en prison, c'est la fin. Je ne m'occupe plus de lui. Je ne veux plus rien savoir de ce qu'il pense ni de ce qu'il mijote ! »

Deepa se détourna, accablée par le poids de son cœur. Raman et Shanker la suivirent dans la cour.

« *Ram, Ram*, Ammaji », dit Raman, que le fait d'avoir pensé au travail accompli avait mis de bonne humeur. Il s'était attendu à ce que Deepa manifeste plus de plaisir, mais il était tard et elle était peut-être fatiguée.

Amma renifla : « Tu as apporté quelque chose pour moi, Ramanji ?

— Oui, Ammaji, des friandises, dit Raman d'un ton réservé.

— Le mariage est imminent, alors !

— Il reste encore quelques jours, mais nous sommes déjà débordés. La maison sera pleine. Je me suis dépêché de venir avant que toute la famille soit là, parce qu'alors je n'aurai plus une minute à moi et il faudra que je m'occupe d'elle tout le temps. » De nouveau, Raman éprouva l'orgueil du père qui marie ses filles, et qui plus est les marie bien. « Naturellement, nous t'attendons. Nous avons loué une grande *shamiana*. »

Amma agita une main. « Quand il y a beaucoup de monde, je suis désorientée. Je resterai chez moi et je penserai à ce beau mariage, tout comme j'ai pensé aux aventures de Jagat Singh, à distance.

— Ah oui, Jagat Singh. Celui-là, il n'aura plus d'autres aventures ! J'ai apporté le dernier cahier, dit Raman, satisfait.

— Où est-il ? » demanda Amma, tendant une main pour le tâter. Deepa le lui donna doucement.

« Alors le livre est terminé.

— C'est un ouvrage important, dit Raman, avec le sentiment d'avoir accompli quelque chose. Mais maintenant, c'est fini, il faut que je pense avant tout au mariage de mes filles.

— Et aux bijoux, chuchota Amma d'une voix un peu enrouée, lorsqu'elle sentit que Deepa s'était éloignée. Tu vas les donner à tes filles ?

— C'était mon intention, dit Raman, un peu embarrassé. Mais sœur Sudha s'était déjà occupée des bijoux pour les noces. Je vais les garder pour Bharathi, maintenant. »

Amma se laissa retomber sur son *charpoy*, lasse de nouveau. « C'est bien ce que j'avais pensé. Ils resteront cachés dans le jardin aux lychees comme les miens restent cachés ici. Méfie-toi de cet étranger, Raman, de ce prince. »

Raman se figea. Ainsi, elle était au courant, pour les friandises.

« Tu auras encore besoin de ton livre. Il te rapportera de l'argent. Mais utilise-le à bon escient, pour que le jardin aux lychees reste en ta possession, sinon le jardin et le trésor seront à jamais perdus pour ta famille. » Amma fut prise d'une quinte de toux violente, sèche et pénible, et elle se rejeta en arrière, pantelante. Deepa arriva en courant pour lui donner de l'eau. Mais Amma voulait parler à Raman, et lorsqu'elle eut fini de boire, elle fit signe à Deepa de s'éloigner.

« Alors, qu'est-ce que tu vas faire, maintenant que ton livre est fini ?

— Gulbachan a des amis à Delhi qui peuvent le publier », dit Raman. Il repensa à la proposition de Gulbachan et comprit alors qu'il n'avait aucune raison de ne pas l'accepter. Gulbachan conserverait le bungalow de fonction, mais pourquoi Raman lui en tiendrait-il rigueur ? Gulbachan avait été très correct avec lui pendant toute ces années.

« Vraiment ? Alors, il faut fêter ton livre. Goûtons les bonnes choses que tu nous as apportées ! » dit Amma, qui tapa dans ses mains pour appeler Usha. Saisi de panique, Raman regarda autour de lui et se demanda comment l'arrêter.

Usha apporta de petites assiettes de métal en attendant que l'eau chauffe, et Raman disposa les friandises avec précaution sur les assiettes. Il sortit d'abord les deux du royal sahib et les posa soigneusement sur la première assiette, avec l'intention de ne les donner à personne. Mais pendant qu'il distribuait les autres, Usha s'approcha de lui, saisit prestement l'assiette avant qu'il ait eu le temps d'intervenir et la plaça à côté d'Amma. Il tendit la main comme pour essayer de la reprendre furtivement, mais elle était déjà hors de sa portée et il ne réussit pas à articuler un seul mot de mise en garde. Amma doit déjà savoir, pensa-t-il. Il fit une prière fervente. Son don de prescience, qui ne lui avait jamais fait défaut pour servir son projet à lui, ne devait pas lui faire défaut maintenant qu'elle courait un risque. Jusqu'à la toute fin, jusqu'à ce que son livre soit terminé, les visions d'Amma avaient toujours servi Raman.

Il était dans un tel état de malaise à cause des friandises qu'il ne tenait plus en place. « Je ne peux pas rester pour le thé, Ammaji, fit-il pour s'excuser. Il faut que j'accompagne mon fils chez mon frère. »

Pendant ce temps-là, Shanker était resté non loin d'eux avec sa valise. Mais la peur qu'avaient inspirée à Raman le royal sahib et ses friandises empoisonnées avait fait s'évanouir sa colère contre son fils. Il n'avait plus envie d'aller chez Vaman. Il ne se souvenait plus pourquoi il se rendait là-bas avec Shanker et sa valise. Tout ce qu'il voulait, c'était quitter cette maison de Jagdishpuri Extension.

Amma n'insista pas. « Je bois mon thé de toute façon, dit-elle. Si tu dois partir, pars, mais moi, je veux goûter ces petites choses délicieuses. »

Raman en mit une dans sa bouche et se leva. C'est sûr, elle sait, se dit-il. Elle a un odorat tellement fin.

« Il est déjà tard, et comme je suis avec mon fils, ce n'est pas la même chose. Je reviendrai une autre fois », dit-il.

Il prit Shanker par la main, traversa la cour, défit le cadenas de sa bicyclette et s'éloigna de chez Amma en pédalant aussi vite qu'il le pouvait, avec Shanker sur le porte-bagages.

Il était parti si vite qu'il n'avait pas entendu Amma dire à mi-voix : « Il n'y aura pas d'autre fois. »

« Je sens l'odeur de la peur », dit Amma lorsque Raman fut parti. Elle sentait aussi qu'elle devait éviter les friandises.

« Mais je n'ai pas peur. Je suis triste, c'est tout », précisa Deepa. Elle feuilletait le cahier de Raman. Le dernier.

« Je sais. C'est la peur de Raman que je sens », dit Amma en prenant une grande inspiration laborieuse. Cela ne fit qu'ajouter à la perplexité de Deepa. De quoi Raman pouvait-il avoir peur ? Il ne croyait quand même plus qu'il y avait des fantômes chez sa grand-mère !

Usha apporta son thé à Amma, qui en but une gorgée avant de reposer brusquement son verre. « Pas assez sucré. Combien de fois t'ai-je dit qu'il doit y avoir deux cuillerées de ce double sucre ! Va m'en chercher d'autre ! » Et d'un geste irrité de la main, elle indiqua la cuisine.

Deepa aperçut un éclat métallique lorsque la petite assiette vola en l'air, tournoya plusieurs fois et étincela en réfractant la lumière de la lanterne, avant d'atterrir avec fracas tandis que les friandises roulaient sous le *charpoy*.

« *Baapré !* Qu'est-ce qui se passe ? s'écria Amma.

— Votre assiette est tombée, ce n'est rien, dit Usha, qui se précipita pour nettoyer. Le carton est plein de sucreries. Je vais vous en donner d'autres et je nettoierai tout. »

Usha alla chercher une autre assiette et prit deux autres sucreries dans la boîte de Raman.

« Quel gâchis ! Mais à l'odeur, celles-là semblent encore plus fraîches, dit Amma.

— Celles du dessus sont exposées à l'air chaque fois qu'on ouvre la boîte. Elles ne sentent jamais aussi bon que celles du dessous, dit Usha en balayant.

— C'est vrai, ce que tu dis. Mais ce gâteau-ci a un goût de beurre délicieux. L'autre ne sentait pas aussi bon.

— Ce sont les mêmes », dit Usha en riant. Elle était en train de pousser avec sa balayette les débris de gâteau sur un morceau de carton.

Lorsque Deepa entra dans la cuisine, elle trouva Usha en train de donner les morceaux au rat pris au piège.

« Tu l'as toujours, ce rat ? dit-elle, surprise, en prenant un verre sur l'étagère et en le mettant sous le bec de la cruche, qu'elle inclina pour remplir le verre d'eau fraîche. Elle savoura le goût d'argile rouge lorsqu'elle le porta à ses lèvres. L'air était imprégné du parfum des confits, puissant et entêtant.

« C'est une souris. Elle me connaît, à présent, dit Usha en présentant le gâteau à la souris à travers les barreaux ; et elle la regarda le grignoter sans hésitation.

— Tu voulais l'empoisonner, lui rappela Deepa, le verre toujours aux lèvres.

— C'est difficile de faire du mal à un être une fois qu'on s'est habitué à lui. Regarde ! Elle me connaît. Là, *chuhia*. Mange, c'est sucré. » La souris dressa les oreilles et pointa le nez entre les barreaux. « Tu vois, elle reconnaît ma voix.

— Tu lui as appris des tours ?

— Bientôt, je lui apprendrai à compter ! C'est une souris maligne.

— Je peux ? » demanda Deepa. Elle posa son verre et offrit un bout de gâteau à la souris. Mais celle-ci ne le prit pas et ne s'intéressa qu'à celui que lui avait donné Usha.

— Tu vois ! fit la servante en riant.

— Je préfère les buffles, laissa tomber Deepa, vexée.

— Les animaux le sentent, si tu les aimes. C'est pour ça que cette *chuhia* n'accepte que ce que je lui donne.

— Jhotta accepte ce que tout le monde lui donne, mais je sais qu'elle m'aime. Et ce n'est pas seulement parce que je lui donne à manger.

— Bientôt, ma *chuhia* fera aussi la différence, sourit Usha. L'amour ne se borne pas à reconnaître la main qui te nourrit, *chuhia*. Tu comprends ça ? Souviens-toi de ma voix. J'aurai beau ne rien te donner à manger, je serai différente des autres, même si eux aussi te donnent à manger. Elle n'a pas de mère pour le lui apprendre, alors c'est à moi à le faire. »

Deepa se mit à rire et offrit de nouveau un bout de gâteau à la souris, qui ne le prit toujours pas.

« Elle n'a plus faim, commenta Deepa.

— Non, insista Usha, elle ne mange que ce que je lui donne.

— Demain, je réessaierai, promit Deepa, bien décidée à se faire reconnaître aussi de la souris.

— Ça ne marchera pas. Cette *chuhia* me connaît déjà, moi, roucoula Usha.

— Tu vas la garder ?

— Bien sûr.

— Où ça ? Si tu la laisses dans le piège, ça veut dire que tu ne peux plus l'utiliser, lui.

— Je n'en ai pas besoin.

— Qu'est-ce qu'il est devenu, le poison que tu as acheté chez Jindal ?

— Il est tombé dans le *nullah*.

— Comment as-tu fait ton compte ?

— Comme Amma tout à l'heure : j'ai bougé la main et il est tombé. »

Deepa se demanda si elle devait la croire.

« Tu l'as peut-être jeté, non ?

— Peu importe comment il est tombé. Ce qui compte, c'est que ma *chuhia* ne soit pas appelée à mourir empoisonnée », dit Usha avec conviction en tendant un autre morceau de gâteau à travers les barreaux.

67

Raman traversa le Vieux Marché à vive allure. Sa bicyclette tanguait un peu sous le poids de Shanker à l'arrière. Ce dernier n'était plus en colère. Sa rancœur contre son père s'était complètement évaporée, lui laissant le sentiment de sa propre insignifiance et de son impuissance. La petite valise marron paraissait ridicule, et la déclaration d'indépendance dans sa poche encore plus.

Raman, pour sa part, ne pouvait détacher sa pensée du royal sahib, ce personnage ténébreux et fourbe qui avait beau être plus riche que quiconque à Mardpur, mais n'en projetait pas moins de supprimer la veuve du grand sage astrologue parce qu'il convoitait son trésor. Et pourtant, le royal sahib n'avait pu se procurer les bijoux. Pas même ceux qui étaient entre les mains de Madan Lal. C'était le destin, pensa Raman. Le destin lui avait permis de devancer le royal sahib pour l'acquisition des bijoux. Le trésor des cours des rois n'était pas pour ceux qui brûlaient de convoitise. Il serait transmis, Raman en était sûr, d'Amma à sa petite-fille afin de lui assurer un mariage convenable. Quant aux autres bijoux, ceux qui se trouvaient en sa possession, ils assureraient le mariage de sa fille Bharathi. S'il ne faisait rien d'autre de bien dans sa vie, Raman voulait être un bon père.

Mais autre chose le tracassait. Il n'était pas intervenu lorsqu'on avait tendu à Amma les friandises empoisonnées. Du reste, il les lui avait servies lui-même. Il les avait même mises sur les assiettes au lieu de les jeter dans le caniveau, leur vraie place. Si Amma mourait, plus d'une personne aurait mis la main à ce forfait, tout comme plusieurs avaient mis la main à l'histoire de Jagat Singh. Tandis qu'il pédalait en direction du temple, Raman était si bouleversé qu'il ne vit qu'au dernier moment une silhouette qui se dressait sur la route.

« Où vas-tu si vite dans la nuit ? demanda sévèrement Satyanarayan.

— Je vais voir mon frère et je suis en retard », dit Raman d'une voix saccadée. L'indiscrétion du brahmane était un comble ! Il n'avait donc rien de mieux à faire que de rester planté au milieu de la route et de la circulation ? Pas de savoir à transmettre à Bholenath ? Pas de sermons à faire aux visiteurs du temple comme il en avait fait à Raman pendant tant d'années sur l'importance de la tradition, tout cela pour abandonner l'idée à sa convenance ? Exactement comme il s'était rendu compte de la rapacité du royal sahib pendant qu'il pédalait de Jagdishpuri Extension au temple, Raman venait de prendre conscience que Satyanarayan n'était que façade. Que la sagesse d'un homme ne tient pas à ses paroles, à des citations des *shastras*, des Védas ou autres textes sacrés, mais à ses actes. Lui, Raman, n'était ni sage ni instruit, mais il acceptait ses défauts. Satyanarayan, il le savait, ne reconnaîtrait ni n'accepterait jamais les siens. En fin de compte, c'était lui qui avait dit au royal sahib que Raman devait se rendre chez Amma pour lui apporter des friandises.

Etait-il, lui aussi, dans le secret de la manœuvre visant à éliminer Amma ? Jindal n'avait-il pas dit que Satyanarayan lui-même était venu acheter de la mort-aux-rats ?

Raman regarda Satyanarayan d'un autre œil, celui d'un homme qui allait s'acquitter de son devoir de père à l'égard de ses filles jumelles, et il répondit avec hauteur : « Avec le mariage de mes filles, il y a tant à faire que les heures de jour ne suffisent pas. »

Soit qu'il n'ait eu aucune raison valable de rester au milieu de la route, soit qu'il ait décelé au ton de Raman qu'il n'était pas d'humeur à plaisanter, Satyanarayan dit : « Dans ce cas, je ne te retiens pas », et s'écarta pour le laisser passer.

Raman s'éloigna à grands coups de pédales. Perché en travers du porte-bagages, Shanker tourna la tête et regarda la silhouette vêtue d'un *dhoti* repartir vers le temple et en rencontrer une autre qui sortait de l'ombre. Shanker, qui n'avait jamais vu Man Singh auparavant, ne le reconnut pas.

Raman continua à pédaler plus doucement. Il avait oublié sa colère contre Shanker, noyée au milieu de problèmes existentiels plus préoccupants. Il continua pourtant son chemin vers la maison de son frère, car, par fierté, il voulait mettre à exécution sa menace à Shanker. Il l'y laisserait juste un petit moment. Demain, il irait le rechercher, se dit-il.

Ce fut Madhu qui leur ouvrit, mais il fallut qu'ils frappent un certain temps avant qu'elle arrive. Il y avait un tel vacarme dans la maison que personne ne les avait entendus. Raman eut l'impression de tomber en plein meeting politique. Une conversation particulièrement bruyante, qui avait lieu non loin de l'entrée, portait sur les avantages et inconvénients respectifs d'avoir le même parti au gouvernement depuis l'indépendance, et le ton montait. Raman fut soulagé lorsque Madhu arriva : il commençait à croire que la maison avait été investie par le congrès d'un parti.

« Frère Raman ! Nous étions tous en train de parler de toi ! s'écria Madhu. Ton *chacha* vient d'arriver de Lucknow et ta *bua* est là aussi ! Nous ne l'avons pas vue depuis près de quinze ans. Meera et Mamta n'étaient même pas encore nées ! »

On fit entrer Raman et Shanker dans la maison pleine de monde. Guru entraîna Shanker pour le présenter à leurs cousins, arrivés le jour même. Tout le monde parlait en même temps. Il y avait des parents que Raman reconnaissait à peine, d'autres qui avaient vieilli et s'étaient voûtés. Il se sentait confondu de voir tant de gens à la fois. L'oncle et la tante vinrent le féliciter.

« *Wah !* Raman, quand je pense que tu es le père de jumelles qui se marient ! dit Bua. La dernière fois que je t'ai vu, tu étais étudiant et tu ne voulais rien faire. Nous étions tous furieux ! Tes frères nous suppliaient d'essayer de te faire entendre raison. »

Chacha le salua. Appuyé sur une vieille canne, il pouvait à peine marcher.

« Où est ta femme ? J'ai oublié son nom, à cette *chokri* qui n'a que son brevet. Jolie, je dirai au moins ça pour elle. Et tes filles, je les ai déjà vues. Heureusement qu'elles sont plus intelligentes que leurs parents. »

Vaman vint vers lui.

« C'est gentil de venir saluer ta famille. Tout le monde se demandait où tu étais ! Chacha a même dit : "C'est tout Raman, ça, de ne pas être à la gare routière pour nous accueillir tous. Enfant déjà, c'était un malappris." »

Raman trouva que c'était un peu fort. Personne ne

lui avait dit quand Chacha devait arriver, pas plus que Bua ni aucun de ses cousins, neveux et nièces. Et allez savoir qui était arrivé chez Laxman !

« On est déjà au complet, dit Vaman avec bonne humeur. Il y a encore des arrivées demain. On met des *charpoys* sur le toit, comme à l'hôpital Aurobindo. Kumud ne doit plus savoir où donner de la tête avec toute sa famille qui arrive chez vous, non ? »

Raman eut une bouffée de nostalgie en pensant au calme du jardin aux lychees, comparé au bruit infernal qui régnait chez son frère.

Il voulait savourer la dernière soirée paisible avant le lendemain, car les parents de Kumud commenceraient à arriver.

« Viens parler à ta tante de la famille des garçons. Elle n'arrête pas de poser des questions à ce sujet », dit Vaman. Madhu passa, fébrile : « Je le savais, que je n'avais pas assez de draps pour tout le monde ! Où vais-je en trouver maintenant ?

— Il n'y a pas besoin de draps, dit Vaman. Il n'y a qu'à dormir à même les nattes. D'ailleurs, c'est ce que doivent faire les épouses selon la tradition, non ? »

Madhu lui jeta un regard incendiaire et fit tinter ses bracelets.

« Il y a un minimum de pudeur à observer dans cette maison ! dit-elle.

— Ne t'en fais pas, ne t'en fais pas, dit Vaman. Ce ne sont pas les *dhotis* qui nous manquent, au Palais du Sari. Si ce sont des draps qu'il te faut, je t'en trouverai. Tu peux te servir des *dhotis* comme dessus-de-lit. » Il se tourna vers Raman. Tu as vu le fils de Chacha, notre cousin Ramnath ? Figure-toi qu'il a une voiture ! »

Raman n'avait aucune envie de voir Ramnath pour l'instant. Il essaya de parler de Shanker à Vaman, tout en se rendant compte que ce soir il n'y aurait pas de place chez son frère pour son rejeton indigne. Cela tombait mal. De plus, le clan au complet saurait qu'il s'était disputé avec son fils, et cela fournirait matière à commentaires pendant des semaines, voire des années.

« Je voudrais que tu fasses la leçon à Shanker, dit Raman. Dis-lui comment il doit se conduire avec ses parents. Il dépasse les bornes, déjà. Même Guru n'est pas aussi insolent que lui !

— Oh, c'est Madhu qui s'occupe de la discipline ! dit Vaman. Elle est beaucoup plus stricte que moi. Un mot d'elle et ils filent doux. »

Il y eut un certain remue-ménage lorsque Madhu apparut, aux trousses de Guru.

« Combien de fois t'ai-je répété de ne pas toucher à ces sucreries ! Mais autant parler à un mur ! Ces garçons n'écoutent jamais rien. Et on a beau les corriger, ils recommencent quand même !

— Nos fils ne sont pas comme nous à leur âge, déplora Vaman. Guru me donne du fil à retordre. Qu'est-ce qu'on peut faire ? Quoi que tu dises, ils n'écoutent rien. Ils comprendront plus tard, quand ils auront des fils. Allez, viens, que je te présente Ramnath. Il faut qu'il te raconte comment il a réussi à gagner autant d'argent ! Il meurt d'envie d'en parler. »

Ramnath était gras et prospère, et fumait une cigarette à petites bouffées.

« Salut, Raman ! Ça fait un bail. Comment as-tu payé la dot ? Tu as braqué une banque ? On croyait tous que tu n'avais pas le sou et que tu vivais grâce à la générosité de tes frères. Pas vrai, frère Vaman ?

— Si », dit Vaman avec un large sourire. Lui aussi avait été surpris en apprenant par Laxman que son frère avait réglé sa part, mais il n'avait pas eu le loisir d'en discuter avec Raman. Organiser un mariage prenait tellement de temps, surtout quand on avait un magasin de saris à tenir par ailleurs.

Raman n'avait rien à dire à son cousin qui, enfant, était déjà gros et les brimait, Vaman et lui.

« Tu travailles toujours chez ce type de la PTI ? s'enquit Ramnath. Crois-moi, il faut travailler à son compte ! Et où est ta petite femme ? La discrète ? »

Raman saisit la perche tendue. « Il faut que je file. Elle m'attend ; c'est qu'il y a tellement à faire avant le mariage !

— Tellement à faire ? Tu as toujours été le paresseux de la famille, Raman, celui qui laissait tout le travail aux autres. Mais un double mariage en demande, même avec deux frères qui se chargent de l'essentiel ! Si tu me demandes comment j'ai gagné mon argent, je peux te dire que ce n'est pas en étant paresseux. »

Raman chercha désespérément Shanker des yeux, lui saisit la main et s'excusa pour prendre congé de Ramnath : « On a besoin de nous à la maison. Je reviendrai demain.

— A la maison ? Ce jardin infesté de moustiques ? Je parie que les fissures dans le plâtre sont restées telles quelles depuis le jour où tu as emménagé.

— Il a pris beaucoup de valeur, tu sais, intervint Vaman. Les Marwaris achètent tout ce qu'ils peuvent à Mardpur en ce moment.

— Tiens, tiens ! dit Ramnath, brusquement intéressé. Alors, combien crois-tu qu'il vaut ?

— Seize *lakhs* au bas mot, dit Vaman.

— Seize ! » Ramnath lui-même en fut impressionné. « C'est du gâchis de le laisser à Raman ! »

Ce dernier le regarda, écœuré, mais pas à cause de ce que Ramnath venait de dire.

« Tu ne m'as pas demandé dans quoi je me suis lancé récemment, Raman ! dit Ramnath.

— Pose-lui la question, insista Vaman.

— Dans quoi t'es-tu lancé récemment ? articula Raman comme un automate pendant que Shanker se dégageait de son étreinte.

— J'ai fondé une petite maison d'édition. Et Vaman me dit que tu as un livre à publier ?

— Après le mariage », dit Raman. La tête lui tournait un peu et il s'éventa le visage d'une main.

« Ça ne presse pas, dit Ramnath. Mais le moins que je puisse faire pour toi, Raman, c'est de publier ton livre. Et celui-ci, c'est Shanker ? Envoie-le-moi. Je lui apprendrai à gagner de l'argent. Jamais il n'apprendra ça en restant ici à Mardpur. Je ferai ça pour mon cousin. » Et il envoya une tape dans le dos de Raman.

« C'est une bonne idée », dit Raman qui, dans son désir de s'éclipser, oubliait que son intention première était d'envoyer Shanker chez des parents afin de lui donner le sens des réalités. Il saisit prestement la valise marron de Shanker, que celui-ci tenait toujours, marmonna quelques phrases sur l'arrivée imminente de membres de la famille chez lui et fila dehors, où il retrouva l'air de la nuit, plus frais, moins oppressant que celui de l'intérieur. Il prit une inspiration profonde afin de savourer la tranquillité qui, il le savait, serait compromise le lendemain, et enfourcha sa bicyclette. Shanker, qui n'avait guère plus apprécié que Raman de se voir jaugé par Chacha et Bua, sauta sur le porte-bagages avec sa valise et ils roulèrent jusqu'à Kumar Junction, où ils descendirent de la bicyclette pour gravir la côte à pied.

Kumud fut contente de les voir. « Alors, l'oncle Vaman n'a pas voulu de toi non plus ? » dit-elle pour les taquiner gentiment. Elle savait qu'ils reviendraient. Mais elle ne voulait pas avoir l'air de laisser entendre que, peut-être, Raman avait fait machine arrière.

« Le petit a eu des remords, dit Raman d'un ton péremptoire, la mine sévère.

— Je le savais, dit Kumud. Au fond, ce n'est pas un méchant garçon. Sa place est à la maison, et on ne peut pas choisir les enfants qu'on a. Il faut faire avec. »

Et elle accueillit à bras ouverts son fils prodigue.

68

Jamais il n'y avait eu autant de monde dans la maison de Jagdishpuri Extension. Assise sur le *charpoy* d'Amma dans la cour, Deepa, impassible, regardait les gens défiler pour rendre un dernier hommage à Amma. Elle reposait à l'intérieur, à l'abri du soleil, calme et paisible. Drapée dans un châle rouge, elle était étendue à même le sol, avec lequel elle ne faisait qu'un. Elle était partie comme elle l'avait annoncé, après avoir terminé ses tâches ici-bas.

C'était Usha qui était allée de très bonne heure chercher le Dr. Sharma avant sa consultation du matin. Mais Usha et Deepa savaient avant qu'il n'arrive pour constater le décès qu'Amma s'en était allée paisiblement dans son sommeil après avoir appelé sa mort de toutes ses forces, comme elle l'avait annoncé à Deepa.

Usha s'était chargée de laver le corps et de l'oindre, comme si cela faisait partie de ses tâches quotidiennes. Elle l'avait habillé et recouvert du châle rouge. Usha semblait toujours savoir ce qu'il convenait de faire. Elle avait même trouvé une bouteille d'eau du Gange pour la verser dans la gorge de la défunte, comme le voulait le rituel. Elle avait grimpé sur le petit tabouret qui était d'habitude à côté de la meule pour attraper quelques-unes des feuilles de basilic pendues au-dessus de l'encadrement de la porte menant à la pièce principale.

« C'est pour quoi faire ? demanda Deepa en la regardant détacher l'une des feuilles séchées si souvent agitées par les courants d'air qui tournoyaient dans la cour.

— On doit la lui mettre dans la bouche pour la purifier », dit Usha.

Deepa aurait voulu savoir d'où elle tenait tout cela. Usha, la voyant surveiller chacun de ses gestes, dit doucement : « Ma grand-mère est morte elle aussi. J'ai regardé faire ma mère. »

La nuit précédente, Deepa s'était étendue à côté d'Amma pour respirer une dernière fois son fort parfum de confits, et s'endormir avec cette odeur agréable dans les narines.

« J'ai terminé ma tâche sur cette terre », avait soufflé Amma à sa petite-fille somnolente. Et ce furent ses dernières paroles.

Maintenant, la toilette du corps avait été faite et Usha avait brûlé de l'encens. L'odeur d'Amma ne flottait plus dans l'air. Amma était partie et son parfum aussi. Deepa était seule.

Elle regarda les visiteurs envahir la maison solennellement. Des gens qu'elle connaissait à peine, mais qui respectaient Amma comme l'épouse du grand sage astrologue. Comme la nouvelle s'était répandue vite ! Sudha-la-Pensionnée, affairée, très prise par l'imminence d'un double mariage, était venue de bonne heure le matin. Elle avait vu Deepa assise sur le *charpoy* et pris le bord de son simple sari de coton pour essuyer doucement les larmes qu'elle croyait voir dans les yeux de l'enfant.

« Pauvre petite, murmura-t-elle. Qu'est-ce que tu vas devenir ? J'espère pour toi que maintenant ta mère se rend compte de ses responsabilités. »

Certaines visiteuses gémissaient et pleuraient, et remarquaient à peine Deepa. D'autres récitaient des prières ou chantaient des *bhajans* – les poèmes dévotionnels que préférait Amma. Malgré leur tristesse, ils étaient mélodieux. Deepa avait l'habitude de les entendre, chantés par la voix cassée d'Amma. Le son des *bhajans*, bien qu'il lui fût familier, ne remplissait pas le vide qu'elle ressentait.

« *He-ey Maha-de-e-va Mahes-wara...* »

Deepa se retourna. C'était Usha qui chantait le cantique familier, le favori d'Amma, comme pour se consoler.

La seule constante, c'était Usha, qui vaquait à son travail et s'occupait du corps en même temps, tirant le drap, chassant les mouches. Elle sortit acheter des légumes et alluma le brasero afin de les faire cuire pour Deepa, comme elle le faisait du vivant d'Amma. Puis elle plia soigneusement les vêtements de Deepa et les empila en vue de son départ. Elle ne donna qu'une seule fois des signes de nervosité, lorsqu'elle sortit de la cuisine avec le piège à rats.

« Ma *chuhia* est morte aussi », dit-elle d'une voix basse. Puis elle enveloppa le petit cadavre dans un papier journal et le jeta dehors, dans le caniveau.

Après quoi, elle se mit en devoir de préparer ses quelques effets et les mit dans une cantine bon marché.

« Où vas-tu aller ? lui demanda Deepa.

— Mon mariage est déjà arrangé, dit Usha d'un ton neutre. La *sagai* a lieu la semaine prochaine. Il faut que je retourne dans mon village. »

Deepa fut étonnée. Amma devait déjà être au courant depuis un certain temps, et Usha n'avait rien dit non plus. Quand Usha avait-elle vu son futur mari ? L'avait-elle vu seulement ? Peut-être Usha avait-elle prévu de revenir après son mariage pour continuer à travailler pour Amma comme si de rien n'était.

« C'est bien que tu aies quelqu'un pour prendre soin de toi », commenta Deepa.

Usha la regarda d'un air surpris. « Quand elle se marie, c'est la femme qui s'occupe de son mari. »

Deepa ne répondit pas. Ce n'était pas ce qu'elle avait voulu dire, à savoir qu'elle serait seule, tandis que Usha aurait son mari.

« Ta mère sera gentille avec toi », dit Usha, s'efforçant de la rassurer.

Deepa réfléchit. Peut-être que cela revenait au même : Usha aurait pour s'occuper d'elle quelqu'un qu'elle connaissait à peine, et Deepa aussi. Mais à la vérité, Deepa devait admettre qu'elle se souvenait bien de sa mère, et qu'elle était tendre et affectueuse. Comment aurait-elle pu l'oublier ?

Elle regarda Usha emballer ses quelques objets personnels : un peigne aux dents cassées, un miroir piqué, quelques rubans.

Deepa alla chercher le petit coffre rouge où étaient rangés ses livres d'école. Sur le dessus se trouvaient ses cahiers, remplis de l'histoire de Raman, un panaché de paragraphes issus de Raman, d'Amma et d'elle-même. Et il y avait aussi les cahiers de Raman proprement dits. Deepa en fit deux paquets qu'elle ficela soigneusement avant de les poser à l'écart. Après quoi, elle rangea dans le coffre vide les vêtements pliés et mis de côté par Usha. Elle était prête à partir.

Dans l'après-midi, Bharathi vint avec sa mère.

Kumud déposa ses offrandes aux pieds d'Amma, et Bharathi partit en quête de Deepa.

« Tu vas retourner chez ta maman ? » demanda-t-elle à voix basse. Elle s'assit à côté de Deepa sur le *charpoy* et lui caressa la main. Elle avait du mal à se mettre à la place de son amie.

« Je crois, répondit Deepa.

— Tu l'aimes ?

— Oui.

— Autant qu'Amma ? »

Deepa ne sut que répondre. Amma faisait partie d'elle. Elle ne connaissait pas la vie sans elle. Il faudrait du temps avant que Deepa et sa mère partagent autant d'expériences ensemble, mais cela viendrait.

« Bientôt, je l'aimerai autant », répondit-elle avec assurance. Elle demanda à Bharathi d'attendre et courut chercher les cahiers, qu'elle lui remit dans leur sac en toile. « Ils appartiennent à ton père », dit-elle.

Bharathi ne regarda même pas dans le sac. Toute son attention était encore mobilisée par son amie.

« Deepa, est-ce qu'il y a un couvent à Vakilpur, où habite ta maman ?

— Je ne crois pas.

— Et s'il y a seulement une école secondaire publique ?

— Eh bien, j'irai.

— Mais si tu n'as pas une éducation convenable, comment pourras-tu trouver un bon mari ?

— J'épouserai qui voudra m'épouser », rétorqua Deepa, qui ne songeait pas du tout au mariage, ni à l'avenir.

Bharathi se tut, puis reprit : « Deepa, demande à ta maman si tu peux apprendre à danser. Je suis sûre qu'il y a des professeurs de danse à Vakilpur. Tu es si gracieuse. S'il y a une chose que tu seras capable de faire, c'est danser. »

Deepa opina lentement.

« Tu me promets de le lui demander ? Ce que l'on ne désire pas assez fort, on ne l'obtient pas.

— Je te le promets.

— Tout sera différent, dit Bharathi. Tu as peur ? »

Deepa secoua négativement la tête : « Je serai avec ma maman. »

Peut-il avoir peur, celui qui ne pense pas à l'avenir ?

Pour Bharathi, la situation était déchirante. Elle allait perdre sa meilleure amie. Elle chuchota : « Jamais je ne te reverrai. Je penserai à toi. Toi aussi, tu penseras à moi ?

— Toujours », affirma Deepa, regardant Bharathi avec affection. Les deux filles s'étreignirent, se souvenant des moments heureux où elles avaient joué ensemble, parfaitement insouciantes.

Bharathi fit une dernière tentative pour se cramponner à ces moments-là. « Tu essaieras de revenir pour mon mariage, Deepa ? On pourra reparler de tellement de choses alors.

— J'essaierai, Bharathi. Je ferai de mon mieux. » Mais elle savait que ce serait impossible. Qui l'amènerait à Mardpur ?

Sur ce, Bharathi fit une remarque étrange.

« Tu es amoureuse de Govind, Deepa ?

— Non, répliqua Deepa, qui ne savait pas ce qu'était l'amour.

— Essaie d'aimer Govind.

— Pourquoi ?

— Parce que tu pourras l'épouser et revenir à Mardpur, et nous pourrons toujours être amies.

— Si je me marie, répliqua Deepa en souriant, toi aussi tu te marieras et tu quitteras Mardpur.

— Alors il faudra que j'épouse Shyam ! »

Les deux filles se prirent les mains et partirent d'un fou rire.

Kumud vint à la recherche de Bharathi.

« Viens, lui dit-elle. Il faut que nous allions à la gare routière. Mes frères vont arriver. C'est le mariage de mes filles, expliqua-t-elle à Deepa, qui le savait, bien entendu. Si tu es encore là, il faut que tu viennes. Mais je pense que tu seras déjà partie. » Kumud embrassa Deepa sur le sommet de la tête. « Tu vas retourner chez ta mère. Elle ne t'a pas oubliée. Pas plus que je n'ai oublié ma Meera et ma Mamta, même si elles n'habitent pas chez moi. Elles font toujours partie de moi. » Kumud laissa un instant sur la joue de Deepa le bout de ses doigts, qui gardaient encore la fraîcheur des fleurs humides qu'elle avait jetées sur le corps d'Amma. « N'aie pas peur, poursuivit-elle. Bientôt, tu trouveras ta propre force. Tu te souviens comme elle était forte, ta *nani* ? Elle ne l'a peut-être pas toujours été autant. Elle a dû découvrir sa propre force.

— Danse, Deepa, danse ! » chuchota Bharathi.

Deepa les regarda s'éloigner. Bharathi balançait le sac en toile. Deepa sentait qu'elle avait donné quelque chose d'elle-même ; et d'Amma aussi.

69

Deepa était encore assise sur le *charpoy* d'Amma quand sa mère arriva. Deepa la reconnut immédiatement. Elle était exactement telle qu'elle se la rappelait. Juste un petit peu plus ronde, c'était tout. Le cœur de Deepa bondit et elle sut que tout irait bien pour elle. Ma aussi vit Deepa et alla droit vers elle, sans hésiter. Elle prit sa fille dans ses bras et la serra fort contre son corps doux, dont un petit bourrelet dépassait entre le sari et la blouse. Son épaule était tiède et moelleuse, et Deepa enfouit son nez contre son cou, inspirant son odeur chaude. Le collier d'or de Ma était le même que celui qu'elle portait sur la photo de mariage posée sur le coffre d'Amma. C'était une partie d'Amma, et Deepa se sentit rassurée par cet objet familier.

« Viens », dit Ma.

Deepa leva les yeux et vit les yeux mouillés de Ma. Elle prit le bord du sari de sa mère et essuya soigneusement les larmes qui se formaient. Après quoi, Ma lui prit la main afin d'aller regarder une dernière fois la dépouille d'Amma. Elle s'agenouilla sur le sol près du corps, et prit tendrement la tête d'Amma dans son bras de telle façon que le nez d'Amma était au creux de son cou, là où Deepa avait enfoui son propre visage. Ma rajusta le châle rouge autour des épaules d'Amma pendant que Deepa ramassait des fleurs tombées et les posait sur le corps : des œillets orange foncé, à peine ouverts, et du jasmin encore humide de la rosée du jardin aux lychees, blanc pur contre le rouge sombre du châle de laine fine auquel s'accrochaient de façon précaire les gouttes de rosée.

Puis Deepa ramassa le coffre rouge et sortit pour commencer une nouvelle vie, la main dans celle de sa mère.

Usha s'arrêta de travailler juste le temps de la voir partir, s'essuyant les mains sur sa tunique. Après son départ, elle posa ses bras sur ses genoux et sanglota sans bruit, ramassée sur elle-même, toujours assise sur sa planche, les épaules secouées par le chagrin.

Ma s'arrêta au temple. Elle resta longtemps debout, la tête penchée, devant la divinité aux mains multiples. Puis elle partit en quête de Satyanarayan pour organiser la crémation d'Amma à côté de Ghatpur, à l'endroit où le fleuve roulait des flots rapides devant les raffineries de sucre et traversait la plaine en charriant dans son courant les cendres des défunts.

« Il faut d'abord que j'emmène ma fille à la maison, dit-elle à Satyanarayan.

— Je m'occuperai de tout, promit Satyanarayan. La veuve du grand *rajguru* doit avoir des funérailles dignes. »

Il célébra un court *puja*, à la fin duquel il versa une cuillerée de miel et de lait dans la paume de Ma, et la pria de la boire. Ma s'exécuta et passa sa paume mouillée sur sa tête avec révérence. Satyanarayan répéta son geste avec Deepa ; puis il remplit la paume de Ma à deux reprises. A la fin du rituel, quand il vit que Ma était apaisée, il risqua : « Que va devenir la maison ?

— La maison de Jagdishpuri Extension ? Vous m'avez écrit qu'un prince voulait l'acheter. Mais ce n'est pas une maison pour un prince », dit Ma.

Le regard de Deepa alla de Ma à Satyanarayan, puis revint sur Ma. Ainsi, il avait été question de vendre la maison alors même qu'Amma était encore vivante et qu'elle y habitait avec Deepa ! Elle se rappela la conversation qu'elle avait surprise dans le jardin du temple entre le royal sahib et Man Singh, et son cœur se serra.

« Amma avait un très fort lien karmique avec les cours royales. Peut-être est-ce ce karma qui donne au royal sahib l'envie d'acheter, dit Satyanarayan.

— Oui, dit Ma. Elle avait un don extraordinaire. Elle pouvait prédire l'avenir. Moi, je n'aime pas savoir ce que réserve l'avenir. Le présent me suffit. Pourquoi devrais-je me faire du souci pour ce qui va arriver ? »

Deepa regarda sa mère. Elle commençait à reconnaître dans sa voix certaines des intonations d'Amma. A présent, elle voyait d'où venait sa propre peur de l'avenir.

« Mais ce prince... ? poursuivit Ma, plus perplexe que curieuse.

— Il est parti pour le moment, dit Satyanarayan en secouant la tête.

— Parti ?

— Il faut que je consulte mes cartes, car il y a sans doute en ce moment un fort aspect de Saturne. C'est une nuit propice aux décès. Le prince est parti ce matin. Son père aussi est mort cette nuit. Mittal le facteur est arrivé en courant avec un télégramme. Le royal sahib est venu il y a quelques heures seulement célébrer un *puja* en mémoire de son *baap*, et puis il est parti avec sa voiture. Je ne sais pas quand il reviendra.

— Rien ne presse », dit Ma. Le sort de la maison

n'était pas au premier rang de ses préoccupations. Pas le jour de la mort de sa mère.

Elles quittèrent le temple et Deepa ne vit pas Raman arriver peu après, dans un état d'agitation fébrile. Il ne chercha pas Satyanarayan, mais alla droit au sanctuaire intérieur du temple de Vishnou Narayan et se prosterna aux pieds de la divinité aux mains multiples, qui abaissait sur lui un regard bienveillant, pour lui demander pardon et lui adresser cette prière désespérée : « Oh, Ma, punis-moi à ton gré. Car j'ai contribué à l'assassinat d'une vieille femme. Laisse-moi expier pendant le restant de mes jours. Je fais vœu de m'exiler dans le jardin aux lychees et de ne plus jamais me montrer, car je ne suis pas digne d'être vu. »

Et il tourna trois fois autour du sanctuaire, se repérant à tâtons aux murs comme un aveugle, avant de regagner la maison sur la colline, son unique refuge.

A la gare routière, pendant que Ma prenait des billets, Deepa aperçut Mallika. Celle-ci ne l'avait pas vue, mais elle cherchait quelqu'un dans la foule, quand ses yeux croisèrent enfin ceux de Deepa. Elle s'approcha en courant.

« J'ai appris, pour Amma. Qu'est-ce que tu vas devenir ?

— Je rentre chez maman.

— Elle est gentille ? demanda Mallika, à voix basse cette fois, regardant autour d'elle pour apercevoir la mère de Deepa.

— Elle est merveilleuse, répondit celle-ci avec conviction.

— Essaie d'être heureuse, Deepa », dit Mallika, visiblement soulagée par sa réponse.

Deepa savait qu'elle n'aurait pas à se forcer, et qu'elle le serait.

« Tu reviendras ?

— Je ne sais pas, fit Deepa en secouant la tête.

— Tu as trouvé le trésor ? demanda Mallika, baissant encore la voix.

— Non.

— Alors, tu reviendras ! »

Ma revint avec les billets. Mallika la dévisagea et l'examina des pieds à la tête, ce dont Ma ne parut pas s'offusquer. Puis, lorsque Mallika eut satisfait sa curiosité, elle prit congé de Deepa et partit en courant à la recherche de son frère.

« Tu as beaucoup d'amies, dit Ma.

— Oui, mais je n'ai qu'une maman. »

Ma eut un pâle sourire. C'était une remarque banale, mais qui partait du cœur, elle le savait.

« Bientôt, tu t'en feras d'autres. Et puis tu as des sœurs. Elles t'attendent à Vakilpur. Elles ont hâte de te voir. Elles ont tellement entendu parler de toi. »

Deepa se demanda qui avait pu leur parler d'elle. Etait-ce Ma, avec l'amour d'une mère pour son enfant ?

« Tu te plairas chez nous, à Vakilpur. Tu ne seras plus seule, dit Ma.

— Elles savent danser ? » demanda Deepa à brûle-pourpoint.

Ma eut l'air surpris.

« Elles sont jeunes encore. Tu aimes danser ?

— Oui !

— Alors, il faut que nous te trouvions un professeur. Tu aimes aussi la musique ?

— Moins que la danse », répliqua Deepa d'un ton

ferme. Elle se sentit frémir d'excitation à la perspective de pouvoir apprendre. C'était la première fois qu'elle obtiendrait une chose qu'elle désirait. Jusque-là, elle n'avait jamais osé vouloir.

Ma lui sourit avec chaleur.

« Je vais m'en occuper. Bien sûr qu'il faut que tu danses, je m'en rends compte maintenant : tu es si gracieuse. »

Deepa était assise à côté de la fenêtre et regardait les gens monter dans l'autocar. Ma ne disait rien. Elle avait l'air triste. Deepa se dit qu'elle pensait peut-être à Amma, ou, qui sait, à Dasji.

Le contrôleur donna un grand coup de poing sur le flanc de l'autocar, qui s'ébranla lentement et prit de la vitesse en sortant de la gare. Lorsqu'il ralentit pour tourner en direction de Vakilpur, Deepa remarqua une mince et haute silhouette qui courait à côté de l'autobus, en agitant le bras. Elle fut surprise en s'entendant appeler : « Deepa ! Deepa ! »

Elle sortit la tête par la fenêtre comme le bus s'éloignait, pour mieux entendre.

« Je ne t'oublierai pas ! » cria la voix.

Elle vit les longues jambes, le pantalon d'un blanc éclatant qui rapetissaient à sa vue. Puis le bus tourna et se trouva au milieu du bazar grouillant, et Govind disparut.

Bientôt, le bazar fut dépassé et elle ne vit plus de part et d'autre que des champs, à l'herbe drue grâce aux pluies récentes, même si elles se faisaient plus rares. La saison de la mousson était presque terminée, et avec elle s'achèverait celle des mariages. Bientôt, la saison sèche s'installerait, cuirait la terre et les petites mares boueuses, juste assez grandes pour qu'un buffle y trempe ses genoux.

En apercevant un troupeau de buffles, elle se pencha en avant sur son siège et essaya de repérer Jhotta. Elle cria : « Jhotta ! Jhotta ! »

Elle ne la voyait pas dans le troupeau. Ce ne fut que quelques mètres plus loin qu'elle avisa Pappu, le berger, qui surveillait deux buffles vautrés dans un fossé rempli d'eau. L'un des deux prenait visiblement plaisir à l'affaire et avait un air insouciant – c'était Jhotta.

« Jhotta ! Jhotta ! » cria Deepa, agitant frénétiquement les bras.

Jhotta ne releva même pas la tête.

« Je ne t'oublierai pas ! » cria Deepa.

Et tandis que la bufflonne disparaissait, les larmes de Deepa commencèrent à rouler sur ses joues, de plus en plus vite, des larmes de deuil pour tout ce qu'elle laissait derrière elle.

TROISIÈME PARTIE

70

Deepa se douta que Ma devait avoir une raison sérieuse lorsqu'elle la fit venir dans sa chambre, un sanctuaire où Deepa avait rarement pénétré depuis son arrivée dans la grande maison basse de Vakilpur. Ma protégeait jalousement son intimité.

Lorsqu'elle était venue chercher sa fille ce jour-là, Deepa répétait ses exercices de danse. Ma la regarda avec plaisir et approbation, attendit qu'elle eût fini, puis lui dit de venir dans sa chambre. Deepa ôta de ses chevilles les rangées de grelots, les reposa soigneusement dans leur boîte, puis refit sa longue tresse qui s'était dénouée à force de se balancer et d'onduler au gré des mouvements vifs de sa danse. Après quoi, elle alla rejoindre Ma.

« Il faut te couper les cheveux », annonça Ma sans préambule. Ses ciseaux étaient déjà prêts.

Deepa obtempéra sans même demander pourquoi. Ma devait savoir ce qu'elle faisait. Mais Deepa se surprit à mordre sa lèvre inférieure et à refouler ses larmes en sentant se refermer les froides mâchoires d'acier. Elle s'était laissé pousser les cheveux exprès pour la danse, qui était toute sa vie à présent. Elle dansait tous ses rêves et ne vivait que pour cela.

Ma lui coupa laborieusement les cheveux à la Jeanne

d'Arc, puis vérifia que les extrémités étaient bien régulières et qu'il ne restait pas de mèches folles. « Tu vas être contente, dit-elle en tapotant la joue de sa fille lorsqu'elle eut terminé. Ça te va très bien. » Elle la prit par les épaules et l'examina avec attention. Puis elle la mena devant son grand coffre, celui où elle rangeait ses saris les plus beaux et les plus chers. Elle en présenta plusieurs devant les épaules graciles de sa fille.

« Non, dit-elle, la tête penchée de côté pour juger l'effet produit. La soie est trop lourde pour toi. Ça te vieillit, alors que tu es si mince et si gracieuse. » Elle mit devant Deepa un sari de mousseline avec des motifs tourbillonnants dans les tons roses et lavande. « Voilà qui est mieux. »

Elle le drapa ensuite autour du corps mince de Deepa, et rabattit le *pallav* sur sa tête. Elle fit retomber le bord sur le front de sa fille, le tira encore un peu plus bas, puis secoua la tête et le repoussa en arrière. Tout cela sans mot dire.

Elle posa une touche de rouge sur les lèvres de Deepa et un *bindi* sur son front. De sa boîte à bijoux, elle sortit quelques bracelets de verre assortis au sari et les fit glisser sur les fins doigts rassemblés de Deepa, des doigts de danseuse. Pendant tout ce temps, celle-ci se posa des questions, mais ne demanda pas à Ma où elles allaient. Ce ne pouvait pas être à un mariage, sinon ses sœurs, Geeta et Rita, auraient été elles aussi en train de se préparer. Deepa ne demandait jamais grand-chose à sa mère, qui était certes gentille avec elle, mais semblait ne savoir quoi lui dire. Elle n'était pas bavarde et Deepa non plus. Peut-être tenait-elle cela de sa mère. Il arrivait à Ma de tapoter la joue de Deepa comme si elle était une toute petite fille et de lui dire : « Qu'elle est triste. Toujours si triste. »

Or Deepa n'éprouvait aucune tristesse. Mais elle se

rendait compte que son silence provoquait la pitié des autres. Elle n'y pouvait pas grand-chose. Tout le monde connaissait son histoire et la plaignait. Mais pourquoi ? Elle avait été heureuse avec Amma. Et elle était heureuse avec Ma. Surtout depuis que Ma lui avait trouvé un professeur de danse.

Le grand moment de la semaine, pour Deepa, c'était sa leçon de danse, à laquelle elle se donnait complètement, y mettant toute sa passion, toute sa sensibilité. Peut-être qu'après avoir investi tant d'émotion dans sa danse, il ne lui en restait plus guère pour les conversations du quotidien. Ses sœurs, habituées l'une à l'autre depuis tant d'années, ne songeaient jamais à l'inviter à partager leurs jeux. Elles avaient quelques bonnes années de moins qu'elle mais n'étaient pas particulièrement fascinées par leur grande sœur, qu'elles considéraient comme une étrangère chez elles et comprenaient mal. Alors qu'elles étaient bruyantes, désobéissantes et gâtées par leurs parents, Deepa était discrète et docile, serviable et prévenante. Elle les aidait parfois à faire leurs devoirs, mais elles recherchaient rarement sa compagnie et Deepa était livrée à elle-même la plupart du temps, ce qui n'était pas pour lui déplaire. A Mardpur, elle en avait pris l'habitude. Si son beau-père était d'un naturel distant, il était assez gentil. Mais la présence pensive et silencieuse de Deepa le mettait sur la défensive. Il ne savait pas au juste quel genre de père être pour elle, aussi se repliait-il derrière des journaux et des livres quand elle était là, alors qu'avec ses propres filles il jouait et était souriant. Les domestiques, qui ne l'avaient pas vue grandir depuis toute petite, n'avaient pas pour elle les mêmes liens d'affection que ceux qui les unissaient au reste de la famille, et elles ne la taquinaient pas ni ne bavardaient avec elle comme avec ses sœurs, emplissant l'air de fous rires et de plaisanteries naïves et complices.

C'était le professeur de danse Shivananda qui, par son langage des mains, des pieds et des sourcils, lui parlait le plus. Il comprenait ses pensées les plus secrètes et savait que même si tout le monde leur attribuait du mystère, elles n'étaient pas si complexes que cela, au bout du compte. A la différence de celles des autres enfants, les siennes n'étaient pas chargées de rêves et désirs multiples, ni de frustration ou de confusion. Il savait que Deepa vivait pour le moment présent et d'abord pour sa danse. Il la faisait travailler dur, mais ne se montrait jamais acerbe et sévère comme avec certains de ses élèves.

En huit ans, Shivananda avait appris à Deepa tout ce qu'il savait. Et depuis quelque temps déjà, il essayait de convaincre Ma de la laisser partir dans la lointaine Orissa pour y fréquenter une *gurukul*, une pension tenue par son propre gourou, Pasmabhushan, renommé pour son interprétation sensible de l'*odissi*[1]. A la *gurukul*, il n'y avait pas d'horaire précis pour la danse. A la discrétion du gourou, tout le monde se rassemblait. L'assistance absorbait son énergie, sa force intérieure, sa puissance d'expression. C'était ainsi que Deepa devait apprendre : en observant, en pratiquant et en prenant conscience de l'atmosphère et des sensations environnantes.

Mais Ma disait que c'était beaucoup trop loin pour quelqu'un d'aussi jeune. Deepa l'entendit dire à Shivananda : « Elle a besoin de stabilité dans sa vie après

1. Danse pratiquée dans l'Etat d'Orissa. Cet Etat rural, situé sur le golfe du Bengale, est célèbre pour une tradition dansée liée au culte de Vishnou. Les amours de Krishna et de son amante Radha fournissent l'inspiration principale des récitals d'*odissi*. (*N.d.T.*)

tout ce qu'elle a subi. Comment pourrions-nous l'envoyer si loin ? »

« N'insiste pas pour l'instant, dit Shivananda à Deepa. Dans un an, je redemanderai à ta mère. »

Deepa n'en fut pas contrariée outre mesure. Elle avait si peu d'attentes qu'elle était rarement déçue. Elle décida de commencer par se contenter de ce qu'elle avait. Les danses qu'elle connaissait déjà lui donnaient toujours du plaisir, car tandis qu'elle mûrissait et devenait femme, la palette des émotions qu'elle était capable de représenter se développait aussi, si bien que les danses qu'elle avait apprises huit ans auparavant prenaient une vie et une intensité nouvelles à mesure qu'elle avançait en âge.

Un jour, pensait-elle, quand l'heure serait venue, Ma la laisserait aller en Orissa. D'ici là, elle consacrerait tout ce qu'elle avait à sa danse en attendant l'heure en question.

Bien qu'elles fussent extrêmement remuantes, Geeta et Rita se faufilaient parfois discrètement dans la pièce pour regarder danser leur sœur. Malgré elles, elles se laissaient prendre aux mythes et aux histoires qu'évoquait la danse de Deepa. En la regardant, ce n'était pas elle qu'elles voyaient, mais Yashoda, la mère de Krishna, prête à châtier ce fils qu'elle aimait tendrement, ou la douce déesse Parvati, ou Rama à la démarche gracieuse. Par le mouvement, Deepa donnait vie au panthéon.

Lorsqu'elle s'arrêtait, Rita ne pouvait s'empêcher de dire, avec son effronterie d'enfant gâtée : « Pourquoi danses-tu autant ? Tu t'imagines que grâce à ça, tu trouveras un meilleur mari ? »

Deepa se disait que cela se produirait peut-être. Elle

rêva qu'elle dansait en public et qu'un prince s'avançait vers elle avec une rose. Ce prince serait son mari. En se réveillant, elle se sentit embarrassée d'avoir rêvé au royal sahib. Mais c'était le seul prince qu'elle eût jamais rencontré.

Parfois, Deepa soupçonnait Ma de ne pas vouloir qu'elle aille en Orissa de peur qu'elle y reste et ne termine pas ses études à l'université. Mais Shivananda avait expliqué qu'elle n'y séjournerait pas très longtemps – le temps des grandes vacances d'été peut-être, lorsqu'il faisait si chaud dans la plaine. Qui pouvait avoir envie de danser par une chaleur pareille ? Pendant ce temps-là, il ferait frais en Orissa. Comment Ma pourrait-elle ne pas accepter... à terme ?

« Votre fille a du talent, dit Shivananda à Ma.

— Qu'est-ce qu'elle en fera ? dit Ma, flattée mais embarrassée, car elle ne savait trop comment réagir.

— Qui sait ce que cela lui apportera. Pour l'instant, cela ajoute à sa beauté intérieure. »

Mais Ma ne comprenait pas vraiment. « Ce n'est pas parce qu'elle danse qu'elle trouvera un meilleur parti. Les garçons veulent des filles instruites, de nos jours.

— Vous vous tracassez beaucoup trop au sujet du mariage de vos filles, dit Shivananda en riant. Quand je pense à toutes les jeunes filles à qui j'ai donné des cours, je n'en ai jamais vu une seule dont la mère ne se tracassait pas au sujet de son mariage !

— Alors, pourquoi serais-je différente ? » répliqua Ma avec un sourire.

Shivananda ne répondit pas, car la question ne demandait pas de réponse. Mais plus tard – quelques semaines plus tard –, il dit à Deepa avec un soupir : « J'espérais que ta mère serait différente parce qu'elle a de l'instruction. (Il secoua la tête.) Mais comme toutes les autres mères, c'est ton mariage qui la préoccupe. »

Quand elle eut fini d'habiller Deepa, Ma entreprit de se préparer, laissant Deepa assise au bord du lit, attendant elle ne savait quoi au juste, comme elle avait attendu huit ans auparavant, assise sur le *charpoy* d'Amma, que vienne sa mère pour l'emmener vers une nouvelle vie.

Elle se leva et alla se regarder dans la glace de la coiffeuse. Elle avait un aspect différent : avec ses cheveux courts et son *pallav* sur la tête, elle paraissait plus mince et plus âgée. Une jeune femme, plus une enfant. Elle trouva que le *bindi* était trop gros. Mais elle ne savait pas dans quel tiroir Ma rangeait ses *bindis*, et elle ne voulait pas fouiller dans toute sa table de toilette. Ses cheveux, une belle et longue tresse qui balançait quand elle dansait et lui caressait le dos, étaient enveloppés dans du papier journal. Deepa la vit, toujours brillante, qui sortait du papier jeté négligemment près de la coiffeuse. Au rebut.

Lorsque Ma revint, elle était vêtue de soie. Très élégante, pensa Deepa, qui sentit flotter une touche de parfum étranger autour des bras dodus de sa mère.

« Viens », dit Ma en faisant signe à Deepa de la suivre. Et elles se dirigèrent vers la gare routière.

A la main, Ma tenait une petite sacoche contenant des serviettes de toilette et des vêtements, et ce ne fut qu'alors que Deepa comprit qu'elles n'allaient pas voir quelqu'un dans la ville mais partaient plus loin, et peut-être pour plusieurs jours.

Dans l'autocar, Ma informa enfin Deepa du but de leur voyage. « J'ai reçu une lettre d'une très bonne famille. Ces gens veulent te rencontrer en vue d'un mariage, à condition que tu plaises au garçon. C'est lui qui choisira. La famille est très moderne. Ce mariage est très avantageux, car dans cette famille ils ont tous une instruction poussée. »

Deepa ne s'était pas attendue à ce que son mariage se règle aussi simplement et aussi vite. Elle n'avait vu personne se pencher sur son horoscope. Ni des piles de lettres avec des photographies de garçons convenables et des renseignements sur eux. Il avait pu se passer beaucoup de choses sans qu'elle s'avise de rien. Etait-elle si repliée sur elle-même qu'elle n'avait même pas vu que son mariage se préparait ?

Deepa regarda Ma : « Est-ce que je vais revenir avec toi ? Ou... Ou... ? » Pour la première fois, elle eut peur. Allait-elle assister à son propre mariage aujourd'hui ? Ce n'était pas du tout ainsi qu'elle s'était imaginé la chose. Assurément, il y aurait des préparatifs beaucoup plus importants, et les femmes de la famille seraient là à s'affairer, non ? Il y aurait plus de formalités et de cérémonies, non ? Des fiançailles, des onctions et tout le reste, non ? Devait-elle se marier discrètement, sans rien de tout cela ? Mais elle avait surtout peur pour son rêve de partir un jour en Orissa.

Ma se mit à rire. « Bien sûr que tu rentreras avec moi. S'ils sont d'accord, nous devrons faire les préparatifs pour un beau mariage. C'est une bonne famille, qui ne demande pas de dot. Ce sont des gens très évolués, très instruits. Ils te laisseront peut-être même continuer tes études à l'université après ton mariage. C'est pour cela que je t'ai coupé les cheveux. Je sais que tu aimes les cheveux longs, mais ce n'est pas moderne. Et tu es très jolie comme ça. »

Deepa aurait voulu dire qu'elle s'était laissé pousser les cheveux pour sa danse, mais à quoi bon ? Elle ne pouvait plus envisager d'aller en Orissa maintenant.

Lorsqu'elle serait mariée, sa belle-famille la laisserait peut-être aller à l'université. Ils la laisseraient peut-être même danser. Mais aller en Orissa, non.

Malgré son désir d'en savoir davantage sur sa famille prospective, Deepa se sentait intimidée et Ma n'était pas très bavarde. Elle se borna à dire : « Ils ont un très beau bungalow. Tout neuf. Mais tu iras vivre où le garçon trouvera du travail. Dans une ville, je ne sais pas où : Bangalore, Mysore peut-être. Même Delhi, avec un peu de chance. »

Bangalore ? Mysore ? C'était loin, ça. Presque aussi loin que l'Orissa, pensa Deepa. Ces villes étaient-elles proches de l'Orissa ? Pourrait-elle s'y rendre facilement ? Deepa s'efforça de chasser l'Orissa de ses pensées. Où que j'aille, je serai heureuse, se répéta-t-elle avec force. Elle ferait sa vie, où qu'elle aille. N'avait-elle pas été contente lorsqu'elle était partie avec sa mère ? Deepa pria, comme toujours, qu'indépendamment de son identité et de son caractère, son futur mari soit gentil.

Et qu'il la laisse danser. Tant pis si elle ne pouvait pas aller en Orissa, du moment qu'on la laissait continuer à danser. Ma avait dit qu'il était instruit et que la famille avait une maison neuve, alors peut-être étaient-ils riches. Mais ce que Deepa souhaitait avant tout, c'était que le garçon soit gentil.

« C'est un scientifique, dit Ma, et Deepa redevint très attentive. Il aurait même pu devenir médecin. » Mais elle ne dit pas pourquoi il ne l'était pas devenu.

Un scientifique, pensa Deepa. Peut-être qu'il connaît de grands mots et que je ne comprendrai rien à ce qu'il dira. Ou peut-être qu'il ne me parlera pas du tout. Elle s'efforça de mettre un terme au cours de ses pensées en se rappelant les pas de danse qu'elle répétait quand Ma était venue pour lui couper les cheveux. Les lignes fluides, les figures déliées, les mouvements très doux, si calmes. Dans la danse, tout était si facile : on pouvait devenir une femme séduisant un amoureux, ou l'amoureux dans les bras de son amante, et il n'y avait rien à redouter. Tout était prévu dans les plus petits détails. Ce qui changeait, c'était la passion que l'on mettait dans chaque danse. Le résultat – que la femme et l'amoureux ne faisaient plus qu'un – était toujours le même. Mais la vie n'était pas ainsi. Dans la vie, il n'y avait que de l'inconnu.

Dans l'autocar, tandis que Ma somnolait, Deepa était aux prises avec ses émotions. Elle avait vécu avec Ma huit années si tranquilles, si peu mouvementées, qu'elle ne s'était pas attendue à la tempête de sentiments qui se déchaînait en elle. Finalement, lasse de ses désirs contradictoires et de sa confusion mentale, elle se cala dans son siège et regarda défiler les kilomètres de champs de canne à sucre et de moutarde. Pendant longtemps, l'autocar ne traversa aucun village. Puis ils arrivèrent enfin aux abords d'une ville étendue mais bien tenue. Elle ne lui parut pas familière : elle était neuve et très soignée. Soudain, son attention fut attirée par certains bâtiments qu'elle reconnaissait. Ici et là, un repère mettait sa mémoire en branle et, si elle oblitérait les portions neuves entre eux, elle arrivait à tracer mentalement une carte.

« Mardpur ! » souffla-t-elle, et elle sentit une bouffée d'excitation lui gonfler la poitrine. « Mardpur ! » Elle avait envie de crier. Puis une rangée de maisons neuves défila et elle éprouva une sorte de pressentiment que tout serait différent, que tout aurait changé.

71

« Te souviens-tu de cet endroit ? » demanda Ma comme si elle se posait la question à elle-même. Elle était réveillée à présent et regardait le paysage avec une sorte d'intérêt détaché, notant les nombreux changements.

Deepa hocha la tête et regarda par la fenêtre avec une vive attention, priant pour que l'autocar ralentisse un peu afin qu'elle puisse tout remarquer du nouveau Mardpur. Mais il ne ralentit pas et elle resta cramponnée à son coin de fenêtre pour essayer de ne rien perdre de chaque endroit ou bâtiment familier qui défilait sous ses yeux. Il y avait beaucoup de bâtiments nouveaux. Mais c'était bel et bien Mardpur.

« Pendant tant d'années, rien n'a changé, et puis au bout de huit ans, c'est à peine si je reconnais la ville ! » dit Ma. Elle aussi regardait les nouveaux bâtiments, mais sa curiosité était différente de celle de Deepa. Il ne s'y mêlait pas le même sentiment de nostalgie, de manque et d'appartenance. Elle n'éprouvait pas d'attachement particulier pour le petit bungalow modeste que Dasji, son défunt mari, avait construit à Jagdishpuri Extension, et ne pouvait éprouver la même émotion que sa fille. Pendant les huit ans que Deepa avait passés à Vakilpur, Ma n'avait pas évoqué une seule fois le père de Deepa.

« C'est ici que nous nous arrêtons ? » demanda Deepa, qui avait peine à croire qu'elle était revenue. Elle revit mentalement ses derniers moments à Mardpur, huit ans auparavant. « *Tu reviendras* », avait dit Mallika. Mais Deepa ne s'était jamais autorisée à le croire. Plus le temps passait, moins elle croyait revoir Mardpur. Bien sûr, elle ne croyait plus au trésor d'Amma, mais Mardpur avait d'autres attraits pour elle.

« C'est à Mardpur que nous allons, dit Ma, et Deepa eut du mal à contenir son émotion.

— Nous irons à Jagdishpuri Extension ?

— La maison est fermée. Dieu sait dans quel état elle doit être. Il faut que je décide si je la garde ou si je la vends. Je pensais la garder pour ta dot. Mais la famille n'en demande pas. C'est ta chance. Ton destin.

— Personne n'y habite ? demanda Deepa.

— Non, pardi ! J'ai demandé à Usha de venir y travailler quelques jours pour faire le ménage pour que nous puissions y passer la nuit. »

Usha ! Ainsi, elle était toujours là ! Deepa éprouva une certaine appréhension : quelle serait sa réaction en voyant Usha ? Et elle, se souviendrait-elle de Deepa ? Que de nouveaux bâtiments, se dit-elle encore à l'approche de la gare routière. Jadis, elle était dans la périphérie, alors que maintenant, avec la croissance de la ville, on avait l'impression qu'elle se trouvait en plein centre. Lorsqu'elles descendirent du car, Ma consulta une lettre qu'elle tira de son corsage.

« A Jodhpuri Extension, dit-elle au conducteur de cyclo-pousse.

— Jodhpuri Extension ? fit Deepa, intriguée.

— C'est un quartier neuf, expliqua Ma. Construit par un promoteur marwari de Ghatpur. Même moi, je ne le connais pas encore. Mais comme tu vas t'en rendre compte, Ghatpur fait presque partie de Mardpur à présent. Murgaon et Mardpur se sont déjà rejoints. Mardpur a beaucoup changé. Tu ne vas pas reconnaître la ville. »

Deepa écarquillait les yeux. Tant de changements en si peu de temps ! L'animation et le dynamisme de Ghatpur semblaient avoir gagné la petite ville endormie qu'était jadis Mardpur, et les deux ne formaient plus qu'une seule agglomération. Elles longèrent les rues larges et bien conçues de Jodhpuri Extension, bordées de chaque côté de bungalows neufs. Devant certains, même, des voitures étaient garées. Avant, tout ce qu'il pouvait y avoir devant une maison, c'était en général un buffle ou une vache. La chaussée était lisse, récemment goudronnée, et n'avait pas été creusée d'ornières par une seule grosse mousson. Le conducteur pédalait sans effort et jamais Deepa n'avait été aussi vite dans un cyclo-pousse.

« Jodhpuri Extension est le plus beau quartier de Mardpur, dit Ma. C'est là que vivent les gens riches et influents. Tu as beaucoup de chance, Deepa, d'avoir reçu une proposition de mariage émanant d'une de ces familles. C'est grâce à la réputation de ton grand-père. Mon père était très connu à la cour des rois. Les *rajputs* se souviennent tous de lui. Et ce sont eux qui construisent Mardpur. Tu dois être fière de sa mémoire. »

Bientôt, elles s'arrêtèrent et Deepa regarda la maison à un étage, toute neuve et impeccable. Elle savait qu'elle n'y habiterait pas, car Ma lui avait dit que le jeune homme travaillerait dans une autre ville ou métropole du sud du pays. Mais c'était la maison de sa belle-famille.

Pourvu qu'ils soient gentils avec moi, se dit-elle en franchissant la grille.

Lorsqu'elles entrèrent dans le vestibule frais au sol de marbre, Deepa garda les yeux baissés. Mais quand elle entendit la voix de la maîtresse de maison, sa future belle-mère, elle éprouva un tel choc qu'elle faillit tourner les talons et s'enfuir.

C'était Mrs. Sharma. La femme du Dr. Sharma.

« Oh, comme elle est devenue jolie ! s'exclama-t-elle en prenant Deepa dans ses bras. Je te considère comme ma fille. » Et elle rabattit doucement le *pallav* qui couvrait la tête de la jeune fille pour le lui ajuster sur l'épaule, ce qui donna à Deepa l'impression d'être exposée aux regards. Avec ses cheveux courts, elle se sentait la tête légère et les épaules nues.

« Ne sois pas timide avec nous. Nous te connaissons déjà. »

Elle conduisit Ma et Deepa dans le salon, une belle pièce au sol de marbre et aux meubles en bois ciré. Tout était propre et étincelant, comparé à l'ancienne maison chaleureuse et délabrée où Deepa avait passé quelques jours lorsque Amma était tombée et avait dû aller à l'hôpital Aurobindo. Deepa examina la pièce. Elle ne reconnaissait rien, même parmi les quelques bibelots – des coupes luisantes gagnées en récompense de quoi : des exploits sportifs ? Des concours de débat ? Il y avait aussi de petites statuettes en bronze disposées avec goût sur une étagère. Pas de fleurs sur la table, ni de napperons de dentelle.

« Il faut que je m'excuse, dit Mrs. Sharma, un peu nerveuse. Mon fils a été retardé à cause d'une grève des trains et il ne sera pas là avant ce soir, ou même peut-être demain. Et le docteur Sharma est retardé lui aussi. Mais c'est moins grave – lui, il est seulement à l'hôpital Cowwasji, il ne va pas tarder. Mais vous prendrez bien quelque chose ? Vous devez être fatiguées après ce voyage et toute cette poussière. Nalini ! Viens ici, paresseuse ! La prochaine fois, ce sera ton tour, alors apprends donc dès maintenant comment servir à table. Mallika s'est mariée pas plus tard que cette année, dit-elle à Deepa, sûre que cela l'intéresserait. Deux mariages en un an ! On ne sait plus où donner de la tête. »

Deepa regarda fixement Nalini, qui était devenue une adolescente dont le corps souple commençait juste à s'épanouir. Nalini lui rendit son regard : « Tu n'as pas changé », dit-elle.

Deepa lui sourit. Nalini en fit autant : elle disait toujours ce qu'elle pensait.

« C'est ma cadette », dit Mrs. Sharma à Ma. Et Deepa comprit que sa mère n'avait jamais rencontré un des membres de cette famille qu'elle connaissait si bien pour sa part.

« Mallika me manque, continua Mrs. Sharma, pour alimenter la conversation. Elle était tellement gaie, n'est-ce pas, Deepa ? Tu étais très proche d'elle. »

Deepa hocha la tête. Il était difficile d'imaginer la maison sans Mallika. Mais aussi, tout y avait tellement changé : elle était beaucoup plus organisée, plus convenue, comme si c'était un lieu où l'on n'encourageait plus autant la spontanéité qu'avant.

« Mon mari est directeur de l'hôpital Cowwasji, dit Mrs. Sharma à Ma. L'apport d'argent neuf a vraiment servi Mardpur. Il y a eu des investissements partout. Vous n'allez pas reconnaître la ville tant elle a changé en quelques années. »

Elle se tourna vers Deepa et fit une petite plaisanterie pour essayer de la mettre à l'aise : « Il y a des gens qui l'appellent Mar-pur. Tu vois, à cause de "Marwari" ! Dire qu'à une époque nous étions tellement en retard par rapport à Ghatpur. Maintenant, il vaut mieux habiter Mardpur, parce que nous n'avons pas les usines chez nous.

— Oui, dit Ma, qui, impressionnée par le bavardage de Mrs. Sharma, sentait qu'elle devait répondre. Mardpur s'est vraiment beaucoup développée.

— Vous ne la reconnaîtrez pas, dit Mrs. Sharma, visiblement fière de l'évolution de sa ville. Il y a de nouveaux quartiers partout. Tous les propriétaires terriens ont fait de bonnes affaires.

— Même ceux dont les terres étaient au sud ? Il n'y avait rien là-bas que des champs, la dernière fois que je suis venue.

— Oh, oui, même au sud. La route qui vient de Kumar Junction est goudronnée à présent. Il y a un nouveau quartier très agréable juste derrière le vieux jardin aux lychees. Seuls les gens très riches y habitent. Nous sommes très contents pour Bharathi.

— Bharathi ? s'exclama Deepa, qui avait hâte de savoir ce qu'était devenue sa meilleure amie.

— Quelle fille adorable ! Son père habite toujours son vieux bungalow dans le jardin aux lychees. Il en sort rarement. On ne le voit jamais. Même moi, je ne l'ai vu qu'une fois depuis le mariage de Bharathi. Il est resté dans son vieux bungalow. Pourtant, avec tout l'argent qu'il a maintenant, il pourrait se faire construire une belle maison neuve dans ce jardin. Qu'est-ce qu'il fera d'autant d'arbres ? Mais il habite toujours entre ses quatre murs tout lézardés.

— Il y a des gens âgés qui tiennent à leur vieille maison », intervint Nalini. Sa remarque alla droit au cœur de Deepa.

« *Dhut !* Raman n'est pas vieux. Il est même plus

jeune que moi ! rectifia Mrs. Sharma, qui se tourna vers Ma. Oui, ils sont très riches à présent. Et nous nous en réjouissons. Le livre leur a beaucoup rapporté.

— Le livre ! s'écria Deepa, tout excitée.

— Tu ne l'as pas su, Deepa ? Il avait écrit un livre. Je croyais que c'était avant ton départ, mais peut-être que ma mémoire n'est pas bonne. En tout cas, son livre a eu beaucoup de succès. C'est incroyable, non ? (Elle se tourna vers Ma.) Même les commerçants se mettent à écrire, à présent ! Qui aurait imaginé ça de Raman, en plus ! Ses frères ne se faisaient pas faute de le critiquer ! Mais maintenant, tout le monde achète son livre à Delhi et à Calcutta. A Bombay, ils en font même un film. (Mrs. Sharma se retourna vers Deepa.) C'était un mariage magnifique. Il y avait des fleurs superbes, qui venaient toutes du jardin aux lychees. Et les lychees, ils sont délicieux, tellement juteux. Nous en avons des sacs entiers chaque année. » Deepa comprit que Mrs. Sharma devait encore parler du mariage de Bharathi, et elle se réjouit pour son amie. A force, la volubilité de Mrs. Sharma la rassérénait.

« Où habite Bharathi maintenant ? » demanda Deepa. Si son amie s'était mariée, elle ne pouvait plus habiter le jardin aux lychees.

« Mais voyons, Deepa, Bharathi habite ici ! »

Deepa comprenait à peine ce que lui disait Mrs. Sharma. La confusion lui gonflait la poitrine et lui paralysait la gorge.

« Bharathi ! » cria Mrs. Sharma, avant de se pencher vers Deepa : « Elle ne doit pas savoir que tu es arrivée, sinon elle se serait précipitée ! »

Le trouble de Deepa était tel qu'elle osa à peine regarder en direction de la porte, où apparut une mince jeune femme, un sourire ravi aux lèvres.

C'était bien Bharathi.

Deepa, qui s'était levée pour la prendre dans ses bras, se figea. A côté d'elle se tenait son mari. Aucun doute n'était possible : grand et mince, vêtu de son pantalon blanc éblouissant, Govind regardait Deepa avec ses yeux sensibles pleins de la tristesse que Deepa lui connaissait depuis toujours. Il recula en la voyant, mais Deepa, elle, ne put soutenir son regard. Govind avait épousé Bharathi.

72

Les mains de Deepa se portèrent vivement à son visage pour cacher son embarras et sa consternation. Elle entendit à peine Mrs. Sharma qui disait : « Nous espérons que Shyam sera d'accord, Deepa. Alors, tu l'épouseras.

— Tu épouseras Shyam, dit Bharathi, détachant doucement les mains de Deepa de ses joues et les serrant dans les siennes. Et nous serons sœurs ! J'ai beaucoup de chance, Deepa. Et toi aussi. »

Govind garda le silence, sans se départir de l'air de compassion que Deepa semblait toujours lui inspirer. Mais là, pour une fois, elle se dit qu'elle la méritait peut-être.

« J'ai toujours souhaité que tu reviennes à Mardpur, souffla Bharathi, qui, debout près de Govind, paraissait radieuse et très belle. Tu n'es pas venue pour mon mariage, mais je savais que je serais là pour le tien, et que je te ferais revenir à Mardpur.

— Oui », dit Mrs. Sharma avec un large sourire. Elle était ravie de voir tant d'affection entre sa belle-fille et Deepa. Elle savait que Deepa était un peu timide, mais Bharathi saurait communiquer avec elle et la faire sortir de sa réserve. Deepa serait heureuse dans la famille du docteur. « C'est Bharathi qui nous a rappelé ton existence. Mais nous t'avons toujours considérée comme notre fille. Maintenant, il ne nous reste plus qu'à attendre la décision de Shyam.

— Il y a tant de problèmes avec les chemins de fer, dit Bharathi, qui tenait toujours les mains de Deepa. Shyam revient de Bhubaneswar. Il y fait des recherches.

— Bhubaneswar ! s'exclama Deepa, suffoquée.

— C'est en Orissa, dit Bharathi.

— C'est loin, mais je crois que tu t'y plairas, dit Mrs. Sharma. Nous n'y sommes pas allés, mais Shyam dit qu'il s'y trouve bien. Nous espérons qu'il aura bientôt un poste à Mysore. »

Deepa et Ma prirent le thé avec Mrs. Sharma, Bharathi, Govind et Nalini. Deepa et Govind ne dirent presque rien, laissant Bharathi, Nalini et Mrs. Sharma parler de tous les changements survenus à Mardpur et des occupants de telle ou telle nouvelle maison.

« Et le temple de Vishnou Narayan ! Vous ne le reconnaîtrez pas, s'exclama Mrs. Sharma. On construit un nouveau bâtiment et les travaux sont presque finis.

— Tu te souviens, Deepa, de la fois où nous avons emmené Jhotta au temple pour la guérir de sa fièvre ? Ce que c'était drôle. Le temple est complètement transformé. On n'y laisserait pas entrer un buffle, maintenant qu'il est tout neuf, tout propre et avec du marbre partout », dit Bharathi.

Deepa pensa à Jhotta. La bufflonne n'aurait pas aimé la nouvelle Mardpur. Mais peut-être s'était-elle trouvé un petit coin où déambuler, et un jardin agréable où se tenir et ruminer en paix. Jhotta avait sans doute trouvé son petit coin de paradis, même s'il était minuscule.

Après le thé, Deepa et Ma prirent congé de la famille du docteur et hélèrent un cyclo-pousse pour retourner à Jagdishpuri Extension. Le trajet prit du temps, ce qui étonna Deepa. Elle se rappela qu'elle traversait la ville à pied, jadis. Mais maintenant, les rues étaient très encombrées, et cette presse n'était pas due à l'activité inlassable et affairée qui engorgeait Ghatpur, mais à une population en expansion rapide qui emplissait les voies étroites. De nouveaux éventaires envahissaient les rues. Les boutiques se déversaient jusque sur les trottoirs et les marchands ambulants de tous les villages environnants investissaient dans les zones résidentielles pour écouler leurs produits artisanaux et autres marchandises, qui avaient bien du mal à se vendre face aux produits meilleur marché sortis des usines de Ghatpur. A voir leurs mollets étiques, leurs épaules amaigries et leur visage marqué par des années de dur labeur, il était clair que ces villageois n'étaient pas ceux qui avaient tiré avantage de la nouvelle richesse issue du développement du vaste complexe Mardpur-Murgaon-Ghatpur et prospéré grâce à cela.

Le conducteur se faufilait dans la circulation, criait pour qu'on lui laisse le passage, car sa sonnette grêle ne suffisait pas dans une mêlée pareille. A l'approche de Kumar Junction, Deepa reconnut la haute *gopura* blanche du temple de Vishnou Narayan qui se détachait, éclatante, sur le ciel bleu. Mais le reste du temple était presque invisible maintenant à cause de tous les éventaires accolés à son mur.

Même Ma le remarqua. « C'est le temple de Vishnou Narayan ? » demanda-t-elle au conducteur du cyclo-pousse. Elle fut obligée de crier sa question plusieurs fois avant de se faire entendre.

« *Haan*, memsahib, c'est l'ancien. Le temple préféré des Marwaris. Ils l'agrandissent de l'autre côté.

— Il n'y a donc pas de temples à Ghatpur ?

— Celui-ci, c'est le plus ancien, memsahib. Et la

terre de l'autre côté appartenait déjà au temple. Le nouveau bâtiment aura une très grande statue de la déesse Laxmi[1]. Vous voulez voir ? Pour attendre, je prends deux roupies.

— Non, merci. Une autre fois, peut-être. Maintenant, il faut que nous rentrions à Jagdishpuri Extension. »

Deepa regarda avec curiosité les nombreuses échoppes dont certaines vendaient des statues en plâtre de Paris peintes de couleurs criardes et représentant Laxmi et Ganesh. Le parfum des éventaires où s'empilaient des guirlandes de fleurs arriva jusqu'à ses narines : colliers d'œillets, de jasmin et de roses. Le sol était jonché de pétales qui s'étaient envolés et, une fois tombés, avaient été piétinés. Jadis, le swami Satyanarayan, assis, enfilait lui-même les fleurs des colliers, ramassait chaque pétale tombé et le mettait dans un *thali* à l'intention des fidèles, pour qu'ils les lancent sur les divinités.

« Le temple doit être très fréquenté maintenant, dit Ma, se faisant la même réflexion que Deepa.

— *Haan*, memsahib, les gens viennent de partout. C'est un lieu de pèlerinage. Il paraît qu'il y a des miracles ici, alors ils viennent pour voir.

— Quels miracles ?

— Du lait coule de la trompe de la statue de Ganesh qui se trouve sous le figuier dans le clos du temple.

— Tu en as été témoin ? demanda Ma, l'air sceptique.

— Non, memsahib. Je ne suis qu'un humble conducteur de rickshaw. Seuls les plus dévôts et les plus saints peuvent voir un tel miracle. Le swami

1. Fille de Shiva et de Parvati – comme Ganesh –, elle est la déesse de la fortune et de la prospérité. On la représente assise sur une fleur de lotus et souvent encadrée de deux éléphants. (*N.d.T.*)

Satyanarayan en a été témoin. C'est un grand homme. Et les gens qui ont fait des dons très très importants en aussi été témoins. Mais nous avons de la chance à Mardpur que les dieux nous fassent la grâce d'un tel miracle.

— Et puis quoi encore ! glissa Ma à Deepa. Quand des foules viennent de loin, il est toujours facile de leur faire croire aux miracles. »

Ce ne fut qu'en s'approchant du Vieux Marché qu'elles commencèrent à retrouver les choses telles qu'elles les avaient connues. Les légumes étaient toujours étalés sur le sol, sur des nattes en jonc. Des femmes parées de tous leurs bijoux de mariage, ainsi que de bracelets de chevilles en argent, anneaux de nez et d'orteils, se servaient d'éventails en bambou pour chasser les mouches de sur leurs marchandises et, le *pallav* de leur sari tiré jusque sous leur nez, marchandaient avec leurs clients qui circulaient, leurs cabas de toile à la main.

Quant à Jagdishpuri Extension, rien n'y avait changé du tout. Deepa éprouva une bouffée d'excitation en approchant de la maison si familière. Elle avait l'aspect négligé d'une maison qu'on n'entretient pas, avec son plâtre qui s'écaillait, mais sinon, elle était toujours la même. L'odeur de confits qui y régnait du vivant d'Amma était toujours là et ne demandait qu'à s'échapper.

Une servante sortit pour les accueillir, une femme rondelette, entre deux âges, que Deepa ne reconnut pas. Elle chercha Usha des yeux par-dessus l'épaule de la femme.

« La chambre est prête ? demanda Ma.

— Je l'ai aérée et j'ai fait les lits. Voulez-vous manger, memsahib ? J'ai préparé un repas.

— Oui, Usha-*rani*, nous allons d'abord manger, puis nous nous reposerons. »

Usha ! Deepa regarda la femme avec curiosité, mais ne retrouva aucun trait familier. C'était une autre Usha, une servante que sa mère avait engagée. Son Usha de jadis était retournée dans son village pour se marier. Maintenant, elle devait avoir plusieurs enfants. Peut-être n'était-elle jamais revenue à Mardpur. Deepa regarda la nouvelle Usha avec curiosité et la trouva sympathique malgré tout.

Une seule chambre avait été aérée, nettoyée et préparée. La femme avait fait les lits, allumé le brasero dans la cour et cuit le repas à l'extérieur. Elle préparait des *chapatis*, accroupie un peu à l'écart des deux femmes. Deepa et Ma s'assirent sur le sol balayé, sur des planches qui donnaient à la maison un air austère. On ne voyait nulle part les *charpoys* qui, du temps d'Amma, étaient disposés dans la cour. Mais Deepa avisa les meules, toujours dans le même coin, inutilisées depuis toutes ces années. Les deux tabourets bas sur lesquels elle s'asseyait avec Amma, puis plus tard avec Usha, pour moudre le grain, étaient toujours là, à la même place. De temps à autre, une bouffée d'épices arrivait de la cuisine, comme si elle essayait de s'échapper. Les pots de confits sont toujours là, pensa Deepa, surprise, et leur contenu est lentement arrivé à maturation. L'odeur de l'huile de moutarde douce était forte et puissante. Les mangues et les citrons doivent tous être confits à point, se dit-elle.

Après le frugal repas, Ma alla s'allonger. Usha-*rani* se fit des *chapatis*, puis s'accroupit à côté du brasero fumant et se mit à manger tranquillement.

Deepa partit explorer la maison. Il y avait des cadenas sur toutes les portes, sauf celle de la pièce préparée pour elle. Elle alla dans la cuisine et ouvrit grand la porte sur laquelle pendait encore le cadenas. Elle poussa les portes grillagées et se trouva enveloppée par l'odeur des confits, chaude et alléchante. Elle était plus forte que dans son souvenir, comme si, ayant été enfermée si longtemps, elle était plus riche et plus douce, et, à force de macérer, dégageait un arôme de plus en plus fort de fruits fermentés. Elle ouvrit les volets de la fenêtre à côté de la porte donnant sur la cour, afin de laisser entrer la lumière. Les rayons traversèrent la pièce, faisant tourbillonner la poussière dans leurs faisceaux, neutralisant un peu l'arôme des confits avec l'odeur propre, chaude et neutre du soleil. La lumière révéla à Deepa la baratte devant laquelle Usha s'asseyait le matin. L'axe était toujours dedans, mais tout de guingois, car il ne servait plus depuis longtemps et reposait en porte-à-faux. La baratte dégageait une odeur douce et naturelle, rendue aigrelette par le yaourt incrusté depuis si longtemps dans ses fibres.

Deepa sortit s'asseoir sur l'un des tabourets à côté des meules et regarda Usha-*rani* laver les *thalis* du repas dans deux seaux d'eau.

« Il y a un robinet dans la cuisine », fit Deepa. C'étaient les premiers mots qu'elle adressait à la femme simple qui les servait.

Usha-*rani* secoua la tête : « Il n'y a pas d'eau en ce moment. Elle est coupée six heures par jour. Mardpur s'est développée si vite qu'il n'y a pas assez d'eau pour tout le monde. Le soir, c'est la même chose. La pression manque souvent.

— Tous ces gens, d'où viennent-ils ? demanda Deepa.

— Des villages. Pendant trois ans, il y a eu de mauvaises récoltes, alors tout le monde se précipite à Ghatpur, à Mardpur et à Murgaon pour trouver du travail afin de nourrir la famille. Et ce n'est pas seulement à cause des récoltes. Les usines de Ghatpur produisent des choses nouvelles. Les gens ne veulent plus de ce qui est fabriqué dans les villages. Les artisans ont de plus en plus de mal à vendre leurs produits et eux aussi sont obligés de venir dans les villes pour gagner leur vie.

— Vous venez d'un village ?

— Oh, ça fait des années que j'habite à Mardpur, dit Usha. Mais mon père travaillait dur pour fabriquer des nattes et des éventails avec de l'herbe. Comme celui-ci. » Elle ramassa l'éventail cassé dont elle s'était servie pour attiser le feu du brasero. Peu désireuse de continuer à parler d'elle, elle orienta la conversation sur Deepa. « Alors, vous allez vous marier ? Vous habiterez à Mardpur. »

Deepa garda le silence.

« Elle est très bien, la famille du docteur. Très moderne. Ce qui compte pour eux d'abord, ce n'est pas la caste ou ce genre de choses, mais la préférence de leur fils. Bien sûr, le docteur ne laisserait pas son fils épouser n'importe qui. Le fils aîné a épousé une fille d'une famille très riche. Mais c'est le garçon qui a choisi la fille. »

Deepa fut surprise d'entendre décrire la famille de Bharathi comme étant très riche.

« Vous parlez de Bharathi ?

— Oui. Son père est un écrivain très célèbre. Il appartient à une vieille famille de négociants en saris de Mardpur. Il a gagné beaucoup d'argent en écrivant.

— Il a écrit beaucoup de livres ?

— Un seul. Mais ça suffit. La famille habite dans le jardin aux lychees, en haut de la colline. Toujours dans le très très vieux bungalow. Lui, il ne sort jamais. Personne ne l'a vu depuis longtemps, et même sa fille n'y va plus très souvent maintenant qu'elle est mariée.

Quant au fils, il est parti chez des cousins pour apprendre les affaires.

— Il y a des petits-enfants ? demanda Deepa.

— Je crois qu'il y en a qui habitent à Ghatpur. »

Ce devaient être ceux de Meera et de Mamta, pensa Deepa.

« Et les petits-enfants, ils ne viennent pas ? »

Usha-*rani* secoua la tête.

« Je ne les ai pas vus. Mais la fille cadette ne s'est mariée quc l'an dernier. C'est encore tôt pour des petits-enfants. »

Usha-*rani* continua à parler de la famille du docteur. « Maintenant, c'est au tour du fils cadet de choisir. Vous aurez beaucoup de chance s'il vous choisit, vous serez dans une très bonne famille. Demain, il arrivera de l'Orissa. Nous vous draperons dans votre plus beau sari pour que vous soyez très belle et qu'il ait envie de vous épouser.

— Si c'est le fils qui choisit, alors il doit déjà vouloir m'épouser », fit remarquer Deepa.

Usha-*rani* lui lança un regard en biais : « J'ai entendu dire que c'était Bharathi qui vous avait proposée. Maintenant, il faut que le fils cadet vous voie et décide. »

C'était Bharathi qui l'avait proposée ! Deepa ne savait si elle devait se réjouir ou se désoler.

« Demain, j'apporterai du yaourt pour vous faire un masque. Et du *haldi-atta* pour vous mettre sur les bras. Vous verrez, votre Ma et moi nous vous ferons belle. Vous êtes déjà très gracieuse, comme une danseuse. »

Deepa ne se considérait pas comme une danseuse, mais les autres si, semblait-il. Elle se contenta de hocher la tête et d'écouter tout ce que Usha-*rani* projetait de faire afin de la rendre irrésistible aux yeux de Shyam.

Lorsque Ma se réveilla après sa sieste, Usha-*rani* lui prépara un thé qu'elle but en soupirant.

« Il y a tant à faire dans cette maison. Il faut que je déblaie les pièces pour la vendre. A quoi bon la garder puisque nous n'en avons pas besoin pour ta dot, Deepa. »

Usha-*rani* écoutait en trempant dans son thé son biscuit qu'elle mastiquait pensivement.

« Memsahib, on dit toujours qu'il y a un trésor dans cette maison. Si vous vendez, que deviendra-t-il ?

— Quel trésor ? demanda Ma en riant.

— Memsahib, Amma, votre mère, avait beaucoup de bijoux venant des trésors royaux, et qui sont toujours cachés.

— Toujours cachés ! Non mais, écoutez-moi ça ! Les gens n'ont donc rien de mieux à faire que de colporter des histoires ! Il n'y a pas de trésor dans cette maison. Ma mère avait des bijoux, c'est vrai, mais elle me les a tous donnés quand je me suis mariée. Il n'y a rien ici. »

Usha-*rani* trempa son biscuit.

« C'est ce qu'on raconte, memsahib.

— Laissez dire ! Il n'y a rien ici. Je vais vendre cette maison. » Et Ma regarda Deepa fixement, comme si elle la mettait au défi de croire toutes ces sornettes.

Mais Usha-rani continua à boire son thé, toujours plongée dans ses pensées. Ma suivit le fil des siennes à voix haute : « Mais comment la vendre, cette maison ? Qui en voudrait ? » Elle se rappela sa conversation avec Satyanarayan huit ans auparavant. « Il paraît qu'un prince la voulait. Mais il y a de ça des années. Et c'était peut-être parce qu'à l'époque tout le monde achetait des terrains à Mardpur, et que ce qui l'intéressait dans cette affaire, c'était le terrain. Maintenant, qui se porterait acquéreur ? Surtout pas un prince, qui n'irait pas s'encombrer d'une maison décrépite et délabrée, alors qu'il pourrait s'offrir des palais.

— Peut-être que c'était le trésor qui l'intéressait, memsahib.

— Usha, il n'y a pas plus de trésor ici qu'il n'y a de miracles au temple. Si des miracles s'étaient produits au temple, il y aurait beaucoup plus de gens à en avoir été témoins. Personne n'a vu ce trésor non plus. Pas même moi.

— Il y a des gens qui ont vu les miracles, memsahib. Ceux qui sont censés les voir. Et qui sont prêts pour cela. Pour le trésor, ça doit être pareil. Ne le trouveront que ceux qui sont censés le trouver et qui sont prêts pour cela. »

73

Quelles transformations dans le temple de Vishnou Narayan ! Ce n'était pas seulement la multitude d'éventaires qui signalait que le site était devenu un lieu de pèlerinage très fréquenté, comparé au sanctuaire endormi que Deepa avait connu enfant. Les simples divinités de pierre qui s'abritaient autrefois sous les arbres avaient toutes été enlevées, mises au rancart parce qu'elles n'étaient pas assez imposantes pour un temple de cette importance. Elles avaient été emportées en pleine nuit, nul ne savait où. Satyanarayan avait veillé à ce que le secret soit bien gardé, car si les gens avaient eu vent de la chose, à coup sûr un nouveau temple aurait été créé spontanément sur l'emplacement qu'occupaient ces divinités, quel qu'il fût. Dans l'esprit des gens, le fait que ces idoles de pierre aient été déménagées du temple de Vishnou Narayan ne voulait pas dire qu'elles avaient perdu leur caractère sacré. Et la preuve que la sainteté, une fois impartie, perdurait, était que les arbres du temple eux-mêmes étaient toujours éclaboussés de poudres colorées et de grains de riz lancés par des fidèles qui refusaient de renoncer à leur habitude de se promener sous les frondaisons sans leurs pieuses offrandes.

Seule une grande statue de marbre du dieu-éléphant

Ganesh se dressait sous le banian, là où s'installait autrefois Satyanarayan, lequel siégeait désormais sur une plate-forme qui ressemblait à un trône, à l'intérieur du bâtiment neuf. De là, il dirigeait les rituels les plus importants.

C'était du dieu-éléphant qu'avait spontanément jailli du lait. Un miracle qui avait non seulement renforcé la foi des gens en la sainteté de la nouvelle divinité, mais aussi confirmé la dignité de Satyanarayan lui-même, en qualité de premier témoin du miracle. Même Vaman, qui ne croyait pas aux miracles, fut ébranlé par les histoires qui circulaient et alla voir personnellement, emportant une offrande de noix de coco et de fleurs pour la nouvelle divinité, dans l'espoir qu'elle accomplirait pour lui le miracle du lait. Une telle action, même venant d'un incroyant, contribuait à enraciner l'impression que la divinité était très puissante. Ce qui était exactement le propos de Satyanarayan.

« Alors, il a eu lieu, ce miracle ? avait demandé Laxman.

— Non, avait répondu Vaman avec satisfaction.

— C'est parce que tu n'es pas assez dévôt. Demain, je vais faire don d'une très très grosse somme au temple, alors peut-être verrai-je le miracle.

— Bonne chance », avait lancé Vaman. Il n'avait rien contre les gestes philanthropiques, mais cela ne voulait pas dire qu'il fallait croire aux miracles.

Laxman fit son don mais n'eut pas l'insigne privilège de voir le moindre miracle, bien qu'il fût resté assis toute la matinée devant le dieu, à célébrer des rites, vêtu de son seul *dhoti*. « Je n'ai pas eu cet honneur, dit-il tristement à Vaman.

— Evidemment : tu n'es pas Satyanarayan. Le swami Satyanarayan, comme tu l'as peut-être remarqué, se réserve l'exclusivité de tous les honneurs. »

Mais Vaman remarqua que, de fait, le dieu Ganesh, avec son ventre proéminent et son expression légèrement méprisante, ressemblait de façon incroyable à ce qu'était devenu Satyanarayan : un être bien nourri, dont la peau saine reflétait un régime équilibré, et qui régnait sur l'un des temples les plus importants de la région, avec ses revêtements de marbre neuf et ses idoles couvertes de soie.

Ce n'étaient pas les seuls changements. Le temple, autrefois simplement nommé temple de Vishnou Narayan, avait été rebaptisé temple du rajah Man Singh. A ce qu'on disait, Man Singh avait fait don d'une somme considérable pour la rénovation et les travaux d'agrandissement. En réalité, l'argent de la donation n'était pas celui de Man Singh. Ce ne fut que lorsque le rusé conseiller financier se fâcha avec les familles royales du Rajasthan que celles-ci découvrirent qu'une grande partie de leur fortune était passée entre ses mains. Elles l'avaient laissé gérer si librement leurs affaires qu'il avait eu tout loisir non seulement de les dépouiller d'énormes sommes d'argent, mais aussi de leur nom : car les familles royales ne rechignaient pas à consacrer des fortunes à des œuvres philanthropiques, ce qu'étaient en général les projets les plus ambitieux. Mais elles étaient fâchées de ne pas voir leur nom inscrit sur toutes ces institutions nouvelles : hôpitaux et nouveaux temples.

Man Singh, quant à lui, avait dans le pays une réputation de générosité et on lui avait décerné le titre de rajah, car un homme qui pouvait donner autant devait sûrement être un grand homme. Peu de gens se rendaient compte que cet argent ne lui appartenait pas. Et ceux qui, comme Satyanarayan, le savaient, estimaient qu'une telle révélation compliquerait par trop les choses dans l'esprit du commun des mortels. Pour lui, tout ce qui s'était passé, c'était que Man Singh avait pris aux riches pour donner aux pauvres. Il estimait pour sa part qu'il était utile d'avoir Man Singh de son côté, d'autant qu'il avait fourni des fonds non négligeables pour la petite campagne livrée par Satyanarayan afin d'établir un *panchayat* dans la ville en expansion et de se faire élire à sa tête.

Vêtu d'une *kurta* de soie, avec une étole de popeline fine drapée sur l'épaule, Satyanarayan avait grisonné, grossi, mais sans changer beaucoup par ailleurs. Certains, comme Vaman, disaient que son air pompeux de jadis avait été remplacé par une arrogance plus ouverte, ce qui était peut-être un peu injuste. On ne pouvait cependant nier que comme il avait moins le temps de parler pour le plaisir, il ne prenait plus celui d'étayer ses opinions avec des citations et des versets des *shastras*, et s'exprimait donc désormais de manière extrêmement dogmatique, et non plus instruite et érudite.

Le jour où Ma et Deepa arrivèrent à Mardpur, Satyanarayan avait employé sa journée comme de coutume ces temps derniers : il s'était beaucoup activé à superviser les travaux d'agrandissement du temple. Le nouveau bâtiment lui-même se composait d'une suite de trois pagodes ornementées qui faisaient paraître toute petite l'ancienne *gopura* et devaient abriter la nouvelle statue de Laxmi, déesse de la richesse, dont l'importance dans l'esprit des fidèles s'était considérablement accrue. Avant, ils ne se souciaient guère de la divinité qu'ils adoraient, pourvu qu'elle leur soit familière. Après tout, comme le disait Satyanarayan lui-même, chaque dieu est l'*avatar* d'un autre dieu. Mais pour les nouveaux arrivants à Mardpur, l'ancien temple était trop austère avec ses simples statues de pierre. Une énorme statue de Laxmi en marbre blanc avait été offerte grâce à de généreuses donations. Les marchands de saris, dont Laxman et Vaman, avaient fourni de belles soieries pour la draper, et les joailliers de Ghatpur avaient donné des bijoux. Une fois les travaux terminés, on devait emmener la nouvelle Laxmi en pèlerinage jusqu'au Gange pour qu'elle reçoive l'onction dans les eaux sacrées, au terme d'une procession conduite par Satyanarayan. Le brahmane était très excité à la perspective de se trouver à la tête des riches familles marwaris et banias de Ghatpur-Murgaon-Mardpur. Ce serait comme la Marche du Sel, se disait-il, se rappelant les histoires que Gulbachan le journaliste racontait, et il passa de nombreuses heures à réfléchir à la façon dont il s'habillerait pour la circonstance : en simple *dhoti* sans *kurta*, son cordon de brahmane lui barrant la poitrine, ou en *kurta* de soie ? Il n'était pas encore décidé, mais penchait en faveur de la seconde solution.

La situation avait changé pour Satyanarayan à d'autres égards. En tant que chef du *panchayat*, il avait du pouvoir. Or nombre d'affaires relevaient du conseil. Pour le brahmane, il importait de les traiter rapidement, afin de devancer la bureaucratie locale qui, sinon, prendrait toutes les décisions. Il n'y avait pas de raison de laisser la bureaucratie laïque traiter les affaires alors que le brahmane et le *panchayat*, dominé par les Marwaris, étaient tout aussi capables de le faire, et ce, au mieux de leurs intérêts.

Ceci laissait fort peu de temps pour les rituels que réclamaient les gens simples pour se réconforter au jour le jour des changements dans leur vie. Il laissait le soin de célébrer ces rituels à Bhole, son neveu, un jeune homme grand et mince à la tête rasée à l'exception d'une queue de rat, avec une énorme marque en U sur le front, la marque des brahmanes, sans laquelle il eût été facile de passer à côté de lui sans le remarquer, car il n'avait rien du charisme de son oncle. Ce U dessiné en pâte de bois de santal distinguait Bhole aussi clairement que l'eût fait une publicité et garantissait que malgré sa simplicité et sa douceur, les gens ne le prendraient pas pour un simple serviteur dans le cadre grandiose du temple en expansion.

Lorsque Deepa et Ma furent entrées dans le temple, les mains chargées de noix de coco et de fleurs, elles hésitèrent. Elles se demandaient où se trouvait exactement le cœur de ce nouveau temple, le sanctuaire intérieur. Satyanarayan, très affairé, venait de prendre à partie l'entrepreneur qui s'occupait des travaux. Il avait manœuvré de telle sorte que l'autre, en proie à la terreur et l'humiliation, avait reconnu sans trop de difficulté que oui, c'était bien sa faute si les choses n'allaient pas comme elles auraient dû. Fort de cette victoire, Satyanarayan se sentait particulièrement content de lui. Ma l'arrêta en posant sa main sur la manche de sa tunique en soie.

« Swami Satyanarayan, *Ram, Ram.* »

Satyanarayan baissa les yeux vers sa manche, craignant que l'intruse ne l'ait froissée. Puis il reconnut Vimala, la fille du grand brahmane, astrologue à la cour des rois, l'un des très rares sages, presque tous morts, qu'il admirait plus que lui-même, et il se radoucit. Bien qu'il n'approuvât pas le remariage de Vimala, son respect pour son père, le grand *rajguru*, l'emportait sur son blâme.

« Oh oh, qu'est-ce qui vous amène dans ces lieux arriérés ? » Il fit un geste vers les travaux. « Vous voyez, nous essayons d'entrer dans le vingt et unième siècle, mais ces fils de hiboux n'ont pas de cervelle ! C'est très fatigant de les garder à l'œil. Tous les jours ils me donnent du fil à retordre.

— Je suis venue pour arranger le mariage de ma fille », dit Ma.

Satyanarayan regarda froidement Deepa, jaugeant sa valeur comme future épouse. Il ne manifesta en rien qu'il se souvenait de la fillette de douze ans qui lui avait amené sa bufflonne pour qu'il la soigne. Deepa n'avait aucune raison de détourner les yeux.

« Avec qui le mariage est-il prévu ? demanda-t-il, tandis que Deepa s'éloignait pour aller explorer le jardin du temple, qui avait beaucoup changé depuis son enfance.

— Avec le plus jeune fils du docteur Sharma, dit fièrement Ma. C'est un bon parti et ils ne demandent pas de dot.

— Ha ! laissa tomber Satyanarayan d'un ton méprisant. Et à qui est marié l'aîné ? dit-il sans se douter que Ma le savait déjà. A la fille de ce bon à rien de Raman. Celui qui a fait fortune en écrivant son livre. Vous savez (Satyanarayan baissa la voix), j'ai toujours été persuadé que c'était quelqu'un d'autre qui l'avait écrit, parce que cet homme n'avait pas d'instruction ; il était incapable d'écrire. Mais je n'ai jamais pu le prouver.

— Pourquoi quelqu'un aurait-il écrit pour lui ? dit Ma. C'est un gros travail.

— Ecrit pour lui ? Non, ce n'est pas ça. Il a volé le manuscrit. » Satyanarayan adressa à Ma un regard entendu, en biais. « Et c'est peut-être même votre mère Amma qui l'a écrit. Ce livre devrait vous revenir. Et le terrain du jardin aux lychees aussi. Récemment, j'ai vu les actes de propriété, et il y est clairement stipulé que la propriété appartient à celui qui a écrit le livre. Vous voyez, elle n'appartient pas à Raman. »

Ma trouva parfaitement ridicule cette idée que sa famille pût revendiquer des droits sur la fortune de Raman. « Ma mère ? Mais elle était aveugle depuis des années. Comment aurait-elle pu écrire un tel livre ? (Elle secoua la tête.) Non, Swami, si quelqu'un d'autre que Raman l'a écrit, ce n'est pas Amma.

— La vérité éclatera un jour, bougonna Satyanarayan. Mais vous devriez me croire quand je vous dis que vous avez peut-être des droits sur ce terrain. »

Il avait derrière la tête un projet qu'il n'était pas prêt à dévoiler pour l'instant. Mais il avait encore dans les oreilles la colère qu'avait piquée Man Singh le jour où le financier-devenu-rajah était arrivé au temple fou furieux en disant que Raman n'avait jamais payé une seule traite de l'hypothèque qu'il lui avait consentie, mais qu'il ne pouvait rien faire parce que les papiers disaient que la propriété appartenait à « celui qui avait écrit le livre ». Le notaire, un dénommé Mohinder Patwari, de Ghatpur, un juriste malin qu'impressionnait fort peu le titre de rajah que Man Singh lui agitait sous le nez, avait demandé la preuve que Raman avait réellement écrit le livre avant d'entamer une procédure de saisie du jardin aux lychees au bénéfice de Man Singh.

« Apportez-moi le manuscrit du livre, écrit de sa main, et cela sera une preuve suffisante », avait dit Patwari, jouissant de la déconfiture de Man Singh. Mais ce dernier ne savait que trop bien qu'il n'avait aucun moyen de mettre la main sur ledit manuscrit.

« Son nom est sur l'ouvrage publié, avait-il grondé. Tout le monde sait que c'est lui l'auteur.

— Cela ne veut rien dire. N'importe qui peut signer pour n'importe qui d'autre, non ? avait lancé Patwari en jetant un regard pénétrant au raja Man Singh. Il faut une preuve. »

Lorsque Man Singh raconta l'histoire à Satyanarayan, celui-ci alla consulter Laxman pour voir si le manuscrit pouvait être retrouvé. Mais sa tentative fut déjouée par Vaman qui, sans savoir pourquoi Satyanarayan cherchait le manuscrit, déclara : « Ce n'est pas seulement le manuscrit de Raman, mais aussi celui d'Amma et de Deepa, sa petite-fille. »

Le but de Vaman était de dissuader Satyanarayan de mettre son nez dans leurs affaires. Mais la remarque planta dans l'esprit de Satyanarayan un doute dont il ne put se défaire.

« Vous avez peut-être des droits sur cette propriété, répéta Satyanarayan lorsqu'il vit que Ma n'avait paru ni étonnée ni stupéfaite, mais perplexe.

— Qu'en ferais-je ? dit-elle. Je n'ai pas besoin d'une autre propriété à Mardpur, celle que j'ai me suffit. »

Satyanarayan lui coula un autre regard en biais, comme s'il trouvait cette remarque bizarre.

« Tout le monde a besoin d'argent, reprit-il. Vous ne m'avez pas dit que vous comptez marier votre fille ?

— Si », dit Ma patiemment. Et elle répéta : « La famille du garçon ne demande pas de dot. Et je vais vendre la maison de Jagdishpuri Extension, parce que nous n'en avons plus l'usage. Ce n'est pas une très grande maison, mais la somme nous aidera à acheter des bijoux et à faire face à d'autres frais. »

Satyanarayan parut intéressé. « C'est la maison où il y a le trésor ?

— Pourquoi tout le monde me parle-t-il de trésor ? répliqua Ma en riant. Il n'y a pas de trésor là-bas, Swami.

— Oh oh, alors, vous l'avez emporté ? fit Satyanarayan, l'air un peu déçu.

— Non, non. Il n'y a jamais eu de trésor là-bas. Je n'ai rien fait à la maison, elle est telle qu'elle était à la mort d'Amma. Mais il n'y a jamais eu de trésor dedans.

— Pourtant, Amma elle-même disait que si. Alors pourquoi aurait-elle menti à tout le monde ? insista Satyanarayan.

— Je ne sais pas pourquoi elle disait cela, dit Ma en secouant la tête. Peut-être que ce n'est pas elle qui en a parlé mais que les gens en ont répandu le bruit. Toujours est-il que si trésor il y a, il y est toujours caché, et celui qui achètera la maison l'aura ! Mais nous savons évidemment qu'il n'y a rien. »

Pendant qu'ils parlaient, un jeune homme était apparu. Il était vêtu d'une *kurta* de coton blanc et paraissait très nerveux. Il attendait patiemment que Satyanarayan ait fini, des années de pratique du brahmane lui ayant appris que celui-ci pouvait se mettre très en colère si on le dérangeait.

A force de rôder autour d'eux, il finit par attirer l'attention de Satyanarayan qui interrompit sa conversation avec Ma pour demander : « Qu'est-ce que tu veux, Guru ? Pourquoi es-tu là à sautiller comme un éléphant qui marche sur des épines ? Tu ne vois donc pas que je suis en train de parler à une personne qui appartient à une très ancienne famille de brahmanes de Mardpur ? Je n'ai pas le temps de m'occuper de tes épines. File ! »

Guru tint bon. Sa requête était trop importante.

« Swamiji, nous avons besoin d'un *puja* spécial aujourd'hui. »

Satyanarayan bomba le torse : « Tu sais que je suis beaucoup trop occupé. Bhole s'en chargera.

— Swami, insista Guru, l'air très embarrassé. C'est pour une occasion très spéciale, et mon papa dit...

— Tu peux retourner chez toi dire à ce Vaman, ton père, que chaque *puja* est spécial.

— Oui, Swami, seulement...

— Va-t'en ! » dit Satyanarayan avec un grand geste du bras, l'index pointé dans la direction où Guru devait partir.

Guru ne bougea pas. Son regard alla de Ma à Satyanarayan et à Deepa, qu'il ne reconnaissait pas, et il finit par bafouiller : « C'est que, Swami, c'est vous qui devez venir. Ce matin de très bonne heure, l'oncle Raman est mort.

— Ah bon ! dit Satyanarayan, surpris. Il était malade, ton *chacha* ?

— Non, gémit Guru. C'est un accident. Un accident stupide avec une *tonga* ! » Et des sanglots refoulés firent trembler ses épaules.

74

Lorsque le livre de Raman avait été publié avec l'aide du cousin Ramnath, l'histoire de Jagat Singh et du contrebandier avait fait à Mardpur une publicité considérable.

Une nouvelle école de roman avait été fondée, les critiques de Delhi s'enthousiasmèrent et décrivirent Mardpur, au cœur de la plaine du Gange, comme le lieu de naissance du nouveau mouvement. Ils affirmèrent que le public était las de lire des histoires de politique ou des grands classiques et qu'il attendait une voix contemporaine. Celle de Mardpur répondait à cette attente.

Lorsqu'il comprit que Raman, avec sa littérature de *bania*, avait attiré sur Mardpur l'attention de tout le pays, Satyanarayan entreprit d'affirmer avec une vigueur redoublée que la ville serait célèbre pour quelque chose de tout à fait différent : elle deviendrait un lieu de pèlerinage. Une terre à miracles. Un centre religieux.

Satyanarayan eut de la chance. Man Singh était là, qui finançait le développement de Mardpur et surtout celui de son temple. Satyanarayan avait la certitude que le renom de Mardpur pour son temple serait beaucoup plus durable que sa notoriété due au roman d'aventures à sensation, ce en quoi il n'avait pas tort. Les journaux qui avaient annoncé l'aube d'une nouvelle ère pour le roman attendirent longtemps la parution d'autres livres issus de la même plume. Ne voyant rien venir, ils perdirent leur enthousiasme, leurs rubriques littéraires disparurent et les critiques se virent chargés de juger des films, ou devinrent auteurs de pièces radiophoniques et furent payés une misère pour leurs efforts.

Satyanarayan avait beau en vouloir à Raman d'avoir attiré l'attention sur Mardpur avec un récit douteux, il ne pouvait lui en tenir éternellement rigueur. Raman s'était racheté aux yeux du prêtre en n'écrivant pas de second roman en huit ans, bien que le monde littéraire en réclamât un à cor et à cri. D'après Satyanarayan, Raman avait compris la folie de son entreprise. Certes, il avait d'abord persisté dans son erreur, contre l'avis éclairé du brahmane. Car les êtres inférieurs, de par leur nature, ne savaient pas reconnaître la sagesse d'emblée, mais seulement après avoir commis des erreurs regrettables. Une autre raison poussait Satyanarayan à l'indulgence : pendant les années qui s'étaient écoulées depuis la publication du livre, Raman, au lieu de jouir de sa célébrité, avait mené une existence de reclus, sur sa colline. Il sortait rarement du jardin aux lychees, un peu comme s'il avait honte de son succès. Ce qui faisait l'affaire de Satyanarayan. Raman lui-même avait écarté tout risque pour le brahmane de se voir damer le pion par un écrivain renommé dans tout le pays.

Ce ne fut qu'au mariage de sa fille Bharathi avec Govind, le fils aîné du Dr. Sharma, que Raman apparut en public : emprunté, gêné par la présence d'invités prestigieux qui se répandaient en compliments sur son livre, même s'ils ne l'avaient pas lu. A ces gens-là, il n'avait pas grand-chose à répondre.

C'était un mariage avantageux. Le Dr. Sharma jouissait d'un grand prestige dans la communauté, et avait été choisi pour diriger le nouvel hôpital bâti avec l'argent des Marwaris. Il était aussi question d'une nouvelle université et d'une faculté de médecine, et le Dr. Sharma faisait partie du comité chargé d'étudier ces projets. Depuis plus de sept ans qu'il y siégeait, l'université n'existait toujours pas. Néanmoins, Sudha-la-Pensionnée avait été très fortement en faveur du mariage entre Bharathi et le fils du docteur, car s'il devait y avoir une université à Mardpur, l'institut universitaire se verrait sûrement relégué à l'arrière-plan. Certes, elle pourrait toujours démissionner et prendre sa retraite, mais dans la nouvelle Mardpur, le prestige commençait à compter. Dans la nouvelle Mardpur il fallait être invité à des mariages, des dîners, des mondanités. Et pour recevoir ce type d'invitations, il fallait avoir un certain statut.

Lorsque Sudha découvrit que Bharathi avait rencontré Govind à plusieurs reprises, elle fit en sorte de provoquer d'autres rencontres. La manœuvre était délicate car la famille du docteur appartenait à la caste des brahmanes alors que les négociants en saris étaient des *banias*. Mais elle savait par ailleurs que le docteur et sa femme avaient des idées extrêmement modernes et n'attachaient pas une importance excessive à la caste, ce que Sudha était bien décidée à exploiter. Lorsque Bharathi fut en âge de faire des études supérieures, elle la prit sous son aile. Raman jouissait déjà d'une certaine célébrité et l'argent commençait à rentrer. Objectivement, Bharathi n'était pas un mauvais parti, et il n'y avait pas de raison que le reste de la famille ne profite pas de cette alliance avec une famille éminente. D'autant plus que le commerce des saris n'était plus ce qu'il avait été.

Une fois Bharathi sous sa protection, Sudha-la-Pensionnée manifesta une certaine tendance à l'hypocondrie. C'était Bharathi qu'elle envoyait chez le docteur, sur le scooter neuf que lui avait acheté Laxman, pour lui demander de venir à son chevet.

« Mais, tante Sudha, protestait Bharathi, je suis sûre que le docteur est à l'hôpital.

— Dans ce cas, son fils Govind ira le chercher. Demande-le-lui. Allez, mets ce joli sari et tu peux emprunter mes bijoux. Fais-toi belle si tu dois voir Govind. »

Bharathi ne dit jamais si elle se doutait des visées de sa tante, mais elle ne protesta pas et finit par se lier d'amitié avec la sœur de Govind, Mallika. Quels qu'aient pu être les sentiments de Bharathi en l'occurrence, ce fut Sudha-la-Pensionnée qui prit un jour l'initiative de parler du mariage à Mrs. Sharma.

Au grand soulagement de Sudha, Mrs. Sharma n'aborda pas tout de suite la question de la caste. Elle se contenta de dire : « Nous ne sommes pas partisans de forcer la main à nos enfants. C'est à Govind de décider. »

Mrs. Sharma toucha deux mots de cette proposition à Govind, qui prêta plus d'attention à Bharathi lorsqu'elle venait chez eux. Quelques mois passèrent avant qu'il donne sa réponse à ses parents, et le délai mit les nerfs de Sudha à rude épreuve. A force de se demander si sa proposition n'allait pas être refusée, elle en devint réellement malade. Curieusement, ce fut au moment où elle eut toutes sortes d'accès de fièvre dus au stress qu'elle cessa d'envoyer Bharathi chercher le Dr. Sharma. La jeune fille ne comprenait rien au comportement de sa tante. Quand elle se plaignait d'avoir mal à la tête ou au dos ou aux genoux, alors qu'elle ne semblait pas malade du tout, elle insistait pour que le docteur vienne. Mais maintenant que la fièvre la clouait au lit, en sueur, elle refusait de le voir.

Tante Sudha était très différente de sa mère Kumud,

si directe et si forte, qui tenait sa maison sans jamais rechigner. Sudha-la-Pensionnée, qui vivait depuis des années dans un confort bien supérieur, était toujours insatisfaite et récriminait sans cesse. Malgré tout, Bharathi jouissait chez son oncle d'une liberté considérable et était heureuse de poursuivre ses études supérieures. Elle n'avait aucune raison de se plaindre. Elle aimait circuler sur son scooter ronronnant et aller voir ses amies de la faculté sans avoir l'impression qu'elle faisait une longue expédition, comme lorsqu'elle habitait le jardin aux lychees. Et avec son scooter, elle pouvait aller voir sa mère aussi souvent qu'elle en avait envie. La route de Kumar Junction était pavée à présent et, par-delà le jardin aux lychees, elle menait à un petit quartier de maisons spacieuses appelé Kumar Extension. Il y avait plus de circulation sur cette route que lorsque Bharathi était enfant, mais c'était encore une oasis de calme comparée au quartier des Marchands, qui avait vieilli, et où l'oncle Laxman habitait toujours sa maison à l'élégance défraîchie.

Le mariage fut un événement à Mardpur, bien qu'il eût fallu attendre que la nouvelle maison du docteur à Jodhpuri Extension fût finie de construire. Satyanarayan avait présidé aux rituels védiques. Et en y repensant, le brahmane se rendit compte qu'il n'avait pas revu Raman depuis.

Ce dernier sortait très rarement du jardin aux lychees, et le reste de la famille ne fréquentait guère le temple. Seule Kumud s'y rendait quelquefois, et y rencontrait Sudha-la-Pensionnée et Madhu. Maintenant que Bharathi était mariée et que Shanker était parti en apprentissage chez son oncle Ramnath, il y avait fort peu de communication entre le jardin aux lychees et le monde extérieur.

Deepa revint juste au moment où Guru annonçait la nouvelle à Satyanarayan, sans cacher son émotion. Elle voulut s'approcher de lui et lui poser des questions sur Raman, ou au moins lui présenter ses condoléances. Mais elle connaissait à peine Guru. Certes, il était le cousin de Bharathi, mais il n'eût pas été convenable qu'une jeune fille sur le point de se marier adresse la parole à un jeune homme de l'âge de Guru. De son côté, muré dans sa détresse, il ne lui accorda même pas un regard. Deepa tourna les talons et suivit sa mère qui avait déjà commencé à s'éloigner lorsque Satyanarayan avait été interrompu.

Ce fut pendant que le brahmane quittait sa *kurta* de soie crème pour une tenue plus austère en coton tissé à la main, qui convenait mieux pour le décès d'un membre d'une des vieilles familles de négociants de Mardpur, qu'un étranger familier apparut.

Ce n'était plus le jeune homme de jadis : s'il avait conservé sa minceur et son élégance, son insouciance spontanée avait disparu. Sa démarche s'était alourdie et avait perdu son élasticité ; il avait dans le cœur une certaine lassitude, fruit de responsabilités dont il ignorait tout dans sa jeunesse. Satyanarayan le reconnut, mais il savait que Guru l'attendait pour l'emmener au jardin aux lychees sur son scooter.

« Cela fait longtemps que vous n'êtes pas venu ici, dit Satyanarayan, tout en rangeant dans un sac en toile les objets dont il aurait besoin pour les rituels.

— Quelques années en effet, répondit le royal sahib. Mon père est mort, et après cela j'ai dû m'occuper de tant d'affaires de famille et régler tant de dettes que je n'ai pas eu le temps de revenir, ni la tranquillité d'esprit nécessaire d'ailleurs. Beaucoup de choses changent.

— Tout change, acquiesça le brahmane. Mais vous êtes le rajah à présent.

— Vous devez savoir qu'il n'y a plus de rajahs, dit patiemment le royal sahib comme s'il avait déjà donné cette explication à de nombreuses reprises et à de nombreux interlocuteurs. Il n'y a plus de fonds privés alloués par le gouvernement. Nous devons nous débrouiller par nous-mêmes.

— En tout cas, vous avez eu un départ privilégié dans la vie.

— Vous avez entendu parler de Man Singh ? Et de la façon dont il a escroqué ma famille ainsi que d'autres familles royales ? De celle dont il a acquis ses richesses et son statut ? »

Brusquement, Satayanarayan parut concentrer toute son attention sur la façon d'ajuster son *dhoti*. Il pouvait tout de même difficilement critiquer un homme qui avait donné autant d'argent pour construire un nouveau temple.

« Vous vous apercevrez qu'il n'est pas tel que vous le croyez.

— C'est le moins qu'on puisse dire, répondit le royal sahib d'un ton caustique. Je vois son nom inscrit sur le temple.

— Il est l'un des bienfaiteurs. Nous avons eu de nombreuses donations. Ce temple doit être un lieu de pèlerinage, dit Satyanarayan, qui changea rapidement de sujet. Qu'est-ce qui vous amène ici ? La maison avec le trésor ? » Le brahmane était très fier de son excellente mémoire. « Amma est morte il y a quelques années. A présent, vous pouvez acheter sa maison. La famille veut la vendre, car elle n'en a plus l'usage. Je peux organiser une rencontre, si vous le voulez.

— Les choses ont bien changé, Swami, dit le royal sahib en secouant la tête. Autrefois, j'avais tant d'argent que je pouvais acheter la première maison qui me plaisait. Ce n'est plus le cas. »

Satyanarayan regarda le royal sahib d'un œil surpris en entendant sa remarque. Il pensait que les étrangers venaient à Mardpur dans un seul but : celui d'en acquérir de gros morceaux. « Alors pourquoi êtes-vous ici ? »

Le royal sahib marqua un temps pour réfléchir à la question.

« Le destin en a voulu ainsi », répondit-il.

Satyanarayan retint un rire méprisant. Il avait certes une grande foi dans le destin, mais il pensait que le destin n'amenait pas les gens fortuitement ici ou là. Le propos du destin devait toujours être évident. Il fut tenté de le dire au royal sahib, mais il avait perdu l'habitude de donner son avis aux gens, craignant de provoquer ainsi une de ces discussions pour lesquelles il n'avait plus le temps.

« Ma voiture est tombée en panne sur la même route qu'il y a huit ans. C'est curieux, non ? » dit le royal sahib. Il paraissait authentiquement surpris de cette coïncidence, mais Satyanarayan, qui avait une grande expérience en la matière, n'y vit aucune prédestination.

« Vous avez vérifié s'il n'y avait pas de clous sur la chaussée ?

— Ce n'était pas un pneu.

— Alors, on a dû vous vendre de l'essence frelatée à la dernière station-service, comme la fois précédente. Ces escrocs exagèrent. Ils donnent à Mardpur une mauvaise réputation !

— Non, non, ce n'est pas cela. Je crois vraiment qu'il était écrit que je devais venir ici. »

Satyanarayan devint soudain très pressé. Il n'avait pas de temps à consacrer à des gens qui étaient sur la pente descendante alors que dans sa ville tout le monde faisait son chemin et réussissait. Il n'avait pas non plus le temps d'élucider les mystères du karma du royal sahib.

« Eh bien, il faut que je parte. On m'a appelé pour célébrer un *puja* très important. Je vous souhaite le bonjour, ainsi qu'à votre épouse.

— Mon épouse ? » s'étonna le royal sahib. Il se retourna comme s'il s'attendait à la trouver derrière lui. « Je ne me suis jamais marié. »

Satyanarayan jeta une étole sur son épaule, ramassa son sac et dit avec le ton sévère qu'il aurait pris pour réprimander un jeune enfant : « Vous auriez dû vous marier quand vous étiez jeune, à l'époque où votre père avait du prestige et de la fortune. Maintenant, cela ne sera pas si facile, malgré votre titre royal. Qui voudra d'un prince pauvre, qui n'est d'ailleurs même plus un prince au sens strict du terme ?

— Pauvre ? Il ne faut rien exagérer. Tout ce que je dis, c'est que la situation n'est plus la même aujourd'hui. Je dois réussir par mes propres moyens, comme les autres.

— Ma foi, toutes les autres familles royales en sont au même point, dit Satyanarayan. Vous trouverez bien une princesse quelque part. » Et il partit majestueusement derrière Guru, qui avait attendu avec quelque impatience, sans toutefois oser interrompre la conversation. Le royal sahib regarda Satyanarayan partir, juché à l'arrière du scooter de Guru. Puis il quitta lui-même le temple. En descendant les vieilles marches craquelées, il se retourna et regarda posément le panneau fixé au mur du temple, qui annonçait les travaux en cours. Rajah Man Singh Mandir : quelle idée de donner au temple un nom pareil ! Ce serait un temple dédié à l'avidité, se dit-il avec amertume.

75

Deepa n'était jamais allée à Ghatpur. Elle savait que sa grand-mère avait été incinérée là-bas, sur les berges du fleuve, mais huit ans auparavant, étant encore une enfant, elle n'avait pas assisté à la cérémonie. Elle se souvenait que sa mère l'avait emmenée à Vakilpur avant de retourner à Ghatpur s'occuper de la crémation, pendant que Deepa explorait timidement son nouvel univers et faisait connaissance avec ses sœurs.

Aussi, quand Bharathi insista pour que Deepa assiste aux funérailles de Raman et qu'à sa grande surprise Ma ne s'y opposa pas, Deepa eut l'impression d'aller en pèlerinage au lieu où les cendres d'Amma étaient tombées dans le fleuve.

Pour sa part, Ma comprit que cette invitation était un signe amical. On les conviait à entrer dans le cercle de famille pour en partager l'intimité, y compris les chagrins. Aussi accompagna-t-elle Deepa pour ce court voyage à Ghatpur.

Il n'avait pas été facile de trouver de simples saris blancs. En venant à Mardpur, Ma et Deepa avaient apporté des vêtements pour paraître à leur avantage et conclure une alliance. Elles n'avaient pas songé à mettre dans leurs bagages des saris ordinaires ni des *dhotis*. Or, comme le défunt appartenait à la plus importante famille de négociants en saris de Mardpur, la porte des deux magasins, le Palais du Sari et le Sari Mahal, était soigneusement cadenassée.

« Où les gens s'achètent-ils leurs saris de nos jours ? demanda Ma à Usha-*rani* en rentrant à Jagdishpuri Extension après une expédition infructueuse au bazar de Kumar.

— Les gens vont faire leurs courses à Ghatpur, dit Usha, qui récurait les casseroles avec de la cendre de briquettes de bouse. Il y a un meilleur choix, et aujourd'hui les bus sont fréquents. Peu de gens achètent à Mardpur. (Usha secoua la tête.) Laxman sahib et Vaman sahib étaient riches à une certaine époque. Mais maintenant, le commerce des saris n'est plus aussi florissant.

— Il l'est tout de même assez, sinon ils n'auraient pas pu marier aussi bien la fille de Raman ! rétorqua Ma.

— Ah, mais c'est parce qu'elle appartient à une vieille famille de *banias* de Mardpur, précisa Usha. Mais aussi, Bharathi a trouvé un bon parti parce que Raman sahib a écrit un livre qui lui a rapporté une fortune. Heureusement que les filles aînées de Raman sont mariées aux Ramanujan, négociants en saris de Ghatpur ; elles aident. Le commerce des saris à Ghatpur marche très bien.

— Eh bien, dit Ma en se tournant vers Deepa, nous prendrons deux vieux *dhotis* d'Amma ; nous n'allons pas aller jusqu'à Ghatpur juste pour acheter des saris.

— C'est pourtant ce que tout le monde fait, *bahenji*, dit Usha. Ghatpur est le centre du commerce des saris aujourd'hui. »

Vêtue d'un *dhoti* d'Amma, Deepa était assise à côté de Ma dans l'autocar et regardait par la fenêtre. Entre Ghatpur et Mardpur, il ne restait aucun secteur non construit. Ce n'était plus qu'une seule agglomération. Et qu'étaient devenus les buffles ? se demanda Deepa. Où devaient-ils aller ? Ses yeux cherchèrent un coin de verdure où ils pouvaient brouter. Elle espérait secrètement apercevoir Jhotta, convaincue qu'elle la reconnaîtrait immédiatement. Mais de tout le trajet entre Mardpur et le terminus de Ghatpur, elle ne vit pas une seule prairie ni un seul buffle.

Le scooter-pousse qu'elles prirent à la gare routière traversa prestement le bazar de Ghatpur, déboucha de l'autre côté puis s'élança sur la route, en faisant vrombir son moteur et résonner son klaxon haut perché, tandis qu'ils passaient devant les raffineries de sucre pour gagner la paix relative des *ghats*.

L'odeur âcre du *ghi* brûlé se mêlait au parfum du bois de santal et à l'odeur de fumée des crémations antérieures.

Là où le rickshaw les laissa, des pèlerins se baignaient, oublieux de la mort environnante. On construisait un bûcher funéraire et l'entrepreneur houspillait les ouvriers qui, debout sur l'édifice à structure serrée, hissaient le bois de santal odorant.

A quelque distance sur la berge, Deepa et Ma virent une foule qui circulait autour d'un grand bûcher. Elles devinèrent que ce devait être celui de Raman, mais se rendirent compte qu'elles ne pourraient peut-être pas s'en approcher. Deepa suggéra qu'elles s'éloignent de la foule et montent quelques gradins menant à un petit temple qui dominait les *ghats*. Elles grimpèrent tout en haut et regardèrent la foule qui entourait le bûcher de bois de santal sur lequel on apercevait un corps enveloppé d'un linceul.

Deepa ne pouvait distinguer les visages, à cette distance, mais elle sentit intuitivement que la petite silhouette vêtue d'un sari près du bûcher était Kumud. Une seule se détachait, celle de Satyanarayan avec son ventre rond ; le brahmane nouait un cordon rouge sacré au poignet d'un jeune homme en tunique et pantalon blancs. Deepa se dit que ce devait être Shanker.

« Vous voulez me montrer votre main, *bahenji* ? » proposa le diseur de bonne aventure en approchant son tabouret de Ma. Il avait suivi les deux femmes jusqu'en haut des marches du temple. Puis, en l'absence de réaction de Ma, il regarda la scène en bas. « C'est la crémation d'un certain Raman sahib, de la famille des négociants de saris de Mardpur, expliqua-t-il. Il a écrit un livre. Beaucoup de gens sont venus ici rendre un dernier hommage au grand écrivain. Ceux qui ont lu son livre.

— Parce qu'il a beaucoup de lecteurs ? murmura Ma.

— C'était un grand homme, répondit le diseur de bonne aventure. Et moi, je suis tout petit. Voyez, je suis un chiromancien parmi d'autres ; mais pour un écrivain qui n'a écrit qu'un seul livre, il a beaucoup de lecteurs. »

Les haut-parleurs avaient commencé à diffuser les psalmodies. Et Deepa vit Satyanarayan verser des cuillerées de *ghi* sur le bûcher.

« Comment est-il mort ? demanda-t-elle sans préambule au diseur de bonne aventure. Il n'était pas vieux.

— Il est mort de conservatisme », répondit l'homme, ravi d'étaler sa connaissance de l'actualité locale.

Deepa le regarda d'un œil interrogateur.

« A Mardpur, personne ne se déplace plus en *tonga*, expliqua le diseur de bonne aventure. Même à Ghatpur, on se sert de scooter-pousse, et les cyclo-pousse sont rares. Mais Raman sahib tenait absolument à prendre une *tonga*. Il n'en reste plus qu'une, avec un très très vieux cheval. Pendant que Raman sahib était dans la *tonga*, le cheval s'est effondré et il est mort. » Le diseur de bonne aventure leva les yeux au ciel et tira la langue, penchant la tête de côté. « Et la *tonga* s'est renversée elle aussi. »

Ma regarda l'homme, bouleversée. « *Chup !* » dit-elle pour lui intimer le silence.

Deepa savait ce que pensait sa mère. Elle non plus ne pouvait s'empêcher de penser à la même chose, à Dasji et à la petite Kamini sous la *tonga* toutes ces années auparavant. Deepa était écartelée entre son désir d'en savoir davantage sur les circonstances de la mort de Raman et le souci de ménager sa mère.

Celle-ci tira Deepa à l'écart : « N'écoute pas ces bêtises. Il parle pour ne rien dire. »

Elles commencèrent à descendre les degrés.

« Les lignes de la main, *bahenji* ? » lança le diseur de bonne aventure, qui n'avait pas désarmé. Mais Ma l'ignora.

« Il faut descendre jusqu'au bûcher, dit-elle.

— Pour quoi faire ? s'étonna Deepa. Il y a tellement de monde. Que verrons-nous ? Nous sommes mieux ici.

— Nous sommes venues pour qu'on nous voie, non ? La mère du garçon doit nous voir. Mrs. Sharma doit constater que nous nous sentons de la famille.

— Mais il y a beaucoup de monde ici, pas seulement la famille ! » objecta Deepa. En vain. Ma descendait déjà les degrés du temple et plongeait dans l'assistance, entraînant sa fille dans son sillage. Elles se frayèrent un chemin à travers la foule, qui était moins dense qu'elle ne le paraissait vue d'en haut. Il y avait beaucoup de jeunes gens qui circulaient en bavardant et en riant. Certains tenaient à la main le livre de Raman. Tous étaient vêtus de blanc. Quelques-uns jetèrent à Deepa des regards intéressés et lancèrent des réflexions. Elle prit soin de garder la tête baissée en suivant sa mère, mais elle remarqua tout de même les brassards rouges que portaient les hommes.

Les deux femmes arrivèrent au premier rang au moment précis où Shanker approcha la torche du bûcher qui, bien imbibé de *ghi*, s'enflamma, faisant reculer l'assistance. Deepa enfouit son visage dans le bras rond de sa mère et sentit la chaleur du feu sur le côté de sa tête tandis que montait le cri de : « Raman *zindabad* ! Jagat Singh *zindabad* ! »

« Allons les rejoindre », dit Ma, qui entreprit de contourner le bûcher. Mais il y avait tant de fumée que Deepa resta sur place en toussant.

« Je ne les vois pas, dit-elle en essayant d'empêcher sa mère de sortir du rang.

— Il faut qu'ils nous voient », dit Ma dont le visage luisait déjà sous l'effet de la chaleur. Des taches sombres apparaissaient dans le dos de son corsage et sous ses aisselles. La foule avait légèrement reculé.

« Il y a trop de fumée », reprit Deepa.

Ma regarda sa fille et parut changer d'avis. « Ce n'est peut-être pas une si bonne idée, tu as la peau qui brille et des poussières noires sur la figure. »

Deepa les essuya, mais la suie laissa une traînée noire supplémentaire.

« Tu n'es pas à ton avantage, dit Ma. Nous ferions mieux de rentrer. »

Deepa ne demanda pas son reste. Elles s'éloignèrent, retraversant la foule, et s'éloignèrent du bûcher en suivant la berge. Un vieillard sec et voûté se tenait à l'écart de la foule, en conversation avec un homme d'un certain âge.

« Il n'était pas très vieux », dit le vieil homme, faisant écho aux propres paroles de Deepa, qui tendit l'oreille pour entendre la réponse.

« Mais il avait déjà marié ses trois filles. Il avait terminé sa tâche ici-bas. Qu'est-ce qu'il reste à faire sinon à mourir quand on a terminé sa tâche ? »

Deepa entendait les craquements du bois qui brûlait et les Védas psalmodiées que diffusaient les haut-parleurs.

« Pour Amma, c'était la même chose ? » demanda-t-elle soudain en se retournant vers sa mère.

Ma s'arrêta et la regarda, surprise. « C'était ici aussi, mais il n'y avait personne. Pas de foule. Juste quelques parents et le swami Satyanarayan. »

Deepa se retourna et vit les flammes s'élever plus haut que la foule. Bientôt, les cendres seraient réunies, puis on les lancerait à la volée dans le fleuve, comme celles d'Amma, et peut-être se rejoindraient-elles au même endroit après une longue trajectoire séparée dans la vie.

76

Il s'écoula presque deux semaines avant que Ma et Deepa ne retournent chez le docteur. Ma rongeait son frein car elle trouvait le temps long. Ne connaissant pas assez bien la famille des négociants en saris, elle n'avait aucune raison de se rendre au jardin aux lychees pour faire une visite de condoléances, et il ne lui vint pas à l'idée que Deepa pût avoir le désir d'y aller. La crémation lui avait suffi. Elle fut encore plus satisfaite d'y être allée, même sans s'être montrée à qui que ce fût, lorsque la cérémonie de Ghatpur défraya la chronique.

« C'est le fils qui a allumé le bûcher, dit Usha à Deepa. Peut-être qu'il sera obligé de revenir ici pour s'occuper de sa mère. Elle sera toute seule dans le jardin aux lychees. (Elle secoua la tête.) Ils ont beau avoir beaucoup d'argent, la maison est toujours aussi délabrée. On n'a fait aucun frais dans ce vieux bungalow pendant toutes ces années.

— Mais c'était un endroit agréable », intervint Deepa, qui n'avait pas oublié les bons moments insouciants qu'elle y avait passés. Elle était restée pour l'essentiel du temps dans le jardin, si bien qu'elle n'avait pas remarqué les défauts du bungalow.

Deepa redécouvrit la maison de Jagdishpuri Extension et cela suffit à son bonheur. Pendant leur séjour, on eût dit que l'odeur chaude des confits devenait plus forte de jour en jour. Deepa sortit dans la cour où Jhotta se tenait autrefois, et fut heureuse de retrouver la vieille auge familière, vide et poussiéreuse, au fond tapissé d'une croûte de boue laissée par plusieurs moussons. Deepa se pencha pour examiner les traces sur le sol, espérant trouver une forme évoquant le sabot de Jhotta. Ma l'appela pour qu'elle rentre : « Pourquoi salis-tu ton sari, Deepa ? Rentre dans la maison, sinon, à trop rester au soleil, ta peau deviendra noire. Qui voudra t'épouser alors ? Sûrement pas Shyam.

— Il paraît que la famille du docteur est très évoluée, pourtant », murmura Deepa. Mais Ma ne l'entendit pas.

Seule Usha-*rani* entendit sa réflexion. « Votre maman a raison. Les familles évoluées n'attachent pas d'importance à la dot ni à la caste. Mais les peaux foncées, ça, elles ne les aiment pas. »

Deepa se contenta de rire, remonta son sari de coton entre ses jambes et commença à répéter ses pas de danse.

Elle s'exerçait tous les jours et les mouvements fluides de l'*odissi* prenaient vie comme les sculptures d'un temple. Deepa aimait la cour avec ses découpes d'ombre, et elle dansait en sentant l'alternance du chaud et du frais sous ses pieds au gré de ses évolutions : sur le sol chaud de soleil, elle dansait vite, levant rapidement les pieds ; à l'ombre, elle dansait lentement, pour se rafraîchir la plante des pieds.

Usha-*rani* l'observait. Elle faisait toujours la cuisine, le lavage et le nettoyage dans la cour, car, disait-elle, elle n'aimait pas l'odeur des confits dans la cuisine.

« Elle est trop forte, cette odeur. Voyez, elle imprègne mes habits », et elle reniflait le bout de son *pallav* pour montrer à quel point l'odeur était devenue tenace et entêtante. En revanche, elle stimulait Deepa et l'inspirait, car elle lui rappelait Amma. En dansant, elle respirait l'arôme capiteux.

« Vous dansez bien, dit Usha-*rani*, admirative. Il faut danser devant Shyam : il sera conquis. »

Deepa marqua la mesure avec quelques petits pas et se reposa quelques instants, les mains sur les hanches, avant la séquence suivante. « Dans un mariage moderne, on ne fait pas de numéro de danse, de chant ni de quoi que ce soit, expliqua-t-elle à Usha-*rani*.

— Ah non ? Alors comment le garçon peut-il savoir si la fille lui plaît ? Elle doit être accomplie.

— Dans un mariage moderne, poursuivit rêveusement Deepa, le garçon et la fille parlent, et s'ils se plaisent, ils acceptent de se marier.

— Ah ah ! Et de quoi parlent-ils ?

— Ma foi, répondit Deepa d'un ton un peu incertain, de musique, d'art, de la vie.

— Ah ah ? Ils parlent de musique et de danse au lieu d'écouter et de regarder ! Et à partir de ça, le garçon et la fille doivent savoir s'ils se plaisent ?

— Il faut qu'il y ait de la compréhension entre eux, reprit Deepa. C'est la rencontre de deux esprits. Il ne s'agit pas seulement de trouver une surface séduisante ; il faut regarder en dessous.

— Alors comme ça, tout se révèle en parlant ? »

Deepa ne répondit pas. Elle attaqua la séquence de pas suivante : Rama marchait gracieusement en tirant une flèche de son carquois ; il l'ajustait sur son arc et la lançait en lui donnant un élan gracieux. Ensuite apparaissait Sita, merveilleusement belle et réservée.

« *Wah* ! s'écria Usha-*rani*, enthousiaste, aucun

prince ne résisterait à une pareille Sita ! En vous regardant danser, un garçon verra le fond de votre âme. Vous devriez danser pour Shyam. Parler ne l'intéressera pas. Pourquoi dansez-vous, si ce n'est pour vous trouver un bon parti ? Une fois mariée, vous ne danserez plus.

— J'irai en Orissa avec Shyam et je prendrai des leçons avec un maître », annonça Deepa, qui entama une séquence plus vive de sa danse.

Usha-*rani* continua son nettoyage. Ce ne fut que lorsque Deepa eut terminé qu'elle répéta : « Quelle drôle d'idée moderne pour un garçon et une fille que de faire la conversation ! Au lieu de parler à Shyam, dansez pour lui. »

Ce fut Bharathi qui pressa sa belle-mère d'inviter Deepa à rencontrer Shyam dès que les funérailles de Raman furent terminées.

« Tu ne devrais pas te préoccuper de ce genre de chose si tôt après la mort de ton père », dit Mrs. Sharma. Mais Bharathi insista.

« J'ai besoin d'une sœur, dit-elle. Je serais si heureuse d'avoir une sœur comme Deepa.

— Soit. C'est vrai qu'elles sont venues de loin, et Shyam aussi. Il est temps de les faire se rencontrer », dit Mrs. Sharma.

Shyam se montra étrangement réticent. Il ne savait que trop bien pourquoi on l'avait rappelé à la maison, mais il soutenait qu'il ne se souvenait pas de Deepa, malgré tous les efforts que déployèrent Bharathi, Govind et Nalini pour lui rafraîchir la mémoire.

« Comment peux-tu oublier une fille qui a séjourné chez tes parents ? s'exclama Mrs. Sharma.

— Je sais à qui tu fais allusion, dit Shyam, boudeur.

(Il était devenu un garçon sérieux et studieux.) C'est la fille dont la grand-mère avait une maison pleine de *bhooths*.

— Voyons, Shyam, fit sa mère qui, sentant la mauvaise grâce de son fils, essaya de l'amadouer. Ce sont des enfantillages. La grand-mère est morte depuis des années. Il n'y a de *bhooths* nulle part.

— Tu crois que tu finiras marié à un *bhooth* », plaisanta Nalini. Elle fit une grimace effrayante à son frère et éclata d'un rire narquois.

« A l'école de la Mission, il y avait des *bhooths*, bougonna Shyam.

— Où étaient-ils, ces *bhooths* ? demanda Govind en riant.

— Tous les *bhooths* n'ont pas nécessairement de rapport avec Amma. Qu'avait-elle à voir avec l'école de la Mission ? » dit Mrs. Sharma avec bon sens.

Shyam garda le silence. A la vérité, il ne se sentait pas prêt pour le mariage. On lui avait asséné la nouvelle sans préavis. C'était Bharathi qui avait insisté pour qu'il voie Deepa si tôt après son retour. Shyam n'avait pas été sans remarquer le manège de Sudha-la-Pensionnée pour favoriser un mariage entre sa nièce et son frère à lui. A présent il se demandait si Bharathi n'avait pas une raison secrète pour organiser un mariage entre Deepa et lui. Il n'avait rien de particulier contre sa belle-sœur, mais à ses yeux la famille de Bharathi, des commerçants, avait souhaité grimper dans l'échelle sociale par une alliance avec la famille Sharma. Ils avaient de l'argent grâce au livre de Raman, mais ils appartenaient néanmoins à la caste des commerçants, indépendamment de leur statut financier.

Shyam était bien décidé à ne pas se laisser manipuler. Il estimait qu'il y avait beaucoup trop d'arrivistes à Mardpur depuis que la ville était devenue un centre de commerce. De fait, malgré ce que le Dr. Sharma et sa femme se plaisaient à penser de l'éducation qu'ils avaient donnée à leurs enfants, Shyam n'avait pas une mentalité aussi évoluée qu'ils le supposaient. Peu lui importait que Deepa fût issue de l'une des plus anciennes familles de brahmanes de Mardpur. A ses yeux, elle appartenait à une ville avide et matérialiste qui semblait avoir renié ses racines. Et Shyam ne voulait absolument rien avoir à faire avec elle.

A vrai dire, il ne se rappelait presque rien de Deepa, sauf qu'elle était silencieuse et étrange, et qu'elle ne lui avait guère parlé à l'époque. Et on s'attendait à le voir épouser cette créature ? On ne l'avait pas regardé !

« Rien ne presse, répondit-il quand sa famille se mit à reparler de Deepa. Je viens juste d'arriver de l'Orissa, j'ai besoin de me reposer.

— Mieux vaut voir la jeune fille de bonne heure et passer plus de temps à réfléchir, argumenta sa mère.

— Mais aussi tôt après un décès, c'est indécent, protesta Shyam.

— Comment faire ? soupira Mrs. Sharma, exaspérée.

— J'ai quelque chose à donner à Deepa qui vient de mon père, dit Bharathi. C'est l'une de ses dernières volontés. Soyez gentille, envoyez-la chercher », implora-t-elle, s'adressant à Mrs. Sharma. »

Shyam se détourna. Sa mère cédait toujours à Bharathi. Elle voulait tellement éviter de se comporter comme la belle-mère traditionnelle, stricte et autoritaire, qu'elle versait dans l'excès inverse et ne refusait rien à sa belle-fille.

Aussi Deepa fit-elle sa seconde visite à la famille du docteur afin de rencontrer Shyam, qui refusa non seulement de la regarder, mais refusa même de prononcer un seul mot en sa présence. Il y eut un silence gêné dans la pièce et Mrs. Sharma suggéra que le docteur, Ma et elle se retirent pour laisser les jeunes « discuter de choses qui n'intéressaient qu'eux ». Shyam refusait toujours de coopérer, malgré les regards suppliants de Bharathi, qui espérait qu'il ferait un petit effort. Finalement, fatigué d'être sollicité ainsi, Shyam se leva et sortit, laissant Bharathi et Govind embarrassés, et Deepa un peu surprise.

Bharathi en profita pour se lever et revint avec un sac en toile. Celui-là même que Deepa lui avait donné huit ans auparavant à la mort d'Amma. Deepa regarda à l'intérieur et vit tous les cahiers, les siens et ceux de Raman. Elle regarda avec curiosité les cahiers achetés au Dépôt de livres Ahuja et reconnut sa propre écriture de petite fille. Elle regarda les cahiers que Raman avait remplis, les cahiers qui étaient devenus le livre grâce auquel la famille de Bharathi s'était enrichie.

« Ils sont pour toi, Deepa, dit Bharathi. Ils t'appartiennent à présent.

— Oh, non ! s'exclama Deepa. Ce sont les cahiers de ton père. C'était son histoire.

— De toute façon, dit Bharathi, il n'est plus là. Alors je te les rends. Que veux-tu que j'en fasse ? La maison du jardin aux lychees va changer de mains, et qui sait ce qu'il adviendra de ces cahiers à ce moment-là ? Ils risquent d'être jetés on ne sait où. » En se tournant vers Deepa, elle eut un regard lourd de sous-entendus, comme si elle avait beaucoup d'autres choses à dire mais que le moment était mal choisi. Deepa ne répondit pas et saisit le sac.

« Il faut que tu prennes ce qui t'appartient légitimement, intervint Govind. Si tu ne réclames pas ce qui t'appartient, tu le perdras. »

Elle essaya d'éviter le regard pénétrant de Govind et se chapitra mentalement : « C'est Shyam que tu épouses. »

A mi-voix, Bharathi lui dit : « C'est Amma et toi qui avez aidé mon père à écrire son livre. Sans le livre, il n'aurait pas eu cet argent. Et jamais je n'aurais pu épouser un garçon d'une aussi bonne famille. Ils sont si bons avec moi, Deepa. C'est pour cela que je souhaite que tu épouses Shyam. Je veux que tu sois aussi heureuse que moi. » De nouveau, son expression laissa entendre qu'elle aurait aimé en dire plus.

Le déjeuner se déroula dans une ambiance gênée. Shyam refusait toujours de dire un mot. Il semblait irrité et boudeur. Ses parents déconcertés et Bharathi firent de leur mieux pour masquer son silence, pendant que les moins bavards, Govind et Ma, étaient polis et guindés.

Ma était véritablement soucieuse. Elle se demandait si c'était une si bonne idée de consulter Shyam à ce stade très précoce des négociations. Il aurait été préférable d'attendre qu'une date favorable pour les noces soit arrêtée par les deux familles, ainsi que divers autres détails, avant de faire se rencontrer les deux jeunes gens, sachant que le mariage aurait lieu de toute façon. Mais il lui semblait regrettable de donner autant de latitude à un jeune homme qui ne savait de toute évidence pas ce qu'il voulait. Ma se perdait en conjectures. Mrs. Sharma lui avait écrit une lettre où elle se déclarait intéressée par sa fille, or il semblait maintenant que c'était au garçon qu'incombait la décision finale.

Ce fut vers la fin du repas que Shyam posa finalement sa cuiller, toussota et annonça sa décision d'une voix claironnante : « Après réflexion, je ne veux pas de cette fille, Deepa, pour épouse. »

77

Ma avait tellement hâte de fuir la maison du docteur qu'on eût dit qu'elle avait le feu aux trousses. Elle demanda au cyclo-pousse de pédaler plus vite, encore plus vite.

« Memsahib, si je vais plus vite, je vais tamponner le cyclo-pousse qui est devant. Et le conducteur fait partie du gang des Latku.

— *Chup !* dit Ma. Qu'est-ce que c'est que ces bêtises ? *Jaldi karo !*

— Memsahib, ce sont eux qui possèdent la moitié des cyclo-pousse de Mardpur et de Murgaon. Ils nous tueront, moi, mes fils et les fils de mes fils, si j'endommage un de leurs cyclo-pousse.

— Tiens donc ! Et comment sais-tu que ce cyclo-pousse est un des leurs ?

— Memsahib, le conducteur porte un brassard rouge. »

Deepa remarqua aussi ce détail lorsque le conducteur le leur signala : autour du bras gauche, un certain nombre d'entre eux avaient noué un brassard rouge. C'était là un aspect de Mardpur qu'elle découvrait. Jadis, les habitants de la ville ne s'inquiétaient guère que de savoir s'il y avait des *bhooths* chez sa grand-mère. Maintenant, ils avaient à affronter des menaces autrement redoutables.

« Quelquefois ils se bagarrent sans raison et provoquent des incidents afin d'avoir un prétexte pour détruire nos cyclo-pousse, memsahib. Si je heurte l'arrière de son rickshaw, c'est la fin de tout pour moi !

— Soit, soit, dit Ma pour qu'il se taise. Va seulement aussi vite que tu peux. »

Ce ne fut que lorsqu'ils eurent laissé derrière eux Jodhpuri Extension que Ma laissa tomber un commentaire.

« Il n'a même pas pu attendre de parler discrètement à ses parents après notre départ. Non, il a voulu nous faire un affront en notre présence », dit-elle avec amertume.

Le Dr. Sharma et sa femme avaient été extrêmement embarrassés et avaient tenté d'excuser leur fils.

« Il est fatigué après son voyage, il ne sait pas ce qu'il dit, avait expliqué Mrs. Sharma.

— Attendez quelques jours, il aura eu le temps de réfléchir et de changer d'avis », dit le Dr. Sharma.

Mais Deepa et Bharathi n'avaient pas d'illusions. « Je suis désolée, Deepa, vraiment désolée », dit Bharathi quand Deepa prit congé. Elle semblait profondément abattue, comme si c'était elle qui avait été rejetée et non Deepa.

« Ça m'est égal », affirma Deepa, qui n'en était pas si sûre. Elle n'avait pas encore ressenti le plein impact de ce qu'avait dit Shyam : elle avait entendu ses paroles, elle savait qu'elles la concernaient, mais elles n'avaient pas pénétré sa conscience. Elle se souciait davantage de la mortification de sa mère que de la sienne. « De toute façon, je ne voulais pas de Shyam », dit-elle catégoriquement. Et cela, en tout cas, c'était vrai.

Bharathi posa doucement sa main sur la bouche de Deepa : « Ne dis pas cela, il voudra peut-être encore de toi.

— Je ne pense pas, fit Deepa en secouant la tête.

— Oh, Deepa, que vas-tu devenir ? »

Deepa n'avait aucune réponse à offrir à cette question. Ses rêves s'étaient évanouis, même son rêve le plus cher, celui d'aller un jour en Orissa étudier la danse.

Dès que Ma et Deepa eurent tourné les talons, ce fut un beau désordre dans la maison du docteur. Ce dernier se retira avec son journal, préférant éviter le conflit. Mais Mrs. Sharma était furieuse.

« Quel besoin avais-tu de parler devant la jeune fille et sa mère ? Elles sortent d'une des plus vieilles familles de brahmanes de Mardpur, mais elles ne sont pas assez bien pour toi !

— Vous m'aviez dit que le choix m'appartenait, dit Shyam, boudeur.

— Mais tu sais ce que nous voulons. Crois-tu que nous les aurions dérangées alors qu'elles habitent loin et que nous t'aurions fait revenir de l'Orissa si nous n'avions pas souhaité ce mariage ?

— Vous aviez dit que le choix m'appartenait, répéta Shyam, obstiné.

— Et la jeune fille, hein ? Si elle ne t'avait pas choisi, elle ne serait pas venue ! »

Shyam soupira. Il savait qu'au-delà des apparences le choix qu'on lui avait laissé n'était qu'un leurre et son assentiment une formalité. Mais il ne regrettait pas son geste.

Le Dr. Sharma revint pour questionner son fils à sa façon très posée : « Alors, quelle explication as-tu à donner pour justifier ta conduite, mon fils ?

— Il m'appartenait de choisir.

— C'est vrai. Nous avons toujours dit que le choix

t'appartenait. Mais il faut nous expliquer pourquoi tu as pris cette décision. Choisir, c'est bien, mais comprendre les raisons du choix, c'est important, afin que la prochaine fois tu en fasses un meilleur. »

Shyam haussa les épaules. Il savait qu'après l'humiliation infligée aux deux familles, il n'y aurait pas moyen de réparer les dégâts. Ses parents avaient beau faire pression sur lui, le mariage était désormais exclu. Il n'éprouvait aucune inquiétude.

« Alors, reprit le Dr. Sharma, quelle explication astu à donner ?

— Cette fille ne me plaisait pas.

— Tu ne la trouves pas belle ? C'est une fille intelligente. Et très simple, nous le savons : n'a-t-elle pas habité chez nous ?

— C'était ma meilleure amie, ajouta Bharathi. Comme ma sœur. C'est une fille parfaite pour toi, mon frère.

— Ce n'est pas une fille comme elle que je veux, soupira Shyam.

— Une fille comment, alors ? » demandèrent en même temps le Dr. Sharma et sa femme.

Shyam secoua la tête.

« J'en voudrais une qui ait quelque chose en plus. (Il hésita, puis poursuivit.) Une qui ait certains agréments, certains talents. »

Toute la famille, penchée vers lui, essayait de comprendre ce qu'il essayait de dire. Les parents étaient fermement décidés à ne pas renouveler leur erreur, et impatients de savoir ce que leur fils désirait.

« Quel genre de talent ? » demanda Mrs. Sharma d'une voix douce.

Brusquement, Shyam laissa tomber : « A Bhubaneswar, il y a une fille qui me plaît. »

Stupéfaits, les parents eurent un mouvement de

recul. Leur fils demandait à faire un mariage d'amour ! Les questions se mirent à pleuvoir. « Qui est-ce ? A quelle caste appartient-elle ? Que fait son père ? A-t-elle fait des études supérieures ? »

D'un geste large, Shyam repoussa l'assaut : « Elle est danseuse.

— Danseuse ! » Le Dr. Sharma et sa femme, sidérés, s'appuyèrent à leur siège pour digérer l'information.

Mais Shyam, absorbé par le souvenir de la fille qu'il avait vue en Orissa, poursuivait : « Elle est belle et gracieuse. Sa danse me révèle son âme. C'est la fille que je veux : elle est expressive. »

Le Dr. Sharma et sa femme étaient partagés entre le désir de conjurer Shyam de prendre le temps de réfléchir et de renoncer à cet engouement, et celui de se renseigner discrètement sur la fille et sa famille.

« En Orissa, les gens vivent en tribus, non ? dit le Dr. Sharma à sa femme.

— Cette fille vit dans sa tribu, Shyam ? demanda Mrs. Sharma d'un ton sévère.

— Je ne sais pas.

— En Orissa, les filles ont la peau sombre, gémit Mrs. Sharma.

— Elle a la peau sombre, Shyam ? demanda le Dr. Sharma.

— Pas à mes yeux.

— A-t-elle fait des études supérieures ?

— Je ne sais pas.

— Tu ne sais pas ? Comment est-il possible que tu ne saches rien ? s'exclama le Dr. Sharma, exaspéré.

— Je ne l'ai vue que deux fois, protesta Shyam. Je ne lui ai pas parlé pour lui poser toutes ces questions. Les deux fois, elle dansait. On apprend beaucoup de choses en regardant une fille danser.

— Tu es amoureux de la danse, voilà tout », lança Mrs. Sharma.

Le Dr. Sharma jugea plus sage d'en rester là pour l'instant : « Eh bien, Shyam, dit-il en se levant, je ne te cacherai pas que je suis déçu. Nous t'avons donné une éducation moderne mais nous ne nous attendions pas à ce que tu verses dans l'extravagance.

— Je ne laisserai pas mon fils épouser une danseuse », pleurnicha Mrs. Sharma.

Ma se calma finalement, une fois que Jodhpuri Extension eut disparu à l'horizon. Alors elle dit : « Allons au temple prier pour toi, Deepa. »

Deepa savait que ce n'était pas tant pour elle que sa mère souhaitait prier, que pour retrouver une certaine paix intérieure.

Elles descendirent du cyclo-pousse devant le temple. Pour une fois, le calme semblait y régner ; les vendeurs se reposaient, appuyés au mur, détendus et somnolents. Ils ne prirent même pas la peine de débiter leurs boniments à leur intention. Ma acheta des fleurs. Les deux femmes pénétrèrent dans le temple pour répandre les pétales sur la divinité, et ce simple geste d'offrande leur fit oublier le monde extérieur.

Bhole leur offrit les sucreries rituelles du *persaad* et elles sortirent pour les manger à l'ombre du banian, sous le regard du Ganesh en marbre blanc, le dieu qui ôte les obstacles et fait des miracles. Là, éventées par la brise fraîche, Deepa et Ma retrouvèrent un peu de sérénité. Deepa se demanda si elles quitteraient bientôt Mardpur, maintenant que le projet de mariage avait échoué. Elle aurait aimé poser la question, mais sentait que Ma elle-même n'était pas encore décidée.

« Peut-être serons-nous finalement obligées de songer à une dot pour toi, dit Ma. C'était trop beau pour être vrai. Regarde la chance qu'ont certaines ! Cette Bharathi, fille de commerçants, épouse le fils aîné du docteur sans dot ni rien. Alors que dans tout Mardpur son père avait une réputation de paresseux et de bon à rien.

— Il a écrit un livre, Ma », objecta Deepa. Elle avait toujours le sac en toile que lui avait donné Bharathi, mais à son avis, ces cahiers n'auraient pas dû lui revenir. Elle avait eu plaisir à aider Raman à dévider le fil de l'histoire avec Amma ; mais une fois l'entreprisc terminée, elle ne s'était plus sentie concernée.

« N'importe qui peut écrire ! s'exclama Ma. Le swami Satyanarayan dit que quelqu'un d'autre a écrit le livre de Raman à sa place.

— C'était une histoire qu'il avait imaginée, affirma fermement Deepa, s'abstenant de mentionner le rôle qu'Amma et elle-même avaient joué dans l'écriture du livre.

— De toute façon, qu'est-ce que ça peut bien nous faire ? soupira Ma. Nous n'avons toujours pas trouvé de garçon pour toi. Retournons à Jagdishpuri Extension. Cette maison, il faudra que je la vende. Elle n'a apporté que de la malchance depuis la mort de ton père. »

C'était la première fois que Deepa l'entendait parler de lui.

« Qui l'achètera ? demanda-t-elle. Tout le monde est persuadé qu'il y a des *bhooths* dans cette maison.

— Sans compter ceux qui croient qu'elle renferme un trésor, dit Ma, pensive. Il faudra que nous vendions à quelqu'un qui croit davantage au trésor qu'aux *bhooths*. Viens. »

Deepa la suivit docilement et ne pensa plus au sac de cahiers qui resta sous le banian, oublié.

78

Ma et Deepa sortaient rarement de la vieille maison ouverte sur sa cour intérieure. Deepa n'avait aucune raison de sortir, car elle adorait la bonne odeur chaude des confits, dont la familiarité la réconfortait. Ma décida de trier le contenu des vieux coffres d'Amma.

« Si la maison doit être vendue, il faudra la débarrasser des affaires d'Amma. Qui voudra de tout cela ? demanda Ma.

— Le trésor y est peut-être », lança Deepa en regardant sa mère ouvrir les premiers coffres. Ils étaient remplis de nappes brodées, de serviettes et de linge de maison. Elle regarda les petits points et comprit non sans étonnement qu'ils avaient dû être brodés lorsque la vue d'Amma était encore très bonne. Il y avait très longtemps.

« Toi aussi, tu parles du trésor, lui fit remarquer Ma d'un ton léger.

— Qu'est-il donc arrivé aux bijoux qu'Amma avait rapportés de la cour des rois ? demanda Deepa. Personne ne les a vus.

— Ils ont été vendus lorsque je me suis mariée, répondit Ma, et j'en ai pris quelques-uns avec moi à ce moment-là. » (Ses yeux se voilèrent un instant, car elle pensait bien sûr à Dasji.) Deepa voulait objecter :

« Mais il y en avait beaucoup plus que cela ! Et Amma avait dit que je les trouverais. » Mais elle voyait bien que Ma ne voulait plus en parler. Cela lui rappelait trop de souvenirs qu'elle préférait laisser là où ils étaient.

« Qu'allons-nous faire de tous ces pots de confits ? » dit Ma qui, les mains sur les hanches et le front plissé, regardait les pots d'argile rangés en haut de l'étagère de la cuisine. « Nous ne les mangerons jamais tous. Il y en a assez pour nous durer toute notre vie ! Pourquoi Amma en faisait-elle autant ?

— Elle ne les donnait jamais », murmura Deepa d'un ton rêveur. Pour elle, les pots faisaient partie de l'ordre des choses et jamais il ne lui était venu à l'idée qu'ils puissent poser un problème. « Elle continuait toujours à en faire d'autres !

— Ils sont excellents, je n'en doute pas. J'en ai déjà goûté lorsque j'habitais ici. Un peu de citron vert, un peu de mangue et même du piment rouge. Oh ça, ils étaient forts ! » Et Ma prit une grande inspiration, comme si elle se souvenait du piment rouge. « Mais il y en a une telle quantité ici ! Je vais en remmener des pots à Vakilpur. Pour ça, j'irai acheter des bocaux en verre chez Jindal. Nous ne pouvons pas transporter des pots d'argile. »

Deepa fit un signe d'assentiment et se réjouit en songeant que serait ainsi introduite à Vakilpur l'odeur des confits ; cela lui rappellerait Amma. L'idée lui plut.

Pendant ce temps, Ma sépara le linge en trois piles : une pour le trousseau de Deepa, une qu'elle garderait pour ses autres filles et une troisième qu'elle donnerait ou dont elle se débarrasserait – du linge avec des taches noires de moisi, après toutes ces années passées dans un coffre, des taies d'oreiller avec des taches brunâtres, de vieux *dhotis* usagés aux bords râpés.

Deepa imagina Amma vêtue d'un de ses *dhotis* en

train de circuler dans la maison, une main le long du mur. Elle en prit un vieux et le respira. Mêlé à l'odeur de renfermé et de coton propre persistait l'arôme des confits, qui avait imprégné le tissu usagé. Elle sortit dans la cour pour examiner de nouveau le sol à la recherche des traces de sabots de Jhotta.

« Je suis revenue, Amma, chuchota-t-elle dans la vieille mangeoire de la bufflonne. Je suis ici, mais où est le trésor ? »

Elle entendit sa voix résonner faiblement : « Où, où ? » Alors, elle s'en voulut : « Arrête de penser au trésor qui n'est pas ici ! Ne rêve pas à ce que tu ne peux pas avoir ! » Là-dessus, elle courut chercher ses grelots et répéta ses pas de danse sous l'œil admiratif d'Usha-*rani*. C'était la seule façon qu'elle avait de s'empêcher de penser au passé.

Encore sous le choc du refus de Shyam, Deepa avait complètement oublié le sac empli de cahiers. Elle avait même oublié que Bharathi le lui avait donné, à plus forte raison qu'elle ait pu le laisser quelque part. Puis un jour, une semaine après que sa mère et elle eurent quitté précipitamment la maison du docteur, un jeune messager au visage de bouc se présenta à Jagdishpuri Extension. Il remplissait au temple la fonction d'homme à tout faire.

« Le swami Satyanarayan vous demande d'assister à une réunion très importante du *panchayat*, annonça-t-il à Ma, l'air tout excité. Satyanarayan est un membre éminent du *panchayat*, ajouta-t-il, au cas où Ma n'aurait pas bien saisi le statut élevé du brahmane. C'est lui qui prend toutes les décisions.

— Qu'ai-je à voir avec le *panchayat*, moi ? dit Ma, perplexe. Je n'ai aucune plainte à formuler contre le gouvernement ou la municipalité. Aucun désaccord avec des membres de ma famille pour des questions de propriété. Je ne demande pas qu'une route soit construite ni qu'un dépôt d'ordures soit déménagé de devant chez moi.

— Vous n'avez donc pas lu le journal, memsahib ? » demanda Face-de-bouc, étonné. Il ne le lisait pas lui-même, étant pratiquement analphabète, mais ces temps-ci on ne racontait rien à Mardpur qui ne fût précédé de la mention : « C'était dans le journal », ce qui, d'après ses constatations, garantissait l'authenticité de la nouvelle. Tout le reste n'était que rumeurs et commérages. Il savait que Ma était une femme instruite et ne pouvait croire qu'elle ignorait l'histoire dont tout Mardpur parlait depuis plusieurs jours déjà. Jagdishpuri Extension n'était peut-être pas le centre de la ville, mais n'était tout de même pas non plus la brousse.

« Je ne lis pas le journal, dit Ma. On n'y parle que de catastrophes, d'inondations ou de sécheresses. »

La réponse ne tomba pas dans l'oreille d'un sourd. Face-de-bouc se dit qu'il la répéterait à la prochaine personne qui lui demanderait s'il avait lu le journal, question à laquelle il ne savait jamais quoi répondre.

« Tout est marqué dans le journal, dit-il d'un ton pénétré. Mardpur est en effervescence, a dit le journal. »

Ma n'avait remarqué aucune différence à Mardpur, mais elle devait aussi admettre qu'elle avait à peine mis le nez dehors depuis son retour à Jagdishpuri Extension.

« Pourquoi ? »

Face-de-bouc était si excité que c'était à peine s'il savait par où commencer. « Il y a eu la mort de Raman sahib la semaine passée. Celui qui habitait le jardin aux lychees sur la colline au-dessus de Kumar Junction, le quartier qui s'appelle maintenant Kumar Extension.

— Et alors ? Tout le monde le sait. Il n'était pas vieux. Il aurait dû vivre encore vingt ans. Mais au moins, il avait marié sa fille, et bien. Et il a un fils qui pourra s'occuper de sa veuve. Il a dû mourir en paix. » Ma prononça ces paroles sans rancœur, malgré celle qu'elle éprouvait à l'encontre de la famille du docteur, dont elle savait qu'elle était liée à celle de Raman par le mariage de Govind.

Le messager se mit à bégayer tant il était excité : « Il – quand je dis "il", c'est de Raman que je parle –, il n'a pas écrit le livre qui l'a rendu tellement célèbre. C'est ce que dit le journal.

— Ce n'est pas nouveau, lui opposa catégoriquement Ma. Certains le prétendent. Mais je ne le crois pas.

— Seulement, maintenant, il y a du nouveau. On a trouvé des cahiers où tout est écrit. » Il attendit que Ma assimile la nouvelle pour ajouter : « Et tout n'est pas écrit de la main de Raman sahib ! »

La curiosité de Ma elle-même fut piquée.

« Ah oui ? Et c'est l'écriture de qui ? demanda-t-elle.

— Vous n'en avez pas entendu parler ? demanda Face-de-bouc, manifestement ravi de faire durer le plaisir.

— Où veux-tu que j'en aie entendu parler ?

— Tout le monde en parle à Mardpur, dit Face-de-bouc. Le swami Satyanarayan a trouvé dans le temple de très très vieux cahiers. Encore un miracle dans ce temple, a dit le swami. C'est lui qui dit que ce n'est pas l'écriture de Raman.

— Alors c'est celle de qui ?

— On n'en sait rien encore. Mais certains disent que c'est celle de Deepa *bahen.* »

Le messager recula d'un pas pour voir l'effet produit sur Ma, mais il fut déçu car il attendait une réaction beaucoup plus vive.

« Deepa aurait écrit le livre ? fit-elle en souriant. Je ne le crois pas. Ce n'est pas possible, c'était une enfant à l'époque. Quand je l'ai reprise chez moi, elle n'avait que douze ans et elle n'est pas revenue depuis.

— Memsahib, c'est pour ça que le *panchayat* se réunit en séance extraordinaire. Pour établir qui a écrit le livre.

— Mais puisque le livre est déjà publié, je n'en vois pas la nécessité.

— Ah, mais c'est que le swami Satyanarayan dit que la personne qui a écrit le livre sera propriétaire du jardin aux lychees, annonça le messager, qui avait peine à contenir son excitation. C'est ce qu'il a déclaré aujourd'hui. Il l'a dit dans le temple devant une foule de journalistes. J'y étais ! Il y en a de partout, des journalistes, même de Delhi. Ils sont là pour la séance extraordinaire du *panchayat.* Tout le monde attend l'arrivée de Deepa *bahen.* Si c'est elle qui a écrit le livre, c'est à elle que reviendra le jardin aux lychees ! »

Ma ne savait trop que penser. L'histoire semblait incroyable et elle ne voyait pas le lien entre le livre et le jardin aux lychees. Elle regarda le pli que le messager lui avait remis, une missive à l'aspect officiel qui priait Deepa – et non Ma, à qui le pli était pourtant adressé – d'assister à la séance du *panchayat* qui devait avoir lieu dans la partie neuve du temple l'après-midi même. L'ordre du jour de ladite séance n'était pas précisé.

Ma donna une pièce à Face-de-bouc et le renvoya. Elle regarda Deepa qui, absorbée par sa danse, ployait la taille sur le côté et balançait la tête. Ma se rendit compte avec regret que si elle n'avait pas coupé court les cheveux de Deepa à la mode moderne, une longue natte aurait ondulé derrière ses épaules, rendant l'effet d'ensemble encore plus gracieux. Deepa n'avait pas une beauté classique, mais était dotée de beaucoup de charme et d'expressivité. C'était vraiment une danseuse qui forçait l'attention.

Ma appela Usha-*rani*, car la servante savait tout ce qui se passait à Mardpur.

« Usha, de quoi parle-t-on ici en ce moment ?

— Du prix du *ghi*, memsahib. Il n'arrête pas de monter...

— Non, ce n'est pas ça que je veux dire.

— Le prix de l'or. Le *tael* coûte...

— Non, Usha, dit patiemment Ma. On raconte des choses tout à fait nouvelles depuis que Raman est mort, l'homme qui habitait le jardin aux lychees.

— Ah, mais oui ! dit Usha en se frappant le front, furieuse contre elle-même de ne pas avoir compris plus tôt le sens de la question posée par Ma. On raconte n'importe quoi.

— Et qu'est-ce qu'on dit ?

— Qu'il n'a pas écrit le livre qui l'a rendu si riche.

— Alors, qui l'a écrit ? demanda Ma en scrutant le visage d'Usha-*rani*.

— Certains disent que c'est Deepa *bahen* qui l'a écrit, mais moi je sais que ce n'est pas possible. C'était une enfant à l'époque.

— Et les autres, qu'est-ce qu'ils disent ?

— Que c'est Amma elle-même qui l'a écrit.

— Amma ? s'écria Ma, surprise.

— Votre mère. Elle l'aurait dicté à Deepa *bahen*, disent-ils, parce qu'elle était aveugle. »

Ma secoua la tête, incrédule : « Je me demande qui

invente ces histoires. Ce sont les mêmes qui inventent les *bhooths* et le trésor.

— Les *bhooths* et le trésor, c'est différent, dit Usha-*rani*.

— Comment ça ?

— Il n'y a rien à gagner avec les *bhooths* et le trésor. Mais le swami Satyanarayan a dit que la personne qui a véritablement écrit le livre, pourvu qu'on puisse prouver que c'est bien elle, doit devenir propriétaire du jardin aux lychees.

— Comment peut-on en disposer ? C'est une propriété qui appartient à la famille des négociants en saris.

— On a trouvé chez un notaire de Ghatpur des papiers qui précisent que le jardin aux lychees appartient à la personne qui a écrit le livre. C'est ce que dit le swami Satyanarayan. C'est ce qu'il a expliqué aux journalistes, c'est ce qu'ils écrivent et c'est ce que tout le monde lit dans le journal.

— Comment le swami Satyanarayan peut-il dire une chose pareille ? Il ne peut pas disposer de ce qui ne lui appartient pas.

— Il dit que si Raman sahib n'a pas écrit le livre, il l'a volé à quelqu'un, donc la propriété est volée elle aussi et doit être rendue.

— Et alors ? C'est l'affaire de la famille de Raman, pas de Satyanarayan.

— Tout est l'affaire du Swamiji », dit tranquillement Usha-*rani*.

Sans dénigrer les mérites de Satyanarayan, Ma se fit la réflexion que le prêtre n'était pas exactement un cadeau pour Mardpur. Mais elle la garda pour elle-même, ne voulant pas critiquer un brahmane devant une servante.

« Pourquoi ne m'as-tu rien dit plus tôt, Usha ?

— Je n'y croyais pas, dit Usha-*rani* en haussant les épaules. Comment Deepa, qui est une danseuse aussi charmante, aurait-elle pu écrire un livre pareil ? Il paraît qu'il parle de contrebandiers et de *goondas*.

— Ce ne sont pas les *goondas* qui manquent à Mardpur, dit Ma en repensant au conducteur de cyclo-pousse et à sa peur du gang des Latku.

— A l'époque où le livre a été écrit, il n'y en avait pas, dit Usha-*rani*. C'est maintenant seulement qu'on en voit ici, des *goondas*. (Elle soupira.) Mardpur a changé trop vite. Quand je retourne dans mon village, je vois qu'il n'y a plus de travail. Tout l'artisanat ancien a disparu, à cause des usines. »

Ma estima le moment malvenu pour écouter les réflexions d'Usha-*rani* sur le développement économique de Mardpur. « Il faut que j'aille acheter le journal, dit-elle. Cet après-midi, Deepa et moi devons assister à une séance extraordinaire du *panchayat*. Nous devons être prêtes. Je trouverai le journal au Vieux Marché. Ce n'est pas si loin, je pourrais même y aller à pied. Mais il y a tellement de circulation et de poussière que je préfère prendre un rickshaw. Dis à Deepa que je ne serai pas longue. Je ne veux pas la déranger pendant qu'elle danse. »

Usha-*rani* courut appeler un cyclo-pousse pour Ma, puis retourna finir son travail pendant que Deepa dansait autour d'elle, inconsciente de ce qui se passait.

Peu après le départ de Ma, le ronronnement d'un scooter s'approcha du bungalow et l'engin s'arrêta devant.

« Bharathi ! » s'exclama Deepa lorsqu'elle la vit. Les deux filles s'étreignirent.

« Tu danses vraiment très bien, Deepa. Je ne t'avais jamais vue.

— J'ai la chance d'avoir un bon professeur », répliqua Deepa en riant. Elle s'assit pour retirer ses grelots et tapota le sol de la main pour inviter Bharathi à s'asseoir à côté d'elle. Bharathi resserra son sari autour d'elle pour ne pas le froisser en s'asseyant. Elle paraissait triste.

« Tu as du chagrin à cause de la mort de ton père, fit Deepa, tout en s'évertuant à défaire le nœud de ses grelots. Je n'ai pas pu présenter personnellement mes condoléances à ta famille.

— Beaucoup de gens sont venus, dit Bharathi, le regard vague. Mais maintenant, tout le monde nous ignore. Maman pleure tous les jours. Elle ne sait pas ce que nous réserve l'avenir.

— Mais elle a le jardin aux lychees. Et Shanker s'occupera d'elle.

— Non, Deepa. Tu as été partie si longtemps que tu n'es plus au courant de ce qui se passe ici. Il n'y a qu'une semaine que papa est mort, et on veut déjà nous reprendre le jardin aux lychees. Que va faire maman ? Où ira-t-elle ?

— Qui veut vous le prendre ?

— Je vais te raconter toute l'histoire, soupira Bharathi. Lorsqu'il a été question du mariage de mes sœurs Meera et Mamta, papa a emprunté de l'argent. Pour la dot. Les Ramanujan demandaient une somme très élevée, parce que leur affaire à Ghatpur était très importante. Mais papa n'a pas remboursé une seule *paisa* de sa dette. Et maintenant, il n'est plus là. Alors l'homme qui a prêté l'argent veut reprendre la propriété pour se rembourser. Et maintenant, le notaire dit que la propriété n'appartient pas à papa, mais à celui qui a écrit son livre.

— Donc c'est la personne qui a écrit le livre qui devra rembourser la dette, faute de quoi, la propriété sera perdue ? demanda Deepa, s'efforçant de suivre ce récit complexe.

— Oui. Ce qui veut dire que dans tous les cas, Ma perdra le jardin aux lychees. Où ira-t-elle ?

— Mais celui qui a écrit le livre, c'est oncle Raman ! s'écria Deepa.

— Certains disent que non », dit Bharathi. Elle prit la main de Deepa : « Nous sommes amies depuis si lontemps, Deepa. J'ai vu comment il a été écrit, ce livre, avec ton aide et celle d'Amma. Amma est morte, mais toi aussi tu l'as écrit. Et tu comprends, c'est pour ça que je voulais que tu épouses Shyam. » Elle s'interrompit pour essuyer ses larmes ; Deepa entoura d'un bras les épaules de son amie et les étreignit pour faire sentir à Bharathi qu'elle ne lui tenait pas grief de ce qui s'était passé avec Shyam.

« Juste avant la mort de papa, poursuivit Bharathi, Govind et moi sommes allés chez le notaire de Ghatpur pour signer des papiers à propos d'un petit bout de terrain que nous donnait le père de Govind comme cadeau de mariage. C'est là que nous avons découvert dans le dossier de papa les papiers d'hypothèque sur le jardin aux lychees. Tu comprends, le notaire avait d'abord cru que le bout de terrain venait de papa, et non du père de Govind, alors il a sorti le mauvais dossier. C'est quand nous avons vu les papiers qu'il contenait que nous lui avons dit qu'il faisait erreur. »

Bharathi s'interrompit de nouveau, pensive. Puis elle reprit : « Je savais que si tu devenais ma sœur, le jardin aux lychees ne risquerait rien. Ma pouvait rester. Tout se serait bien passé. Mais papa est mort et maintenant tout le monde est au courant, pour le jardin.

— Comment cela se fait-il ?

— C'est Satyanarayan qui a parlé. Il n'ignore rien de ce qui se passe à Mardpur.

— Qui a mis Satyanarayan au courant ? »

Mais Bharathi n'en savait rien et semblait s'en préoccuper beaucoup moins que de ce que réservait l'avenir.

« Le jardin t'appartient, Deepa ! C'est toi qui as écrit le livre !

— Non ! » rétorqua Deepa.

Bharathi ne l'entendit pas. « Tu leur plaisais tellement ! mais Shyam... (Elle secoua la tête en évoquant ce souvenir.) Maintenant, je me demande ce qu'il adviendra du jardin et de ma pauvre maman. Promets-moi, Deepa, dit-elle en prenant la main de son amie entre les siennes, promets-moi de ne pas chasser maman de chez elle.

— De quoi parles-tu, Bharathi ? Comment ferais-je une chose pareille ? Tante Kumud est comme une mère pour moi. Mais tu te trompes : je n'ai pas écrit le livre. C'est oncle Raman qui l'a écrit. C'était son livre, et il l'a écrit à sa façon. Amma lisait dans ses pensées, parce qu'elle avait ce don-là, mais elle n'était pas capable de concevoir un livre pareil. Quant à moi, je n'avais aucune idée sur le livre. Je notais ce qu'Amma me disait, parce qu'elle était aveugle. Ce n'est ni mon livre ni celui d'Amma.

— Tu vas devoir comparaître devant le *panchayat* et dire qui a écrit le livre », dit Bharathi sans y aller par quatre chemins.

Deepa l'ignorait encore, mais cela ne changeait rien.

« Peu importe, lança-t-elle. Je leur dirai ce que je viens de te dire. Et tu dois conserver le jardin aux lychees et rembourser l'hypothèque pour que tante Kumud puisse continuer à y vivre en paix.

— Même en admettant qu'elle puisse rester,

comment pourra-t-elle rembourser une telle somme et huit années d'intérêts ? Le jardin sera perdu ! Mais si c'est à toi qu'il revient, tu pourras trouver le trésor d'Amma et payer l'hypothèque ! »

Il était facile de rêver, songea Deepa avec tristesse, mais il n'y avait pas de trésor.

« Bharathi, dit-elle avec douceur, il faut que tu comprennes ça : ce n'est pas moi qui ai écrit le livre.

— Aujourd'hui, le *panchayat* veut t'entendre, et il prouvera que c'est toi. Les cahiers sont entre les mains des membres du conseil et j'ai vu ce qu'il y a dedans, puisque c'est ceux que je t'ai donnés. Quelqu'un te les a pris. C'est ton écriture qui est à l'intérieur, comme chacun pourra le constater.

— *Baapré !* » fit Deepa dans un souffle. Elle se souvint alors seulement du sac de cahiers que Bharathi lui avait donné. Elle se rendit compte qu'elle ne les avait pas rapportés chez elle, mais les avait oubliés quelque part. Et à présent, quelqu'un les avait trouvés.

79

Satyanarayan était content : les travaux du nouveau temple avaient été terminés à temps pour un événement aussi important que la réunion du *panchayat*. Le brahmane passa par-dessus son *dhoti* une *kurta* de soie repassée de frais et examina la grande salle avec la satisfaction d'un roi inspectant son domaine privé. Au fond, les divinités étaient cachées par un luxueux rideau de velours épais, cadeau d'un magnat du textile de Ghatpur. Des draps, cadeau des usines de Ghatpur, étaient étalés sur le sol, immaculés et sans un pli. La salle était éclairée par des tubes fluorescents, cadeau de Jetco, tandis que Jindal s'était occupé de l'installation électrique. Tous ces donateurs verraient leur nom écrit en lettres d'or au-dessous de celui du swami Satyanarayan, figurant à la rubrique « Fondateur » sur une plaque de marbre qu'était en train de graver un tailleur de pierre des environs de Vakilpur. Il avait été difficile de trouver un tailleur de pierre. Tous avaient disparu. Personne ne veut plus travailler, de nos jours, pensait Satyanarayan.

Une fois qu'ils eurent trouvé un tailleur de pierre, un homme âgé mais encore capable de graver merveilleusement, Satyanarayan était allé le voir en personne pour surveiller le travail et s'assurer que les noms étaient bien dans le bon ordre avec tout en haut de la liste les donateurs les plus importants ; ceux qui avaient vraiment versé de grosses sommes.

Tout le monde avait voulu donner quelque chose pour la rénovation du temple. Et pourtant, curieusement, personne n'avait encore donné son nom à ce bel édifice neuf. Cela n'était pas si grave, se disait Satyanarayan, bientôt l'usage courant le désignerait comme le sanctuaire Satyanarayan. Après tout, n'était-ce pas lui qui s'était démené pour que cette réalisation voie le jour ? Le brahmane évitait soigneusement de pousser le comité du temple à choisir un nom. Il avait déjà commencé à faire la leçon à Bhole pour qu'il en parle comme du sanctuaire Satyanarayan lorsqu'il sollicitait des donations. « Une petite donation supplémentaire pour le sanctuaire, *babu* ? demandait Bhole après chaque célébration.

— Quel sanctuaire ?

— Ah, mais le sanctuaire Satyanarayan, le nouveau temple. Vous ne l'avez pas vu ? Allez, allez voir tout de suite ce beau bâtiment offert par les gens de Mardpur. Vous y trouverez le swami Satyanarayan en train de diriger les travaux. »

Impressionnés, lorsqu'ils y faisaient allusion par la suite, ils l'appelaient le sanctuaire Satyanarayan.

Satyanarayan n'avait pas lâché les ouvriers, afin qu'ils finissent les travaux à temps. Il craignait que Ma et Deepa ne retournent à Vakilpur si les choses tardaient davantage. La présence de Deepa était déterminante.

En fait, à l'origine, il pensait ouvrir le nouveau sanctuaire après le pèlerinage à la cité sainte de Harwar où la déesse Laxmi serait immergée dans le Gange et bénie par les grands-prêtres avant d'être ramenée à Mardpur et installée de façon permanente dans le temple. Mais il s'était ravisé et avait décidé que tout cela devrait attendre. Dans ces temps modernes, le pragmatisme était la clé. De plus, l'orthodoxie, on ne l'ignorait pas, entravait parfois le progrès.

Lorsque Ma et Deepa arrivèrent dans l'après-midi, il y avait déjà beaucoup de monde dans le nouveau bâtiment, qui résonnait du bruit des conversations. Actuellement, même les voisins n'avaient plus guère le temps de se voir et de bavarder. A la vérité, les distractions étaient rares en ville, et on espérait que cette réunion fournirait, à défaut d'autre chose, une forme de récréation.

Deepa eut un mouvement de recul en entrant dans le bâtiment. Elle n'aimait pas les foules, mais Bhole surgit soudain à son côté et la conduisit devant, où elle serait assise à la gauche des membres du *panchayat*, lui expliqua-t-il.

Une fois installée, Deepa commença à repérer des visages connus. Il y avait là Madhu, plus maigre que jamais, avec Sudha-la-Pensionnée, plus ronde que jamais, qui jetait à Deepa des regards hostiles et furibonds. Deepa détourna les yeux.

Elle était trop loin pour entendre Sudha dire à Madhu d'un ton hautain : « Tiens, la voilà, celle qui essaie de nous déposséder. Quel toupet ! C'était une petite fille sans malice. Je suis sûre que c'est sa mère qui a manigancé tout ça. Quand on est capable de partir se trouver un second mari, c'est qu'on a du vice à revendre !

— Elle est jolie », dit Madhu, qui regarda Deepa en secouant ses bracelets d'or. A présent, ils lui couvraient presque tout l'avant-bras. Elle se disait que Deepa pourrait faire une jolie épouse pour Guru. Bien sûr, c'était hors de question à présent, à cause du litige sur le livre et la propriété ; et puis il y avait aussi cette question de caste : tout le monde n'avait pas la chance incroyable de Bharathi qui avait réussi à mettre le grappin sur un mari d'une caste supérieure. Madhu admirait secrètement Sudha-la-Pensionnée d'avoir réussi sa manœuvre. Mais aussi, les parents qui autorisaient leur fils à prendre l'entière responsabilité de sa décision en faisaient une proie facile. Il était simple de séduire un jeune homme, tandis que des parents, eux, seraient attentifs à toutes sortes de choses telles que le statut social, l'argent, la caste etc.

« Jolie ? persifla Sudha. Si elle était si jolie que ça, pourquoi Shyam l'aurait-il rejetée devant tout le monde ? » Sudha, qui tenait l'histoire de Bharathi, l'avait racontée avec délectation au reste de la famille. « Shyam doit connaître son caractère retors car elle a séjourné chez eux quand elle était petite. Il doit savoir qu'elle lorgne notre propriété de famille.

— S'il sait tout ça, il devrait être encore plus désireux de l'épouser. Il n'y a pas un jeune homme qui ne sauterait sur l'occasion de mettre la main sur notre propriété de famille. Mardpur devient surpeuplée. Regarde-moi ce beau jardin sur la colline. Tu connais quelqu'un qui a un jardin pareil ? Le terrain est plus précieux que l'or, de nos jours ! » Et elle fit de nouveau tinter ses bracelets pour se rassurer.

« *Dhut !* fit sévèrement Sudha. Est-ce que tu veux dire que cette fille va réussir à nous spolier ?

— C'est Satyanarayan qui s'est mis en tête de nous déposséder », lui rappela Madhu. Elle ne répéta pas les paroles de son mari Vaman, qui avait failli avoir une crise d'apoplexie en apprenant les menées de Satyanarayan. « Ce brahmane ! avait-il dit. Il a toujours eu une dent contre nous. Quel droit a-t-il de décider du sort de notre propriété de famille ? Si quelqu'un croit que le livre est le sien, qu'il vienne et nous nous arrangerons. Je trouverai un bon avocat, et on verra bien comment il se défendra, ce combinard de brahmane qui se croit plus malin que tout le monde.

— Tu ne peux pas blâmer un brahmane pour une erreur du notaire. Aujourd'hui, des illettrés deviennent clercs et ils accumulent les erreurs ! » dit Madhu, ébranlée d'entendre critiquer un prêtre aussi âprement. Finalement, elle était assez pieuse, même si Vaman ne l'était pas.

Ce fut alors que Satyanarayan ouvrit la réunion du *panchayat*. Il entra dans la salle bondée, leva la main pour faire cesser les bavardages et s'installa au premier rang avec un certain nombre d'autres notables qui s'étaient prévalus de leur position sociale et de leur amitié avec lui pour négocier leur entrée au conseil. Parmi eux se trouvait le directeur de l'institut universitaire municipal, qui avait craint de régresser socialement à cause du projet de création d'une université à Mardpur, et était bien décidé à utiliser sa position pour geler le projet ou, mieux, pour s'assurer le poste de vice-chancelier de l'université. Le conseil comptait aussi parmi ses membres le directeur de l'hôpital Aurobindo, qui avait eu le même type de craintes lors de la construction de l'hôpital Cowwasji, un établissement flambant neuf. C'était un homme beaucoup moins arrogant que le directeur de l'institut, car lorsqu'on avait construit le nouvel hôpital on ne l'avait pas choisi pour être à sa tête. Cet honneur était allé au Dr. Sharma. Pis encore, lorsque ce dernier avait été pressenti pour siéger au conseil, il avait décliné en disant qu'il n'avait pas le temps de s'occuper de ce genre de choses. Car diriger un hôpital était un travail très absorbant, avait affirmé le Dr. Sharma. Parmi les autres membres, il y avait aussi Mr. Joshi et Mr. Mishra, deux universitaires, brillants spécialistes, proposés par le directeur de l'institut municipal. On pouvait dire qu'ils constituaient un petit noyau pour asseoir le pouvoir du directeur, qui avait des ambitions politiques non négligeables. Le fait qu'ils appartenaient tous à la caste des brahmanes était pure coïncidence. Une coïncidence que Vaman n'avait pas manqué de noter. Il s'en plaignit à son frère Laxman, assis à côté de lui : « Tu as remarqué que le *panchayat*, un groupe de brahmanes, essaie de déposséder un *bania* au bénéfice d'un autre brahmane ?

— L'issue n'a rien de certain, dit Laxman, avec modération. Ils devront prouver que cette fille, qui après tout n'était qu'une enfant à l'époque, a écrit le livre.

— Tu ne crois pas que cet intrigant de Satyanarayan a déjà tout arrangé en sous-main ? Qui sait quels tours il a dans son sac.

— Satyanarayan est un saint homme, pourquoi irait-il intriguer ? Il n'a rien à gagner, objecta Laxman. Dieu fera le juste choix. Je suis venu prier au temple ce matin et je crois que Dieu est avec nous.

— Qu'Il t'entende, ironisa Vaman. Mais je ne crois pas que nous ayons besoin de Dieu de notre côté pour l'instant. C'est plutôt Satyanarayan qu'il faudrait avoir dans notre camp. Et tout ce que je vois en ce moment, moi, c'est qu'il ne l'est pas. »

Laxman fit taire Vaman car Satyanarayan avait pris la parole, expliquant le propos de cette séance extraordinaire du *panchayat* – dont il avait d'ailleurs proposé lui-même la constitution. C'était en fait l'une des séances les plus importantes depuis celle où il avait été décidé de construire ce nouveau sanctuaire magnifique où ils étaient tous assis, projet qu'il avait incidemment proposé aussi lui-même.

Vaman gémit : « Que quelqu'un se dévoue pour aller passer de la pommade à ce pauvre homme, afin qu'il ne soit pas obligé de le faire lui-même. »

Laxman le fit taire.

Satyanarayan expliqua comment Raman, « un homme qui n'avait que peu d'instruction et encore moins de cervelle » s'était enrichi en écrivant un livre.

« Nous avons tous connu ce Raman enfant. C'était le plus paresseux de trois frères, et il n'était même pas capable de s'acquitter d'un travail aussi simple que de tenir une boutique de saris. Il a donc fallu l'écarter de l'affaire familiale. Il a été employé à l'agence de la PTI, mais il n'a eu aucune promotion pendant toutes ses années de travail. Et voilà l'homme qui est censé être l'auteur de ce livre. » Satyanarayan brandit un exemplaire dudit livre, avec sa couverture criarde. Les cous se tendirent dans le public, désireux d'apercevoir le livre. Peu de gens à Mardpur s'intéressaient à la littérature et on le voyait pour la première fois, ce livre qui avait rendu Mardpur célèbre.

« Et voilà que soudain, huit ans après, dans le temple, j'ai trouvé ceci, comme si Dieu l'avait mis là exprès pour que je le découvre. » Satyanarayan brandit cette fois le sac en toile et en sortit l'un des cahiers, écrit de la main de Deepa.

« C'est un miracle... »

Il marqua une pause tandis que retentissaient dans la salle des applaudissements nourris. Deepa se sentit gênée. De toute évidence, elle avait égaré le sac et il était tombé entre les mains de Satyanarayan. Il n'y avait rien de miraculeux là-dedans !

« C'est le manuscrit original du livre. Mais voyez ! A l'intérieur, ce n'est pas l'écriture de Raman. Oh, mais non ! C'est celle de quelqu'un d'autre. » Là-dessus, Satyanarayan ouvrit le cahier et le tint à deux mains, bras tendus vers le public, et fit un lent mouvement circulaire de gauche à droite. Il y eut des « oh » et des « ah » dans l'assistance, bien qu'on pût se demander ce qui était lisible à une distance pareille, et combien de gens connaissaient l'écriture de Raman. Quelques applaudissements fusèrent de nouveau.

« Bien, dit Satyanarayan, fermant le cahier et le replaçant dans le sac, qu'il tendit à Bhole comme un magicien qui en avait terminé avec un accessoire. La question que nous nous posons tous est celle-ci : “Qui a écrit ces pages ? Qui a véritablement écrit ce livre ? Qui a droit à tout l'argent que ce bon à rien de Raman a gagné en prétendant en être l'auteur ? Et qui est le propriétaire du domaine désigné sous le nom de jardin aux lychees ?” » Satayanarayan se rassit lourdement et il y eut des applaudissements à tout rompre, qui couvrirent le commentaire que Vaman glissa à Laxman :

« Eh bien, ce que je me demande, moi, c'est pourquoi quelqu'un aurait voulu écrire le livre de Raman à sa place. »

Mais Laxman posa la main sur le genou de Vaman pour l'empêcher de poursuivre. On appelait le premier témoin.

80

Le premier témoin était Raju. La paupière battante et la mine somnolente, il constatait qu'en vieillissant il avait encore davantage besoin de sommeil que dans sa jeunesse. Ce qui au reste avait peu d'importance maintenant, car plusieurs *malis* s'occupaient du jardin aux lychees sous l'œil vigilant de Kumud. Grâce à ses instructions, le jardin aux lychees avait retrouvé sa splendeur passée : des plantes colorées y fleurissaient tout au long de l'année. Il était maintenant si luxuriant et si bien entretenu qu'il excitait de nombreuses convoitises. Par cupidité, faiblesse ou simple ignorance, d'autres avaient vendu les parcelles de terrain qui ne servaient à rien, car ils n'avaient jamais su comment les utiliser. Mais quand ils entendirent vanter la beauté du jardin aux lychees, ils furent pris de regrets de ne pas avoir fait de leur propre terrain quelque chose qui soit aussi digne d'admiration. Le travail de Raju était de s'occuper des œillets plantés dans des pots en terre cuite, une trentaine en tout, disséminés dans le jardin. A l'origine, ces pots devaient contenir de l'eau, et dans un jardin plein de fleurs et d'arbres, ils avaient été mis à bon usage. Ce travail occupait Raju pendant l'intégralité de ses heures d'éveil, qui, il faut bien le dire, n'étaient pas très nombreuses.

Raju, de toute évidence, ne comprenait pas ce dont

il retournait dans cette audience du *panchayat*, bien que Bhole se fût donné beaucoup de mal pour lui expliquer ce qu'on attendait de lui – or Bhole avait une patience exceptionnelle. Malgré ses inquiétudes, Raju se dit que le *tamasha* – le spectacle, comme beaucoup l'appelaient – avait lieu au temple, et donc qu'il ne risquait rien, surtout en présence de tant de spectateurs. Il se tenait debout sous les ventilateurs à longue tige pendus au plafond, qui faisaient voltiger sa tignasse hirsute et l'échevelaient encore davantage. Son *dhoti* jaunâtre était taché de terre et il n'avait même pas pris la peine de se changer. Il avait en revanche enfilé par-dessus une *kurta* à carreaux, propre, mais usagée. Raju-*mali* avait les pieds nus dans des chaussures en cuir toutes boueuses et, curieusement, il avait jeté sur son bras un sac en toile crasseux comme s'il espérait trouver le temps de faire quelques courses dans l'après-midi puisque exceptionnellement on lui avait donné congé. Il n'avait pas l'air d'un malhonnête homme, non, il semblait trop simplet pour cela, mais on eût dit qu'il était complètement étranger au monde qui se trouvait hors des limites de son jardin.

Les gens regardèrent avec curiosité ce premier témoin inattendu. Ils avaient espéré du spectaculaire, à l'image de la majesté ostentatoire du nouveau bâtiment où ils s'étaient rassemblés, clignant des yeux sous l'éclairage fluorescent qui se réfractait sur les piliers incrustés d'une mosaïque de morceaux de verre multicolores disposés en spirales.

A mesure que Mardpur avait pris de l'extension, leurs ambitions aussi. Ils ne voulaient pas qu'on leur rappelle que dans leur ville nouvelle et dynamique, il existait encore des Raju-*mali* qui s'acquittaient laborieusement de leur tâche comme ils l'avaient toujours fait dans le passé. Les gens de Mardpur étaient venus là pour voir des personnalités dont ils avaient entendu parler : de véritables personnalités, des gens importants. Or ce qu'ils avaient sous les yeux, c'était un pauvre bougre crasseux qui semblait complètement déplacé.

Satyanarayan, débordant d'ardeur et d'une énergie qu'il avait canalisée pour l'occasion, ne se rendait pas compte de la déception de la foule. Il était bien décidé à ce que sa propre performance réponde à l'attente de tous. Il attaqua Raju de façon abrupte avec l'un des cahiers de Deepa.

« Raju, vous avez travaillé chez Raman pendant de très nombreuses années. Regardez ce cahier. »

Complètement ahuri par cette offensive, Raju commença par regarder dans toutes les directions sauf celle du cahier, puis, lorsque Satyanarayan le lui agita sous le nez, Raju le regarda fixement, comme s'il passait un examen pour les yeux.

« Est-ce l'écriture de Raman ? » demanda le brahmane.

Raju regarda plus fixement encore, en clignant des yeux pour en chasser le sommeil. Satyanarayan lui tint le cahier encore plus près, pensant que l'homme était myope. Le *mali*, croyant que Satyanarayan lui tendait le cahier, le lui prit des mains et l'examina soigneusement, le tournant à l'envers, puis le remettant dans le bon sens. Il le tint à bout de bras, puis le rapprocha de son nez. Satyanarayan le laissa faire quelque temps, puis commença à s'impatienter de toutes ces singeries.

« Alors ? mugit-il, faisant sursauter Raju. Est-ce son écriture ? »

Raju bafouilla, craignant d'avoir commis quelque bêtise. « Ça se pourrait bien... »

Contenant à grand-peine son énervement, Satyanarayan arracha le cahier des mains de Raju pour vérifier que c'était bien un de ceux de Deepa qu'il lui avait donné, et non un de ceux de Raman.

« D'un autre côté, ça se pourrait bien que non », dit Raju, en se tordant nerveusement les mains.

Des rires étouffés coururent dans la salle. Satyanarayan transpirait un peu. Il avait fait une erreur en faisant venir cet imbécile, ce paysan, ce hibou, comme premier témoin. Enfin, maintenant, il était trop tard pour le regretter. Il s'efforça de reprendre le contrôle de la situation.

« Alors, que répondez-vous ? Ceci vous paraît-il être l'écriture d'un homme ?

— Objection ! interrompit le directeur de l'institut en levant un doigt. Ne soufflez pas la réponse. »

Raju regarda de nouveau le cahier, l'air passablement hébété. « Je ne peux pas dire, Punditji. Je n'ai jamais vu l'écriture de Raman sahib.

— Jamais ? s'exclama Satyanarayan, incrédule. Mais vous travaillez chez lui depuis... hum...

— Jamais, Punditji. Je ne sais pas lire.

— Je vous remercie », dit Satyanarayan, congédiant Raju sans ménagement. Le brahmane était contrarié. Il avait voulu créer une ambiance de tribunal pour que la séance revête un caractère solennel et important, mais il ne s'était pas attendu à avoir affaire à un imbécile pareil. Raju, soulagé, descendit de l'estrade en trébuchant.

« Qui eût cru que Raju pourrait être utile ? » murmura Vaman, ravi de voir la déconfiture du brahmane. Il s'éventa avec un journal. Il ne faisait pas chaud – la matinée avait même été assez fraîche – mais la présence et la respiration de tous ces gens entassés dans la salle y rendaient l'atmosphère assez étouffante.

On appela ensuite Gulbachan. Il était inquiet : la mort prématurée de Raman avait compromis la stabilité de son propre avenir à Mardpur. En acceptant le poste de correspondant adjoint, Raman avait permis à Gulbachan de continuer à occuper son bungalow de fonction pendant sa retraite. Ils avaient un accord tacite : Raman ne mettait jamais les pieds au bureau ; Gulbachan écrivait le peu qu'il y avait à écrire au nom de Raman et montait de temps en temps au jardin aux lychees sur son scooter pour que Raman signe les documents le cas échéant. Qui pouvait savoir ce qu'il adviendrait à présent de son agréable retraite et de cet arrangement commode ? Bien entendu, Gulbachan était très inquiet. Il ne savait pas non plus ce qu'il adviendrait du jardin aux lychees. Quel que soit le propriétaire, cela ne changeait rien pour lui, car de toute façon il se retrouverait sans toit. Mais il se sentait débiteur de Raman, d'abord parce qu'il avait accepté ce compromis, ensuite parce qu'il s'y était tenu alors même qu'il n'avait plus besoin de travailler.

« Voici Mr. Gulbachan, ancien correspondant de la PTI, maintenant à la retraite. L'ancien patron de Raman, annonça le directeur de l'institut, se reportant à la liasse de notes que Bhole avait soigneusement préparées et que Satyanarayan lui avait données peu avant le début de l'audience.

— Reconnaissez-vous cette écriture ? » demanda Satyanarayan en lui agitant le cahier sous le nez.

Gulbachan, très occupé à repérer des amis et connaissances parmi les correspondants assemblés dans la salle, n'accorda même pas un coup d'œil au cahier.

« Qui serait allé faire la Marche du Sel si elle n'avait pas été conduite par Gandhiji ? Vous ai-je raconté la fois où j'ai participé à cette marche ?

— Veuillez revenir à la question, Mr. Gulbachan »,

dit Satyanarayan, crispé. Après le désastre avec Raju, il ne voulait plus de contre-performances.

— Qui serait allé faire la Marche du Sel si elle n'avait pas été conduite par Gandhiji ? répéta Gulbachan. De la même façon, pourquoi sommes-nous tous réunis si ce n'est pas Raman qui a écrit le livre ? »

Satyanarayan, qui était si fier de son intelligence, ne comprit pas l'analogie. « Vous dites... ?

— Bien sûr que c'est Raman qui a écrit le livre. Il n'y a pas d'autre écrivain à Mardpur.

— Les conclusions sont l'affaire du conseil. Ce que nous voulons que vous nous disiez, ce sont les faits, dit Satyanarayan.

— Certainement, répondit Gulbachan, nullement ébranlé. Les faits sont les suivants : Raman a écrit le livre et le livre a été écrit par Raman. Vous êtes satisfait maintenant ?

— Quelle est la preuve de ce que vous avancez ? demanda Satyanarayan.

— Ah, je revois Raman à l'époque, en train de discuter de son livre avec moi, et je crois bien avec vous aussi, Swamiji. Personne d'autre ne parlait d'écrire ce livre, sinon j'en aurais entendu parler. Après tout, j'étais correspondant principal de la PTI. Alors l'affaire est très claire pour moi. Qui d'autre aurait pu l'écrire ? A moins, naturellement, que vous ne nous cachiez des faits importants, Swamiji, et qu'à l'époque quelqu'un se soit confié à vous pour vous dire qu'il écrivait un livre. Alors dites-nous, Swamiji, est-ce que quelqu'un d'autre est allé vous voir à l'époque ?

— Je ne me rappelle pas, dit Satyanarayan, avant de se rendre compte que Gulbachan avait inversé les rôles et qu'il lui posait des questions à lui, Satyanarayan.

— C'est dommage, dit Gulbachan. Vous savez que les amandes sont excellentes pour la mémoire...

— Merci, Mr. Gulbachan », dit Satyanarayan, impatient de se débarrasser de lui.

Vaman applaudit très fort. « Il n'y a qu'un reporter qui soit capable d'interviewer un politique et de le mettre en difficulté !

— Satyanarayan n'est pas un politique, commenta Laxman, qui commençait à s'inquiéter de la tournure que prenait l'audience.

— Ah non ? dit Vaman d'une voix chargée d'ironie.

— Non : il est juge et partie à la fois.

— Et législateur, ajouta Vaman. Il établit ses propres règles. »

Le témoin suivant était Usha. Deepa se sentit frémir en la reconnaissant après tant d'années. Elle la fixa intensément, comme si elle espérait la faire regarder dans sa direction. Mais Usha ne tourna pas la tête : elle paraissait calme et posée. Elle portait un sari de coton très simple, et l'extrémité de son *pallav* était nouée autour d'elle comme si elle venait de récurer un plancher. Il ne dissimulait pas la rondeur de sa taille, la rondeur d'une grossesse à mi-parcours. Elle était accompagnée par un petit garçon à la peau sombre d'environ cinq ans, dont les yeux étaient cernés de khôl. Usha le tenait par la main afin de l'empêcher de s'éloigner. Il tirait sur la main de sa mère et se tortillait, sans la distraire pour autant.

Satyanarayan s'approcha d'elle avec un cahier et procéda presque aussi agressivement qu'avec Raju et Gulbachan. Mais Usha resta imperturbable.

« Reconnaissez-vous cette écriture ?

— Oui, Swami.

— C'est celle de qui ?

— Celle de Deepa, la petite-fille d'Amma qui habitait Jagdishpuri Extension.

— Vous êtes sûre ?

— Oui, Swamiji. Je la regardais souvent faire ses devoirs. Et voyez, là, elle a écrit son nom sur la couverture. »

Enchanté, Satyanarayan regarda ladite couverture. Le détail lui avait échappé. Il montra la couverture à l'assistance.

« Qu'est-ce qui est écrit dans ce cahier ? demanda Satyanarayan, le tendant à Usha pour qu'elle l'examine.

— C'est le livre de Raman sahib, dit-elle aussitôt.

— Le livre de Raman sahib ? Ecrit de la main de Deepa ? dit Satyanarayan d'une voix forte et claire, chargée de sous-entendus. Expliquez-nous comment c'est possible. »

Usha haussa les épaules.

« Je n'en sais rien, Swamiji. Parfois, c'était Raman sahib qui écrivait, parfois Deepa. Ils ont écrit le livre l'un et l'autre.

— L'un et l'autre ? Mais un livre ne peut avoir qu'un seul auteur.

— Je ne connais rien en livres, Swamiji, dit Usha. Tout ce que je sais, c'est que parfois Amma racontait l'histoire et que parfois Raman sahib écrivait, et d'autres fois Deepa.

— Alors Amma aussi y a participé ?

— Elle racontait l'histoire, à Raman sahib et à Deepa.

— Ainsi, c'était l'histoire d'Amma, et Raman et Deepa ne faisaient que la transcrire ? » demanda Satyanarayan d'un ton triomphant. Mais le public commençait à ne plus très bien comprendre. Il ne savait plus trop qui avait fait quoi.

« C'était aussi l'histoire d'Amma.

— Aussi ?

— C'était l'histoire de Raman sahib, d'Amma et de Deepa.

— Un livre ne peut avoir qu'un auteur ! cria Satyanarayan.

— C'est comme ça qu'il a été écrit, dit Usha, refusant d'en démordre. Ils l'ont écrit tous les trois.

— Tous les trois ?

— Oui, Swamiji.

— Alors, dit Satyanarayan, dont la voix s'enrouait, comment se fait-il que le livre entier ait été entre les mains de Raman ? Et qu'il ait été publié sous son nom ?

— Nous y arriverons bientôt, intervint le directeur de l'institut. Nous sommes pour l'instant encore en train d'essayer d'établir qui a écrit le livre. Nous verrons ensuite comment Raman s'est procuré le manuscrit et l'a fait publier. »

De mauvaise grâce, Satyanarayan accepta de laisser Usha s'asseoir. Elle était non seulement un témoin important, mais de plus elle avait l'esprit exceptionnellement clair pour une servante. Cependant, elle avait rendu les choses plus compliquées pour le public : qui pouvait comprendre cette histoire où trois personnes écrivaient ensemble ?

L'assistance gloussait. Les gens n'avaient pas apprécié la scène qui venait de se dérouler, où le brahmane bien nourri avait cherché à intimider la servante enceinte. Ils avaient trouvé cela déplacé : elle n'avait commis aucune offense. Et ils commençaient à se rendre compte que l'affaire était beaucoup moins simple qu'elle ne le semblait de prime abord. Ils avaient cru que l'audience serait courte et spectaculaire, et qu'à la fin la propriété serait adjugée à Deepa. Ils ne s'étaient pas attendus à des complications pareilles.

On appela Mr. Ahuja.

« Avez-vous vendu ces cahiers à Raman ?

— Oui.

— Avez-vous vendu ces cahiers à Deepa ?

— Oui, également, confirma Mr. Ahuja.

— Pourquoi avaient-ils besoin de ces cahiers ?

— Je ne le leur ai pas demandé, répondit franchement Mr. Ahuja.

— Avez-vous vendu ces cahiers à d'autres clients ?

— Oui.

— A qui ?

— Aux élèves de l'école de la Mission, du couvent, aux étudiants de l'institut municipal...

— Objection ! interrompit le directeur. Mr. Ahuja vendait des cahiers à tout le monde. A l'époque, le Dépôt de livres Ahuja était la seule librairie de Mardpur. »

On autorisa Mr. Ahuja à partir.

On appela ensuite Hari. Il attesta que Raman se rendait souvent chez Amma à l'époque où le livre avait été écrit.

« Pour quoi faire ?

— Pour chercher de la *raita*.

— C'était de toute évidence un prétexte, dit Satyanarayan, écartant l'argument du geste. Quoi encore ?

— Mais rien. Raman sahib était persuadé que la *raita* l'aiderait à écrire. Un jour, pendant qu'Amma était à l'hôpital, il a même volé sa bufflonne.

— Oh oh ! dit Satyanarayan, sautant sur ce détail qui flétrissait la réputation de Raman. En effet, j'ai été témoin de l'incident moi-même. Il mijotait quelque chose. Pourquoi a-t-il volé cet animal ?

— Parce qu'il croyait que la bufflonne l'aiderait à écrire son livre. »

Il y eut des rires dans la salle. Hari sourit largement, mais Satyanarayan ne sembla pas amusé.

« C'est une audience sérieuse, dit-il sévèrement à Hari.

— Tu parles ! dit Vaman, qui s'amusait comme un fou. Voilà que nous allons devoir céder notre propriété à cette bufflonne à présent ! »

Mais Laxman était inquiet. Personne ne prenait la défense de Raman. L'audience était peut-être divertissante, mais pas objective.

« Je dis la vérité, Swamiji, protesta Hari. A cause de la *raita* de la bufflonne. Raman sahib croyait qu'elle avait des propriétés extraordinaires et qu'elle l'aiderait à écrire. Il l'appelait "la potion magique de l'écrivain". »

Tout le monde rit, sauf Satyanarayan. Il renvoya Hari et s'efforça de résumer clairement la situation après l'intervention du dernier témoin.

« Essayons d'y voir clair dans tout cela. Nous cherchons à établir qui est le véritable auteur du livre. La bufflonne n'entre pas en ligne de compte dans cette affaire. Les opinions de Raman non plus. Ce que nous voulons savoir, c'est ce qu'il a réellement fait. Que ce Raman ait senti le besoin d'une potion magique de l'écrivain montre bien qu'il avait du mal à rédiger. Il n'aurait pu écrire le livre tout seul ! »

Gulbachan protesta, car il se souvenait qu'il avait lui-même cru au pouvoir de la *raita*. Il leva la main et parla sans y avoir été invité. « Cela pourrait vouloir dire simplement que la *raita* l'aidait à se concentrer sur ce qu'il faisait, qu'elle favorisait la circulation des fluides créateurs... »

Satyanarayan l'interrompit d'un ton sévère, car il voulait éviter que les choses ne se compliquent indûment.

« Vous ne pouvez intervenir que lorsqu'on vous donne la parole. »

Le directeur de l'institut leva une main conciliante : « Gulbachan essayait seulement d'apporter des précisions, Punditji. Ces choses ne sont peut-être pas évidentes pour tout le monde. »

Satyanarayan grogna et se tourna pour consulter d'autres membres du *panchayat*. Après force concertations, hochements de tête et signes de dénégation, aux termes desquels le public commença à s'agiter, ils en arrivèrent ensemble à la conclusion que la bufflonne ne devait pas entrer en ligne de compte.

Voyant que le public se dissipait et bavardait, Satyanarayan décida qu'il était temps de faire une pause.

Il tapa dans ses mains et dit : « Permettez-moi de résumer la situation. Nous avons établi que des cahiers rédigés de la main de Deepa ont été trouvés. De toute évidence, il n'est pas sûr que Raman ait écrit le livre. En tout cas, il a été aidé. Demain, Deepa, petite-fille d'Amma, précisera le rôle qu'elle a joué dans ce drame. »

Et, d'un geste de la main, il déclara l'audience levée pour la journée. La foule commença à sortir lentement, déçue que la séance ait été si courte, car tout le monde devait du coup retourner au travail. Mais il y avait des émotions fortes en perspective le lendemain avec l'apparition du témoin vedette. Beaucoup avaient souhaité apercevoir cette fameuse Deepa, dont on disait qu'elle était orpheline et qu'elle était devenue une grande danseuse. On disait aussi qu'elle se produisait à Bombay, à Calcutta, à Delhi et à Madras. Elle avait tous les hommes à ses pieds. Sa beauté devait être aussi exceptionnelle que son talent.

Ma s'aperçut non sans embarras, à l'issue de l'audience, que sa fille et elle étaient le point de mire de tous les regards.

« C'est très déplaisant de devoir comparaître et parler devant tous ces gens-là. Ça ne t'aidera pas à trouver un mari. Peut-être ferais-tu mieux de ne pas venir demain. (Elle s'interrompit car une idée lui était venue.) A moins, bien sûr, que tu ne deviennes la propriétaire du jardin aux lychees. Auquel cas tout le monde voudra t'épouser.

— Ma ! Voyons !

— C'est un beau terrain.

— Il ne m'appartient pas, répliqua Deepa. Je viendrai devant le *panchayat* demain pour que tout le monde sache la vérité.

— Je ne comprends pas pourquoi il importe à ce point de savoir à qui appartient le jardin aux lychees. S'il y a une si grosse hypothèque dessus, il sera confisqué de toute façon. »

Je fais cela pour Amma, pensa Deepa. C'est en mémoire d'elle que je dois dire la vérité. Elle est venue sur terre avec ce don extraordinaire et sa dernière tâche a été d'aider oncle Raman à écrire son livre. Elle aurait voulu que les choses se passent ainsi, afin que tous se rendent compte du don exceptionnel qu'elle avait. Et il fallait que les gens comprennent que c'était Raman qui avait écrit le livre : ainsi seulement ils pourraient bien saisir la nature particulière du don d'Amma.

Ma alla offrir des fleurs à la déesse, mais Deepa, qui ne voulait pas avoir à traverser pareille foule, l'attendit dehors. Elle regarda la *gopura* familière du temple de Vishnou Narayan, qui ne tarderait pas à sembler toute petite à côté de la triple pagode du rajah Singh Mandir. La brise légère souleva le sari de Deepa, qui le rajusta sur son épaule. Puis elle aperçut Usha et son fils aux yeux cernés de khôl qui était toujours en train d'essayer d'échapper à la main de sa mère. Deepa aurait aimé se précipiter vers elle, mais elle savait que c'était impossible. Usha avait été la servante d'Amma. Et peut-être qu'elle aurait aimé lui parler aussi, mais elle se trouvait retenue par les conventions qui leur dictaient d'observer une certaine distance. Alors Deepa se borna à regarder Usha, à retrouver ses gestes familiers, sa voix calme qui interdisait à son fils de s'éloigner. Puis d'autres personnes traversèrent le champ de vision de Deepa, dérobant Usha à sa vue.

Soudain, elle sentit qu'on tirait le *pallav* de son sari, qui glissa de son épaule. Elle le rattrapa prestement avant qu'il ne tombe par terre. En se retournant, elle vit le fils d'Usha qui levait les yeux vers elle. Il avait trompé la vigilance de sa mère et couru vers Deepa, sentant qu'elle n'était pas comme les autres, cette fille dont tout le monde parlait. Il la regardait avec cette confiance désarmante des enfants qui n'ont pas peur, et lui offrit son jouet en guise de cadeau, se hissant sur la pointe des pieds pour le lui tendre à bout de bras. Serrée dans ses doigts bruns, il y avait une petite figurine.

Deepa accepta le jouet, un petit buffle de bois grossièrement sculpté à l'exception de son ventre lisse et de ses cornes arrondies, et peint tout en noir. Deepa se pencha vers l'enfant.

« C'est ton buffle, dit-elle en le lui tendant pour qu'il le reprenne.

— Oui, répondit-il avec sérieux. C'est une fille. Elle s'appelle Jhotta. »

Et il garda ses mains résolument dans son dos.

« Jhotta. C'est un joli nom pour une bufflonne.

— Oui, admit le petit garçon. Mais elle est très *baoli*.

— *Baoli* ? fit Deepa en souriant. Moi, j'ai l'impression qu'elle est très gentille.

— Oui. Mais elle ne donne plus de lait. Alors je la punis.

— Ce n'est pas gentil de punir.

— Non, dit le petit garçon. C'est pour ça que je te la donne. Peut-être qu'à toi, elle donnera du lait.

— Merci, fit Deepa, ravie d'avoir été ainsi élue. Mais tu ne vas pas lui manquer, à Jhotta ?

— Non, dit le petit avec conviction. Elle est trop *baoli*.

— Ou peut-être qu'elle va te manquer à toi ?

— Non. Elle laisse son *bhooth* avec moi. » Et il leva la main pour montrer un autre petite figurine presque identique à la précédente, à ceci près qu'elle n'avait pas été peinte et que le bois de sisal naturel se détachait sur sa paume brune.

« Naveen ! Naveen ! » cria Usha.

L'enfant regarda en direction de sa mère et partit à la course, plantant là Deepa, qui tenait toujours Jhotta à la main. Elle repassa dans son esprit la conversation qu'elle venait d'avoir avec lui et, en souriant sous cape, elle chuchota à Jhotta :

« Kahan se aai ?
Koi jan na paai ! »

81

Lorsqu'elles rentrèrent à Jagdishpuri Extension, Ma se retira pour faire une petite sieste et Deepa prit ses grelots de chevilles.

Elle s'absorba dans une danse fluide où elle mima gracieusement Krishna en train de voler du beurre, puis sa mère Yashoda qui le gronda affectueusement.

« *Wah* ! s'exclama Usha-*rani*. Je vois le beurre qui brille comme de l'or dans votre main ! »

Deepa sourit gentiment sans interrompre ses pas, et continua à rappeler à l'ordre le vilain petit Krishna désobéissant avec des sourcils froncés et force gestes des mains. Doucement, elle se tournait et se balançait avec une grâce contrôlée, et martelait le sol en cadence.

« Ce beurre, je le sens, dit Usha-*rani*. Même l'odeur des confits est moins forte quand je vous regarde danser ! »

« Je vais aller acheter des légumes, dit Usha-*rani* à Deepa lorsqu'elle s'interrompit entre deux danses. Je serai de retour pour préparer le thé quand votre maman se réveillera. »

Après quelques instants de repos, Deepa entama la

danse des *gopis* qui jouaient avec Krishna, l'attiraient, puis couraient se cacher.

Ce ne fut que lorsqu'elle eut fini qu'elle leva les yeux et avisa le royal sahib. Vêtu d'une chemise de popeline crème, appuyé contre le mur à l'entrée de la cour, il la regardait avec une attention soutenue et un plaisir manifeste. Elle rougit et se mit en devoir de retirer ses grelots, la mine absorbée.

« Est-ce que la maîtresse de maison... » La voix était toujours aussi douce et charmeuse.

« Ma se repose », répondit très vite Deepa, osant à peine lever les yeux vers lui.

Il la regarda fixement : « J'étais au temple aujourd'hui. J'ai vu les cahiers. C'était votre écriture. »

Deepa fit un signe de dénégation.

« Si vous répondez cela au *panchayat*, vous perdrez le jardin aux lychees.

— Le livre est celui de l'oncle Raman. Et le jardin est à lui aussi, répliqua Deepa sans lever la tête.

— Il ne tient qu'à vous de faire valoir vos droits dessus. Car enfin, cette propriété a été hypothéquée. Celui qui a consenti cette hypothèque, un certain Man Singh, a escroqué beaucoup de clients et il deviendra propriétaire si le prêt n'est pas remboursé. » Sa voix avait changé : elle était rauque et furieuse. Deepa leva les yeux et vit sur son visage une expression si intense qu'elle enlaidissait son visage et déformait ses traits harmonieux.

« Et si le jardin était à moi, comment m'acquitterais-je de la dette ?

— Vous pourriez vendre cette maison », dit le royal sahib avec un regard circulaire dans la cour.

Deepa rit : « Ce n'est pas cette maison qui paiera le jardin aux lychees ! »

« Cette maison avec le trésor », avait voulu dire le royal sahib. Mais il n'insista pas.

« Je pourrais vous aider », dit-il. Mais son expression, dénuée de bienveillance et de gentillesse, démentait l'apparente générosité de ses paroles.

Deepa se demanda quelles étaient ses intentions et scruta son visage.

« Si vous dites au *panchayat* que c'est vous qui avez écrit le livre, je vous aiderai à arracher le jardin aux griffes de Man Singh.

— Pourquoi cela vous intéresse-t-il ? demanda Deepa, s'enhardissant.

— Pourquoi laisser une autre propriété tomber aux mains de Man Singh ?

— Au lieu des vôtres, en d'autres termes ? »

Le royal sahib ne répondit pas. Ses yeux se rétrécirent. « C'est tellement facile. Dites que c'est vous qui avez écrit le livre. Qui se soucie de Raman ? Il a toujours été un bon à rien. Personne n'a compris comment il avait pu écrire un livre pareil. Tout le monde sera prêt à croire que c'est vous.

— Et vous ? Quel est votre avantage dans cette affaire ?

— Moi ? dit le royal sahib en laissant échapper un petit rire mélodieux. Eh bien, je vous épouserai. Qui refuserait un prince ? »

Deepa, étourdie, baissa la tête. Etait-elle en train de rêver ? Même avec le trésor à la clé, le royal sahib n'avait pas pris Amma au sérieux quand elle avait dit qu'il devrait épouser sa petite-fille. Or maintenant, pour éviter que le jardin aux lychees n'aille à Man Singh, il était prêt à l'épouser. Elle prit une inspiration profonde et leva de nouveau les yeux.

« Je ne ferai que ce qui est juste.

— C'est-à-dire ?

— Vous verrez demain, dit-elle à mi-voix.

— Alors, j'ai quelque espoir ? » demanda-t-il non sans coquetterie. Il était beau, tentant.

Deepa secoua la tête : « Aucun. » Et elle ferma les yeux pour essayer d'empêcher son rêve, qui se dissipait lentement, de s'échapper tout à fait.

Le royal sahib s'approcha et s'agenouilla à demi, une main ornée de bagues reposant légèrement sur son genou levé. « J'espère que vous changerez d'avis, déclara-t-il à mi-voix, d'un ton caressant.

— Je ne peux pas. Je ne peux pas. Je ne peux pas », répéta Deepa, qui replia ses genoux et posa le front dessus.

Lorsqu'elle releva la tête, le royal sahib n'était plus là. L'avait-il jamais été ? Avait-elle imaginé toute cette scène ? Elle ôta lentement les grelots de ses chevilles, perdue dans ses pensées.

Elle était toujours assise au même endroit, le regard vague, lorsque Usha-*rani* revint de faire ses courses.

« Eh bien, Deepa *bahen*, on dirait que tu as vu un fantôme !

— On dit souvent que cette maison est pleine de *bhooths* », répliqua Deepa.

82

Deepa ne parla à personne de la visite du royal sahib. Elle se demandait d'ailleurs sérieusement s'il avait bien été là. Seule son imagination pouvait faire naître une telle vision, se disait-elle. Pourtant, dans son imagination, le royal sahib était toujours beau et séduisant. Or sa visite lui avait laissé une impression déplaisante. Mais elle n'eut guère le temps de réfléchir à ce qu'était devenu l'homme qui avait si longtemps habité ses rêves.

Usha-*rani* s'affairait autour d'elle.

« J'ai du mal à travailler avec cette odeur de confits, se plaignit-elle. Elle devient trop forte.

— J'ai commandé des bocaux en verre chez Jindal, dit Ma. Ils arriveront demain. Alors, nous transvaserons les confits. »

Usha marqua une légère hésitation.

« Je m'en chargerai, Ma. Moi, j'aime bien cette odeur. Je l'ai respirée toute ma vie, lança Deepa.

— Mais tes mains, Deepa ?

— L'huile de moutarde me rendra la peau toute douce, Ma », affirma Deepa.

L'après-midi, Ma et Deepa trouvèrent en arrivant au temple une foule encore plus dense. Des photographes et des journalistes essayaient de se faire une petite place et de s'approcher de Deepa. Elle se laissa photographier, clignant des yeux sous la lumière aveuglante des flashs.

Bharathi se fraya un chemin à travers la foule, suivie de Govind, pour s'approcher d'elle, et lui serra affectueusement la main. « Nous comptons sur toi, Deepa », chuchota-t-elle.

Deepa ne dit rien mais leva les yeux vers Govind qui la regardait avec son habituelle compassion. Et Deepa se dit qu'il l'aurait toujours, cette expression-là. Même si elle était heureuse. Ce n'était pas de la compassion pour elle, mais pour lui-même. Deepa regarda le couple s'éloigner en quête d'une place. Bharathi avait trouvé son prince, pensa Deepa, et maintenant, elle, Deepa, allait tout perdre. Dans la foule, elle aperçut le royal sahib, dont les doigts étincelaient de bijoux. Elle perdrait tout, mais de son propre chef. Pour la première fois, elle contrôlerait son destin. Govind n'avait aucune raison de s'apitoyer sur elle. Quant au royal sahib – elle lui jeta un autre regard à la dérobée et se rendit compte que dans la ville riche qu'était devenue Mardpur, il ne se distinguait plus comme autrefois. Sa fraîcheur éclatante, si séduisante jadis, s'était un peu fanée au cours de ces quelques années. Lui qui croyait pouvoir obtenir tout ce qu'il voulait, il ne l'aurait pas, elle. Pas plus que le jardin aux lychees. Pas plus qu'il n'avait pu obtenir quoi que ce soit d'Amma. Il n'aurait pas le trésor d'Amma.

Deepa regarda Ma. Les années passées avec sa mère lui avaient fait comprendre à quel point elle lui ressemblait : silencieuse et passive. Elle adorait Ma. Ma voulait son bien. Ma comprendrait. Sans Ma, jamais Deepa n'aurait compris qui elle était elle-même.

Désormais, se dit-elle, j'agirai davantage comme Amma. Amma qui n'avait pas cédé à tous ceux qui l'entouraient. Amma qui ne dépendait pas des autres, malgré sa cécité. Elle avait toujours tenu tête au royal sahib. Elle avait perçu en lui quelque chose qui lui avait fait comprendre qu'elle ne devait pas lui céder. Elle avait ce don-là.

Ma sourit à Deepa, croyant qu'elle était effrayée. Mais Deepa comprit, pour la première fois peut-être, qu'il n'y avait rien à redouter dans la vie.

« Silence ! » cria Satyanarayan, assis sur l'estrade avec les dignitaires du *panchayat*. Le public se tut. On entendit le bruit des ventilateurs au plafond de la vaste salle éclairée par les néons fluorescents, bien qu'il fît grand soleil dehors. A l'extrémité opposée à l'estrade, les divinités avaient été de nouveau voilées par des rideaux, comme si elles ne devaient pas assister à ce qui allait suivre.

« Nous appelons Shanker, fils de Raman ! » annonça le directeur de l'institut. Il y eut un certain brouhaha. Les gens avaient espéré que la séance commencerait par l'audition de Deepa.

Shanker monta sur l'estrade. C'était un jeune homme mince à l'expression un peu boudeuse, comme si, d'emblée, il pensait ne pas se concilier l'auditoire. Or son expression correspondait très exactement à ce qu'il pensait : que jamais personne ne l'avait écouté avec sympathie, ni sa famille en général, ni son père en particulier, et certainement pas Satyanarayan. « Vous avez souvent accompagné votre père chez Amma. Qu'est-ce qu'il allait y faire ? » demanda Satyanarayan.

Shanker se renfrogna. En quoi cela regardait-il

Satyanarayan ? N'importe qui peut aller chez n'importe qui d'autre sans avoir à être interrogé de la sorte. Il se borna à répondre : « Il aimait se promener le soir. »

Satyanarayan le regarda, incrédule. C'était un mensonge manifeste. Mais il ne pouvait pas le dire en face du *panchayat*.

« Ainsi, il aimait se promener le soir, fit le brahmane d'un ton sec. Jusqu'à Jagdishpuri Extension, aller et retour. Pour quoi faire ? »

Shanker éleva la voix. « Il aimait se promener, répéta-t-il. Vous n'êtes pas sans savoir que pendant longtemps il n'a eu ni bicyclette ni scooter. Il allait partout à pied. »

Il y eut des rires dans la salle, mais Shanker ne plaisantait pas.

Satyanarayan changea d'angle d'attaque. « Et une fois arrivé à Jagdishpuri Extension, de quoi votre père parlait-il avec Amma ?

— Je n'en sais rien. Ils avaient des conversations de vieux.

— Et de quoi parle-t-on, entre vieux ? gronda Satyanarayan.

— De mariages et d'autres choses. Je ne sais pas, moi. Pourquoi me serais-je intéressé à ce qu'ils racontaient ? Je n'étais qu'un enfant. »

Le directeur de l'institut intervint : « Visiblement, Shanker ne se rappelle rien. Nous ne pouvons pas le forcer à parler de ce dont il ne se souvient pas. »

Shanker fut autorisé à se retirer.

« Pour une fois, la mauvaise volonté de Shanker a été opportune », fit Vaman en riant.

Laxman soupira. S'attendait-on vraiment à ce que le fils du défunt, l'héritier de la propriété, dise quoi que ce soit qui compromette sa position ?

On appela Bharathi. Elle se présenta nerveusement, sans savoir où regarder.

Satyanarayan lui demanda qui, d'après elle, avait écrit le livre.

« C'est Deepa qui a écrit le livre », déclara Bharathi. Tout le monde applaudit et lança des acclamations.

Le directeur de l'institut se pencha en avant : « Alors comment se fait-il que le livre ait été en possession de Raman ?

— Lorsque Amma est morte, Deepa m'a confié les cahiers pour qu'ils soient en sûreté. Je les ai donnés à mon père. »

Il y eut des gloussements dans la salle : la fille de Raman déclarait publiquement que c'était Deepa qui avait écrit le livre, se dessaisissant ainsi de la propriété de sa famille au bénéfice de cette Deepa. Ainsi, ce qu'on racontait devait être vrai. Les journalistes s'excitèrent et des flashs crépitèrent.

Vaman gémit : « Tu vois, si tu maries une fille à un brahmane, elle a vite fait de te renier. Elle ne veut pas admettre qu'elle vient d'une famille de *banias*.

— Tu sais, c'est peut-être vrai, que Raman n'a pas écrit le livre, dit tristement Laxman. Mais où ira la mère de Bharathi si on perd le jardin ? Bharathi a dû y penser. » Il aimait bien sa nièce malgré tout. Il voulait avoir la meilleure opinion d'elle, mais ne pouvait comprendre pourquoi elle avait fait une telle déclaration alors qu'il était si simple de se taire. Peut-être était-ce Shanker qui avait l'attitude juste : ne pas donner prise quand on risque un préjudice.

Un peu plus loin, Sudha-la-Pensionnée dardait un œil furieux en direction de sa nièce. Après tout ce qu'elle avait fait pour elle, après le mariage fabuleux que Bharathi lui devait, c'était ainsi qu'elle lui témoignait sa gratitude ! Madhu cligna des yeux, totalement incrédule. Quelque chose avait dû lui échapper. Tout paraissait sens dessus dessous. Kumud n'assistait pas à l'audience : c'était trop tôt après la mort de Raman. Mais si elle avait été là, comment aurait-elle réagi au comportement de sa fille ? Madhu se dit que c'était une bonne chose qu'elle n'ait, quant à elle, que des fils. Les filles pouvaient être si perfides.

Satyanarayan ne se tenait plus de joie : c'était parfait. Comme il l'avait annoncé, la journée était propice. Mars et Jupiter étaient en haut du ciel, ce qui présageait à coup sûr une issue positive.

« Nous allons appeler le témoin le plus important : la jeune fille qui peut légitimement prétendre à cette propriété, dit Satyanarayan.

— Objection ! intervint le directeur de l'institut. La décision n'est pas encore prise. La décision revient en l'occurrence au *panchayat.* »

A la différence des autres témoins, Deepa se vit offrir une chaise. Elle se demanda si cela signifiait qu'on allait l'interroger longtemps. Elle s'assit, confiante et sereine.

Satyanarayan agita un cahier devant son visage, mais moins agressivement qu'il ne l'avait fait devant les témoins de la veille. La mousseline citron qui palpitait sous le souffle des ventilateurs avait un effet apaisant : par comparaison, le décor de verre coloré semblait ostentatoire et déplacé pour une audience solennelle. Il y avait quelque chose d'incongru dans le spectacle de cette jeune fille en jaune au milieu d'une salle si brillamment illuminée.

Même Satyanarayan sentit l'impact de ce jaune ondulant qui se gonflait doucement. C'était une couleur sacrée et il ne pouvait manquer de respect à une personne venue candidement vêtue de jaune. De plus, il savait que tout reposait sur le témoignage de cette jeune fille. Il ne voulait pas l'effrayer.

« Ce cahier, où votre nom est inscrit, est à vous, n'est-ce pas ?

— En effet. » Le calme et la pondération de Deepa gagnèrent la salle, qui se tut.

« Et c'est votre écriture ?

— Oui.

— Alors, c'est vous qui avez écrit le livre !

— C'est un cahier avec mon écriture, comme beaucoup de cahiers que j'avais. Je m'en servais pour faire mes devoirs. Des rédactions, entre autres choses. » Elle s'abstint de préciser que ces autres choses comprenaient notamment les souvenirs d'Amma, qu'elle avait transcrits tandis qu'Amma les lui racontait.

Il y eut des rires dans l'assistance. Mais la plupart des gens avaient gardé leur sérieux. Tout dépendait de cette jeune fille, si fraîche à l'œil avec sa mousseline citron. Tous s'attendaient à ce qu'elle réclame la propriété, et tous souhaitaient qu'elle devienne la propriétaire du jardin. Mais pouvait-elle prouver par quel miracle elle avait pu écrire un livre alors qu'elle n'était qu'une enfant ? Les gens voulaient un miracle. Ils voulaient découvrir au milieu d'eux un grand talent. Ils voulaient que Deepa établisse ses droits.

Le directeur de l'institut municipal regarda Satyanarayan : « A-t-on lu ces cahiers pour voir s'ils contiennent en effet des fragments du livre sur le contrebandier ou des bribes de devoirs ? Il faut vérifier. »

Satyanarayan lui tendit les cahiers. Le directeur dit : « Pendant que nous vérifions, il faudrait élucider la question suivante : si ces cahiers appartiennent à cette jeune fille, comment se fait-il qu'ils aient été entre les mains de Raman ? »

Satyanarayan se tourna vers Deepa. Il voulait éviter

de perdre du temps. Il voulait que l'audition se termine rapidement pour que les habitants de Mardpur n'aient pas le temps de se faire des opinions divergentes, de couper chaque détail en quatre, de discuter du pour et du contre. Il décida d'accéder à la demande du directeur, mais il lui déplaisait fort de voir ce dernier commencer à prendre les initiatives, alors que la veille il n'avait été que trop heureux de les laisser à Satyanarayan.

« Donc, ce sont vos cahiers. Vous les avez perdus et Raman les a trouvés ? poursuivit-il.

— Non. C'est moi qui les lui ai donnés », répliqua Deepa. Son *pallav*, soulevé par le ventilateur, se plaqua sur son nez et sa joue. Elle décolla soigneusement le pan de mousseline citron et le rabattit sur son épaule. Mardpur observait tous ses mouvements. Elle paraissait si pure, baignée de lumière jaune pâle.

Le cœur de Laxman se serra. Bharathi avait donc dit la vérité.

« Quand les avez-vous donnés ? Vous vous en souvenez ? Essayez d'être précise.

— Je m'en souviens très précisément. C'était le jour où Amma est morte. Lorsque le dernier mot a été écrit. J'ai remis ces cahiers à Bharathi le jour de la mort d'Amma. »

Satyanarayan affichait un air triomphant. « La petite-fille dit qu'elle a donné les cahiers. Mais dans son grand chagrin, elle ne savait pas ce qu'elle faisait. Lorsque Raman a demandé les cahiers, elle les lui a tous donnés. » L'âpreté du ton de Satyanarayan contrastait avec le calme de l'apparition vêtue de mousseline. L'atmosphère que Deepa avait créée venait d'être brisée. Les habitants de Mardpur détachèrent leurs yeux de Deepa et revinrent sur terre.

« Objection ! intervint le directeur. Nous ne savons

pas ce qu'a dit Raman. Et pourquoi a-t-il réclamé les cahiers ? » Le directeur regarda Deepa, douce et jolie, et fut sensible au charme de la jeune fille tout comme les habitants de Mardpur, séduits par sa présence. Elle paraissait si probe, si droite, le fruit de l'ancienne Mardpur. Il fallait éviter de la brusquer, se dit-il.

Satyanarayan reprit : « Vous comprenez que nous essayons d'établir qui a écrit le livre afin de savoir avec certitude à qui appartient le jardin aux lychees. C'est un très très grand domaine avec une maison, un petit bungalow. » Il ajouta ceci plus pour la salle que pour Deepa, afin de renforcer la tension dramatique.

« Oui, répondit Deepa. C'est très clair.

— C'est donc bien votre écriture ? dit-il en tendant un autre cahier.

— Oui.

— Donc, c'est vous qui avez écrit le livre.

— J'ai écrit deux ou trois choses, mais ce n'est pas avec ce petit peu-là qu'on fait un livre. Les idées n'étaient pas les miennes. Or ce sont les idées qui font un livre.

— C'étaient celles de votre grand-mère ! reprit Satyanarayan, criant presque.

— Elle voyait ce qu'il y avait dans l'esprit d'oncle Raman et me le disait.

— Comment pouvait-elle voir ? »

Satyanarayan grinçait des dents à présent. Sur l'estrade et dans la salle, tout le monde se penchait en avant, fasciné.

« Elle avait un don, répliqua Deepa. C'est pourquoi elle était si appréciée dans les cours royales. Elle pouvait prédire l'avenir et lire dans l'esprit de certains. Dont l'oncle Raman.

— C'est absurde ! hurla Satyanarayan.

— Laissez-la parler, Punditji, intervint le directeur.

Pourquoi mentirait-elle ? Ce n'est pas son intérêt. Elle dit que ce n'est pas elle qui a écrit le livre. Elle n'essaie pas de faire valoir ses droits sur le très très grand domaine, alors qu'il lui serait facile de dire que c'est elle qui l'a écrit. Elle dit que le don de sa grand-mère l'a aidée à transcrire ce qu'il y avait dans l'esprit de Raman. Elle a donc raison : cela fait de Raman l'auteur du livre. »

C'était là le genre de résumé dont Satyanarayan se fût bien passé. Des rires étouffés coururent dans toute la salle.

Il fit une dernière tentative.

« Vous avez bien écrit ceci ? » dit-il. Mais même lui se rendit compte que sa voix avait perdu toute sa pugnacité. Et de fait, il aurait dû éviter de la laisser percer s'il avait voulu mettre les gens de Mardpur de son côté. Qui aurait voulu se battre avec la mousseline citron ? C'était une agression parfaitement gratuite.

« J'ai écrit deux ou trois choses, c'est tout. Cela ne fait pas un livre. Oncle Raman l'a écrit, ce livre. Nous ne savions même pas quand il serait fini, Amma et moi. Ce n'est que quand il nous l'a dit que nous l'avons su », dit calmement Deepa.

Le directeur avait décidé de prendre les opérations en main. Il était ému par cette jeune fille si posée, dont le père avait été enseignant à l'institut municipal et avait eu une mort si tragique lorsqu'elle était toute petite. Dasji avait jadis été son collègue, longtemps avant qu'il ne devienne directeur. Il avait admiré son intégrité. Quelle tragédie. Et sa fille se trouvait devant lui. Il avait le sentiment qu'il devait la protéger.

« Nous avons seulement besoin de savoir qui a écrit le livre, dit-il. Et la jeune fille dit que ce n'est pas elle. Y a-t-il une autre personne qui soit susceptible de l'avoir écrit ? » demanda-t-il en se tournant vers Satyanarayan, mettant ainsi virtuellement fin à l'interrogatoire de Deepa.

Satyanarayan lui lança un regard noir et secoua la tête. Il comprenait qu'il avait commis une erreur. Il aurait dû mettre sa *kurta* safran, ou la jaune légère tissée à la main. C'étaient des couleurs sacrées, porteuses de tout un impact religieux. La soie crème était une erreur. On passait inaperçu en soie crème. Cette couleur ne s'imposait pas à l'attention comme le safran.

« Ainsi, c'est bien Raman qui a véritablement écrit le livre », annonça le directeur. Et dans la salle, l'assistance commença à applaudir.

« C'est oncle Raman qui a écrit le livre », déclara Deepa. Le timbre de sa voix retentit dans toute la salle, clair et vibrant comme celui d'une cloche. « Amma lisait ses pensées, et comme elle était aveugle c'est moi qui les transcrivais. Voilà comment le livre a été écrit. » Là-dessus, elle ferma les yeux, aveuglée par les éclairs des flashs tandis qu'une foule s'assemblait autour d'elle. Il régnait un vacarme assourdissant dans la salle. On en réclamait davantage à grands cris. Certains, qui n'avaient pas compris, se faisaient expliquer ce qu'elle avait dit par leurs parents et amis.

« Amma lisait dans l'esprit de Raman...

— Deepa ne faisait que transcrire...

— C'étaient les idées de Raman... »

Laxman et Vaman jugèrent plus prudent de sortir de la salle en jouant des coudes, et firent signe à Sudha et Madhu de les suivre.

Ce fut alors qu'un cri s'éleva : « Ce n'est pas devant le miracle de Ganesh que nous devrions nous incliner, mais devant celui de cette fille, Deepa, et de son Amma ! C'est une déesse et son Amma en était une aussi ! *Jai Devi ! Jai Devi-Amma !* »

Il y eut un tel brouhaha que Deepa ne comprit pas

ce qui se passait. Tout le monde poussait pour essayer de l'apercevoir. On n'avait peut-être pas compris ce qu'elle avait dit, mais on avait compris qu'elle avait servi de truchement dans quelque chose qui était une forme de miracle : la création d'un livre.

Satyanarayan criait pour que la foule recule. Ce fut Bhole qui vint au secours de Deepa et la dégagea de la mêlée. Il la conduisit vers la sortie et jusque dans le jardin de l'ancien temple. Deepa s'assit sous un arbre, se demandant où était Ma, lorsqu'elle vit approcher Bharathi et Govind, qui s'arrêtèrent devant elle.

« Tu es trop généreuse, dit Bharathi sans rancœur. Tu te laisses tout prendre. Oh, Deepa, quand commenceras-tu à contrôler ta destinée ? Je crains pour ton avenir. Je veux que tu sois heureuse.

— Et ta maman, que va-t-elle devenir ? demanda Deepa, plus soucieuse de Kumud que d'elle-même.

— Ma devra se battre pour garder la propriété, et Shanker aussi. Nous essaierons de les aider, et oncle Laxman et oncle Vaman feront aussi tout leur possible. Ils sont heureux que la preuve soit faite que c'est bien papa qui est l'auteur du livre, mais ils ne sont pas encore au courant de l'hypothèque. A cause d'elle, il faudra que nous nous battions. Il y a ici des nouveaux venus qui se moquent éperdument de l'ancienne Mardpur. Ils veulent tout ce sur quoi ils peuvent mettre la main, et nos arbres sont les meilleurs lychees de toute la plaine du Gange ! Tu aurais pu nous aider, Deepa, mais tu es trop naïve. »

Bharathi prononça ces paroles sans acrimonie, mais avec une infinie tristesse.

Govind, lui, se contenta de dire : « Tu aurais pu faire valoir tes droits sur ce qui te revenait légitimement. Maintenant, tu n'as rien. Et tu n'auras jamais rien.

— Tu vas repartir avec ta maman, Deepa, reprit

Bharathi, et nous, nous continuerons à nous battre pour conserver notre terre. Ce Man Singh est extrêmement retors, et Satyanarayan le soutient parce qu'il finance les travaux d'aménagement du temple. Quelles sont nos chances contre des gens comme eux ? Quelles sont les chances de Ma et de Shanker ? Ma n'a que son brevet et Shanker...

— Arrête ! coupa Deepa. Ne dis pas ça de ta maman. Elle est très forte. Plus que toi ou moi. Elle est aussi forte qu'Amma. Elle se battra. Vous ne perdrez pas le jardin aux lychees.

— Peux-tu prédire l'avenir ? soupira Bharathi. Comme ton Amma ? Et as-tu jamais trouvé le trésor qui devait être pour toi et pour personne d'autre d'après ton Amma ? Non ! Ce n'est pas le destin qui décide de ce que tu as. Si tu te tiens à l'écart, tu n'auras rien du tout. Il faut te battre contre ces gens qui essaient de tout prendre. »

Govind tira Bharathi par le bras et elle prit congé de Deepa.

« Il faut que je parte maintenant, Deepa. Tu es toujours mon amie et je souhaite que tu sois aussi heureuse que moi. »

Elle faisait bien sûr allusion à son mariage avec Govind, mais Deepa ne voyait au fond de ses yeux que de la tristesse.

Elle resta assise sous l'arbre, laissant la brise jouer avec son sari de mousseline jaune. Elle entendait les oiseaux dans les arbres. Curieusement, le vacarme qui persistait dans le sanctuaire Satyanarayan n'arrivait pas jusqu'au jardin de l'ancien temple, où la paix régnait. Deepa resta tranquillement assise quelques minutes, puis entendit une voix familière derrière l'un des buissons de henné.

« Naveen ! Tu vas rester tranquille, oui !

— Je veux une histoire de Baoli, Ma, pleurnicha Naveen.

— Pas maintenant. Nous allons bientôt rentrer.

— Une histoire de Baoli, Ma !

— Bon, bon, c'est bien parce que tu me casses la tête à force de réclamer ! Mais alors, une toute petite. »

Naveen grimpa sur ses genoux.

« Il était une fois une Baoli qui avait une Jhotta. Cette Jhotta était *baoli*, elle aussi. Un jour, Baoli et Jhotta se sont disputées. Baoli a dit : "Jhotta ! Tu ne donnes pas de lait. Moi jc te donne amour et nourriture, mais toi, tu ne me donnes pas de lait !" Alors elle a chassé Jhotta et l'a mise dehors. Et puis un jour, Baoli a rencontré Jhotta dans la rue et lui a demandé : "Alors, Jhotta, tu es heureuse sans moi ?" Et Jhotta a répondu : "Oui, oui. Mais je ne donne pas de lait." Et Baoli a dit : "Ah, c'est parce que, toute seule, tu ne peux pas fabriquer de lait. Tu as aussi besoin de moi pour te donner amour et nourriture et te traire chaque jour." Et Jhotta a répondu : "Non, du lait, je peux en fabriquer toute seule." Et elle est repartie. Mais jamais plus elle n'a donné de lait. Et Baoli est devenue *baoli* parce que sa Jhotta lui manquait.

"Baoli Maai, Baoli Maai,
Kahan se aai ?
Koi jan na paai."

— Une autre, une autre ! cria Naveen.

— Je n'ai pas le temps maintenant.

— Si, si, si, si ! »

Alors Usha reprit : « Un jour, Baoli a trouvé un trésor et elle l'a caché parce qu'elle n'en avait pas l'usage, elle avait seulement besoin de sa Jhotta qui lui donnait du lait. Mais la Jhotta était *baoli*, et elle l'a vu cacher le trésor. Alors elle a dit : “Donne-moi le trésor, sinon moi, je ne te donne pas de lait.” Baoli lui a répondu : “Espèce de folle, qu’est-ce que tu en feras, du trésor ? Tu n’en as pas l’usage !” Mais la Jhotta insistait et refusait de donner du lait. Alors Baoli est devenue *baoli* et elle est morte.

“Baoli Maai, Baoli Maai,
Kahan se aai ?
Koi jan na paai.”

— Elle est pas morte ! Elle avait qu’à vendre le trésor et acheter à manger ! dit Naveen.

— Non. Parce qu’une fois qu’il est caché, elle ne peut plus le retrouver. Elle est trop *baoli* pour se rappeler où elle l’a mis.

— Je veux le trésor ! insista Naveen.

— Eh non, impossible. Tu ne peux pas l’avoir. Baoli non plus et Jhotta non plus.

— Alors qui ?

— Le trésor est pour celui qui prend son destin entre ses mains. »

83

Deepa et Ma rentrèrent à Jagdishpuri Extension en cyclo-pousse.

« Heureusement que c'est fini », dit Ma, qui ne semblait guère affectée par les événements de l'après-midi. Elle ne discuta aucun des arguments avancés, ne s'étonna d'aucune des surprises qu'avait réservées l'audience, dont l'issue parut l'avoir laissée indifférente.

« Je craignais que l'audition ne se poursuive pendant plusieurs jours. Il faut que nous finissions de trier les affaires et de préparer ce que nous emportons. Demain, nous rentrons à Vakilpur. Mieux vaut ne pas prolonger notre séjour. Tu as vu comme les gens te dévisagent !

— Et alors ? rétorqua Deepa, ce qui lui valut un regard de Ma, surprise par son assurance toute neuve.

— En tout cas, je suis contente que tu leur aies expliqué le don d'Amma. Personne ne savait au juste de quoi il retournait. Il n'y avait que mon père, ton grand-père, qui la comprenait et l'encourageait. Mais c'était un homme extraordinaire. Je suis fière que tu aies pu expliquer ce qu'était le don d'Amma. »

Deepa regarda sa mère et la serra dans ses bras, là, à l'arrière du cyclo-pousse. Elle se rendit compte que si Ma parlait très peu, elle en savait beaucoup plus qu'elle ne voulait bien le laisser paraître. Beaucoup de choses restaient informulées. Deepa l'étreignit et pressa son menton contre le collier de sa mère, un lourd bijou de la cour des rois, tout incrusté de pierreries.

Les bocaux en verre achetés chez Jindal avaient été livrés et disposés en rangées dans la cour, retournés. Pendant que Ma et Deepa étaient au temple, Usha-*rani* les avait lavés et ils étaient prêts à recevoir les confits.

Deepa se changea et mit un simple sari de coton *tie-and-die* du Rajasthan qu'elle drapa et replia autour de sa taille, puis elle aida Usha-*rani* à descendre plusieurs des pots rangés sur l'étagère haute de la cuisine. Elles s'y prirent à deux, Deepa d'un côté et Usha de l'autre, et procédèrent avec précaution et délicatesse pour que l'huile de moutarde dont ils étaient remplis à ras bord ne se répande pas. Deepa s'étonna du poids de ces jarres en argile, mais Usha détourna le visage pour éviter l'arôme puissant qui se dégageait des flancs poreux.

« Jamais je n'ai senti de confits aussi forts ! s'exclama-t-elle.

— C'est parce que tous les pots sont au même endroit.

— On se demande pourquoi votre grand-mère en avait fait une telle quantité pour elle toute seule.

— Elle pensait à long terme, répliqua Deepa en riant. Elle aimait préparer l'avenir. »

Deepa et Usha-*rani* descendirent dix pots – les plus grands et les plus anciens – et les disposèrent dans la cour à côté des bocaux renversés.

Usha-*rani*, qui se protégeait le nez avec l'extrémité de son sari, dit précipitamment : « Je vais aider votre mère à mettre dans ses bagages le linge qu'elle veut remporter à Vakilpur.

— C'est très bien, Usha. Je me débrouillerai. »

Elle prit un couteau pour faire levier et soulever le couvercle du premier pot, scellé à la cire. Puis elle entreprit de sortir les mangues confites à l'aide d'une grosse louche à poignée longue et incurvée pour les verser dans le premier bocal en verre. L'arôme était en effet très fort. Il envahit ses narines et remonta jusqu'à l'arrière du nez, si bien que ses yeux se mirent à larmoyer. Les mangues en fermentation dégageaient des vapeurs telles qu'elle en suffoquait presque. L'huile dorée et sirupeuse dégoulina du bord du bocal jusqu'au fond et Deepa s'arrêta pour regarder la coulée lente et épicée qui descendait en cascade visqueuse, où se mêlaient clous de girofle et graines de coriandre, piments entiers et graines de moutarde. Tout était couvert d'huile épaisse et dorée.

Deepa continua à transvaser le liquide à la louche : elle n'en revenait pas de voir tout ce que contenait un pot. Le bocal était presque plein, alors qu'elle était loin d'avoir vidé la première jarre. Elle versa encore un peu d'huile, puis vissa le couvercle du premier bocal et essuya les gouttes tombées sur les parois extérieures avec un chiffon qu'Usha-*rani* lui avait donné. Nous allons avoir besoin de quantité de bocaux ! se dit-elle. Il faudra louer un camion ! Comme pour la récolte des fruits du jardin aux lychees. Elle s'arrêta pour penser à Bharathi. « J'espère que Bharathi pourra être heureuse. Après tout, elle a Govind. »

Et pour une fois, elle réussit à penser à Govind sans aucune gêne.

Elle retourna le second bocal et plongea la louche dans la masse de confits qui devenait plus dense dans le pot d'argile. L'essentiel des morceaux de mangues bruns et moelleux, imbibés d'huile, était au fond et, à mesure qu'elle s'en approchait, le contenu devenait de plus en plus solide. Lorsqu'elle avait ôté le couvercle du pot de terre, il y avait au début une bonne dizaine de centimètres d'huile pure et dorée, si limpide qu'elle voyait les morceaux de fruits dessous. Maintenant, sa louche devenait de plus en plus lourde. Elle l'appuya contre l'ouverture du bocal de verre en versant les lourds confits dedans, et se reposa plus souvent entre deux louches pour se masser le bras. Soudain, le manche de la louche se cassa sous le poids des confits. Elle allait devoir appeler Usha-*rani* pour qu'elle lui en apporte une autre ; mais elle atteignait le fond de ce pot, dont elle avait vidé la panse arrondie. Il se rétrécissait vers la base et elle en aurait bientôt fini.

Abandonnant la louche, elle plongea la main pour remonter les derniers morceaux et sentit l'huile de moutarde lui couler entre les doigts. Les côtés du pot étaient lisses et huileux. Elle avait le bras enfoncé jusqu'au coude. Ses doigts tâtèrent le fond, le raclèrent par endroits : du lisse, mais du solide.

Ce fut alors qu'elle sentit quelque chose de pointu et de dur. Très dur. Elle replia ses doigts ruisselants d'huile autour de l'objet qui glissa dans sa main comme un serpent. A plusieurs reprises, elle essaya de l'agripper mais il lui échappa. Enfin, elle le dégagea de l'huile et du confit avec un bruit de succion et le remonta. Elle sortit son avant-bras de la jarre sombre et leva la main pour regarder l'objet serré dans son poing dégoulinant. Ses yeux s'écarquillèrent. Sa bouche s'ouvrit toute grande. Puis son visage s'épanouit en un large sourire.

Son poing étincelait, rouge et or. Sa main tenait un collier de rubis dont l'éclat, malgré l'huile qui en dégouttait, ne laissait aucune place au doute. Le soleil étincela sur le fluide visqueux et se réverbéra sur les pierres qui brillaient dessous.

Deepa tint le collier à bout de bras et regarda à l'intérieur du pot, dans les recoins obscurs du fond. Là, étincelant entre les restes des mangues confites et de l'huile, se trouvaient quatre bracelets et des chaînes en or.

Le trésor d'Amma. Au fond des pots.

Lexique

Aarti : célébration de la prière du soir avec des lampes ou des chandelles.
Arré : ça alors !, par exemple !
Avatar : réincarnation, descente sur terre d'un dieu sous une forme humaine ou animale, pour restaurer l'ordre. Par extension : métamorphose, transformation.

Baap : père.
Baapré baap : mon Dieu !
Bahen : sœur.
Balti : petit bidon.
Bania : qui appartient à la carte des marchands, inférieure à celle des brahmanes.
Bansuri : flûte-calebasse.
Barbu : monsieur.
Beti : fille.
Bhai, bhaiya : frère.
Bhajan : chant dévotionnel.
Bhangra : danse joyeuse du Pendjab.
Bhooth : fantôme, esprit.
Bhootni Maai : femme qui a un commerce avec les esprits.
Bindi : mouche rouge peinte sur le front des femmes, entre les deux yeux.
Brinjal : aubergine.

Carrom : jeu de société.
Chamar : tanneur (intouchable).
Chappals : sandales.
Charpoy : lit de sangles ou de cordes tendues sur un cadre de bois soutenu par quatre pieds.
Chela : disciple.
Chokri : fille.
Chunni : grand châle porté sur les épaules.
Chup ! : chut ! tais-toi !
Crore : cent *lakh*, c'est-à-dire dix millions.

Dai : matrone, sage-femme.
Dal : plat de lentilles blondes, vertes ou rouges.
Darshan : bénédiction conférée par la vue d'un notable, d'un saint, d'une statue lorsqu'on vient lui rendre hommage.
Dava : remède.
Dharamsala : auberge pour les pèlerins.
Dhobin : blanchisseuse.
Dhoti : pièce d'étoffe drapée autour des hanches et entre les jambes.
Dhut ! : onomatopée pour faire taire quelqu'un.
Didi : sœur aînée.
Doodh-wala hey ; doodh : lait ; *doodh-wala :* laitier.

Ghats : escaliers construits sur les berges d'un fleuve pour en permettre plus facilement l'accès. C'est souvent là qu'ont lieu les crémations.
Ghi : beurre clarifié dont on se sert pour faire la cuisine et pour brûler dans les lampes des autels.
Ghungrus : clochettes que les danseuses portent aux chevilles.
Goom : disparu.
Goonda : brute, homme de main, voyou.
Gopi : vachère, compagne d'adolescence de Krishna.
Gopura : porte de temple en forme de pagode.
Gurukul : pension dirigée par un gourou.

Haan : oui.
Hai Ram ! : mon Dieu !
Haldi-atta : pâte de curcuma, traitement de beauté pour la peau.
Hartal : grève, émeute.
Haveli : riche demeure fortifiée des marchands du Rajasthan, construite autour de cours qui communiquent entre elles.
Hundia : cruche en terre.

Jai Devi ! : que la déesse soit louée !
Jaldi karo : dépêche-toi.
Jalebi : beignet trempé dans du sirop de sucre.
— *ji* : suffixe conatif.

Kameez : tunique longue.
Karhi : curry au yaourt aigre.
Karhai : sauteuse en métal, analogue à un wok.
Kurta : chemise ample qui se porte par-dessus le pantalon ou le *dhoti*.

Lakh : unité de mesure équivalant à 100 000 (personnes, roupies, etc.).
Lakhpati : millionnaire.
Lassi : boisson au yaourt, salée ou sucrée.
Lotta : petit pot en cuivre.

Maidaan : champ.
Mali : jardinier.
Malik : patron, propriétaire.
Mandap : dais tendu entre quatre piliers, sous lequel est célébrée la cérémonie du mariage.
Marwari : caste de commerçants ou industriels originaires de Marwar dans le Rajasthan. Ils ont la réputation d'être sans scrupules et durs en affaires.
Mela : foire, fête.
Murti : idole de pierre.

Neta : chef politique, leader, notamment ceux du mouvement pour l'indépendance.
Nullah : caniveau.

Paisa : centième de roupie.
Panchayat : conseil, tribunal.
Paratha : galettes de pain frites à la poêle et servies d'ordinaire pour le petit déjeuner.
Persaad : sucrerie offerte par un prêtre aux fidèles qui viennent accomplir leurs dévotions.
Pickles : aromates à base de fruits ou de légumes confits dans l'huile et les épices.
Phut-a-phut : vite, illico presto.
Puja : rituel de la prière.
Pukka : de bonne qualité, durable ; pour les routes : en asphalte ; pour les constructions : en dur ; ou encore, terme d'emphase.

Raita : yaourt, qui sert souvent à faire des salades à base de concombres, de tomates, de pommes de terre cuites, de bananes, etc., servies avec les plats très épicés.
Raja : roi, noble.
Rajguru : conseiller des rois.
Rajkumar : prince.
Rajkumari : princesse.
Rajput : seigneur guerrier du Rajputana. Habitant du Rajasthan ; par extension, du nord de l'Inde.
Rajputana : région du nord-ouest de l'Inde qui comprenait vingt et un Etats princiers, dont ceux de Jaipur et de Johdpur.
Ram, Ram : salut familier.
Rasgolla : sucrerie à base de lait condensé.
Rasta do ! : laissez passer !

Sadhu : ascète mendiant.
Sagai : cérémonie de fiançailles.
Salwar-kameez : pantalon bouffant et tunique longue.
Sarkar : gouvernement.
Satyagraha : résistance non violente prônée par Gandhi.

Shabash : bien, bravo !
Shamiana : grande tente.
Shastras : textes anciens fixant lois et principes.
Swami : sage religieux. Titre qu'on donne aux guides spirituels : « Maître ».

Tabla : instrument à percussion composé de deux petits tambours, l'un pour les basses (main gauche), l'autre pour la main droite.
Tamasha : spectacle, divertissement.
Thali : plateau de métal individuel, souvent en acier, sur lequel est servi le repas.
Tilak : marque religieuse appliquée au front.
Tonga : carriole encore en usage dans les régions rurales.
Tulsi : basilic sacré.

Wah ! : exclamation appréciative.

Yaar : mon vieux, ma vieille.
Yatra : pèlerinage.

Zari : bordure des saris, tissée ou brodée de fils d'or ou d'argent.
Zindabad ! : Vive !

Composition réalisée par NORD COMPO

Imprimé en France sur Presse Offset par

BRODARD & TAUPIN

GROUPE CPI

La Flèche (Sarthe).
N° d'imprimeur : 21202 – Dépôt légal Éditeur 39017-11/2003
Édition 01
LIBRAIRIE GÉNÉRALE FRANÇAISE - 43, quai de Grenelle - 75015 Paris.

ISBN : 2 - 253 - 15601 - 9 31/5601/5